평생 독서 계획

클리프턴 패디먼

평생 독서 계획

클리프턴 패디먼 · 존 S. 메이저 지음

이종인 옮김

The New
Lifetime
Reading
Plan

연암서가

평생 독서 계획

2010년 10월 5일 초판 1쇄 발행
2015년 9월 30일 초판 6쇄 발행

지은이 클리프턴 패디먼 · 존 S. 메이저
옮긴이 이종인
펴낸이 권오상
펴낸곳 연암서가

등록 2007년 10월 8일(제396-2007-00107호)
주소 경기도 고양시 일산서구 대화동 2232번지 장성마을 402-1101
전화 031-907-3010
팩스 031-912-3012
이메일 yeonamseoga@naver.com

ISBN 978-89-94054-09-4 03800

값 18,000원

『평생 독서 계획*The Lifetime Reading Plan*』은 1960년에 초판이 발간되었다. 그 후 내용이 증보된 수정 2판이 1978년에 발간되었고, 이어 수정 3판은 1986년에 나왔다. 초판, 수정 2판, 수정 3판은 모두 클리프턴 패디먼이 집필한 것으로서, 그의 평생 독서 경험이 녹아들어간 역작이었다. 수정 4판(*The New Lifetime Reading Plan*)을 내놓으면서 패디먼 씨는 처음으로 공동 저자를 영입했다. 나는 이 책의 집필에 공동 저자로 참여하게 된 것을 무한한 영광으로 생각한다. 이 서문에서 두 저자 사이에 어떻게 업무가 분장되었는지 간단히 설명하고자 한다.

『평생 독서 계획』의 초판이나 수정 2·3판에 익숙한 독자들은 이 수정 4판에서 많은 것이 증보되었음을 발견할 것이다. 우선 제목에 'New'라는 말이 추가되었다. 이것은 수정 4판의 내용이 상당히 수정되고 증보되었음을 강조하려는 뜻이 담겨져 있다. 가장 획기적인 변화는 예전 판본들이 주로 서양 문학에 집중되었던 반면, 이 수정판에서는 대상을 전 세계 문학으로 확대했다는 것이다. 10년 전만 해도 서양의 전통에 입각한 저서들만 가지고 독서 계획을 수립하는 것이 가능했다. 그러면서 앞으로 세상이 더 좁아

지고, 통신 수단이 발달하는 때가 오면 교양 있는 독자들을 위하여 동양과 서양의 모든 저서들을 통합하는 독서 계획이 필요할 것이라는 단서를 다는 것으로 충분했다. 그런데 그러한 때가 생각보다 빨리 왔다. 20세기의 끝자락 10년을 살고 있는 미국 독자들에게 '글로벌 빌리지'라는 말은 엄연한 현실이 되었다. 세상은 제트기, 인공위성, 전 세계 동시 텔레비전 뉴스 등으로 축소가 되었고, 인터넷은 이제 누구에게나 낯설지 않은 통신 수단이 되었다. 더욱이 미국은 건국 당시부터 이민자의 나라였고, 최근에는 전 세계 여러 국가에서 이민자를 받아들여 문화가 더욱 풍요롭게 되었고 전보다 더욱 다문화적 국가가 되었다. 이 때문에 세계의 문화유산을 수확하고자 하는 이 책에서 가능한 한 그물망을 넓게 던지는 것이 좋다고 판단되었다. 그 결과 수정 4판 『평생 독서 계획』은 무라사키 시키부와 제인 오스틴, 다니자키 준이치로와 윌리엄 포크너, 사마천과 투키디데스가 어깨를 나란히 하게 되었다.

이 수정 4판에 이슬람 경전인 『코란』과 선불교 경전인 『육조단경』이 들어가 있으므로, 자연히 왜 성경은 포함시키지 않았느냐는 의문이 들 것이다. 그 이유는 간단하다. 이 책의 독자들이 거의 대부분 성경을 가지고 있거나 그 책을 즐겨 읽었을 것으로 예상되기 때문이다. 우리는 그런 책에 대하여 중언부언하는 것은 주제넘은 일이 된다고 생각했다.

예전 판본에 들어 있던 작가들이 탈락되기도 했다. 시간의 테스트를 견뎌내지 못한 까닭이다. 그리하여 조지 산타야나, 존 듀이, 앙드레 말로(이 작가는 20세기 작가 100명 리스트로 격하되었다) 등이 빠졌다.

윌 듀런트의 『문명 이야기』 같은 대형 논평서 역시 제외되었다. 동양의 저서들도 포함시키기로 하면서 우리는 이런 논평서는 제외하고, 시카고 대학 총장 로버트 허친스가 말한 "독창적 사상"만을 담은 책으로 선택의 범위를 국한시키기로 했다. 남의 책을 논평한 그런 책이 아니라, 시간과 공간의 간격을 뛰어넘어 독자에게 직접 자신의 사상을 호소하는 책들만 선택하기로 했다. 우리는 이 수정판에 동양의 작가들 스물네 명과 서양 작가 W.H. 오든, 샬럿 브론테, 에밀리 디킨슨, 앤서니 트롤럽, 이디스 워튼 등을 추가로 집어넣었다.

또한 갈릴레오에서 토머스 쿤에 이르는 소수의 과학자들도 처음으로 이 수정판에서 다루었다. 과학은 여러 가지 이유로 인해 이런 독서 계획에 포함시키기 어려운 분야이다. 과학 저서는 종종 아주 전문적이어서, 대부분의 독자들이 가지고 있지 않은 사전 지식을 요구한다. 게다가 과학자들은 글을 그리 잘 쓰는 사람들이 아니다. 또 과학 문화가 문학적 스타일과 일치하는 것도 아니다. 그래서 과학책들은 비전문가인 일반 독자들에게는 별로 읽는 즐거움이 없다. 과학계의 독창적 사상을 전달하는 데 있어서 단행본은 별로 선호되는 수단이 아니다. 과학적 발견은 짧은 논문의 형태로 학술대회에서 발표되거나 전문 학술지에 게재된다. 오늘날에는 인터넷에 '프리프린트'로 유통된다. 하지만 이런 패턴과는 다른 예외적인 과학책들도 있기 때문에 우리는 그것을 수정판에 넣기로 결정했다.

수정판의 또 다른 변화는 텍스트의 배열이다. 예전 판본에서는 텍스트들이 주제별로, 그러니까 이야기, 희곡, 시 등의 소제목 밑에 영어, 프랑스어, 독일어 등 언어별로 배열되었다. 그러나 동양의 저서들도 포함시키기로 하면서 이런 배열은 유익한 것이 아니라 혼란스럽기만 했다. 이 수정판에서는 장르나 언어와는 무관하게 저자의 생몰 연도에 따라 작품을 배열하기로 했다. 우리는 책을 5부로 나누었는데 주로 시간대별로 분할한 것이다. 시간대별이라고 해도 어떤 보편적 의미가 있는 것은 아니다. 가령 일본의 헤이안 시대가 유럽의 중세 시대에 상응한다고 보기는 어렵다. 그래도 같은 시기에 나온 전 세계 여러 나라의 작품들을 한데 묶어 놓았으니, 독자 여러분은 어떤 점이 유사하고 또 서로 다른지 살펴볼 수 있을 것이다. 이렇게 다섯 부분으로 나누어 놓으면 여기 소개된 책들을 전부 독파하는 일이, 그렇게 나누어 놓지 않았을 때보다는 좀 더 수월하게 여겨지지 않을까 하는 희망도 있었다.

예전 판본들로부터 가져온 집필 방법은 텍스트를 써 나가는 중에 갑이라는 작가를 을이라는 작가와 교차 참조하는 것이었다. 가령 패디먼은 투키디데스에 대하여 집필하면서 이렇게 썼다. "그는 권력(힘의) 정치의 내면을 파악한 최초의 역사가이다. 홉스[43], 마키아벨리[34], 마르크스[82]는 모두 다른 방식으로 그의 자식들이다." 이 교차 참조는 독자들로 하여금 그 작가들을 즉시 뒤져보게 만들려는 뜻이 아니다. 이런 독창적 사상을 가진 작가들이 오랜 세월 동안 서로 '위대한 대화'를 나누어 왔음을 독자에게 상기시키려는 것이다. 우리는 이렇게 여러 작가들을 동시에 생각함으로써 그 위대한 대화를 엿들을 수 있다. 이런 직접적인 교차 참조가 없는 경우에도 종종 작가들 사이에 공명이 일어나는 것을 느낄 수 있다. 유유상종類類相從이라고, 같은 것은 같은 것을 부르기 때문이다. 그래서 공자에 대한 텍스트는 플라톤을 교차 참조시키는 것이다.

수정판『평생 독서 계획』의 본문 다음에 나는 "더 읽어야 할 작가들"이라는 부분을 추가했다. 간단한 논평을 곁들인 이 짧은 리스트는 20세기 작가 100명을 추려 본 것이다. 본문에서 제시되고 논평된 책들이 흥미롭다고 생각한 독자들은 이 추가 리스트도 흥미롭다고 생각할 것이다. 마지막으로 "참고문헌"은 과거의 것을 필요에 따라 수정하거나 증보한 것이다.

이 수정판의 항목들 중 제3판에서 그대로 가져온 것들은 필요에 따라서 소폭으로 혹은 대폭으로 수정했다. 클리프턴 패디먼은 수정 4판에 새로 넣은 작가들을 위해서 새로 글을 썼다. 나는 동양권 작가들 전부와 소수의 신규 서양 작가들에 대하여 글을 썼다. 패디먼 씨나 나는 문학적 취향과 판단이 아주 비슷하다. 그렇지 않았더라면 이런 공동 작업을 벌이지 못했을 것이다. 그럼에도 불구하고 우리는 각자의 글 아래에 각자의 이니셜을 붙이기로 합의했다. 이 책의 부분적 가치는 공동 저자의 의견이 자유롭게 유지되었다는 점에서 나온다. 그래서 우리 공동 저자는 문장의 스타일이나 작품의 판단에 있어서 인위적인 일치를 추구하지 않았다.

이런 대폭적인 수정은 단 하나의 목적만을 가지고 있을 뿐이다. 그것은『평생 독서 계획』이 새로운 세대의 독자들에게 더욱 유익하고 쓸모 있는 책자가 되게 하려는 것이다. J.S.M.

독자가 여기에서 다루어진 책들을 다 읽기까지는 50년이 걸릴 수
도 있다. 경우에 따라서는 그보다 훨씬 짧은 시간 내에 읽을 수도
있다. 요점은 이 책들이 독자의 평생에 걸쳐서 중요한 부분을 차
지하게 될 그런 책이라는 사실이다. 여기에 열거된 책들 중 많은
것들이 최근에 나온 베스트셀러보다 훨씬 재미가 있지만, 이 책
들을 읽어서 유익한 점은 그런 재미의 측면과는 무관하다. 여기
에 제시된 책들은 그보다 한결 차원 높은 의미를 추구한다. 이 책
들을 읽는다는 것은 남녀가 서로 사랑하는 것, 결혼하여 아이를
키우는 것, 자신의 경력을 쌓는 것, 가정을 꾸리는 것 등과 대등한
행위라고 생각한다. 이 책들을 읽는다는 것은 인생의 중요한 체
험이며, 꾸준한 내적 성장의 원천인 까닭이다. 그래서 제목을 『평
생 독서 계획』이라고 붙였다. 이 책들은 평생을 따라다니는 길동
무이다. 한번 당신의 내부에 자리 잡으면, 당신이 이 세상을 떠날
때까지 당신의 내부에서, 외부에서, 그리고 대인관계에서 꾸준히
작용한다. 우리가 친구들을 만나서 얘기를 나누면 서두르는 법이
없듯이, 이 책들도 서둘러 읽어서는 안 된다. 이 리스트는 "단번
에 슥 훑어보는" 그런 리스트가 아니다. 엄청나게 풍요로운 의미

가 담겨 있기에 평생에 걸쳐서 캐내야 하는 광산 같은 것이다.

목표는 간단하다. 『평생 독서 계획』은 위대한 작가들의 생각, 느낌, 상상을 천천히 단계적이면서도 자발적으로 우리의 마음에 가져오기 위한 목표를 가지고 있다. 우리가 이런 생각, 느낌, 상상을 우리의 것으로 한 이후에도 우리에게는 배울 것이 많이 남아 있다. 우리는 결국 이 세상의 모든 지식을 배우지 못한 채 이 세상을 떠난다. 그렇지만 이런 위대한 작가들을 잘 알고 있다면 길을 잃었다는 느낌을 갖지도 않을 것이고 당황하지도 않을 것이다. 우리는 여기 이 순간의 세상에 집착하는 예속으로부터 벗어날 수 있다. 우리는 시간과 공간 내에서 우리의 위치가 어떤 것인지 어렴풋이—비록 명확하게는 아닐지라도—깨달을 수 있다. 우리가 저 오랜 인류의 역사로부터 어떻게 하여 이 세상에 오게 되었는지 알 수 있다. 우리의 삶을 지탱하는 위대한 사상들을 무의식적으로 깨달을 수 있다. 또 이에 못지않게 중요한 사항으로서, 고매한 사상과 느낌의 원형을 발견할 수 있다.

나는 새로운 『평생 독서 계획』이 많은 것을 해준다고 주장하지는 않겠다. 이 책은 마법이 아니다. 이 책을 읽는다고 해서 자동적으로 당신이나 나나 높은 교양을 성취한 사람이 되지는 않는다. 이 책은 당신을 행복하게 만들지도 않는다. 이런 주장은 치약, 자동차, 세정제 제조 회사에서나 하는 것이지 플라톤, 디킨스, 헤밍웨이는 하지 않았다. 하지만 남녀간의 사랑처럼, 당신의 내면생활을 바꾸는 데 도움을 주어 그것을 훨씬 흥미로운 어떤 것으로 만들어 놓는다. 혹은 당신의 마음 속 깊은 곳에 있는 에너지를 총출

동시켜야 이루어 낼 수 있는 심오한 과제를 제공해 주기도 한다.

나는 오랜 인생을 살아오면서 틈이 있을 때마다 여기에 제시된 책들을 읽고 또 읽었다. 이 책들을 읽으면 당신의 마음이 그만큼 커진다는 것은 틀림없는 사실이다. 하지만 그것을 젊은 독자들에게 증명하는 것은 그리 쉬운 일이 아니다. 이 책들은 사진 필름의 현상액 같은 것이라고 말해 볼 수 있다. 다시 말해 당신이 평소에는 모른다고 생각하는 어떤 것을 당신의 의식 속에 떠오르게 하는 것이다. 이 책들은 자기 계발의 도구라기보다 자기 발견의 도구이다. 자기 발견이라는 말은 나의 독창적 아이디어가 아니다. 인류를 대신하여 많은 지혜를 미리 발견해 놓은 플라톤이 이미 그렇게 말했다. 소크라테스는 자기 자신을 가리켜 아이디어의 산파라고 했다. 위대한 책은 이런 산파 노릇을 한다. 두뇌의 깊숙한 곳에 코일처럼 감겨져 있던 생각의 태胎를 밖으로 꺼내 주는 것이다.

『평생 독서 계획』은 누구를 위한 책인가? 아주 높은 교육을 받은 사람이나 아주 책을 많이 읽은 사람(이 두 사람은 반드시 일치하는 것은 아니다)을 위한 것은 아니다. 그들은 이 책에서 새로운 것을 발견하지 못할 것이다. 여기에 제시된 책 제목은 그들에게 아주 친숙할 것이다. 그들은 이 리스트에 더 추가할 책을 알고 있을 것이며 우리가 선택한 어떤 책들에서는 시비를 걸고 싶은 마음이 가득할 것이다.

일반적으로 말해서 『평생 독서 계획』은 18세부터 81세의 독자를 위한 것이다. 이런 독자들은 앞으로 남은 생애 동안에 그들의 정신을 풍요롭게 할 자료를 목말라 한다. 하지만 그들은 아직까지 여기에 열거된 작가들의 10퍼센트도 제대로 읽지 않았을 것이다. 『평생 독서 계획』은 학부 시절에 여기에 제시된 책들을 많이 만났으나 정작 읽지는 못한 대학 졸업자들을 위한 책이다. 여기에 제시된 작가들의 이름도 잘 모르는 대학 졸업생들을 위한 책이다. 대학 교육에서 혜택을 받았을 수도 있었지만 그렇게 하지 못한 졸업생들을 위한 책이다. 일상생활의 일상적 문제의 해결만으로는 충분하지 못하다는 막연한 느낌을 가진 중년의 선남선녀들을 위한 책이다. 회사 생활이나 가정 관리만으로는 뭔가 허전하다고 느끼지만 수입은 충분치 못한 젊은 선남선녀들을 위한 책이다. 장미를 키우거나 텔레비전을 보는 것만으로는 정신적 만족을 느끼지 못하는 은퇴한 장년층을 위한 책이다. 그들의 지식과 감수성을 심화하여 교직의 비非 물질적 보상을 심화하려는 교사들(경우에 따라서는 대학의 교수들)을 위한 것이다. **C.F.**

* 이 글은 『평생 독서 계획』 초판본에 수록된 "독자들과의 간단한 대화"를 간략하게 정리한 것이다. 이 새로운 수정본 작업은 내게 많은 도움을 준 조수 앤 마커스 덕분에 한결 수월하게 진행되었다.

차례

| 제1부 |

| 제1부 |

1
실명씨
기원전 2000년경(필경사, 신－레키－우닌니, 기원전 700년경)

길가메시 서사시 *Gilgamesh Epoth*

『길가메시 서사시』는 의심할 나위 없이 세계에서 가장 오래된 서사시이고 서양 문학의 기초가 되는 작품들 중 하나이다. 하지만 이 작품은 아직 일반 독자들 사이에 널리 알려지지 않았다. 그 이유는 이 작품이 오랜 세월 인멸되었다가 19세기에 들어와 재발견되었기 때문이다. 그런 만큼 그리스 시대에서 빅토리아 시대에 이르기까지 서양 문학에 아무런 영향도 미치지 못했다. 게다가 최근까지만 해도 이 작품의 번역자들은 일반 독자들을 별로 염두에 두지 않고 번역하는 경향이 있었다. 그러나 지금은 여러 훌륭한 번역본들이 나와 있어서 제일 오래된 고대인의 마음을 엿볼 수 있다. 따라서 이 작품을 그냥 지나칠 이유가 없게 되었다.

이 서사시는 길가메시의 명성과 관련된 여러 가지 신화들을 서술한다. 길가메시는 기원전 2700년경 우루크라는 수메리아의 도시국가에서 왕 노릇을 한 인물로 보인다. 수메리아어로 기록된 이 서사시의 초기본은 몇몇 문장들만 산발적으로 발견되었고, 현재 알려진 완전본은 바빌로니아어로 기록된 것인데, 기원전 700년경의 것이며 필경사, 신－레키－우닌니가 점토판에 기록했고 그 후 아수르바니팔 왕의 도서관에 보관되었다. 이 점토판과 기타 이 작품의 초기본 일부를 담고 있는 점토판들이 19세기에 이라크와 그 인근 국가들에서 고고학자들에 의해 발굴되기 시작했다. 이러한 점토판 텍스트들을 수집하여 편집하는 학문적 작업은 여러 해가 걸렸고, 일부 확정되지 않은 텍스트들은 여전히 학계에서 논란의 대상이 되고 있다. 이 서사시는 지금 전해지는 텍스트보다 훨씬 더 길었을 것으로 보인다. 작품의 시적인 스타일로 보아, 오랜 세월 동안 구두로 전승된 듯하다. 때때로 너무 간결하여 주문이나 마술의 흔적도 엿보이나 강력한 이야기의 맥박이 전편에서 펄떡인다.

현재 전해지는 서사시는 길가메시 왕의 신체적 강건함, 아름다움, 정치권력 등을 묘사하는 것으로 시작된다. 그러다가 관점이 바뀌어 우루크의 사람들이 왕의 오만함과 독재 권력을 두려워하면서도 분개한다고 말한다. 이러한 길가메시에게 겸양을 가르치기 위하여 신들은 온몸이 털투성이인 사막의 야생 남자 엔키두를 창조하여 길가메시의 라이벌 겸 친구로 보낸다. 길가메시는 여사제 샴바트를 황야로 보내어 엔키두를 유혹하여 그를 순치시키라고 명한다. 그녀는 지시를 충실히 이행하여 엔키두를 우루크로 데려온다. 그가 도착하자 길가메시와 엔키두는 서로 맹렬하게 씨름을 했고 곧 실력이 비슷하여 난형난제라는 것을 깨닫는다. 그 후 그들은 서로 맹세한 의형제가 되었고 무시무시한 괴물 훔바바를 발견하여 죽이려는 모험의 길에 오른다. 그들이 괴물을 죽여 버리자, 질투심 많은 여신 이난나는 우루크를 파괴하기 위하여 하늘의 황소를 땅에 내려 보낸다. 길가메시와 엔키두는 힘을 합쳐 그 황소를 살해하는 데 성공했지만 그 과정에서 엔키두는 목숨을 잃는다. 절망에 빠진 길가메시는 지하세계의 관리자를 방문하기 위하여 여행길을 떠난다. 지하세계의 관리자, 우트나피시팀은 온 세상을 뒤덮어 버리는 홍수에 대해서 이야기해 주고 그(길가메시) 자신이 언젠가는 죽는다는 사실을 받아들이라고 하면서 그를 우루크로 돌려보낸다.

유대교, 기독교, 이슬람의 전통에서 성장한 사람들은 『길가메시 서사시』가 아주 오래된 히브리 성경(구약성경)과 비슷한 점이 많다는 사실을 발견할 것이다. 세련되고 잘생긴 길가메시와 털 많고 야생인 엔키두는 야곱과 에사오를, 엔키두와 샴바트는 삼손과 델리라를 연상시킨다. 하늘의 황소가 일으킨 파괴 행위는, 이스라엘 사람들이 황야에서 40년 방황하면서 황금 송아지를 주조한 행위와 비슷하다. 길가메시가 하늘의 황소를 죽였듯이 모세는 그 황금 송아지를 파괴한다. 우트나피시팀이 말해 준 대홍수는 노아의 홍수와 비슷하다.

처음에 독자들은 『길가메시』의 이런 주제들이 성경의 사건들을 베낀 것이라고 생각하기 쉬운데 사실은 그 반대이다. 『길가메시』의 가장 흥미로운 점은, 그것이 성경의 선구자라는 것이다. 하지만 성경에서 주장된 일신론一神論의 흔적은 보이지 않는다. 성경의 신성한 영감에 대해서 어떻게 생각하든 간에 『길가메시』는 다음과 같은 사실을 분명하게 보여 준다. 구약성경의 몇몇 핵심 주제들은 메소포타미아에서 1천 년 넘게 존재해 왔던 상징들을 취해 온 것이며, 그 주제들이 암송되어 내려오다가 성경이라는 문서로 정착되었다.

이런 무거운 고려 사항들은 제외한다 하더라도, 『길가메시 서사시』는 사랑과 우정, 모험과 위험, 오만한 남자가 자신의 죽을 운명을 깨닫는 과정 등을 잘 서술한 이야기로서 한번 읽어볼 만하다. 이 서사시는 현재 여러 영역본이 나와 있다. 둘 다 운문으로 되어 있는 대니 P. 잭슨의 번역본과 데이비드 페리의 번역본을 권한다. J.S.M.

2

호메로스 Homeros
기원전 800년경

일리아스 Ilias

『일리아스』와 『오디세이아』는 고대 그리스 문학에 속하는 장편 서사시이다. 이 두 작품은 서구 문명에서 나온 최초, 최대의 서사시이다. 우리는 "사이렌의 유혹", "아킬레스의 건", "트로이의 헬렌처럼 아름다운 여자" 같은 말을 흔히 사용하는데, 이런 표현은 대략 3천 년쯤 된 이 두 서사시로부터 나온 것이다.

나는 이 작품의 시기를 대략 3천 년이라고 했다. 하지만 우리는 호메로스가 언제 적 사람인지 알지 못한다. 아마도 기원전 800년과 700년 사이일 수도 있고, 어쩌면 그보다 더 전일 수도 있다. 그러나 그가 과연 실재 인물인지에 대해서도 잘 알지 못한다. 이 두 서사시가 과연 호메로스라는 한 사람에 의해서 집필된 것인가에 대해서도 의문이 존재한다. 호메로스라는 동명이인에 의해서 집필된 것일 수도 있다는 오래된 농담이 있는 가하면, 여러 명의 작가가 함께 썼다는 설명도 있다. 영국의 소설가 새뮤얼 버틀러는 『오디세이아』는 여자가 썼을 것이라고 추측하기도 했다. 이러한 문제들은 학자들이 다루어야 할 것이고, 우리는 이 서사시의 내용을 잘 알면 된다.

이 서사시는 원래 눈으로 읽지 않고 귀로 들었을 것으로 추정된다. 그러니까 호메로스는 이 시들을 암송했을 것이다.

『일리아스』는 그리스 민족이 트로이(혹은 일리움)를 10년 동안 공격하던 시절의 마지막 50여 일을 다룬 이야기이다. 이 공성攻城으로 트로이는 함락되고 그 도시의 "꼭대기 없는 타워들(탑)"은 불태워졌다. 우리는 이런 타워들이 실제로 존재했다는 것을 알고 있다. 트로이가 어떻게 함락되었는지 알기 위해서는 베르길리우스의 『아이네이스』[20]를 참조하기 바란다.

『일리아스』는 인간의 가장 우둔한 행위인 전쟁을 아주 장엄하게 묘사한 작품이다. 이 서사시의 주인공은 아킬레스이다. 이야기의 주된 라인은 그의 분노, 그의 시무룩함, 그의 야만 행위를 추적하다가 마지막에 그의 고상한 성품을 확인한다. 그는 서구 문학에 등장한 최초의 영웅이다. 그때 이래 우리가 영웅에 대해서 말할 때에는 아킬레스가 제일 먼저 떠오른다. 설사 그의 이름에 대해서 별반 아는 바가 없어도 영웅이라고 하면 아킬레스를 연상하는 것이다.

독자는 졸보기안경을 통하여 『일리아스』를 볼 수도 있다. 그러면 그것은 아주 사소한 싸움이 되어 버린다. 돌과 막대기로 싸움

하는 수준을 아직 넘어서지 못한 아주 오래 전의 반* 야만인들이 벌이는, 좀스러운 질투와 배신이 횡행하는 전투이다. 『일리아스』 속의 전쟁은 오늘날 전 지구적으로 벌어지는 대규모 전쟁에 비하면 아주 사소한 싸움에 지나지 않는다.

그런데 아주 기이하게도 『일리아스』를 읽어나가면 졸보기안경의 축소 렌즈는 돋보기 렌즈가 되어 버린다. 전쟁의 규모는 별로 중요하지 않고 그 대신 인간과 신들의 스케일이 더 중요하게 된다. 『일리아스』의 본질적 특징은 고상함이다. 고상함은 장엄함과 관련된 미덕인 만큼, 사소한 고상함이란 있을 수가 없다. 아이젠하워 장군의 참전 회고록인 『유럽에서의 십자군 운동*Crusade in Europe*』은 단일 전쟁으로는 역사상 가장 규모가 큰 육해군 작전을 묘사하고 있다. 하지만 역사적으로 사소한 국지전을 다루고 있는 『일리아스』와 비교해 보면, 아이젠하워의 책은 장엄함이 결여되어 있다. 이것은 아이젠하워 장군을 비난하자는 것이 아니다. 단지 그가 호메로스가 아니라는 사실을 지적한 것이다.

지금껏 호메로스의 수준에 육박한 또 다른 서사시는 있어 본 적이 없다. 『일리아스』와 『오디세이아』를 읽고 얻게 되는 또 다른 소득은 예술과 과학의 차이점을 생각하게 된다는 것이다. 지난 수천 년 동안 과학은 눈부시게 "발전" 해 왔다. 하지만 예술은 3천 년 전이나 지금이나 그대로이다. 상상력을 밑천으로 삼는 예술가는, 만약 그가 위대한 예술가라면, 3천 년 전이나 지금이나 똑같이 현대인처럼 보인다. 바로 이 때문에 우리는 그들의 작품을 읽는 것이다. **C.F.**

3
호메로스^{Homeros}

기원전 800년경

오디세이아^{Odysseia}

『오디세이아』는 『일리아스』의 속편이다. 트로이 전쟁이 끝난 후 그리스의 영웅들에게 벌어진 일들을 기술하고 있다. 더 구체적으로 그들 중 한 명인 이타카의 왕(일명 율리시스), 오디세우스의 행적을 추적하고 있다. 이 작품은 그가 고향 이타카로 돌아가기 전까지 바다와 땅에서 보낸 10년 세월을 상술한다. 그의 아들 텔레마코스는 아버지를 찾아 나서는데, 이 아버지 추적의 주제는 그 후 제임스 조이스의 『율리시스』[110]를 위시하여 수백 권에 달하는 장편소설의 주제가 되었다. 오디세우스가 없는 동안 그의 참을성 많은 아내 페넬로페에게 구혼하는 늑대 같은 구혼자들, 오디세우스의 귀환, 그리고 적들에 대한 복수 등이 이 작품에서 묘사된다. 이러한 스토리는 이 서사시를 읽어본 적이 없는 사람들에게조차도 잘 알려져 있다. 성경과 마찬가지로 이 서사시는 책이라기보다 우리 마음 속 한 구석을 영원히 차지하고 있는 가구家具 같은 것이다.

『일리아스』를 읽고 나서 『오디세이아』를 집어 들면 우리는 전혀 다른 세계로 걸어 들어가게 된다. 작품 속에서 들려오는 소리조차도 다르게 들린다. 『일리아스』에서는 무기의 충돌로 시끄러운 쇳소리가 나는 데 비해, 『오디세이아』에서는 수많은 분위기를 가지고 있는 바다의 속삭임 혹은 노호怒號가 들려온다.

하지만 두 작품 사이의 차이는 좀 더 근본적인 것이다. 『일리아스』는 비극적이다. 그것은 서구 문학에서 되풀이 되어 온 주제, 우리의 마음속에서 늘 어른거리는 그림자에 대해서 말한다. 그것은 아무리 고상한 정신의 소유자일지라도, 불변의 운명이 지배하는 세상과 맞서서 자기 자신의 한계를 인식한다는 주제이다. 하지만 『오디세이아』는 비극적이지 않다. 이 작품은 우리의 한계가 아니라 가능성을 강조한다. 그 주제는 죽음과 맞선 용기가 아니라, 고난에 맞서는 지성이다. 그것은 지성의 힘이라는 또 다른 주제를 천명하는데, 우리 현대인은 이 주제에 즉각 반응한다. 오디세우스는 용감하지만 그의 영웅적 행위는 지성에서 나온다. 그는 아킬레스처럼 거대한 열정을 가지고 있지는 않고, 우리 보통 사람들처럼 인간적인 차원을 가지고 있다. 그래서 우리는 쉽게 그에게 동화된다.

『오디세이아』의 어조는 이런 소박한 인간관과 조응한다. 동화 같은 얘기들이 가득하지만, 그래도 사실주의적 장편소설처럼 우리에게 사실감을 불어넣어 준다. 이 서사시는 모든 리얼리즘 장편소설의 효시이고, 최초의 모험 스토리이며, 지금까지도 최고의 스토리로 남아 있다.

우리는 오늘날 다음과 같은 정신에 입각하여 이 작품을 읽어야 한다. 이것은 늘 곰곰 생각하는 버릇이 있는 어떤 비상한 남자에게 벌어진 모험들을 다룬 이야기이다. 『오디세이아』의 무드는 『일리아스』의 그것에 비해 한결 이완되어 있다. 따라서 이 작품을 읽을 때 우리의 마음도 한결 느긋해진다. **C.F.**

4

공자 孔子

기원전 551−479

논어 論語

많은 현대 서양인들이 『논어』를 제대로 읽고 이해하는 데 어려움을 느낀다. 공자가 흔해 빠진 잠언을 말하는 동양의 괴이한 신사 정도로 여기고 있기 때문이다. 공자를 제대로 이해하려면 이런 단계를 넘어서야 한다. 그의 이름은 물론 콘퓨시어스Confucius가 아니었다. 그것은 17세기에 서양의 제수이트 선교사들이 붙인 이름이다. 그 당시의 유럽인들은 존경받을 만한 철학자라면 라틴어 이름을 가지고 있어야 한다고 생각했다. 콘퓨시어스는 공부자孔夫子(쿵푸츠)의 라틴어식 명칭이다.

그의 성은 공이었고 이름은 구丘였다. 그는 오래된 낮은 귀족 계급의 출신이었다. 그 계급은 중세 서양식으로 말한다면 기사 계급 혹은 슈발리에chevalier 계급이었다. 그는 활을 잘 쏘고 전차를 잘 몰았으며 뛰어난 매너와 정력적인 활동력의 소유자였다. 그는 사회적으로나 정치적으로 아주 혼란스러운 시대를 살았다. 당시 주나라는 국정 장악력을 잃었고 중국은 서로 싸우는 여러 작은 국가들로 분열되어 있었다. 그의 무예는 점점 불필요하게 되었다. 대규모 보병 부대가 조직되고 신병기가 도입됨으로써, 개인이 무용을 발휘하는 과거 스타일의 전쟁은 쓸모없게 되었다.(이 과거 스타일의 전장은 호메로스[2]에서 묘사된 것과 비슷하다.)

공자는 새로운 직업을 필요로 했고 그것을 찾아 나섰다. 그와 비슷한 입장에 있었던 다른 많은 사람들과 마찬가지로 프리랜스 정치 고문으로 출세하려고 했다. 자신의 역사 지식과 고대 문서에서 발견한 전례들을 가지고 새로운 난세에 살아남으려는 통치자들을 도와줄 수 있다고 생각했다. 그의 가장 큰 꿈은 소국의 재상이 되어 5백 년 전 주나라가 건립될 때 확립된 도덕적 기준을 회복시키는 것이었다. 그는 자신의 고향인 노나라에서 관리의 생활을 잠시 했지만 자신의 정치 철학을 현실에 적용시켜 줄 통치자를 만나지 못했다. 지난 1백 세대 동안 동아시아인들에게 공자는 교사와 성인의 전범이었고, 역사상 가장 영향력 높은 철학자들 중 한 사람이었지만, 공자 자신의 기준으로 볼 때 그는 실패작이었다. 그는 제자들의 존경을 받으며 세상을 떠났지만 정작 그 자신은 큰 실망을 맛본 사람이었다.

공자는 좋은 정부와 훌륭한 사회 질서의 핵심은 자연스러운 위계질서를 확립하는 것이었다. "아버지는 아버지답게 하고, 아들은 아들답게 하라." 자식이 부모를 존중하고 복종할 때, 또 부모가 자식을 잘 보호하고 교육할 때, 다른 사회적 관계도 자연스럽게 형성된다고 공자는 생각했다. 통치자와 각료, 남편과 아내, 나이 많은 사람과 어린 사람, 친구와 친구(서로 존중하는 관계)의 관계도 부모—자식 간의 관계처럼 자연스러운 것이 되어야 한다. 그는 인간성에 대하여 낙관적인 견해를 가지고 있었지만 그런 성격을 최대한으로 발전시키려면 교육이 필수라고 보았다. 소크라테스와 마찬가지로(플라톤[12]에 의해서 묘사된 바와 같이), 개인이 자신의 무지를 깨닫는 것이 배움의 기본이라고 생각했다.

공자는 아주 보수적인 견해를 가지고 있었지만, 세습의 특혜보다는 능력에 의한 발탁을 더 선호했다. 이것은 그가 중국 사회뿐만 아니라 전 세계에 가져다 준 가장 큰 선물이었다. 그의 이상은 군자君子였다. 그는 이 단어에 특별한 의미를 부여했다. 군자는 행동, 교양, 처신이 문자 그대로 군자인 사람을 말하지만, 아버지가 귀족이라고 하여 그 아들이 저절로 군자가 되는 것은 아니었다. 공자는 성문법成文法이 사기와 회피의 구실을 만들어 줄 뿐이라고 생각하여 그런 법률을 반대했다. 그는 대신에 예禮의 통치를 선호했다. 예는 상응하는 영어 단어가 없는데, 에티켓, 예절, 의례, 보통법 등을 포함하는 개념이다. 이런 사회적 불문율이 자연스러운 능력 본위 제도로 운영되는 정부에 의해 실천되고 또 단속되어야 하는 것이다.(이러한 통치를 펴는 계급은 자연스럽게 플라톤의 『공화국』의 통치 엘리트와 비교된다.)

설사 공자가 생시에 뭔가 저서를 집필했다고 하더라도 그것은 남아 있지 않다. 『논어』는 그의 대화, 훈시, 사소한 말씀 등을 모아 놓은 책으로, 그의 사망 직후 제자들이 편찬한 것이고, 그 후 여러 세대에 걸쳐 증보되었다. 『논어』는 지속적인 줄거리는 없고 때때로 애매모호하거나 혼란스러운 문장들도 나온다. 어떤 가르침은 너무 자명하여 진부해 보이기까지 한다. 이것은 지난 25세기 동안 자명한 진리가 아주 여러 번 증명되었기 때문에 그렇게 보이는 것이다. 일부 독자들은 공자의 보수주의가 못마땅할 것이다. 특히 여성을 저급한 존재로 격하시킨 가부장 제도를 옹호하는 태도에 반발을 느끼기도 할 것이다. 하지만 고대 세계의 모든 사상가들이 가부장제를 옹호했다는 사실을 감안하기 바란다.

『논어』는 금방 읽을 수 있는 좀 짧은 책이다. 그래서 재독 삼독할 것을 권한다. 이 책은 생생하면서도 관대한 사상의 기록이다. J.S.M.

5
아이스킬로스 Aiskhúlos
기원전 525 – 456/5

오레스테이아 Oresteia

고대 그리스 비극은 우리가 오늘날 즐겨 보는 드라마와는 상당히 다르다. 따라서 초보 독자들은 먼저 그리스 드라마를 다룬 교과서를 공부할 것을 권한다. 혹은 그리스 문학사에서 고대 드라마를 다룬 부분을 참고해도 좋다. 또는 그리스 드라마의 번역본에 통상적으로 붙어 나오는 해설과 노트를 주의 깊게 읽어보기 바란다. 아래에 추천된 그리스 드라마의 주요 인물들과 관련된 그리스 신화도 함께 살펴보면 좋다.

고전 시대의 그리스 드라마는 아주 고상하고 형식적인 스타일의 운문으로 씌어졌다. 그것은 디오니소스 신을 경배하기 위해 개최되는 아테네 연례 축제 행사의 일환으로 노천에서 공연되었다. 따라서 드라마는 거의 모든 시민들이 의무적으로 참석하는 종교적 의례의 성격을 띠고 있었다. 드라마는 3부작으로 진행되었고 그 다음에 코믹한 성격의 짧은 드라마가 이어졌다. 극작가들은 승리의 월계관을 따내기 위해 서로 경쟁했다. 아이스킬로스의 『오레스테이아』는 현존하는 유일한 3부작이다.

우리는 고대 그리스에서 공연되었던 노천 연극을 제대로 상상하기가 쉽지 않다. 그리스 드라마에는 음악, 춤, 합창이 곁들여졌고 대사들도 현대의 연극 대사와는 다르게 웅변조 혹은 노래 가락 등으로 말해졌다. 드라마의 플롯은 통상적으로 유명한 전설을 다시 가져온 것이므로 아무런 긴장감을 주지 않는다. 그 드라마를 보는 사람들은 줄거리를 사전에 다 알고 있다. 우리 현대인에게 낯설게 보이는 두 가지 특징은 코러스와 메신저이다. 코러스는 연극 속의 행동에 대한 일종의 논평이고 메신저는 무대 바깥에서 벌어지는 난폭한 행동을 전하는 사람이다. 우리는 그리스 드라마에 접근할 때 먼저 그것이 종교적 기원을 가지고 있으며, 그 효과 또한 종교적인 것이었음을 기억해야 한다. 또 그 드라마 속의 언어와 행동이 현대적 의미의 '리얼리즘'과는 거리가 있음도 유념해야 한다.

아이스킬로스가 그리스 비극을 '발명'한 것은 아니지만, 제일 먼저 이 장르를 실천한 사람으로 여겨지고 있고 그래서 모든 서양 비극의 원조로 인정된다. 그는 아테네 민주주의가 성장하던 위대한 시절의 사람이었고 그 자신 그런 태평연월에 기여한 바 있었다. 그는 아테네 민주주의를 지키기 위해 마라톤 전투와 나아가 살라미스 전투에 참여했다. 아테네 근처 엘레우시스에서 태어난 그는 생애 대부분을 아테네 근처에서 보냈고 시칠리아 젤라에서 사망했다. 한 믿을 수 없는 이야기에 의하면 그의 사망 원인은 이러하다. 거북이를 입에 물고 날아가던 독수리가 그것을 이 극작가의 대머리 위에 떨어트렸고 그 타격으로 사망했다. 그가 쓴 90편의 드라마 중 일곱 편만 전해지고 있다.

일곱 편 중 가장 우수한 것이 그 드라마의 중심인물 이름을 딴 『오레스테이아』이다. 이 드라마의 주제는 그리스의 전설에서 자주 나오는 것인데, 가족의 유혈적 죄의식과 그 속죄를 다룬 것이다. 『아가멤논』은 살인을 묘사한 드라마이다. 트로이 전쟁에서 이기고 돌아온 남편 아가멤논을 정부와 눈이 맞은 부정한 아내 클리타임네스트라가 살해하는 내용이다. 『코에포로이(헌주 잔을 든 사람)』는 복수의 드라마로서, 아가멤논의 아들 오레스테스가 클리타임네스트라에게 복수하는 내용이다. 『에우메니데스(복수의 여신들)』는 정화의 드라마로서, 복수의 여신들(퓨리스)이 오레스테스를 괴롭히지만 아테네 재판관들의 판결과 아테나 여신의 개입으로 오레스테스가 마침내 속죄한다는 내용이다. 이 3부작은 운명, 유전, 자부심의 복잡한 갈등을 세부적으로 천착한 드라마로서, 그 갈등의 매듭을 법과 질서라는 더 높은 차원에서 해소한다는 결론을 내린다.

호메로스[2]를 총칭하는 한 단어가 고상함이라면, 아이스킬로스를 총칭하는 단어는 장대함이다. 그의 드라마는 현대극을 읽듯 읽어서는 안 된다. 그의 언어는 고상하여 이해하기가 쉽지 않다. 그 언어는 죄책감과 죄의식이라는 심오한 사상을 표현하기 위한 엄청난 몸부림이다. 죄책감과 죄의식의 주제는 오늘날의 유진 오닐[115]과 윌리엄 포크너[118]에 이르기까지 세계 문학의 핵심 주제가 되어 왔다. 아이스킬로스는 현대의 뛰어난 극작가들보다는 오히려 구약성서 「욥기」의 저자와 더 가깝다. 그는 이런 관점에서 이해되어야 한다. **C.F.**

6
소포클레스^{Sophoklès}

기원전 496-406

오이디푸스 왕^{Oidipous türannos}, 콜로누스의 오이디푸스^{Oidipous epi Kolonoi}, 안티고네^{Antigone}

소포클레스는 아테네 교외에서 상류 계급 가문의 아들로 태어났다. 그는 정부의 고위직을 지냈고 드라마 경쟁에서 늘 승리를 거두었고 다양한 방식으로 아이스킬로스[5]의 원시적 테크닉을 발전시켰다. 그는 행복하게 살면서 장수했고 페리클레스 시대를 대표하는 인물이었다. 그가 써낸 120편의 드라마 중 일곱 편만이 전해지고 있다. 하지만 이것들만으로도 그는 모든 시대를 통틀어서 가장 위대한 극작가들 중 한 명으로 자리매김 된다.

극작가를 어떤 틀로 규정한다는 것은 위험한 일이다. 하지만 다음과 같이 말하는 것은 어느 정도 일리가 있다. 초보 독자들은 고대 그리스의 3대 극작가를 이렇게 이해하면 좋을 듯하다. 아이스킬로스는 드라마의 신학교수로서 신과 그 신의 준엄한 판결에 사로잡힌 사람이다. 소포클레스는 드라마의 예술가로서 인간의 고통에 집중한다. 에우리피데스[7]는 드라마의 비평가로서 그리스의 전설을 그가 살았던 혼란스럽고 환멸스러운 시대에 대한 비판의 도구로 삼는다.

여기에 추천된 소포클레스 드라마 세 편은 모두 오이디푸스 왕 일가를 주인공으로 삼고 있으나 3부작으로 집필된 것은 아니다. 집필 순서는 『안티고네』, 『오이디푸스 왕』, 『콜로누스의 오이디푸스』이다. 맨 마지막 작품은 필력이 여전한 노년의 소포클레스가 집필한 것으로서 그의 사후인 기원전 401년에 공연되었다. 원한다면 사건이 벌어진 연대순인 『오이디푸스 왕』, 『콜로누스의 오이디푸스』, 『안티고네』의 순으로 읽어도 무방하다. 이 세 편은 통칭하여 오이디푸스 사이클 혹은 테베 극Theban Plays이라고 한다.

그의 저서 『시학』에서 아리스토텔레스[13]는 이런 말을 하고 있다. 소포클레스는 자신이 사람들을 마땅히 그렇게 되어야 할 존재로 묘사한다고 말했고, 반면에 에우리피데스는 있는 그대로의 사람을 묘사한다고 말했다. 그렇다면 아이스킬로스는 인간을 단 하나의 거대한 열정에 사로잡힌 반신半神의 존재로 묘사했다고 말해도 무방하리라. 소포클레스는 특히 코러스의 서정적 아름다움으로 유명하다.

아리스토텔레스는 『오이디푸스 왕』을 가장 이상적인 드라마로 보았고, 특히 그 플롯과 구조를 칭찬했다. 오늘날 우리는 다른 특징들을 강조한다. 이 작품이 현존하는 그리스 비극 중 가장 영향력이 크고, 가장 자주 공연되고 가장 보편적으로 연구되는 작품이라는 것은 의문의 여지가 없다. 이 드라마의 기본적인 신화, 즉 아버지를 죽이고 어머니와 결혼한 남자 이야기는 프로이트[98]에게 오이디푸스 콤플렉스라는 용어를 제공해 주었다. (맥스 비어봄은 오이디푸스 일가를 가리켜 "아주 강렬하면서도 특이한 가족" 이라고 말했다.)

『오이디푸스 왕』을 읽으면 독자는 다음의 두 가지 심오한 질문을 던지게 된다. 그것은 과거에서부터 오늘날까지 계속 인간을 사로잡아온 질문이다. 첫째, 인간은 자유로운 존재인가, 매인 존재인가? 둘째, 지식(지능)이 비극을 가져오는 것이라면, 그것은 어느 정도로 인간에게 유익한 것인가? 기술적인 측면에서 본다면 이 드라마의 효과는 극적 아이러니를 교묘하게 활용하는 데서 나온다. 그러니까 관객은 아주 중요한 사실을 알고 있는데 반해, 주인공은 그 사실을 모르는 상황이 그것(극적 아이러니)이다.

『콜로누스의 오이디푸스』는 까다로운 드라마이고 세련된 독자들도 잘 이해하기 어렵다. 『오이디푸스 왕』과는 다르게 이 드라마는 잘 짜여 있지 않다. 그러나 이 드라마의 관심사는 플롯에 있지 않다. 이 드라마는 기적극 혹은 신비극으로 접근해야 한다. 죄의식과 기이한 지식을 부담으로 안고 있는 사람에 대한 연구이며, 그의 생애는 마침내 신들과 아테네 시 당국에 의해 정당화되어 의미를 부여받는다. 마침내 오이디푸스는 아더 왕처럼 일종의 초월적 영웅이 되어 신비한 종말을 맞는다.

『안티고네』는 심리적 관점에서 볼 때 세 편의 드라마 중 가장 복잡하다. 이 작품은 관습과 율법의 갈등, 더 구체적으로 개인과 국가 간의 갈등을 다룬다. 이것은 휴브리스(지나친 자만심)와 그에 따른 개인의 파멸을 다룬 많은 그리스 드라마 중 하나인데 이 경우는 크레온의 휴브리스가 문제이다. 독자는 이 개념(휴브리스)을 헤로도토스[8]에게서 다시 만나게 될 것이다. 『안티고네』를 읽기 전에, 고대 그리스인들은 죽은 자를 적절히 매장하는 문제를 아주 중요하게 여겼다는 사실을 유념할 필요가 있다. 또한 남편이나 자식은 교체 가능하지만 남동생은 교체 불가능하다는 그리스적 사상(혹은 안티고네의 사상)을 일단 수긍해야 한다.

오이디푸스 사이클에서 소포클레스는 위대함의 몰락을 다룬다. 하지만 그는 위대함뿐만 아니라 몰락으로부터도 엄청난 영감을 얻는다. 소포클레스 드라마의 감동은, 인간의 비극적 운명에 대한 그의 슬픈 인식과, 인간의 경이로운 힘에 대한 그의 존경심, 이 둘 사이의 긴장으로부터 나온다. **C.F.**

7
에우리피데스Euripides
기원전 484−406

알케스티스Alkēstis, 메데이아Medēia, 히폴리투스Hippolytos, 트로이의 여인들Trōades, 엘렉트라Electra, 바카이Bakchai

소포클레스[6]보다 15년 연하에 지나지 않지만, 에우리피데스는 아주 다른 그리스 세계를 물려받았다. 그 세계는 지적인 회의와 민간 사회의 투쟁으로 분열된 사회였다. 그의 작품은 이러한 변화를 반영한다. 소포클레스의 비극적 인식에는 장엄한 안정감이 있으나, 에우리피데스에게는 그것이 없다.

그는 유명한 해전이 벌어졌던 살라미스에서 태어나, 은퇴한 사람의 삶, 혹은 인생에 환멸을 느끼는 자의 삶을 살았던 것 같다. 어떤 이야기에 의하면 그는 바다 옆 동굴에 혼자 살았다고 한다. 92편의 드라마를 썼다고 하는데 그 중 19편이 전해진다.(『레수스』가 그의 진품일 경우) 그의 드라마는 인기도 있었고 상도 받았지만, 수상 경력은 소포클레스의 18회에 비해 5회에 지나지 않는다.

고대 그리스의 3대 비극 작가 중에서 에우리피데스는 우리 현대인에게 가장 흥미롭다. 왜냐하면 그의 정신세계가 우리의 그것과 별로 다르지 않기 때문이다. 모든 것을 의문시하는 소피스트의 아들로 태어난 데다 소크라테스의 아이러니에 동요된 에우리피데스는 우리와 마찬가지로 모든 도덕적, 종교적 가치에 대하여 불확실한 느낌을 가졌다. 그의 생애 후반은 처참한 펠로폰네소스 전쟁의 시기와 겹치기 때문에, 공포, 비관론, 정치적 혼란으로 점철된 위기의 시대를 살아가야 했다. 그의 천재가 발전되는 양상은 불규칙적이었고 그의 사상은 일관성이 없다. 하지만 그의 인생관은 합리성에 바탕을 둔 회의적인 것이었으며, 소포클레스처럼 장엄한 비극성은 없지만 그래도 비극적이었다. 오늘날의 실존주의 작가와 전위 작가들은 그의 사상을 별 어려움 없이 이해할 것이다.

그의 드라마는 늘 그런 것은 아니지만 대체적으로 부자연스러운 연극 조, 우스꽝스러운 괴기함, 과장된 우연의 일치 등이 특징이다. 갑자기 "기계 장치의 신deus ex machina" 이 등장하여 갈등을 해결하는가 하면, 인상적인 대화라기보다 토론이나 웅변 같은 대사를 구사한다. 알쏭달쏭한 무드(『알케스티스』는 비극인가 희극인가?)를 마구 뒤섞고 비관습적이다 못해 과격하기까지 한 아이디어를 구사한다. 『트로이의 여인들』은 전쟁의 영광을 모두 제거해 버렸고, 『메데이아』는 페미니스트 논문이라고 해도 무방하며, 다른 드라마들은 신들을 사기꾼 혹은 믿지 못할 자로 묘사한다. 하지만 여성에 대한 묘사가 탁월하여 파이드라와 메데이아의 초상화는 여성 심리를 절묘하게 표현한다. 그는 인간과 초자연적 존재의 관계보다는 인간의 열정과 약점의 관계에 대하여 더 큰 관심을 보인다. 심리학자로서 또 아이디어의 전파자로서 에우리피데스는 입센[89]과 쇼[99]의 조상이라고 할 수 있다.

하지만 그는 어떤 정식화를 거부한다. 그의 드라마는 어떤 확실성을 추구하는 산발적 기록인데 그 확실성은 어디에서도 발견되지 않는다. 그는 사실적이고 아주 현실적인 대화를 쓰기도 하지만, 어떤 때는 지고한 아름다움을 노래한 코러스와 대사를 쓰기도 한다. 플루타르코스는 우리에게 다음과 같은 얘기를 전한다. 아테네 사람들이 시라쿠사에 포로로 잡혀갔을 때, 에우리피데스의 대사들을 아주 매혹적으로 암송했기 때문에 석방되었다는 것이다. 에우리피데스는 어떤 때 아주 회의적이어서 마을의 무신론자처럼 보인다. 하지만 그의 마지막 작품이며 걸작인 『바카이』는 인간성의 깊은 밑바닥까지 탐구해 들어간다. 인간이 거듭하여 불합리성에 빠져들고 때로는 광분하는 행태에 대하여 기이한 동정심을 표시한다. 에우리피데스는 그 어떤 정식화도 거부하는, 일관적이지 못한 사상가이다. 바로 그것 때문에 우리 시대처럼 손상된 영혼에 대하여 관심이 많은 시대가 그의 드라마에 매혹되는 것이다.

나는 여섯 개의 드라마를 추천했다. 그 드라마들은 집필 연대

혹은 공연 연대순으로 배열되어 있다. 하지만 『헤라클레스』, 『헤쿠바』, 『안드로마케』 같은 다른 드라마들도 충분히 읽어볼 가치가 있다.

에우리피데스를 읽어 나가면서 왜 아리스토텔레스[13]가 그를 가리켜 "가장 비극적인 시인"이라고 말했겠는지, 깊이 생각해 보기 바란다. **C.F.**

8
헤로도토스 Herodotus
기원전 484년경−425년경

역사 *Historiae*

우리가 헤로도토스에 대해서는 아는 정보는 대강 이런 것이다. 그는 소아시아의 도시인 할리카르나소스에서 좋은 가문의 아들로 태어났다. 이 도시는 원래 그리스의 식민 도시였으나 그의 반평생 동안 페르시아의 통치 아래 있었다. 그는 지중해 세계 전역을 널리 여행을 했는데 이때 수집한 자료들이 『역사』 속에 들어갔던 것으로 추정된다. 역사 history라는 단어는 그리스 어에서 탐구 혹은 조사라는 뜻이다. 그의 저서는 생전에 이미 유명해졌고 사후에도 계속 유명하여 사람들의 관심에서 사라진 적이 없었다.

헤로도토스는 그의 목적을 이렇게 기술했다. "인간이 알고 있는 것을 망각으로부터 구해내고, 그리스인과 야만인의 위대하고 놀라운 행동들이 영광을 잃지 않도록 하려는 것"이었다. 이 책의 후반부는 그러한 목적을 달성한다. 이 역사의 아버지는 페르시아와 그리스의 거대한 쟁투를 아주 충실하고 객관적으로 묘사한다. 이런 군사적 '행동'과 관련하여 우리는 마라톤, 테르모필라이, 살라미스 같은 영광스런 이름들을 떠올리게 된다. 이러한 전투의 결과 덕분에 서양은 오늘날 아시아 문화권이 아니라 서구 문화권에 살고 있는 것이다.

반면에 이 책의 전반부는 일종의 보편적 문화사이다. 헤로도토스의 동시대와 그 앞 시대에 온 세상에 알려져 있던 사실, 일화, 신화들을 종합한 것이다.

때로는 혼란스러운 방식으로, 때로는 매력적인 방식으로 그는 저널리즘, 지리, 민족지학, 인류학, 우화, 여행담, 시장 철학과 설교 등을 한데 뒤섞는다. 그는 산문으로 글을 쓰고 전설적 사건보다 실제 사건들을 다루고 있지만, 호메로스[2, 3]에 더 가까운 스타일이고, 현대의 과학적 역사보다는 예술에 더 가까운 분위기를 가지고 있다. 로마 후기 시대의 비평가 퀸틸리아누스는 헤로도토스가 "즐겁고, 명쾌하고, 산만하다"고 말했는데, 이 세 형용사는 아주 적확한 단어이다.

따라서 초급 독자들은 현대의 기준에 입각하여 그리스-페르시아 전쟁의 명석하고 정확한 묘사를 기대해서는 안 된다. 그의 책은 아주 느긋한 마음으로 건너뛰듯 읽어야 한다. 이야기들, 산만한 곁가지 설명들, 탁월한 인물의 묘사, 수십 개 고대 민족의 풍습과 관습에 대한 놀라운 정보 등을 찾아가며 띄엄띄엄 읽어야 한다. 또 헤로도토스 그 자신을 만나는 즐거움을 위해 읽어야 한다.

이 역사가는 때때로 잘 속아 넘어가고, 때로는 회의적인가 하면 늘 인간적이고, 유머러스하고, 호기심이 많으며, 교양을 갖추고 있다. 등장인물이 누구이고 어떤 사건이 어디에서 벌어지는지 따위는 신경 쓸 필요가 없다. 구체적 사실의 파악보다는 헤로도토스가 전개하는 커다란 이야기의 강ㅍ에 풍덩 빠져들도록 하라. 그리스의 비평가 롱기누스는 이 역사가에 대하여 이런 조언을 했다. "그는 책 속에서 당신을 이끌고 가면서 자신(헤로도토스)이 들은 것을 본 것으로 바꾸어 놓는다." 이 조언은 하나의 단서가 된다. 그냥 따라가면서 사물들을 보도록 하라. **C.F.**

9
투키디데스 Thucydides
기원전 470/460년경 – 400년경

펠로폰네소스 전쟁사 *The History of the Peloponnesian War*

영국의 역사가 머콜리는 투키디데스를 가리켜 "지금껏 나타난 역사가들 중 가장 위대한 역사가"라고 평가했다. 그는 아테네 상류계층 출신이었고 태평성대였던 페리클레스 시절의 아테네를 체험한 사람이었다. 그는 자신이 묘사한 전쟁에 장군으로 참여했다. 기원전 424년 암피폴리스의 트라키아 마을을 방어하지 못했다는 이유로 장군직에서 해임되어 추방되었고, 20년의 유배 생활 끝에 사면을 받았다. 하지만 그의 역사서에서 이 중요한 사건은 아주 객관적인 제3자의 눈으로 간단하게 서술되어 있다. 유배 생활 20

년 동안 그는 스파르타와 기타 지역을 여행하면서 여러 사실들을 수집, 확인하는 일을 했는데 이 자료가 역사서 집필의 밑바탕이 되었다. 한 전설에 의하면 그는 기원전 400년경에 암살되었다고 한다.

이 책은 미완성으로(기원전 411년에 중단되었다) 끝났지만 그래도 상당히 만족스러운 전체를 보유하고 있으며, 아테네의 제국주의 군대와 스파르타를 중심으로 하는 연합군 사이의 그리스 내전을 기록한다. 내전의 제2단계를 집중적으로 조명하고 있는데 투키디데스 자신도 이 단계에 장년의 나이로 참가했다. 이 단계는 기원전 431년에 시작되어 아테네가 패배하는 기원전 404년에 끝난다. 아테네는 그 당시 가장 희망적인 문명 국가였고, 그때 이후 우리 인류는 그런 높은 지적 성취에 도달해 본 적이 없었다. 투키디데스는 자신이 아주 비극적인 주제를 다루고 있다는 것을 알았다. 그는 이 주제를 위해 자신이 가지고 있는 제한적이지만 엄청난 재능을 쏟아 부었다. 그는 자신의 저작이 "모든 시대에 소중하게 여겨지는 책"이 될 것이라고 침착하게 말했다. 지금껏 그의 말은 사실로 입증되었다.

투키디데스와 헤로도토스[8]는 20년 정도 나이 차이가 나는 동시대인이었지만, 두 사람은 공통점이 거의 없다. 헤로도토스와는 다르게 그는 과학적인 역사가가 되기 위해 최선을 다 했다. 그는 사건들을 잘 배열하고 강력한 지성을 발휘한다면 역사적 과정을 충분히 설명할 수 있다고 보았다. 그는 막연한 설명은 배척했다. 가령 헤로도토스가 즐겨 말하는, 복수하는 네메시스의 개념이나 상대방의 오만함은 반드시 징벌한다는 페르시아 사람들의 태도 따위는 무시했다. 그는 조짐, 신탁, 예언을 경멸했고 신들을 필요로 하지도 않았다. 그는 지도자들을 충동질하고 커다란 사건들을 일으키는 객관적 동기들을 분석했다. 그는 펠로폰네소스 전쟁의 시대적 배경, 인구통계와 경제적 요소들을 분석하면서 뛰어난 이해력과 심리적 통찰을 발휘했다.

헤로도토스가 수다스럽고 산만하다면, 투키디데스는 근엄하고 통합적이다. 그는 문화사가라기보다 정치와 군사의 역사가이다. 그는 의심이 많은 데다 매력적이지 못하며, 그래서 읽기가 까다롭다. 정신을 집중하지 않으면 그의 책은 제대로 읽어내기 어렵다. 하지만 그는 되풀이하여 읽으면 진국이 나오는 작가이다. 마지막으로, 그는 권력(힘의) 정치의 내면을 파악한 최초의 역사가이다. 홉스[43], 마키아벨리[34], 마르크스[82]는 모두 다른 방식으로 그의 자식들이다.

그가 일관되게 근엄함을 유지하고 또 귀족적인 자세로 감정을 배제하고 있지만, 그의 책은 진지한 독자들을 사로잡는 측면이 있다. 그가 역사적 인물들에게 배정한 40개의 연설문 중에서 가장 훌륭한 것은 페리클레스의 장례식 애도문(제2권)이다. 이 문장은 아주 뛰어난 극적인 모놀로그이다. 종류가 약간 다르기는 하지만 아테네의 전염병에 대한 묘사(제2권), 멜리아 대화록(제5권), 아테네 패권의 종말을 알리는, 끔찍한 시칠리아 원정전(제6권과 7권) 등도 걸작이다. **C.F.**

10

손자 孫子

기원전 450년경 – 기원전 380년경

손자병법 孫子兵法

손자의 생애에 대해서는 알려진 것이 별로 없다. 그는 중국 역사에서 실존하는 인물이었고 공자[4]보다 약간 연하인 동시대인이었다. 그의 이름은 손무였다.(손자의 '자'는 스승을 의미하는 경어이다.) 초기 역사 기록에 나오는 간단한 정보에 의하면, 그는 주 왕국이 쇠약해지면서 찾아온 춘추 전국시대에 어느 한 소국에서 장군 겸 군사 전략가를 지냈다. 그가 죽은 후 기원전 4세기 초반이나 중반에 그의 제자들이 스승의 가르침을 기억나는 대로 적어놓은 것이 『손자병법』이다. 이 책은 『논어』보다는 통일성이 있고 논리적 일관성도 갖추고 있다. 그래서 일부 학자들은 손자의 가르침을 개인적으로 잘 아는 여러 사람이 짧은 기간 내에 이 책을 공동 집필했을 것이라고 주장한다. 아무튼 손자가 쓴 것으로 여겨지는 이 책은 그 후 중국의 군사 관련 서적에 하나의 기준을 제시했다.

　중국 역사 내내 이 책이 그토록 높이 평가되고 또 많이 답습되었다는 것은 어떻게 보면 기이한 일이다. 공자 이전의 시대는 물론이고 공자와 그의 학파가 득세한 이래 중국의 사회 철학은 전쟁의 정치적 역할을 낮게 평가했고, 군사 문제는 문민정부의 통제 아래에 있어야 한다고 강조했다. 따라서 개인의 군사적 용맹에 대해서는 높은 명예가 주어지지 않았다.(중국의 유명한 속담에는 이런 것이 있다. "좋은 쇠로 못을 만들지 말고, 좋은 사람으로 군인을 만들지 말라.") 『손자병법』을 읽어보면 이러한 외형상의 역설이 저절로 해결되는 것을 알 수 있다. 손자는 전략가라기보다 철학자였고 가장 좋은 승리는 싸움 없이 얻은 승리라고 가르쳤다. 동시에 손자는 현실주의자였다. 때때로 전쟁은 피할 수 없으며 그래서 일단 전쟁이 터지면 성공적인 결론을 얻기 위해 최대한으로 노력해야 한다. 손자의 특별한 재주는 통치자들에게 그들의 힘을 최대한 발휘하는 요령을 가르친 것이었다. 하지만 그는 전쟁을 영예로운 것으로 여기지는 않았다. 그의 목소리는 영광을 추구하는 청소년 영웅의 그것이 아니라, 있는 그대로의 세상을 객관적으로 다루는 성숙한 남자의 그것이다. 이런 철학을 가진 손자는 아킬레스를 별로 대단치 않게 생각했을 것이다.(호메로스[2])

손자가 볼 때 군사 전략가의 전반적 목적은 명확했다. 통치자가 그의 손에 가지고 있는 무력을 최대한 극대화시켜 최고의 효력을 발휘하게 하는 것이다. 만약 그 힘이 충분히 크다면 적절한 공격 대상과 공격 이유를 찾아서, 단 한 방에 적을 분쇄하라. 만약 통치자의 힘이 약하고 부적절하다면 적을 피하고, 기만하고, 매복하고, 피곤하게 만들어 전투의 승산을 높이도록 하라. 마키아벨리[34]와 똑같이, 손자는 전투를 수행하는 방법의 합법성이나 도덕성은 개의치 않았다. 정탐, 사보타주, 기만 등이 모두 공정한 플레이로 간주되었다. 그는 전쟁은 아예 하지 않는 것이 가장 좋다고 말한다. 그러나 일단 전쟁이 불가피해지면, 통치자는 승리를 통하여 국가의 안전을 지키는 것보다 더 큰 도덕적 의무는 없다고 주장한다.

무제한 전투를 지지하고, 세부 사항에 대한 일관된 관심(가령 "매복하기 어려운 장소에서는 비상 계획을 실시하라" 등)을 강조하는 손자의 파워 어프로치(실력 위주의 접근 방식)는 근년에 들어와 새로운 인기를 얻었고 그리하여 『손자병법』이 기업 경영의 핸드북이 되었다. 이 책과 그로부터 파생된 여러 책들이 기업 이사회 전략가, 기업 합병 담당 법률가, 인사부장, 변호사, 기타 현대의 전사들의 서가에서 환영받게 되었다. 이런 사람들은 고대 중국의 왕들처럼 위험과 불확실성이 가득한 상황을 헤쳐 나가야 하는 것이다.

새뮤얼 B. 그리피스가 번역한 『손자병법』 영역본이 여러 해 동안 표준판이었고 지금도 믿을 만하다. 나는 최근에 나온 로저 에임스 번역본과 랠프 소이어 번역본을 선호한다. 이 두 책은 『손자병법』에 대한 최근의 학계 연구 성과를 충실히 반영하고 있다.
J.S.M.

11
아리스토파네스 Aristophanes
기원전 448년－388년

리시스트라테 Lysistrate, 구름 Nephelai, 새들 Ornithes

아이스킬로스[5]와 기타 고대 그리스 극작가들을 소개하는 부분에서 다음과 같은 말을 한 바 있다. 디오니소스 축제에서 비극 3부작이 공연되고 이어 희극이 무대 위에 올려진다. 이 희극은 연극 관람자들이 집으로 돌아가기 전에 그들의 마음을 가볍게 해주기 위한, 사소한 목적으로 공연되는 것이 아니다. 비극과 희극은 인간 조건의 불가피한 양면으로 간주되었기 때문에, 엄숙한 종교 행사에서 그 둘을 동시에 공연하는 것이 적절하고 또 필요하다고 생각되었던 것이다. 또한 디오니소스 의례는 일상적인 예절과 체통을 잠시 잊어버리는 것을 허용했다. 디오니소스 축제 중에 공연되는 희극은 바로 그 정상적인 사회적 규칙의 정지停止를 의미하는 것이었다. 희극은 요사이 유행하는 용어를 사용해서 말하자면 '초월적'인 것이었다. 아리스토파네스는 그의 희극에서 오늘날에도 사람들을 웃기는 가시 돋친 유머를 던진다. 우리는 그가 화제로 삼은 얘기들을 상당수 이해하지 못하지만, 그래도 그가 재치 있게 공격한 대상들의 불편함은 상상할 수 있다.

아리스토파네스 희극은 열한 편이 전해진다. 초기 그리스 희극들 중에서 유일하게 남아 있는 드라마들이다. 그는 평생 동안 희극의 거장이었는데 사후에도 그의 명성은 계속 유지되었다. 그러나 그런 높은 명성을 가져온 이유들 중 어떤 것은 오늘날 잘 이해되지 못한다. 그는 그리스 운문에 뛰어난 스타일리스트였다고 한다. 또한 다른 작가를 잘 패러디하는 능력으로도 소문이 높았는데 특히 에우리피데스[7]와 아이스킬로스[5]를 잘 흉내 내고 익살스럽게 모방했다. 이런 패러디 능력은 번역본에서는 대체로 살릴 수 없는 측면이다. 하지만 현대 독자들이 비록 고대 그리스어를 모른다고 해도 아리스토파네스의 유머를 대부분 이해할 수 있다.

그의 기본적 코미디 테크닉은 우스꽝스러운 상황을 설정해 놓고 등장인물들로 하여금 그 상황을 극단까지 밀어붙이도록 하는 것이다. 이 기술은 오늘날 코믹 영화와 텔레비전 드라마에서 지속적으로 활용되고 있다. 『구름』은 소크라테스와 당대의 철학자들에 대한 풍자인데, 그들이 뜬 구름 속에서 사는 공허한 사람들이라는 주장이다. 『새들』은 환상적인 새들의 유토피아를 설정한다. 거기서 온 세상의 새들은 인간들이 놓은 덫과 화살로부터 완전 자유롭게 된다. 새들은 쉴 새 없이 날개를 퍼덕거려 올림포스 산으로 올라오는 희생 제의의 연기를 말끔히 치워 버리고, 그들만의 영역을 확보하게 된다. 하지만 새들은 곧 그들이 그처럼 혐오하여 도피해 온 인간들처럼 거만하고, 허영심 많고, 어리석은 존재가 되어 버린다.

아리스토파네스의 희극 중 가장 유명한 『리시스트라테』는 아테네의 여성들이 남편을 상대로 스트라이크를 벌인다는 내용이다. 그녀들은 남자들이 현재 계획 중인 전쟁을 연기할 때까지 일체 잠자리를 같이 하지 않기로 결정한다. 여기서 우리는 원칙을 중시하는 아리스토파네스를 보게 된다. 투키디데스[9]와 동시대 사람인 그는 펠로폰네소스 전쟁을 반대함으로써 인기가 떨어지는 것은 물론이고 그보다 더 나쁜 결과를 당할지도 모르는데, 자신의 원칙을 공개적으로 천명했다. 그는 자신이 사랑하는 아테네의 공화정과 순박함을 위태롭게 할지도 모르는 군사적 모험을 과감히 거부했다.

코미디는 우습지 않으면 실패작으로 치부된다. 하지만 연극에 대해서 조예가 있는 사람이라면 잘 알듯이, 코미디는 아주 심각한 내용을 담고 있다. 프로이트[98]가 지적했듯이, 유머는 무의식적 차원에서 우리를 크게 괴롭히는 금기 사항들을 대면하여 그것들을 우회하게 만든다. 코미디는 불유쾌한 현실을 대낮의 환한 빛 속에다 노출시키는 역할을 한다. 이것은 중국의 황제, 오토만 술탄, 부르고뉴 공작 등이 궁정의 익살꾼에게 부여한 특혜적 지위(불쾌한 현실의 폭로)에서 잘 알 수 있다. 아리스토파네스는 자신의 코미디를 이용하여 거만함의 풍선에서 바람을 빼고, 부적절한 태도를 조롱하고, 강경론과 호전주의를 경계한다. 그는 코미디의 사회적 기능을 이해한 최초의 극작가는 아니지만 그래도 우리가 아는 아주 오래된 극작가이고 또 위대한 극작가이다. **J.S.M.**

12
플라톤 Platon
기원전 428－348

변명 *Apologia Sōkratous*, 크리톤 *Kriton*, 프로타고라스 *Protagoras*, 메논 *Menon*, 파이돈 *Phaidon*, 국가 *Politeia*

플라톤은 한 명의 사상가라기보다 사상의 세계라고 해야 옳다. 그는 서양 문명에 결정적 영향을 미친 대여섯 명의 사상가 중 한 명이다. 앨프레드 노스 화이트헤드는 모든 서양 철학은 플라톤의 작품에 붙인 일련의 각주에 지나지 않는다고 했거니와, 약간의 과장이 섞이기는 했지만 전혀 틀린 말은 아니다. 초급 독자들은 플라톤의 사상 세계를 모두 파악할 수는 없고 또 그것을 바라서도 안 된다. 다음에 제시된 책들은 플라톤과 그의 스승 소크라테스를 어느 정도 알게 하려는 것이다. 우선은 그것으로 만족해야 한다.

플라톤은 부유한 아테네인으로서 도시국가 아테네의 전성기와 몰락기를 모두 경험했다. 장수한 그는 스승 소크라테스를 만난 것이 인생의 가장 중요한 사건이었다.(보즈웰과 존슨[59]을 참조할 것) 그는 다양한 재능을 가지고 있었으나 특히 시와 정치에 마음이 끌렸다. 하지만 소크라테스는 그를 사상의 세계로 인도하여 여러 방면에서 탐구하게 만들었다.

이런 탐구의 결과가 일련의 "대화들" 이다. 대화들은 긴 것도 있고 짧은 것도 있으며, 아주 아름답거나 반면에 따분한 것도 있으며, 대부분의 대화들은 스승 소크라테스를 주인공으로 삼고 있다. "소크라테스의 방법론" 은 그 시대의 분위기의 결과물이었다. 소크라테스는 모든 사물에 의문을 품었고, 사람들이 중요하게 여기는 추상적 단어들, 가령 정의, 사랑, 용기 같은 단어들의 의미를 파고들었다. 이러한 의문은 실제적인 것이었다. 진실은 정신의 작용, 즉 일종의 주고받기인 "변증법" 에 의해서만 접근 가능하다. 이러한 사고방식이 대화들 속에서 예시되고 또 완성되었다. 대화들은 민첩한 정신의 훈련 혹은 유희로 그치는 것이 아니라, 시적이고 극적인 상상력이 모두 동원되는 예술 작품이다. 셰익스피어의 독자가 그러하듯이, 플라톤의 독자는 예술가의 작품을 읽고 있는 것이다.

독자는 플라톤의 핵심 사상 세 가지를 알고 있는 것이 좋다. 첫째는 소크라테스가 한 말인데, "탐구하지 않는 인생은 살 만한 가치가 없다"는 것이다. 이 사상이 플라톤의 모든 저작에서 핵심을 이룬다. 두 번째는 지식은 미덕이라는 것이다. 충분한 지혜를 갖춘 사람은 충분히 선량한 사람이다. 세 번째는 관념론이라는 가장 소중한 지식이다. 플라톤은 이데아를 믿었는데 이것은 사물, 행동, 특질의 원형 혹은 원래의 상태를 말하는 것으로서 보이지도 만져지지도 않는다. 우리는 지상에서 생활하면서, 감각이라는 왜곡된 베일을 통하여 사물, 행동, 특질 등을 이해하지만 이것들^{(사물,} ^{행동, 특질)}은 천상의 이데아를 희미하게 반영한 것에 지나지 않는다. 우리는 이런 식으로 세상을 파악하는 사고방식을 관념론 Idealism이라고 하는데 플라톤은 이 사상의 아버지이다.

하지만 그의 철학은 일관된 전체가 아니고 여러 면에서 그 내용이 수정되었다. 그는 나이가 들어가면서 인간이 스스로를 다스리는 능력에 대하여 회의감을 갖게 되었다. 그의 대화들을 교리의 일관된 시스템으로 읽지 말고, 유머, 재치, 정신작용, 신화라는 멋진 비유들로 가득한 지적 드라마로 읽으면 좋다. 대화들은, 역사상 가장 흥미로운 인물 중 하나인, 못 생겼지만 매력적이고 짐짓 겸손한 척하는 소크라테스를 지적 드라마의 주인공으로 삼고 있다.

우선 『변명』으로 시작하는 것이 좋겠다. 이 책에서 소크라테스는 자신이 무신론자이며 아테네의 청년들을 타락시킨다는 혐의에 대하여 자신을 변명한다. 우리가 알고 있는 바와 같이, 그의 변명은 소크라테스 자신을 구해내지 못했다. 그는 기원전 399년 스스로 독약을 마시는 처형을 당했다. 하지만 『변명』이라는 대화는 지난 2,400년 동안 성공작이었다.

그 다음에는 『크리톤』을 읽기 바란다. 이 책에서 소크라테스는 감옥에서 달아나기를 거부하는 이유를 밝힌다. 그 다음에는 『프로타고라스』가 순서이다. 플라톤이 자신의 재주를 모두 발휘하여 아주 완벽하게 구현해 놓은 멋진 대화이다. 어떤 사람은 플라톤의 유명한 회상回想 이론이 들어가 있는 『메논』을 읽으려고 할 것이다. 그 다음은 『향연』인데 그 움직임과 구조가 완벽한 드라마이다. 이 책은 사랑의 모든 단계를 다루고 있는데 고대 그리스에서 허용되었던 남성간의 사랑도 언급한다. 또한 도취의 분위기와 기타 더 고상한 문제도 다룬다.

그 다음에는 『파이돈』을 읽어야 할 것이다. 영혼의 영원불멸을 다룬 장은 건너뛰어도 좋으나 소크라테스의 고상한 죽음을 다룬 마지막 몇 페이지는 필독해야 한다. 많은 평론가들이 짧으면서도 멋진 이야기라고 평가하고 있다. 마지막으로 플라톤의 대표작이면서 다소 어려운 저서인 『국가』를 읽기 바란다. 이 책은 그가 주장하는 아주 보수적인 이상 국가를 다루고 있는데, 플라톤 이후에 등장한 모든 유토피아와 디스토피아의 원조이다.(헉슬리[117]와 오웰 [123]을 참조할 것)

우리가 알고 있는 많은 개념과 사고방식(황당하고 해로운 개념까지 포함하여)은 플라톤에게로 소급되기 때문에, 그를 알지 못하는 것은 곧 우리 자신을 잘 알지 못하는 것과 마찬가지이다. 플라톤을 발견하는 것은 원숙한 지성을 발견하는 것에 그치지 않는다. 만약 독자가 서구 전통의 상속자라면, 독자는 플라톤을 통하여 지금까지 조금도 의심하지 않았던 마음의 여러 측면들이 그에 의해 처음 개척

되었음을 알게 될 것이다. **C.F.**

13
아리스토텔레스_{Aristoteles}
기원전 384-322

윤리학*Ethica Nicomachea*, 정치학*Politica*, 시학*Poetica*

아리스토텔레스는 교육에는 고통이 따른다고 말한다. 아리스토텔레스를 공부하려면 고통은 아닐지라도 상당한 어려움을 각오해야 한다. 그의 스승 플라톤[12]과는 다르게, 그는 매력이 없다. 게다가 우리는 그의 오리지널 저작을 가지고 있는 것이 아니라 그의 제자들이 적어 놓은 노트들을 가지고 있을 뿐이다. 이것이 그의 저서를 더욱 읽기 어렵게 만든다. 아리스토텔레스에게서 플라톤의 저작처럼 읽는 즐거움을 기대하지 말기 바란다. 우수한 두뇌의 작동에서 오는 지적인 즐거움 이외에는 별 다른 즐거움이 없다.

아리스토텔레스의 지성은 아주 포괄적이었는데, 아마도 지상에서 살았던 사람들 중에서 가장 포괄적인 지성의 소유자였을 것이다. 그는 해양 생물에서 형이상학에 이르기까지 온갖 주제에 대하여 글을 썼다. 이런 방대한 저작(그중 상당 부분은 오늘날 골동품이 되었다)을 하나의 단일한 체계 아래 포섭한다는 건 원천적으로 불가능하지만, 그래도 아리스토텔레스는 플라톤에 비하여 상당히 체계적인 사상가였다. 아리스토텔레스는 모든 지식을 수집하여 연결시킬 수 있다고 믿었고, 지식을 수집하고 연결시키는 작업을 하면서 평생을 보냈다. 우리가 말하는 백과사전이라는 유익한 개념은 그에게로 소급된다.

그는 상류 중산층 출신이었다. 열일곱 살 혹은 열여덟 살에 스타기라라는 자그마한 고향 마을을 떠나 아테네로 갔다. 그 후 20년 동안 플라톤의 아카데미에서 공부했다. 그의 저작에는 플라톤의 영향이 드러난다.(종종 스승의 의견에 반발하여 그것을 발전시켰다.) 하지만 이 두 위대한 사상가의 개인적 관계에 대해서는 알려진 것이 별로 없다.

플라톤의 사망 이후 아리스토텔레스는 소아시아와 레스보스에서 5년간 체류하면서 생물 연구를 한 것으로 보인다. 그는 예술적이고 추론적인 것보다 과학적이고 탐구적인 것을 더 좋아하는 성향이었다. 기원전 343/2년 그는 미래의 알렉산더 대왕을 가르치기 위하여 마케도니아로 갔다. 그가 알렉산더의 정신 형성에 커다란 영향을 끼쳤다는 낭만적인 얘기는 많이 나돌고 있으나 구체적 증거는 없다. 알렉산더가 꿈꾸었던 세계 제국의 사상은 아리스토텔레스에게서 나온 것이 아니다.

기원전 335/4년에 아리스토텔레스는 아테네로 돌아와 자신의 학원인 리시움을 설립하여 학생들을 가르치고 저술을 하고 조사를 했다. 기원전 323년 그는 마케도니아 사람들과 연줄이 있다는 이유 때문에 아테네에서 스스로 유배를 떠나는 것이 현명하다고 생각했다. 그로부터 1-2년 후 아리스토텔레스는 유보에아의 칼키스에서 사망했다. 그의 사후에 영향력이 다소 쇠퇴하기는 했지만 그래도 완전히 죽어 버린 적은 없었다.

여기서 그가 개척한 논리학—그는 삼단논법을 발명했다—이나 생물 연구나 우주 원리나 미학 등에 대해서 언급할 생각은 없다. 고대 그리스 비극을 분석한 책, 『시학』은 후대의 문학 평론에 엄청난 영향을 지속적으로 미쳤다. 일반적으로 말해서, 그가 인생에 접근하는 태도는 플라톤에 비하여 현실적이었고 덜 유토피아적이었으며 보통사람들의 성품과 능력에 더 관심이 많았다.

이것은 『윤리학』과 『정치학』을 읽어보면 증명이 된다.

『윤리학』은 인생의 근본적인 질문에 답하려고 애쓴다. 선善이란 무엇인가? 이러한 질문은 행복과 그에 따르는 부수 조건을 탐구하게 만든다. 또 양극단의 행동들 가운데서 중간을 취하는 미덕의 행동에 대해서도 생각하게 만든다. "황금의 중용"은 아리스토텔레스의 표어이다.

윤리학은 정치학의 일부이다. 아리스토텔레스(와 그리스 시민들)는 개인은 사회적, 정치적 존재로 활동할 때 비로소 유익한 존재가 된다고 생각했다. 『정치학』은 집단 속의 사람들을 다룬다. 지난 2,400년 동안 가장 좋은 정부 형태—이상적인 정부든 상황에 임기응변하는 정부든—에 대하여 많은 논의가 있어 왔지만, 그 아이디어는 결국 『정치학』으로 소급된다. 이렇게 말한다고 해서 아리스토텔레스가 보편적인 정치적 '진리'를 내놓았다는 뜻은 아니다. 가령 그의 노예제도와 남존여비 사상은 그 시대의 제약을 받은 것이었다. 하지만 여러 가지 정부 형태를 분류한 것, 국가란 강요된 제도가 아니고 하나의 자연스러운 발전이라는 사상, 국가는 권력의 행사를 정당화하는 도덕적 목적을 가지고 있어야 한다는 사상 등은 오늘날에도 여전히 유효하다.

고급 독자(아리스토텔레스를 읽으려면 이 수준에 도달해야 한다)는 『윤리학』 전편을 읽어도 좋지만 천천히 읽어 나가고 우선 1권, 2권, 3권, 4권, 10권에 집중하라. 『정치학』은 총 8권 중 1권과 3권이 가장 접근하기 쉽다. **C.F.**

14
맹자 孟子
기원전 400년경－320년경

맹자 孟子

맹자는 공자학파 중 역사적 중요성이나 명성에 있어서 공자[4] 다음으로 위대한 철학자이다. 맹자—이름은 맹가孟軻—는 공자의 3대代째 제자로서 공자의 직계 제자이다. 맹자 당시의 중국 사회는 부자 관계 못지않게 사제 관계를 중시했다. 공자의 정신적 후계자로서 맹자가 누렸던 특권과 도덕적 권위 덕분에 그는 일국의 왕을 면전에서 모욕을 주었음에도 무사할 수가 있었다. 이 사건은 『맹자』의 첫 시작 부분에 소개되어 있다.

맹자는 그가 속한 계층의 다른 사람들과 마찬가지로 춘추전국시대의 통치자들에게 조언을 해주는 방랑 철학자로서 생계를 유지했다. 그는 어느 날 양나라의 혜왕을 방문했다. 양혜왕은 맹자를 공손하게 영접하면서 말했다. "노인께서 이처럼 먼 걸음을 하셨으니 우리나라에 이득이 될 만한 것을 말씀해 주시지요." 맹자는 거의 무례하다고 할 정도로 비非 유교적인 어조로 대답했다. "나의 가르침은 오로지 인의와 관련된 것입니다. 왜 왕께서는 하필 이득만을 말하십니까?" 우리는 맹자의 이러한 답변을 어떻게 이해해야 할까?

맹자는 주나라의 도덕 정치를 회복하려는 공자의 사상을 비웃는 듯한 시대에 살았다. 소국들은 거듭하여 전쟁을 벌였고 패배한 나라는 승리한 나라에 합병되었다. 조약을 체결하고 나중에 위반해도 아무런 징벌이 가해지지 않았다. 왕좌는 찬탈되었고 왕들은 신하에 의해 살해되었으며 심지어 아들의 손에 죽기도 했다. 전장에서의 무용과 승리가 궁정에서 출세하는 지름길이었다. 가혹한 형법이 예전의 귀족적인 불문율인 예禮를 대신했다. 이러한 상황에서 맹자는 평생을 바쳐 인간성을 탐구했다. 인간성은 근본적으로 선한가? 만약 그렇다면 이 세상의 악은 어떻게 설명할 것인가?

맹자의 답변은, 인간성은 선한 것이며 얼마든지 발전 가능하다는 것이다. 사람들은 쉽사리 잘못된 길로 빠져든다. 그 때문에 다른 모든 유학자들과 마찬가지로 맹자는 교육, 특히 도덕의 교육을 강조한다. 이 사상은 오늘날에도 동아시아 전역에서 존중되고 있다. 그 외에 맹자는 정의로운 사회를 창조하는 데 있어서 도덕적인 리더십이 중요하다고 강조한다. 고대 중국의 정치 이론인 "천명天命"은 다음과 같이 주장한다. 우주의 자비로운 도덕적 힘은 미덕을 갖춘 사람의 도덕적 특성과 아주 강력하게 호응하기 때문에, 그 사람을 타고난 지도자로 만들며 나아가 그 어떤 도전에도 굴복하지 않게 만든다. 왕조의 창업자는 이 도덕적 통치의 전통을 후손에게 물려줌으로써, 그 미덕을 수여한 하늘의 보호를 받는다. 하지만 통치자가 부덕하다면, 하늘은 천명을 거두어갈 것이고, 도덕을 중시하는 반란 세력이 일어나 새로운 왕가를 창업한다.

어떤 통치자가 천명을 가지고 있는 것을 어떻게 아는가?라고 맹자는 묻는다. 그는 유유상종類類相從이라고 지적한다. 만약 통치자가 덕이 있다면 그의 미덕은 온 세상에 빛나면서 인간성의 선량함과 호응하게 될 것이다. 사람들이 온 사방에서 몰려와 이러한 군주의 통치 아래에서 살고자 할 것이다. 반대로 군주가 포악하면 사람들은 밤을 도와 그런 군주에게서 달아날 것이며 최악의 경우에는 그 폭군에게 대항하여 반란을 일으킬 것이다. 시해는 사악한 왕을 처형하는 것인가? 라는 질문에 대하여 맹자는 아니라고 대답한다. 그 폭군은 이미 천명을 잃었기 때문이다. 그는 이미 왕 자격을 잃었기 때문에 왕 자리에서 축출된 것이다.

이것은 양혜왕의 질문에 대한 맹자의 답변을 설명한다. 오로지 인의에 바탕을 둔 통치를 할 때 왕은 백성들에게 자신이 천명을 받았음을 보여 줄 수 있다. 만약 왕이 인정을 베푼다면 온 사방의 사람들이 그의 신하가 되고자 할 것이다. 이렇게 하면 양혜왕과 양 나라에 큰 이득이 될 것이다. 하지만 맹자가 강조했듯이, 그런 결과에 이르는 과정을 소홀히 하면서 결과만 중시한다면, 결국에는 아무것도 성취하지 못할 것이다.

맹자의 가르침은 지난 2천 년 동안 중국 군주제의 윤리적 기반을 형성했다. 물론 그 어떤 황제도 군대, 법률, 세금 징수원, 경찰관 등을 배제하고 오로지 인의만을 가지고 통치를 할 수는 없다. 하지만 사람들이 근본적으로 선량하므로 도덕적 통치에 적극 호응해 온다는 사상은 중국의 정치 이론에 깊게 뿌리를 내렸다.

여기서 공자 학파의 공동체적인 사회사상이 거의 도전을 받지 않았다는 사실을 주목하고 싶다. 『논어』와 『맹자』 이외에, 독자에게 도교의 기본 경전인 『도덕경』과 『장자』도 함께 읽을 것을 권한다. 『도덕경』은 도에 바탕을 둔 절대적 군주제를 주장하고 있고 『장자』는 더 과격한 상대주의의 입장을 취하면서 세속사世俗事에 얽매이지 않는 자기 보존을 주장하고 있다.

고대 중국의 철학 서적이 그러하듯이, 『맹자』는 맹자가 개인적으로 집필한 것이 아니라 여러 사람이 함께 편찬한 것이다. 이 책은 일관성을 유지하고 있어서 접근하기가 쉬우며, 전편을 읽어볼 가치가 있다. 현대 미국인들이 맹자를 읽어야 할 중요한 이유가 있다. 맹자는 미국 독립 혁명의 아주 먼 조상이다. 17세기에 중국에 파견된 유럽의 제수이트 선교사들은 중화제국의 미덕과 절제를 칭송하는 보고서를 본국에 써 보냈다. 중국인들이 아주 문명된 민족이고 그런 만큼 기독교로 개종할 가능성이 있다는 희망도 피력했다. 이러한 내용을 담은 제수이트 선교사들의 편지는 라이프니츠, 볼테르[53], 기타 계몽사상의 지도자들에 의해 탐독되었다. 특히 볼테르는 중국의 이상적 비전vision을 이론적 발판으로 삼아 당대의 유럽 통치자들을 비판했다. 볼테르의 저작과 다른 자료들을 통하여, 백성은 사악한 군주에게 반항할 권리가 있다는 맹자의 사상이 18세기 후반에 유럽의 정치 기상도에 스며들게 되었다. 독립 선언서[60]에서 토머스 제퍼슨은 영국 왕 조지 3세가 천명을 잃었다고 말하지는 않았다. 그러나 미국의 건국 문서들과 고대 중국 철학자의 명언집이 서로 유사한 내용을 담고 있는 것은 결코 우연의 일치가 아니다. J.S.M.

15

발미키|Valmiki(추정)
기원전 300년경

라마야나 *Ramayana*

다른 고대 인도 문학 작품들과 마찬가지로 『라마야나』는 신비에 둘러싸여 있다. 하지만 서사시적 규모의 담시譚詩인 이 장편시가 후대에 전해지고 있다. 우리는 이 작품이 수십 개 언어로 번역되어 남아시아와 동남아시아의 문학, 춤, 미술에 영향을 미쳤다는 사실을 알고 있다. 그러나 이 작품이 언제 어디서 누구에 의해 집필되었는가 하는 질문은 결코 만족할 만한 답변을 얻지 못한다. 명목상의 저자인 발미키에 대해서는 알려진 것이 거의 없다. 아리아인이 북부 인도를 침공한 시절(기원전 1200년경) 이후 역사적 사건과 전설을 형성했던 이야기꾼과 방랑하는 음유시인들에 암송되어 오다가 하나의 단일한 담시로 서서히 집약되었을 것이다. 『라마야나』가 산스크리트어로 기록된 것은 기원전 300년경으로 짐작된다. 이렇게 문자의 형태를 취하면서 텍스트는 다소 안정감을 갖게 되었으나, 다른 언어와 문학 형태로 번역되면서 내용은 계속 진화했다. 이 작품은 슬로카sloka 형태로 쓰인 최초의 인도 문학 중 하나이다. 슬로카는 8음절 4행시인데 더 구체적으로 말하면 16음절 2행시이고, 다양한 각운과 운율 패턴을 가지고 있다. 슬로카는 고전 산스크리트 시의 대표적 시 형태였다. 가령 칼리다사[23]의 작품 또한 이 형태를 취한다.

『라마야나』는 사랑과 충성의 이야기에다 전쟁, 모험, 선과 악의 엄청난 힘을 뒤섞은 장편 서사시이다. 이야기의 시작 부분에서 고상한 왕 라마는 궁술 시합에서 시바 신의 활대를 휘게 함으로써 우승을 하여 아름다운 여인 시타를 아내로 얻는다. 이 모티프는 『오디세이아』에서 오디세우스가 아내 페넬로페의 구혼자들을 물리친 궁술 시합을 연상시키며, 『마하바라타』[16]에서도 유사한 모티프가 발견된다. 그러나 라마는 배신자들의 모함으로 왕국을 빼앗기게 되어, 시타 왕비와 충실한 친구 락스마나와 함께 황무지에서 살게 된다. 라마가 잠시 자리를 비웠을 때, 락스마나는 매혹적인 황금 노루에 정신이 팔려서 시타 왕비의 호위를 게을리 하고 그 노루를 따라 숲속으로 들어간다. 그 노루는 랑카라는 나라의 왕이며 악의 괴물인 라반나가 마술로 만들어낸 미끼였고, 그 목적은 시타를 혼자 몸으로 남겨두려는 것이었다. 라반나는 시타를 유혹하려 들지만 거부당한다. 마침내 그는 그녀를 납치하여 랑카 땅으로 데리고 간다. 이야기의 상당 부분은 라마와 락스마나가 시타를 구해오기 위해 애쓰는 노력을 설명하는 데 바쳐진다. 두 사람은 원숭이 왕 하누만과 원숭이 군대의 도움으로 마침내 시타를 구해내고, 라마는 자신의 왕국을 되찾는다. 스토리는 비극적인 분위기 속에서 끝난다. 라마가 시타를 자신의 왕국으로 데려왔을 때 왕국의 백성들은 납치 시절 과연 정절을 유지했겠는지 의문을 품으면서 그녀를 거부한다. 그녀는 또 다시 숲속에서 살아야 하는 처지가 되는데 그곳에서 라마의 자식들을 낳는다. 마침내 라마가 숲속의 그녀를 발견하자, 그녀는 땅속으로 사라진다. 이야기의 규모는 호메로스적이지만, 그 분위기는 전혀 호메로스를 닮지 않았다. 하지만 『라마야나』에서 등장하는 매혹적인 땅들과 기괴한 괴물들은 『오디세이아』의 이야기와 비슷한 점이 많다.

『라마야나』는 그 로맨스와 모험이 아주 흥미진진한 이야기이다. 『평생 독서 계획』의 한 권으로 들어갈 만한 책이다. 세상 많은 사람들에게 이 작품이 미친 영향은 결코 만만치 않기 때문이다. 이 책은 세계 문학의 정전 중 하나이다. 그리스 연극이 그리스인들이 알고 있는 신들과 영웅들의 이야기에 바탕을 두고 있듯이(아이스킬로스[5]의 앞부분 참조), 라마, 시타, 락스마나, 하누만의 다양한 모험과 『마하바라타』의 다양한 이야기와 등장인물들은 남아시아와 동남아시아의 드라마, 이야기 춤, 인형극, 간단한 민담 등에 무궁무진한 이야기의 원천을 제공했다. 이 두 작품의 영향력은 우리가 생각하는 것보다 훨씬 넓게 퍼졌다. 가령 중국 소설 『서유기』[36]에 나오는 영웅적인 장난꾸러기 원숭이 왕은 하누만의 각색이다. 과거에도 그랬지만 오늘날에도 수백만 인도 사람들에게는 라마와 시타는 역사적 인물일 뿐만 아니라 신성함의 발현, 즉 신과 여신으로 여겨지고 있다. 불과 몇 년 전에 새로운 민족주의의 열풍에 사로잡힌 힌두인 군중이 라마의 탄생지(아요디아)에 세워진 이슬람 모스크를 며칠에 걸쳐 파괴했다. 이런 것을 볼 때 『라마야나』는 살아 있는 문학인 것이다.

『라마야나』 완질은 너무 길고, 현대인의 취향에 맞지 않는 요소들(가령 각종 전투에 참가한 사람들의 명단)이 많이 들어 있다. 하지만 훌륭한 축약 번역본이 여럿 나와 있어서 아주 재미있게 읽을 수 있다. 구체적인 정보는 참고문헌을 살펴보기 바란다. J.S.M.

16

비야사 Vyasa(추정)

기원전 200년경

마하바라타 Mahabharata

『라마야나』[15]와 마찬가지로, 『마하바라타』는 기원전 1천 년 동안 구두 전승에 의하여 서서히 조합되어 왔다. 그 내용은 아리안족이 인도를 침공했던 초창기 시절의 전쟁과 음모에 관한 것이었다. 이 작품은 산문시를 포함하여 다양한 시 형태를 가지고 있으나, 주로 슬로카 형태(『라마야나』 참조)로 씌어져 있다. 『마하바라타』는 "세계에서 제일 긴 시"라고 주장되는 장편시들 중 하나인데(제일 긴 장편시는 아마도 키르기스의 국민 서사시인 『마나스』일 것이다), 기원전 200년경에 문자로 기록된 것으로 보인다. 2세기 뒤에는 『마하바라타』의 이야기와 잘 맞아 떨어지는 『바가바드 기타』를 통째로 작품 속에 편입시켰다. 『바가바드 기타』는 기록된 텍스트로서 독립된 지위를 가지고 있어서 종종 별도의 작품으로 취급되는데, 우리는 여기서 그런

관행을 따랐다.(다음 항목[17] 참조)

『일리아스』와 마찬가지로, 『마하바라타』는 전쟁 서사시이다. 그 이야기는 이 작품의 명목상 저자인 비야사의 제자인 바이삼파이야나가 서술한다. 여기서 비야사의 역사적 존재가 불확실하다는 사실은 그리 중요하지 않다. 비야사는 서사시 속에서 영웅의 후예로 소개되고, 또 서사시 속 사건들의 목격자라는 문학적 역할을 담당하므로, 바이삼파이야나가 하는 얘기의 진정성을 보장해 주는 사람이다. 서사시는 아주 길고 복잡하다. 작품 속에는 두 가문의 형제들이 등장한다. 하나는 판두 왕의 아들인 7명의 판다바 형제들이고, 다른 하나는 드리타라스트라 왕의 아들들인 1백 명의 카우라바 형제들이다. 이 형제들은 사촌지간이므로 서로 친구이면서 동맹이 되어야 마땅했다. 하지만 그들은 일련의 경쟁심과 모욕감으로 인해 서로 서먹한 사이가 되었다. 그런 사건들 중의 하나로, 판다파 형제들 중 가장 고상한 자인 아르주나가 궁술 시합에서 승리하여 드라우파티 공주와 결혼한 일을 들 수 있다.(이 궁술 시합은 라마가 시타와 결혼하게 되는 『라마야나』의 이야기를 연상시킨다.) 마침내 카우라바 형제들은 악마 같은 탐욕과 분노에 사로잡혀, 판다바 형제의 생득권과 그들의 공주마저도 빼앗으려 한다. 그들은 판다바 형제를 괴상한 주사위 게임에 끌어들인다. 마지막 운명의 주사위를 던지면서, 판다바 형제들 중 가장 힘이 세고 사나운 비마는 카우라바 형제들의 지도자의 "배를 갈라 그 창자를 씹어 먹겠다"고 맹세한다. 전쟁이 불가피해진다.

전쟁은 일련의 전통적 방식으로 기술되지만 다양한 곁가지가 끼어든다. 이것은 '아주' 긴 시이다. 그래서 인도 속담에 이런 것이 있다. "『마하바라타』에 안 나오는 것이면, 어디에서도 찾을 수 없다." 양측 군대 내에서 엄청난 사상자가 발생한다. 하지만 비야사는 평범한 군인들의 운명에는 관심이 없다. 이 시는 주인공인 귀족들과 그들의 특성에만 집중한다. 우아함과 높은 도덕적 원칙을 갖추고 있는 아르주나는 트로이 사람 헥토르를 닮았다.(단 아르주나의 군대가 승리한다는 점은 헥토르와 다르다.) 비마는 아약스처럼 강인하지만 아킬레스처럼 무모한 분노를 터트린다. 메데이아(에우리피데스[7] 참조)처럼 복수심이 강한 드라우파티는 자기에게 저질러진 잘못에 대하여 끝까지 복수하려 든다. 드리타라스트라는 프리암(헥토르의 아버지)처럼 자식들의 죽음을 슬퍼한다. 이외에도 많은 인상적인 인물들이 등장한다. 『마하바라타』는 인간적 스케일이라기보다 우주적 스케일의 드라마이다. 『라마야나』와 마찬가지로 이 작품은 각종 공연(가령, 칼리다사의 『사쿤탈라』[23])에 무궁무진한 영감을 주어 왔다.

『마하바라타』를 영어 완역본으로 읽을 수 있다. 하지만 여러 권 나와 있는 축약본을 읽을 것을 권한다. 이 축약본 중 가장 좋은 것은 산문으로 된 것이다. 대부분의 번역자들은 원시의 리듬을 살리는 일을 포기했는데, 운율의 측면을 살리지 못한 것은 아쉽지만, 현명한 판단이라고 생각한다. 가장 특기할 만한 현대판 『마하바라타』는 장 클로드 카리에르가 피터 브룩의 극단을 위해 집필한 아홉 시간짜리 공연 대본이다. 무대 위의 공연으로서 또 읽는 드라마로서, 카리에르의 작품은 고대 인도의 서사시를 현대에 걸맞게 각색했다. J.S.M.

17
실명씨
기원전 200년경

바가바드 기타 *Bbagavad Gita*

『바가바드 기타』는 판다바 형제와 카우라바 형제의 전쟁이 막 시작되려는 순간을 무대로 하고 있다. 이제 이 작품은 『마하바라타』[16]의 핵심적 부분으로 편입되어 있으나, 『마하바라타』와는 별도로 후대에 집필된 것이다. 『마하바라타』가 왕조간의 전쟁을 다룬 서사시라면 이 작품은 근본적으로 철학서이며 그 철학은 이 장편 서사시 전체를 이해하는 핵심이다.

  서로 대적하는 양군이 전장에 나오자, 판다바 형제 중에 으뜸인 아르주나는 크리슈나 신을 부르면서 그 자신과 형제들을 도와달라고 요청한다. 크리슈나는 누구의 편을 들기를 거부하지만 전투로부터 완전 초연한 자세를 취하지도 않는다. 크리슈나 자신은 어떤 한편을 위해 싸우겠지만, 크리슈나의 군대는 다른 편을 도울 것이라고 말한다. 그는 아르주나에게 선택하라고 말한다. 아르주나는 현명하게도 크리슈나의 어마어마한 군대보다는 크리슈나를 선택한다. 그러자 크리슈나는 아르주나의 전차 운전사가 된다. 전투가 막 시작되려 하자 아르주나는 용기를 잃는다. 그는 크리슈나에게 사촌이며 아저씨인 카우라바 형제들을 죽일 엄두가 나지 않는다고 말한다. 이런 명예롭지 못한 전투에 자신의 이름을 더럽히느니 차라리 죽는 게 낫겠다고 말한다.

크리슈나가 아르주나에게 그의 의무를 일러주는 동안, 전장에서는 시간이 잠시 멈추어 선다. 영웅과 신 사이에 대화가 전개되는 가운데, 크리슈나는 아르주나에게 이 세상이라는 것이 환상에 지나지 않는다고 말한다. 또 확실히 존재하는 것처럼 보이는 영역에서도 과거, 현재, 미래의 구분이 없다고 말한다. 아르주나의 역할은 운명이 그에게 마련해 주는 의무의 길(다르마, dharma)을 걸어가는 것이다. 카우라바 형제들과의 싸움에서 많은 사람이 죽게 되는 것도 그의 책임이 아니라고 말한다. 크리슈나는 말한다. "심지어 당신이 없다고 하더라도, 적진 속에 무장을 갖추어 입은 전사들도 결국 존재하지 않게 될 것이다. 그들은 이미 나에 의해 죽은 목숨이다. 오 아르주나, 나의 도구가 되고 내 편에 서는 궁수가 돼라!" 아르주나는 크리슈나에게 장엄하고 신성한 영광의 모습을 드러내보여 달라고 요청한다. 그의 요청이 받아들여지자 아르주나는 경외감에 압도되고 그의 운명을 받아들인다. 그렇게 하여 전투가 시작된다.

『바가바드 기타』는 짧은 작품으로 한두 시간이면 읽을 수 있다. 하지만 읽으면 읽을수록 심오한 뜻이 우러나온다. 머리카락을 오싹 솟게 하는 힘과 장엄함을 가진 작품이다. 많은 서양인들이 이런 평가에 동의했다. 영국 동인도 회사가 인도의 식민 통치를 점점 강화하던 시절에, 『바가바드 기타』는 처음으로 영역된 고대 인도 고전의 하나였다. 에머슨[69]은 이 작품을 높이 평가했고 소로[80]는 월든 호수에 칩거할 때 이 책을 곁에 두고 자주 읽었다. 서양인이 『바가바드 기타』를 인용한 가장 유명한 사례는 로버트 오펜하이머일 것이다. 그는 세계 최초의 핵무기 폭발 실험인 트리니티 테스트를 관찰하고서 크리슈나의 다음과 같은 말을 인용했다. "이제 나는 세상의 파괴자인 죽음이 되었다."

이 작품의 영역본은 많이 나와 있다. 내가 보기에 작고한 바바라 스톨러 밀러의 번역본이 가장 우수하다. J.S.M.

18

사마천司馬遷

기원전 145−86

사기史記

고대 중국, 그러니까 공자[4]보다 앞선 시대의 왕실에는 태사공太史公이라는 관리가 있었다. 이 관리의 임무는 공식 문서를 보관하고 왕의 언행을 기록하면서 천상과 지상의 조짐과 징조를 관찰, 해석, 기록하는 것이었다. 가령 하늘에 나타난 혜성을 살피거나 새들의 이상한 행동을 관찰하는 것도 태사공의 임무였다. 이런 조짐은 하늘이 통치자의 국정 운영 방식을 불쾌하게 여긴다는 경고가될 수 있었다. 따라서 태사공 직무는 공식 기록의 유지에서부터 점성술에 이르기까지 다양한 재주를 필요로 했다. 이 때문에 태사공 직책은 종종 아버지에게서 아들로 세습되었다. 기원전 2세기에 중국의 두 유명한 태사공, 즉 사마담司馬談과 그의 아들 사마천司

馬遷은 인류의 위대한 역사서로 남게 되는 책을 편찬했다.

중국은 기원전 221년에 진시황제에 의해 통일되었다. 이 황제의 무덤은 수천 개의 테라코타 전사들이 지키는, 고대 세계의 경이 중 하나이다. 말썽 많은 독립적 사상을 억압하고 모든 지식을 자신의 통제하에 두려 했던 시황제는 개인들이 소장한 책들을 모두 불태워 일부 성공을 거두는 듯했다. 그러나 황제의 억압적인 정부를 종식시키려는 반란이 터졌고 그 과정에서 제국의 도서관이 불타 버리자, 중국은 문학적 유산을 잃어버릴 위기에 처했다. 진의 뒤를 이은 한대에, 학자들의 팀이 구성되어 인멸된 책자를 기억에 의해 되살리는 작업이 진행되었다. 이처럼 과거를 되살리려는 노력의 일환으로, 태사공 사마담에게는 완벽하고 체계적인 유사 이래의 세계사(즉 중국과 그 인근 나라들의 역사)를 집필하라는 임무가 떨어졌다. 사마담이 기원전 110년에 사망하자 아들인 사마천이 아버지의 직책과 『사기』 편찬 업무를 이어받았다.

『사기』는 130장으로 이루어진 거질이다. 서양 언어로는 완질이 번역된 적이 없다. 첫 12장은 중국 문명의 창시자인 황제(黃帝: 전설적 인물)에서 기원전 2세기까지의 역사를 다룬다. 그 다음 10장은 왕조의 세계(世系)표이다. 8장은 의례, 음악, 달력, 천문, 수자원, 농업 경제 등을 다룬다. 30장은 중국 통일 이전, 주 왕실로부터 춘추 천국 시대까지의 왕실과 귀족 가문을 다룬다. 나머지 70장은 전기이다. 정치가에서 장군, 도둑에서 궁중의 익살꾼에 이르기까지, 사회 각계각층의 개인 혹은 집단들의 생애를 다루고 있다.

그 엄청난 규모만으로도 『사기』는 놀라운 저서이다. 더욱 놀라운 사실은 오늘날 이 작품을 읽어도 여전히 흥미롭고 재미있다는 것이다. 왜 그런가 하면 사마천이 뛰어난 문장가였고(이 때문에 그를 번역하려는 사람은 문학적 소양이 깊어야 한다), 또 그의 역사관이 오늘날에도 여전히 현대적이기 때문이다. 그는 투키디데스[9]와 함께 과학적 역사의 아버지라고 불린다. 그는 고대의 연대기와 역사적 문헌 중 정확하다고 생각되는 것만 골라서 조심스럽게 사용했다. 그는 이미 사라져 버린 춘추전국시대의 여러 나라들의 수도들을 찾아가 고문서 보관소를 뒤졌다. 근대의 역사와 관련해서는 한漢 왕실의 도서관을 자유롭게 드나들며 그 자료들을 빈번하게 인용했다.

과거를 꼼꼼하고 정확하게 기록하려 했던 그의 노력은 시간의 검증을 견디어냈다. 20세기 초, 일부 중국 학자들이 서방의 비판적 방법론을 사용하면서, 사마천이 말한 상商 왕조(기원전 1500-1050년경)의 여러 왕들이 실존 인물이 아니라고 주장했다. 그러나 몇 년 뒤 고고학적 발굴 팀이 사마천이 옳았음을 입증했다. 그의 상 왕조 세계世系가 아주 정확하다고 밝혀 주는 증거가 나왔던 것이다. 사마천이 시대적으로 한대보다 1천 년이나 앞선 통치자들에 대하여 이처럼 정확하게 기술할 수 있었다니 놀라울 뿐이다.

『사기』는 영웅적이고 도덕적인 용기의 소산이다. 사마천의 군주인 한 무제는 정력적이고 상무적이며 앞을 내다보는 위대한 제왕 중 한 사람으로서, 방대한 땅을 한 제국에 편입시켰다. 그는 신하들의 불충에 대해서는 아주 포악하게 대응하는 폭군이기도 했는데, 사마천은 슬프게도 그 포악한 성질의 희생자가 되었다. 흉노와의 전투에서 이릉李陵 장군이 치욕적인 패배를 당했을 때, 사마천이 한 무제 앞에서 그를 옹호하고 나섰다. 이런 대담한 행위 때문에 그는 거세형에 처해졌다. 이런 처분을 받자 사람들은 그가 모욕을 견디지 못해 자살할 것이라고 예상했다. 하지만 한 친구에게 보낸 감동적인 편지에서 그는 『사기』 편찬의 대업을 완성하기 위하여 환관으로 살아갈 생각이라고 밝혔다. 중국 역사학은 그에게 큰 신세를 졌다. 『사기』라는 저서 자체에도 큰 신세를 졌을 뿐만 아니라, 역사 서술의 모델이라는 점에서도 커다란 빚을 졌다. 사마천 이후 중국 역대 왕조의 정사인 24사는 모두 사마천을 모범으로 삼았다. 각 왕조는 바로 앞 왕조의 역사를 서술하는 것을 신성한 의무로 여겼다. 심지어 1911년에 군주제를 전복시킨 중화인민공화국도 이런 역사관을 견지했다. 기원전 2세기부터 20세기에 이르기까지 지속적인 공식 역사서를 가지고 있다는 것은 전 세계 다른 문화권에서는 찾아볼 수 없는 일이다.

현대 독자를 위해서는 버튼 왓슨의 두 권으로 되어 있는 『사기』 발췌 영역본이 가장 훌륭한 번역본이다. 왓슨 번역서 중 제1권에서는 6장(「진시황 본기」), 68장(「상앙 전기」), 87장(「이사 전기」)을 권하고, 2권에서는 30장(「평준서」), 118장(「회남형산열전」), 121장(「중니제자 열전」), 124장(「유협열전」)의 전기, 129장(「화식열전」)을 권한다. 이 장들을 읽고 나면 2권을 모두 읽고 싶은 마음이 생길 것이다. **J.S.M.**

19

루크레티우스^{Lucretius}

기원전 100년경 – 50년경

사물의 본성에 대하여 *De rerum natura*

루크레티우스의 생애에 대해서는 알려진 것이 거의 없다. 전승에 의하면 그는 사랑의 미약媚藥을 너무 마시고 정신이상이 되었다고 하며 그 후유증으로 세상을 마쳤다고 한다. 이런 난폭한 기질은, 위대하고 기이한 장시인『사물의 본성에 대하여』를 관통하는 열정적 집중과 무관하지 않다.

우리는 오늘날 자연계와 도덕계를 설명하기 위하여 6보격의 시 형태를 사용하지 않는다. 하지만 고대에는 시가 교육과 선전의 도구였다. 루크레티우스의 시는 이런 도구이다.

그의 성격은 독창적이었지만 그의 사상은 그렇지 못했다. 그는 자신의 사상 체계를 그리스 사상가 에피쿠로스(기원전 341-270)에게서 빌려왔다. 에피쿠로스는 다시 두 명의 초기 그리스 사상가인 데모크리토스(기원전 5세기경)와 레우키포스(기원전 460-370년경)에게서 영향을 받았다. 에피쿠로스의 철학은 우리가 오늘날 에피쿠로스에게서 나왔다고 생각하는 쾌락주의와는 아무 상관도 없다. 쾌락(보다 정확하게 고통의 회피)을 최고의 선으로 삼는 에피쿠로스 철학은 감각의 기초 위에 그 윤리학을 정립했다. 하지만 에피쿠로스가 권장하는 쾌락은 검소한 생활과 고상한 사색의 생활로부터 나오는 쾌락이었다.

초자연적 것이 인간의 생활에 영향을 미치지 못한다고 보는 에피쿠로스는 다음과 같이 주장한다. 이 세상과 그 안에 있는 모든 사물은 아주 세련된 물질인 원자들의 만남과 연결이 빚어낸 결과이다. 루크레티우스는 이 유물론을 체계적으로 받아들여 광학에서 윤리학에 이르기까지 모든 것을 원자의 관점에서 설명한다. 그는 이 세상에서 신을 몰아냈다. 그가 볼 때 신들은 "중간 공간"에 살고 있는 아무것도 하지 않는 자들로서, 인간에 대해서는 무관심하다. 간단히 말해서 그는 무신론자이다. 그는 모든 사물의 기원起源과 행태를, 사물을 구성하는 기본 단위인 원자들의 움직임에서 찾는다. 자유 의지는 어떤 원자들이 "일탈하여" 일반적인 결정론을 뒤흔들어 놓는 경우로 설명된다. 루크레티우스가 볼 때, 영혼은 신체와 함께 죽는다. 그는 인류에게 미신적인 공포를 떨쳐버리고 자유롭게 살라고 권한다. 『사물의 본성에 대하여』는 합리주의적 프로파간다의 개척자이다.

루크레티우스의 "원자론"은 많은 초기 그리스 철학자들의 우주론에 비하여 덜 우스꽝스럽다. 하지만 이 원자론은 현대의 원자이론과는 별 관계가 없으므로 루크레티우스의 이론으로부터 많은 것을 기대해서는 안 된다. 반면에 루크레티우스는 현대의 인류학, 사회학, 진화론 분야에 큰 영향을 미쳤다. 에우리피데스[7]와 마찬가지로 그는 우리의 세기(20세기)에 태어났더라면 편안함을 느꼈을 것이다.

그의 장시는 딱딱해서 이해하기가 어렵다. 물리학과 우주론을 시의 형태로 표현한다는 것이 당초 어려웠던 탓도 있을 것이다. 하지만 그가 이 정도로 그 사상을 잘 표현했다는 것은 놀라운 일이다. 뜻이 불분명한 부분이 여러 군데 있으나, 그래도 힘들여 읽어 나가면 힘찬 웅변과 아름다운 문장들을 만나게 된다. 이것은 루크레티우스가 사물의 비전을 완벽하게 머릿속에 집어넣고, 아주 구체적이고 인상적인 이미지들로 그것을 풀어냈기 때문에 그러하다. 우리는 루크레티우스의 이런 능력을 단테 이전에는 만나보기 어렵다.

베르길리우스의 유명한 문장, "사물의 원인을 아는 자는 행복하여라(felix qui potuit rerum cognoscere causas)"는 아마도 루크레티우스를 가리키는 것이리라. 사물의 원인을 알아내려는 철저한 열정, 신화와 미신을 거부하는 옹고집, 때때로 투박하지만 강력한 힘을 발휘하는 표현 기술 등이 우리에게 호소하는 루크레티우스의 매력이다. 세부 사항을 따지고 들어가면 그가 틀린 점도 많지만, 그래도 물질과 공간만을 가지고 우주를 구축한 것은 초인적 업적이다. **C.F.**

20
베르길리우스 Publius Vergilius Maro
기원전 70년–19년
아이네이스 Aineis

영국 시인 테니슨은 베르길리우스를 가리켜 "인간의 입술에서 나온 것 중 가장 장엄한 가락으로 노래하는 사람"이라고 칭송했다. 그 가락으로 로마의 운명을 장엄하게 칭송한 베르길리우스는 그러나 로마인이 아니라 갈리아인이었다. 그는 당시 시스알파인 골이라고 불리던 지방의 만투아라는 곳에서 태어났다. 그는 로마에서 공부하면서 조용하게 살았고 그 후 여러 해 동안 만투아 농장에서 명상하고 창작하면서 세월을 보내다가 만년에는 캄파니아에서 은거했다. 그는 허약한 체질 때문에 장수하지는 못했는데 우리는 그에 대하여 다른 증거도 가지고 있다. 위대한 아우구스투스 황제의 각료였던 위대한 메세나는 베르길리우스뿐만 아니라 그의 친구 호라티우스에게도 후원자 역할을 했다.

그는 대작 『아이네이스』를 쓰느라고 생애의 마지막 10년을 쏟아 부었다. 그는 이 작품이 미완성이라고 느꼈고, 그래서 임종의 자리에서 불태워 버리라고 유언했다. 하지만 이 유언은 아우구스투스 황제에 의하여 제지되었다. 황제의 조치는 우리에게 좀 의아하게 보이는데, 그 당시 국가수반들은 문학에 대해서 문외한일 뿐만 아니라 어떤 경우에는 문맹이기도 했던 까닭이다.

호메로스[2, 3]는 유럽 문학의 창시자라 할 수 있고 베르길리우스는 그 하부 단위인 민족문학의 창시자라 할 수 있다. 『아이네이스』는 전설을 교묘하게 동원하여 로마의 영광과 운명을 극화하려는 목적을 가지고 있다. 베르길리우스가 살았던 아우구스투스 시대의 로마는 영광의 절정에 올라 있었다. 그러나 『아이네이스』는 『일리아스』와 마찬가지로 "인위적으로" 지어진 서사시가 결코 아니다. 이 작품은 호메로스의 작품에 비해 볼 때 자의식적인 데가 있다. 베르길리우스는 이 작품을 쓰면서 자신이 종교적, 정치적 의무를 수행하고 있다고 생각했다. 『아이네이스』는 "경건한" 작품이라는 평가를 받는데, 그의 종교적 태도가 정통적일 뿐만 아니라, 로마가 지상 최고의 국가라는 아이디어를 충실하게 구현했기 때문이다. 『아이네이스』의 정치적 무게 중심은 제6권의 유명한 대사에서 찾아볼 수 있다. 여기서 아버지 안키세스의 영혼은 아들 아이네이스에게 로마의 영광스러운 미래를 찬란하게 보여 준다. "로마인들이여, 다른 나라들을 지배하고, 평화를 부과하고, 정복당한 자들을 살려주고, 거만한 자들을 제압하는 것, 이것이 당신들의 운명이다."

이런 민족주의(그렇다고 배타적 민족주의는 아니다)가 베르길리우스 사상의 핵심이므로, 독자들은 그것을 미리 알아두는 것이 좋다. 하지만 우리에게 그리 중요한 사항이 아니다. 『아이네이스』는 오늘날 하나의 스토리, 인물들의 갤러리, 하나의 예술 작품으로 높이 평가되기 때문이다.

이 작품의 스토리는 이제 우리의 생활 속 일부분이 되었다. 우리는 베르길리우스의 작품을 읽지 않았을 수도 있지만, 디도, 라오쿤의 죽음, 하피스, 트로이의 목마 등에 대해서는 아주 친근감을 느낀다. 『아이네이스』에 나오는 인물들, 특히 불운한 디도와 불같은 투르누스는 2천 년이 지난 지금도 여전히 신선한 인물이다. 이 작품의 예술성은 요약하기가 어렵고 또 즉각적으로 파악되는 것도 아니다. 이 작품의 매력은 단어들을 교묘하게 조종하여 미묘한 가락이 울려 퍼지게 하는 데 있다. 단어들을 기이하게 배치하고, 병치하고, 연결시키고, 억제하여 강력한 리듬의 효과를 낸다. 바로 이 때문에 베르길리우스는 모든 시인들 중에서 가장 빈번하게 인용되는 시인이 되었다. 이야기, 인물, 예술의 저류에는 베르길리우스가 인생에 대해서 느끼는 기이한 우울감이 흐르고 있다. 비극적이라기보다 멜랑코리라고 할 수 있는 느낌으로부터 저 유명한 말, lacrimae rerum(사물에 대한 눈물)이 나왔다. 그가 찬양한 로마 제국은 오래 전에 먼지 더미가 되었지만, 베르길리우스 풍의 슬픔은 여전히 남아 있다.

『일리아스』와 『오디세이아』가 베르길리우스에게 결정적인 영향을 주었다는 것을 기억할 필요가 있다. 실제로 『아이네이스』의 첫 6권은 『오디세이아』와 비슷하고 뒤의 6권은 『일리아스』를 닮았다. 이 작품에는 호메로스를 언급한 부분이 아주 많다. 하지만 베르길리우스는 호메로스처럼 읽기가 쉽지 않다. 그를 읽으려면 더욱 정신 집중을 해야 한다. 그는 호메로스처럼 외향적인 활기를 가지고 있지 못하다. 그는 스승(호메로스)의 심플함과 간결함이 자기 작품에는 없다는 것을 의식하고 그것을 보충하기 위하여 아주 미묘한 운율의 효과를 노리고 있는데, 아무리 훌륭한 번역본이라도 그 효과를 다 살려내지는 못한다. **C.F.**

21
마르쿠스 아우렐리우스 Marcus Aurelius

121-180

명상록 *Tōn eis beauton diblia*

마르쿠스 아우렐리우스 안토니우스는 161년부터 사망할 때까지 로마 황제였고, 서구 역사에서 플라톤[12]의 철학자—왕을 구현한 대표적 사례이다. 야만인 게르만 족과의 전쟁, 경제적 어려움과 전염병, 기독교도의 박해 등으로 그의 치세는 결코 이상적인 것이 아니었다. 마르쿠스는 훌륭한 황제였기 때문에 후대에 기억되는 것이 아니라, 생애 마지막 10년 동안, 피곤한 행군과 전투 끝에 다 뉴브강 연안의 진지에서 모닥불을 피워 놓고 그리스어로 『명상록』을 집필했기 때문에 기억되고 있다. 이 명상록은 순전히 그 자신만을 위한 것이었으나 좋은 행운 덕분에 우리들 모두의 재산이 되었다.

『명상록』의 매력, 부드러움, 멜랑콜리, 감정의 고양 등은 순전히 그의 독창적인 산물이다. 그 속에 드러난 도덕 철학은 그 당시에 인기 높던 철학인 견인주의에서 가져온 것이다. 이 철학은 그리스 인 노예(나중에 자유민이 되었음)인 에픽테토스(55년경~135년경)가 체계적으로 정립했다. 에픽테토스의 윤리적 명제는 인내하고 절제하라는 두 마디로 요약된다. 견인주의는 그 후 여러 모로 수정되었지만, 상황을 침착하게 받아들이며 동요하지 말라는 핵심은 그대로 유지되었다. 이 철학은 자연에는 사람을 이롭게 하는 질서가 있다고 생각한다. 인간의 주된 의무는 그 질서와 조화를 이루며 사는 방법을 찾아내어 실천하는 것이다. 무엇보다 마음의 평정이 중요하다고 가르친다.(오늘날 유행하는 각종 인생 처방은 견인주의를 쉽게 풀어쓴 것에 지나지 않는다.) 이웃들에게 봉사하고 사해동포주의를 실천하고 모든 것을 포용하는 사회적 의무감을 강조하는데, 나중에 만개滿開한 인간의 형제회兄弟會라는 기독교적 개념의 선구자이다. 견인주의의 표어는 의무, 평정, 의지이다. 청교도적인 금욕주의와 정적靜寂주의

82

를 지향하고 때때로 현실 도피적이라는 비판도 받는다. 이것은 난세에 적합한 철학이지만 지난 2천 년 동안 그 영향력이 줄어든 적이 없었다. 이 철학은 시간과 공간에 무관하게 사람들에게 호소하는 듯하다. 가령 소로[80]를 보라.

우리는 견인주의가 『명상록』에서 가장 매혹적으로 구현되어 있음을 본다. 이 책은 읽기가 그리 어렵지 않다. 우리는 고통스러울 정도로 미덕을 지키려는 사람의 독백을 듣는다. 그는 자신이 통치하는 제국보다는 완벽한 인간이라는 견인주의 철학에 더 큰 책임을 느낀다. 우리는 열정에 의해 동요되지 않고, 정략적 계산이 아니라 타고난 본성에 의하여 관대하며, 행복과 불행에 대하여 달관한 견인주의자를 본다. 마르쿠스 황제는 멜랑콜리가 전편에 스며들어 있는 책 속에서 이런 슬픈 말을 한다. "심지어 왕궁에서도 인생은 살 만한 가치가 있다."

지난 여러 세기 동안 무수한 선남선녀들이 마르쿠스 아우렐리우스의 '황금의 책'을 읽었다. 그들은 이 책을 고전으로 생각한 것이 아니라 위로와 영감의 원천으로 보았다. 이 책은 선남선녀들에게 더 좋은 삶을 지향하고, 인간의 위엄을 인내와 용기로 지켜내라고 가르친 몇 안 되는 책들 중 하나이다. 우리는 아리스토텔레스[13]를 머리를 싸매가며 공부한다. 하지만 마르쿠스 아우렐리우스는 우리의 마음 속에 새긴다. **C.F.**

| 제2부 |

22

성 아우구스티누스 Saint Augustinus

354-430

고백록 Confessiones

자서전은 모든 문학 형태 중에서 가장 쉬운 장르처럼 보인다. 자신 자신의 인생에 대해서 말하면 되니 그것보다 쉬운 일이 또 있을까? 하지만 이 『평생 독서 계획』에 위대한 시와 소설은 많이 들어 있으나 자서전은 아주 드물다. 지금까지 서구 전통 속에서 집필된 자서전들 중에서, 가장 힘차고 가장 영향력 큰 저서는 성 아우구스티누스의 『고백록』일 것이다.

마르쿠스 아우렐리우스[21]와 비교해 볼 때, 아우구스티누스는 매력은 좀 덜하지만 더 심오한 정신을 보여 준다. 아우구스티누스의 심오한 사상은 이 대가의 걸작들 특히 『신국』을 읽기 위해 많은 시간을 투자한 사람들만이 느낄 수 있다. 그러나 아우구스티누스 사상의 강렬함, 하느님에 대한 집착, 죄악과 구원에 대한 깊은 관심 등은 『고백록』의 첫 9권을 읽는 사람이라면 누구나 느낄 수 있다.

그는 북아프리카의 로마 시민으로 태어나 히포 주교가 되었는데, 기독교의 오래 역사에서 가장 강력한 호교자護敎者가 되었다. 하지만 본인이 고백했듯이, 그는 서른두 살이 되어서야 가톨릭에 귀의했다. 그 전에는 육체의 향락을 마음껏 즐겼으며 한 정부情婦

와는 13년을 함께 살면서 아들을 하나 낳기도 했다. 그가 하느님에게 올린 변명은 아주 낯익다. "내게 순결과 절제를 주소서. 하지만 아직은 주지 마소서." 그는 마니교의 이설에 깊이 감화되었고 플라톤주의[12], 회의주의, 신플라톤주의의 교리를 전전하다가 마침내 극적인 변화를 겪게 된다. 『고백록』의 독자들은 그가 많은 것들로부터 영향을 받았음을 알 수 있는데, 특히 그가 존경했던 어머니 모니카의 신앙심이 마침내 그를 참된 소명의식으로 이끌었다. 『고백록』 8권 12장에서 묘사된 바와 같이, 그가 정원에서 깊은 마음의 변화를 일으키게 되는 것은 신비적 체험의 중요한 순간이지만 동시에 기독교의 역사에서 핵심적 순간이기도 하다.

『고백록』에는 신학, 기독교 호교론, 성경 해석이 많이 등장하는데, 특히 마지막 네 권(10~13권)이 그러하다. 이 네 권은 기억, 시간, 유혹의 성격, 성경의 해석을 다루고 있다. 하지만 이 책은 기독교를 믿지 않는 사람에게도 깊은 영향력을 행사한다. 이 책은 자기고백의 걸작이고 진실한 인간이 어떤 단계를 거쳐서 인간의 도시로부터 신의 도시로 나아가는지 보여 준다. 심리학자들에게, 그리고 윌리엄 제임스[95]가 말한 종교적 체험의 다양성을 믿는 사람들에게, 이 책은 무한히 흥미로울 것이다. 그 외에도 아우구스티누스의 목소리가 너무나 인간적이기 때문에 우리는 귀 기울이게 된다. 그는 자신이 겪은 사건들뿐만 아니라 그의 영혼에 대하여 진실을 말해 주려고 무척 애를 쓴다. 『고백록』은 정신적 자서전의 고전이다. 서구 문학에서 자서전으로 이 작품에 필적할 수 있는 것은 없다. **C.F.**

23

칼리다사 Kālidasa

400년경

메가두타 Meghadūta, 사쿤탈라 Sakuntala

칼리다사는 때때로 "인도의 셰익스피어"라고 불린다. 그는 인도 문학을 통틀어서 산스크리트어를 사용하는 작가 중 가장 완성도 높은 스타일리스트라는 평가를 받는다. 그런데도 그의 신상에 대해서 알려진 게 거의 없다는 사실은 기이한 일이다. 우리는 먼저 힌두교와 불교를 포함하는 브라만 종교의 기본 원칙을 유념해야 한다. 그 종교는 이 세상과 그 안에 있는 모든 것이 헛것이라고 가르친다. 이런 상황이었으므로 인도 사람들은 사람의 생몰 연대를 파악하기 위하여 연도를 헤아리는 시스템의 고안 따위는 그리 중요하게 여기지 않았다. 칼리다사는 400년경에 살았을 수도 있고 그보다 1세기 뒤의 사람일 수도 있다.

전설에 의하면 그는 비천한 가문 출신이었으나 순전히 자신의 글쓰기 능력으로 명성을 이루었고 소왕국의 관리로 임명되었다. 그는 많은 작품을 쓴 것으로 추정되나 막상 전해지는 것은, 서너 편의 장시와 세 편의 드라마뿐이다. 『평생 독서 계획』에서는 그의 가장 유명한 작품 두 편을 추천한다.

『메가두타 Meghadūta』는 210행으로 구성된 시적 독백이다. 만약 이 작품을 유럽 시의 장르로 분류한다면 전원시 pastorale라고 부를 수 있으리라. 이 시는 다음과 같은 기발한 생각으로 시작한다. 약사 yaksa(중요도가 떨어지는 자연신自然神) 소질을 가진 젊은 귀족 남자가 어떤 죄를 저질러 산간 오지로 유배되었다. 그는 젊고 아름다운 신부를 그리워하고 또 히말라야 산록의 알라카 시에 있는 그들 부부의 궁전을 보고 싶어 한다. 그는 산꼭대기에 지나가는 구름을 보고서 알라카로 흘러가 자신의 아내에게 보내는 사랑과 위로의 메시지를 전해 달라고 요청한다. 이렇게 하여 시인 칼리다사는 젊은 약사의 목소리로 구름 메신저가 지나가는 길에 보게 되는 강과 산, 마을과 도시를 묘사하는 기회를 얻는다. 이 시는 연애편지의 형태를 취하는 일종의 여행담이다. 시의 어조나 형태적 구조는 아주 세련되면서도 절제되어 있다. 구름 메신저에게 부여된 환상적인 임무는 그 우아한 절제의 분위기 때문에 역설적이게도 더욱 열정적인 임무가 된다.

『사쿤탈라와 인식의 반지*Abhijn−masakuntalam*』는 보통 줄여서 『사쿤탈라』라고 하는데, 영웅적 로맨스로 분류되는 희곡이다. 많은 인도 연극이 그러하듯이, 이것 또한 그 플롯을 『마하바라타』[16]의 하부 주제들을 많이 빌려왔다. 내용을 간단히 말하면, 님프와 현자−왕의 딸인 사쿤탈라라는 아름다운 처녀를 왕이 사랑한다는 줄거리이다. 그녀는 숲속에서 금욕적인 사제에 의하여 완전 순수한 상태로 키워진다. 어느 날 숲속에 사냥을 나간 두스얀타 왕은 사쿤탈라를 흘낏 엿보고서 그 순간 반해 버린다. 두 사람은 연인 관계로 발전하고 그녀는 왕의 아이를 임신한다. 하지만 왕은 왕궁에 할 일이 많아서 왕도로 돌아가야 한다. 왕은 돌아가기 전 신원 확인용 반지를 그녀에게 건네준다. 나중에 그녀는 왕궁으로 왕을 찾아가지만 길 위에서 그 반지를 잃어버린다. 그녀가 도착하자 왕은 어디선가 많이 본 얼굴이라고 생각하지만 그녀의 정체를 알아보지는 못한다. 마침내 여러 가지 어려움 끝에 반지를 되찾고 두 연인은 재결합하여 모든 사람을 행복하게 한다.

어떻게 보면 칼리다사와 셰익스피어[39]는 서로 비슷해 보인다. 두 작가는 신분 높은 고귀한 왕에서 음란하고 저속한 광대에 이르기까지 인물들을 다루는 솜씨가 능숙하다. 그러나 칼리다사는 셰익스피어에 비해 한 가지 이점을 가지고 있다. 그는 두 가지 언어를 마음대로 구사한다. 연극 속에서 가장 고상하고 우뚝한 인물들에게는 산스크리트어로 말하게 하고, 나머지 사람들에게는 보통어인 프라크리트어로 말하게 하는 것이다.(이것은 비유적으로 말한다면, 몰리에르의 드라마에서 남자 주인공은 라틴어로 말하고 나머지 인물들은 프랑스어로 말하게 하는 것과 비슷하다.) 두 작가의 또 다른 유사점은 주제의 공통성이다. 『사쿤탈라』의 주된 긴장은 의무와 열정 사이의 갈등, 혹은 사회적으로 용인되는 행동 양태와 자연스러운 사랑 사이의 갈등이다. 셰익스피어 또한 『폭풍우』에서 똑같은 주제를 다루었다. 두 드라마를 연속적으로 읽어보면 아주 흥미로운 독서 경험이 될 것이다.

『사쿤탈라』는 서구의 개척자적 산스크리트어 학자이고 과학적인 근대 언어학의 아버지인 윌리엄 존스 경에 의해 번역되었다. 괴테[62]도 그의 번역을 칭찬했다. 그 후 칼리다사의 작품들이 추가로 번역되어 서구에 그의 이름이 널리 알려지게 되었다. **J.S.M.**

24
무함마드 Muhammad(계시받은 예언자)
650년 완성

코란 *Koran*

서기 1−3세기 동안의 서부 아라비아는 셈족의 세계에서 번영하는 지역이었다. 예멘에서 레반트 지역으로 여행하는 카라반 무역은 세계주의적이고 생기 넘치는 사회를 형성했다. 유대인과 기독교인은 아라비아 현지 공동체의 일원이었고 토라와 신약성경은 잘 알려져 있었다. 아라비아 지역에 사는 대부분의 사람들은 자신들이 아브라함의 아들인 이슈마엘을 통하여 그(아브라함)의 후손이라고 생각했다. 무함마드는 570년경에 이러한 공동체에 속하는 메카 시에서 태어났다. 마흔 살이 될 때까지 그의 생애는 특기할 만한 것이 없었다. 그는 부유한 과부와 결혼했고 메카 상인 계급의 존경받는 상인이었다.

610년 무함마드는 알라(하느님)가 그에게 계시한 메시지라면서 설교를 하기 시작했다. 그는 알라에 의해 선택된 예언자인데 알라의 최종 계시가 곧 있을 것임을 사람들에게 알리라는 지시를 받았다. 그는 카리스마 넘치는 설교자였고 많은 추종자들을 거느렸다. 하지만 그 과정에서 적들을 만들기도 했다. 적들은 622년에 무함마드를 살해하려 했으나, 사전에 첩보를 입수한 그는 이웃 도시인 메디나로 달아났다. 거기서 자신에게 계시된 알라의 말씀에 따라 신정국가를 세웠다. 서기 622년은 이슬람력으로는 원년이 된다.

『코란』은 총 114챕터sura로 구성되는데, 챕터의 순서는 길이에 따라서 배열되어 가장 긴 것이 앞에 오고 가장 짧은 것이 맨 뒤에 온다. 『코란』에는 이야기의 끈이 없으며 각 수라(챕터)를 이어 주는 연결 장치도 없다. 이러한 특징은 원래의 텍스트가 구전되었기 때문이다.(알 쿠란이라는 아랍어는 "암송"을 의미하며 무슬림 세계에서 『코란』을 암송한다는 것은 신앙의 행위이며 중요한 종교적 실천이다.) 문서로 기록된 『코란』은 무함마드 사망(632년) 후 20년 정도가 지난 650년경에 확정되었다. 이 텍스트는 구전되어 온 내용을 집대성한 것이며, 알라에 의해 무함마드에게 계시된 것이 확실하다고 공동체가 인정한 자료들만 편찬되었다.

무슬림이 아닌 서구 독자의 관점에서 볼 때, 『코란』은 유대교와 기독교의 성경의 한 부분이 아닌가 생각될 정도로 유사한 점이 많다. 아브라함, 모세, 다윗, 예수, 세례자 요한 등 낯익은 인물들이 많이 나오고 그 외에 많은 사람들이 알라의 예언자 혹은 메신저로 제시되어 있다. 하지만 면밀히 살펴보면 이 낯익은 사람들의 세계가 『코란』이라는 렌즈에 의해 아주 다르게 관찰되고 있다. 성경의 이야기들, 예언자와 족장들의 이야기는, 무함마드가 암송하는 신의 말씀인 『코란』의 예고편으로 제시된다. 『코란』은 "예언의 봉인이며, 이 지상에 내려오는 하느님의 말씀이 최종적으로 계시된 것"이다.

따라서 『코란』의 많은 부분은 신자들에게 이슬람islam(신에의 복종)의 상태에서 살아야 한다고 지시하고 있다. 이러한 지시 사항은 이슬람의 5대 기둥으로 요약되는데 그 내용은 다음과 같다.

1. 신앙의 고백: "알라 이외에 신이 없으며 무함마드는 신의 예언자이다."(여기서 예언자는 "신에 대하여 경고하는 자"라는 뜻이다.) 이슬람은 비타협적인 일신교이다. 알라는 절대적이고, 전지하며, 전능하다. 지상과 천상에서 벌어지는 일은 모두 알라의 의지에 따른 것이다.
2. 정해진 의식에 따라 하루 다섯 번 기도하라.
3. 해마다 라마단 달에는 일출에서 일몰까지 금식하라.
4. 가난한 사람들에게 자비를 베풀라.
5. 평생에 적어도 한번 이상 메카로 순례를 떠나라. 하지만 건강이 허락하고 또 가족들을 부양할 수 있을 정도로 재정 형편이 허락하는 범위 내에서 그렇게 하라.

이 지시 사항은 『코란』에서 그리고 후대의 종교적 율법서에서 자세히 보충 설명되어 있는데, 무슬림 공동체를 다른 공동체들과 구분해 주는 5대 특징이다. 『코란』은 알라의 의지에 복종하는 자에게는 알라의 보호를 약속하지만, 그 의지를 거부하는 자에게는 저주를 내린다고 명시한다. 그리하여 『코란』은 태생적으로 호전적이면서도 복음적인 종교 공동체를 창조한다. 그와 동시에 절제, 관용, 정의에의 헌신 등을 강조한다. 이슬람 세계의 역사는 많은 광신주의의 사례뿐만 아니라 관용의 사례도 제시한다. 다른 모든 경전과 마찬가지로, 『코란』은 많은 것들을 정당화하는 데 동원될 수 있다.

몇 년 전 나는 정부의 고위 관리와 이야기를 나눌 기회가 있었다. 당시 중동 문제가 뉴스에 많이 오르내렸기 때문에, 나는 그에게 대통령의 각료들 중에서 몇 명이나 이슬람의 5대 기둥을 알고 있느냐고 물었다. 그는 대답했다. "그건 아주 쉬운 질문이로군요. 단 한 명도 없습니다." 세계 인구 중 다섯 명에 한 명꼴로 무슬림이고 이슬람 세계가 미국 정부의 해외 정책 중 상당 부분을 차지하고 있는 상황에서, 이슬람에 대해서 좀 알아두는 것은 선량한 시민의 기본 자질이라고 생각된다. 이와 관련하여 먼저 『코란』을 읽어보면 좋을 것이다. 그 장엄하면서도 시적인 언어도 『코란』을 읽어야 할 또 다른 이유이다. 또 유럽-미국 주류문화의 핵심에 자리 잡은 성경의 전통을 다소 다른 관점에서 살펴보는 계기가 되기도 한다. J.S.M.

25
혜능慧能
638-713
육조단경六祖壇經

불교는 기원전 6세기에 싯다르타 고타마의 생애와 가르침을 통하여 북부 인도에서 생겨났다. 히말라야 산록에 자리 잡은 소왕국의 왕자로 태어난 고타마는 세상 어디에서나 발견되는 고통에 충격을 받았다. 그는 커다란 나무 밑에서 여러 날 동안 명상하면서 그러한 고통의 원인을 찾아내려 했다. 오랜 수행 끝에 마침내 완전한 이해의 상태에 들어갔고 그리하여 붓다("깨달은 자")가 되었다. 그는 이 깨달음을 바탕으로 하여 설교를 하기 시작했다.

고타마는 고대 인도의 브라만교 영향 아래 성장했고 그 종교의 가르침을 일정 부분 수용했다.(우리는 『바가바드 기타』[17]에서 브라만교를 잠시 만난 적이 있다.) 세상은 구체적 실체가 없고 단지 환상일 뿐이다. 사람은 태어나기를 거듭하는데, 이승에서 저승으로 넘어갈 때 전생의 선악에서 나오는 카르마(업보)를 그대로 가지고 간다. 이 카르마를 해소하려면 각 개인은 이승에서 의무의 길인 다르마(율법)를 실천해야 한다. 붓다는 브라만교의 이런 전통에 바탕을 두고서 사성제(네 개의 성스러운 진리)라는 새로운 진리를 가르쳤다. 사성제(苦, 集, 滅, 道)는, 모든 인생은 고통이다, 고통은 욕망에서 나온다, 욕망은 극복될 수 있다, 그 다음에는 도를 얻는다, 이다. 도를 얻는 데에는 여덟 가지 바른 방법(팔정도)이 있는데 정견正見, 정사유正思惟, 정어正語, 정업正業, 정명正命, 정정진正精進, 정념正念, 정정正定이다. 여기서 가장 핵심적인 통찰은, 사람을 카르마의 바퀴에 묶어놓는 것은 욕망이라는 가르침이다. 욕망이 사람의 자아에 강력한 힘을 발휘하여 윤회를 추구하게 만들고, 그리하여 또다시 새로운 고통의 삶을 겪게 된다는 것이다. 하지만 이러한 욕망의 사이클을 끊고 순수한 깨달음의 상태인 니르바나에 도달할 수 있다고 붓다는 가르친다.

불교는 고타마의 사후에 여러 세기에 걸쳐서 인도, 동남아시아, 중앙아시아 등지에 널리 퍼졌다. 불교는 서기 1세기에 중국에 들어왔고 거기서 다시 한국과 일본으로 전파되었다. 여러 세기에 걸쳐 불교는 많은 학파와 종파로 가지를 쳐 나갔고 많은 경전들(수트라: 모든 불경은 명목적으로는 붓다의 직접 가르침을 기록한 것이다)이 추가되었다.

중국에서 인기를 얻은 불교의 주요 종파는 "대승" 불교인데, 보살이라는 성자가 불교 신자들로 하여금 윤회의 사슬을 끊고 서방정토西方淨土에서 다시 태어나도록 도와준다는 주장을 편다. (이것은 고타마가 당초 말한 니르바나의 개념과는 거리가 있는 주장이다.) 대승불교는 아주 인기가 높았고 사찰 건립, 불교 탱화의 제작, 경전의 복사와 반포 등 다양한 신앙 행위를 권장했다.

서기 5세기 말과 6세기 초에, 대승 불교에 대한 근본적인 도전으로 선禪불교 종파가 창립되었다. 서양인들은 이 종파를 선의 일본식 발음인 젠 불교로 더 잘 이해하고 있다. 이름 없는 전설적 수도자인 보리달마에 의해 창립된 이 종파는 다음과 같이 가르쳤다. 구원은 종교적 선행이나 보살의 개입으로 얻어지는 것이 아니라, 깊은 명상을 통해서 얻어진다. 선정禪定을 통하여 일체의 교리, 경전, 욕망, 방심, 세상에 대한 집착 등을 마음에서 털어버림으로써, 언어의 도움 없이 깨달음의 길로 들어서게 된다는 것이다.

선불교 또한 내부에서 분열이 일어나 주도권에 대한 경쟁이 벌어졌으나 아주 엉뚱한 사람에 의해 통합이 되었다. 혜능은 중국 남부에서 문맹의 나무꾼으로 살다가 선불교 수도자가 되었고 곧 선불교의 교리를 깊이 이해하고 수행에 엄격한 기강을 부여하는 탁월한 재능을 발휘했다. 그는 선불교의 모든 지파에 의해 보리달마의 직계 6대조로 인정되었다. 『육조단경』은 혜능의 생애와 업적을 기록한 책이다.

이 책의 제목도 기이하다. 이 책은 붓다의 직접 가르침이 아니면서도 경經이라는 이름이 붙은 유일한 불교 텍스트이다. 『육조단경』은 혜능의 자서전, 장문의 설교, 일련의 언행록, 이렇게 세 부분으로 구성된다. 더욱 기이한 것은 자서전 부분이다. 혜능은 문맹이기 때문에 이 자서전은 법해法海라는 승려에게 "말해 준 것"을 기록한 것이라 한다. 하지만 그것은 사실이 아니고, 자서전은 혜능 사후에 오랜 시간이 지난 다음 그에 대해서 전해 오는 전승과 후대의 추가된 부분이 합쳐져 편찬된 것이다. 혜능의 설교 또한 오랜 기간 구두로 전승되어 오다가 문자로 기록되었을 것이다.

『육조단경』에 기록된 것들 중 가장 유명한 가르침은 아마도 혜능 자신의 작품일 것이다. 한 경쟁자가 이런 시를 썼다.

몸은 완벽한 지혜의 나무이다.
마음은 맑은 거울이 걸린 걸개이다.
언제나 그것을 깨끗이 닦아라.
거기에 먼지가 끼게 하지 마라.

혜능은 답변으로 이런 시를 썼다.

아주 완벽한 지혜는 나무가 아니다.
맑은 거울이 걸린 걸개도 아니다.
불성은 늘 맑고 깨끗하니
어디에 먼지가 있다는 말인가?

혜능은 묵언 정진을 강조했다. 경전보다는 스승으로부터 제자에게 전해지는 "말없는 가르침"을 더 선호했다. 그는 경전을 찢어 버리라고 소리쳤다. 그것은 깨달음에 장애가 될 뿐이라는 것이었다. 하지만 이것은 그때 이후 선불교를 괴롭혀 온 문제를 제기한다. 『육조단경』은 엄청나게 많은 선불교 경전의 첫 번째 저서일 뿐이다. "경전을 파괴하라"고 가르치고 깨달음의 길은 묵언 정진 뿐이라고 가르치는 불교 종파에서 이처럼 경전들이 많이 나왔다는 것은 하나의 역설이다. 중국 도교의 고전인 『도덕경』은 이렇게 말한다. "이름 지어 부를 수 있는 도는 보편적 도가 아니다. 입으로 말할 수 있는 이름은 보편적 이름이 아니다." 선불교는 이와 유사한 가르침을 가지고 있다. "알고 있는 사람은 말하지 않고, 말하는 사람은 알지를 못한다." 그렇지만 선불교를 설명한 책들은 무수히 많다.

『육조단경』은 짧은 책이고 또 읽기가 어렵지 않다. 주류 불교의 경전들과는 다르게 낯선 단어나 개념이 별로 없다.(주류 경전에 대해서 알고 싶은 독자는 『금강경』이나 『법화경』을 읽어보기 바란다.) 전설적인 내용이 좀 들어가 있기는 하지만 그래도 『육조단경』은 한 탁월한 수도자의 초상화를 잘 보여 준다. 또한 지난 1천 년 동안 동아시아의 종교, 문학, 예술에 커다란 영향을 미친 불교의 한 종파에 대해서 잘 이해하게 해준다. 선불교는 근년에 들어와 서구 세계에서도 서서히 두각을 나타내고 있다. J.S.M.

26

피르다우시 Firdawsi

940년경 – 1020년

샤나메 *Shanameh*

피르다우시는 빈천한 가문 출신의 작가인 아불카심 만수르 Abolqasim Mansur의 필명이다. 하지만 피르다우시는 일반적으로 페르시아 문학사상 가장 위대한 시인으로 칭송되고 있다. 그는 쿠라산 시市의 소지주 가문의 아들로 태어났으나 좋은 교육을 받은 덕분에 이슬람 예술과 과학뿐만 아니라 고대 페르시아의 역사와 문학에 능통하게 되었다. 그는 마흐무드 오브 가즈니 왕의 궁정에 출입하면서 페르시아 역사를 노래하는 장시의 집필을 맡았다.(전에 다른 시인이 이 일을 맡았으나 시를 쓰기 시작한 지 얼마 되지 않아 사망했다.)

이렇게 하여 완성된 장시 『샤나메』("왕들의 서")는 약 6만 개의 2행 연구聯句로 되어 있는데 페르시아 역사의 초창기부터 이슬람 도래의 시기까지를 노래했다. 이 서사시의 대부분은 조로아스터(이슬람 도래 이전의 페르시아 종교 창시자), 제국의 건설자인 키루스와 다리우스, 그리스와의 전쟁, 페르시아 왕가의 흥망성쇠 등 역사적 사실을 노래한다. 이 서사시는 7세기 중반 사산 왕조가 멸망하는 부분에서 끝을 맺는다.

우리가 피르다우시를 역사가로 생각한다면 그는 『평생 독서 계획』에서 지금껏 만나 온 역사가들의 타입에는 어울리지 않는다. 그의 역사는 투키디데스[9]처럼 근엄한 심각성도 없고, 헤로도토스[8]처럼 쾌활한 낙관론도 없으며, 사마천[18] 같은 체계적인 구도도 없다. 그는 이런 역사가들보다는 호메로스[2,3]를 더 많이 닮았다. 그는 역사가라기보다 음유시인이다. 그의 강력한 힘은 멋진 이야기에서 흘러나온다. 그는 세부 사항을 잘 파악하고 흥미로운 일화를 골라내는 능력이 탁월하다. 그의 아름다운 시 덕분에 종종 사건들이 별로 벌어지지 않는 부분도 지루하지 않게 넘어 간다. (번역을 해놓아도 그 아름다운 가락은 어느 정도 유지된다.)

피르다우시의 서사시가 흥미로운 한 가지 이유는 역사의 범위 내에서만 머무르지 않고 전설의 영역에도 뛰어들어 페르시아의 위대한 문화 영웅인 루스탐을 다룬다는 것이다. 루스탐은 말도 잘하고 행동거지도 품위 있는 완벽한 왕자이고, 당당한 힘과 용기를 자랑하는 뛰어난 전사이다. 그는 3천 년 전의 영웅인 길가메시[1]가, 헤라클레스 같은 힘에다 세련된 궁중의 높은 교양을 갖추고서, 페르시아에 다시 환생한 듯한 인물이다. 그는 『샤나메』의 진정한 영웅이고 후대의 페르시아 왕들이 모방하려고 애썼던 이상적 인물이다.

피르다우시는 『샤나메』를 후원자인 샤(왕) 마흐무드에게 바쳤으나, 막상 수고비로 하사된 돈이 너무나 적어 크게 실망했다. 그는 격분하여 왕의 인색함을 조롱하는 격렬한 풍자시를 썼고 그 후에 마흐무드의 궁중에서 물러나와 전국 각지를 돌며 음유시인으로 살다가 만년에 가족 농장으로 은퇴했다.

피르다우시가 페르시아 문학에서 차지하는 비중은 엄청나다. 그는 2행 연구의 간결함과 적확함, 아주 아름다운 운율, 극적인 이야기의 규모 등에 있어서 후배 시인들의 귀감이요 표준이 되었다.

『샤나메』는 페르시아의 국민 서사시가 되었다. 최근까지만 해도 많은 이란 사람들이 이 작품에 나오는 기다란 시행을 줄줄 외울 정도였다. 이슬람 도래 이전의 페르시아 과거를 칭송함으로써, 피르다우시는 이슬람 보편주의 앞에 점점 약해지는 민족 문화를 현양하려고 애썼다.

『샤나메』는 여러 세기 동안 페르시아 세밀화가들에게 많은 소재를 제공해 왔다. 가령 루스탐과 그의 기사들의 활약은 단골 주제였다. 16세기 초에 샤 타마습이 제작하도록 하명한 『샤나메』의 채색 삽화본들은 세계 미술의 걸작인데, 현재 뉴욕 메트로폴리탄 미술관에 소장되어 있다. 대도시의 도서관이나 미술관 부속 도서실은 이 '호튼 샤나메'의 복사본을 희귀본 코너에 소장하고 있으니 독자들은 열람 신청하여 한번 살펴보기 바란다. 호튼 샤나메는 1972년 메트로폴리탄 미술관에서 발간한 『샤나메』 삽화본의 복사판인데, 화려한 원본의 외양과 느낌을 잘 살린 책이다. 『샤나메』를 읽은 다음에 이 복사본을 훑어본다면 피르다우시의 걸작이 왜 그의 나라에서 그토록 존중받는지 금방 이해할 수 있을 것이다.
J.S.M.

27

세이쇼나곤 清少納言

965년경–1035년

마쿠라노소시 枕草子

일본이 낳은 뛰어난 작가 중 한 사람인 세이쇼나곤의 생애에 대해서는 알려진 것이 별로 없다. 생몰 연도도 그녀가 30대에 작가 활동을 활발히 했고 나이 들어 어렵게 살다가 죽었다는 전설에 입각하여 추정한 것이다. 그녀는 귀족 가문인 기요하라 가에서 출생하여 다치바나 노리미쓰라는 관리와 결혼하여 아들을 하나 낳은 것으로 보인다. 그녀의 이름도 확실하지가 않다. 쇼나곤은 황실의 수행 시녀를 가리키는 직함을 말한다. 그녀의 이름이 동시대 작가의 글에서 언급된 경우는, 그녀를 싫어했던 무라사키 시키부[28]가 폄하하듯이 거론한 것이 유일하다. 그녀는 이 놀라운 책을 쓰지 않았더라면 다른 여관女官들과 마찬가지로 역사의 먼지 속으로 사라졌을 것이다. 1천 년 전에, 약 몇 년 동안 그녀는 "베개 맡의 책枕草子"을 썼는데, 궁중의 시녀로서 자신의 생활을 생각나는 대로 적어 놓았다. 이 기록이 그 후 많은 독자들을 매혹하고 즐겁게 했다.

세이쇼나곤은 일본 역사상 특이한 시대인 헤이안平安(795–1085) 시대에 살았다. 농업 경제가 번성하고, 중국과 한국으로부터 문물이 수입되고, 내외부적으로 전쟁이나 갈등이 없던 시대였다. 민가, 궁전, 사찰이 즐비한 아름다운 도시 헤이안교(현재의 교토)에 사는 황제는 군림할 뿐 통치는 별로 하지 않았다. 황제의 주위에는 불교와 미학에 몰두하는 귀족들이 황제의 비위를 맞추느라고 여념이 없었다. 인생은 헛되고 일시적이라는 믿음을 가진 이들 귀족 남녀는 지상에서의 시간을 가능하면 아름답게 만들려고 애썼다. 패션, 예술, 시가詩歌, 기타 많은 미적 활동이 번성했다. 그러나 이 태평연월은 곧 끝났고 서로 싸우는 전사 계급이 등장했다. 이 사무라이 계급은 그 후 8백 년 동안 일본을 지배하게 된다.

헤이안 시대가 지속되는 동안 일본 여성들은 전통 사회에서는 보기 드문 개인적 독립과 자유를 누렸다.(그러나 사무라이의 통치 시대에는 그것을 잃어버리게 된다.) 그들은 토지를 물려받을 수 있고, 소유할 수 있고, 유증할 수도 있었다. 남자가 처가로 장가들어서 장인의 지배를 받는 일도 흔했다. 혼전 섹스나 혼외 섹스도 은밀히 이루어졌다. 남녀는 사람들의 이목을 의식하면서 신중하게 행동한다면 자유롭게 연애를 할 수 있었다. 남자들은 정부와 개인 영지의 행정을 전담했고 궁술이나 검술을 열심히 연마했다. 여자들은 우아한 기예를 통하여 그들의 삶을 아름답게 꾸미는 것 이외에는 별로 할 일이 없었다.

그리하여 헤이안 문학을 주로 여성들이 주도하게 된 것은 그리 놀라운 일도 아니다. 남자들은 학문과 종교의 언어인 한문(중세 유럽의 라틴어에 해당)을 사용했고, 여자들은 일본어로 글을 썼다. 이렇게 하여 여자들이 일기, 시, 소설을 일본어로 써서 후대의 구어 일본 문학의 기반을 닦았다. 헤이안 작가들의 성좌 속에서 세이 쇼나곤의 별은 유난히 밝게 빛난다.

990년대에 사다코 황후의 궁중 시녀로 근무하면서 세이쇼나곤은 궁중에서 벌어진 일을 관찰, 기록, 논평하는 최적의 위치에 있었다. 그녀가 밤마다 글을 써넣은 "베개 맡의 책"은 원래 낱장의 종이로 되어 있었을 것이다. 그러다가 후대에 그 낱장들이 무질서하게 복사되었고, 그리하여 오늘날과 같은, 연대도 주제도 모두 산만한 이런 책이 되었을 것이다. 이 책은 시작도 끝도 플롯도 없다. 이 책은 처음부터 끝까지 통독한다면 지루할 수 있으나, 여기저기 건너뛰면서 읽으면 아주 흥미롭다. 이 책은 다양한 리스트로도 유명하다. "불결한 느낌을 주는 것들"(쥐의 소굴, 기름을 넣어두는 용기 등), "진기한 것들"(자기의 주인을 나쁘게 말하지 않는 하인 등), 세이쇼나곤의 스타일과 에티켓을 보여 주는 리스트 등이 그것이다. "우마차의 마부가 엉성한 옷을 입고 있는 것처럼 나쁜 것은 없다." "나는 양쪽 소매의 길이가 똑 같지 않은 여자는 참아줄 수가 없다." 등.

『마쿠라노소시』의 지속적인 명성은 저자의 독특한 개성에 힘입은 바 크다. 그녀는 세련되었고, 요구가 까다롭고, 남을 잘 비난하며, 지적이고, 재치 넘치며, 외향적이고, 또 재주가 많다. 그녀는 자기중심적이었으며 동시에 교만했다. 몇몇 동료들은 그녀를 존경했으나 대부분의 동료들은 싫어했다. 이 책을 읽으면, 이렇게 비판적인 사람 밑에서 일을 해야 한다면 얼마나 힘들까 하는 생각이 든다. 하지만 그녀의 진짜 매력은 남들에게 비판적인 만큼 자기 자신에게도 아주 엄격했다는 것이다. 그녀는 일체의 환상을 거부한 사람이었다. J.S.M.

28
무라사키 시키부 ^{紫式部}

976년경 – 1015

겐지 이야기 源氏物語

『겐지 이야기』가 일본 문학의 최고 걸작이라는 데 대하여 시비를 거는 사람은 별반 없을 것이다. 어떤 문학 평론가는 이 작품이 세계 최초의 심리소설이라고 말한다. 많은 평론가들은 세계 문학 중 열 손가락 안에 들어가는 작품이라고 말한다. 헤이안 시대의 걸작들이 대개 그렇듯이, 이 작품 또한 귀족 여성에 의해 집필되었고 그 여성에 대해서는 알려진 바가 별로 없다. 몇 년 선배인 세이쇼나곤도 그렇지만, 이 작품의 저자 이름 또한 역사의 어둠 속으로 사라져 버렸다. 그녀는 우리에게 무라사키 시키부로 알려져 있지만, 이 소설의 여자 주인공 이름을 따와서 편의상 그렇게 부르는 것뿐이다. 그녀는 황후 조토몬인의 수행 시녀였고 1007년에서 1010년까지 황궁에 있는 동안 일기를 썼다.(그녀의 일기는 세이쇼나곤 같은 찌르는 듯한 솔직함은 없지만, 부드러우면서도 은근한 심성을 보여 준다.)

  그녀는 물론 귀족 가문 출신이었고, 여성들에게 상당한 자유를 부여하던 당시의 기준으로 보아서도 놀라울 정도로 훌륭한 교육을 아버지로부터 받은 듯하다. 그녀는 일본어와 한문을 잘 알고 있었다. 하지만 궁내에서 그것을 감추느라고 애를 써야 했다. 여자가 한문을 잘 아는 것은 남성적으로 보일 염려가 있었다. 우리는 이런 배경으로부터 그녀가 어려서부터 문학에 대한 흥미뿐만 아니라 언어에도 재주가 있었음을 알 수 있다. 그녀가 위대한 작품을 써내는 데 큰 도움이 된 교양은 그런 재주에서 비롯된 것이다.

『겐지 이야기』는 헤이안 시대의 귀족 생활을 묘사하고 있다. 무대는 무라사키의 시대보다 두세 세대 앞선 시점이다. 헤이안 시대의 여성들이 이상적 남성이라고 생각하는 겐지 왕자가 주인공이다. 그는 그림, 서예, 향 피우기, 오리가미(종이접기) 등 모든 기예에서 뛰어나다. 멋진 5행 와카 시를 숨 쉬듯 자연스럽게 읊어낼 수 있다. 옷 입는 감각도 뛰어나고 행동거지도 우아하다. 그가 여자 친구들에게 건네는 선물들은 언제나 상대방이 좋아할 만한 완벽한 것들이다. 하지만 우리의 관점에서 볼 때, 그는 신체적으로 그리 당당한 남자는 아니다. 이 소설이 집필된 지 얼마 되지 않아 나온 삽화본에 의하면, 얼굴이 창백하고 약간 뚱뚱하다. 소설의 상당 부분은 그가 벌인 다수의 연애 사건에 바쳐진다. 그 시대의 연애는 은밀한 게 보통이었으나, 겐지가 애인으로서 남다른 점이 있다면 여자들에게 아주 자상하고 사려 깊다는 것이다. 그는 여자들에게 모질게 구는 법이 없고 예전의 애인들에게 친절하고 예의 바르게 대한다. 우리의 관점에서 볼 때 다소 충격적인 것은, 그가 정말 좋아한 애인이 어린 아내 무라사키였다는 점이다. 그는 어린 아이 무라사키의 후견인이 되어 그녀를 집에 데려와 키우면서 그 자신처럼 우아한 궁중 신하가 되는 교육을 시켰다. 그리고 무라사키가 성년이 되자 그녀와 결혼했다. 그런데 유독 이 무라사키한테만 그는 모질게 대했다. 그가 사회적으로 지위 높은 공주와 결혼을 하면서 무라사키를 정실에서 측실로 내리자, 그녀는 상심하여 죽음에 이른다.

『겐지 이야기』의 전반적인 분위기는 아름다움과 세련됨으로 충만하지만 동시에 슬픔과 곧 다가올 상실의 느낌이 그림자처럼 드리워져 있다. 아름다움은 그것이 곧 사라질 것임을 알기 때문에 더욱 아름답다는 느낌이 전편에 퍼져 있다. 이 소설이 묘사하는 사회와 소설 속의 감수성은, 세상만사가 헛된 것이요 오로지 욕망에 의해 간신히 지탱된다는 불교적 확신을 반영한다. 이 소설은 아주 멀리 떨어진 진귀한 시대를 흘낏 엿보게 한다. 그러나 많은 독자들이 처음에는 이 소설의 완만한 속도와 독특한 감수성에 잘 적응하지 못한다.

무라사키는 처음에 그녀 자신과 동료들의 개인적 즐거움을 위해 『겐지 이야기』를 장회본章回本(연재물)으로 집필했다. 궁중에 사는 시녀들의 삶은 지루했을 터이고, 그러니 겐지 왕자의 이야기가 한 회, 한 회 나오는 것은 그들에게 생활의 낙이었을 것이다. 그러다가 무라사키는 매회 집필해야 하는 것이 지겨워졌고 새로운 회를 계속 내놓아야 하는 의무가 무겁게 느껴졌을 것이다. 그래서 잘 짜인 플롯의 법칙과는 위배되게, 그녀는 작품의 4분의 3 지점에서 겐지를 죽게 만든다. 여러 세기 뒤에 영국의 소설가 아서 코난 도일이 셜록 홈스를 라이헨바흐 폭포에서 떨어져 사망하게 한 것과 비슷한 이유였다. 무라사키는 주인공을 죽게 만듦으로써 소설을 계속 써야 하는 의무에서 벗어나고자 했다. 하지만 아서 코난 도일과 마찬가지로, 그녀는 주인공이 죽었다고 해서 자유롭게 펜을 놓을 수가 없었다. 겐지가 죽은 후 그의 아들 가오루의 생활과 사랑을 소재로 소설은 계속된다. 소설은 뒤로 갈수록 작중 인물들이 이제는 결코 돌아오지 않는 황금시대를 살았구나, 하는 느낌을 준다.

독자가 『겐지 이야기』를 처음 집어 들면, 너무 두꺼운 책이라는 생각이 들 것이다. 그것을 극복하고 책을 읽어나가면 소설의 속도가 너무 느리고 너무 기이하여 인간의 세계가 아닌 느낌이 들 것이다. 그럼에도 불구하고 계속 읽어나가기를 바란다. 마르셀 프루스트의 『잃어버린 시간을 찾아서』[105]와 마찬가지로 일단 다 읽고 나면 평생 되풀이하여 읽게 될 책임을 알게 된다. 어느 지점에 이르면 기이함은 경이로움으로 바뀌게 된다. 무라사키의 산문은 너무나 세련되고 심리적으로 예리하여 독자를 상상력의 세계로 풍덩 빠트린다. 이것은 위대한 예술적 성취가 아닐 수 없다.

번역본에 대해서 한 마디. 아서 웨일리의 번역본(1925~33년 사이에 발간)은 여러 해 동안 유일한 번역본이었다. 지금 읽어도 즐겁고 그 나름대로 고전이 되었다. 하지만 나는 에드워드 사이덴스티커의 새 번역본(1976)을 선호한다. 웨일리의 번역본처럼 매끄럽게 잘 읽히고(아쉽게도 웨일리가 참여했던 블룸스버리 스타일의 문학적 화려함은 없다), 무라사키의 원전을 충실하게 따라간다. 웨일리는 나름대로 원전을 편집하고 있어서 『겐지 이야기』 같은 세계적 걸작을 대하는 태도가 좀 소홀한 것 아니냐는 느낌을 주나, 사이덴스티커는 몸을 낮추면서 무라사키가 스스로 발언하도록 배려하고 있다. **J.S.M.**

29

오마르 하이얌 Omar Khayyam

1048-?

루바이야트 Rubáiyát

나는 몇 년 전 이란인 친구로부터 이런 얘기를 들었다. 그 친구는 오마르 하이얌이 서방 세계에 전적으로 시인으로만 알려진 것이 의아하다고 말했다. 하이얌은 이슬람 세계 그리고 그의 나라 페르시아(현재의 이란)에서는 위대한 수학자 겸 천문학자로 알려져 있다는 것이다. 그의 시들은 비록 존중할 만하지만, 그 당시의 교양 높은 사람들로서는 얼마든지 써낼 수 있는 수준이라는 것이다. 실제로 11세기의 페르시아 지식인들은 필요할 때마다 즉흥시를 써내는 능력을 갖추었다. (이러한 자격 조건은 중세 일본의 궁정 신하들도 마찬가지였다. 세이쇼나곤[27]과 무라사키 시키부[28]를 참조할 것) 오마르 하이얌이 영어권에서 훌륭한 시인으로 평가받게 된 스토리는 흥미로운 것이다.

우선 시부터 살펴보자. 루바이(복수형은 루바이야트)는 두 개의 2행 연구聯句로 구성된 짧은 시인데, 1행, 2행, 4행이 각운을 맞추어야 한다. 대부분의 서구 독자들은 루바이야트가 오마르 하이얌이 지은 장시의 이름인 줄로 알고 있다. 하지만 루바이야트는 직역하면 "시편" 혹은 "4행시들" 정도의 뜻이다. 에드워드 피츠제럴드가 1859년 이 시의 번역본을 발간하면서 루바이야트라는 이름을 그대로 둔 것은 원시의 "이국적" 분위기를 강조하기 위해서였다. 게다가 오마르 하이얌의 루바이야트가 수백 편 전해지고 있으나, 전통적인 페르시아 컬렉션에서는 전반적으로 이야기나 서사적 구조가 없이 단시들이 뒤엉켜 있는 형태였다. 피츠제럴드는 번역자로서 재치를 발휘하여 루바이야트를 일련의 지속적인 장시가 되도록 배열했고, 그리하여 이 시에 미학적이고 철학적인 무게를 부여했다. 이런 무게는 산만한 원시에서는 희미하게 암시될 뿐인데, 영역자 피츠제럴드가 더욱 돋보이게 번역했던 것이다.

그리하여 에드워드 피츠제럴드가 번역한 『오마르 하이얌의 루바이야트』는 페르시아적 요소를 바탕으로 하여 창조된 멋진 영시가 되었다.(피츠제럴드는 그 후에 이 시를 여러 번 다시 번역하여 더 정확하게 뜻을 전하려 했으나 처음 발간된 것보다 더 좋은 시적 효과를 얻지는 못했다.) 피츠제럴드의 번역시는 여러 세대의 영어권 독자들에게 페르시아보다 더 페르시아적인 분위기를 환기시켰다. 와인과 장미가 풍성한 이국적인 땅은 보통 사람들보다는 시인들을 위해서 존재하는 것 같았다. 피츠제럴드가 번역한 『오마르 하이얌의 루바이야트』는 오마르 하이얌의 페르시아어 원본과 비교해 볼 때, 팔레스타인 출신의 비평가 에드워드 사이드가 "오리엔탈리즘Orientalism"이라고 비난한 현상의 구체적 사례일 수도 있다. 오리엔탈리즘은 서양의 예술과 문학에서 아시아 문화를 이국적이고 환상적이면서 궁극적으로는 엉뚱한 이미지로 제시하는 것을 말한다. 아시아 사람들이 다른 나라 사람들과 마찬가지로 실제의 땅에서 살고 죽고 번영하고 고통받는 상황을 있는 그대로 묘사하지 않고, 유럽의 환상을 심어놓는 행위(오리엔탈리즘)를 사이드는 맹렬하게 비난했다. 사이드의 주장은 너무 진실하여 불편할 정도이지만, 그래도 이것이 이야기의 전부는 아니다. 오마르 하이얌 같은 페르시아 시인들 자신도 시라는 형태를 빌어서 이국적이고, 향기 나고, 신비한 상상력의 세계를 창조했던 것이다. 그런 상상력의 분위기가 피츠제럴드의 시에 잘 보존되어 있다.

『오마르 하이얌의 루바이야트』는 오늘날 그리 널리 읽히지는 않는다. 하지만 많은 사람들이 이 시의 시행을 자연스럽게 인용한다. "한 조각의 빵, 한 통의 와인, 그리고 당신."(이것은 피츠제럴드의 번역시를 정확하게 인용한 것은 아니고 그 분위기를 살린 것이다.) 이러한 인생관은 뭔가 잘못되었는가? 이슬람은 신자들에게 철저히 금주할 것을 가르친다.(코란[24] 참조) 그러니 와인의 즐거움을 말하는 오마르 하이얌은 정당한가? 그 대답은 이렇다. 이슬람(오늘날 널리 알려진 광적인 근본주의를 제외하고)은 인간의 약점을 어느 정도 관용한다. 알코올은 금지되어 있지만 일부 신자들은 여전히 술을 마신다. 그들의 영혼은 언제나 그렇듯이 유일하고 전능한 알라의 손에 맡겨져 있다. 전통적인 이슬람 세계에서는 시에 술을 곁들이는 것을 어느 정도 허용했다. 오토만 제국의 술탄들은 정치적 반항의 온상이었던 커피하우스는 철저하게 규제했지만, 시인들이 즐겨 다니는 술집은 통제하지 않았다.(시인들이 실제로는 술을 마시지 않으면서도 낭만적 도취의 은유로서 시를 활용했다는 허구적인 이야기도 전해진다.) 그래서 오마르 하이얌은 와인, 사랑, 장미를 한데 묶어서 아주 심오한 진술을 한다. 인생은 이런 즐거움이 가득하니 그것을 최대한 즐기라는 것이다. 삶을 사랑한다면 죽음 앞에서 위축되어서도 안 된다. 삶과 죽음은 신의 손안에서는 같은 것이니까.

『오마르 하이얌의 루바이야트』는 재주 있는 시인과 탁월한 번역가의 놀라운 협력 작업을 통해 시간의 심연과 문화적 거리를 훌쩍 뛰어넘었다. 페르시아의 수학자와 빅토리아 시대의 동양학자가 서로 협력하여 모든 사람이 즐거운 마음으로 즐길 수 있는 시집을 만들어낸 것이다. J.S.M.

30
단테 알리기에리 Dante Alighieri
1265−1321

신곡 *Divina Commedia*

그가 살았던 시대만큼이나 단테의 생애는 무질서한 것이었다. 하지만 그의 걸작은 이 세상에 존재하는 가장 질서정연한 장편 서사시이다. 그의 시대에 시인의 고향 피렌체는 물론이고 대부분의 이탈리아 지역이 당파 싸움으로 분열되어 있었다. 당시 선동가 겸 정부 관리로 활동하던 단테는 그런 싸움에서 일정한 역할을 수행했다. 하지만 별 성공을 거두지는 못했고 그 일이 빌미가 되어 1302년에 고향 피렌체에서 추방당했다. 그 후 근 20년 동안 사망하는 날까지 그는 이탈리아의 궁정들과 귀족들의 집을 전전하며 유배의 비참한 빵을 먹었다.

우리 현대인의 관점에서 볼 때, 그의 정신적 생활도 정치 생애 못지않게 불안정했던 것 같다. 그는 아홉 살 때 어린 소녀 베아트리체를 처음 보았다고 말했다. 그리고 9년 뒤에 그녀를 다시 보았다. 이것이 그 여인과 그가 맺은 관계의 전부였다. 하지만 그 여자는 단테 상상력의 원동력이 되었고 그는 『신곡』의 3부인 "천국편" 마지막 칸토에서 그녀를 하느님의 옆에다 위치시켰다.

단테는 그의 장시를 코미디comedy(commedia, 희극)라고 불렀는데 그 이유는 이 서사시가 비참한 지옥에서 시작되어 행복한 천국에서 끝나기 때문이다.(comedia 앞에 붙은 divina[신의]라는 형용사는 후대의 논평가들이 추가한 것이다.) 초급 독자들에게 이 작품은 침투 불가능한 텍스트처럼 보일지 모른다. 독자들을 좌절시키는 첫 번째 사항은 이 작품에서 전개되는 신학 사상인데, 위대한 사상가 토마스 아퀴나스(1224/5-1274)에게서 가져온 것이다. 두 번째로는 아리스토텔레스[13]에게서 빌려온 선과 악의 체계가 있다. 또 단테 자신이 우리에게 말한 것처럼, 이 시에는 네 가지 수준(사실·상징·도덕·신비)의 의미가 있다. 그는 이 작품에서 알레고리와 상징을 자주 사용하는데, 단순히 문학적 장치에 그치는 것이 아니라, 단테 사상을 구축하는 기본 구조의 일부이다. 마지막으로 단테는 소위 저널리즘의 자료들을 많이 활용했기 때문에, 이 시에는 당대의 현실에 대한 암시가 가득하다.

이런 여러 가지 어려움에도 불구하고, 단테는 학자가 아닌 일반 독자들도 감동시킨다. 시인 T.S. 엘리엇[116]이 그의 유명한 논문에서 말했듯이, 『신곡』의 상징적 의미들은 신경 쓰지 말고, 이 시에 직접 뛰어드는 것이 가장 좋다. 이 작품은 버니언의 『천로역정』[48]처럼, 이 지상에서 살아가는 인간들에 대한 이야기이다. 단지 단테가 지옥, 연옥, 천국을 상상함으로써 우리 인간의 지상에서의 상태를 더욱 생생하게 만들고 있다는 점만이 다를 뿐이다. 지상에서 사는 우리는 부분적으로 비참한 상태, 즉 지옥에서 살고 있다. 우리는 연옥에 떨어진 사람들이 그렇게 하듯이, 이곳 지상에서 죄를 짓고 그에 대한 속죄를 할 수가 있다. 단테 자신이 그렇게 열렬히 믿었듯이, 우리는 이성―『신곡』에서 단테의 안내자로 나오는 베르길리우스는 이성理性의 상징이다―과 신앙의 힘을 통하여 '천국'이라는 지복의 상태에 들어갈 수 있다. 단테의 강렬한 도덕성은 당대의 생활과 그 시대의 지배 사상인 스콜라 철학의 제약을 받고 있지만, 그래도 현대의 민감한 독자들에게 호소해 온다. 단테는 현대의 소설가 못지않게 사실적이며 또 충실하게 인간성을 묘사하고 있다. 어떤 때는 현대의 작가보다 더 노골적으로 인간성을 파헤친다.

게다가 이 서사시는 우리에게 하나의 시로 다가온다. 위대한 시적 상상력은 결코 흐리멍덩하지 않고 객관적이면서 적확하다. 간결함과 정밀함은 단테 상상력의 핵심이다. 그는 단순히 생생한 그림들을 만들어내는 데 그치는 것이 아니라 자신의 의미를 잘 전달해 주는 그림들을 그린다. 우리는 이런 그림들을 번역본을 통해서도 볼 수 있고 느낄 수 있다. 단테는 위대한 화가이다. 동시에 우리는 이 서사시의 강력하고, 질서정연하고, 균형 잡힌 구조를 느낄 수 있다. 단테는 위대한 건축가이다.

마지막으로 한 마디. 나는 T.S. 엘리엇의 조언(『신곡』의 해설은 읽을 필요 없고 직접 시를 읽어라)을 이렇게 제한하고 싶다. 당신이 구입한 번역본의 해설을 면밀히 읽으면 해가 되는 것이 아니라 큰 득이 될 것이다. 왜냐하면 단테의 시와 생애와 시대는 서로 긴밀하게 연결되어 있기 때문이다. 게다가 대부분의 번역본에는 본문을 해설하는 주석들이 많이 달려 있다. 단테를 읽는 좋은 방법은 주석을 신경 쓰지 말고 먼저 칸토(총 1백 개의 칸토가 있다)를 읽는 것이다. 그 다음에 는 주석을 참조하며 칸토를 다시 읽는 것이다. 시의 모든 내용을 이해하려고 애쓰지 마라. 저명한 학자들은 아직까지도 단테의 의 미에 대하여 논쟁을 벌이고 있다. 독서가 보람 있었다고 느낄 정 도로만 이해하면 된다. 가장 좋은 현대의 번역본은 앨런 맨들봄의 책인데, 대면 페이지를 사용하여 한쪽 페이지에는 이탈리아 원문, 반대편에는 영어 번역문이 실려 있다. C.F.

31
나관중羅貫中
1330년경 - 1440

삼국지연의三國志演義

기원전 206년에 세워진 중국의 한漢나라는 시기적으로 로마제국 과 동시대이나 세력 판도는 로마 제국보다 더 컸다. 흥미롭게도 한나라와 로마제국은 서로의 존재를 전혀 모른 채 유라시아의 양 극단에서 번성했고, 양 제국 사이의 무역으로 부유하게 된 중앙아 시아의 오아시스 왕국들은 양 제국의 상호 무지를 교묘하게 부추 겼다. 로마제국과 마찬가지로 한 제국도 쇠약해졌고 종내는 멸망 했다. 부정부패, 당파주의, 민중의 반란 등이 수십 년 동안 계속되 다가 서기 220년에 한 왕조는 붕괴되었다. 하지만 그 이후 천명(맹자[14] 참조)이 어디로 갈 것인지는 불분명했고, 하나의 강력한 왕조가 생겨나 중국을 활성화시켜 재통일한 것이 아니라, 중국은 세 개의 서로 갈등하는 왕국으로 분열되었다.

이 삼국 시대는 45년 동안 지속되었을 뿐이다. 세 왕국이 265년에 멸망한 뒤에는 더 오래 지속되는 혼란과 분열의 시대가 닥쳐왔으나, 그래도 삼국 시대는 중국인의 상상력에 엄청난 흔적과 영향을 남겨 놓았다. 북쪽의 위나라, 동남쪽의 오나라, 서쪽의 촉나라, 이렇게 세 나라의 역사는 왕조의 정사인 『삼국지』에 기록되었다. 『삼국지』는 사마천의 『사기』[18]를 모델로 하여 집필된 여러 정통 역사서(25사)들 중 하나이다. 하지만 공식적인 정사는 이 소란스러운 시대가 낳은 영웅과 악당, 공격과 아슬아슬한 도피 등의 스토리를 제대로 전할 수가 없었다.(『삼국지연의』라는 제목은 『삼국지』를 보충하는 이야기라는 뜻이다.) 그 후 여러 세기에 걸쳐서 이야기꾼들과 대중 드라마 및 오페라의 작가들은 거의 전설적인 삼국지 이야기에서 관중들을 즐겁게 해주는 소재들을 찾아냈다.(이러한 과정은 인도의 『마하바라타』[16]의 경우와 비슷한데, 우리는 이러한 과정을 『서유기』[36]에서도 다시 확인할 수 있다.) 이런 이야기들이 서서히 취합되어 1250년경에는 『삼국지연의』의 초기본이 탄생하게 되었다. 우리가 현재 읽고 있는 소설은 그보다 1세기 뒤에 나관중이라는 학자가 완성했다. 현재까지 전하는 가장 오래된 인쇄본은 16세기 중반의 것이다.

왜 『삼국지연의』가 중국 문학에서 그토록 우뚝한 것일까? 중세 영국의 왕조王朝 간 싸움이 셰익스피어 드라마를 매력적으로 만든 것과 비슷한 이유 때문이다. 중국의 삼국 시대에는 영웅적인 사람들이 많았기 때문에 그들의 강한 개성이 중국 역사를 통하여 인상 깊게 기억된다. 리처드 3세, 핼 왕자, 폴스태프가 영국인의 상상력을 사로잡는 것과 마찬가지로, 삼국의 영웅들이 중국 문학에 활기를 불어넣는다. 『삼국지연의』에서 우리는 멋진 인물들을 만나게 된다. 먼저 한나라의 장군들 중 가장 위대하다는 조조가 있다. 기회를 노리던 조조는 마침내 반란을 일으켜 위나라를 세운다. 그는 간신 겸 악당의 전형으로 비난받는다.(베이징 오페라에서 그의 옷과 갑옷은 언제나 검은색이고 그의 역할을 맡은 배우는 언제나 험악한 얼굴로 분장한다.) 이어 유비가 있다. 유비는 한 왕실의 후손으로서 촉나라를 세우고 한 왕실을 부흥하려고 애쓴다. 그는 충실한 신하인 제갈량의 도움을 많이 받는데 제갈량은 조조와 대척점에 있는 인물로 충성심과 용기의 표상이다. 제갈량은 이야기의 중심인물이고 총명함과 불굴의 정신으로 널리 숭앙 받는다. 그에 대해서는 다음과 같은 멋진 에피소드가 있다. 촉나라 군대에 화살이 부족하자 그는 허수아비 인형을 가득 채운 배들을 적진 가까이 보내어 적들로 하여금 화살을 발사하게 함으로써, 그 인형들에 꽂힌 적의 화살들을 회수하여 다시 사용했다. 유비의 부하인 신체가 장대하고 용감한 관우는 16세기에 중국의 군신軍神으로 추앙되었다. 관우보다 나이가 어린 장비는 모험심이 강하고 아주 낭만적인 장군이다. 도원결의를 통하여 유비, 관우, 장비는 하룻밤 사이에 도적떼에서 애국심 강한 기사들로 변모했다. 이런 사람들은 모두 실재하는 인물들이고 역사적 전투에서 실제로 싸웠던 사람들이다. 하지만 이들의 이야기는 소설 속으로 편입되는 과정에서 많이 미화되었다.

『삼국지연의』가 뛰어난 인물들만 많이 제공한 것은 아니었다. 대중의 상상력 속에다 그 전 시대의 기사도 정신을 부활시킨 것도 커다란 공로이다. 이 소설에서는 전투가 진지하게 벌어지지만, 거기에는 또한 스포츠의 요소가 깃들어 있다. 영웅들은 자신의 업적을 자랑하고 적들은 서로 싸우며, 전우들은 죽을 때까지 서로를 도와준다. 장군들은 맹렬하고도 용감하게 싸우며 실제보다 더 큰 인물로 부각된다. 『삼국지연의』는 아동용 "싸움 책"의 호소력을 가지고 있어서 독자들(주로 남성 독자들)에게 유혈적인 스포츠, 남자들끼리 서로 동맹하는 예식, 형제회 등이 종합된 그런 분위기를 풍긴다.

바로 이런 이유 때문에, 그 분위기가 이국적인데도 불구하고, 이 소설은 현대의 독자들에 의해 하나의 모험담으로 읽혀질 수가 있고 또 러디어드 키플링이 말한 흥미진진한 아동용 책으로 자리매김되는 것이다. 다행히 이 책은 모스 로버츠의 훌륭한 새 영역본이 나와 있다. 로버츠의 영역본은 다른 모든 번역서들을 무색하게 만들었다. 그러니 이 최신 영역본을 읽기 바란다. **J.S.M.**

32
제프리 초서 Geoffrey Chaucer
1342−1400

캔터베리 이야기 *The Canterbury Tales*

단테의 위대한 서사시를 "신성한 코미디(신곡)Divine Comedy"[30]라고 한다면, 초서의 서사시는 "인간의 코미디"라고 할 수 있다. 두 작품을 이렇게 구분하는 것은 타당해 보인다. 단테는 신을 사랑했고, 초서는 불완전하고 죄 많은 인간을 사랑했다. 단테는 파멸, 정화淨化, 지복에 이르는 길들에 시선을 집중시켰다. 반면에 초서는 일상생활의 복잡한 고속도로에 시선을 집중시켰다. 두 작가 모두 여행에 대해서 썼다. 단테의 여행은 세 가지 상징적 세계(지옥, 연옥, 천국)로의 여행이었고, 초서는 14세기에 30여 명의 선남선녀가 영국의 길 위로 떠난 실제의 여행을 묘사한다. 이들의 여행은 런던 교외의 사더크라는 실재하는 여관에서 출발하여 캔터베리라는 실재의 마을에서 끝난다. 초서는 단테의 영향을 많이 받았지만 중세 유럽의 두 위대한 시인은 기질이 그렇게 다를 수가 없었다.

그들의 인생 역정도 어떤 면에서는 유사점도 있지만 실제로는 아주 다르게 전개되었다. 단테와 마찬가지로 초서는 공무원이었다. 세 사람의 영국 왕을 모시면서 왕의 경제 사절, 세관 검사관, 왕실 사업의 감독관, 왕실 법관 등 다양하면서도 중요한 직책을 역임했다. 그는 한두 번 왕의 총애를 잃은 적도 있지만 전반적으로 영국 권력의 중심부 근처에서 평생을 보냈다. 그는 세상에 나와 꾸준히 출세를 했고, 성공적인 경력을 쌓아 올렸으며, 당대의 중요한 사건들을 많이 접촉하고 보았으며, 충분한 시간적 여유가 있어서 시와 산문으로 여러 편의 작품을 쓸 수 있었다.

초서는 단테 같은 깊이, 비통함, 강렬함, 엄청난 학식, 복잡한 상상력은 없다. 그 대신 사람을 즐겁게 하는 재주가 뛰어나다. 인정과 유머가 많고 인간의 약점을 재빨리 알아보되 관용하는 시선을 가졌다. 이야기를 끌고 나가는 재주가 뛰어나고, 세속의 현실을 구성진 운문으로 묘사하고 있으며, 개방적인 솔직함을 가지고 있어서 누구나 그를 친구 삼고 싶을 정도이다.

『캔터베리 이야기』의 프롤로그에 나와 있듯이, 이 작품은 원래 총 120개의 이야기로 구성될 예정이었다. 토머스 베케트의 사당을 향해 가는 한 무리의 순례자들이 여행의 지겨움을 해소하기 위하여 각자 하나씩 이야기를 하게 되어 있었다. 초서는 이 120개 이야기 중에서 스물한 개를 완성했고 세 개는 미완 혹은 중단된 상태로 남겨 놓았다. 이 이야기들 중 여러 편은 지루한 설교이므로 건너뛰어도 무방할 것이다. 맨 앞에 나오는 프롤로그는 반드시 읽어야 한다. 영문학 사상 가장 훌륭한 초상화의 갤러리이다. 이 작품에 들어 있는 이야기들 중 가장 널리 인정받는 것은, 기사, 방앗간 주인, 수녀원장, 수녀시승, 면죄승, 바스의 여장부(초서가 창조한 인물 중 가장 훌륭한 인물로 셰익스피어의 코미디에 나오는 주인공들과 필적한다), 서기, 상인, 수습기사, 수도참사 회원의 종자의 이야기 등이다. 또한 여러 편의 프롤로그, 에필로그, 각 이야기들을 연결하는 대화들을 읽을 것을 권한다. 많은 독자들은 이것들이 이야기들보다 더 재미있다고 생각한다.

초서는 훌륭한 이야기꾼이고 영국 리얼리즘의 창시자이며 흥미로운 인간이다. 그는 재미있는 정보를 아주 많이 가지고 있다. 가톨릭 중세 영국의 모습을 마치 어제 벌어진 것처럼 아주 생생하고 신선하게 그려낸다. 그의 작품은 아무런 학문적 배경이 없어도 읽어낼 수 있다. 하지만 대부분의 판본은 초서 당시의 관습과 매너를 설명하는 주석들을 제공한다. 그의 책은 열린 책이고, 이런 점에서 단테의 『신곡』보다는 호메로스의 『오디세이아』를 더 닮았다. 그는 독자의 소매를 잡고서 중세 영국의 선남선녀들에 대해서 자세히 말해 준다. 그러면 독자는 그들이 우리 현대인과 조금도 다를 바 없다는 것을 깨닫게 된다. 초서의 작품에는 신비주의가 없다. 그가 알레고리를 사용할 때에도 그의 문장은 평이하고 직접적이다.

독자가 영어 단어에 대해서 민감한 귀를 가지고 있다면 중세 영어로 씌어진 초서의 작품을 상당 부분 읽어낼 수 있다. 적어도 프롤로그는 읽을 수 있다. 하지만 대부분의 독자는 현대어로 번역된 것을 읽는다. 산문으로 번역된 것은 루미안스키의 번역본이 좋고 운문으로 번역되는 것은 코그힐이나 라이트의 것을 권한다. **C.F.**

33
실명씨
1500년경

천일야화 *Alf laylah wa laylah*

이 스토리들의 배경은 잘 알려져 있다. 사마르칸드의 폭군 샤리야르는 매일 밤 처녀 한 명을 요구하고 그 다음 날 아침에 그 불운한 처녀는 죽음에 처해진다. 세헤라자데는 어느 날 밤 왕을 즐겁게 해주는 처녀로 선택되었는데 그녀는 왕에게 재미있는 얘기를 들려준다. 그 얘기가 너무나 그럴 듯했기 때문에 왕은 그녀를 죽이라는 명령을 내리지 않고 그 다음날 또다시 침실로 부른다. 이렇게 해서 천 하룻밤이 지나가자 샤리야르 왕은 새로운 처녀를 선발하여 그 다음날 처형해 버리는 습관을 버렸고 왕과 세헤라자데는 결혼하여 행복하게 살았다.

물론 이 모든 것은 허구이다. 무수하게 많은 다양한 이야기들을 하나로 묶기 위한 이야기의 틀에 불과한 것이다. 샤리야르는 전설상의 인물이고 세헤라자데라는 여성도 실재하는 인물은 아니다. 그렇다면 누가 언제 이 이야기들을 썼는가는 하나의 미스터리이다. 이야기들 중 상당 부분은 인도에서 나오고 또 다른 것들은 페르시아에서 왔지만 모든 이야기가 아랍어로 씌어져 있다. 이러한 사실은 이 이야기들이 다양한 원천으로부터 편집되었고, 한 명의 (혹은 다수의) 아랍 문학가에 의해 오랜 세월에 걸쳐서 집대성되었음을 보여 준다. 이 작품의 초기 본에 1001이라는 숫자가 들어간 것은 "많은 이야기들"이라는 뜻을 나타내는 것이었을 뿐 실제로 이야기가 1001개에 이르지는 않았던 것으로 보인다. 하지만 1500년경에 이 책의 아랍어 결정본을 작업한 사람들은 세헤라자데의 이야기를 1001개로 맞추어 편집했다.

『천일야화』의 편찬자들은 이 책에 넣을 이야기들을 찾아내기 위해 이슬람 세계 전체를 대상으로 넓은 그물망을 던진 듯하다. 이렇게 편집된 이야기들은 아랍 문학의 범위를 넘어서서, 놀라운 속도로 세계 문학의 한 부분이 되었다. 이 책 속에 들어 있는 일부 이야기들은 이미 16세기에 오토만 제국의 활발한 지중해 무역을 통하여 유럽에 알려져 있었다. 최초의 완역본은 앙투안 갈랑 수도

원장이 프랑스어로 번역한 것인데 1704−17년 사이에 나왔다. 갈랑의 번역본은 곧 유명해졌고 조너선 스위프트[52] 같은 작가도 그 존재를 알고 있었다. 그리하여 신바드나 알리 바바 같은 인물은 유럽 문학의 이야기 적 요소로 도입되었고, 아라비아에 이슬람 세계에 대한 서구의 이미지를 결정적으로 형성했다. 그 후 많은 유럽언어 번역본들이 나왔는데, 그 중에서도 리처드 버턴의 무삭제 16권짜리 영역본(1885−88)이 유명하다.

'무삭제'는 『천일야화』의 의미와 호소력을 잘 이해하는 데 도움이 되는 단어이다. 많은 사람들이 어릴 때 동화책에서 읽은 "알리 바바와 40인의 도적" 이야기를 기억한다. 하지만 지난 수십 년 동안 과도하게 축약되고 편집된 어린이용 판본이 출판되어 왔다. 하지만 원래 이야기는 어린이용 디즈니 동화 같은 이야기가 전혀 아니었다. 원본은 음란한 유머가 가득하거나, 아주 노골적으로 성적이거나, 마음 약한 사람은 잘 소화하지 못하는 괴기한 모험의 요소가 많은 이야기들이다.(서양 문학에서 이와 유사한 경우로 『그림 형제의 동화집』을 들 수 있다. 이 책의 어린이용은 지나치게 편집되어 있는데 그림 형제가 수집한 원래 이야기는 아주 무시무시한 독일 민담이다.)

『천일야화』는 아랍어 원본이든 수십 개의 번역본이든, 시공을 초월하여 세계 최대의 베스트셀러 중 하나이며, 당연히 그런 대접을 받을 자격이 있다. 이 이야기들은 샤리아르 왕을 매혹시켰던 것과 마찬가지로 현대의 독자들도 매혹시킨다. 강력한 이야기의 요소, 구두 전승의 이야기가 잘 짜인 기록된 이야기로 변모한 과정, 이야기 자체의 마법과 경이 등이 강력한 매혹의 요소이다. 이 책 속의 이야기들은 서로 보완하고 있으며, 전체는 부분의 합보다 더 크다. 편집되지 않은 무삭제 완역본을 읽을 것을 권한다. **J.S.M.**

34
니콜로 마키아벨리 Niccolò Machiavelli
1469-1527

군주론 Il principe

마키아벨리는 홉스[43]와 함께 정치권력을 '현실적' 관점에서 분석한 근대의 위대한 사상가이다. 두 사람이 서로 만났더라면 서로를 잘 이해했겠지만 서로 다른 점도 있었다. 가령 홉스는 마키아벨리보다 훨씬 더 위대한 이론가이다. 사실 마키아벨리는 이론가라고 할 수도 없다. 그는 관찰자, 분석가, 기록자였다. 홉스는 '합법성'의 이론을 주장했지만, 마키아벨리는 정치의 편의성에만 관심이 있었다. 마지막으로 홉스는 절대 왕정을 지지했으나 마키아벨리는 공화정을 선호했고, 현대 의회 민주주의의 다양한 장치들을 예견했다.(『군주론』보다 더 심오하지만 영향력은 그보다 덜한 책, 『리비우스에 관한 담론』에서 공화정을 주장했다.) 이처럼 다른 점이 있기는 하지만 두 사상가는 함께 읽으면 좋다. 두 사람은 리슐리외, 나폴레옹, 레닌, 무솔리니, 히틀러, 스탈린 같은 반도덕주의자들의 등장을 예고했다. 또한 미국 사회를 비롯하여 모든 민주주의 사회에서 암묵적으로 진행되는 변형된 권력 투쟁을 예고했다.

마키아벨리는 실용적인 정치가였다. 피렌체 공화국에서 14년 동안 외교관과 군 조직가 등 고위 관리를 지냈다. 그는 이탈리아의 도시 국가들과 서유럽의 신생 국가들(특히 프랑스)의 동향을 예리하게 관찰하여 얻은 구체적 지혜를 『군주론』에서 밝히고 있다. 1512년 메디치 가문이 피렌체에서 다시 권력을 잡자, 마키아벨리는 실각했다. 부당하게 투옥되어 고문까지 당했으며 국외로 추방되었다가 결국에는 시골의 농장으로 낙향했다. 이 농장에서 그는 저술을 하면서 시간을 보냈다.(투키디데스[9]와 비교해 볼 것) 그는 역사가, 극작가, 다방면에 걸친 문필가로 명성을 얻었다. 하지만 문명을 얻게 된 것은 정치적 총애를 회복할 목적으로 집필한 『군주론』 덕분이었다.

그러나 기이하게도 그의 명성에 힘입어 '마키아벨리적'이라는 형용사가 생겨나게 되었다. 영국 엘리자베스 여왕 시대에 "올드 닉Old Nick"이라고 하면, 그의 이름(닉은 니콜로의 약칭)을 가리키는 것이었고 동시에 악마의 대명사이기도 했다. 이아고(셰익스피어 드라마 『오셀로』 중의 악당)와 기타 십여 명에 이르는 이탈리아 출신 엘리자베스 시대 악당들은 부분적으로 마키아벨리에 대한 오해의 결과이다. 그는 국가 운영에서 무력과 사기술을 옹호한, 신의 없고 잔인한 냉혈한으로 알려졌다.

하지만 마키아벨리 주장의 핵심은, 임금님은 옷을 입지 않은 벌거숭이라고 외친 것뿐이었다. 그는 실제로 여러 나라에서 실행되는 권력의 진실을 말했을 따름이다. 그 진실이 아름답지 않다고 해서 그를 비난할 수는 없다. 마키아벨리 자신은 합리적이고 덕성 높은 사람이었고, 인간을 미워하지도 않았으며, 악마도 신경증 환자도 아니었다.

또한 『군주론』은 정치적 목적이 아니라 수단을 기술한 책임을 잊어서는 안 된다. 마키아벨리가 진정으로 원한 것은(이 책의 26장을 보라), 스페인과 프랑스의 간섭을 받지 않는 통일된 이탈리아였다. 카부르와 19세기 이탈리아 통일 운동가들은 그에게 빚진 바가 많다. 어떤 측면에서 보면 마키아벨리는 리버럴(자유주의자)이다. 하지만 그가 다음과 같이 주장한 것도 사실이다. "이상적 군주(그는 잔인한 체사레 보르자를 존경했다)는, 정치적 목적에 도움이 안 되는, 도덕적 고려사항을 초월해야 한다." 종교와 국가의 관계에 대해서는 이렇게 말했다. "무력을 갖춘 예언자들은 정복을 했지만, 무력이 없는 예언자들은 실패했다." 아야톨라 호메이니는 이 말을 수긍했을 것이다.

『군주론』은 하나의 매뉴얼이다. 야심 많은 통치자들에게 권력을 획득하고, 유지하고, 집중하는 방법을 가르쳐 준다. 마키아벨리가 볼 때, 일단 이 권력을 얻고 나면, 국가는 자유롭고 정의로운 기관들을 발전시킬 수 있다. 그러나 이러한 주장은 수단과 목적의 도착倒錯이라는 의문을 제기한다. 과연 부정한 수단으로 얻은 권력이 정의로운 목적에 봉사할 수 있을 것인가? 마키아벨리는 이런 질문에 대하여 답변하지 않는다.

유럽 민족주의 정치가 부분적으로 이 차갑고 끔찍한 교과서에 의해 영향을 받았기 때문에, 이 책은 한번 읽어볼 만한 가치가 있다. C.F.

35

프랑수아 라블레 François Rabelais

1483-1553

가르강튀아와 팡타그뤼엘 Gargantua et Pantagruel

이 책은 많은 이야기를 담고 있지만 명확한 플롯이 없고, 구체적 형태가 없으며, 그리하여 그 어떤 분류도 거부한다. 프랑스 문학의 출발점에서 이 작품이 나오기는 했지만, 프랑스 장편소설들은 이 작품의 후예라고 할 수 없다. 이 작품의 진정한 후예는 없다. 많은 모방작들이 나와 있지만, 이 작품의 존재는 저절로 독립하여 우뚝하게 서 있다. 이 작품은 거칠고, 상식적이고, 경이롭고, 황당하고 때로는 지겨움을 안겨주는 거작이다. 이 작품에 대해서는 많은 다양한 해석이 나와 있으나, 적어도 한 가지 사실만은 확실하게 말할 수 있다. 이것은 언어를 잘 다루는 거장의 작품이고 그런 교묘한 언어유희의 솜씨에 필적하는 작가는 셰익스피어와 조이스뿐이다.

라블레의 생애에 대해서는 알려진 것이 별로 없다. 그는 수도자, 의사, 뒤 벨레 추기경의 주치의, 편집자, 그리고 작가였다. 생애 여러 시점에서 그는 자신의 책들 때문에 행정 당국과 마찰을 빚었다. 당대의 완고한 가톨릭 신자들을 그를 비난했고, 그에 못지않게 완고한 칼뱅주의자들도 그를 공격했다. 당대의 부패한 교회 행정에 대하여 냉소적인 견해를 가지고 있었음에도 불구하고 그가 악독한(비록 독실하다고 할 수는 없어도) 가톨릭이라고 증명할 만한 자료도 없다. 아나톨 프랑스는 라블레에 대해 이렇게 말했다. "일주일에 닷새 동안만 하느님을 믿었는데 그건 대단한 일이었다."
이것은 아주 공정한 논평이다.

다섯 권으로 되어 있는 『가르강튀아와 팡타그뤼엘』(5권은 라블레가
전부 집필한 게 아닐 수도 있다)은 두 명의 거인을 다루고 있다. 제1권은
가르강튀아의 탄생, 교육, 우스운 전쟁담, 그가 건설에 도움을 준
텔렘 수도원(이 수도원의 유일한 규칙은 "네가 하고 싶은 대로 해"였다) 등 주로 가
르강튀아를 다루고 있다. 나머지 네 권은 가르강튀아의 아들 팡
타그뤼엘, 이 아들의 친구인 세속적이고 현실적이며 폴스태프 같
은 파뉘르즈, 두 사람이 참가한 전쟁, 여행, 지혜에 대한 탐구 등
을 다룬다.

이 작품의 분위기는 때때로 바뀐다. 진지한가 하면(특히 라블레의 교
육 사상), 진지한 체하고, 풍자적이고, 환상적이지만 늘 원기왕성하
다. 그러나 아주 황당한 이야기를 펼칠 때에도 라블레는 잘 혼합
된 두 가지 흐름을 내보인다. 하나는 휴머니스트적 확신에서 나오
는 것으로서, 모든 인간은 지식을 원하고 모든 지식은 즐거운 것
일 뿐만 아니라 획득 가능하다는 것이다.(이 작품은 무엇보다도 백과사전이
라고 할 수 있다.) 다른 흐름은 "웃음은 인간의 본질"이라는 저자의 개
인적 확신이다.

우리가 지금까지 만나 온 작가들 그리고 앞으로 만나게 될 작가
들 중에서 라블레는 가장 인생을 사랑하는 작가이다. 당대의 권력
남용을 공격할 때에도 그는 아주 원기 왕성하고 쾌활하게 한다.
그는 신경쇠약이 무엇인지 몰랐고, 그런 만큼 만약 그가 환생하여
현대의 우울한 소설들을 읽었더라면 껄껄 웃으며 그것들을 물리

쳤을 것이다. 그는 행복한 조너선 스위프트[52] 혹은 지성미 넘치는 월트 휘트먼[85]이다. 그의 특징적인 자세는 원만하게 포용하는 것이다. 그는 하느님과 술 취한 자를 동시에 사랑할 수 있었다. 그의 웃음은 아주 자유롭고 건강하다. 그의 투박한 태도, 인간의 신체가 만들어내는 영원한 코미디를 즐겨 바라보는 태도 등을 보고서 함께 웃지 않고 화를 내는 자는 위선적인 도덕군자들뿐이다.

그는 팡타그뤼엘의 사상을 이렇게 정의했다. "운명을 조롱하는 태도에서 나오는 즐거운 마음." 이 작품을 재미있게 읽으려면 먼저 독자 자신이 팡타그뤼엘이 되어야 한다. 이 책에 나오는 가르강튀아의 박식博識을 일일이 신경쓰지 말고 읽어 나가기 바라며 한 번에 열 페이지 이상은 읽으려 하지 말라.

라블레는 다음과 같은 유언을 남긴 것으로 전해진다. "나는 빚을 많이 졌다. 나는 소유한 것이 아무것도 없다. 나는 그 나머지를 가난한 사람들에게 준다."

마지막 조언 한 가지. 훌륭한 현대어 번역판을 읽을 것을 권한다. 코언, 퍼트남, 르크레르크 등의 번역본이 훌륭하다. 널리 알려진 어크하트-모퇴의 번역본은 피하라. 고전이기는 하지만 라블레의 정신을 잘 전달하지 못한다. **C.F.**

36

오승은 吳承恩(추정)

1500−1582

서유기 西遊記

『서유기』는 첫 출간된 이래 대체로 실명씨의 작품으로 알려졌으나 최근의 문학 연구가들은 오승은이 저자일 것 같다는 주장을 폈다. 왜 세계 최고 수준의 피카레스크 소설을 쓴 저자가 자신의 신분을 감추었을까? 아마도 오승은이 유교 학자인데다 이름난 시인이었기 때문일 것이다. 중국 전통 사회의 문학계에서, 훌륭한 고전 교육을 받은 선비는 시나 산문 같은 고상한 문학 형태나 경전 연구에 집중해야 되었다. 그런 만큼 소설 쓰기 같은 경박한 행동을 해서는 안 되었다. 물론 그렇다고 해서 소설 시장이 전혀 없었다는 이야기는 아니다. 근엄하고 완고한 학자들도 집에 혼자 있을 때에는 소설을 많이 읽었다. 하지만 그들이 그런 소설을 썼다는 사실이 알려지는 것은 극구 피하려고 했다. 그래서 오승은은 자신의 걸작을 실명씨의 작품인 것처럼 위장하여 세상에 내놓았다.

하지만 엄밀하게 말해서 오승은이 이 작품을 집필했다기보다 편집했다고 보아야 한다. 오승은이 이 작품을 하나의 장편소설로 완성하기 이전부터 이 작품에 들어 있는 많은 에피소드들은 수백 년 동안 중국 민간 문학의 일부로 전해져 왔다. 그 에피소드들은 중국 전역의 시장터에서 이야기꾼들의 단골 메뉴로 등장했고 또 많은 오페라와 인형극의 플롯을 이루었다. 이 작품 속의 등장인물들은 중국 문학에서 가장 잘 알려지고 또 사랑받는 캐릭터들이다.

인도로 순례를 떠난 온유한 성격의 불교 승려 현장, 정력이 넘치는 여행 동무 손오공, 약간 바보 같지만 마음씨 좋은 저팔계, 어딘지 모르게 어리숙한 사오정 등은 여러 세기 동안 중국 어린이들의 사랑을 받아 왔는데, 서양에서 마더 구스Mother Goose가 서양 아이들의 사랑을 받은 것과 비슷했다. 저자 오승은은 이들 인물에 대하여 알려진 다양하고 산발적인 이야기들을 잘 취합하여 적절한 구조를 갖춘 긴 이야기로 다시 만들어냈다.

이 작품의 스토리는 불교의 스님이 실제로 다녀온 여행에 바탕을 둔 것이다. 이 구도 여행이 과거 수백 년 동안 항간에 떠돌아다니던 스토리들을 한 군데로 끌어당기는 계기가 되었다. 중국 불교 스님인 현장(602~664)은 황제의 허락 아래 중국에서 인도로 여행을 떠났다. 그때까지 중국에 알려져 있지 않은 불교 경전들을 수집하고 또 기존에 들어온 불경들의 더 좋은 판본을 찾아보기 위해서였다. 현장은 이 여행을 무사히 마쳤고 사람들의 축복 속에 귀국했다. 현장의 서역 여행은 중국 당나라 시대에 불교의 발전에 크게 기여했다.(당대의 불교에 대해서는 혜능[25]도 참조할 것)

하지만 『서유기』에서 현장의 여행은 마법적 호소력을 가지고 있고, 기괴한 괴물들을 등장시키며, 권선징악의 주제를 가진 여러 스토리들을 종합하는 도구에 지나지 않는다.(그렇지만 중국의 논평가들은 전통적으로 이 작품의 주제가 불성을 깨달아가는 지난한 여행의 알레고리라고 해석해 왔다.) 이 작품의 실제 주인공은 손오공인데, 『라마야나』[15]에 나오는 원숭이 왕 하누만의 문학적 사촌이라 할 수 있다. 하누만의 이야기는 서기 1세기에 인도로부터 중국으로 불교가 수입되면서 따라

들어온 듯하다. 하지만 이것은 중국의 이야기꾼들에 의해 후대에 많이 가필, 윤색되었다.

『서유기』의 첫 장들에서 손오공의 탄생이 묘사되는데, 거대한 바위가 마법적으로 쪼개지면서 그 속에서 어린 원숭이가 세상에 나온다. 정력적이고 호기심 많은 원숭이는 곧 장난을 치기 시작한다. 그의 초기 모험은 바다 밑 용왕으로부터 마법의 쇠몽둥이를 훔치고, 하늘의 옥황상제를 모욕하고, 과일과 꽃이 풍부한 산에다 원숭이 왕국을 건립하여 자신이 왕에 오르는 것이었다. 그러다가 현장이 인도로 여행을 떠나게 되면서(작품 속에서 현장은 법명인 삼장법사로 불린다), 자비의 여신인 관음이 손오공에게 현장의 여행을 도우라는 지시를 내린다. 그 후 줄거리는 현장이 공격을 당하고, 마법에 걸리고, 극히 위험한 지경에 이르게 되었을 때 손오공과 그 친구들의 도움으로 구출되는 수십 가지의 에피소드로 구성된다. 각 에피소드들은 아주 재미있으면서도 매혹적인 이야기이다. 1980년대에 『서유기』를 각색한 중국 텔레비전 연속극은 엄청난 성공을 거두었다.

오승은의 소설은 구두 전통에 뿌리를 내리고 있고 그런 만큼 구두로 이야기를 전해 줄 때의 그런 느긋한 묘사가 특징이다. 따라서 현대인이 소설을 읽을 때 기대하는 뚜렷한 기승전결의 양태를 기대해서는 안 된다. 우선 『원숭이Monkey』라는 제목으로 출간된 아서 웨일리의 축약 번역본을 읽기를 권한다. 그런 다음 안토니 유의 완역본(시카고 대학 출판부)을 천천히 읽어나갈 것을 권한다. **J.S.M.**

37
미셸 에켐 드 몽테뉴 Michel Eyquem De Montaigne
1533－1592

수상록 Les Essais

『평생 독서 계획』의 리스트에 오른 작가들 중 많은 사람이 몽테뉴보다 훨씬 위대하다. 하지만 몽테뉴가 제시한 인생관은 우리의 마음속에 아주 깊이 뿌리박혀 있기 때문에 앞으로도 보통 독자들의 관심을 계속 사로잡을 것이다.(몽테뉴보다 더 지성이 높은 작가들은 학자들에게 호소할 것이다.) 그는 답변보다 질문에 더 관심이 많은 우리에게 강력하게 호소해 온다.

근대 프랑스 산문의 개척자인 몽테뉴는 부유한 상인 가문에서 태어났다. 어머니 쪽으로는 유대인의 피가 약간 섞여 있었다. 유족한 집안 분위기 덕분에 그는 38세의 생일날에 집안 농장의 둥근 탑(서재)으로 은퇴를 했다. 교육적 실험이 사람들의 관심을 끌던 시대였지만, 그래도 그의 교육은 좀 특이한 데가 있었다. 그는 여섯 살이 될 때까지 오로지 라틴어만 말했다. 매일 아침 "악기의 소리"(오늘날의 자명종 같은 것)에 맞추어 잠에서 깨어났다. 그는 법률을 공부했고 보르도 의회에서 행정관을 역임했으며 세 명의 프랑스 왕을 모시면서 자문관으로 활약했다. 생애 만년에는 문필가에게 어울리지 않는 지위인 보르도 시장으로 봉직하기도 했다. 그의 진정한 생활은 『수상록』을 집필하면서 보낸 생활이었다. 이 수필은 총 107편인데, 여기에는 단행본 한 권 분량인 「레이몽 스봉을 위한 변명」도 포함된다. 이 수필들은 그가 조용한 연구와 명상의 생활로 은퇴한 이후인 39세에서 사망하던 해까지 쓰고, 다시 고쳐 쓴 글들이다.

그는 독자에게 보내는 서언에서 말했듯이, 이 수필들은 명성, 은총, 돈을 얻기 위한 것은 아니고, 무모하다 싶을 정도로 솔직하게 자기 자신을 묘사하기 위해 쓴 글이다. 이 목적을 위하여 그는 새로운 문학 형태를 발명했는데, 나름대로 내연 엔진만큼이나 중요하면서도 동시에 아주 유쾌한 발명품이다. 프랑스 단어 에세 essai는 문자 그대로 '시험' 혹은 '시도'의 뜻이다. 각 에세이는 그의 마음에 어떤 내용물이 들어 있는지 알아보려는 시험 혹은 시도이다. 그 결과 몽테뉴는 다른 것들은 몰라도, 자기 자신에 대해서만은 잘 알 수 있을 것이라고 기대했다.

몽테뉴의 에세이는 우리가 오늘날 고급 잡지에서 발견하는 그런 에세이와는 같지 않다. 우선 형태가 없다. 공언된 주제에 국한되어 얘기를 하지도 않고 고전의 인용이 너무 많다. 몽테뉴는 실무적인 사람인 데다가 박식한 휴머니스트였기 때문이다. 현대의 독자들은 처음에는 이런 인용문들을 거추장스럽다고 생각할지 모른다.

하지만 지난 4세기 동안 고전으로 읽혀 온 역사가 증명하듯이, 독자는 곧 몽테뉴의 매력, 지혜, 유머, 스타일, 정신적 경향에 호응하게 된다. 그는 처음에 견인주의자(마르쿠스 아우렐리우스[21] 참조)로 시작했으나, 곧 인간에 대해서 회의적인 견해를 품게 되었다. 그렇다고 해서 냉소적이거나 부정적인 입장을 취한 것은 아니었다. 그는 모든 것에 흥미가 있었으나 그 어떤 것도 확신하지 않았다. 그의 모토는 "나는 무엇을 아는가?" 였다. 그의 상징은 한 쌍의 저울이었다. 그는 가톨릭 신자로 태어나 평생 가톨릭으로 살았고 죽을 때에는 종부성사를 받았다. 하지만 그의 저작은 자유주의 사상이 성장하는 데 결정적인 영향을 미쳤다. 어떠한 판단도 잘 내리지 않으려 하는 그의 특성에 대하여 도그마주의자들은 못마땅하게 생각했다.

몽테뉴의 매력은 그의 스타일에 있다. 솔직하고 자유롭게 대화하는 스타일로서, "글쓰기는 말하기처럼 간결하고 허세가 없어야 한다"는 것이다. 그는 특히 섹스의 문제에 대해서 아주 솔직하다. 현대 소설가들의 순진한 강박증(섹스에 대하여 언급하기를 기피하는 중세)에 익숙한 독자들은 다 큰 어른이 이 주제를 이처럼 솔직하게 털어놓는 것을 흥미롭게 생각할 것이다. 몽테뉴는 최초의 비형식적(어떤 형식에 매이지 않고 자유롭게 글을 쓰는) 수필가였을 뿐만 아니라 그 방면 최고의 수필가이다. 그의 교묘한 표현 기술은 대상을 은근하게 드러낸다는 것이다. 그가 자기 자신이라고 드러내는 사람은 일반 대중을 의식하는 꾸며진 사람이 아니라, 있는 그대로의 그 자신이다. 그는 늘 자기 자신의 모습을 즐기는 것처럼 글을 쓴다. 자신의 미덕뿐만 아니라 자신의 약점, 기이한 점, 어리석은 점 등을 가감 없이 드러낸다.

독자는 몽테뉴를 읽다보면 방랑하는 기분이 들 것이다. 그의 작품은 그가 써놓은 그대로, 비非 체계적으로 읽어야 한다. 하지만 오랜 시간이 경과하면서 일부 에세이들은 나머지 것들보다 더 우수하고 중요한 것으로 분류되었다. 그의 회의적인 입장을 합리적으로 옹호한 수필로는, 단행본 분량의 「레이몽 스봉을 위한 변명」
이 있다. 그 외에 다음 수필들을 읽을 것을 권한다. 그 제목만 보
아도 어느 정도 몽테뉴의 분위기를 파악할 수 있다.

제1권에 들어 있는 수필들

의도는 우리 행동의 판관이다, 게으름에 대하여, 거짓말쟁이에
대하여, 선악은 우리의 생각에 따라 달라진다는 주장에 대하여,
철학하는 것은 죽음을 공부하는 것이다, 상상력의 힘에 대하여,
관습에 대하여, 통용되는 법률을 쉽사리 바꾸지 않는 것에 대하
여, 어린아이들의 교육에 대하여, 우정에 대하여, 절제에 대하여,
식인종들에 대하여, 고독에 대하여, 사람들 사이의 불평등에 대하
여, 고대의 관습에 대하여, 데모크리토스와 헤라클레이토스에 대
하여, 허영스러운 미묘함에 대하여, 나이에 대하여.

제2권에 들어 있는 수필들

우리 행동의 모순에 대하여, 술 취함에 대하여, 실천에 대하여,
아버지들이 자식들에 대하여 품는 애정에 대하여, 책에 대하여,
주제넘음에 대하여, 괴물 같은 아이에 대하여, 자식들이 아버지를
닮음에 대하여.

제3권에 들어 있는 수필들

유익하고 명예로운 사람들에 대하여, 사교의 세 가지 종류에 대
하여, 베르길리우스의 시에 대하여, 토론 기술에 대하여, 허영에
대하여, 경험에 대하여.

최소한 트레크먼의 현대 영어 번역본을 읽도록 하라. 도널드 프
레임이나 M.A. 스크리치의 번역은 그 후에 나온 것이므로 트레크

면의 것보다 더 낫다. 코튼의 번역본은 너무 오래 되어 낡았으므로 피하는 게 좋다. **C.F.**

38
미겔 데 세르반테스 사베드라
Miguel De Cervantes Saavedra | 1547 — 1616

돈키호테 *Don Quixote*

『돈키호테』는 평생 독서 계획 리스트 중에서 축약본(하지만 무단 삭제본이나 아동용 버전은 피해야 한다)으로 읽어도 좋은 책이다. 월터 스타키가 아주 훌륭한 축약본을 내놓았다. 만약 완역본을 읽는 경우라면, 어떤 부분은 건너뛰면서 읽어도 좋다. 염소치기나 양치기에 대해서 말하는 부분은 곧이어 쓸데없는 소리가 나온다고 봐도 무방하다. 세르반테스 당시의 청중들을 즐겁게 했으나 우리를 따분하게 만드는 전원적田園的 이야기들을 건너뛰어도 된다. 소설 중간에 끼어들어 있는 시들은 모두 건너뛰어라. 세르반테스는 세계에서 가장 신통치 못한 시인들 중 하나이다. 마지막으로 현대에 나온 번역본을 읽어라. 코언과 스타키의 것도 무방하나 퍼트남의 것이 가장 좋다. 소설 제1부에 가끔 나오는 따분한 문장이나 챕터 때문에 기가 질리지 말라. 제2부까지 계속 읽어나가라. 제2부가 더 훌륭하다. 아주 훌륭한 작가들도 때때로 자신이 창조한 인물들을 통해 자신을 교육하게 되는데, 바로 그것이 레판토 해전에서 부상을 당한 세르반테스에게 벌어진 일이었다. 돈키호테와 산초 판자에 대해서 글을 쓰면서 세르반테스는 두 캐릭터가 얼마나 위대한 인물인지를 깨닫게 되었다. 1부와 2부의 발간 시기에는 10년의 터울이 있는데 이 기간 동안 세르반테스의 천재가 더욱 발달했다.

이러한 경고의 말이 사전에 필요한 이유는 이러하다. 『실낙원』[45]이나 『신곡』[30]처럼, 『돈키호테』는 독자들이 열심히 읽어 주기보다는 숭배의 대상으로 여기고, 즐긴다기보다 칭송하기에 바쁜 책이기 때문이다. 이 소설의 인기도 부침이 있었다. 이 소설의 인기는 18세기에 절정에 달했다. 가령 로렌스 스턴[58]은 이 책을 아주 소중하게 여겼다. 하지만 현대에 들어와서는 그리 널리 읽히지 않는다. 이 책은 성경을 제외하고 전 세계적으로 가장 많이 번역되고 연구되는 대여섯 권의 책들 중 하나이다. 이렇게 된 데에는 훌륭한 이유들이 있다.

그런 이유들 중 하나는 아주 간단한데 세르반테스 자신이 제시했다. 그는 제2부의 2장에서 이렇게 말한다. "사람들은 여윈 말을 볼 때마다 이렇게 말할 것이다. '저기 로시난테가 간다.'" 달리 말해서, 그의 책에는 즉각 알아볼 수 있는 인간의 타입들이 존재하는데 이 경우에는 인간보다 타입에 강조점이 놓인다. 누군가를 가리켜 '돈키호테 같다'거나, '그것은 풍차에 돌진하는 행위이다'라고 말하면 온 세상 사람들이 그 뜻을 이해한다. 이처럼 영원히 살아 있는 문학 속의 인물은 몇 안 된다. 햄릿[39]이 그 중 하나이고, 돈키호테 또한 그 중 하나이다.

두 번째 이유 또한 간단하다. 독자가 『돈키호테』의 이야기를 천천히 따라가면, 그것이 『오디세이아』에 버금가는 모험 스토리라는 것을 알게 된다. 바로 이 때문에 이 책은 젊은이들을 위한 고전이 되었다. 몇 년 뒤 이 책을 다시 읽으면 이것이 마음의 모험담이라는 것을 깨닫게 된다. 이 소설 속의 가장 흥미로운 사건들은 기사와 수다스러운 시종의 대화 속에서 벌어지기 때문이다. 기사(돈키호테)와 시종(산초 판자)은 말을 아주 재미있게 창조적으로 하는 대화꾼들이다.

세 번째 이유도 간단해 보이나 실은 그렇지가 않다.

『돈키호테』는 아주 유머러스한 소설이다. 이 책과 관련하여 이런 일화가 전해진다. 스페인의 펠리페 3세가 지방 순찰을 나갔다가 길옆에서 책을 읽고 있던 어떤 남자가 눈물을 줄줄 흘릴 정도로 크게 웃고 있는 것을 보았다. 왕은 말했다. "저 남자는 미쳤거나 아니면 『돈키호테』를 읽고 있을 것이다." 어떤 독자들은 큰 소리로 웃고, 어떤 독자는 빙그레 웃고, 어떤 독자는 겉으로 웃고, 또 어떤 독자는 속으로 웃는다. 그리고 어떤 독자는 기쁨과 슬픔이 뒤섞인 기이한 감정 상태로 읽는다. 세르반테스의 유머는 정의하기가 어렵다. 무엇보다도 유머가 그의 내부에 깃들어 있는 "개인적 특성"이 아니기 때문이다. 그 사람 전체가 하나의 유머이고 그래서 신비로운 것이다. 이 유머를 이해하는 가장 좋은 단서는 『돈키호테』의 영역자 월터 스타키의 논평이다. 스타키는 세르반테스를 유머리스트라고 부르는데, "그가 한 번에 한 가지 이상의 것을 볼 수 있기 때문이다."

이 논평은 『돈키호테』의 위대함을 잘 설명해 준다. 『돈키호테』의 의미는 애매모호하지 않은데도 세대에 따라 그리고 독자에 따라 달라지고 그처럼 다르게 수용되는 의미는 결코 사소한 것이 아니다.

우리는 세르반테스가 기사도 로맨스에 대한 풍자로 이 소설을 시작했다는 것을 알고 있다. 그 자신도 그런 뜻의 말을 했다. 슬픈 표정에 비쩍 마른 반백의 기사 돈키호테는 우스꽝스러운 인물로 인생을 시작한다. 그의 시종인 땅딸막하고 격언을 많이 늘어놓는 현실적 인물 산초 판자 또한 그러하다. 그러나 소설의 끝 부분에 이르면 두 사람은 전혀 다른 사람이 되어 있고, 비평가 살바도르 데 마다리아가가 지적한 것처럼, 서로 닮은 꼴이 되어 있다. 이 두 인물은 우리 인간의 서로 갈등하는 요소를 상징한다. 우리는 사회에 도전을 하는가 하면 사회를 받아들인다. 우리는 영웅적인 것을 사랑하면서 동시에 그것을 의심스럽게 여긴다. 우리는 상상력을 발휘하여 세상을 창조하는 것을 좋아하지만, 아쉽게도 현재의 상태status quo를 씁쓸한 마음으로 받아들인다.

그리하여 우리는 돈키호테의 "문제"를 햄릿의 "문제" 못지않게 흥미롭게 여긴다. 이 책은 기사도에 대한 조롱인가? 아니면 어떤 구체적 시대나 제도와는 상관없이 기사도적 태도를 옹호하려는 시도인가? 꿈꾸는 자들에 대한 풍자인가? 꿈꾸는 행위에 대한 옹호인가? 만약 그렇다면 왜 모든 국가와 민족의 사람들에게 그토록 분명하게 호소하는가? 이 소설은 저자의 정신적 자서전인가? 정신 이상에 대한 연구서인가? 아니면 보통사람보다 더 수준 높은 정상적 정신 상태에 대한 연구인가? 아니면 피란델로의 드라마처럼, 피카레스크 사건들 속에 감추어진 환상과 현실에 대한 극적인 논평인가? 마지막으로, 돈키호테는 마크 밴 도렌이 지적한 것처럼 일종의 배우인가? 그런 다양한 배우의 역할을 연기함으로써 어떤 단일한 불변의 성격을 가진 사람과는 다르게 인생의 다양성을 널리 수용하여 깊이 명상할 수 있다는 것인가? 이처럼 돈키호테에 대한 해석은 다양하게 나올 수가 있다.

이에 대한 판단은 독자들이 이 책을 읽으며 직접 해보기 바란다. 영국 역사가 머콜리는 이 책을 가리켜 "비교의 대상이 없는, 세계 최고의 장편소설이다"라고 말했다. **C.F.**

| 제3부 |

39
윌리엄 셰익스피어^{William Shakespeare}

1564−1616

전집 Complete Works

셰익스피어를 읽는 것은 에베레스트 산을 정복하는 것과 약간 비슷하다. 어떤 방법을 선택하느냐에 따라 등정의 결과가 달라진다. 우선 몇 가지 널리 퍼진 오해를 다음과 같이 불식하기로 하자.

1. 그는 인간이었지 반신半神이 아니었다. 그는 콜리지^[65]가 말한 것처럼 "일천 가지의 마음을 가진 사람"이 아니었다. 그는 매슈 아놀드가 말한 것처럼 "모든 사람들보다 더 많은 지식을 가지고 있지도" 않았다. 그는 무오류의 인간도 아니었다. 인류가 낳은 많은 천재들 중 하나였다. 그는 극단劇團에 소속된 장인이었고, 바쁜 배우였으며, 영리하여 점점 번영을 구가한 사업가였다. 천재도 평범한 삶을 살 수 있고, 셰익스피어가 그 좋은 사례이다.(그가 어린 아내와 아이들을 몇 년 간 방치했다는 것은 평범한 삶의 면모가 아닐 수도 있다.)

2. 그는 영국이 낳은 가장 위대한 시인이며 극작가이다. 하지만 그가 늘 위대한 것은 아니다. 그는 종종 너무 빨리 극본을 썼고, 그의 시선은 후손보다는 마감 날짜에 더 집중되어 있었다. 그가 창조해낸 희극적 인물들 중 일부는 전혀 웃기지 않으며, 누구나 그런 사실을 인정한다. 그의 말장난과 언어유희는 때때로 지루하

다. 그는 심오한 사상을 표현한다기보다 엉뚱한 사상을 그럴 듯하게 얼버무릴 때가 있다.

3. 그는 위대한 독창적 사상가는 아니다. 시인들은 대개 독창적 사상가가 아니다. 이것은 그들의 주특기가 아니다. 세상을 바꾸어 놓은 사상을 찾는 사람은 셰익스피어에게 물어보면 안 된다. 그는 반드시 실망할 것이다.

4. 마지막으로, 이 글을 쓰는 저자를 포함하여 우리는 셰익스피어를 잘 "안다"고 생각하는데, 우리가 안다고 생각하는 것은 우리에게 주입된 기계적인 지식인 경우가 많다. 어렵기는 하겠지만, 고등학교와 대학의 영어 시간에 일방적으로 주입된 지식을 우리의 마음으로부터 털어내는 것이 필요하다. 셰익스피어의 드라마를 "고전"이라고 생각하며 접근하는 것보다, 새로운 드라마의 첫 공연에 참석하는 것 같은 기대감으로 접근하는 것이 훨씬 유익하다.

따라서 이 간단한 노트는 독자들에게 무엇을 찾아보라고 권하지 않는다. 셰익스피어 작품에서 아무것도 찾지 않아도 독자는 결국 뭔가를 찾아내게 된다.

그의 드라마를 재미있게 읽어 나가야지 연구하려고 해서는 안 된다. 그의 작품은 여러 번 되풀이하여 읽는 것이 필수적이다. 내가 권하는 간단한 접근 방법은 이 복잡한 예술가의 일면만 드러낼 뿐이다. 많은 사람들이 평생에 걸쳐 셰익스피어만을 연구하고서도 전혀 후회를 느끼지 않는다.

셰익스피어의 전집을 읽는 것은 충분히 가치 있는 일이다. 사람이 평균적으로 70세를 산다고 보고 그 중에서 반년 정도의 시간을 투입하여 전집을 읽는다면 충분한 보상이 돌아올 것이다. 하지만 우리들 중에 그렇게 하기 위해 필요한 호기심을 가지고 있는 사람들이 그리 많지 않다. 사람마다 다르게 판단하겠지만, 셰익스피어의 드라마 37편 중에서 다음 12편을 필독서로 권한다. 한꺼번에 다 읽을 생각을 하지 말고 평생에 걸쳐 한 권씩 한 권씩 읽는 방법이 더 좋다. 『베니스의 상인』, 『로미오와 줄리엣』, 『헨리 4세』 1부와 2부, 『햄릿』, 『트로일로스와 크레시다』, 『되에는 되로』, 『리어왕』, 『맥베스』, 『안토니와 클레오파트라』, 『오셀로』, 『태풍』.

셰익스피어는 일련의 소네트도 썼다. 그 중 어떤 것들은 젊은 남자에게 바친 것이고, 어떤 것은 정체 미상의 "검은 숙녀"에게 헌정한 것이다. 소네트 전편이 느슨하게 연결되어 한 묶음을 이루지만, 전체를 통독하면 깊은 만족감을 얻을 수 있다. 소네트 중에서 유명한 것들의 번호를 열거하면 다음과 같다. 18, 29, 30, 33, 55, 60, 63, 64, 65, 66, 71, 73, 94, 98, 106, 107, 116, 129, 130, 144, 146. **C.F.**

40
존 던 John Donne
1573−1631

시 선집 Selected Works

만약 『평생 독서 계획』이 1900년에 작성되었다면, 존 던과 블레이크[63]는 이 리스트에 끼지 못했을 것이다. 이러한 방향 전환은 문학적 유행의 문제가 아니다. 물론 이 두 작가가 근년에 문학계에서 커다란 인기를 얻기는 했지만 말이다. 그것은 기호嗜好의 문제이기도 하지만, 그 기호는 우리 인간에 대한 생각을 바꾸어 놓을 수 있을 때 비로소 심오한 것이 된다.

존 던은 사후 여러 세대 동안 무시당했다. 하지만 오늘날 존 던은 우리의 인간 조건에 직접 호소하고 있다.(반면에 밀턴[45]은 그렇게 하지 못하고 있다.) 앞으로 50년이 더 흘러가면 이것은 더 이상 사실이 아닐지 모르지만 현재로서 존 던은 위대한 작가인 것처럼 보인다. 그가 현대시에 엄청난 영향을 주었을 뿐만 아니라 그의 목소리가 바로 현대인의 목소리이기 때문이다. 1940년에 헤밍웨이가 그의 장편소설『누구를 위하여 종은 울리나』라는 제목을 존 던의 기도시(1624년 발표)에서 인용한 것은 결코 우연의 일치가 아니다.

로마 가톨릭 가정에서 태어난 존 던은 어머니 쪽으로 토머스 모어 경과 친척 관계였다. 옥스퍼드와 케임브리지에서 몇 년을 보냈고, 법률을 공부했으며 런던에서 세속적인 사랑의 모험을 벌였다. 그 후 해외 근무를 하기도 했고, 그의 고용주였던 토머스 이거튼 경의 질녀와 결혼을 했다.(현실적 관점에서 볼 때 현명치 못한 결혼이었다.) 결혼 후 존 던의 출세 전망은 갑자기 어두워졌고 그래서 10년 동안 젊은 부부는 실망과 가난을 겪어야 했다. 나이 마흔두 살에 존 던은 깊은 사색 끝에 로마 가톨릭교를 버리고 영국 국교로 개종했다. 그는 런던 세인트 폴 대성당의 수석 사제까지 올라갔고 당대의 가장 유명한 설교자가 되었다. 젊은 시절 연애시를 쓰던 불꽃은 사그라들었고 그 대신 죽음의 환상과 질병에 고통 받는 사람이 그의 시에 등장한다. 그는 "성년成年의 아내인 신성神聖"을 위하여 "젊은 날의 애첩인 시詩"를 버렸다. 세월이 흘러갈수록 죽음에 대한 그의 집착은 심해졌다. 오늘날 독자는 세인트 폴 성당의 지하 납골당을 방문하면 존 던의 조각상을 볼 수 있다. 이 조각상은 그의 생전에 제작된 것인데 온몸이 시트에 둘둘 말린 형태를 취하고 있다. 마지막 순간이 다가오자 그는 침상에 누운 채 수의에 감긴 자신의 모습을 상상했고, 그의 눈은 마치 죽음이 이미 그를 덮친 것처럼 감겨져 있었다.

존 던의 기도시와 설교는 전통적인 종교 문학으로부터 많이 벗어나 있다. 종교적 열성에 교묘한 리듬과 비유를 섞어 넣은 예술 작품이다. 기도시는 자기 자신에게 바친 시이다. 설교는 많은 사람들 앞에서 행한 것인데, 종종 왕 앞에서 설교를 하기도 했다. 어느 평범한 설교들처럼 종교적 심성만 강조한 것이 아니라, 인간의 감정을 미묘하게 움직이는 교묘한 문장으로 구성되어 있다. 존 던의 설교문은 지금 읽어도 감정의 파문을 일으키는데 교리의 심오함보다는 예술적 교묘함 때문이다.

존 던의 시는 때때로 아주 감성적이며(혹은 육감적이며), 고도의 지성과 놀라운 개성을 발휘한다. 때로는 복잡하고 때로는 아주 직접적인 비유를 구사함으로써 지성과 감성을 결합시키고 그 덕에 현대 독자들의 감수성을 강하게 자극한다. 최악의 경우라고 할지라도 그의 비유법은 교묘한 기상綺想을 불러일으켜서 닥터 존슨[59] 같은 이를 당황하게 했다. 최선의 경우에는 그 비유가 곧 그의 생각이 되었다.

그의 연애시는 엘리자베스 시대의 관습을 초월했을 뿐만 아니라 그 당시 제작되던 연애시들의 표준적인 감정마저도 내던졌다. "제발 하느님을 위하여 당신의 입을 닥쳐요. 우리 사랑합시다." 이런 식으로 시를 쓰는 사람은 남의 작품 따위는 모방하지 않는 것이다. 그는 연습 삼아 글을 쓰지는 않았다. 그는 진정한 목소리로 말하는 진정한 사람이었고 그의 목소리는 크게 울려 퍼졌다. 존 던은 충격적이고, 모욕적이고, 부드러우며, 유식하고, 구어적이며, 환상적이고, 열정적이며, 숭배하는 마음이 강하고, 절망에 자주 빠진다. 그는 한 편의 연애시에서 이런 감정의 상태를 모두 표현한다. 이런 감정의 복잡성을 잘 이해했기 때문에 존 던의 시는 복잡한 현대인의 심성에 호소한다. 그의 연애시 특징은 기도시에도 그대로 적용된다. 기도시에도 때때로 에로틱한 분위기가 풍겨 나온다. 그것은 시인의 신체를 포함하여 전인全人이 투입된 시이다. 자주 인용되는 다음 두 행은 존 던의 시를 잘 요약한다.

영혼의 신비는 더욱 성장하지만,
신체는 그 영혼의 책이니.

우리는 아주 개략적으로 존 던의 시를 엘 그레코의 그림에 비유해 볼 수 있다. 엘 그레코가 선을 왜곡했듯이, 존 던은 언어를 비틀었다. 실험에 대한 호기심 때문이 아니라 강조, 집중, 생생한 현장성을 확보하기 위한 것이었다. 엘 그레코의 색채가 처음에는 거칠고 부자연스럽게 보이듯이, 존 던의 리듬도 끊어지고 거칠고 울퉁불퉁한 것이 거칠고 단절된 감정의 표현인 것처럼 보인다. 우리는 엘 그레코에게서 느끼는 정신적 고통과 긴장을 존 던에게서도 느낀다. 그의 신앙은 평온한 것이 아니었다. 근심, 당황, 모순으로 그늘진 정신은 현대의 어두운 정신적 기상도를 예고한다.

존 던은 주로 학자들에게 흥미를 안겨주는 글을 많이 썼다. 영시 선집에 들어 있는 몇몇 작품만 아는 초급 독자들에게 다음 작품을 권한다. 「노래와 소네트」, 「비가」, 「첫 번째 기념일과 두 번째 기념일」, 「거룩한 소네트」, 기도시들, 몇 편의 설교문. 처음에는 "구름으로부터 말하는 이 천사의 목소리"가 황당무계하고 난해하게 느껴질 것이다. 그러나 그의 기이한 비유(종종 무역과 과학에서 빌려 온 비유)와 화려한 스타일 뒤에는 심오한 이성이 도사리고 있다. 여러 번 읽어 나가다 보면 그의 어휘들이 덜 낯설어지고 그리하여 점점 흥미롭게 될 것이다. **C.F.**

41
실명씨
1618년 발간

금병매 金瓶梅

『금병매』는 유명한 소설이지만 동시에 스캔들을 불러일으킬 정도로 에로틱한 소설이다. 17세기 초에 중국에서 발간된 이래 상당히 오랜 기간 동안 금서 목록에 올랐다. 하지만 이런 조치에도 불구하고 이 책은 은밀하게 민간에 유통되었다. "지저분한 책"이라는 명성 때문에 서구에서도 풍파를 겪었다. 여러 해 동안 서구에서 발간된 번역본 중 섹스와 관련된 부분은 라틴어로 기록되었다. 번역자는 이렇게 처리한 것을 에드워드 기번의 말을 빌려서, "유식한 언어의 고상한 애매모호함 속에 감추기 위한 것"이라고 설명했다.(한때 서구에서는, 오비디우스나 기타 고전 작가들의 번역본 중 에로틱한 부분은 라틴어를 그대로 놔두는 관습이 있었다. 그래서 교실에서는 생각지도 못했을, 라틴어 학습 열기를 학생들에게 불어넣었다.)

『금병매』가 오로지 에로틱한 소설로 그쳤더라면 그처럼 폭넓은 관심을 불러일으키지는 못했을 것이다. 성적으로 노골적인 문장이라고 해도 오늘날의 음란 소설에서 발견되는 것보다 한결 순화되어 있다. 이 책이 세계 문학의 고전으로 자리매김 되는 이유는 그 탁월한 사회 풍자와 비판 때문이다. 이 소설은 쇠퇴, 냉소주의, 권력 남용, 부정부패에 사로잡힌 16세기 중국을 가감 없이 묘사하고 있다. 『금병매』를 최근에 영역한 데이비드 로이는 사회 전체를 비판하고 고발한다는 점에서 이 책이 디킨스의 『황량한 집』[77]과 비슷하다고 말했다. 『금병매』 속의 시대 배경은 북송이 망해 가던 1122-1127년으로 설정되어 있으나, 이러한 위장은 실명씨 저자가 자신을 보호하기 위한 조치에 지나지 않는다. 이 책이 처음 나왔을 당시의 독자들은 소설 속에 기술된 시대가 바로 저자의 동시대임을 알아보았을 것이다.

소설은 중국 지방 도시의 부유한 상인인 서문경의 집안에서 벌어지는 일들을 묘사한다. 그의 상거래, 은밀한 성생활, 부정한 방식으로 얻은 소득, 그의 죽음, 그의 집안의 붕괴, 그의 음모의 좌절 등이 다루어진다. 총 100개의 챕터로 구성된 이 소설은 아주 길고 복잡하며 플롯의 굴곡도 심하고 이야기의 곁가지들도 많다. 그래서 이 작품은 조이스[110]나 나보코프[122]의 작품에 비교되기도 한다. 아무리 이야기가 복잡하더라도 서문경이 핵심 인물이고, 그는 세계 문학사상 가장 놀라운 악당 중 한 명이다. 그는 성적으로 만족을 모르는 성 집착증 환자인데, 이런 강박증은 돈, 권력, 쾌락에 대한 그의 탐욕을 상징한다. 그의 여섯 아내와 첩들은 동반자일 뿐만 아니라 노리개이기도 하다. 한 첩은 원래 남의 부인이었는데 서문경과 짜고 그의 남편을 살해한 후 서문경의 첩이 되었다. 또 다른 첩은 서문경의 이웃이며 의형제인 사람의 아내였는데, 서문경이 유혹하여 첩으로 만들었다. 그가 처첩을 거느리기 위하여 수단방법을 가리지 않았듯이, 그의 상거래 방식도 도덕 따위는 개의치 않았다. 그의 인생철학은 거머쥘 수 있는 데까지 많이 거머쥐자는 것이며, 그 다음은 어떻게 되든지 상관할 바 아니라는 것이었다.

문학 속에 등장하는 매력적인 악당은 우리 현대인들에게는 별로 충격적이지 않지만, 유교 정신이 팽배한 전통 중국 사회에서는 하나의 충격이었다. 서문경은 자극적인 인물로 그치는 것이 아니라 사회를 심각하게 위협하는 인물인 것이다. 유교의 두 가지 핵심 가르침은 첫째 인간은 선하다는 것이고, 둘째 사회 질서는 통치자의 인정(仁政)에 의해 확립된다는 것이었다.(맹자[14] 참조) 하지만 『금병매』의 저자는 정반대의 이야기를 하고 있다.(그러니 자신의 이름을 감출 수밖에 없었을 것이다.) 인간성은 부도덕하고 기회주의적인 것이고,

현재의 중국 사회는 임금이 인정을 베풀 기미가 전혀 없다는 것이었다. 이렇게 볼 때 『금병매』는 거의 선동에 가까운 사회 비판을 하고 있다. 오늘날에 와서는 그런 비판의 영향력이 다소 무뎌지기는 했지만, 그래도 인간의 탐욕, 우둔함, 복수심을 다룬 이야기들을 흥미롭게 읽힌다. 주인공의 심리를 그럴 듯하게 묘사했다는 점, 다양한 층위의 플롯을 가지고 있다는 점, 한 부유한 가정의 일상생활을 조명했다는 점 등에서 이 소설은 중국 전통 사회의 최고 걸작인 『홍루몽』[56]의 출현을 예고한다.

『금병매』는 복잡한 스토리, 많은 인물 등이 등장하는 아주 긴 소설이지만, 읽기가 어렵지는 않다. 단지 읽기의 시동을 걸기가 좀 어려울 뿐이다. 다른 긴 소설들 가령 『돈키호테』[38]나 『겐지 이야기』[28] 등을 읽어서 장편소설을 읽어내는 능력을 키운 다음에 이 소설을 읽어도 좋을 것이다. 좋은 번역본을 선택하는 것도 중요하다. 클레먼트 에저튼이 번역한 네 권짜리 영역본은 훌륭하다. 데이비드 로이도 다섯 권 계획으로 아주 멋진 영역본을 준비 중인데 이 글을 쓰고 있는 현재 1권이 나와 있다. **J.S.M.**

42
갈릴레오 갈릴레이 Galileo Galilei
1574–1642

2대 세계 체계에 관한 대화 *Dialogo sopra i due massimi sistemi del mondo*

갈릴레오는 르네상스 시대를 빛낸 인물이다. 피사의 훌륭한 부르주아 가문에서 태어난 그는 수학을 전공했고, 학자로서 명성을 쌓았으며, 행복하면서도 자족하는 삶을 살았다. 천문학과 천체물리학 분야의 개척자적 업적만으로도 그는 역사적으로 위대한 과학자의 리스트에 늘 선두에 오를 만하다. 하지만 그의 과학 연구는 그보다 더 포괄적인 분야로 나아갔다. 군사 엔지니어였던 그는 발사체의 궤적이 포물선이라는 수학적 커브를 따라간다는 것을 증명했다.(좋든 나쁘든, 그는 이렇게 하여 현대의 대포와 탄도 미사일의 앞길을 닦았다.)

그는 진정한 천재성을 발휘한 실험 물리학자였다. 모든 낙하하는 물체(마찰과 공기 저항의 문제를 제외하면)는 그 물체의 무게와는 무관하게 동일한 속도로 가속한다는 것을 증명했다. 또 특정한 길이와 무게를 가진 추는 진동의 크기와 상관없이 한 번의 진동을 완성하는 데에는 일정한 시간을 필요로 한다는 것도 증명했다. 물리학과 엔지니어링의 발달에 엄청난 영향을 준 이런 발견사항들은 갈릴레오 당시의 관습적 지혜와 상반되는 것이었을 뿐만 아니라 상식 그 자체에도 위배되는 것처럼 보였다. 사람들이 뭐라고 하든 자신의 실험을 끝까지 밀어붙인 갈릴레오의 고집은 망원경으로 천체를 연구할 때 큰 도움을 주었다.

갈릴레오는 평소의 그답게, 망원경으로 별들과 혹성을 관찰하면 어떤 모습일까, 하고 궁금하게 생각했다. 그러자 역시 평소의 그답게 자신이 필요한 망원경을 직접 제작했다. 1609년 그는 자신이 만든 망원경으로 밤하늘을 쳐다보면서 새로운 발견 사항에 깜짝 놀랐다. 은하수는 하늘을 가로지르는 빛의 강江이 아니라, 무수하게 많은 별들로 이루어진 연속적인 띠였다! 달은 분화구, 거친

산, 평평하고 조용한 바다 등으로 곰보 같은 얼굴이었다. 금성은 반짝이는 원형이 아니라 달과 비슷하게 생긴 초승달 형이었다. 갈릴레오는 금성이 태양의 주위를 돈다는 것도 발견했다. 목성 주위에는 네 개의 자그마한 위성이 있었고, 토성의 양쪽에는 괴상한 혹 같은 것이 튀어나와 있었다.(그의 망원경이 정밀하지 못하여 토성의 고리를 발견하지는 못했다.) 이것은 예전의 그 누구도 발견하지 못한 하늘의 모습이었다.

갈릴레오는 곧 자신이 발견한 사항을 『별들의 메신저*Sidereus Nuncius*』라는 소책자로 널리 알렸다.(이 책자는 알베르트 반 헬덴이 번역해 놓은 훌륭한 번역본이 나와 있다.) 1610년에 발간된 이 책은 곧 베스트셀러가 되었고 유럽 전역에서 거듭 출판되었다. 5년 뒤에는 한 제수이트 선교사에 의하여 중국어로 번역되기도 했다. 온 세상 사람들이 찬탄하고 학자들이 망원경을 사들여 스스로 밤하늘을 관찰하는 동안, 갈릴레오는 자신의 발견 사항이 무엇을 의미하는지 깊이 사색하기 시작했다. 그는 20년에 걸쳐 자신의 의견을 가다듬었고 마침내 완벽한 우주 이론을 정립했다.

갈릴레오가 밤하늘을 오랫동안 관찰하고 내린 결론은 이런 것이었다. 1543년에 코페르니쿠스는 아주 정확한 우주 이론을 정립했지만 그것을 직접 주장하지는 않았다. 그 대신에, 코페르니쿠스는 지구보다는 태양을 우주의 중심에 놓는 것이 천체의 모델을 더 간단하게 설명할 수 있고 궤도 주기의 수학적 계산을 더 간편하게 만든다고 말했을 뿐이다. 코페르니쿠스는 자신의 연구 결과에 대한 발표를 사망 직전까지 미룸으로써 그의 연구 업적에 대한 비난을 피해나갈 수 있었다. 만약 그의 연구가 논쟁을 불러일으킨다면 그는 그 결과를 직접 감당하지 않아도 되었다. 코페르니쿠스의 태양 중심의 모델은 잘 알려졌다. 하지만 그것이 "단지 하나의 이론"으로 간주되었기 때문에 특별한 논쟁을 불러일으키지는 않았다. 사람들은 계속하여 아리스토텔레스―프톨레마이오스가 주장한 지구 중심의 우주를 믿었다. 이 모델은 전통과 상식에 부합되었을 뿐만 아니라 교회의 승인까지 받고 있었다. 그러나 갈릴레오가 지동설을 주장하고 5년쯤 지난 후인 1616년, 교회 당국은 위협을 느꼈고 갈릴레오에게 코페르니쿠스 시스템을 가르치지 말라고 경고했고, 그 체계를 공식적으로 비난하는 칙령을 반포했다.

하지만 갈릴레오는 물러서지 않았다. 마침내 1632년에 고전적 학문의 기반을 뒤흔든 저작, 『2대 세계 체계에 관한 대화』를 발표했다. 이 저작으로 그는 과학적 용기의 전당에 당당히 한 자리를 차지했다. 이 저작은 지적 설득력을 높이기 위해 대화의 형태를 취하고 있는데, 르네상스 지식인들은 그리스 고전(특히 플라톤[12])을 통하여 이런 대화 형식에 친숙했다. 그는 독자들에게 단계적으로 그의 발견 사항을 설명하면서 마지막에 그런 발견 사항들을 바탕으로 하여 아주 자연스럽게 보이는 결론에 동의하게 만든다. 그런 다음 이렇게 말한다. "이제 독자들은 이것이 바로 코페르니쿠스 모델이라는 것을 알아볼 수 있습니다." 이 책은 천재가 번득이는 수사적修辭的 작품이고 1632년 못지않게 오늘날에도 설득력이 높다. 어떻게 이런 저서를 읽고서 납득하지 않을 수 있겠는가?

그러나 로마의 교회 당국은 납득하지 않았다. 수사학은 도그마

^(교리) 앞에서 아무런 위력도 발휘하지 못했다. 갈릴레오는 종교재판에 소환되었고 그의 이론을 취소하기를 강요당했다. 나이가 든 데다 피곤하고 병이 든 그는 달리 선택할 수가 없었다. 그는 그 후에 평생을 피렌체의 집에서 가택 연금의 상태로 살았다. 비록 종교재판에 의해 분서형^{焚書刑}을 당했지만 그의 『2대 세계 체계에 관한 대화』는 계속 유통되었고, 몇 년 지나지 않아 유럽 전역의 학계에서는 코페르니쿠스의 우주 모델이 정설로 자리 잡았다. 갈릴레오는 자신의 이론이 결국 이길 것임을 알고 있었다. 종교재판에서 강요에 못 이겨 지구가 우주의 중심에 그대로 있고 하늘이 돈다는 천동설을 지지했지만, 그는 재판정을 나서며 증인들이 들을 수 있을 정도의 나지막한 목소리로 말했다. "그래도 지구는 돈다."

갈릴레오의 저작은 몇십 년 뒤 아이작 뉴턴의 저작으로 직접 연결되었다. 뉴턴의 『수학의 원리』는 전문가용이어서 일반 독자는 전혀 읽을 수가 없지만, 갈릴레오는 일반 대중을 위해 글을 썼다. 그의 『2대 세계 체계에 관한 대화』는 분명하게 진술된 글의 전범이며 진지하게 접근하는 독자는 누구나 이해할 수 있다. 독자들에게 조르지오 데 산틸라나가 멋지게 줄여 놓은 『2대 세계 체계에 관한 대화』의 축약본을 읽어 볼 것을 권한다. 조르지오는 일부 수사학적 장치를 생략하여 대화를 더욱 분명하게 해놓았을 뿐만 아니라 아주 훌륭한 설명과 주석을 달아놓았다. **J.S.M.**

43
토머스 홉스^{Thomas Hobbes}

1588-1679

리바이어던^{Leviathan}

우리가 철학책을 읽는 것은 우선 흥미롭기 때문이고 그 다음에는 철학자의 사상이 일정한 결과를 가져오기 때문이다. 개인과 국가 간의 권력 분점分點이라는 문제는 우리 시대의 핵심적 화두이다. 홉스는 국가가 시민들을 보호해 주는 한, 권력을 독점해야 한다는 근대적인 권력 이론을 내놓은 최초의 사상가이기 때문에 흥미롭다. 따라서 마르크스주의 국가든 비 마르크스주의 국가든 오늘날의 권위주의적 국가들은 홉스를 국가 이념의 시조로 삼는다고 볼 수 있다.

홉스는 옥스퍼드 대학에서 훌륭한 고전 교육을 받았다. 그는 후에 자신의 고전 실력을 활용하여 투키디데스[9]를 번역하려고 했다. 그 책이 민주주의의 나쁜 점을 잘 보여 준다고 생각했기 때문이다. 그는 한 동안 귀족 가문의 가정교사 노릇을 했다. 중년에 들어서서는, 유클리드의 기하학 정리를 읽은 덕분에 고전에서 과학 및 철학으로 관심을 돌렸다. 영국 의회 내에서 갈등이 벌어지던 시절에 정치적으로 왕당파에 동조했다. 그는 짧은 기간 동안 파리에서 장래에 샤를 2세로 등극하게 되는 왕세자에게 수학을 가르치기도 했다. 그러나 크롬웰이 내전에서 승리를 거두자 호국령(크롬웰)에게 굴복했다. 그 후 왕정복고 시절에는 무신론자라고 공격을 당하기도 했으나, 그 위기를 잘 이겨내고 91세까지 살았다.

그의 명성은 주로 『리바이어던』(1651) 덕분이다. 이 책은 그가 내전이 벌어지기 전부터 가지고 있었던 정치사상을 체계적으로 정리한 것이다.

홉스가 절대왕정을 지지한 것은 인간성을 반反 영웅적 개념으로 파악하기 때문이었다. 그는 완벽한 기계적 유물론자였다. 그는 신의 존재를 부정하지는 않지만, 신은 그의 정치사상과는 무관하다. 그는 모든 인간은 근본적으로 자기 보존의 본능을 가지고 있다는 이론을 믿었다.(이 이론은 자명한 진리라고 볼 수는 없다.) 법이 통하지 않는 자연 상태에서, 이 자기 보존의 본능은 아나키를 가져오고, 인간의 생활은, 홉스의 말을 빌리자면, "외롭고, 빈한하고, 지저분하고, 야만적이고, 단명한 것"이 되어 버린다.

이런 존재의 상태를 피하기 위하여 인간은 공화정 혹은 정부를 구축하게 되는데, 이 인공적 구축물을 가리켜 홉스는 "리바이어던"이라고 했다. 평화 혹은 요즘 말로 안보를 확보하기 위해서, 우리 개인은 선악에 대한 판단의 권리를 포기하고 그 권리를 군주 혹은 의회에게 맡겨야 한다. 이렇게 보는 홉스는 개인적으로 군주제를 더 선호했지만, 코뮤니스트 리바이어던 등 위원회나 당 같은 통치 기구에도 반대하지 않는다. 이런 국가에서, 법률이 도덕으로부터 흘러나오는 게 아니라 그 반대로 도덕이 법률로부터 흘러나온다.

대부분의 현실주의적 정치 이론은 홉스나 마키아벨리[34]에 그 원천을 두고 있다. 그러나 민주적 정치 제도는 그 인간관에 있어서 반反 홉스적이다. 민주 제도는 권력 분점을 그 바탕으로 한다. (하지만 홉스는 왕, 귀족, 하원 사이에 권력이 분산되어 있기 때문에 내전이 발생한다고 보았다.) 또한 미국의 제도는 견제와 균형의 시스템, 대의적 형태로 표현되는 일반 의지라는 효능 입증된 이론 등에 바탕을 둔다. 미국의 제도와 기타 권위주의적 제도가 어떻게 다른지 이해하기 위해서라도 『리바이어던』을 읽을 필요가 있다.

비정한 정치 이론을 제시했음에도 불구하고, 정작 홉스 자신은 상냥하면서도 수줍음이 많은 사람이었다고 한다.

그는 아주 까다롭고 빡빡한 문장을 구사한다. 난해한 책을 읽고 싶은 기분이 들 때 홉스의 책을 집어 들도록 하라. 가능하면 『리바이어던』의 서문과 1부와 2부는 모두 읽도록 하라. 기존 교회의 권력 행사에 대하여 이의를 제기하는 3부와 4부의 32, 33, 42, 46장을 읽고, 마지막으로 리뷰와 결론 부분을 읽도록 하라. **C.F.**

44
르네 데카르트 _{René Descartes}

1596-1650

방법서설 *Discours de la méhode*

데카르트는 종종 "근대 철학의 아버지"라고 불린다. 설사 그가 근대 철학의 아버지가 아니었다고 하더라도 그의 우아하고 명석한 문장, 수학적인 추론 능력 등으로 인해 그의 저서는 널리 읽혔을 것이다. 철학적 사상도 중요하지만 명석한 문장과 뛰어난 추론만으로도 프랑스 인의 기질에 많은 영향을 주었다.

데카르트의 집안은 부유한 하급 귀족 가문이었고 그래서 그는 평생 생계를 걱정해야 할 필요가 없었다. 그가 노동을 안 해도 되었던 사정은 후대의 사람들을 위해 하나의 축복일지도 모른다. 그가 만약 밥벌이를 걱정해야 되었다면 그의 천재는 철학에만 집중하지 못하고 어느 정도 낭비되었을 것이다. 우리는 정신병자에게는 공짜 숙식을 기꺼이 제공하면서도, 일급의 천재에게 그런 혜택을 베푸는 것은 꺼리는 경향이 있다.

데카르트는 훌륭한 제수이트 교육을 받았다. 그의 건강이 신통치 않았기 때문에 현명한 그의 스승들은 아침 일찍 일어나 17세기식 농구를 하는 대신, 늦잠을 자는 것을 허용했다. 그는 이 늦잠 버릇을 평생 유지했고 그 덕분에 평온하면서도 논리 정연한 사색을 할 수가 있었다.

젊은 시절에도 데카르트는 수학 이외에 자신이 배운 모든 것의 근본을 의심하기 시작했다. 이러한 의심(전통적인 종교적 경건심과는 갈등을 일으키지 않은 듯한데)은 파리와 푸아티에에 체류하던 시절(1614-18)에 몽테뉴[37]를 읽으면서 더욱 강화되었다. 그는 마침내 공부를 걷어치우고 가벼운 군사적 모험과 여행의 길로 나섰다. "나 자신에 대한 지식과 이 세상의 위대한 책을 제외하고는 더 이상 다른 학문을 추구하지 않겠다"고 결심했다.

그의 창조성이 폭발하던 위대한 시절은 1629년부터 1649년까지이고 생활 무대는 주로 네덜란드였다. 당시 네덜란드는 지식인들의 대피소 역할을 했다. 그의 명성은 아주 높아졌고, 그래서 스웨덴의 크리스티나 여왕이 그를 초청하여(실제로는 명령하여) 자신에게 철학을 가르쳐달라고 요청했다. 스웨덴으로 간 데카르트는 여왕과 대화를 나누기 위하여 추운 날씨에도 불구하고 아침 5시에 기상해야 되었다. 이렇게 힘든 일과를 몇 달 치르다 보니 거의 초죽음이 되었다. 이 거만한 여왕이 그의 죽음을 이처럼 재촉하지 않았더라면 세상은 데카르트의 명석한 정신을 20년 이상 더 소유할 수 있었으리라.

하지만 그는 힘든 생활을 잘 견뎌냈다. 수학과 철학은 불가분의 관계로 연결되어 있지만 데카르트는 철학보다는 수학으로 더 위대했다. 어느 날 아침 침대에 누워 있던 그는 좌표 기하학에 대하여 좋은 아이디어를 떠올렸고 그리하여 대수와 기하를 연결시킬 수 있었다. 별로 이름을 날리지는 못했으나 데카르트는 물리학도 열심히 연구했다.

이원론적이고 유물론적인 데카르트의 사상은 흥미로우면서도 다른 사상가들에게 많은 영향을 미쳤다. 하지만 그가 철학사에서 우뚝한 자리를 차지하게 된 것은 새로운 생각의 방법을 도입했기 때문이다. 그는 기존의 스콜라주의적 논리를 상당 부분 폐기하고 완전 새로운 지점에서 다시 출발했다. 그는 모든 것을 의심했다. 하지만 생각하고 있는 자기 자신에 대해서만큼은 의심할 수 없다는 지점에 이르러 그 의심은 끝이 났다. 그 결과 "나는 생각한다, 그러므로 나는 존재한다"는 저 유명한 정식을 확립했다. 이 정식은 약간 다른 형태로 성 아우구스티누스[22]에게서도 발견되나, 데카르트는 이것을 보편화시킨 반면 성인은 그렇게 하지 않았다. 데카르트는 이어 네 개의 주된 원칙을 정립하여 생각의 체계를 수립했다. 『방법서설』에는 이 4대 원칙(분석·배열·가설·연역)이 설명되어 있다. "데카르트 회의론"은 하나의 방법일 뿐만 아니라 정신의 자세이기도 한데, 데카르트 이후의 과학계와 철학계에 엄청난 영향을 미쳤다.

데카르트는 코페르니쿠스와 갈릴레오, 기타 학자들의 새로운 물리학과 천문학으로부터 자극을 받아 새로운 철학 체계를 수립했다. 그는 새로운 과학 혁명의 정신을 이어받았고 그 과학 정신은 아이작 뉴턴에 이르러 최고조에 달한다. **C.F.**

45
존 밀턴 John Milton
1608−1674

실낙원 *Paradise Lost*, 리시다스 *Lycidas*, 그리스도 탄생의 날 아침에 *On the Morning of Christ's Nativity*, 소네트 *Sonnets*, 아레오파지티카 *Areopagitica*

밀턴의 생애는 창창하게 시작되었으나 어둠 속에서 끝났다. 케임브리지 대학의 크라이스트 칼리지에 다닐 때 이 병약한 소년은 친구들로부터 절반은 조롱으로 나머지 절반은 존경으로, "그리스도의 숙녀"라고 불렸다. 그는 일찍이 시와 고전 연구에서 자신의 소명감을 발견했다. 아버지가 시골에 소유한 별장의 서재에 틀어박혀 6년간(1632−38) 독서와 연구를 했고 그 후 유럽 대륙을 2년 동안 여행했다. 이 시절 그는 르네상스 시대의 다른 휴머니스트들과 별반 다르지 않았다. 그러다가 정치적, 종교적 논쟁의 격랑에 휘말린 20년을 보냈다. 이 시기에 몇몇 훌륭한 산문들을 집필했지만 행복은 별로 느끼지 못했고, 많은 비평가들은 이 시기를 가리켜 그의 천재성이 낭비된 시기라고 논평한다. 의회주의를 옹호하고 "주교들"을 증오하던 그는 10년 이상 올리버 크롬웰의 라틴어 담당 비서를 지냈다. 이 기간 동안 그의 휴머니즘은 청교도 정신으로 대체되었다. 그는 마흔세 살부터 사망할 때까지 실명失明 상태로 살았다. 세 번 결혼했으나 모두 실패했고 왕정복고가 이루어지면서 그의 정치적 희망과 꿈은 물거품이 되었다. 그에게는 시와 개인적으로 독실하게 믿는 기독교밖에 남지 않았다. 그는 영국 국교에서 갈라져 나온 또 다른 종파인 청교도를 열렬하게 믿었다.

이런 경력을 가진 사람이 『실낙원』을 썼다. 그와 그의 과부는 하느님의 일을 인간에게 힘들여 설명해 주는 노작을 쓰고서도 겨우 18파운드를 받았을 뿐이다. 밀턴은 시가 "단순하고, 감각적이고, 열정적이어야 한다"라고 말했지만 그것을 늘 실천한 것은 아니었다. 그의 『아레오파지티카』는 자유 언론을 강력하게 옹호하는 책인데 밀턴은 크롬웰의 엄격한 신정神政 정치를 열렬히 지지했다. 밀턴의 이혼관은 그의 시대보다 3백 년이나 앞선 것이었지만, 여자를 남자에게 복종해야 하는 존재로 보는 사상은 무지몽매한 야만인의 생각이나 별반 다를 바 없었다. 그는 영어의 달인이었으나 정작 영어를 쓸 때에는 마치 라틴어나 그리스어처럼 썼다.

이 불운한 삼손Samson을 접근하는 일반 독자들은 두 가지 장애를 만난다. 하나는 밀턴이라는 괴팍한 사람이고 다른 하나는 까다로운 밀턴 식 스타일이다.

존 밀턴을 좋아하기는 어렵다. 매력도 없고 유머도 없기 때문에 사람들이 그의 책을 읽기보다는 존경만 하고, 존경한다기보다 그 저 마지못해 받아들인다고 하는 편이 더 정확하다. 테니슨은 밀턴 을 가리켜 "신이 내린 오르간의 목소리"라고 추켜세웠으나 그 목 소리는 때때로 사람을 위협한다. 밀턴은 엄청난 용기의 소유자였 으나 그 용기는 상상력을 불러일으키지는 않는다. 그 용기는 인정 人情과 연계되어 있지 않고 어딘지 모르게 완고함의 분위기를 풍긴 다. 그의 자부심은 너무 강해서 기발한 생각을 잘 용납하지 못한 다. 그는 "일찍이 산문과 시에서 추구되지 않은 것"을 시도하겠다 고 말했는데, 그의 "정교한 수사적 장치"는 우리를 불편하게 한 다. 그는 잘 사귈 수가 없는 사람이다. 셰익스피어[39]와 단테[30]는 비상식적인 것을 많이 다루었으나 그래도 상식적인 분위기를 유 지했다. 밀턴은 그것이 부족하다. 새뮤얼 존슨[59]의 보수주의를 감안한다고 하더라도 밀턴에 대한 존슨의 논평은 그럴 듯하다는 생각이 든다. "그는 신랄하면서도 심술궂은 공화당원이다."

그의 스타일은 바로 그 사람을 드러낸다. 밀턴이 자랑하듯 말했 듯이, 그의 스타일은 "중간 노선"이 없다. 그 스타일은 장대하고, 장황하고, 숭고하고, 화려하다. 하지만 매력적이지도 못하고 온화 하지도 않고 심지어 쉽게 읽을 수도 없다. 몇몇 짧은 시들은 예외 적이지만 이런 시들도 그리 많지가 않다. 구문도 어휘도 모두 기 이하여 읽기가 어렵고 장대함만을 강조하려 든다.

나는 지금까지 독자들에게 밀턴을 건너뛰라고 조언한 것인지도 모른다. 하지만 그것은 나의 의도가 아니다. 그의 신학과 도덕이고리타분하고, 그의 매너리즘(물론 밀턴 자신에게는 결코 매너리즘이 아니었다)이 불편하고, 그의 부정적인 성격이 부담스럽기는 하지만, 그는 산문과 운문 양쪽에서 위대한 예술가였다. 암벽 같은 장엄함을 뽐내면서 그 장엄함과 박식함을 비웃는 우리의 시대에도 계속 자신의 존재를 각인시킨다.

밀턴을 읽기 위해서는 특별하면서도 고통스러운 노력을 해야 한다. 설사 박물관 진열품이라고 할지라도 밀턴의 시는 여전히 희귀하고 소중한 작품이다. 『실낙원』의 메시지를 잘 이해하지 못하겠거든, 그 엄청난 소리 효과, 그 정교한 이미지, 타락한 천사(밀턴은 이 천사와 유사한 점이 많다)인 사탄의 초상화 등을 따라가 보라. 그 어떤 작가도 앞으로 이렇게 글을 쓰지는 못할 것이다. 그 누구도 밀턴의 웅장한 산문에서 발견되는 우레와 같은 미문美文을 구상하지 못할 것이다.

우리가 유명한 고딕 대성당에 처음 들어서면 우리의 기분은 아주 착잡하다. 낯설고 너무 복잡하여 도무지 인간적인 느낌이 나지 않는다. 하지만 우리는 성당 건축의 세부사항들에 서서히 적응된다. 성당의 구조, 배치, 장식, 색깔 등이 낯익게 된다. 그러면 서로 다른 성질을 가졌으되 혼합 가능성이 있는 두 가지 감정이 우리의 내부에서 우러난다. 하나는 경외감이고 다른 하나는 미적 쾌감이다. 밀턴은 어떤 면에서 고딕 대성당과 비슷하다. 그렇다고 해서 그가 이런 감정을 늘 불러일으킨다는 뜻은 아니므로, 그를 읽을 때마다 고집스럽게 그런 느낌을 찾아서는 안 된다. 하지만 독자가 그의 작품을 조금씩 천천히 읽는다면 그런 느낌을 분명 체험할 수 있다. 그가 너무 위압적이고 너무 황당하게 느껴질 때에는 그 부분을 건너뛰면서 읽어나가도록 하라. **C.F.**

46
몰리에르^{Molière}

1622년 1월 15일(세례일)―1673

희곡 선집 Selected Plays

몰리에르의 본명은 장 바티스트 포클랭^{Jean Baptiste Poquelin}이다. 파리의 부유한 가구상의 아들로 태어나 제수이트 교육을 받았고 법률 공부를 했다. 그러나 스물한 살 때 사회적 대접도 못 받는 애매한 직업인 연극인의 길을 가기 위해 가구사업도 중산층의 안정된 생활도 포기했다. 그의 극단은 파리에서 실패했다. 그 후 13년 동안 지방의 여관 마당을 전전하면서 소극^{笑劇}을 연출했다. 그 과정에서 연극업과 인간성을 밑바닥부터 배울 수 있었다. 1658년 그의 극단은 루이 14세의 남동생의 후원 아래 다시 파리에 돌아왔다. 그의 극단이 성공을 거두었고 몰리에르 또한 유명해졌다. 그는 상황에 따라 배우, 극작가, 극단주 등으로 활약했고 소극, 궁정 오락극, 희극 등을 무대에 올렸다.

그의 개인적 생활은 불운했다. 마흔 살에 그는 자신보다 스무 살이나 어린 아르망드 베자르와 결혼했다. 베자르는 그의 예전 정부^{情婦}의 딸이라는 설도 있고, 심지어 몰리에르 자신의 딸이라고 주장하는 사람도 있으나 객관적 증거는 없다. 나이가 그의 절반밖에 안 되는 어린 아내는 그의 생활을 두 배나 어렵게 만들었고, 거기다가 과로, 질병, 당대의 허세, 편견, 종교적 위선에 대한 몰리에르의 풍자가 가져온 논쟁 등으로 인해 상황은 더욱 악화되었다. 어느 날 밤, 몰리에르는 자신의 코미디 『상상으로 앓는 사나이』에서 주인공 역할을 맡아 열연하다가 뇌출혈로 쓰러졌고 그 직후 사망했다.

몰리에르에게는 양면성이 있었고 그래서 두 사람의 몰리에르가 있다. 불운하게도 그 두 사람은 하나의 드라마 안에 동시에 등장한다. 첫 번째 몰리에르는 모든 요령을 알고 있고, 그래서 모든 것을 웃음거리로 치부하는 상업적 재주꾼이다. 개그맨 겸 코미디언인 몰리에르는 오늘날 할리우드에 등장하면 별 어려움 없이 헤쳐나갈 것이다. 할리우드는 지금도 예전에 몰리에르가 개발했거나 발명한 코미디 상황에 의존하여 사업을 하고 있다.

두 번째 몰리에르는 자신의 슬픈 생애를 코미디로 만든 기이한 사람이다. 『상상으로 앓는 사나이』에서는 그의 질병을, 『여인 학교』에서는 그의 비극적인 결혼 생활을, 『인간 혐오자』에서는 그의 씁쓸한 사회관을 코미디로 전환시키고 있다. 몰리에르는 영어권 사람들에게는 인기 높은 극작가가 되기 어렵다. 그의 등장인물들은 프랑스 고전의 전통에서 구상되고 생겨난 인물들이다. 그 때문에 그 인물들은 이탈리아 희극commedia dell' arte 속의 인물들을 좀 더 단순하게 변형한 것도 아니다. 달리 말해 그 인물들은 햄릿이나 폴스태프처럼 살과 피를 가진 개인이 아니라, 어떤 열정 혹은 아이디어를 구현하는 상징물인 것이다. 미국인들의 관점에서 볼 때 그의 인물들은 행동이 부족하다. 마지막으로 몰리에르는 셰익스피어[39] 같은 풍요로움이나 예측불허가 없다. 몰리에르는 오로지 논리와 간결함이 전부인 것이다.

그러나 우리가 프랑스의 고전적 연극관, 즉 연극은 수사학의 원칙에 입각하여 구축된 질서정연한 논리적 주장이라는 사상을 받아들인다면, 몰리에르는 아연 대가의 모습으로 우리 앞에 나타난다. 우리는 수사학의 원칙들을 잘 몰라도 몰리에르 인물들의 과장된 행동, 인간 행동의 우스꽝스러움에 대한 통찰, 아주 우스운 코미디, 그 밑을 흐르는 기이한 슬픔의 저류 등을 즐길 수 있다. 『여인 학교 비판』이라는 책에서 도란테는 이렇게 말했다. "정직하고 예의바른 사람들을 웃긴다는 것은 기이한 사업이다." 몰리에르도 틀림없이 그렇게 생각했을 것이다.

프랑스어를 읽지 못하는 독자들에게 몰리에르는 부분적인 즐거움밖에 제공하지 못한다. 그의 드라마를 영역해 놓으면 때때로 그의 실제가 아닌 모습, 즉 아주 단순한 사람이라는 인상을 독자에게 준다. 영역본으로는 도널드 프레임, 리처드 윌버, 모리스 비숍의 것을 권한다. 우선 『여인 학교』, 『타르튀프』, 『인간 혐오자』, 『자칭 신사』를 읽도록 하라. 이에 못지않은 다른 네 편의 드라마는 『수전노』, 『동 쥐앙』, 『상상으로 앓는 사나이』, 『잘난 체하는 아가씨들』이다. **C.F.**

47
블레즈 파스칼^{Blaise Pascal}

1623－1662

팡세*Pensées*

파스칼은 기이한 사람이다. 보통 사람으로서는 생각할 수도 없는 고도의 능력을 서너 가지나 한 몸에 갖추었기 때문이다. 첫째, 그는 과학과 수학의 천재였다. 둘째, 산문散文의 대가였다. 셋째, 아주 날카롭지만 비非 체계적인 심리학자였다. 넷째, 신에 목마른 고통 받는 영혼이었고 일종의 실패한 성인이었다. 『수학자들*Men of Mathematics*』이라는 흥미로운 저서를 집필한 에릭 T. 벨 같은 자유사상가가 볼 때, 파스칼은 종교적 논쟁에 너무 몰두함으로써 그의 인생을 망쳤다. "수학적인 측면만 두고 볼 때, 파스칼은 역사상 가장 위대한 수학자가 될 뻔한 인물이었다." 파스칼은 그저 파스칼일 뿐, 어떤 합리적인 판단과 정의를 내리기가 어렵다. 사랑과 전율 속에서 신을 향해 외치던 사람, 다면체를 구상하다가 주수기注水器를 발명한 사람, 이런 다면적인 사람을 서로 구분하기가 불가능하다.

수학을 배우기도 전인 열두 살 때 파스칼은 혼자 힘으로 유클리드 정리의 옳음을 증명했다. 열여섯 살 때에는 원추형에 대한 개척자적 저서를 써냈으나, 그 저서는 부분만 전해진다. 열여덟 살에는 계산기를 발명하여 컴퓨터 시대의 선조가 되었다. 스물네 살에는 바로미터를 증명했다. 그는 정수역학靜水力學과 관련하여 고전적 작업을 했고 그 결과 고등학교 물리학 과정에서 학생들에게 파스칼의 법칙을 가르친다. 수학 분야에서는 사이클로이드擺線라는 곡선의 성질을 발견하여 증명한 사실로 유명하다. 그 증명의 아름다움과 논쟁을 불러일으키는 놀라운 힘 때문에 기하의 헬렌(가장 아름다운 것)이라고 불린다.

그는 과학뿐만 아니라 사상사에도 크게 기여했다. 확률 이론이 그것인데 또 다른 수학자인 페르마와 함께 그 영광을 나누어 가졌다. 금욕주의자인 파스칼이 노름꾼들의 주사위 던지기에서 자극을 받아 이런 위대한 수학적 발견을 했다니 정말 놀랍다. 벨은 확률 이론의 파급 효과를 이렇게 말한다. "그 이론은 양자 이론에서 인식론에 이르기까지 영향을 미치지 않는 데가 없다."

파스칼은 도덕가 겸 종교적 논쟁가보다는 수학자 겸 물리학자로 더 높이 평가될 것이다. 그러나 도덕과 종교적 논쟁 분야에서도 그의 영향력은 상당하다. 파스칼을 매혹시켰는가 하면 혐오감을 안겨준 몽테뉴[37]가 인간의 한 분위기를 대변한다면, 파스칼은 또 다른 분위기를 대변한다. 몽테뉴는 모든 것을 의심하고 회의하면서도 느긋하게 살아갔다. 파스칼의 영혼과 정신은 확실한 것을 얻기 위해 몸부림쳤다. 몽테뉴는 인간의 슬픈 존재 조건을 흥미, 유머, 관용을 가지고 살폈고, 재치는 번뜩이지만 유머는 없는 파스칼은 전율과 절망 속에서 인생을 쳐다보았다. 그리하여 계시 종교의 품안에 자신을 맡김으로써 그런 절망에서 가까스로 구제되었다.

그의 가장 훌륭한 문장(하지만 우리가 보기에 그리 흥미롭지는 않은 문장)은 『시골 친구에게 보낸 편지』이다. 이 편지들은 『팡세』와 합본되어 발간되는 경우가 많은데, 파스칼 당시의 제수이트 종단의 이완된 태도를 맹렬히 비난한다. 이러한 태도는 그가 몸담은 얀센파 운동과 관련이 되는데 얀센파는 제수이트가 인간의 도덕적 타락을 너무 허용한다고 보았다. 얀센주의는 가톨릭 내의 일종의 청교도파로서 예정설과 금욕주의를 강조하며 아동 교육 분야에서 새로운 기법을 개발했다. 이 제수이트-얀센 논쟁은 파스칼의 저서를 베스트셀러로 만들었으나, 오늘날에는 주로 신학자와 종교 역사가들에게만 관심 사항이다.

이에 비해 『팡세』는 좀 다른 카테고리에 들어간다. 이 책은 단편적인 미완성의 노트들인데, 원래는 좀 더 거대한 계획 아래 집필된 것이었다. 파스칼은 당대의 자유사상가들의 공격과 무기력으로부터 기독교를 옹호하는 대작을 쓰기 위해 이 노트들을 준비했으나, 일찍 죽는 바람에 대작을 쓰지는 못했다. 이 노트들에서 파스칼은 우주의 거대함, 영원의 무한한 흐름, 신의 전지와 전능에 비해볼 때 인간이란 너무나 덧없고 무의미한 존재라고 지적했다. 현대의 반反 인간적 염세주의는 상당 부분 파스칼에서 유래한다. 종교 옹호자든 허무주의자든, 인간이 우주의 중심은 아니라고 생각하는 사람들은 『팡세』를 마음에 들어 할 것이다. 파스칼은 인간의 아주 심오한 심적 분위기를 대변한다. 인간은 자신의 위력에 때로는 영광을 느끼지만 결국에 가서는 그 자신을 가련하고 이해할 수 없는 존재라고 생각한다.

사상 분야의 파스칼은 그 문장 스타일과 강렬한 정서적 열정 때문에 평가를 받는다. 영혼의 심리학자인 그는 여전히 많은 사람들을 감동시킨다. 때로는 고상하고 때로는 광적인 그의 경건주의를 부담스러워하는 사람들도 그 예리한 인간 심리의 통찰은 높이 평가한다. 가슴에서 우러나오는 외침인 파스칼의 두 명언은 아직도 기억된다. 첫 번째 것은 "이 무한한 우주의 침묵은 우리를 겁나게 한다"이고, 두 번째 것은 "인간은 자연에서 가장 허약한 존재인 갈대에 지나지 않지만, 그는 생각하는 갈대이다"이다. 이 두 명언은 기독교 신자든, 불가지론자든, 무신론자든, 혹은 다른 사상을 가진 자든, 모든 선남선녀들에게 공통적으로 적용되는 진실이다.
C.F.

48
존 버니언 John Bunyan
1628-1688

천로역정 *Pilgrim's Progress*

1백 년 전만 해도, 추문 폭로자, 세속적으로 현명한 자, 허영의 시장, 절망의 구렁텅이, 굴욕의 계곡 같은 표현을 사용하는 사람은 자신이 『천로역정』으로부터 인용하고 있다는 사실을 알았다. 1678년 1부가 발간된 이래 2백여 년 동안 이 책은 영어권 사람들에게 성서 다음으로 많이 읽히는 책이 되었다.

물론 현대인들에게는 버니언 당시의 사람들에게처럼 호소력을 갖지는 못한다. 버니언의 동시대인들 특히 비국교도들은 죄악의 문제와 지옥의 유황불을 두려워하면서 구제 받기를 간절히 바랐다. 이 책의 부흥신학과 비국교도 경건주의에도 불구하고, 여전히 읽어볼 만한 가치가 있다. 그 역사적 중요성 때문에도 그렇고, 집필 당시에는 그것을 의식하지 않았겠지만 발간 이후 예술적 가치를 획득했다는 점에서도 그러하다.

우리는 기독교가 무명 인사 혹은 문맹인들에 의해서 그 기반을 굳건히 다졌다는 사실에 의아함을 느낀다. 하지만 초기 기독교 신자들이 주로 존 버니언 같은 사람들이었다는 사실을 생각하면, 기독교의 기적도 그리 놀라운 일이 아니다. 존 버니언의 생애를 한 번 살펴보자. 그는 가난한 땜장이에다 전직 군인이었고 학교는 거의 다니지 않았다. 그는 생애 어느 시점에서 글을 쓰고 읽는 방법을 잊어버렸다고 우리에게 말하기까지 했다. 그러다가 청교도주의로 귀의했다. 1689년에는 종교상의 불법 집회와 비밀 집회를 공공연히 지지한 혐의로 체포되었다. 중간의 몇 주간을 제외하고는 그 후 12년간 석방 조건을 거부했기 때문에 베드포드 감옥에서 수형 생활을 했다. "만약 당신이 나를 오늘 석방시킨다면 나는 내일부터 설교를 할 것이다!" 그의 아내와 네 아이를 제대로 돌보지 못했고 그 중 한 아이는 눈이 멀었다. 그는 감옥에 있는 동안 성경과 존 폭스의 『순교자의 책』을 암기하는 한편 저술에도 손을 댔다. 1675년에는 또다시 투옥되었는데 이때 『천로역정』의 1부를 집필했다. 그는 석방 후 당대의 가장 인기 높은 설교자의 한 사람이 되었다.

고색창연한 영어로 집필된 『천로역정』은 단순한 사람들을 위한 단순한 알레고리이고, 구제받기 위하여 인간은 무엇을 해야 하는

가? 라는 진지한 질문에 대하여 아주 단순한 대답을 내놓는다. 이 책은 아우구스티누스[22]나 단테[30]의 책을 닮았지만 그 분위기는 아주 다르다. 이 책은 오로지 흑백 윤리만 인정한다. 그 맹렬한 경건주의적 태도는 오늘날 지적으로 낙후된 지역에서나 발견될 수 있을 뿐이다. (하지만 버니언 자신은 자상하고 다정했다고 한다.) 이런 맹렬한 꿈, 목소리, 비전, 민감한 양심을 가진 저자는 틀림없이 광신자였을 것이고, 이런 유형의 인물은 프로이트[98]의 관심사였다.

그렇지만 이 책은 놀라운 책이다. 신을 두려워하는 수백만의 평범한 사람들을 감동시켰을 뿐만 아니라 버나드 쇼[99] 같은 세련된 지식인들에게도 영향을 미쳤다. 버니언의 글은 만들어진 게 아니라 타고난 예술가의 문장이다. 힘차고, 못처럼 단단하고, 강력하면서도 때때로 재치가 번득거린다. 자영업자의 도덕심이 이 책처럼 완벽하게 기술되어 있는 다른 사례가 있을까? "나의 중조부는 물장사였고 어떤 것을 노리는 체 하며 다른 것을 노렸고, 나도 똑같은 직업으로 내 재산의 대부분을 축적했다." 우리가 설혹 이 책의 신학에 호응하지 않는다고 하더라도 다음과 같이 의기양양한 클라이맥스의 강력한 리듬과 노골적인 성실성에는 저절로 호응하게 된다. "그가 떠나야 할 날이 오면 많은 사람들이 그를 따라 강가로 간다. 그 강 속으로 들어가며 그는 말한다. '죽음아, 네 독침은 어디에 있느냐?' 그는 더 깊이 내려가면서 말한다. '무덤아, 네 승리는 어디에 있느냐?' 그리하여 그는 저승으로 건너갔고 저피안에서는 온갖 나발들이 그를 위하여 소리를 울린다."

이 『평생 독서 계획』에 열거된 선배 작가들의 작품을 버니언은 하나도 읽지 않았다. 그러면서도 그는 그들과 같은 반열에 올랐다. **C.F.**

49
존 로크 John Locke
1632-1704

통치론 *Two Treatise of Government*

왕정복고(1660)가 되면서 크롬웰 사람이었던 로크의 아버지는 상당한 재산을 잃었다. 이 사건 때문에 옥스퍼드 대학을 다닌 그의 아들은 다양한 정부 활동과 행위에 대하여 지적인 관심을 기울이게 되었다. 그는 의학을 공부했기 때문에 1대 샤프츠베리 백작의 개인 비서 겸 가정 내 주치의로 근무할 수 있었다. 그러나 백작이 1675년에 실각하자, 로크는 프랑스로 건너가 거기서 4년을 머물렀다. 그 후 영국으로 돌아와 샤프츠베리 백작의 보호를 받았으나 백작이 유배를 떠나 사망하자, 네덜란드에서 피난처를 찾았다. 로크는 1689년이 되어서야 영국으로 다시 돌아올 수 있었고 윌리엄 왕과 메리 여왕의 새로운 정치 체제 아래 좋은 대접을 받았다. 이 시기에 그는 『인간 오성론』을 썼는데 이것은 1690년에 『통치론』과 함께 출간되었다. 그러나 『통치론』은 이미 12년 전에 집필해 두었던 것이었고 널리 생각되는 것처럼 1688년의 혁명을 옹호하려는 것은 아니었다.

18세기 내내 로크의 영향은 심대했다. 그는 볼테르[53]와 루소

[57]를 통하여 프랑스 혁명을 점화하는 몇몇 아이디어를 제공했다. 제퍼슨과 기타 건국의 아버지들[60, 61]을 통하여 독립 선언과 미국 헌법에 들어간 사상을 전수하기도 했다. 종교적 관용, 교육, 정치에 관한 그의 사상은 비록 독창적인 것은 아니지만 산업 혁명의 정신적 기상도氣象圖를 확립하고, 민주 정부의 수립을 촉진하는데 많은 기여를 했다.

그의 대표적 저서인 『인간 오성론』은 영국 경험 철학의 기초를 놓은 대작으로 평가되고 있다. 이 학파는 관념은 타고나는 것이라는 사상을 배격하고 관념이라는 것도 결국은 경험에서 나오는 것이라고 주장한다. 인식론의 역사에 대하여 관심 있는 독자라면 유명한 『인간 오성론』을 꼭 읽어보기 바란다.

그렇지 않은 독자는 로크의 『통치론』을 읽고 그의 정치 철학을 대강 파악하면 충분할 것이다. 그는 홉스[43]와 마찬가지로 합법적 권력의 기반은 무엇인가? 라는 근본적 문제를 다루었다. 그의 답변은 여러 면에서 비판에 노출되어 있지만, 그래도 대의 정부가 발전하는 길을 닦았다. 반면에 홉스의 답변은 권위주의적 정부의 길을 닦았다. 홉스의 "계약" 사상은 개인의 권력을 절대적 권한을 가진 군주 혹은 의회에게 넘겨 주어야 한다는 것이다. 로크의 "사회 계약"은 동등한 사람들(재산을 가진 남자들) 사이에 맺어지는 것이며 이 사람들은 "그 계약에 적극 참여하여 하나의 사회를 만든다." 정부는 신의 뜻에 따라 조직된 것이 아니다. 그것은 절대적 권위를 가진 것도 아니고 그 권위는 권력 분산에 의해 제한을 받아야 마땅하다. 권력은 나누어 가져야 하고, 견제와 균형을 이루어야 하며, 개인의 영속적인 "양도 불가능한 권리"를 인정해 주어야 한다. 로크가 볼 때 생명, 자유, 재산 등이 개인의 그런 양도 불가능한 권리이다. 만약 정부가 이러한 권리를 인정하지 않는다면, 그 정부에 대한 저항은 정당한 것이다.

로크의 정치사상은 역사적으로 아주 중요하지만, 그의 전반적 사상이 건국의 아버지들을 통하여 미국의 국가관에 결정적 영향을 미쳤다. 로크는 미국인처럼 낙관적이다. 그는 도그마를 별로 좋아하지 않는다. 완고한 태도와 절대주의를 무엇보다도 싫어한다. 그는 사회란 열려 있는 실험적인 것이라고 생각한다. 국가는 모든 시민의 행복을 증진시켜 줄 의무가 있다고 본다. 이러한 사상은 오늘날의 관점에서 보면 아주 진부해 보이지만, 로크의 시대에는 획기적이며 선동적인 것이었다. 이제 로크의 정치 관련 저서를 읽는 사람은 별로 없지만 그의 사상은 계속 영향력을 발휘한다. C.F.

50
마쓰오 바쇼 松尾芭蕉
1644-1694

오쿠노 호소미치 奥の細道

바쇼는 서구에 이름이 널리 알려진 유일한 일본 시인이다. 그는 짧은 17음절 3행시인 하이쿠로 유명한데, 서구의 독자들에게 하이쿠는 일본의 미학적 감수성을 대표하고 있다. 그의 가장 잘 알려진 하이쿠는 무수히 번역되었다.

아주 오래된 연못
개구리가 뛰어 든다
물이 찰랑거리는 소리.

하지만 하이쿠가 일본 시가 형태에서 비교적 후대에 개발되었다는 사실은 잘 알려져 있지 않다. 바쇼는 일본 시를 혁신하여 현재의 하이쿠 시 형태로 확정한 대표적 시인이다.

9세기 후반부터 일본 시인들은 기다란 시 형태를 버리고 31음절 5행(5-7-5-7-7)의 단가短歌 형태를 선호하기 시작했다. 겐지[28]가 여자 친구들에게 써 보낸 시도 그들이 화답해 온 시도 이 단가 형태였다. 단가는 가변적이면서도 표현력 높은 시 형태였지만 동시에 제약 사항도 있었다. 단가는 이야기를 전하기가 어려웠고 감정의 발전을 지속시키기도 어려웠다. 13세기에 들어와 일본 시인들은 이에 대한 대안으로 여러 개(때로는 1백 개)의 단가를 이어 붙여 일련의 순서를 가진 이야기 사이클을 만들어냈다. 이것을 렌가連歌라고 하는데 무제한의 길이를 자랑했고 때때로 두세 명의 시인이 함께 제작하기도 했다. 때때로 술잔을 기울이면서 이런 시를 짓는 시회詩會를 열기도 했다. 렌가를 시작하기 위하여 먼저 누군가가 최초의 3행시(5-7-5)를 낭송하는데, 여기에는 반드시 계절에 대한 언급이 들어가야 했다. 그러면 그 다음 사람이 마지막 2행(7-7)을 완성했다. 그러면 옆에 앉아 있던 사람이 또 다른 3행시를 읊고 그러면 그 옆의 사람이 나머지 2행시를 낭송하는 식이다. 이러한 순서는 시회에 참여한 사람들이 모두 시를 내놓을 때까지 계속된다. 재주 많은 시인들이 모인 시회라면, 이러한 과정은 즐거움, 지성, 재치, 자유 연상 등이 넘쳐나는 장시를 만들어낸다.

이러한 배경은 하이쿠가 현대 일본시의 초석이 된 경위를 설명해 준다. 첫 3행시가 장시의 출발점이 되면서부터, 바쇼 같은 천재 시인은 그 3행시만으로도 독립된 시를 쓸 수 있다는 것을 간파했다. 바쇼는 평생 동안 하이쿠 시 형태를 가다듬었고, 하이쿠에다 이야기를 도입하기 위해 많은 실험을 했다. 그는 여행을 하면서 하이쿠를 많이 썼다. 그런 여행 하이쿠들을 모아놓은 것으로 가장 유명한 것이 『오쿠노 호소미치(북쪽 오지로 가는 비좁은 길)』이다.

바쇼는 영락한 군소 사무라이 가문에서 태어났다. 그가 태어난 시절은 일본의 무사 계급이 태평연월의 시대에 힘겹게 적응하던 시절이었으므로, 검술 이외의 다른 능력으로도 출세를 할 수 있었다. 그는 젊은 시절, 지체 높은 귀족 가문의 젊은 사무라이를 따라다니는 동반자 직책에 임명되었다. 그 귀족 자제와 바쇼는 주로 시를 쓰고 연구하면서 시간을 보냈다. 그러나 이 젊은 주군이 일찍 사망하자, 바쇼는 그 집에서 나와 정처 없는 방랑자의 길을 떠났다. 그는 때때로 시를 가르치는 재속(在俗) 선(禪) 수행자의 삶을 살았다. 그러는 과정에서 그의 명성이 점점 높아져 많은 제자들이 문하에 몰려들었고, 그들 또한 유명한 하이쿠 시인이 되었다.(물론 그의 명성에 기대어 반사 영광을 노리는 곁다리 제자들도 많았다.) 하지만 명성은 어디 가나 환대를 받도록 해준다는 것 이외에 그에게는 큰 의미가 없었다. 그는 소유물이 거의 없었고 사찰에 살거나, 아니면 임대한 아주 검소한 집에서 살았다. 그는 일본 오지의 비좁은 길을 걸어갈 때, 매일 한 끼의 식사와 잠잘 곳을 얻을 수 있을 때, 동료 시인들을 만나 시화詩話를 나눌 때, 가장 행복했다.

『오쿠노 호소미치』는 1689년에 여섯 달 동안 여행한 기록이다. 그는 먼저 도쿄(당시에는 에도)에서 북쪽으로 갔고 이어 험준한 산맥을 넘어 서쪽으로 가서 동해에 이르렀다. 이어 다시 산을 넘어 남서쪽으로 가서 오가키(현대의 나고야 근처)에 이르러 여행을 마쳤다. 그는 험준한 오지인 산간 지역(오늘날에도 여전히 험하다)을 도보로 여행했다. 그런 만큼 바쇼의 여행담에는 비좁고 불확실한 길들을 걸어가야 하는 나날의 근심이 묻어난다. 하지만 책의 전체적인 분위기는 밝으며, 저자의 쾌활하고 낙관적인 기질, 새로운 사물에 대한 호기심, 모든 것이 결국에는 잘 될 것이라는 확신을 드러낸다.

내가 볼 때 『오쿠노 호소미치』는 아주 진귀하면서도 완벽한 책이다. 어디 하나 빈틈이 없다. 이 시들을 쓸 무렵 바쇼는 산문과 하이쿠를 완벽하게 결합하여 단순하면서도 절제된 스타일로 자연스럽게 이야기를 전달하는 기술을 완전 터득했다.(이 시들을 오늘날 많은 여행 작가들이 써놓은 장황한 글과 비교해 보라.) 바쇼는 어디로 가든 자신의 반응과 감정을 3행시에 응축시켰다. 재주 없는 사람이 써놓은 하이쿠는 따분하고 무의미한 글자 덩어리일 뿐이다. 하이쿠는 추상 미술과 비슷한 데가 있다. 한다. "누구나 그것을 할 수 있다." 물론 누구나 하이쿠를 쓸 수는 있다. 하지만 결과는 아주 시시할 뿐이다. 그러나 바쇼와 기타 하이쿠 대가들의 손에서는 사정이 달라진다. 하이쿠는 하나의 작은 경이, 갑작스러운 깨달음의 작은 불꽃이 된다. 『오쿠노 호소미치』는 기술의 절정에 오른 천재의 솜씨를 유감없이 보여 준다. J.S.M.

51
대니얼 디포 Daniel Defoe
1660-1731

로빈슨 크루소 *Robinson Crusoe*

『로빈슨 크루소』는 세상에서 가장 유명한 책들 중 하나이다. 비록 출간 후 커다란 성공을 거두었지만, 이 책의 발간은 독특하고 혼잡스럽고 때때로 치욕스러웠던 작가의 생애에서 하나의 작은 사건에 불과했다. 양초 도매업자의 아들로 태어난 디포는 젊은 시절 널리 여행을 했고 한번은 알제리 해적들에게 붙잡히기도 했다. 1만 7천 파운드의 빚을 지고 도산했으나 나중에 벌어서 갚았다. 1688년에는 오렌지 공 윌리엄을 지지했다. 네 명의 왕을 모시면서 팸플릿 제작자, 선동가, 비밀요원으로 활동했다. 자신의 진보적인 정치 성향을 바꾸지 않으면서도 동맹의 상대를 임의로 바꾸기도 했다. 그는 파당적인 글을 써서 시비에 휘말렸고 칼(죄인의 목과 양손을 끼워 사람 앞에 보이게 한, 판자로 된 옛날의 형구)형을 당하기도 했다. 그런 모욕적인 형을 당했으면서도 중산층의 상업 정신을 발휘하여 「칼형에 대한 찬가」라는 논문을 써서 상당히 많은 부수를 팔았다. 그는 투옥된 경험도 있으며 예순이 거의 다 된 나이에 첫 번째 장편소설인 『로빈슨 크루소』를 썼다. 도합 4백 편의 단행본과 소논문을 집필했으나 그 중 대니얼 디포의 이름이 저자명으로 박힌 책자는 별로 없었다. 어떤 이야기에 의하면 채권자들을 피해 달아나 은신하던 중에 사망했다고 한다. 그는 결혼하여 일곱 명의 아이를 두었다.

디포는 영국 최초의 뛰어난 전문 저널리스트(혹은 대필작가)였다. 영국 장편소설의 아버지이며(아직 읽지 않았다면 그의 소설 『몰 플랜더스』을 읽어보기 바란다), 만들어낸 인물을 진짜 인물인 것처럼 보이게 하는 재주를 가지고 있었다. 많은 사람들이 로빈슨 크루소를 실존 인물인 것처럼 생각하나, 실화에서 힌트를 얻은 지어낸 인물이었다.

『로빈슨 크루소』는 아동용 서적으로 인식되고 있다. 그러나 사촌뻘이라고 할 수 있는 『허클베리 핀』[92]과 함께 아주 진지한 성인용 도서이기도 하다. 어린 시절에 가장 생생했던 남자아이들의 꿈은 그 후 어른이 되어 수면 아래서 어른거리다가 마침내 죽어야만 없어지는데, 두 작품은 바로 이 꿈에 호소하고 있다. 로빈슨 크루소와 마찬가지로 거의 모든 남자가 완전 자급자족이 되는 상태를 꿈꾼다. 자신이 절대적인 왕으로 군림하는 자기만의 영지를 꿈꾼다. 외로움의 왕국을 혼자 견디다가 단 한 명의 노예(프라이데이)를 발견하여 그에게 인자한 독재자로 군림하는 꿈을 꾼다. 경쟁에 의해 위태로워지거나 사소해지지 않는 부와 권력의 축적을 꿈꾼다. 허약하고 시시하게 머리를 써서 문제를 해결하는 것이 아니라 완력과 상식을 사용하여 성공하는 꿈을 꾼다. 지루한 일상생활에서 훌쩍 벗어난 아주 외진 곳에서 이런 꿈들을 성취하기 바란다. 처

자식에.대한 부담감 없이 자신의 힘으로 만든 1인 유토피아에서 살기를 꿈꾼다. 『로빈슨 크루소』과 『모비딕』[83]은 여성을 등장시키지 않고서도 탁월한 성공을 거둔 걸작이다. 그런 만큼 이 소설들은 여성에게 별로 인기가 없다.

『로빈슨 크루소』는 플롯이 없다. 이 소설의 주인공은 강인하기는 하지만 야비한 자이다. 잘 분석해 보면 이 책의 상업적 도덕성은 불쾌한 느낌을 안겨준다. 하지만 이 모든 사실은 이 작품의 매력을 반감시키지 못한다. 이 소설은 완벽한 백일몽이고, 체계적이면서도 자세한 소망 충족이다. 가장 낭만적인 체험이 가장 힘찬 산문으로 서술되어 있고 그것이 커다란 매력이다. 환상의 요소가 전적으로 배제되어 있다는 점이 이 소설을 우수한 백일몽의 작품으로 만든다. 우리는 이 작품이 '문학'이 아니라는 바로 그 점 때문에 이 소설을 높이 평가한다.

우리는 어린 시절 순전히 오락용 책자로 이 소설을 읽었다. 그러나 나중에 나이 들어 다시 읽어 보면 이 소설이 왜 불후의 명작인지 깨닫게 된다. **C.F.**

52
조너선 스위프트 Jonathan Swift
1667-1745

걸리버 여행기 *Gulliver's Travels*

영국 소설가 새커리[76]는 스위프트에 대해서 이렇게 말했다. "내가 볼 때 그는 아주 위대한 사람이다. 그래서 그를 생각한다는 것은 곧 붕괴하는 제국帝國을 생각하는 것과 같다." 스위프트의 정신은 포괄적이지 못했고 심지어 섬세하지도 못했다. 하지만 아주 힘찬 정신이었고 뛰어난 기질을 반영하는 거울이기도 했다. 그래서 그 정신의 좌절, 부패, 소멸은 새커리가 말한 비극적 차원을 암시한다.

스위프트는 더블린에서 태어난 앵글로 아일랜드인이었고 성 패트릭 대성당의 수석 사제로서 더블린에서 죽었다. 같은 아일랜드 사람인 버나드 쇼[99]와 마찬가지로, 그는 당대의 악덕과 결점을 폭로하는 재주가 뛰어났다. 버나드 쇼와 같이 영어 문장의 대가였고, 그래서 오늘날 읽어도 아주 잘 읽힌다. 비록 그의 글들이 전문 학자들을 위한 내용을 많이 담고 있지만 말이다. 하지만 두 사람의 공통점은 여기서 끝난다. 쇼의 생애가 영문학 사항 아주 성공적인 인생이었다면 스위프트의 인생은 아주 불운한 삶이었다. 쇼는 마치 거인처럼 세상을 제압한 다음 죽었다. 하지만 스위프트는 자신이 예언한 것처럼, "구멍 속에 갇힌 쥐약 먹은 쥐처럼" 죽었다.

스위프트가 활약한 시대는 종종 이성의 시대라고 불리는데, 그는 그 시대의 대표 주자였다. 그는 이성을 숭배했다. 『걸리버 여행기』는 인류가 합리성을 거부할 때 어떤 결과가 오는지 보여 주는 작품이다. 이처럼 이성을 숭배하는 인물이 화산같이 폭발적인 열정을 가진 사람이라니 아이러니가 아닐 수 없다. 때때로 발작적인 어지러움 증을 느꼈고 스무 살 때부터 앓기 시작한 귀머거리 증세로 인해 마침내 생애 말년에는 평생 숭배해 온 이성을 잃어버리고 정신이상이 되었다. 뭔가 수수께끼 같은 결핍 증세로 인해 정상적인 성생활을 할 수가 없었다. 늘 자신이 영국인인지 아일랜드 인인지 결정짓지 못하는 정체성의 혼란을 겪었다. 생애 마지막 서른두 해 동안 유배당한 사람처럼 더블린에서 보낸 것은 그의 정신에 영원한 십자가였다. 아일랜드 사람들이 그를 아일랜드의 옹호자로 널리 존경했음에도 불구하고 그런 정신적 부담감을 떨쳐내지 못했다. 스위프트는 영국의 지성과 양심이 되어야 마땅했다. 하지만 우울증이 그를 사로잡았다. 좌절된 야망은 그를 위축시켰다. 그리하여 그의 생애는—비록 우리가 그의 내면적 비밀은 알지 못하지만—그 자신이 공인한 바 있듯이 실패작이 되었다. 그는 생애 어느 때 말라죽은 나무를 가리키면서 자신이 저 나무 꼴이 될 터인데 자신은 "꼭대기부터" 먼저 죽을 것이라고 했다. 결국 정신이상이 됨으로써 예언대로 되고 말았다. 그의 생애는 좌절을 기념하는 파괴된 기념비 같은 것이었다.

그는 방대한 양의 시와 산문을 남겼다. 상당 부분이 정치적 팸플릿의 형태인데 스위프트가 저널리스트 겸 선동가였기 때문이다. 이런 글들 중 일부는, 그의 감독자에게 보내는 편지·일기 형태를 취하고 있는데 『스텔라에게 보내는 일기』로 알려져 있다.

그의 작품 중 단연 뛰어난 것은 1726년에 발간된 『걸리버 여행기』로서 즉각적인 성공을 거두었다. "내각의 각료에서부터 유아원의 유아에 이르기까지" 모두 환영했다. 루이스 멈포드가 한 다음의 말이 그대로 적용되는 기이한 작품이다. "문장은 어린이용이지만 의미는 성인용이다." 어린아이들은 이 소설의 첫 두 권(소인국과 대인국)을 특히 사랑한다. 스위프트는 "세상을 뜯어고쳐야 한다"는 진지한 목적 아래 이 소설을 썼다. 『걸리버 여행기』는 다양한 해석을 자아내는 의미심장한 책이다. 나는 스위프트가 인간의 진정한(때로는 혐오스러운) 얼굴에 거울을 들이대기 위해 이 소설을 썼다고 생각한다. 그렇게 함으로써 스위프트는 인간이 환상을 버리고, 거짓말을 내던지고, 합리성을 회복할 수 있기를 바랐다. 그가 보기에 인간은 합리성으로부터 멀리 벗어난 야후(소설 속에 나오는 인간의 모습을 한 짐승)가 되어 있다.

그 외에 『걸리버 여행기』는 정치적 알레고리이다. 이 작품이 암시적으로 지칭하고 있는 것은 1726년의 런던 시민들에게는 잘 이해되었지만 현대인들에게는 애매모호할 수도 있다. 가장 좋은 독서 방법은 이 책에 들어 있는 간접적인 풍자에 대해서 신경을 쓰지 말고 계속 읽어나가는 것이다. 지난 250년 동안 독자들이 발견해 왔듯이, 이 작품에는 많은 다른 것들이 깃들어 있다. 가령 인간에게 언제나 적용될 수 있는 아이러니, 찌르는 듯한 유머, 기발한 착상, 명석하고 힘찬 문장 등이 그것이다.

스위프트의 작가 정신은 『걸리버 여행기』의 마지막 권인 마인국에 잘 묘사되어 있다. 여기서 인간 혐오증은 야비한 인간성에서 흘러나오는 것이 아니라, 운명의 힘 아래 인간이 자신의 이상주의를 실천하지 못하는 현실에서 유래하는 것이다. 그가 허약한 인간성을 맹렬하게 공격하기는 하지만 스위프트를 사악한 사람이라고 말할 수는 없다. 그가 작성한 자신의 라틴어 묘비명은 그의 내적 갈등을 암시한다. 그는 마침내 세인트 패트릭 성당의 지하에 평화롭게 묻혀 있다. 그곳은 "쓸쓸한 분노가 그의 가슴을 더 이상 물어 뜯지 못하는 곳" 이다. **C.F.**

53
볼테르 Voltaire
1694―1778

캉디드 *Candide* 와 기타 작품들

볼테르는 84세의 나이로 사망했을 때, 유럽 지성계의 왕관 없는 제왕이었고, 계몽 시대의 우뚝한 지도자였으며, 프랑스 혁명에 의해 붕괴된 구체제의 기반을 가장 맹렬하게 파괴한 자로 평가되었다. 극작가, 시인, 역사가, 이야기꾼, 재담가, 신문사 특파원, 논쟁가, 화려한 성격의 소유자 등으로 엄청난 명성을 거두었다. 그의 창작 능력은 엄청난 것이었다. 그는 1만 4천 통의 편지와, 2천 건 이상의 책과 팸플릿을 남겼다. 하지만 사흘 만에 써냈다는 달콤하면서도 쓸쓸한 농담의 책으로 유명하다. 그가 써낸 무수한 냉소적 작품들도 이 단 한 편의 아이러니를 당하지 못한다.

볼테르―이것은 그의 실명인 프랑수아 마리 아루에 François Marie Arouet 를 조합하여 만든 이름이다―는 버나드 쇼 같은 능력을 발휘하면서 자신의 개인 사무는 물론이고 자신의 명성을 잘 관리했다. 하지만 그는 한 가지 실수를 저질렀다. 『캉디드』를 저술함으로써 나머지 저작들을 빛바래게 한 것이다. 『철학사전』, 『자디그』, 『마이크로메가스』, 『루이 14세의 세기』, 『영국이라는 나라에 관한 편지들』 같은 책들도 읽어볼 만하지만 『캉디드』야말로 필독해야 할 완벽한 작품이다.

이 작품은 뜻이 아주 분명하여 논평이 필요 없다. 이 책은 작품 속에 기술되어 있는 1755년의 리스본 대지진으로부터 영감을 받았다. 볼테르는 캉디드, 닥터 팡글로스, 기타 친구들의 불행을 전면에 내세워 유명한 철학자 라이프니츠(닥터 팡글로스의 원형)의 낙관론을 비판한다. 『캉디드』의 철학은 너무 단순화되어 있고 천박하기까지 하다. 볼테르의 지성이 심오하기보다는 기민하고 포괄적인 특징을 가지고 있기 때문이다. 하지만 재치가 넘치는 경쾌한 이야기, 인간의 어리석음과 잔인함을 농담조로 무자비하게 폭로하는 이야기라는 점에서 『캉디드』를 당할 작품은 없다.

이 소설의 형태는 18세기에 널리 유행했던 철학적 로망스의 형태이다. 『걸리버 여행기』[52]가 이런 카테고리에 속하고 현대 소설로서 가장 좋은 사례는 미국 작가 손턴 와일더의 『산 루이스 레이의 다리』이다. 『캉디드』는 후대의 소설들이 즐겨 취하는 성장 소설(젊은이의 지적 성상을 추적하는 소설)의 형태를 취하고 있다. 가령 『적과 흑』[67]도 성장소설이며 『마의 산』[107]은 좀 더 심화되고 확대된 형태의 성장소설이다. 캉디드가 받은 교육은 아주 폭력적인 것이었다. 그리하여 우리는 볼테르가 내린 결론에 동의하지 않을 수 없다. 결코 최선이라고 볼 수 없는 이 세상에서, 우리가 할 수 있는 가장 합리적인 일은 "우리의 정원을 가꾸는 것"이다.

독자들은 이 위악적인 아이러니가 넘치는 걸작을 읽고서 볼테르가 조롱의 대가였다고 생각해서는 안 된다. 그는 버나드 쇼처럼 재치가 넘치지만 동시에 쇼처럼 인간의 정신의 해방을 위해 진지하게 고민하고 용감하게 싸우는 전사였다. **C.F.**

54
데이비드 흄 David Hume
1711—1776

인간 오성에 관한 철학 논집 *An Enquiry Concerning Human Understanding*

인구 비례로 볼 때 스코틀랜드는 고대 그리스 다음으로 세계에서 가장 많은 일급의 사상가를 배출했다. 데이비드 흄은 그런 사상가들 중 한 사람이다.

추상적인 생각을 하기 좋아했던 흄은 법률과 사업에 잠시 손을 대었으나 곧 포기했다. 그는 프랑스에 3년 체류하면서 『인간 본성론』을 썼으나 그 책은 "출판되자마자 절판" 되었다. 『인간 오성에 관한 철학 논집』은 이 책의 제1부를 확대한 것이다. 그의 『논문들』의 첫 번째 권(1741)은 커다란 성공을 거두었다. 이런 저서들을 발간한 후 그는 여러 가지 공식 직함을 맡았다. 그 중 하나는 비공식적인 것으로, 정신이상에 걸린 귀족을 가르치는 일이었다. 한번은 해외 근무를 하여 1천 파운드의 수입을 올리기도 했다. 그는 아주 애국심에 넘치고 당파적인 『영국의 역사』에서 들어온 수입으로 자신의 재산을 더욱 증식시켰다. 부자가 된 그는 1769년에 에든버러의 새 집으로 은퇴하여 그 도시에서 일종의 닥터 존슨[59]

같은 역할을 했다.

그는 흥미로운 『자서전』에서 그 자신을 이렇게 묘사했다. "온화한 기질의 소유자로 신경질을 잘 다스리며 사교적이고 쾌활한 유머를 잘 구사한다. 어떤 대상에 애착을 느끼기도 하지만 남들의 적개심은 잘 견디지 못한다. 나의 열정을 잘 억제할 줄 안다. 나의 주된 열정인 문학적 명성에 대한 애착도 나의 쾌활한 기질을 시들게 하지 못했다. 비록 문학적 명성을 추구하는 과정에서 자주 실망을 겪었지만 말이다."

흄은 로크의 반反 형이상학적 입장을 이어받았고 19세기의 영국 공리주의의 앞길을 닦았다.(존 스튜어트 밀[72] 참조) 『인간 오성에 관한 철학 논집』은 분명한 문장으로 쓰여 있지만 읽기는 쉽지 않은 책인데 흄이 "인상impressions"이라고 부르는 원초적 감각을 논하고 있다. "모든 추론은 감각의 한 종류에 지나지 않는다." 이 인용문이 보여 주듯이 그는 회의론자였다. 그는 원인과 결과는 서로 무관하다고 보았고, 그래서 흄의 사상 체계에서 인과관계는 시간적으로 일렬로 벌어진 사건들의 순서에 지나지 않는다.

그는 이런 회의적 입장을 인간의 자아에도 적용하여 자아란 알 수 없는 어떤 것이라고 말했다. 도덕은 종교와 무관하다고 보았고, 종교는 "끝없는 희망과 공포가 인간의 마음을 자극하여 생겨난 것"이라고 말했다.

흄은 그 균형 잡힌 사상과 상식적인 기질로 인해 19세기에 나온 낭만주의를 아마도 배격했을 것이다. 하지만 낭만주의 사상가들은 합리적 믿음에 흄의 회의론을 적용함으로써 그들의 입장을 정당화했다.

흄의 회의론은 그저 학문적 이론에 그치는 것이 아니었다. 그는 진리를 확정할 수 있다고 보기 때문에 철학하는 것이 아니라, 철학하기가 재미있기 때문에 철학을 한다고 말했다. 흄처럼 솔직하게 자신의 생각을 드러낸 철학가는 그리 많지 않았다. **C.F.**

55
헨리 필딩 Henry Fielding
1707—1754

톰 존스 *Tom Jones*

그의 소설 분위기와 마찬가지로 필딩은 개방적이고 관대하고 열정적인 사람이었다. 그의 젊은 시절의 기질이 이 소설의 주인공 톰 존스에게 그대로 반영되어 있다. 그리고 성인이 된 필딩의 모습은 대지주 올워디 씨에게서 찾아볼 수 있다.

교육을 잘 받았고 연줄이 많고 사람들의 총애를 받았던 필딩은 청년 시절 상위 중산층의 제약 없는 자유로운 삶을 살면서 여자들과 부적절한 관계를 맺기도 했다. 그는 몇 년 동안 성공을 거두기는 했지만 가치는 별로 없는 희곡들을 쓰면서 생계를 유지했다. 그 희곡들 중 『톰 섬 *Tom Thumb*』은 한번 읽어볼 만하다. 이 희곡은 조너선 스위프트[52] 평생 두 번째로 웃게 만들었다고 한다. 월폴 총리가 그의 희곡을 단속하기 위하여 정부 검열을 배후에서 조종하자 필딩은 극작가 생활을 흔쾌히 그만두었다. 하지만 정부 검열은 버나드 쇼가 나올 때까지 영국의 드라마 산업을 크게 후퇴시켰다. 이어 필딩은 법률, 저널리즘, 장편소설 쓰기로 마음을 돌려서 각 분야의 기술을 나름대로 터득했다. 런던의 치안국장으로 임명되자 그는 자신의 임무를 성실하게 효율적으로 수행했다. 또한 형사들의 조직을 설립했는데 이것이 발전하여 나중에 스코틀랜드 야드(영국 경찰청)가 되었다. 그는 치안 단속을 너무 가혹하게 하지 않으려고 애를 쓰기도 했다. 그는 공무로 몸을 너무 혹사하여 건강을 상했는데 요양 차 리스본으로 갔다가 거기서 47세라는 젊은 나이로 사망했다.

필딩의 정력적이고 혼잡스러운 생활을 보여 주는 좋은 에피소드가 하나 있다. 그는 첫 번째 아내—『톰 존스』의 여주인공 소피아 웨스턴의 모델—를 아주 사랑했다. 그는 아내가 사망한 지 3년 만에 아내의 시녀였던 여자와 재혼했는데, 그 때문에 런던의 속물들로부터 매도를 당했다. 하지만 그녀가 곧 필딩의 아이를 낳기로 되어 있었기 때문에 그녀의 명예를 지키기 위해서라도 결혼할 수밖에 없었다. 이런 점에서 필딩은 남성적인 사람이라 할 수 있다.

그의 걸작 소설에 대해서는 특별한 논평이 필요 없다. 그냥 읽고 즐기기만 하면 된다. 깐깐하게 파고들어야 할 깊이 같은 것도 없다. 헤밍웨이의 기준으로 본다면 그의 문장은 다소 장황하게 보일지 모르나 그래도 금방 이해할 수 있을 정도로 투명하다. 등장인물들은 심플하면서도 실제 인물 같은 느낌을 준다. 우리는 때때로 실제 생활에서 이런 심플한 사람들이 존재한다는 것을 잊어버리기가 쉽다. 한때 이 소설의 플롯이 크게 존경받은 적이 있었다.

콜리지[65]는 이 소설이 벤 존슨의 『연금술사』와 소포클레스의 『오이디푸스 왕』과 함께 세계 문학사상 가장 완벽한 플롯의 작품이라는 어리석은 논평을 했다. 톰의 진짜 아버지와 어머니가 밝혀지는 플롯은 교묘하게 배후 조종이 되고 있기는 하지만, 오늘날의 관점에서 보자면, 다소 기계적이다.

하지만 이 길고 복잡한 스토리를 관통하는 희극적 정신에는 감탄하지 않을 수 없다. 파노라마처럼 스쳐 지나가는 18세기 도시와 마을의 생활, 피카레스크 사건들의 화려한 등장, 인간성에 대한 관용과 옹호 등은 필딩의 단골 메뉴이다.

필딩은 영국 장편소설을 높은 경지에 들어 올렸고 그때 이후 영국 소설은 그 지위를 계속 누려 왔다. 그는 자신의 목적이 산문으로 된 코믹한 서사시를 쓰는 것이라고 말했다. 그 서사시 속에서는 사회 각계각층의 점잖은 사람들이 잘 조직되고 통제된 이야기 속에 등장하여 아무런 가감 없이 그들의 생활을 보여 준다. 필딩은 한때 자기 자신을 가리켜 "남루한 옷을 입은 위대한 음유시인"이라고 말했다. 실제로 그에게는 호메로스[2, 3]의 기질이 있다.

『톰 존스』의 또 다른 매력은 각 섹션의 시작 부분에 들어 있는 에세이들이다. 이 에세이들은 반드시 읽어야 한다. 아주 매력적이고 건강한 정신을 보여 줄 뿐만 아니라 영국 소설의 논리적 미학을 보여 주는 최초의 글들이기 때문이다. 헨리 필딩의 다른 작품들, 『조지프 앤드루스』와 『아멜리아』에도 이런 에세이들이 들어 있는데 함께 읽기 바란다. **C.F.**

56

조설근 曹雪芹

1715 – 1763

홍루몽 紅樓夢

『홍루몽』은 중국어로 씌어진 소설 중 가장 위대한 작품이라는 평가를 받고 있다. 반半 자서전적인 작품이지만 동시에 많은 상상력이 가미되어 있다. 『금병매』[41] 등 중국 고전문학에 대한 저자의 깊은 이해가 작품의 배경을 이루고 있으나, 이 작품이 다루고 있는 문학적 범위는 일찍이 중국 문학에서 시도된 적이 없었다. 120장으로 구성된 거대한 작품이며 30명의 주요 인물들과 400명의 보조 인물들이 등장한다. 러브 스토리인가 하면 풍속소설이고 사회 비평서이기도 하다.(하지만 『금병매』와 같은 날카로운 풍자는 없다.) 대부분의 내용이 슬픈 이야기이다.

조설근은 아마도 이 작품에서 소개된 일부 사건들을 직접 겪었을 것이다. 그는 한때 부유했으나 현재는 몰락한 집안에서 태어났다. 그의 할아버지 조인曹寅은 음직에 의해 청 황실의 시종을 지냈고 나중에 난징의 장관으로 근무했다. 하지만 조설근이 30대 초반이었을 때 청 황실의 은총이 사라졌고, 그래서 저자의 집안은 베이징으로 이사 가서 점점 가난 속으로 빠져들었다. 황실에서 근무하는 기회를 박탈당하자 그는 이 위대한 소설을 쓰는 데 매진했다.(선비의 소설 쓰기를 가로막는 사회적 압력은 18세기에 들어와 많이 완화되었다. 오승은 참조.[36] 어쩌면 이미 영락한 신세인 조설근은 자신의 작품이 높이 평가되든 말든 신경 쓰지 않았을지도 모른다.) 이 소설의 첫 80장은 그의 생전에 육필본으로 유통되었고, 완질은 1791−92년에 가서야 발간되었다. 마지막 40장은 발행인에 의해 심하게 편집되었는데 청 황실을 비판적으로 기술한 부분을 삭제했기 때문이다. 이 책의 높은 품격은 곧 많은 독자들을 확보했고, 발간 이후 독자들의 꾸준한 사랑을 받아 왔다.

『홍루몽』(『돌의 이야기*The Story of the Stone*』로 번역된 영역본도 있다)은 가씨 가문의 부와 권력이 서서히 몰락하는 과정을 묘사하고 있다. 소설 속의 행동은 이들 가문의 우아한 집이나 그 집의 아름다운 정원에서 벌어진다. 주된 인물은 가보옥賈寶玉이라는 젊은이인데 부분적으로 저자를 연상시킨다. 아주 엄격한 유교적인 아버지 밑에서 장래의 관리 교육을 받은 가보옥은 집안의 여자들 거처에서 시간을 보내기를 더 좋아한다. 거기서 그는 아버지의 엄정한 유학 대신에 로맨스와 우아한 감정을 발견한다. 그는 우울한 성격을 타고난 사촌, 임대옥林黛玉과 사랑에 빠지지만 결국에는 그녀의 라이벌인 설보채薛寶釵와 결혼한다. 우울한 사촌은 절망에 빠져 죽어 버리고 그 소식을 알게 된 가보옥은 잠시 의식을 잃어버린다. 하지만 곧 정신을 차리고 관리가 될 준비를 하지만, 결국에는 이 세상을 떠나 불교의 수도자가 된다. 이렇게 하여 그의 집안은 붕괴한다. 이 소설의 플롯은 복잡하게 꼬여 있고 게다가 일관되어 있지도 않다. 겉만 보면 통속적인 텔레비전 연속극처럼 보인다. 하지만 우아한 문학적 분위기가 이 소설을 살려내고 있다. 저자는 중국 전통 사회의 상류층 인사들의 생활을 아주 생생하게 묘사할 뿐만 아니라, 인물들의 심리를 아주 심층적으로 그려낸다. 가보옥과 그의 사촌들은 멜로드라마에 나오는 평면적 인물들이 아니라 생생한 감정을 가진 살아 있는 심층적 인물들이다. 그래서 독자는 시공을 초월하여 그 인물들에게 동질감을 느낄 수 있다.

이 책의 제목을 잠시 살펴볼 필요가 있다. 이 책이 1920년대에 영역되면서 "붉은 방의 꿈"이라는 제목을 달고 나왔는데 그 후 이것이 그대로 굳어졌다. 그래서 이것을 바꾸려는 것은 쓸데없는 일처럼 보일지 모른다. 하지만 원문의 "루樓"는 단지 방만을 의미하지는 않는다. 루는 여러 층의 정자 혹은 부유한 중국 가문의 정원 앞에 세워놓는 타워를 가리키며 따라서 홍루는 붉은 래커 칠을 한 기둥과 지붕이라는 뜻이다. 홍루몽은 풀이하면 "붉은 정자의 꿈"이 된다. 이 제목은 정원과 그 주위의 정자가 이 소설에서 수행하는 역할을 가리키고 있다. 그리고 홍루몽의 몽은, 이 모든 이야기—인생 그 자체—가 불교식으로 말해서 한낱 꿈에 지나지 않는다는 암시를 담고 있다.

"붉은 방의 꿈"이라는 제목이 일으키는 오해를 피하기 위하여 새로운 완역본의 영역자인 데이비드 호크스는 『돌의 이야기』라는 제목을 선택했다. 이 번역본은 지금껏 나온 것들 중에서 최고이므로 이것을 읽기를 권한다. **J.S.M.**

57

장 자크 루소 Jean Jacques Rousseau

1712—1778

고백록 *Les Confessions*

워즈워스[64]와 밀턴[45] 등 이 책에 소개된 위대한 작가들 중 루소는 가장 사람을 짜증나게 만드는 작가이다. 그의 성격은 합리적인 독자들을 불쾌하게 한다. 그는 사회적으로 잘 적응하지 못하고, 성적으로 균형 감각이 없는데다 부도덕한 사람이다. 구역질 날 정도로 감상적이고 야비하며 툭하면 싸움을 걸고 게다가 거짓말쟁이이다. 피해망상증에서 방광염에 이르기까지 각종 질병의 소유자이다. 자칭 유아幼兒 권리의 옹호자라는 사람이 그의 사생아 다섯 명을 고아원에 맡겼다고 태연하게 고백한다. 이것이 루소라는 사람의 부분적 프로필이다. 절반쯤 정신이상의 상태에서 사망한 이런 한심한 사람이, 당대의 강력한 지식인이었고 문학과 미술 분야에서 생겨난 낭만주의 운동의 창시자였고 프랑스 대혁명의 정신적 원천이었다는 사실은, 정말 우리를 짜증나게 한다. 더욱 납득이 안 되는 일은, 이 방랑자—시종—음악 선생(정규 교육은 12세까지만 받았음), 이처럼 설득력 있는 글을 쓴다는 사실이다. 그의 이론은 많은 사람들에 의해 반박되었으나 그의 문장은 여전히 사람들을 매혹시킨다. 루소라는 사람은 이처럼 수수께끼이다.

우리는 앞에서 성 아우구스티누스[22]를 다룰 때 『고백록』이라는 제목을 만났었다. 어떤 면에서 두 사람은 비슷한 점이 있다. 두 작가는 역사의 방향을 바꾸어 놓은 결정적 정신적 체험을 했고,

또 그것을 기록해 놓았다. 성 아우구스티누스는 자기 집 정원에서 성경을 읽다가 결정적 깨달음의 순간을 맞이했고, 루소는 파리 교외의 뱅센으로 가는 길에서 그런 계기를 만났다. 그는 저명한 철학자 디드로를 만나기 위해 길을 걸어가면서 신문을 읽었다. 디종 아카데미에서 현상 논문 대회를 개최한다는 기사였다. 논문의 제목은 "예술과 과학의 발전이 도덕의 정화 혹은 타락에 기여했는가?"였다.

　루소는 그 경험을 이렇게 말했다. "그 기사를 읽는 순간, 나는 일천 가지의 반짝이는 불꽃이 내 눈앞에서 명멸하는 것처럼 어지럼증을 느꼈다. 엄청나게 많은 생생한 생각들이 강력한 힘으로 내 머리에 흘러들어와 나는 형언하기 어려운 동요를 느꼈다. 내 머리속은 마치 술 취한 사람처럼 소용돌이쳤다." 이러한 몽환, 환상, 혹은 발작으로부터 그의 첫 작품 『과학과 예술론』이 나왔다. 그 논문은 상을 받았고 그에게 전 유럽적인 명성을 가져다주었으며 당대의 혁명적 저자라는 평가를 안겨주었다. 이 책과 후속 저서들에서, 그는 사회 발전이 인간의 선량한 본성을 파괴하는 힘이라고 매도했다. 그는 사유 재산을 공격했다. 당대의 교육 제도가 어린아이에게 미치는 나쁜 영향을 비난했다. 기성 종교가 사람들의 정신을 제약한다고 지적했다. 그는 주저 『사회계약론』에서 당시의 각종 정치적 제도들을 맹렬하게 공격했다. 이런 제도 때문에 "인간은 자유롭게 태어났으나 도처에서 사슬에 묶여 있다"는 것이었다.

　루소를 가리켜 사회 부적응자라고 말하기는 쉽다. 또 자연과 인간의 착한 본성을 옹호하는 그의 태도는 조직 사회의 요구에 적응하지 못하는 태도에서 나오는 것이라는 지적도 있다. 이러한 지적은 사실일지 모른다. 하지만 그의 사상—그의 주장은 새로운 것은 아니지만, 예전에 그처럼 강력하게 표현된 적이 없었다—은 그의 시대가 원하는 것이었다. 이 기이한 예언자 루소, 흄[54]이 "피부가 없다고 할 정도로 민감한 사람"은 아주 정확하게 시기를 맞추어서 태어났다. 그의 사상은 지속적인 힘을 발휘했다. 일부 사상, 특히 교육 관련 사상은 아주 건설적인 효과를 가져왔다. 루소는 볼테르[53]와는 다르게 긍정적인 사람이었기 때문이다. 그는 자신의 사상이 미래를 건설하는 밑거름이 되기를 바랐다.

『고백록』은 그의 걸작이다. 시작 부분의 문장은 아연 독자를 사로잡고 그 이후에도 계속 위력을 발휘한다. "나는 지금껏 전례가 없고 앞으로도 모방자가 없을, 그런 과업을 시작하려 한다. 나는 친구들 앞에 진실한 모습 그대로의 남자, 즉 나 자신을 드러내려 한다…… 나는 남들보다 더 나은 사람이라고 할 수는 없으나, 적어도 남들과 다른 사람이라고 자신한다."

루소는 자기 자신에 대하여 거짓말을 하고, 과장을 하고, 때때로 자기 자신을 왜곡하기도 한다. 그러나 그의 선언 중 한 가지 사항은 잘못된 것이었다. 그는 "앞으로도 모방자가 없을, 그런 과업을 시작하려 한다"고 했는데 그건 틀린 예언이었다. 수천 명의 후배들이 그를 모방했다. 고백적인 성격을 띠고 있는 현대의 자서전들은 모두 루소의 『고백록』을 흉내 내고 있다. 샤토브리앙이나 아미엘의 자서전, 프랭크 해리스의 수상한 자기 고백, 고백의 내용을 담은 온갖 잡지들도 루소의 『고백록』에 신세를 지고 있다. 하지만 눈을 번쩍 뜨게 만드는 솔직함, 자유롭게 흘러나오는 서정적인 문체 등에서 루소의 책을 따라갈 작품이 없다.

루소는 읽기가 쉽다. 그의 글을 이해하기 위해 다른 사람들의 안내를 받을 필요가 없다. 하지만 루소에 대한 전문가들의 평가는 엇갈린다. 첫 번째 평가는 로맹 롤랑의 것이다. "그는 문학 속에 잠재의식이라는 풍요로운 분야를 도입했다. 지금까지 무시되고 억압되었던 존재의 은밀한 움직임을 제대로 포착하여 소개했다." 두 번째 평가는 새뮤얼 존슨[59]의 것이다. 루소가 볼테르 못지않게 나쁜 사람이라고 생각하느냐는 보즈웰의 질문에 존슨은 이렇게 답변했다. "그 둘 중에 누가 더 나쁜 사람인지 그 비율을 정하기가 대단히 어렵겠는데요." **C.F.**

58
로렌스 스턴 Laurence Sterne
1713−1768

트리스트럼 섄디 Tristram Shandy

스턴은 장난기가 심한 괴짜였고 그런 만큼 모든 사람의 입맛에 호소하는 작가는 아니다. 어쩌면 독자는 스턴의 소설을 읽고서 재미가 전혀 없다고 생각할지도 모른다. 하지만 『평생 독서 계획』은 그의 책을 생략할 수 없다. 그의 소설은 다음 두 가지 점에서 독창적이다. 첫째, 이 작품은 세르반테스[38], 라블레[35], 스위프트[52]에 빚지고 있으나, 유례를 찾아볼 수 없는 소설이다. 둘째, 많은 위대한 현대 소설의 시조 혹은 예고편이다.

스턴 그 자신도 독창적인 인물이었다. 실패한 영국군 장교와 아일랜드 어머니 사이에서 태어난 그는 불운한 유년 시절을 보내다가 케임브리지에서 공부했다. 그는 성스러운 경건심도 질서정연한 기질도 없으면서 성직에 입문했다. 가족의 연줄 덕분에 요크셔에서 이런 저런 밥벌이를 할 수가 있었다. 그는 18세기 목사들이 대개 그렇듯이 세속적인 삶을 살았고 이런 저런 여성들에게 "사소하면서도 조용한 관심"을 보였다. 그의 감상적인 로맨스는 『엘리자에게 보내는 요릭의 편지』에 기록되어 있고, 요양차 프랑스와 이탈리아를 여행했는데 그 여행 덕에 『감상적 여행』이라는 여행기를 써냈다. 쉰다섯의 나이에 늑막염으로 사망했다. 그의 생애는 별로 특징이 없다. 정말로 중요한 사항은 『트리스트럼 샌디』에서 발견되는데 두 권으로 된 책이 1760년 세상에 나오자 사람들은 즐거워하는가 하면 충격을 받았다.

독자가 만약 『트리스트럼 샌디』를 손에 잡는다면, 첫 번째로 주목하게 되는 것은 그 안에서 아무런 일도 벌어지지 않는다는 점이다. 총 아홉 권으로 되어 있는 책 중에 네 권에 이를 때까지 주인공은 아직 태어나지도 않는다. 이야기의 곁가지가 계속 뻗어져 나가고 아무 것도 없는 페이지들이 있는가 하면 변덕스러운 구두점에, 수십 가지의 철자綴字상의 트릭도 끼워 넣어져 있다. 둘째, 이소설은 성욕을 다루고 있으되, 그것을 아주 기이하게 위장하여 잘 알지 못하게 해놓았다. 어떻게 보면 이것은 남자들끼리 주고받는 기다란 음담패설이다. 그렇지만 섹스에 대한 스턴의 관심은 필딩[55]처럼 솔직하지도 노골적이지도 않다. 아주 은밀하고, 암시적이고, 세련되어 있어서, 어떤 사람은 은근하게 낄낄거리는 느낌이라고 말했다. 셋째, 우리 세대보다는 스턴의 세대가 더 높이 평가한 감정의 노출이 많다. 스턴의 동시대인들은 그것을 감수성 혹은 감성이라고 했지만 우리가 볼 때 감상주의에 지나지 않는다. 어떤 상황에서 사람들이 일으킬 수 있는 감정을 너무 지나치게 노출하고 있다.

『트리스트럼 샌디』는 아주 변덕스러운 책처럼 보이지만, 심리적 이론에 입각하여 씌어진 위대한 소설이다. 스턴은 존 로크[49]의 『인간 오성론』으로부터 많은 영향을 받았는데 특히 이성과 지식이 감각의 체험에서 나온다는 이론을 신봉했다. 『트리스트럼 샌디』는 이 이론을 극화했으며 그 과정에서 '나'의 아저씨 토비, 샌디 부부, 요릭 목사, 닥터 스톱, 과부 워드먼 등 대여섯 명의 인상적인 캐릭터를 창조했다.

『트리스트럼 샌디』는 일반 소설들처럼 외부적으로 벌어진 어떤 사건을 기술하는 작품이 아니다. 이 소설의 원제목, 『신사 트리스트럼 샌디의 일생과 의견 *The Life and Opinion of Tristram Shandy, Gentleman*』이 보여 주듯이, 작품 속 인물들의 생각, 그들의 내면적 삶을 다루고 있다. 이것은 본격적인 심리 소설이고 어쩌면 세계 최초일지 모른다. 따라서 시간의 순서를 따라가는 사건 기술을 거부하며, 정신과 기억의 우회적이고, 연상적이며, 교차적인 행로를 반영하기 위하여 기이한 구두점을 사용한다. 따라서 조이스[110], 프루스트[105], 토마스 만[107]을 예고하는 소설이기도 하다. 이런 작가들의 현대적 심리 소설들은 플래시백, 갑작스러운 장면 전환, 지그재그, 무의식의 흐름을 반영하려는 진지한 노력 등을 특징으로 하고 있다.

스턴은 기이한 천재이면서 동시에 그 이상의 존재이다. 그는 18세기가 배출한 가장 현대적이고 기술적으로 독창적인 소설가이다. 『트리스트럼 샌디』가 기이하게 보인다면, 그건 스턴이 기이한 존재(그는 이렇게 보이는 것을 좋아했다)이기 때문에 그런 것만은 아니다. 이 작품은 전통 소설들보다 인간의 내면 현실에 더 가까이 다가갔기 때문에 기이한 것이다. 우리는 인간의 내면 현실에 좀 더 익숙해져야 할 필요가 있다. 왜냐하면 우리는 생각하고, 느끼고, 기억하는 우리 자신의 행위를 좀처럼 돌아보지 않기 때문이다. 이런 사실을 염두에 둔다면 독자는 스턴의 기이한 걸작을 무난하게 즐길 수 있을 것이다. **C.F.**

59
제임스 보즈웰 James Boswell
1740-1795

새뮤얼 존슨의 생애 *The Life of Samuel Johnson*

루소의 『고백록』[57]이 최초의 현대적 자서전이라면 보즈웰의 작품은 최초의 현대적 전기이다. 그의 『새뮤얼 존슨의 생애』는 영어로 된 최고의 전기이며, 나아가 세계 최고의 전기라 해도 과장이 아니다. 이 책은 존슨 사후 7년째인 1791년에 발간되었다. 그때 이래 새뮤얼 존슨은 영문학 내에서 가장 친밀하게 알려진 작가가 되었다. 하지만 그는 문학인 이상의 존재였다. 존슨의 에세이나 『시인들의 생애』나 장중하지만 인상적인 존슨 시를 단 한 줄도 읽지 않은 사람들도 존슨을 친숙한 친구로 여긴다. 그의 말은 자주 인용되고 있는데, 심지어 그 인용문이 나온 출전을 전혀 모르는 사람들도 즐겨 인용하고 있다.

이렇게 된 것은 1763년 5월 16일 런던의 데이비스 서점에서 보즈웰과 존슨이 처음 만난 덕분이었다. 당시 영국 문단의 거두였던 존슨은 53세였고 영웅 숭배의 기질이 있던 스코틀랜드 사람 보즈웰은 22세였다. 자신의 사명이 어디에 있는 파악한 보즈웰은 위대한 문인의 말, 습관, 의견을 기록하기 시작했다. 중간에 단절이 있었지만, 그는 존슨이 1784년 사망할 때까지 이 기록을 계속했다. 그 결과 이 문학적 거인에 대한 가감 없는 전신 초상화가 작성되었다. 이 전기는 그 외에도 혼잡스럽지만 재치가 번득이는 18세기 후반의 문학계와 사교계를 생생하게 묘사한다. 그리하여 존슨 이외에 버크, 개릭, 골드스미스, 조슈아 레이놀즈 경 등 다양한 인사들의 모습이 소개된다. 그 과정에서 자연스럽게 보즈웰도 자신의 모습을 드러내는데, 존슨을 제외한 나머지 인물들 중에서 보즈웰이 가장 흥미롭다.

보즈웰은 좋은 스코틀랜드 가문 출신이었다. 법률을 전공했지만, 사교적인 대화, 술 마시기, 여자 쫓아다니기, 여행, 정치(손을 대기는 했으나 재미를 보지는 못했다), 볼테르[53]와 루소[57] 같은 위인들 만나기 등에 더 관심이 많았다. 그는 유명인을 쫓아다니는 열성 팬의 원조였다. 게다가 그는 타고난 글쟁이였다. 그는 뛰어난 기자의 재능을 가지고 있었다. 아주 쉽게 글을 썼고 기억력이 뛰어났으며 어떻게 노트를 하고 암기를 해야 하는지 잘 알았다. 그는 어떤 얘기를 들으면 재빨리 적어놓았다. 눈에 띠는 구체적 세부 사항들을 파악하는 센스가 있었다. 잡담과 스캔들을 좋아했다. 어떤 새로운 일이 벌어지거나 발설되려는 상황에서는 늘 그 근처에 가 있었다.

이런 재주 이외에 그는 뉴스를 만들어내는 요령을 알았다. 보즈웰이 없었더라도 존슨은 여전히 훌륭한 인물이었을 것이다. 하지만 우리는 존슨의 위대함을 알지 못했으리라. 보즈웰은 존슨으로 하여금 말을 하게 만들었다. 존슨이 말하기 싫어하는데 억지로 말하게 한 것이 아니라, 존슨의 사람됨이 활짝 꽃피어나게 했다. 순진하거나 교묘한 질문을 던짐으로써, 그에게 아첨하거나 화나게 함으로써, 존슨의 편견을 포용하거나 폭로함으로써, 심지어 자기 자신(보즈웰)을 낮추어 존슨에게 우월감을 안겨줌으로써, 존슨의 많은 감추어진 면모를 이끌어냈다. 말하자면, 존슨이라는 인물을 창조한 것이다. 이 때문에 보즈웰은 뛰어난 기자 이상의 존재이다. 그는 렘브란트, 할스, 기타 일급의 초상화가 못지않게 일급의 초상화가이다. 비록 글로 초상화를 그리기는 했지만 말이다.

지난 50년 동안, 보즈웰에 대한 우리의 견해는 확 바뀌었다. 이런 인식 전환에는 크리스토퍼 몰리가 말한 "영문학 사상 가장 흥미로운 모험"이 큰 역할을 했다. 1927년 부유하고 박식한 전문가인 랠프 이샴 중령은 아일랜드의 말라하이드 성城 소유주로부터 보즈웰 문서들을 사들였다. 그 문서들은 그 성에 벌써 여러 세대 동안 먼지를 뒤집어쓴 채 보관되어 있었다. 이 발견 이전에도 그와 유사한 발견이 있었고 그 후에 더 많은 문서가 추가 발굴되었다. 이렇게 하여 보즈웰이 쓴 문서들과, 보즈웰 동시대인들이 그에 대해서 쓴 자료 등 엄청난 양의 18세기 자료가 수집되었다. 이 자료 덕분에 우리는 그 시대를 좀 더 깊숙이 들여다볼 수 있게 되었다. 이 자료들은 여러 권의 책으로 발간되었는데 그 중 첫 번째 인 『보즈웰의 런던 일기 1762−1763』가 일반 독자들에게 가장 흥미로운 책이다.

이런 책들 덕분에 우리는 보즈웰이 존슨의 우레와 같은 말을 그냥 기록하기만 한 사람은 아님을 알게 되었다. 보즈웰은 약간의 햄릿 기질을 가진 기이한 천재였고, 손상된 영혼이었으며, 분열된 정신의 소유자였고, 총명한 바보였으며, 자유 사상가였다. 그리고 우리가 생각한 것보다 훨씬 세련된 작가였다. 지금까지는 존슨이 위인이고 보즈웰은 위인이 아닌 것으로 알려져 있지만, 이제 제자가 스승을 압도하고 있는 것이다. 보즈웰의 미묘한 심성, 그의 절망, 그의 분열된 마음, 조울증 적인 변덕스러운 심리 상태 등은 현대의 독자에게 특별한 관심의 대상이다. 그 결과 보즈웰의 걸작은 또 다른 차원을 획득했다. **C.F.**

60

토머스 제퍼슨^{Thomas Jefferson}과 기타 인사들

미국 역사의 기본 문서들*Basic Documents in American History*(리처드 B. 모리스 편집)

이 책은 별로 논평을 필요로 하지 않는다. 많이 수정되기는 했지만 우리의 기본적 정치사상은 독립 선언서, 헌법, 종교적 자유를 위한 버지니아 법, 게티스버그 연설, 기타 소수의 문서들 속에서 고전적으로 표현되어 있다. 독립 선언서와 헌법은 각 단어와 구절을 천천히 조심스럽게 살펴보면서 읽어야 한다. 그 단어와 구절들이 어떻게 씌어졌고 그 의미가 독자에게 어떻게 드러나는지 살펴보아야 한다.

미국의 중요한 국가 문서들을 한데 모아놓은 선집들이 여럿 있다. 그 중 모리스의 편집이 가장 간편하다. 그는 메이플라워 협약에서 우리 시대의 문서에 이르기까지 약 50건의 문서를 수록했다. 대부분의 문서가 역사 학도들에게나 흥미가 있는 것들이다. 언어나 문체의 관점에서 볼 때, 링컨(링컨의 연설문은 정독할 가치가 있다) 이후의 문서는 점점 내용이 부실해진다. 이런 사실로부터 독자는 나름대로 어떤 결론을 이끌어낼 수 있을 것이다. **C.F.**

61

해밀턴, 매디슨, 제이 Hamilton, Madison, and Jay

1787

연방주의자 문서 *The Federalist Papers* (클린턴 로시터 편집)

알렉산더 해밀턴, 제임스 매디슨, 존 제이가 집필한 『연방주의자 문서』는 미국의 정치사상을 가장 우아하고 힘차게 표현해 놓은 책이다. 1787년의 연방 헌법을 지원하는 뉴욕 주 여론을 형성하기 위해 편지 형식으로 집필된 이 글은, 역사적인 문서일 뿐만 아니라 논리가 수미일관된 걸작이다. 1788년 제퍼슨은 매디슨에게 이 책을 칭찬하는 글을 써 보냈다. "지금껏 나온 행정의 원칙을 논평한 책들 중에서 가장 뛰어난 것이다." 이 책을 아리스토텔레스의 『정치학』[13], 홉스[43], 로크[49], 마르크스와 엥겔스[82], 마키아벨리[34], 토크빌[71] 등과 비교하면서 읽으면 많은 것을 얻을 수 있다. 이 책에 들어 있는 모든 문서를 읽을 필요는 없다. 편지 1−51, 84, 85 등을 읽으면 이 책의 전반적 윤곽을 파악할 수 있다. **C.F.**

| 제4부 |

62
요한 볼프강 폰 괴테 Johann Wolfgang Von Goethe
1749−1832

파우스트 Faust

괴테는 종종 "최후의 보편적 인간"이라고 불린다. 그는 특수화하지 않은, 보편적 정신을 소유했는데(이런 정신은 이제 더 이상 존재하지 않는다), 우리 보통 사람은 그런 정신으로는 일상생활을 영위해 나가기가 어렵다. 이 거인은 오랜 세월 동안 사람들의 존경을 받으며 살았다. 그는 많은 것을 사랑했다. 그는 온갖 가능한 형태로 흥미로운 혹은 따분한 글들을 썼다. 창조적인 예술가, 정부 관리, 과학적 탐구자, 이론가였던 그는 아주 융통성 많은 인물이었다. 그는 독일 문학을 발명했고 이후 50년 동안 그 문학을 지배했다. 그와 동시대인 나폴레옹과 마찬가지로 그는 인간이라기보다 하나의 자연 현상이었다.

혹은 인간과 자연 현상을 합친 하나의 과정이었다. 괴테를 이해하는 두 가지 핵심 용어는 변화(그는 변신이라는 용어를 더 선호했으리라)와 발전이었다. 그는 자기 자신과 자연이 모두 온전한 전체라고 보았으나, 자연과 그 자신에 대한 괴테의 사상은 점진적으로 진화했다. 그는 여성, 관념, 체험 등을 종합하고 초월하여 그것들을 좀 더 새롭고, 크고, 계속 성장하는 괴테로 만들어냈다. 괴테는 말했다. "나는 뱀과 비슷합니다. 언제나 내 껍질을 벗어 버리고 새롭게 시작합니다." 어쩌면 우리는 괴테를 하나의 거대한 국가, 가령 미국 같은 국가로 생각해야 할지도 모른다. 생애 어느 순간에든 그는 복잡한 역사적 과거와 예측하기 어려운 미래의 가능성이 복합되어 있는 인물이었다. 그는 평생 동안 성장, 변화, 분투 노력, 활동, 세상에 대한 이해와 정복을 강조했다. 괴테는 파우스트적 인간이었고 현대 서구인들이 가지고 있는 중요한 삶의 느낌들을 전형화하는 인물이었다.

그의 걸작 『파우스트』는 괴테처럼 계속 성장했다. 어린 소년 시절에 괴테는 고향 프랑크푸르트에서 고대 인물인 파우스트를 주인공으로 하는 인형극을 보았다. 그날 이후 『파우스트』 2부를 완성한 죽기 몇 달 전까지, 파우스트는 그의 마음속과 책상 위에서 계속 성장해 왔다. 제1부는 20대 초반에 착수되어 거의 30년 후에 완성되었다. 『파우스트』 1부와 2부는 무대에 올리기 위한 희곡이 아니다. 이 작품은 괴테의 생애가 여러 단계를 거쳐 가는 동안에 구상된 인생의 비전을 기록한 것이며, 음란함에서 고상함에 이르기까지 다양한 분위기와 스타일을 구사하고 있다.

1부는 간단하고 2부처럼 심오하지 않으므로 읽기가 수월한 편이다. 파우스트의 전설은 많은 작가와 작곡가를 매혹시킨 만큼 우리에게도 친숙하게 느껴진다. 파우스트─마르가레테의 러브 스토리는 구노의 유명한 오페라에 영감을 주었다.

제1부는 파우스트 개인의 영혼을 다룬다. 그의 지적인 환멸과 야망, 모든 것을 부정하는 메피스토펠레스에 의해 파우스트 앞에 놓인 유혹, 파우스트의 마르가레테 유혹, 사랑을 통한 구원의 약

속 등이 다루어진다. 2부는 개인 파우스트가 아니라 서구의 인간들이라는 "더 큰 세계"를 다룬다. 전설적 인물 헬렌이 등장하는 역사적 환상극이다. 우리가 호메로스[2, 3]의 작품에서 만났던 헬렌은 여기서 서양 고전 세계를 상징하고, 파우스트는 르네상스 이후의 근대 서양 세계를 상징한다. 『신곡』[30]의 무대였던 천국, 지옥, 지상이 그대로 『파우스트』의 무대가 된다. 하지만 괴테의 문장은 단테처럼 명석하지가 않고, 그래서 아직도 그가 뜻한 바를 두고서 많은 학자들이 논쟁을 벌이고 있다.

몰리에르[46]의 경우와 마찬가지로, 괴테를 영역하면 만족할 만한 효과가 나오지 않는다. 번역 효과가 좀 미흡한들 어떠랴. 토마스 만[107] 등 위대한 현대 작가들을 포함하여 무수한 작가들에게 영향을 준 이 유럽의 거인을 어떻게든 만나야 한다. **C.F.**

63

윌리엄 블레이크 William Blake
1757 — 1827

시 선집 Selected Works

윌리엄 블레이크는 한때 이런 말을 한 적이 있었다. 그는 황야의 끝까지 걸어가 자신의 손가락으로 하늘을 만졌다는 것이다. 네 살 적에 그는 창문에 나타난 하느님의 얼굴을 보고서 비명을 질렀다. 그는 나뭇가지에 앉아 있는 천사를 보았고 나무 밑에 앉아 있는 예언자 에제키엘을 보았다. 그의 아내는 이런 말을 태연하게 했다. "요새 남편을 잘 보지 못하네요. 그 분은 늘 천국에 가 있어요." 이것은 어쩌면 과장된 말일지 모르지만, 블레이크가 늘 정령들에게 사로잡혀 있었다는 것은 의심의 여지가 없다. 그는 현대의 관점에서 보면 환상을 보는 시인이고 그런 시인들 중 으뜸이다.

이 괴상하고 이해하기 어려운 천재에 대하여 여러 관점으로 바라볼 수 있다. 어떤 사람들은 그를 가짜라고 여겼다. 하지만 그의 부드럽고 정직한 생애가 그것을 부인한다. 그와 동시대인으로서 당대에는 유명했으나 그 후 잊혀진 어떤 사람들은 그를 해롭지 않은 미치광이라고 보았다. 심리학자는 블레이크의 "직관적 환상"을 가리켜, 머릿속의 이미지를 외부 세계로 투사시키는 놀라운 능력이라고 설명할 것이다. 많은 어린아이들이 이런 능력을 가지고 있다. 잔 다르크도 이런 능력이 있었고, 합리주의자들은 성인들이나 예수의 환상을 설명할 때 이런 능력을 끌어다 댄다. 마지막으로, 블레이크가 화가 겸 시인의 관점에서 친구들에게 해준 이런 실용적 조언도 생각해 볼 필요가 있다. "당신의 상상력을 활발하게 가동시켜 환상의 상태에 도달하도록 하라."

그러나 블레이크의 환상은 그리 큰 문제가 되지 못한다. 실용적인 기준에서 보더라도 블레이크는 성공한 사람이다. 그의 그림, 드로잉, 판화는 최고의 수준은 되지 못하지만 그래도 아름답고 감동적이다. 비록 숫자는 많지 않지만 그의 멋진 시들은 독창적이어서 쉽사리 잊혀지지 않는다. 오랫동안 조롱되거나 무시되어 왔던 그의 사상은 점점 더 물질주의에 환멸을 느끼는 사람들을 매혹시킨다. 물질주의가 인류에게 행복을 가져다줄 줄 알았는데 그게 아니라는 것이다.

블레이크는 심성이 자연 그 자체인 아주 진귀한 존재이다. 한 친구는 그를 가리켜 "가면이 없는 사람"이라고 말했다. 가난하게 살다가 가난 속에서 죽었지만, 그는 당대의 가장 즐거운 사람들 중 하나였다. 그는 대부분의 사람들이 누리지 못하는 황홀감의 비결을 알고 있었고, 그것이 때때로 기이한 행동을 촉발시켰다. 한 방문자가 블레이크의 집을 찾아가 보니 블레이크 부부는 벌거벗고 정원의 나무 위에 올라가서 밀턴의 『실낙원』[45]을 소리 내어 읽고 있었다. "어서 오게. 여긴 아담과 이브뿐이야." 블레이크가 방문객에게 쾌활한 목소리로 말했다.

아주 괴이한 성격에다가 당대의 사회적 제도를 모두 거부했다는 점에서 블레이크는 소로[80], 니체[07], 로렌스[113] 등을 연상시킨다. 그의 낭만주의는 후배 낭만파 시인들인 워즈워스[64], 키츠, 셸리보다 더 심오했다. 블레이크는 말했다. "인간은 결국 상상력이다. 하느님은 인간으로서, 우리 안에 존재하고 우리 또한 그 분 안에 존재한다. 우리는 심안으로 보지 않고 육안으로 사물을 바라볼 때 거짓말을 믿게 된다."

그는 상식을 경멸했고 종교, 정치, 섹스의 분야에서 각종 자유를 옹호했다. 그는 프로이트[98]를 예고하는 이런 인상적인 문장을 남겼다. "아이에게 실천되지 못할 욕망을 안겨주느니 그 아이를 요람 속에서 죽여 버리는 것이 낫다." 그에게 있어서 "원기 왕성함은 아름다움이다." 각종 비순응주의자들은 다음과 같은 블레이크의 말을 즐겨 인용했다. "족쇄를 저주하고, 이완을 축복하라." 그는 계산과 측정에서 나오는 미덕들을 모두 증오했다. "분노의 호랑이는 지시의 말[馬]보다 더 현명하다."

블레이크는 그 나름대로 결점이 있었다. 그의 내면 세계는 너무나 생생하여 때때로 외부 세계와의 연계를 잃어버렸다. 그는 열광의 구름으로 심오한 진리를 포장했다. 하지만 구름은 여전히 구름이다. 그런 측면 때문에 그의 작품은 때때로 소통이 잘 안 된다. 그가 개인적으로 만들어낸 신화는 소위 『예언의 책』에 포함되어 있다. 학자들은 그 뜻을 해독하려고 계속 애쓰고 있다. 평범한 사람이 볼 때 그 신화라는 것은 가끔 화려한 웅변에 의해 단절되는 정신착란의 헛소리처럼 보인다.

블레이크의 성품에는 높은 지능과 날카로운 직관이 함께 뒤섞인다. 그의 뛰어난 잠언과 훌륭한 시에서는 지능과 직관이 균형을 이룬다. 그의 시는 기교가 없지 아니하다. 블레이크는 펜을 잘 쓰는 장인이었고 연필과 석필도 잘 사용하여 훌륭한 드로잉을 그렸다. 가장 좋게 볼 때, 그의 작품은 어린이 같은 기질을 내보인다. 순수하고, 자연스럽게 흘러나오고, 쉬운 어휘를 사용하고, 활발한 상상력을 발휘한다. T.S. 엘리엇[116]은 블레이크에 대해서 엄격한 판단을 내렸지만 실은 블레이크의 시에 대한 칭찬이다. "단테[30]는 고전이지만, 블레이크는 천재적 시인일 뿐이다."

그의 황당함과 화려함에도 불구하고 블레이크는 본질적으로 도덕가이다. 현실의 잘못된 점을 명상하는 도덕가라기보다 뭔가를 예언하는 도덕가이다. 상상력과 본능을 옹호하는 그의 태도는 거의 종교적인 태도에 가깝다. 그가 어린아이나 정령이나 그 무엇에 대해서 글을 쓸 때, 그의 관심사는 "지각知覺의 문을 깨끗이 닦는 것이다." 그의 사상은 기이하거나 균형이 안 잡힌 것일 수도 있다. 블레이크는 종종 독학한 천재들이 내보이는 불확실한 균형 감각을 내보인다. 하지만 그의 날카로운 통찰은 "어둠과 악마적 공장들"로 왜곡된 산업 사회의 잘못된 핵심을 깊숙이 찌른다. 블레이크에게는 공상적 사회개량주의가 없다. 그는 버나드 쇼[99]처럼 골수 반항자이고 그래서 위험한 인물이다.

그의 시들 중에서는 「시적 스케치」, 「순수의 노래」, 「경험의 노래」, 「영원한 복음」, 「밀턴 서문」을 읽기 바란다. 블레이크의 조용한 반항적 생애를 알아보기 위해서는 「천국과 지옥의 결혼」, 「모든 종교는 하나다」, 「자연 종교라는 것은 없다」 등을 읽으면 좋다. 그의 예술론은 심술궂은 내용을 담고 있는 「조슈아 레이놀즈 경의 담론에 대한 주석」을 참고하기 바란다. **C.F.**

64
윌리엄 워즈워스 William Wordsworth
1770-1850

서곡 *The Prelude*, 짧은 시 선집 *Selected Shorter Poems*, 서정시집 *The Lyrical Ballads*의 서문

워즈워스의 소네트를 조롱한 유명한 패러디에서 영국의 유머리스트 J.K. 스티븐은 이렇게 썼다.

거기에 두 가지 목소리가 있다. 하나는 심오하다⋯⋯
다른 한 목소리는 늙은, 정신없는 양⸸이
단조로운 소리를 계속 읊조리는 것이다.
워즈워스, 당신은 이 두 가지이다.

내가 가지고 있는 워즈워스 시집은 무려 937페이지나 된다. 이 중에서 약 200페이지는 심오한 목소리를 낸다. 그 나머지는 헛소리에 지나지 않는다. 자신의 시시한 시들을 잘라서 없애 버릴 줄 몰랐던 워즈워스는 그 버릇을 여든까지 계속 유지했다. 80생애 중 전반기 40년만이 후대의 관점에서 볼 때 보람 있는 삶이었다. 후반기 40년은 워즈워스 자신, 그를 돌보아 준 세 명의 여성 추종자, 천재의 쇠퇴에 관심이 있는 문학 연구가들에게만 흥미로울 뿐이다.

워즈워스에게 커다란 영향을 준 인물은 물론 워즈워스 자신이었다. 그토록 지속적으로 자기 자신에게서 깊은 인상을 받은 다른 주요 작가들을 나는 알지 못한다. 이처럼 자기 자신을 사랑하다 보니 자기비판의 정신을 완전 말살시켰다. 게다가 그는 유머 감각도 없었기 때문에 그의 작품들 중 5분의 4는 아주 따분한 얘기이다.

본인 이외에 워즈워스에게 영향을 미친 첫 번째 것은 영국의 자연이었다. 어쩌면 그가 그 자연을 발명했다고 말해도 무방하다. 자연은 그의 내부에 있는 심오하고, 순수하고, 이타적인 심성을 건드려서 아주 멋진 시를 쓰게 했다. 두 번째 영향력은 콜리지[65]의 뛰어난 지성이었다. 두 사람의 우정은 획기적인 『서정시집』

(1798)을 낳게 했고, 이 시집의 1800년 판에는 저 유명한 서문이 실렸다. 세 번째 영향력은 워즈워스의 여동생 도로시였다. 오빠보다 더 훌륭한 눈과 귀를 가진 이 신경증 환자는 자연의 얼굴을 잘 알아보았고 그리하여 오빠에게 날카로운 통찰을 제공했으나 그 통찰에 대하여 워즈워스 자신이 혼자서 공로를 인정받았다. 후대의 관점에서 볼 때, 오빠와 여동생은 무의식적으로 근친상간적 관계였고 적어도 도로시의 입장에서는 그것이 더 두드러진다. 하지만 이것은 워즈워스 시의 가치에는 아무런 영향을 미치지 않는다.

그 외의 사소한 영향력으로는 프랑스 혁명과 아네트 발롱이라는 프랑스 여인이 있다. 이 여인은 워즈워스에게 열정 비슷한 것을 불러일으킨 듯하다. 처음에 젊은 시인은 프랑스 혁명의 열렬한 지지자였다. 하지만 혁명의 과도한 후유증, 그 자신의 정숙주의적 성격, 노골적인 몸조심(밀턴[45]과 비교해 보라) 등이 합쳐져서 워즈워스를 무감각한 보수반동주의자로 만들었다. 아네트 발롱과 내연 관계를 맺어 사생아 딸을 낳기도 했으나, 이 사실을 후대의 사람들에게 감추려고 무척 애를 썼다. 이 내연 관계를 처리하는 그의 태도(필딩[55]과 비교해 보라)는 남자답지 못했고, 심지어 비정하기까지 했다. 이것 또한 워즈워스 시의 가치에는 아무런 영향을 미치지 않는다.

기이한 사실은 이런 것이다. 워즈워스의 시와 선언문이 우리의 정서를 해방시키는 데 도움을 주었으나(밀[72] 참조), 정작 워즈워스 자신의 정서는 그 폭이나 깊이에서 제한되어 있었다. 그는 자연, 어린아이, 가난한 사람, 평범한 사람 등에 대하여 아름답게 글을 썼다. 이러한 것들에 대한 우리 현대인의 태도는 워즈워스가 용감하게 반기를 들었던 신고전주의 18세기의 태도와는 완전 다른 것이다. 이러한 변화는 부분적으로 현대인들이 잘 읽지 않는 한 시인(워즈워스) 때문에 벌어진 것이다. 하지만 워즈워스 자신은 소로[80]처럼 아주 구체적인 시각으로 자연을 바라보지 않았다. 그는 어린아이를 제대로 이해한 것 같지도 않다. 「칼레의 해변에서」라는 소네트는 아주 아름다운 시이지만 실제의 어린아이는 찾아보기 어렵다.(그가 자신의 딸에 대하여 글을 쓰고 있는데도 말이다.) 단지 어린아이에 대한 워즈워스 자신의 추상적 생각이 기술된다. "인간의 실제 언어"를 사용해야 한다는 그의 고명한 이론에도 불구하고, 그는 평범한 사람들이 실제로 어떻게 말하는지 잘 이해하지 못한 듯하다. 그가 비겁하게 행동한 아네트 발롱 사건을 제외하고, 그는 여성에 대하여 강력하면서도 열정적인 사랑을 표현해 본 적이 없었다.

여기까지 말하고 보니 내가 워즈워스를 싫어한다는 것을 고백한 셈이 되어 버렸다. 하지만 이 시인에 대하여 좀 더 중요하고 핵심적인 사항 두 가지를 말해야 하겠다. 첫째, 그는 「틴턴 수도원」, 「영원불멸의 송가」, 「마이클」, 「결단과 독립」, 「의무론」 등의 위대한 시를 썼다. 하지만 이런 시들은 그의 장편 자전시인 『서곡』에다 들어가 있다. 그 외에 약간의 훌륭한 소네트와 짧은 서정시들을 썼다.

둘째, 그는 자연, 정서적인 생활, 영어의 어휘 등에 대하여 새롭게 접근하는 가능성을 개발했다. 이 때문에 많은 시인과 평범한 사람들이 그런 것들을 새로운 눈으로 바라보게 되었다. 그는 콜리지와 함께 영국시와 미국시의 방향을 바꾸어 놓았다. 영미시를 관습주의, 상투적 어휘, 꽉 틀어 막힌 정서 등으로부터 해방시켰다. 그는 시를 가리켜, "정숙 속에서 회상된 정서"로부터 나오는 "강력한 느낌의 자연스러운 발로"라고 정의했으나, 이것은 제한적이고 부분적인 정의이다. 하지만 18세기의 돌처럼 굳어진 정서를 교정하기 위해서라도 이런 정의는 아주 절실하게 필요했다. 과도한 감상주의에도 불구하고 낭만주의의 항의는 서구 전통에 가치 있는 기여를 했다.

워즈워스는 시인이라기보다 역사적 사건의 이정표로 기억될 가능성이 더 많다. 하지만 시인이든 이정표든 그는 나름대로 위대한 측면을 갖추고 있어서 연구하는 사람들이 끊이지 않을 것으로 본다. 이 유머 없고, 정신적으로나 정서적으로나 협량한 자기중심주의자는 생애 전반기에 훌륭한 시들을 써서, "지각知覺의 문을 깨끗이 닦는 데" 도움을 주었다. **C.F.**

65
새뮤얼 테일러 콜리지 Samuel Taylor Coleridge
1772-1834

노수부의 노래 *The Ancient Mariner*, 크리스타벨 *Christabel*, 쿠블라 칸 *Kubla Khan*, 문학평전 *Biographia Literaria*, 셰익스피어 평론 *Writings on Shakespeare*

잠시 자기 자신의 존대함을 망각하는 순간에 워즈워스는 콜리지를 가리켜 그가 아는 "가장 훌륭한 사람"이라고 치켜세웠다. 셸리는 그를 "눈을 깜빡이는 부엉이들 사이의 검은 독수리"라고 말했다. 그의 친구이며 수필가인 찰스 램은 "약간 손상된 대천사"라고 하면서 "영원을 추구하는 사람"이라고 논평했다. 학자 조지 세인츠베리는 문학평론가로서 콜리지가 아리스토텔레스[13], 롱기누스와 어깨를 나란히 한다고 말했다. 밀[72]은 이런 논평을 했다. "그와 비교되며 판단 받을 만한 사상가들의 클래스가 아직 나타나지 않았다." 많은 문학 연구가들은 1세기 전에 나온 이런 논평이 아직도 유효하다고 생각한다. 콜리지에 대한 이런 판단은 좀 더 찾아보면 수십 건에 이를 것이다.

이러한 판단은 영문학 사상 가장 위대한 미완未完의 천재에게 바쳐진 헌사이다. 사실 콜리지의 명성과 영향력은 그의 작품보다 더 크고 넓다. 그 정신의 깊이는 챌린저 해구(수심 8200미터의 해구)이고, 그 넓이는 태평양이었다. 하지만 콜리지는 자신의 정신을 잘 단속하지 못했다. 『문학 평전』이라는 저작이 있기는 하지만, 그는 완성된 산문 걸작을 써내지 못했다. 워즈워스와 마찬가지로, 그의 시는 상당 부분 헛소리에 가깝다. 그에게 시인의 이름을 안겨준 세 편(「노수부의 노래」, 「크리스타벨」, 「쿠블라 칸」) 중에 맨 앞의 것만이 완성된 걸작이다. 역사상 가장 뛰어난 셰익스피어 평론가로 지목되기도 하지만, 콜리지는 방대한 양의 에세이, 강의, 노트, 대화록에 질서를 부여하지 못했다.

그는 불규칙한 생활로 일관했기 때문에 상식에서 벗어난 행동을 많이 했다. 천재의 정신을 가진 사람들 중에는 정상적인 일상

생활이 불가능하거나 어려운 사례가 종종 있는데 콜리지가 그런 경우였다. 그는 결혼생활을 잘 해나갈 재목이 되지 못했고, 아버지 노릇은 더 더욱 못할 사람이었으며, 자신의 생계와 숙식도 제대로 해결하지 못하는 인간이었다. 그는 군인, 설교자, 잡지 저널리스트, 강사, 몰타 총독 아래서 외교관 등으로 일했으나 무엇 하나 진득하게 해내는 게 없었다. 만년에는 자신의 아까운 창작 에너지를 끊임없는 독백 속에서도 낭비하고 말았다.("대화의 자극은 내 정신을 괴롭히는 공포를 잠시 중단시킨다.") 신경통과 기타 질병과 우울증에 시달리면서 아편 팅크를 상복했고 그리하여 중독이 되었다. 생애 끝자락 18년 동안은 아내와 별거한 상태로 절친한 친구인 제임스 길맨의 의학적 보호 아래 살았다.

그가 꿈속에서 지었던 시, 「쿠블라 칸」을 잠에서 깨어나 베껴 쓰는 동안, "폴락에서 온 손님" 때문에 그 시의 베끼기를 중단해야 되었다고 말했는데(현대의 학자들은 이 말을 믿지 않는다), 폴락에서 온 손님은 실은 그의 정신적 장애의 상징인 것이다. 그는 자신이 하던 일을 중간에서 그만두는 일이 많았다. 그의 정신은 너무나 활발하고 연상 작용이 뛰어나서 그 어떤 프로젝트도 완결하지 못했다. 그의 한 평생은 비유적으로 말해 보자면 정제되지 못하여 산만한, 그리하여 이해하기가 까다로운 노트 더미였다. 당연히 그 노트들은 신비스러울 수밖에 없었다.

워즈워스와의 친교는 『서정시집』이라는 유익한 결과를 낳았고 콜리지는 이 시집에 단 하나의 걸작 「노수부의 노래」를 실었다. 미완성의 「쿠블라 칸」과 「크리스타벨」, 그리고 「노수부의 노래」

를 가지고 그는 "시적 진실의 순간을 얻기 위하여 불신을 잠시 자발적으로 정지하게 하는 행위"를 성공시켰고 그 결과 낭만주의의 흐름에 물꼬를 텄다. 하지만 이 걸작들의 마법적이고 기이한 분위기를 그는 두 번 다시 살려내지 못했다.

콜리지의 특징은 동화(위의 세 편의 시들은 어린이용은 아니나 동화문학에 속한다)를 써내는 능력 이외에 놀라운 추론의 능력을 소유했다는 것이다. 그는 형이상학, 정치학, 신학에 대해서도 글을 썼다. 그의 사상을 하나의 체계로 정립하지는 못했으나, 가장 독창적인 재주를 가진 심리학자이기도 했다. 그리고 낭만파의 대표적 평론가로서 그를 따라올 사람은 없다.

콜리지를 생각하면 자연스럽게 에드거 앨런 포를 연상하게 된다. 두 사람은 실용적인 생활을 영위하지 못했다. 콜리지와 포는 몽환과 추론의 분야에서는 뛰어난 정신적 능력을 가지고 있었다. 두 사람의 공통점은 여기서 끝난다. 포의 박식함이 산발적인 것이라면, 콜리지는 광대무변한 지식을 가지고 있었다.("나는 모든 것을 읽었다.") 포의 정신은 날카로운 반면, 콜리지의 정신은 우울하고, 예리하고, 광대무변한 통일성을 지향했다. 포가 흥미로운 소규모 실패작이라면, 콜리지는 매혹적인 대규모 실패작이다. 하지만 콜리지는 실패작이면서도 너무나 매력적이어서 그의 친구 워즈워스보다 훨씬 우뚝한 작가이다. 워즈워스는 아예 시작하지 말았어야 할 작품을 고집스레 밀어붙여 완성시키고 계관시인에까지 올랐으나, 이 대규모 실패작은 평소의 기인답게 가난 속에서 죽었다. **C.F.**

66

제인 오스틴 ^{Jane Austen}

1775 – 1817

오만과 편견^{Pride and Prejudice}, 엠마^{Emma}

제인 오스틴은 버지니아 울프[111]가 말한 대로 "여성들 중에서 가장 완벽한 예술가"이다. 누구나 이 말에 동의하고 또 부분적으로 사실이기도 하다. 하지만 오늘날 우리는 버지니아 울프의 선의에서 나온 논평에 의문을 제기할 수도 있다. 그러니까 "여성들 중에서 가장"이라는 제한 구절은 빼 버리고 그냥 "완벽한 예술가"라고 말해도 무방하다. 대체로 일부 남자 비평가들은 그녀가 소규모 가정 코미디 분야에서 뛰어난 여성적 천재라고 인정하면서도, 나폴레옹 전쟁 시대를 살았으면서도 그런 역사적 배경을 전혀 언급하지 않는 단점을 지적한다. 하지만 장기적인 관점에서 보자면, 역사적 사건들을 아주 꼼꼼하게 관찰하는 것보다는 영원한 인간 희극을 심오하게 통찰하는 것이 더 가치 있다. 대부분의 선남선녀들은 이러한 견해에 동의하리라 본다.

제인 오스틴은 시골 목사의 딸로 태어났다. 그녀의 집안은 형제가 많은 대가족이었다. 그녀의 집안 사정은 늘 쪼들렸지만, 그녀는 남부 영국의 부유한 지주 계급의 사람들을 많이 알고 있었고, 그래서 그 계급의 특징과 세속적 관심사가 그녀의 소설에 많이 반영되어 있다. 그녀는 젊은 시절 연애에 실패하고 그 후 결혼을 하지 않았다. 짧은 생애 동안 가족과 함께 살면서 번잡한 가정생활 속에서 소설을 썼다. 수년 동안 자기 집필실조차 없는 상황에서도 소설 쓰기를 계속했다. 그녀의 사교 생활은 유쾌하고 적극적이었으나 향반鄕班 계급에 국한되어 있었다. 그녀의 천재는 정말로 놀라운 현상이지만, 그보다 더 놀라운 것은 인간의 생활을 폭넓게 관찰할 수 없었던 그녀가 어떻게 인간의 생활에 대하여 그토록 많이 알고 있느냐 하는 것이다. 하지만 위대한 예술가는, 헨리 제임스[96]가 지적했듯이, 약간의 암시와 여건만 주어지면 그것을 가지고 상상력을 발휘하는 것이다.

제인 오스틴의 특징 중 많은 현대 소설가들에게 결핍된 특징은 이런 것이다. 그녀는 자기 자신의 마음을 잘 알았다. 그녀의 장편소설은 가령 토머스 울프의 소설처럼 자기 발견이나 자기 교육을 지향하는 실험 소설이 아니다. 그녀는 자신의 관심사를 명확하게 알고 있었다. 소설 속의 주인공 엠마는 그것을 이렇게 설명했다. "개인 생활의 행복이 걸려 있는 아주 사소한 일들." 그녀는 자신이 묘사하는 특별한 작은 세계의 회전축이 고상한 사상, 강렬한 야망, 비극적 절망 등이 아니라 금전, 결혼(사랑 때문에 복잡하게 꼬이기도 하지만 늘 그런 것은 아니다), 사회적 계급의 유지 등이라는 것을 잘 알았다. 그녀는 이런 평범한 사람들의 활동을 하나의 코미디로 관찰하고 있다. 마치 대가족의 동정을 잘 살펴보는 똑똑하고, 눈 밝고, 의견 표명 잘하는 나이든 고모처럼 말이다. 제인 오스틴은 18세기 방식으로 합리적이고, 이성적이며, 냉소적이고, 유머러스하다. 그녀는 철학자는 물론이고 시인도 별로 높이 평가했을 것 같지 않다.

제한된 주제를 다루고 있음에도 제인 오스틴이 고득점을 올리는 이유는 이런 것들 때문이다. 적재적소에 이야기를 끌어들이는 기술, 이야기의 우아한 구조, 재치가 쉴 새 없이 터져 나오는 절묘한 경구警句 등. 그녀는 열정이 별로 없고, 신비는 더욱 없으며, 그녀가 잘 알고 있는 코미디의 정반대 편에 놓인 비극으로부터는 슬쩍 얼굴을 돌려 버린다. 그녀는 독자의 영혼을 뒤흔들기보다는 독자를 즐겁게 하기 위해 태어났다.

그녀의 최고 걸작에 대해서는 의견이 일치되지 않는다. 『오만과 편견』이 가장 많은 독자를 확보하고 있다. 하지만 내가 보기에 『엠마』가 더 예리하고 즐거운 이야기이다. 그래서 이 두 편을 추천했다. 만약 두 편을 이미 읽었다면 『맨스필드 공원』, 『설득』 혹은 『이성과 감성』을 읽어보기 바란다. 모두 제인 오스틴의 진면목을 보여 주는 걸작이다. 오스틴은 너무 매력적인 작가여서 고전이라는 이름을 붙이기도 쑥스럽다. **C.F.**

67
스탕달Stendhal
1783−1842

적과 흑 *Le Rouge et le Noir*

스탕달은 150개나 되는 그의 필명 중 하나이고 본명은 마리 앙리 베일Marie Henri Beyle이다. 1백 년 전만 해도 스탕달은 유럽의 주요 소설가들 리스트에 끼지 못했을 것이다. 그로부터 50년이 흘러가면서 상황은 바뀌었다. 사후 50년 만에 당당히 프랑스의 주요 소설가 여섯 명 중 한 사람에 끼었다. 오늘날 그에 대한 평가는 더욱 높아졌다. 많은 사람들이 그를 시공을 초월하여 선두를 달리는 소설가로 꼽고 있다. 스탕달은 어떻게 보면 미래에 살았고 그래서 자신의 그런 운명을 예견했다. 그는 이렇게 말했다. "나는 복권을 한 장 뽑았다. 그런데 그 복권의 당첨 번호는 1935⁽년⁾이다."

그 때문에 스탕달의 소설은 대부분 나폴레옹 시대와 나폴레옹 이후의 유럽을 무대로 하고 있지만, 인생에 대한 감각과 그것을 표현하는 방법은 모두 현대적인 것이었다. 그것은 스탕달의 작품에서 확인된다. 물론 약간의 제한을 두어야 한다. 그의 플롯은 약간 오페라 같은 분위기를 풍긴다. 그의 대화는 오늘날의 사실주의 작가들이 구사하는 대화에 비해 좀 뻣뻣한 느낌을 준다. 게다가 그의 걸작 『적과 흑』의 빨강과 검정은 더 이상 통용되는 개념이 아니다. 스탕달 당시에 빨강은 나폴레옹 군대의 제복을 상징했고, 검정은 사제의 복장을 의미했다. 주인공 쥘리앵 소렐은 검은 옷을 입었다. 소렐의 당시에, 가난한 집 아들이 출세할 수 있는 길은 교회밖에 없었기 때문이다. 반면에 소렐의 마음과 상상력은 나폴레옹 시대에 속해 있었다. 그는 나폴레옹 시대가 자신의 시대보다 더 영광스럽다고 생각했다. 하지만 쥘리앵이 느끼는 심층적 긴장은 그가 살았던 나폴레옹 이후의 프랑스에만 있었던 게 아니라, 우리 현대인의 의식 속에 깊숙이 뿌리 내린 풍경이기도 하다.

스탕달의 천재는 부분적으로 그의 예견 능력에 있다. 그의 장편 소설들, 특히 『적과 흑』은 다양하게 현대소설의 모티프와 장치들을 예고한다. 이 때문에 그는 소설가들 중의 소설가로 불린다. 『적과 흑』은 시골에서 올라온 젊은이의 주제를 표현한 최초의 고전적 소설이다. 이 주제에 기대어 토머스 울프는 여러 편의 장편소설을 썼고 그 밖의 다른 많은 성장 소설들도 이 주제를 변주했다. 『적과 흑』은 또한 공허한 사회에 대한 여주인공의 불만이라는 주제를 길게 다루고 있다. 싱클레어 루이스의 『메인 스트리트』의 캐럴 케니코트나 귀스타브 플로베르의 보바리 부인[86]은 이 주제의 변주이다. 조지 엘리엇[84]이 지식인의 유형을 묘사하려고 시도했지만, 아주 정밀하게 인물의 유형을 탐구한 것은 『적과 흑』이 최초이다. 우리는 그 외에 다른 20세기 소설의 특징을 스탕달에게서 발견할 수 있다. 가령 심리학을 직관적인 방식보다 체계적인 방식으로 사용한 것, 양가감정兩價感情을 완벽하게 이해한 것, 인물들로부터 초연하게 떨어져 있는 작가의 입장, "국외자"(조잡하고 물질적이고 따분한 사회와 잘 타협하지 못하는 사람)에 대한 그의 깊은 관심 등이 20세기적 특징이다.

독자는 이런 사실들을 『적과 흑』을 읽고 난 후에 느끼게 될 것이다. 이 소설을 읽는 동안에는 흥미로운 러브 스토리에 흠뻑 빠져들게 된다. 그 스토리는 빅토리아 시대의 장편소설들보다 훨씬 더 성인용이다. 독자는 진정한 심리 소설이 제공하는 짜릿한 느낌을 맛보게 될 것이다. 이 책을 읽는 10여 시간 동안 등장인물들의 마음속으로 들어가 그 강렬하고 열정적이고 복잡한 심리 상태를 독자의 이웃들보다 더 잘 알게 된다.

마지막 노트: 많은 훌륭한 평론가들이 『파르므의 수도원』을 『적과 흑』과 같은 수준의 장편소설로 보고 있다. 이 책도 한번 읽어보

도록 하라. **C.F.**

68

오노레 드 발자크 Honoré de Balzac
1799−1850

고리오 영감 *Père Goriot*, 외제니 그랑데 *Eugénie Grandet*, 사촌누이 베트 *La Cousine Bette*

스탕달 [67] (발자크는 스탕달의 진면목을 알아본 최초의 소수 중 하나였다)과는 다르게, 발자크는 오늘날 널리 읽혀야 마땅한데도 잘 읽히지 않는다. 모두들 발자크의 업적을 인정하지만 그게 구체적으로 무엇인지 잘 모른다. 그는 최고의 소설가 중 한 명인가? 그 대답은 분명치 않다. 19세기에는 잘 드러나지 않았던 그의 결점들이 속속 드러나고 있다. 저급한 취미, 거의 탐정소설 같은 멜로드라마의 선호, 변화하고 발전하는 인물을 묘사하는 능력의 부족, 지능의 부족 등이 그런 결점들이다. 또 다른 문제는 이렇다 할 우뚝한 걸작을 쓰지 못했다는 것이다. 나는 발자크의 작품 중 잘 알려진 것 세 편을 추천했으나, 이 작품들이 그를 잘 대변한다고 볼 수 없다. 다른 작품 셋을 추천해도 결과는 마찬가지이다. 발자크를 제대로 이해하려면 그가 써낸 50내지 60편의 장편소설들을 모두 읽어야 한다. 하지만 그러기에 할 일은 너무 많고 인생은 너무 짧다. 다만 힘차고 다양하게 사회를 묘사한 작가라는 점에서는 발자크를 따를 자가 없다.

발자크는 스탕달식의 시골에서 올라온 젊은이였다. 『고리오 영감』의 마지막에는 유명한 장면이 있다. 야심만만한 젊은이 라스티냐크는 파리 시내의 불빛을 내려다보며 소리친다. "이제 우리 사이에서 전투가 벌어졌구나." 발자크 소설에는 많은 라스티냐크가 나온다. 젊은 시절의 발자크는 연필을 잡고서 키 작은 하사(나폴레옹)의 그림 밑에다 이렇게 썼다. "나폴레옹이 칼로도 할 수 없었던 것을 나는 펜으로 정복하겠다."

이런 정복을 늘 염두에 두고서 발자크는 미친 사람처럼 살았고 51세에 과로로 죽었다. 어쩌면 항간에서 들려오는 말처럼 5만 잔의 커피를 마신 탓인지도 모른다. 그는 그런 방면에 별 재주도 없으면서 금융 사업에 뛰어들었다. 그는 어리석기 짝이 없는 연애에다 엄청난 정력을 소진했고 굉장히 많은 빚을 졌다. 그는 20여 년 동안 쓰고, 쓰고, 또 썼다. 하루에 열네 시간에서 열여덟 시간을 일했다. 오로지 학자들만이 그가 얼마나 많은 책을 써냈는지 알고 있는데 총 350권이 넘을 것이다. 그 중 100권 정도가 "인간 코미디"를 구성한다. 그는 자신의 광적인 포괄적 계획에 대하여 이렇게 말했다. "사회의 역사와 비평을 모두 담을 뿐만 아니라 그 사회의 악과 원칙을 모두 탐구하는 그런 방대한 계획을 구상 중이다. 이런 계획에서 나온 내 작품들에 '인간 희극'이라는 명칭을 부여하는 것은 정당하다고 생각한다." 그가 암암리에 비교의 대상으로 삼은 작가는 단테[30]인데, 두 사람은 사실상 닮은 점이 거의 없다.

발자크는 당대의 프랑스 사회에 대하여 거대한 벽화를 완성할 수 있을 정도로 오래 살지 못했다. 『고리오 영감』, 『외제니 그랑데』, 『사촌누이 베트』는 이 미완성 건물에 들어가는 세 개의 벽돌에 지나지 않는다. 첫 번째 작품은 비합리적인 열정을 다룬 것인데, 두 딸에 대한 아버지의 일방적인 사랑을 묘사한다. 이 작품은 코넬리아 없는 리어왕[39]을 다루되 그 무대가 중산층 가정이라는 점만 다르다. 두 번째 작품은 탐욕을 연구한 것이고, 세 번째 작품은 여성의 복수심을 다룬 것이다. 세 작품 모두 발자크 소설의 단골 메뉴인 편집증 환자를 다룬다.

『고리오 영감』은 파리의 세속적 사회를 묘사하고, 나머지 두 작품은 시골의 풍습을 그려내고 있는데, 강력한 힘과 생생한 세부사항이 특징이다. 이 때문에 발자크는 현대 리얼리즘의 아버지라는 칭송을 받는다. 마지막으로 세 작품 모두 발자크의 주요 관심사인 돈 문제에 집중한다. 그는 우리의 시대와 마찬가지로 돈을 벌고, 돈을 잃고, 돈을 사랑하는 시대에 살았다. 그 시대의 가장 큰 죄악은 배신이 아니라 파산이었다. 발자크 이전의 작가들 중에서 발자크처럼 돈의 세계를 잘 아는 이가 없었다. 그리하여 그는 현대 경제경영 소설의 아버지로 불리고 있다.

이 정도만 해도 상당한 재능이 아닐 수 없다. 거기에다 독특한 인물들의 악마 같은 힘을 추가해야 한다. 마담 마르네프, 그랑데, 곱세크, 고리오, 세자르 비로토 등은 입체적인 인물은 아닐지 몰라도 견고한 인물들이다. 발자크의 엄청난 작품 수, 확고한 현실 파악, 객관적이고 생생한 세부 사항 등을 감안할 때 이 결점 많은 거인에게 경의를 표시하지 않을 수 없다. **C.F.**

69

랠프 월도 에머슨 Ralph Waldo Emerson
1803—1882

작품 선집 Selected Works

20세기에 들어와 소로의 영향력은 점점 커져 가는 동안, 그의 친구인 에머슨의 영향력은 감소하고 있다. 객관적인 사실을 더 대담하고 더 확실하게 파악한 소로[80]는 이제 기다란 그림자를 던진다. 에머슨의 특징은 다음 셋으로 구분해 볼 수 있다. 첫째, 그는 허풍과 반복에도 불구하고 19세기의 핵심적 미국 사상가들 중 한 사람이었다. 둘째, 영구히 미국적인 것으로 굳어진 태도를 형성한 사람이다. 셋째, 작가로서 좋은 글을 쓸 때에는 힘과 재치와 생기와 신선함이 넘치는 사람이었다. 특히 그는 영어 경구警句의 대가였다. 이런 특징 때문에 우리는 그의 글을 읽는다. 하지만 그의 글을 너무 많이 읽는 것은 조심해야 한다. 때때로 그는 독창적 아이디어가 아니라 번드레한 말만 늘어놓고, 또 자신이 다루는 방대한 자료들을 잘 조직하거나 압축하지 못한다.

에머슨은 콘코드 초월주의 학파의 지도자로서 기이할 정도로 잡다하고 뒤범벅된 사상을 가르쳤다. 하버드 대학을 졸업하고 교사가 되었다가 이어 목사가 되었다. 하지만 성직에 "별 흥미를 느끼지 못하자" 목사직을 그만두었다. 그래도 교사와 목사의 역할을 완전히 그만두지는 못했다. 그리하여 일종의 성직 없는 목사가 되어 신학이나 하느님이라는 구체적 아이디어를 동원하지 않고서도 사람들에게 정신적 안정을 제공했다. 순회 강사 겸 비 체계적

현자로서, 에머슨은 그 어떤 목사보다 불안하고 혼탁한 당대의 도덕적 분위기를 더 많이 정화했다.

에머슨은 낙관적, 이상주의적, 민주적, 외향적, 개인주의적 등 미국 국민성의 여러 요소들을 대변한 최초의 인물이었다. 그는 우리가 자랑스럽게 여기는 자급자족을 가르쳤다. 『미국의 학자』에서 에머슨이 편 주장에 대하여 올리버 웬델 홈스는 "정신적 독립 선언"이라고 논평했다. 이 논평은 그 후 많은 미국 사람들이 반복해 왔다. 에머슨은 미국인의 관점이 새롭고 신선하다고 말했다. 그는 미국인들에게 "우주와의 독창적 관계를 즐기라"고 권유했다. 그는 "개인의 무한성", 개인 정신의 성실성을 주장했고 아주 최근까지만 해도 미국인은 이 주장을 즐겨 받아들이고 또 자랑했다.

에머슨은 우주(세상)가 선량하다고 믿었다. 대부분의 미국인들도 그렇게 생각하지만 에머슨이 내세운 이유들을 백 퍼센트 지지하기 때문에 그런 것은 아니다. 하지만 의지, 영감, 열려진 미래를 강조하는 에머슨의 사상은 언제나 미국인에게 호소했다. 때때로 우리는 그의 긍정적인 철학을 세속화시켰다. 랠프 월도 에머슨에서 빌리 그레이엄에 이르는 길은 그리 멀지 않다.

나는 독자들에게 『자연론』(1836)이라는 짧은 책을 읽기를 권한다. 이 책에는 에머슨의 철학이 대부분 담겨 있다. 『미국의 학자』 중에서는 「역사」와 「자급자족」이라는 논문을, 『대표적 인물』에서는 플라톤[12]과 몽테뉴[37]에 관한 논문을 읽기를 권한다. 소로에 대한 논문도 훌륭하고, 『영국 국민성론』도 읽어볼 만하다. 이 책은 에머슨 당대를 위해 집필된 것이지만 그의 작품들 중에서 가장 지속적인 가치를 지니고 있다. **C.F.**

70
너새니얼 호손 Nathaniel Hawthorne
1804−1864

주홍글자 *The Scarlet Letter*, 단편선집 Selected Tales

위대한 미국 소설 10여 편을 꼽는 리스트에 『주홍글자』는 반드시 들어간다. 하지만 우리는 왜 그런가 하고 의아한 생각을 품게 된다. 이 소설의 무대는 17세기의 청교도적인 뉴잉글랜드이다. 호손이 이 소설을 쓸 당시에도 이미 그 시대는 아득히 먼 시대였다. 오늘날에는 그때보다 더 아득하게 느껴진다. 게다가 호손이 묘사하는 죄악에 대하여 강박적인 죄의식에 사로잡힌 사회가 역사적으로 정확한 것인지도 확실하지 않다. 최근의 연구 성과들은 청교도들이 후손들의 생각보다 훨씬 느긋하고 관용적인 사람들이었음을 밝혀냈다. 마지막으로 헤스터와 딤스데일의 간통과 속죄는 도그마적인 기독교 윤리의 틀 내에서만 강력한 의미를 획득한다. 프로이트 이후의 시대를 살고 있는 우리 보통 사람들은 이 책을 처음 읽으면 이런 반응을 보이게 된다. "도대체 그(호손)는 무엇 때문에 이리도 호들갑이지?"

우리는 이 책에 묘사된 청교도의 윤리는 가볍게 웃어넘길 수 있지만, 이 소설 자체는 가볍게 웃어넘기지 못한다. 이 책은 지금도 우리를 감동시킨다. 하지만 당초 호손에게 명성을 가져다주었던 그 이유 때문이 아니라 다른 이유로 이 소설을 존중한다. 이 책은 간통의 씁쓸한 결과를 다룬 것이 아니다. 지나간 사회의 역사적 그림을 그려내려 한 것도 아니다. 우리가 지금도 이 책을 읽어야 하는 이유는, 이것이 인간의 마음에 대한 아주 심오한 우화寓話이기 때문이다. 그 우화는 호손과 그 시대에 특별한 의미를 가진 상징들로 표현되었다. 그 상징들은 아주 융통성 있는 것이어서 시공을 초월하여 인간의 존재 조건에 호소한다.

호손이 이 어둡고 아름다운 로맨스의 마지막 부분에서 도덕을 강조하는 문장을 한번 보라. "진실해져라! 진실해져라! 진실해져라! 이 세상에 당신의 최선이 아니라 최악을 내보여라. 최악이 아니라면 그 최악을 가져올지도 모르는 어떤 특징을 내보여라!" 교훈적 표현 속에 은폐되어 있기는 하지만, 이것은 억압에 대한 통렬한 고발이다. 우리 자신을 속이지 말고 있는 그대로 바라봄으로써 우리의 영혼을 정화하라는 호소이다. 마찬가지 이유에서, 자신의 감정을 부정하면서 살아가려 했다는 점에서 칠링워스(작중 인물)의 사회적 몰락은 불가피한 일이었다. 사랑과 증오는 그 애증의 대상을 소유하는 일에 너무 열정적으로 혹은 배타적으로 몰두하면, 결국 비슷한 것이 되고 만다고 호손은 주장한다.

우리는 이제 더 이상 이 소설을 간통을 저지른 두 남녀의 징벌 스토리로 읽지 않는다. 우리는 이것을 도덕적 심리학자의 책으로 읽는다. 그 심리학자는 고통 받는 청교도들의 감추어진 죄의식과 고통뿐만 아니라, 우리 현대인의 죄의식과 고통에 대해서도 잘 알고 있다. 우리가 『주홍글자』를 이런 식으로 접근한다면, 낡은 스타일로 표현된 과도한 도덕주의의 책이라는 인상을 불식할 수 있다. 우리는 평론가 마크 반 도렌의 다음과 같은 지적에도 동의할 수 있다. "호손의 영원한 미덕은 아주 진지한 상상력이라고 할 수 있는데, 이것은 그 어떤 문학의 경우에도 진귀한 재능이다."

호손은 자신의 집필실에 대하여 이렇게 말했다. "이곳은 귀신 붙은 방이라고 할 수 있다. 그 속에 들어가면 수천, 수만 가지의 환상이 내게 나타난다." 우리의 일상은 별 변화 없는 따분한 대낮 속에서 지나간다. 하지만 그런 일상 중에서도 우리는 때때로 귀신 붙은 방에 들어서는 경험을 한다. 호손은 이 귀신 붙은 방을 아주 고전적으로 기술한 역사가이다.

『주홍글자』 이외에, 다음과 같은 호손의 알레고리성 단편들을 함께 되풀이하여 읽으면 큰 소득이 있을 것이다. 「젊은 굿맨 브라운」, 「목사의 검은 베일」, 「반점」, 「라파치니의 딸」. **C.F.**

71
알렉시스 드 토크빌 Alexis De Tocqueville
1805-1859

미국의 민주주의 *Democracy in America*

만약 『평생 독서 계획』이 지금으로부터 80년 전 혹은 90년 전에 작성되었더라면 토크빌은 아마도 이 계획에 끼지 못했을 것이다. 1835년에 그의 걸작 『미국의 민주주의』 제1부가 출간된 이래 그는 꾸준히 읽혔고 또 연구되었다. 하지만 그의 진면목이 완전히 드러나는 데에는 1세기가 걸렸다. 그는 미국의 민주주의에 대하여 가장 탁월하게 관찰하고 이론을 제시한 최고의 정치학자 중 한 명이다.

토크빌의 가문은 프랑스 하급 귀족이었다. 그런 출신 성분 때문에 그는 평생 동안 보수주의와 귀족주의의 미덕에 대하여 깊은 애착을 가지고 있었다. 하지만 탁월한 분석 능력의 소유자였기 때문에 민주주의가 미래의 파도라는 것을 알아보았다. 그의 학문은 전통에 뿌리를 두고 있었기 때문에 유익하고, 명석하고, 초연한 자세로 그 파도의 근원과 크기를 측정할 수 있었다.

1831년 5월 11일, 젊은 토크빌은 보몽이라는 훌륭한 친구와 함께 미국 해안에 도착했다. 두 사람의 방문 목적은 미국의 형법 제도를 시찰하고 보고서를 제출하는 것이었다. 그들은 미국과 캐나다에서 7천 마일 거리를 여행했고 1832년 2월 20일 귀국 길에 올랐다. 이 9개월 동안의 여행에서 토크빌은 미국사의 중요한 시기인 잭슨 혁명의 초창기 상황을 둘러보았다. 그 결과물이 1835년과 1840년, 이렇게 두 번에 걸쳐 발표된 『미국의 민주주의』의 제1부와 2부이다. 이 책과 그보다 약간 짧지만 개척자적인 『구체제와 프랑스 혁명』은 토크빌 학문의 핵심을 이룬다. 그는 1839년에서 1848년까지 프랑스 국회의원을 지냈고 나중에는 외무장관으로 잠시 근무하기도 했다.

토크빌은 자유주의적인 귀족주의자, 높은 지성을 갖춘 라파예트라고 보면 될 것 같다. 『미국의 민주주의』는 두 가지 목적을 겨냥한다. 하나는 미국의 민주적(그는 이것을 평등주의와 같은 것으로 보았다) 제도를 기술하고 분석하는 것이었다. 다른 하나는 그 관찰과 분석을 유럽(특히 프랑스) 정치의 사상과 실천에 있어서 하나의 길잡이로 삼으려는 것이었다. 많은 사람들이 아직까지도 이 책이 미국을 분석한 가장 심오하고 현명하고 예견적인 저서라고 평가한다.

물론 그는 엉뚱한 관찰을 하기도 했다. 그의 예견이 모두 성사된 것은 아니었다. 그러나 이 책을 읽는 독자는 그의 동정심, 이해력, 균형감각, 선견지명에 놀라지 않을 수 없다. 게다가 이 책은 뛰어난 구조와 우아한 문제의식을 갖춘 걸작이다. 토크빌 당시에 미국의 근대적 자본주의 구조는 아직 초창기에 지나지 않았지만, 그는 후대의 마르크스[82]보다 훨씬 더 예리하게 그 구조의 장래, 장점, 단점, 가능성을 꿰뚫어 보았다. 이미 150년 전에 토크빌은 "과반수 독재의 가능성"을 우리에게 경고했다. 그는 우리가 현재 살고 있는 대중의 시대를 내다보았다. 하지만 미국의 제도가 정치적, 사회적 순응의 위험을 완화하고 통제할 수 있다고 보았다. 미국 사회의 구조에서, 프랑스나 미국이 앞으로 밟아나가게 될 방향을 읽어냈다.

"새로운 세계를 위해서는 새로운 정치 과학이 필요하다"라는 발언에 그의 근본적 직관이 잘 드러난다. "이런 과학은 미국에서 늘 조화롭게 발달하는 것은 아니고 때때로 어려움을 겪을 것이다"라고 그는 말했다. 그는 자신의 저술 목표를 명확하게 인식했다. "나는 남들과 다른 시각에서 보려고 하기보다는 더 멀리 내다보려고 애썼다. 다른 사람들은 내일의 문제에 집중하지만 나는 먼

훗날 쪽으로 내 생각을 집중시켰다."

우리가 토크빌을 읽으면서 가장 흥미롭게 느끼는 사항은, 그의 예리한 통찰력을 오늘날의 조건에도 적용시킬 수 있다는 것이다. 그는 미국이 아직 농업 사회인데도 불구하고 상업과 공업이 미국에 미칠 강력한 영향력을 예견했다. 그는 미국의 물질주의를 예견했지만 동시에 미국의 이상주의도 살펴보았다. 그는 산업의 결과로 빈부격차가 생겨날 것이라고 예견했다. 그리고 더욱 중요한 사실은, 미국의 잠재력과 위대함을 미리 내다보았다는 것이다. C.F.

72
존 스튜어트 밀 John Stuart Mill
1806 – 1873

자유론 On Liberty, 여성의 종속 The Subjection of Women

밀은 신동神童의 대표적 사례이다. 아주 비정상적인 교육을 받았음에도 불구하고 선량하면서도 유익한 인생을 살았다. 음산하지만 아주 재미있는 『자서전』에는 그의 인생 스토리가 상세하게 기록되어 있다.

밀의 아버지는 제러미 벤담의 추종자였다. 벤담은 공리주의의 대표적 사상가인데, 상상력은 없지만 선량한 의도를 가진 이 사상(공리주의)은 공리와 이성을 강조한다. 하지만 공리주의 사상가들은 이 두 단어를 명확하게 정의하지 않는다. 사회적 행위의 목적은 최대 다수의 사람들에게 최대 행복을 가져다주는 것이라고 가르치는데, 인간들 사이의 기질적, 심리적 차이점은 무시하는 경향을 보인다. 젊은 밀은 이 사상의 그늘에서 성장했는데, 찰스 디킨스[77]는 그의 장편소설 『어려운 시절』에서 그래드그라인드라는 인물을 내세워 이 사상을 조롱했다.

아버지의 논리─공장에서 철저한 교육을 받은 밀은 세 살에 그리스어를 읽을 줄 알았고, 열한 살에 로마 행정의 역사를 공부했다. 열세 살에는 우수하게 영국 대학을 졸업한 사람에 필적할 정도로 교양이 풍부했다. 이런 조기 교육 덕분에, 밀은 통상적인 학교 체제에서 영재들이 10년을 보내야 하는 세월을 면제받았다. 하지만 그 부작용도 있었다. "나는 소년이었던 적이 없다"라고 밀은 말했다. 그의 아버지가 이성을 지나치게 강조한 나머지 밀은 20세에 신경쇠약의 위기를 겪었다. 그는 청년의 유연한 마음과 다양한 독서 덕분에 그 위기를 벗어날 수 있었다. 특히 워즈워스[64]는 그에게 이성이 아닌 감성의 생활이 있음을 가르쳐주었다. 밀의 이런 중요한 체험은 W.H. 오든의 저 유명한 말, "시는 아무런 일도 벌어지게 하지 못한다"가 거짓임을 증명하는 듯하다.

밀은 이런 정신적 위기와 해리엇 테일러 부인의 영향력을 거치면서 아버지로부터 배운 쾌락과 고통의 철학(공리주의)이 나름대로 허점이 있음을 깨달았다. 특히 테일러 부인은 그가 24세이던 1830년에 처음 만났을 때 상인의 아내였는데, 밀은 그녀를 계속 연모하여 상인이 사망한 후인 1851년에 그녀와 결혼했다. 그는 저술가, 국회의원, 사회 개혁가로 활동하면서 공리주의를 더욱 자유롭게 만들고 인간적인 것으로 만드는 데 헌신했다. 그는 다른 "철학적 급진주의자들"과 협력하면서 사회 개혁의 분위기를 조성했고, 그리하여 지난 1백 년 동안 벌어진 많은 개혁 사업의 주춧돌(가령 여성 참정권에서 뉴딜 정책에 이르기까지 다양한 개혁)을 놓았다. 그가 쓴 『여성의 종속』은 인간 자유의 여정에서 하나의 이정표가 되었다.

밀은 자신의 저서 중 『논리학』을 제외하고 『자유론』이 다른 작품들보다 더 오래 살아남을 것이라고 생각했다. 감정이 완전 배제된 영국적 방식으로 집필된 『자유론』은 명석한 설득력과 인도주의적 주장이 돋보이는 걸작이다. 국가에 대한 개인의 자유를 그처럼 열렬하게 호소한 저서는 따로 없을 것이다. 밀은 다양한 기질을 가진 사람들을 양성하는 것이 절대로 필요하다고 강조했다. 또 소수 세력도 보호해야 한다고 주장했다. 그는 사상과 표현의 절대적 자유를 옹호했다. 그는 비순응주의자, 심지어 기괴한 사상의 소유자들도 나와야 한다고 격려했다. 이러한 밀의 사상은 국가가 모든 것을 주도하는 현대에서는 실현의 길이 요원하지만, 그래도 여전히 실현해야 할 가치이다. "인간이 개인적으로나 집단적으로나 다른 인간의 행동과 자유에 간섭할 수 있는 유일한 경우는 자기 보존뿐이다. 그 이외에는 일체 다른 인간의 행동과 자유에 간섭해서는 안 된다."

밀은 19세기 영국 자유주의 사상의 대표적 사례로 읽어볼 만하다. 그의 미국인 형제들로는 소로[80]와 에머슨[69]이 있는데, 밀은 소로 같은 과격한 모험주의가 부족하고 에머슨 같은 웅변이 없다. C.F.

73

찰스 다윈^{Charles Darwin}

1809-1882

비글호의 항해^{The Voyage of the Beagle}, 종의 기원^{The Origin of Species}

비글호의 세계 일주 항해에 동참할 기회가 없었더라면 찰스 다윈
은 시골 목사로서 평생을 지내면서 평범한 설교를 하고, 지질학과
자연사에 대한 아마추어적 열정에 몰두하고 지방 학회에 나가 역
시 평범한 논문을 제출하면서 평생을 보냈을 것이다. 그래도 그의
관찰력과 추론은 뛰어났을 것이다. 그는 비글호를 따라 항해했기
때문에 아르헨티나의 화석, 안데스 산맥의 지질학, 갈라파고스 섬
의 피리새류 등을 관찰했다. 그 결과 그의 천재가 발휘되어 꽃 피
어났고 마침내 열매를 맺었다. 다윈의 탁월한 지성과 비타협적인
정직성은 그를 가기 싫어하는 곳으로 밀어 넣었고, 마침내 역사상
아주 위대한 과학 혁명을 이루어내게 했다.

　찰스 다윈은 안락하고 부유하면서 자식들에게 뛰어난 지성인
되기를 기대하는 가정에서 태어났다. 그는 생계를 위해서 일해야
할 필요는 없었고 그 대신 자신의 지성을 크게 개발하여 사회에
기여하는 훌륭한 인물이 될 것을 요구 받았다. 그의 친할아버지는
시인이면서 자연 철학자인 에라스무스 다윈이었고 그의 외할아버
지 조시아 웨지우드(그의 아내 엠마 웨지우드의 할아버지)는 유명한 도자기
공장을 창업한 부호였다. 두 할아버지는 벤저민 프랭클린, 조지프
프리스틀리 등이 가입한 과학협회의 회원이었다. 청년 찰스 다윈
은 풍뎅이와 암석에 관심이 많았지만 생물학을 전공할 생각은 없

었다. 그는 에든버러 대학과 케임브리지 대학에서 강사 생활을 하다가 특별히 할 일이 없어서 성직에 입문했다. 그는 집안의 영향력 덕분에 안락한 시골 목사직을 맡아서 조용한 한 평생을 보낼 수 있었다.

하지만 1831년 로버트 피츠로이 선장이 운명적으로 그의 앞에 나타났다. 선장은 2년 동안 남아메리카의 해안으로 탐사 여행을 떠날 계획이었는데 길고 지루한 여행 동안 말 상대가 되어 줄 생물학자 청년을 필요로 했다. 그 자리에 다윈이 선택되었고 다윈 또한 부친의 맹렬한 반대에도 불구하고 가겠다고 지원했다. 결국 2년이 아니라 5년을 끈 그 여행은 그의 생애를 바꾸어 놓았다.

그는 열린 마음으로 자연의 경이를 바라다볼 준비가 되어 있었다. 그는 리엘의 『지질학 원론』을 탐독했고 종의 "변이"에 대한 케임브리지의 학술대회에도 적극적으로 참가했다. 그는 화석이 노아의 홍수에서 물려져 내려온 유물 이상의 의미를 가지고 있다는 것을 알았다. 비글호를 타고 항해하는 동안 그는 평생의 습관인 근면한 생활을 유지했다. 배가 육지에 접안할 때마다 다윈은 해안에 내려서 종들을 수집했고, 지층을 관찰했으며, 새로운 자료를 찾아서 말을 타고 내륙으로 들어가 몇 주간을 보내곤 했다. 런던에 있는 그의 조수는 다윈이 톤 단위로 런던에 보내는 뼈, 가죽, 암석, 초본 등을 분류하느라고 아주 바빴다.

이 5년간의 항해는 다윈의 첫 번째 대중적 저서인 『비글호의 항해』에 잘 묘사되어 있다. 이 책은 과학적 보고서와 여행서의 성격을 두루 갖추고 있다. 다윈이 이 중요한 항해에서 느꼈던 열정, 호기심, 생물에 대한 사랑 등이 책갈피에서 잘 느껴진다. 생물의 세계와 여행에 대해서 관심이 있는 사람이라면 누구나 이 책을 재미있게 읽을 수가 있다.

다윈은 1836년 영국으로 돌아와 그 후 해외에 나가지 않았다. 그는 사촌인 엠마와 결혼했고 빅토리아 시대에 누구에게나 벌어질 수 있듯이 사랑하는 자식을 어려서 잃는 비극을 겪었고 켄트에 있는 크고 안락한 집에 정착했다. 그때 이후 혼신의 힘을 다해서 생명의 신비를 밝혀내려고 연구에 몰두했다. 다윈의 일기에 의하면, 그는 이미 1837년 무렵에 자연선택에 의한 진화 이론을 어렴풋이 정립했다. 하지만 여러 번 그 이론을 만지작거리다가 다시 옆으로 밀쳐놓곤 했다. 그는 종종 까닭모를 질병에 걸리기도 했는데 후대의 관점에서 바라볼 때 아마도 스트레스에 의한 심인성 질환이었을 것이다. 그는 자신의 진화 이론이 창조주의 천지창조라는 성경 교리에 정면 도전하는 것임을 잘 알았다. 그는 이 이론이 자신이 좋아하고 존경하는 많은 사람들에게 가져다줄 고통 때문에 고뇌했다. 당장 다윈보다 더 독실한 신앙심의 소유자인 아내 엠마부터 고통스럽게 만들 것이었다. 그는 비글호 항해 때 수집한 종들을 집중적으로 작업하여 조개삿갓류에 대하여 과학적으로 분석한 책을 발표했다. 또 개 사육자, 말 훈련사, 비둘기 사육자들과도 널리 사귀었다.(사육자들은 다윈처럼 귀족 인사들이 잘 어울리지 않는 천한 사람들이었다.) 하지만 다윈은 인위적인 교배를 실시하는 가금류의 사육자들로부터 자연선택에 관한 단서를 얻으려고 애썼다.

결국에는 예기치 않은 외부적 사건이 그의 행동을 재촉했다.

1858년 그는 앨프레드 러셀 월리스로부터 자연선택에 의한 진화 이론을 요약적으로 설명하는 논문을 받았다. 월리스는 동인도제도에 사는 생물학자였는데 박물관에 전시하는 종들을 수집하는 직업을 가지고 있었다. 월리스가 내놓은 이론은 다윈이 지난 20년 동안 고민해온 바로 그 이론이었다. 다윈은 월리스에게 편지를 보내 린네 학회에 공동으로 논문을 발표하자고 제안했다. 월리스는 흔쾌하게 동의했다. 이렇게 해서 자연선택에 의한 진화 이론이 공개되어 논의가 불붙었고 그 논쟁은 오늘날까지도 계속되고 있다. 월리스는 다윈처럼 귀족 출신도 아니었고 또 과학적 훈련을 받은 사람이 아니었다. 그의 진화 이론은 심층적인 과학적 탐구에서 나온 것이 아니라 지적인 통찰에 의해서 얻어진 것이었다. 그렇지만 월리스의 공로는 지금보다 더 인정을 받아야 마땅하다. 그가 써낸 과학적 여행기 『말레이 반도』는 다윈의 『비글호의 항해』와 함께 읽어볼 만한 저작이다.

다윈과 월리스가 최초의 논문을 발표한 이후인 1859년에 다윈의 본격적인 이론 설명서인 『자연선택에 의한 종의 기원』이 나왔다. 이 책은 읽기 쉬운 책은 아니나 어려움을 무릅쓰고 끝까지 읽는다면 충분한 보람을 안겨준다. 다윈은 자신의 이론이 완벽한 것은 아님을 잘 알았다. 화석 기록에도 간극이 있었고 진화를 통하여 새로운 종이 탄생하는 현장을 목격한 사람은 아직 없었다.(진화는 무수한 세대에 걸쳐서 일어나는 것이기 때문에 이런 조건을 충족시키는 것은 불가능하다.) 진화적 유전의 메커니즘은 다윈과 동시대인들에게는 완전 신비였다.(유전 원칙의 발견자인 그레고르 멘델은 다윈에게 자신의 실험 결과를 설명하는 논문을 한 편 보냈으나, 다윈은 그 논문을 읽지 않았거나 그 중요성을 평가하지 않은 듯하다.

이름 없는 학술지에 발표된 멘델의 이론은 20세기 초반이 될 때까지 거의 알려지지 않았다.)

그래서 『종의 기원』에서 다윈이 사용한 전략은 객관적 증거를 다량으로 제시하여 반대를 제압하는 것이었다. 또 결정적 증거가 부족할 때에는 유추와 개연성 있는 추측을 들이밀기도 했다. 그의 전략은 정밀한 논리보다 대담한 추론에 더 기대는 것이었다. 다윈은 남들이 전에 다 보았으되 관찰하지 못한 것을 끄집어내는 놀라운 통찰력을 발휘했다. 그리하여 『종의 기원』은 지적인 흥분으로 가득하다.

다윈의 이론은 세상을 놀라게 하지는 못했다. 오히려 종교 단체와 많은 과학자들로부터 즉각적인 반발을 불러일으켰다. 그러나 그 후 천천히 받아들여지기 시작했다. 『종의 기원』이 출간된 이래, 다윈의 진화 이론에 대한 반발은 어떻게 보면 시대착오적인 행동에 지나지 않았다. 한 동안은 그런 반발이 통할지 모르나 결국에는 다윈의 이론이 이겼다. 『종의 기원』을 읽는 것은 진행중인 과학 혁명을 관찰하는 것이며, 훌륭한 과학자 한 사람을 직접 만나는 것이다. J.S.M.

74

니콜라이 바실리예비치 고골 Nikolai Vasilievich Gogol

1809-1852

죽은 혼 *Mërtvye dushi*

이 소설의 제목은 별로 매력적으로 보이지 않는다. 책을 읽어보면 알겠지만, "죽은 혼"은 실제로 죽었으나 세금 대장에는 다음 인구 조사 때까지 여전히 살아 있는 것으로 되어 있는 러시아 농노를 가리킨다. 이 소설은 실제로 읽어보면 제목처럼 음산하지는 않다.

고골이라는 작가도 그리 매력적인 인물은 아니다. 그는 집안으로부터 유산을 별로 물려받지 못했고 불안정한 청년 시절을 보냈다. 법률 공부를 하다가 그만두었고 공무원, 배우, 교사 등의 직업을 전전했으나 성공을 거두지 못했다. 짧은 생애가 끝날 때까지 여자 경험이 없는 숫총각으로 남았고 만년에는 종교적 열광에 사로잡혀 정신이 흐려졌다. 작가로서는 여러 번 성공을 거두었으나 마음속으로는 자신의 소설과 희곡에 대한 사람들의 열광적 반응에 겁을 집어 먹었다. 그는 유럽 전역을 정처 없이 방랑했고 성지 (팔레스타인) 순례를 다녀왔으나 별 소득은 없었다. 죽기 얼마 전 그는 원고들을 불태워 버렸다. 그래서 『죽은 혼』의 1부만 온전하고 2부는 현재 미완성 상태로 전해지는데, 작가의 구상대로 완성되었더라면 2부는 선이 악을 이기고 승리하는 내용이라고 한다. 그는 정신착란 속에서 죽었다.

온전한 정신을 가졌다고 보기 어려운 이 기이한 인물은 러시아어 산문을 확립했고 세계 문학에 속하는 걸작을 러시아에 남겨 주었다. 고골의 가장 유명한 단편소설에 대하여 도스토옙스키[87]는 이렇게 말했다. "우리는 모두 고골의 '외투'에서 나왔다." 마크 트웨인의 『허클베리 핀』[92]에 대해서 헤밍웨이가 한 말[119]과 한 번 비교해 보라. 고골은 자신의 비관습적인 천재를 발휘하여 자신이 활약하기 이전의 러시아 문학의 공허한 형식주의와 경직성을 완전 파괴했다. 마크 트웨인도 미국 문학에서 그와 비슷한 역할을 했다. 고골의 뒤를 이은 러시아 문학의 거장들은 그가 확보해 놓은 자유로부터 엄청난 혜택을 받았다.

나는 『죽은 혼』의 영역판 해설을 쓴 적이 있는데 거기서 이 책이 위대한 코믹 소설이라고 말했다.(많은 평론가들이 이렇게 평가한다.) 그런데 『롤리타』의 작가 나보코프[122]는 나의 그러한 해설을 "아주 웃긴다"라고 논평했다. 고골이 이 소설에서 러시아 봉건제도에 대하여 항의를 제기하고 있다는 나의 다른 논평(역시 많은 평론가들이 이렇게 평가한다)에 대해서도, 나보코프는 반대하는 듯하다. 나보코프는 이 책이 희극적이면서 동시에 악마적인 소설이라고 말했다. 확실히 이 소설은 악몽 같은, 초현실적 분위기를 가지고 있다. 통상적으로 디킨스[77]와 자주 비교되는 고골은 실제로는 에드거 앨런 포[75]와 더 가깝다. 『죽은 혼』이 나보코프뿐만 아니라 나마저도 즐겁게 한 사실이 아마도 나보코프를 화나게 한 듯하다. 하지만 이것은 고골이 다양한 매력을 가지고 있음을 보여 주는 하나의 사례이다.

아무튼 이 책은 아주 흥미롭고 생생하고, 느슨하게 연결된 재미있는 이야기이다. 한 기발한 악당이 19세기 초의 러시아 전역을 돌아다니면서 저지르는 비위를 경쾌하게 포착한다. 하지만 그 웃음에는 우울함이 뒤섞여 있다. 시인 푸시킨은 이 소설의 첫 장을 고골이 낭독한 것을 듣고 나서 이렇게 탄식했다. "아, 우리 러시아는 정말 슬픈 나라야."

나는 러시아어를 모른다. 하지만 이 소설에 대해서는 딱 하나의 좋은 번역본을 권하고 싶다. 버나드 길버트 거니가 번역한 것인데, 원전의 경쾌한 분위기를 잘 살려놓았다. 다른 번역본들은 고골의 원전에서는 찾아볼 수 없는 뻣뻣함이 느껴진다. **C.F.**

75
에드거 앨런 포 Edgar Allan Poe
1809－1849

단편집 Short Stories 과 기타 작품들

포는 가장 위대한 작가 그룹에는 속하지 못하겠지만 가장 불행한 작가 그룹에는 들어간다. 그는 인정받지 못한 천재의 상징이다.

그의 인생은 불운의 연속이었다. 그런 불운들 중 일부는 동시대인들의 이해 부족 때문이었지만, 대부분은 그 자신의 나쁜 배경과 괴이한 성격 탓이었다. 유랑극단 배우의 아들로 태어난 그는 어떤 부유한 상인의 집에서 성장했으나 곧 그 상인과 싸우고 결별했다. 버지니아 대학과 웨스트포인트에서 수학했으나 게으름 때문에 학업을 중단했다. 그는 열세 살 된 사촌과 결혼했으나 아내의 요절은 그를 결정적으로 파멸시켰다. 그가 발간한 시집들은 세인의 주목을 받지 못했다. 그는 유능한 저널리스트였으나 경력을 잘못 관리하여 성공할 뻔한 커리어를 망쳐 버렸다. 그는 절망적이고, 미숙하고, 불완전한 연애에 자주 빠져들었다. 약물, 알코올, 과로, 가난이 인생의 주된 메뉴였다. 우리가 지금껏 만난 작가들 그리고 앞으로 만날 작가들 중에서 그는 가장 비참한 작가였다. 아주 우울했던 조너선 스위프트[52]조차도 한때는 친구들이 있어서 우울증을 어느 정도 억눌렀으나, 포에게는 그런 친구마저도 없었다.

포의 시는 늘 인기가 있었고 프랑스에서는 보들레르가 포를 스승으로 떠받들면서 엄청난 가치를 부여했다. 그의 유명한 시들은 삼십 분이면 다 읽을 수 있다. 그 나머지 작품들은 수준이 떨어지고 허세가 심하다. 하지만 에머슨[69]이 말한 것처럼 "소리만 요란한 사람"은 결코 아니었다.

포의 단편소설, 독백, 몇몇 비평문은 짜증나는 스타일에도 불구하고 나름대로 장점이 있다. 그의 정신은 강력한 것도 균형 잡힌 것도 아니었다. 하지만 포 당대의 무미건조한 문학 사상에 정면으로 도전하는 독창적인 것이었다. 제임스 러셀 로웰의 유명한 평가는 사실에 아주 가깝다. "그는 5분의 3은 천재이고 나머지 5분의 2는 헛소리이다."

포의 문학적 특징은 대여섯 분야에서 개척자 역할을 했다는 것이다. 그의 단편소설, 「모르그 가의 살인」, 「도난당한 편지」, 「황금충」은 탐정소설을 발명했을 뿐만 아니라 그 소설의 모든 가능성을 탐구했다. 비평가 하워드 헤이크래프트는 그가 탐정소설의 완벽한 기초를 놓았다고 말한 다음, 현대 탐정소설의 10대 요소가 포의 단편소설 속에서 모두 발견된다고 지적했다. 또한 포는 공상 과학 소설의 개척자였다. 그의 '순수시' 이론은 19세기 후반의 프랑스 상징주의 운동에 영향을 미쳤고 위대한 현대 시인 윌리엄 버틀러 예이츠[103]에게도 영향을 주었다. 포는 단편소설은 단일한 효과를 지향해야 한다고 말했다. 그의 병적이고 괴기한 단편소설에서 우리는 죽고 싶어 하는 죽음 소망과 분열된 성격(가령 그의 단편 소설 「윌리엄 윌슨」) 등 현대 심리학의 예고편을 많이 발견한다. 포 소설에서 발견되는 절망과 고립의 분위기는 20세기 소설의 분위기와 흡사한 점이 많다. 마지막으로, 여러 결점에도 불구하고 그는 미국 최초의 중요한 문학평론가였다. 그는 자신이 확립한 문학 원칙들에 입각하여 다른 사람들의 작품을 판단했다.

오늘날 많은 비평가들이 미국 문학에서 두 가지 주요한 흐름을 읽어내는데 그 흐름은 서로 뒤섞이기도 한다. 하나의 흐름은 낙관적이고, 실용적이며, 민주적이다. 다른 흐름은 비관적이고, 죄의식에 사로잡히고, 귀족적이며, 마음의 어두운 구석에 몰두한다. 두 번째 흐름의 대표주자가 포이다. 이 때문에 그는 괴기한 낭만적 이야기들을 써낸 작가 이상의 평가를 받고 있다. **C.F.**

76
윌리엄 메이크피스 새커리^{William Makepeace Thackeray}

1811−1863

허영의 시장*Vanity Fair*

새커리는 코가 부러진 거인 같은 남자였다. 키가 193센티미터나 되지만 힘 있는 남자라는 인상은 주지 못했다. 디킨스[77]와는 다르게, 그는 신사 교육을 받았다. 그의 소설들은 디킨스에게서는 찾아보기 어려운 세련미를 갖추고 있으나 생생하고 활기찬 측면에서는 디킨스보다 많이 떨어진다.

1833년 새커리는 2만 파운드에 달하는 유산 전액을 잃어버렸다. 그가 원래 글쓰기를 좋아하기는 했지만 이런 불운이 없었더라면 그는 생계를 벌어들이기 위해 죽을힘을 다해 소설과 에세이를 쓰지는 않았을 것이다. 1840년 그의 아내는 아이를 낳은 다음 정신이상이 되어 결코 회복하지 못했다. 하지만 남편보다 31년을 더 살았다. 이런 가정 내의 비극이 새커리 소설을 전반적으로 우울하게 만들었고 또 여성을 이상화하는 계기가 되었다. 어쩌면 그는 아내의 정신이상에 대하여 죄책감을 느꼈을 것이고 그것을 여성의 이상화라는 메커니즘으로 막아냈을지 모른다.

새커리는 18세기의 우아한 난봉꾼들 사이에서 활동했더라면 행복했을 것이다. 하지만 그는 에밀리 브론테[79B]처럼 자신의 시대를 무시해 버릴 만한 배짱이 없었다. 브론테는 세속에서 벗어나 고립된 삶을 살았기 때문에 그것이 가능했지만, 새커리는 세속에서 살았고 그런 만큼 그의 소설도 세속을 반영한다.

그는 빅토리아 시대의 사람들에게 그들이 원하는 것, 즉 위안과 자극이 적절히 뒤섞인 이야기를 제공했다. 그의 걸작 『허영의 시장』(이 제목은 버니언[48]의 책에서 나왔다)은 세상에서 출세하려고 집착하는 한 여성의 출세, 몰락, 부분적인 회복을 다루고 있다. 그러나 새커리는 그 어떤 순간에서도 그녀의 야욕을 노골적으로 드러내는 법이 없다. 그는 체면을 차리면서 외양을 그럴 듯하게 꾸미는 수법의 대가이다. 더욱이 그는 아주 공을 들여서 약간 어리숙한 아멜리아를 빅토리아 시대의 이상적 여성으로 과장되게 꾸며낸다. 그리고 빅토리아 여왕이 강조한 가정 내의 미덕들을 아주 규칙적으로 칭송한다.

하지만 『허영의 시장』은 동시에 두 마리의 말을 타고 있다. 겉으로는 예의바름과 감상주의의 분위기를 유지하면서도 속으로는 인간의 단점, 자기중심주의, 자기망상, 타협을 노리는 야비한 심성 등을 은근하게 폭로한다. 이 소설을 읽는 독자들은 새커리가 묘사하는 나폴레옹 시대도 그렇지만 현대도 그에 못지않게 허영의 시장이라는 것을 깨닫는다. 어느 시대나 위선적이고 경멸스러운 측면을 가지고 있다. 새커리는 독자의 비판적 지성에 호소하면서도 동시에 독자의 관습적인 편견을 지지한다.

『허영의 시장』에서 이러한 모순이 그의 서술적인 수완 즉 일종의 눈속임에 의해 덮어진다. 그는 자신의 인형들이라고 말한 등장인물들을 아주 우아하고 적절하게 조종하면서 이야기를 풀어나간다. 그의 어조는 격의 없는 대화를 나누는 것처럼 유쾌하다. 그의 아이러니는 부담 없이 받아들일 수 있다. 그는 관대하면서도 세속적인 클럽 회원의 자세를 취한다. 독자는 이 매력적이고 뛰어난 이야기꾼과 자기 자신을 동일시함으로써 깊은 쾌감을 얻는다. 우리의 관습적 편견이 빅토리아 시대와는 다르고, 새커리 소설은 현대 소설처럼 섹스를 노골적으로 다루지 않지만, 그래도 우리는 『허영의 시장』을 읽으면서 즐거움을 느낀다.

우리는 이 책을 통하여 워털루 시대의 유럽과 영국의 상류층 생활을 파노라마처럼 조감할 수 있다. 동시에 잘 통제된 플롯을 즐길 수 있다. 우리는 『허영의 시장』의 완벽한 상징인물인 베키 샤프의 활동을 흥미진진하게 따라갈 수 있다. 베키는 독자를 사로잡는 아름답고 부도덕한 여주인공(가령 『바람과 함께 사라지다』의 스칼렛 오하라)의 원조가 되는 인물이다. 베키 샤프 덕분에 새커리의 걸작은 결코 시들지 않을 것이다. 그녀는 인간성의 모순된 측면을 잘 지적하는 인물이다. 남자는 가능하다면 언제나 선량한 여자와 결혼하려 하지만 속으로는 은밀하게 사악한 여자를 숭배한다. 여자는 남자들의 이런 속성을 잘 알기 때문에, 겉으로는 도덕성을 강조하지만 속으로는 부도덕해야 남자들에게 매력적으로 보인다고 생각한다. 심오한 깊이는 없지만 세속적 지혜는 풍부한 새커리는 이처럼 분열된 인간성을 잘 이해하고 베키 샤프를 통하여 그것을 완벽하게 탐구하고 있다. **C.F.**

77
찰스 디킨스 Charles Dickens
1812-1870

픽윅 페이퍼스 *Pickwick Papers*, 데이비드 코퍼필드 *David Copperfield*, 위대한 유산 *Great Expectations*, 어려운 시절 *Hard Times*, 우리 서로의 친구 *Our Mutual Friend*, 골동품 가게 *The Old Curiosity Shop*, 리틀 도릿 *Little Dorrit*

이 책에서는 한 작가당 평균 영단어 8백 자(한국어 2백 자 원고지 11-12매)가 배정되어 있다. 디킨스에 대한 글을 쓰는 데 있어서 영단어 50자를 가장 효과적으로 사용하는 방법은 다음과 같다. 재주 많은 다저, 패진, 딕 스위블러, 플로라 핀칭, 세이리 갬프, 미스터 미코버, 샘 웰러, 우라이아 히프, 미스터 딕, 벨라 윌퍼, 조 가저리, 미스 해비샘, 펌블 후크, 웸미크, 범블, 팩스니프, 미세스 니클비, 크럼리스 부부, 퀼프, 포드스냅, 투츠, 로사 다틀, 채드밴드, 미스 플라이트, 감시관 버켓, 타이트 바너클스, 마담 드파르주, 비니어링 부부. 디킨스 독자들은 이런 이름들을 듣는 순간 마음속에서 그 인물들이 살아서 움직이는 것을 보게 된다.

디킨스는 톨스토이[88]와 함께 전 세계 많은 사람들로부터 사랑을 받는 장편소설가로 평가된다. 우리 독자 입장에서는 디킨스가 훨씬 읽기 재미있다. 철학자 조지 산타야나는 종교, 과학, 정치, 예술에 대한 디킨스의 초연한 태도를 열거하고 난 다음, "그는 인류가 가지고 있는 가장 훌륭한 친구들 중 하나이다"라고 말했다. 그것은 정확한 논평이다. 디킨스가 그 동안 너무 대중들에게 인기가 높았기 때문에 그의 문학이 본격적으로 평가되기 시작한 것은 근년에 들어오면서부터였다. 이제 도스토옙스키[87]와 거의 동급으로 평가되고 있으며, 열정적이고 혼란스러운 상상력이 러시아 소설가와 닮은 점이 많다고 지적되었다.

독자는 아마도 어린 시절 『데이비드 코퍼필드』와 『두 도시 이야기』를 학교 과제물 때문에 강제로 읽었을 것이다. 하지만 후자는 디킨스 소설 중 가장 질이 떨어지는 작품 중 하나이다. 이제 독자가 어린 시절의 그런 쓰라린 추억을 극복하고 디킨스를 다시 읽으려 할 때 다음 사항을 잘 유념하기를 권한다.

1. 디킨스는 어린이들의 사랑을 많이 받는 작가이기는 하지만 어린이나 유아를 위한 작가가 아니다. 그는 읽기가 아주 쉬운 작가이지만 동시에 아주 진지한 예술가이다. 그가 인생을 폭로하는 방식들 중 하나가 하이 코미디이기는 하지만, 디킨스는 진지한 작가이다. 가령 그는 아주 현대적인 방식으로 상징의 장치를 사용한다. 가령 『우리 서로의 친구』의 쓰레기 더미가 좋은 사례이다.

2. 디킨스 작품 속의 감상주의가 당대의 독자들에게는 큰 의미를 안겨주었을지 모르지만, 오늘날에는 그렇지 못하다. 우리가 그의 기계적인 슬픔에 감동받으려 한다거나 그것을 너무 깊이 생각한다면 디킨스를 전반적으로 파악하는 데 실패하고 만다. 오스카 와일드의 멋진 말을 누구나 기억하고 있다. "리틀 넬(『골동품 가게』에 나오는 여주인공)의 죽음을 읽고서 웃음을 터트리지 않는다면 그 독자는 강심장의 소유자이다."

3. 일부 평론가들이 말하듯이 디킨스의 등장인물들이 "만화"에

불과하다면, 왜 그런 인물들이 우리의 마음에 달라붙어 이토록 감동을 주는 것인가?

4. 디킨스는 열정적이기는 하지만 불행한 사람이었다. 비참한 어린 시절로부터 결코 회복하지 못했다. 그래서 그의 작품에는 방랑자와 부랑아가 많이 나온다. 또 남편과 아버지로서 크게 실패한 사람이었다. 그의 열정, 불행, 죄책감은 그의 장편소설들 속에 은밀하게 반영되어 있다. 그리하여 만년으로 갈수록 그의 책들은 깊이가 더 심오해진다. 『픽윅 페이퍼스』(물론 플리트 감옥 장면은 음울하지만)의 가벼운 분위기와, 『리틀 도릿』의 고통스러운 느낌이나 사망 당시 미완의 유작으로 남긴 『에드윈 드루드의 신비』의 어둡고 우울한 분위기와 한번 비교해 보라. 디킨스가 일종의 문학적 크리스 크링글(산타클로스)이라는 생각 때문에 많은 독자들이 그의 심오한 측면을 보지 못한다.

5. 만약 디킨스가 단지 "대중적인" 소설가라면, 왜 그는 오늘날도 계속 읽히고 있는데, 그와 동시대인으로 디킨스 못지않게 인기 높던 월터 스콧은 지금 읽히지 않는가?

독자들은 학생 시절 셰익스피어와 디킨스를 강제로 공부한 나머지 이 두 작가에 대해서는 넌더리를 낼지 모르나 그런 고정 관념은 빨리 내던지라고 권하고 싶다. 디킨스 문학에는 빅토리아 시대 사람들이 이해하지 못한 심오함이 있다. 우리는 그것을 발견해야 한다. **C.F.**

78
앤서니 트롤럽^{Anthony Trollope}
1815-1882

워든^{The Warden}, 바셋의 마지막 연대기^{The Last Chronicle of Barset}, 유스타스의 다이아몬드^{The Eustace Diamonds}, 우리가 현재 살고 있는 방식^{The Way We Live Now}, 자서전^{Autobiography}

현대의 작가 지망생들이 웨이터나 택시 운전사를 하면서 소설을 쓰듯이, 앤서니 트롤럽도 젊은 시절에는 일과 시간 이외에 글을 써야 했다. 그는 몰락한 중산층 가문에서 태어났고 그의 아버지는 경제적으로 무능했다. 그의 집은 그를 간신히 학교에 보냈으나, 경직된 공립학교 체제에서 편안함을 느낄 정도로 부유하지는 못했다. 학교를 졸업한 후 그는 우체국에서 하급 관리로 근무했다. 직장에서 성실하면서도 진취적인 태도로 근무한 덕분에 아일랜드에 있는 우체국의 상급자 자리로 발령을 받았다. 그는 이때부터 소설을 쓰기 시작했다. 그의 초기 장편소설들—후기의 원숙한 소설들에 비하면 좀 유치해 보이는—은 아일랜드를 무대로 하고 있다. 그는 우체국 내에서 높은 자리에 올라가 일상생활의 편리함을 도모해 주는 장치를 고안하기도 했다. 그는 우편함을 고안해낸 인물이다.(트롤럽 이전에는 편지를 부치려면 우체국까지 가야 했다.)

그는 매일 아침 식사 전에 글을 썼고, 한 시간에 1천 단어(2백자 원고지 15매)라는 놀라운 속도로 집필했다. 『평생 독서 계획』에 들어 있는 작가들 중 발자크[68] 정도가 트롤럽보다 더 빨리 썼을 것이다. 1855년 그는 『워든』을 발표하면서 최초의 상업적 성공을 거두었다. 1859년에는 작가로서 큰 성공을 거두어 우체국 관리를 사임하고 전업작가가 되었다. 작가 생활을 하는 동안 잠시 공직에 입후보하기도 했다. 그는 1882년에 사망했고, 다수의 장편소설들 중마지막 작품이 되는 『스카보로 씨의 가족』은 사후 1년 만에 발간되었다.

아주 안타까운 일이지만, 트롤럽이 대중적 성공을 거두고 또 놀라운 속도로 많이 써냈기 때문에, 생전은 물론이고 사후에도 진지한 논평의 대상이 되지 못했다. 많은 독자들이 즐겨 읽는 무수한작품들을 써낸 작가는 결코 본격적인 작가가 아니라는 것이었다. 그러나 트롤럽의 책은 대부분 절판되지 않았고 지금도 열독하는독자들이 많다. 마침내 지난 20년 동안 비평가들이 트롤럽을 다시평가하기 시작했고, 그에게 합당한 문학적 위치를 부여했다. 트롤럽의 작품을 읽는 것은 땅콩을 먹는 것과 비슷하다. 한번 시작하면 멈출 수가 없다. 하지만 그는 싸구려 대중작가가 아니라 아주진지한 본격 작가이다.

우리는 그의 장편소설 네 편을 추천한다. 일단 이것들을 읽고나면 독자들은 더 많은 작품을 읽고 싶어질 것이다. 『워든』은 바셋이라는 허구의 대성당 마을을 무대로 하는 많은 장편소설들의첫 작품이다. 양로원을 운영하면서 좋은 일과 명예로운 일만 하려는 이상주의적 목사는 강력한 라이벌 목사를 만나서 어려움을 겪는다. 라이벌 목사는 선량한 일을 하기보다는 일의 실적을 내는데 더 관심이 많다. 『바셋의 마지막 연대기』는 제목이 시사하듯이, 바셋 마을과 그 목사와 시골 향반鄕班을 다룬 시리즈의 마지막 작품이다. 『유스타스의 다이아몬드』는 귀족 출신의 정치가인 플란타제네트 팰리서(후일의 옴니엄 경)와 그의 똑똑하고 야심 많은 아내의 생애를 추적한 작품이다. 돈이 인간관계에 미치는 영향을 아주 예리하게 분석한 소설이다. 작가 60세 때의 작품인『우리가 현재 살고 있는 방식』은 어둡고 냉소적인 소설이다. 트롤럽 소설에서 가장 대표적인 악당인 멜모트는 음모를 잘 꾸미는 금융가이다. 한 무리의 사람들이 어리석게도 멜모트의 금융 사기와 결혼 사기극에 빠져든다. 이 소설은 아주 뛰어난 사회 풍자의 작품이다. 마지막으로『자서전』은 그 자신의 파란만장한 생애를 기술한 것이다. 그가 소설 속 인물들에게 적용한 날카로운 심리적 통찰을 자기 자신에게 그대로 적용한다.

나의 개인적 습관을 하나 말하고자 한다. 나는 트롤럽 소설을 읽기 좋아한다. 특히 여행을 할 때 그의 소설을 읽으면 아주 좋다. 펭귄 문고판은 다소 두껍기는 하지만 콤팩트하여 읽기가 좋다. 특히 먼 곳으로 가기 위해 비행기를 여러 번 갈아타야 할 경우, 트롤럽 소설을 읽으면 언제 시간이 갔는지 모른다. 그는 훌륭한 길동무이다. J.S.M.

79
브론테 자매 The Brontë Sisters

세 명의 브론테 자매와 그들의 오빠 브랜웰(비트 세대의 선구자 같은 인물)

은 그들의 짧은 생애를 대부분 요크셔의 노스 라이딩에 있는 호스 목사관에서 보냈다. 그들의 아버지가 목사였기 때문이다. 그들은 오락 삼아 공상을 많이 했고 또 인근에 사는 난폭한 농민들의 생활에 대하여 서로 얘기를 주고받았다. 세 자매가 써낸 소설들은 대체로 환상적인 내용을 담고 있으며 우리가 필딩[55]에게서 발견하는 실제 생활에 대한 객관적 인식은 찾아보기가 어렵다. 어린 시절에 브론테 자매는 아주 복잡한 그들만의 상상적 왕국을 창조했다. 그들은 여러 해에 걸쳐서 이 환상적 왕국의 역사와 등장인물을 기록했고, 다른 아이들이 장난감을 가지고 놀 때 그들의 문학적 환상을 가지고 놀았다.

샬럿 브론테는 39세 생일을 맞이하기 직전에 죽었다. 에밀리는 서른 살에 결핵으로 죽었다. 앤은 스물 여덟에 죽으면서 장편소설 『애그니스 그레이』와 『와일드펠 홀의 세입자』두 편을 남겼는데, 이 작품들은 언니들의 것에 비하면 질이 많이 떨어진다. 브론테 자매들이 아주 궁벽한 곳에서 짧은 생애를 살았는데도 불구하고, 문학적 상상력을 최대한 발휘하여 이처럼 훌륭한 소설을 써냈다는 게 경이롭기만 하다. 게다가 그 중 두 편의 소설은 오늘날까지도 그 위력을 발휘하고 있다.

79ᴬ
샬럿 브론테 Charlotte Brontë
1816—1855

제인 에어 *Jane Eyre*

한 숙녀가 새뮤얼 존슨[59]에게 왜 그가 편찬한 영어 사전에서 말의 pastern(말의 발굽과 뒷발톱 사이의 뼈)이라는 단어를 knee(무릎)이라고 정의했느냐고 물었다. 존슨이 대답했다. "마담, 순전히 저의 무식 탓이었지요." 이 책의 초판본에서 내가 왜 『제인 에어』를 제외했느냐고? 그건 순전히 나의 부주의 때문이었다. 나의 10대 시절 독서 경험으로부터, 『제인 에어』가 재미있지만 낡은 로맨스 소설이고 여성 취향이라는 생각을 가지고 있었다. 그래서 최근까지 이 책을 다시 읽지 않았는데, 이제 재독을 하고나서 비로소 어린 시절의 협량한 판단을 수정할 수 있게 되었다.

내가 가지고 있는 책의 날개에는 이런 문장이 들어 있다. "『제인 에어』는 세계 문학을 통틀어 가장 훌륭한 러브 스토리의 하나이다." 이 문장은 일반 독자에게 가장 중요한 사항을 잘 말해 준다. 이 책은 열정을 주제로 하고 있다. 그 열정은 너무나 팽팽하고 뜨거워서 그 뻣뻣하면서 무거운 문장을 뚫고 나올 정도이다. 이 소설에서 문체는 감동의 느낌을 억누르지 못한다. 『제인 에어』는 오페라로 만들어도 훌륭할 것이다. 이 책이 열두세 살의 소녀들이 읽기에 딱 좋다는 사실도 이 책의 가치를 훼손하지는 못한다. 오늘날 우리의 비관적인 문화가 십대의 낭만주의를 많이 억누르고 있지만 그래도 그것을 완전히 없애 버리거나 근본적으로 바꾸어 놓지는 못한다. 사정이 이렇기 때문에 『제인 에어』는 지금까지 계속 읽히고 있는 것이다.

하지만 『제인 에어』는 사랑에 관한 스토리라기보다 사랑 받고자 하는 제인의 절실한 요구를 잘 그려낸 소설이다. 로체스터에 대해서도 같은 얘기를 할 수 있다. 전혀 낭만적이지 않은 현대 소설도 이와 똑같은 주제를 활용한다는 것은 기이한 일이다. 저자 샬럿 브론테가 서른 살이 되어가면서 그녀 자신이 느꼈던 사랑받지 못하는 데 대한 억압감을 소설적 형태로 표현했다고 볼 수 있다.

『제인 에어』는 미운 오리새끼 같은, 일종의 성장소설이다. 브론테 자매의 경우, 그 성장은 대부분 그들의 상상력 속에서 이루어졌다. 소설 속에서 제인은 로체스터가 나타나기 전에 손필드 홀의 3층 복도를 걸어내려 가면서, 더 큰 인생, 더 멋진 이야기의 비전을 보았다. "결코 끝나는 법이 없는 이야기, 나의 상상력이 창조해낸, 지속적으로 전개되는 이야기, 내가 그토록 소망했으나 실제에서는 존재하지 않는 이야기." 이렇게 말하는 샬롯은 자기 자신과 여동생들에 대해서 말하고 있는 것이다.

그 때문에 이 낡아 보이는 이야기가 아주 현대적으로 보인다. 가령 샬럿은 희미하게 암시하는 데 그치지만, 로체스터 부인은 놀라운 색정광色情狂의 모습으로 제시된다. 마찬가지로 세인트 존 리버스는 우울증 환자라 할 수 있다. 비록 샬럿 브론테가 그런 식으로 묘사하지는 않지만 말이다. 샬럿이 다락방 속의 미친 여자를 내세워 독자들의 관심을 끄는 수법은 오늘날 스티븐 킹이 괴기한 인물을 내세워 독자를 매혹시키는 수법과 유사하다.

이 소설이 고전 리스트에서 사라지지 않을 또 다른 이유는 그 속에 등장하는 바이런적 영웅 때문이다. 그 영웅이 "나이 든 남자"이고 게다가 고쳐야 할 약점이 있다는 점에서 더욱 매력적이다. 로체스터는 복잡한 성격의 소유자이다. 자기 자신을 조롱하는가 하면 남들도 조롱하고 그런 만큼 아이러니에 의탁하여 인생을 살아나간다. 이것이 그의 비참함을 만들어내는 이유이지만 그는 자신의 영혼을 좀 먹는 자아를 극복하고자 한다. 로체스터는 불안의 시대인 현대의 작가들 가령 노먼 메일러나 필립 로스가 창조해낸 인물이라고 해도 별 무리가 없다.

『제인 에어』는 최초의 페미니스트 소설 중 하나이다. 비록 간접적인 방식을 취하고 있지만, "여성은 푸딩을 잘 만들고, 스타킹을 잘 짜고, 피아노를 잘 치고, 가방에 자수를 잘 놓으면 된다"는 19세기식 여성관에 대하여 항의를 제기한다. 이 책은 또한 권위에 저항하는 소설의 선구자이다.

다소 낡은 스타일(문체)에 대해 말해 보자면, 이야기가 너무나 매력적이기 때문에 낡은 어휘들은 문제가 되지 않는다고 본다. 우리는 자신의 이야기를 확실하게 믿는 샬럿 브론테의 열정에 감동된다. 또 그녀의 지성이 너무나 빛나기 때문에 낡은 표현이나 멜로드라마 같은 행동들도 다 잊어버리게 된다.

나는 최근에 다음과 같은 오스카 와일드의 명언을 발견했다. "여성들은 불완전한 교육을 받았기 때문에, 우리가 여성들로부터 기대해 볼 수 있는 유일한 작품은 천재의 작품뿐이다." 이 말에는 나름대로 일리가 있다. 여성들이 마침내 승리를 거둔다면(그렇게 될 것으로 보지만), 여성들은 대부분의 남성 작가들처럼 평범한 작품밖에 는 내놓지 못할 것이다. 그러나 『제인 에어』의 열정적인 절규는 『평생 독서 계획』의 한 자리를 차지할 자격이 충분하다.

79^B
에밀리 브론테_{Emily Brontë}
1818－1848

워더링 하이츠 *Wuthering Heights*

제인 오스틴[66]과 마찬가지로, 에밀리 브론테도 목사의 딸이었다. 하지만 두 작가의 유사점은 거기서 끝난다. 제인 오스틴의 세계에 서 브론테의 세계로 넘어가면 아주 혼란스럽다. 두 사람은 동일한 세계에 속해 있지 않다. 그들은 같은 성性에 속한 것 같지도 않다. 제인은 완벽하게 통제된 가정 코미디의 대가이다. 브론테는 전혀 순치되지 않은 난폭한 비극의 창조주이다. 제인에게는 열정이 없 지만 브론테는 열정을 빼고 나면 아무것도 없다. 제인 오스틴은 아주 세련된 소규모의 세계를 완벽하게 알고 있었고 칼날처럼 날 카로운 관찰력과 철저한 지성으로 장편소설을 엮어 나갔다. 에밀 리 브론테는 요크서 황무지와 그녀 자신의 가족은 잘 알았지만 그 외의 것은 잘 몰랐다. 우리는 도대체 그녀의 유일한 장편소설이 어느 배경에서 나왔는지 의아해진다.

여러 측면에서 『워더링 하이츠』는 황당한 책이다. 브론테 자매 의 유년 시절에 그들을 사로잡았던 백일몽의 분위기가 그대로 남아 있다. 하지만 그 백일몽은 악몽이 되었다. 캐서린 언쇼에 대한 열정을 가로막는 모든 장애물에 대하여 히스클리프가 처절하게 복수하는 행위는 순전히 멜로드라마이다. 액자소설(소설 속의 소설)이라는 이야기 방식도 혼란스럽다. 등장인물들은 일상생활의 언어와는 다른 말을 사용한다. 그나마 히스클리프와 캐서린을 제외하고 나머지 인물들은 건성으로 묘사되어 있다.

하지만 독자들은 이 작품을 읽고 감동을 받는다. 교묘한 예술 작품으로 보는 것이 아니라, 독자의 꿈을 사로잡는 마법적 작품으로 보는 것이다. 이 소설의 첫 번째 특징은 강렬함이다. 낡은 플롯 장치에도 불구하고 우리는 이 강렬함에 빠져들고 그렇지 않을 경우라도 그 강렬함에 불안감을 느낀다.

에밀리 브론테는 독창적이다. 그녀는 몇몇 낭만파 시인들의 시를 읽고 또 당대에 나온 고딕소설들을 읽기는 했지만『워더링 하이츠』는 그런 작품들에 빚진 바 없다. 그녀는 이 작품을 쓰던 당시 오빠 브랜웰의 괴이한 연애 사건으로부터 약간의 영감을 받았을 수는 있다. 하지만 이 괴상한 작품의 근원을 추적한다는 것은 불가능하다. 그것은 부글부글 끓는 용암 같은 경이로운 상상력으로부터 불쑥 솟아나왔다. 이 작품은 선배도 없고 후배도 없는 독창적 소설이다. C.F.

80

헨리 데이비드 소로 Henry David Thoreau

1817－1862

월든 *Walden* , 시민 불복종 *Civil Disobedience*

소로는 살아생전에는 자기 자신을 상대로 무수히 많은 독백을 했다. 그러나 사후에는 수백만 명의 사람들을 상대로 말하고 있다. 어쩌면 수억 명의 사람들을 상대로 호소한다고 보아야 할 것이다. 간디(그리고 간디로부터 영향을 받은 마르틴 루터 킹)의 비폭력주의와 한때 영국 노동당의 강령은 소로의 사상으로부터 크게 영향을 받았기 때문이다. 그가 죽은 지 1백 년 이상이 지난 지금 『월든』과 『시민 불복종』은 19세기뿐만 아니라 20세기의 가장 영향력 있는 책들 중 하나가 되었다. 이 책은 현대의 기술 사회에 도전하면서 전보다 더 우리에게 직접적으로 호소한다. 『월든』과 『허클베리 핀』[92]은 미국 문학에서 가장 핵심적인 두 편의 책이라고 할 수 있다. 또한 소로의 문장은 재치에 넘치고 원기왕성하다. 그래서 『월든』 이외에 가능한 한 그의 논문들을 많이 읽으라고 권하고 싶다.

소로는 돈 버는 일에는 관심이 없었다. 청년 시절부터 그는 사회가 요구하는 일보다는 그 자신이 하고 싶은 일을 하겠다고 결심했다. 생애 여러 단계에서 그는 학교 교사, 측량사, 연필 제조공, 정원사, 막노동 등으로 최소한의 생계비를 벌어들였다. 그는 자발적으로 홍수와 폭설의 감시관을 맡고 나서기도 했다. 늘 부지런한 그는 끊임없이 글을 썼다.(그는 미국 상위 50대 회사의 회장보다 더 열심히 일했다.) 주로 일기였는데 그 중 상당 부분이 아직도 육필 원고 상태로 남아 있다. 그는 책을 발간하고 언론 기사를 써서는 별로 돈을 벌지 못했다. 그의 처녀작은 1천 부를 찍었는데 3백 부도 채 나가지 않았다. 그는 이렇게 말했다. "나는 약 9백 권의 책을 가지고 있는데 그중 7백 권이 내가 쓴 것입니다." 그는 가끔 에머슨, 콘코드의 지식인, 초월주의자 등과 만나서 환담을 나누었다. 그보다는 사냥꾼, 덫 놓는 사람, 농부, 기타 그가 좋아하는 자연 세계에 사는 평범한 사람들과 대화하기를 더 좋아했다. 또 그의 집 근처의 숲과 들판을 산책하면서 날카로운 눈으로 땅, 물, 공기 등을 살펴보았다. 그는 우리 인생이 이런 자연 요소의 연장선상에 있다고 생각했다. 그는 늘 사색을 했다.

그는 자급자족, 비순응주의, 단순하면서도 평범한 생활, 고상한 사색 등 에머슨이 늘 칭송하던 생활을 실천했다. 외부적인 사건들로는 이렇다 할 만한 것이 없다. 불발로 끝난 로맨스가 한 건 있었다. 소로는 위대한 사상가임에는 틀림없지만 남성으로서는 뭔가 결핍되어 있었다. 그는 월든 호수 옆에서 2년을 살았다. 단돈 28달러를 들여 혼자 힘으로 작은 오두막을 지었고 울타리를 세웠다. 부도덕한 정부에 인두세를 낼 수 없다고 거부하는 바람에 하룻밤 투옥되기도 했다. 노예제도 폐지론자인 존 브라운을 적극적으로 옹호하기도 했다.

소로의 작품은 논평할 것이 별로 없다. 그는 자기 자신을 잘 설명하는 대가이다. 하지만 이것 한 가지는 분명하게 말해두어야 한다. 그는 위험한 인물이다. 그는 혁명가는 아니지만 아주 파괴적인 사람이다. 예수 못지않게 과격한 인물이다. 그는 마르크스처럼 사회를 전복시키려 하지는 않았다. 그는 생명을 거부하는 마르크스의 국가는 다른 생명 거부의 국가나 별반 다를 게 없다고 말했다. 그는 당대의 일반적 흐름에 온몸을 던져 반대했다. 그는 그런 상업적 흐름에서 미래의 모습을 보았던 것이다. 그는 자연 속으로 은거함으로써, 발명, 기계, 산업, 발전, 물질적인 것, 결사, 도시, 강력한 정부 등에 얼굴을 돌렸다. 그는 자신의 철학을 단 한 마디로 언명했다. 단순화하라. 만약 우리 모두가 그 말을 소로처럼 액면 그대로 받아들인다면 우리의 문명은 하룻밤 사이에 변모될 것이다.

대부분의 사람들이 "조용한 절망의 삶을 영위한다"(이 말은 오늘날 널리 인용되는 명구가 되었다)는 것을 깨닫고, 소로는 철저히 자신의 방식대로 인생을 살아 나가기로 결심했다. 적응하고, 동화하고, 합류하고, 개혁하고, 완성하는 대신에 삶 그 자체를 살아나가기로 마음먹었다. 소로처럼 자연을 즐기고 해석하는 능력을 갖지 못한 사람들에게, 그의 생활 방식은 별 호소력이 없을 수도 있다. 하지만 인생의 의미를 진지하게 추구하는 그의 태도는 소로의 개인적 문제로만 그치지 않는다.

소로는 기이한 양키 은둔자이고, 국가를 불신하면서 미국 독립 기념일을 다른 날과 똑같이 취급하는 투박한 개인주의자이다. 하지만 기이하게도 그는 가장 미국적인 작가일 뿐만 아니라 앞으로도 계속 그런 지위를 유지할 것이다. **C.F.**

81

이반 세르게예비치 투르게네프 Ivan Sergeevich Turgenev

1818—1883

아버지와 아들 Ottsy i deti

19세기 러시아를 빛내는 네 명의 위대한 러시아 소설가들 중에서 투르게네프는 가장 덜 알려져 있고 또 덜 친숙하다. 아마도 그의 문장이 너무 섬세하고 은근하여 번역으로는 잘 전달되지 않기 때문일 것이다. 혹은 그의 주제들이 더 이상 호소력을 가지고 있지 못하기 때문일 수도 있다. 그가 다루는 주제는 1840년대와 50년대의 매력적이지만 허약한 러시아 향반鄕班, 위압적인 여성과 허약한 남성 사이의 갈등, 첫사랑·좌절된 사랑·기억된 사랑의 아름다움, 다양한 형태로 나타나는 인생의 실패 등이다.

투르게네프의 어머니는 무서운 동화에서 나온 마귀 같은 여자였다. 그녀가 어린 아들에게 불어넣은 공포와 절망은 투르게네프의 마음에서 사라지질 않았으며 그의 작품 속에도 스며 들어가 있다. 그는 평생 동안 여가수 폴린 비아르도 가르시아를 사모했다. 하지만 이 유명하고 못생기고 매력적인 여가수는 그의 상처받은 영혼을 위로해 주지 못했다. 그는 그녀를 따라서 유럽 전역을 강아지처럼 쫓아다녔으나 그녀의 은총을 잠시 누렸을 뿐이었다. 은총이라고 해봐야 그녀 옆에서 혹은 그녀 부부의 옆에서 사는 것이 전부였다. 의심할 나위 없이 이 여가수가 그의 여성관을 왜곡시켰다. 투르게네프는 여성을 무서워하거나 아니면 이상화했다.

투르게네프는 여러 해 동안 자신의 러시아 영지와 서유럽 사이를 왕복했다. 생애 끝자락 20년 동안은 파리와 바덴에서 주로 보냈다. 그는 제임스 조이스[110]처럼 국외로 피신한 사람이었다. 조이스와 마찬가지로 그는 세계주의적 관점에 조국을 노출시킴으로써 조국을 바라보는 관점을 확대시키려 했다. 그러나 조이스와 마찬가지로 이 "서구인"은, 아무리 조국으로부터 멀리 떨어져 있어도, 그 조국으로부터 핵심적인 문학의 영감을 얻었다. 1917년의 러시아 혁명을 예비하던 19세기 내내 투르게네프의 정치적 입장은 비참여적이고, 자유주의적이고, 계몽적이면서, 인간적인 회의론자의 입장이었다. 그렇기 때문에 그의 작품은 세련된 독자들의 존경을 받는 한편, 보수반동주의자나 과격파들의 불만을 샀다.

그의 단편소설들(특히 『사냥꾼의 수기』에 들어 있는 것들)은 정말 아름답다. 하지만 그의 문학적 명성은 『아버지와 아들』 때문에 지속될 것이다. 제목이 암시하듯이 이 소설은 세대 간의 갈등을 다루고 있다. 내가 볼 때 이 주제는 새뮤얼 버틀러의 『만인의 길』을 위시하여 다른 소설가들의 작품에서 더 잘 구현되어 있다.

그러나 『아버지와 아들』이 흥미로운 이유는 러시아 등장인물들 속의 그런 요소가 최초로 구현된 고전이라는 점이다. 러시아가 혁명의 시대가 아니라 민주적 문화의 시대로 점점 이행해 가면서 이런 갈등의 요소는 점점 희석될 것으로 예상된다. 투르게네프는 도스토옙스키[87] 같은 혁명적이고 테러리스트적이며 충격적인 기질은 가지고 있지 않다. 하지만 『아버지와 아들』의 주인공 바자로프는 19세기 중반에 활약한 니힐리스트들(이 말은 투르게네프가 만들어낸 용어)의 모습을 생생하게 보여 주고 있다. 세월이 흘러가면서 러시아의 니힐리스트들은 다른 양태로 발전해 나갔다. 일부는 테러리스트, 아나키스트, 물질적 무신론자가 되었고, 일부는 과학 숭배자 또 일부는 골수 공산주의자가 되었다. 이 소설은 투르게네프의 다른 측면―절제된 표현과 비 러시아적인 명징성―을 보여 주지만, 결국 이 작품의 지속적인 명성은 바자로프에 달려 있다고 보아야 한다. **C.F.**

82
카를 마르크스 ^{Karl Marx / 1818-1883}
프리드리히 엥겔스 ^{Freidrich Engels / 1820-1895}

공산당 선언 *The Communist Manifesto*

사상은 결과를 낳는다. 카를 마르크스의 사상처럼 이것이 분명하게 드러나는 경우도 없다. 마르크스는 어쩌면 이런 결과를 부인했을지도 모른다. 대신 이렇게 말했을 것이다. 프롤레타리아의 승리는 불가피한 것이므로, 나의 생애와 저작은 관련 문제들을 분명하게 밝힘으로써 프롤레타리아의 승리를 약간 촉진하려는 것에 지나지 않았다. 하지만 1917년 이래의 세계 역사는 이사야 벌린의 저서 『카를 마르크스: 그의 생애와 환경』의 첫 문장에서 내려진 판단을 확인하는 듯하다. "카를 마르크스처럼 인류에게 직접적이고 의도적이며 강력한 영향을 미친 19세기 사상가는 없다." 바로 이런 이유로 여기에 『공산당 선언』을 한번 읽어보라고 추천한다. (이 선언은 마르크스와 엥겔스가 함께 협력하여 작성했다.) 마르크스는 아주 불쾌한 사람이었고 대부분의 보통 사람은 그의 사상을 거부한다. 하지만 그의 인물과 사상을 전혀 모른다는 것은 부분적으로 장님이 되는 것이므로 공산주의 사상을 개괄적으로 알아두는 것이 필요하다.

1849년까지 독일계 유대인이며 중산층 출신의 지식인이었던 마르크스는 쾰른, 파리, 브뤼셀 등지에서 선동적인 저널리스트로 근무했다. 그는 프로이센 영토를 떠나라는 강제 명령을 받고서 영국으로 건너갔다. 그 후 생애 마지막 34년을 런던에 살면서 주로 대영 박물관의 도서실에서 연구했다. 이렇게 볼 때 대영 박물관은 공산주의 혁명의 산실이다. 생전의 마르크스는 이렇다 할 사건이 없는 삶을 살았다. 그러나 그의 사후에 많은 일이 벌어졌다.

그의 주저는 『자본론』이다. 경제학을 진지하게 공부할 생각이 아니라면 이 책을 읽어야 할 필요는 없다. 이해하기 어려운 독일식 문장 스타일도 문제지만 그 내용 또한 이해하기가 쉽지 않다. 이 책이 나온 후 세월이 경과하면서 마르크스의 이론들이 여러 차례 수정되면서 그 내용 중 상당 부분이 헛소리가 되어 버렸다.

그러나 『공산당 선언』은 읽기가 쉽다. 이것은 문학 작품도 아니고 생각이 정돈된 논문도 아니다. 이것은 아주 획기적인 프로파간다였다. 이 글의 원래 목적은 1847년 당시 공산주의 연맹에 하나의 강령을 제시하려는 것이었다. 이 글은 공산주의 운동의 대표적 프로파간다가 되었고 특히 1917년의 러시아 혁명 이래 더욱 그런 역할을 해왔다. 아주 명확한 문장으로, 다음과 같은 공산주의의 주된 주제를 설명하고 있다. 역사상 모든 시대는 생산과 교환의 양태로 설명될 수 있다. 문명의 역사는 계급 갈등의 역사이다. 이제 프롤레타리아의 시대가 왔다. 프롤레타리아는 정치 혁명이 아니라 사회를 철저히 전복시킴으로써 그 자신을 부르주아지로부터 해방시켜야 한다.

『공산당 선언』은 이런 유명한 문장으로 시작된다. "공산주의의 유령이 유럽을 휩쓸고 있다." 또한 다음과 같은 유명한 문장으로 끝맺는다. "프롤레타리아는 이제 잃을 것이라고는 족쇄밖에 없다. 그들은 승리하여 세상을 차지할 것이다. 모든 국가의 노동자들이여, 단결하라."

우리 시대에 소련이 해체된 사실은 마르크스의 결론이 허위였음을 증명한다. 하지만 아직도 공산주의가 유일한 진리인 것처럼 배우는 수백만 명의 중국인들이 있다. 또 우리의 자유민주주의 체제가 옛 소련 연방 국가들에 의해 아직도 거부되고 있다. 『공산당 선언』은 지금도 역사적 문서 이상의 의미를 가지고 있다. 이 글의 지속적 영향력은 우리 시대의 비정한 현실 중 하나이다. **C.F.**

83
허먼 멜빌 Herman Melville
1819 – 1891

모비딕 Moby Dick, 필경사 바틀비 Bartleby the Scrivener

멜빌은 이미 스물다섯 살에 그가 쓸 소설들의 원 자료를 확보한 상태였다. 그는 선원으로서 상선 세인트 로렌스호, 포경선 아쿠시네트호, 오스트레일리아 삼범선三帆船 루시 앤호, 프리깃함 유나이티드 스테이츠호 등에 승선하여 바다를 누비고 다녔다. 그는 대서양과 남태평양을 항해했다. 마르케사스 제도에서는 식인종 부족에게 사로잡혀 약 4주 동안 억류되기도 했다. 선원으로 항해에 나서기 전에는 아무런 목표 없이 이런 저런 교육을 받았고, 항해를 끝낸 다음에는 유럽과 팔레스타인 성지를 여행했다. 이런 외부적인 사건들과 우울하지만 독창적인 천재가 합쳐져서 『모비딕』과 근 20권의 소설과 시집을 낳았다. 이것들 중 『빌리 버드』는 그가 죽고 나서 여러 해가 지난 뒤에야 출판되었는데 한번 읽어볼 만한 소설이다. 『타이피』는 그가 25세 때 식인종 부족에게 사로잡혔던 경험을 기록한 책이다. 이 소설은 상당한 성공을 거두었다. 그 후에 써낸 소설들은 별로 대중의 인기를 얻지 못했고, 생애 후반기는 무명과 고독 속에서 보냈다. 『모비딕』(1851)은 주목을 안 받은 것은 아니나, 사람들이 제대로 이해하지 못했다. 멜빌이 죽고 30년이 지난 후인 1920년대에 들어와서야, 소수의 학자들이 재평가하기 시작했다. 그 후 멜빌의 명성이 폭발적으로 높아졌고 그때 이래 조금도 감소되지 않았다. 『모비딕』은 세계 어디서나 위대한 소설의 하나로 평가되고 있다.

그는 좋은 친구 호손[70]에게 이런 편지를 보냈다. "나는 사악한 소설을 한편 끝냈는데 어린 양처럼 순수한 느낌이 듭니다." 이것은 흥미로운 문장이 아닐 수 없다. 하지만 가벼운 아이러니가 깃들여 있다. 『모비딕』의 형이상학적이고 종교적인 도전 의식 때문에 이 작품이 멜빌의 완고한 가문을 즐겁게 하지 못하리라는 인식도 담겨져 있다. 또 어떻게 보면 이 소설에 대한 적절한 논평이다. 물론 멜빌이 이 소설을 집필한 의도는 사악한 것이 아니지만, 이 소설은 악을 다루고 있고, 그 악에 접근하는 태도는 기독교적인 사상과는 거리가 멀다.

두 가지 이상의 의미의 층위를 가지고 있는, 상상적인 작품들이 많이 있다. 가령 『걸리버 여행기』[52], 『이상한 나라의 앨리스』[91], 『허클베리 핀』[92], 『돈키호테』[92] 등이 그러하다. 『모비딕』 또한 이러한 작품들의 카테고리에 속한다.

어려운 부분을 약간 건너뛰기만 한다면 소년 소녀들도 이 책을 즐거운 해양소설로 읽을 수 있다. 상아 의족義足을 찬 복수심 가득한 노인이 자신의 적인 하얀 고래를 추적하다가 결국 노인도 고래도 둘 다 죽는다는 이야기이다. 그러나 지적 경험이 풍부한 성인들은 이 소설을 아주 광포한 예술 작품으로 보게 될 것이다. 인생의 의미에 대한 심오한 통찰과 비극적 인식이 녹아 들어가 있어서, 어떤 평론가들은 이 작품을 도스토옙스키의 걸작들, 나아가 셰익스피어와 동급으로 평가한다. 영어의 리듬에 민감한 독자들은 이 소설의 웅장한 문체에 감동되지 않을 수 없다. 그 어조는 마치 오르간의 마개를 모두 열어놓고 연주하는 것과 비슷하다.

『모비딕』은 어려운 책이 아니지만 그렇다고 투명한 책도 아니다. 우리는 에이허브와 고래가 표면적인 것 이상의 의미를 가지고 있음을 안다. 하지만 그 숨겨진 의미가 무엇이냐에 대해서는 의견들이 엇갈린다. 어떤 사람들은 모비딕이 이 우주의 사악함, 자연의 가혹함을 상징한다고 해석한다. 하지만 민감한 정신과 총명한 지성의 소유자는 그런 사악하고 가혹한 자연으로부터 벗어날 수 있다. 그 어두운 자연은 언제나 에이허브의 정신 속에 들어 있는 것이다. 실제로 모비딕은 하얀 고래라고 볼 수도 있고, 태평양 같은 에이허브의 정신 속을 유영遊泳하는 괴물이라고 볼 수도 있다. 그 괴물을 죽이려면 그 자신을 파괴해야 하고, 그 자신을 보존하려면 그 괴물과 공존해야 한다. 『모비딕』은 음울하고 괴이한 소설이 아니지만 그렇다고 낙관론이 풍부한 소설도 아니다.

여러 해 전 『모비딕』에 대해서 글을 쓰면서 나의 독후감을 요약하려고 애쓴 적이 있다. 이제 이 소설을 다섯 번째로 다시 읽고 보니 그때의 독후감을 변경할 이유가 없다고 확신한다. "『모비딕』은 미국의 지방색이 두드러진 위대한 작품이다. 그렇지만 미국의 자유사상가인 에머슨[69]이나 휘트먼[85]의 작품들보다 더 시공의 제약을 받지 않는다. 이것은 거대한 스케일 위에 구상된 작품이다. 그 정복자 같은 문장으로 넓은 평원과 바다와 산맥과 악수를 하고, '세계의 가장 먼 곳에 있는 은밀한 방들과 상자를 열어젖힌다.' 물론 상당한 스타일의 하자도 있고, 그 의미는 때때로 위악적이고 애매모호하다. 하지만 세계 문학의 정상에 위치하는 미국 작품임에 틀림없다. 아주 다양한 의미의 층위를 가지고 있으며, 은밀한 공포에 사로잡힌 인간의 영혼, 그 스스로의 외로움에 대하여 겁을 집어먹고 있는 영혼, 그 하부 세계를 깊숙이 파고든다."

비교적 긴 단편소설인 「필경사 바틀비」는 『모비딕』이 나오고 2년 후에 잡지에 발표되었다. 이 단편소설은 『모비딕』의 작가만이 쓸 수 있는 그런 작품이다. 이 소설의 어두운 분위기를 용납하는 오늘날에 있어서도, 바틀비의 고질적인 수동적 태도에 동류의식을 느낄 수 있는 사람은 사뮈엘 베케트[126] 정도일 것이다. 하지만 1853년 당시에 바틀비 같은 우울한 인물을 상상할 수 있는 작가는 멜빌밖에 없었다. (포[75]는 1849년에 죽었다.) 발표 당시 이 소설을 이해하는 사람은 거의 없었다. 몇몇 평론가들은 이 작품을 웃음을 안겨주는 소설이라고 말했다.

바틀비는 이렇게 말한다. "나는 아주 단정한 체하고, 한심할 정도로 예의 바른 체하고, 고질적으로 쓸쓸한 그런 사람은 되지 않았으면 좋겠다." 이런 사람이니 외부 인사들과의 접촉을 일체 거부한다. 그런데 인생의 모든 문제에 "아니다"라고 말하는 사람을 주인공으로 내세워 어떻게 50페이지짜리 소설을 쓸 수 있을까? 하지만 멜빌은 인생을 오로지 "아니다"로 일관하는 사람을 설정하여(그 외에는 정상적이고 처신도 올바르다), 아주 끔찍한 얘기를 써내는 데 성공했다. 당시의 미국인들이 엄청난 에너지와 긍정적 열정으로 위대한 국가를 건설하기에 여념이 없는 상황에서, 이런 괴이한 인물을 창조해낸 것이다.

요사이 유행하는 프로이트[98]의 용어를 빌어서, 프로이트보다 몇 세대 앞선 인물인 '바틀비'에게 죽음 소망이라는 딱지를 붙일 수 있을 것이다. 어쩌면 이 인물은 콘래드의 걸작 「비밀 공유자」[100]처럼 유령 문학에 소속시킬 수도 있을 것이다. 아무튼 불쌍한 바틀비와 그를 묘사하는 아주 정상적인 이야기꾼은 괴상할 정도로 함께 엮여져 있다. 어쩌면 이 작품은 당대의 물질주의로부터 멀찍이 떨어져 있어서 외로움을 느끼는 허먼 멜빌을 감추기도 하고 드러내기도 하는 개인적 알레고리일 수도 있다.

어느 경우든 이 작품은 독자의 꿈자리를 뒤숭숭하게 만드는 스토리이다. **C.F.**

84
조지 엘리엇 ^{George Eliot}
1819−1880

플로스 강의 물방앗간 *The Mill on the Floss*, 미들마치 *Middlemarch*

이런 얘기는 문학사가들에게만 관심이 있겠지만, 그래도 작가들의 명성이 조금씩 부침浮沈하는 일종의 주식 거래 시장 같은 게 있는 듯하다. 지난 50년 동안 버나드 쇼[99]와 워즈워스[64]의 주가는 조금 빠졌다. 오닐[115], 포스터[108], 카프카[112], 존 던[40], 보즈웰[59], 토크빌[71] 등은 주가가 약간 올랐다. 조지 엘리엇의 경우는 주가 급등이 눈에 띈다. 이렇게 된 것은 저명한 영국 비평가인 F.R. 리비스와 기타 학자들의 지지 때문이다.

일반 독자들은 고등학교 때 『사일러스 마너』를 배우면서 조지 엘리엇이라면 학을 뗐을 것이다. 또 지적이긴 하지만 슬픈 분위기가 풍기는 저자의 말[馬] 같은 얼굴에 약간 겁을 집어먹고 더욱 이 저자를 멀리 했을 수도 있다. 조지 엘리엇은 사진가와 초상화가 때문에 손해를 본 작가들 중 한 사람이다.

하지만 그녀는 많은 점에서 아주 흥미로운 인물이다. 본명이 메리 앤 에번스인 그녀는 워릭셔의 중산층 상인 가문에서 태어났다. 아버지는 원래 목수였는데 나중에 출세하여 부동산 중개사가 되었다. 그녀는 어려서부터 학문에 열정을 나타냈고 그것은 평생 따라 다니는 특징이 되었다. 십대 시절에는 아주 신앙심이 독실했으나, 널리 독서를 하고 또 신앙심이 별로 없는 지식인들과 많은 대화를 나누면서 곧 교조적인 신앙을 버렸다. 하지만 신과 영생을 버린 자리에 강력한 의무감이 들어섰다. 이 의무감은 너무나 철저하여 나중에 신앙 비슷한 것이 되었다.

아버지가 사망한 후에는 런던으로 이사하여 고급 저널리즘에 투신하여 성공을 거두었고 허버트 스펜서와 존 스튜어트 밀[72] 등 당대의 최고 지식인들과 교류했다. 1854년에 그녀는 아주 중대한 결정을 내렸다. 그녀는 박식한 저널리스트이면서 전기 작가인 조지 헨리 루이스와 불법적인 동거 관계에 들어갔다. 루이스의 아내는 이미 다른 남자에게서 두 명의 아이를 낳은 상태였고(예의 바른 빅토리아 사람들이라고 하더니!), 정신이상에 걸린 상태여서 루이스와 함께 살고 있지 않았다. 두 사람의 동거 관계는 루이스가 사망한 1878년까지 계속되었는데 행복하면서도 서로 존중하는 관계였다. 루이스가 죽고 1년 반 뒤에 엘리엇은 미국 은행가 존 W. 크로스와 결혼했는데 그녀는 60세였고 크로스는 40세였다. 이런 것을 보면 엘리엇은 의지가 강한 여성이었던 듯하다.

그녀의 강인한 성격은 용감하면서도 파란만장한 생활뿐만 아니라 소설 속에서도 그대로 드러난다. 우리 현대인이 볼 때, 그녀의 소설은 산만하고 지나치게 설명과 설교가 많다. 특히 『로몰라』는 고심해서 쓴 흔적이 역력하다. 하지만 엘리엇의 소설은 새로운 길을 개척했고 그것이 없었더라면 현대소설은 지금처럼 진화하지 못했을 것이다. D.H. 로렌스는 그 공로를 이렇게 말했다. "그것을 시작한 사람은 조지 엘리엇이다. 그녀는 행동을 인간의 내부에서 찾기 시작했다." 아마도 그런 점에서는 로렌스 스턴[58]이 엘리엇보다 앞선 작가일 것이다. 하지만 『트리스트럼 샌디』는 너무 기괴한 작품이어서 영문학의 비주류라고 한다면, 조지 엘리엇은 주류 중의 주류이다. 그녀는 인간의 내면 생활을 주로 묘사했고, 아주 새로운 방식으로 인간의 도덕적 긴장과 중압감을 자주 다루었다. 그녀는 디킨스식의 해피엔딩이나 로맨스의 표준 절차에 따라 소설을 끝내는 것을 철저하게 거부했다. 마지막으로 그녀는 소설의 스토리에다 예전의 작가들이 잘 하지 않은 것, 즉 고도의 지성을 부여했다. 그녀의 인생관을 투영시켰을 뿐만 아니라 당대의 지식인들 모습도 서슴없이 묘사했다. 제임스 조이스 이래 이렇게 하는 것은 이제 흔한 일이 되었으나, 제인 오스틴[66]이나 필딩[55]이나 디킨스[77]에게서는 찾아보기 어려운 것이다.

『플로스 강의 물방앗간』의 첫 장들은 자전적 요소가 강한데 부드러움, 매력, 통찰이 넘치는 시선으로 유년 시절을 회상하고 있다. 유년 시절을 이처럼 매력적으로 회상한 작품은 『허클베리 핀』[92]이 나오기 전까지는 찾아보기 어렵다. 조연급 인물인 글레그 아주머니와 풀렛 아주머니도 아주 생생하게 묘사되어, 비록 그들이 살았던 사회가 사라지고 없지만, 이 인물들의 매력은 여전히 강력하다. 중압감이 엄청난 세계에서 자신의 사랑을 표현하기 위해 처절하게 투쟁하는 매기는 아직도 인상적인 인물이다. 엘리엇의 다른 소설들도 마찬가지이지만 『플로스 강의 물방앗간』은 도덕적 진지함이 충만하다. 사소하고 협량한 도덕성이 아니라, 관대하고, 강력하고, 사려 깊고, 인간적인 정신이 내보이는 도덕성이다. 여러 시간을 투자하여 조지 엘리엇의 소설을 읽어보면, 비록 그 안에 설교가 많이 들어 있기는 하지만, 그래도 『플로스 강의 물방앗간』이 세계 문학의 걸작 중 하나라고 확신하게 된다.

『미들마치』는 오늘날 그녀의 또 다른 걸작으로 평가되며 영국소설의 전통에서 핵심적인 지위를 부여받았다. 오래 전인 1919년에 쓴 에세이에서 버지니아 울프[111]는 이 소설을 가리켜 "성인들을 위해 집필된 몇 안 되는 영국 소설들 중 하나"라고 말했다. 당대의 문학적 기호에 입각하여 복잡한 플롯을 전개하는 이 소설은 여러 명의 연인들과 부부들의 인생 역정을 추적하고 있다. 이 소설이 다루는 핵심 주제 중 하나는 1832년의 1차 개혁 법안이 통과되기 전에 벌어진 정치적, 사회적 논쟁이다. 우리는 이런 정치적 주제보다는 농촌 사회의 파노라마적 풍경과 여주인공 도로테아 브룩의 성적, 정신적 좌절에 더 흥미를 느낀다. 불행한 결혼을 다룬 이 소설은 빅토리아 독자들을 불편하게 만들었지만, 그 동정적이면서도 예리한 심리 묘사는 심지어 오늘날에도 독자들을 감동시킨다.

위대한 소설들은 저마다 일정한 독서 속도를 가지고 있다. 이 소설은 천천히 읽어야 한다. 소설은 행진하듯 빨리 전개되는 것이 아니라 카펫을 까는 것처럼 천천히 펼쳐진다. **C.F.**

85

월트 휘트먼^{Walt Whitman}

월트 휘트먼^{Walt Whitman}

1819−1892

시 선집^{Selected Poems}, 민주적 전망^{Democratic Vistas}, 풀잎^{Leaves of Grass}
에 대한 서문, 여행해 온 길들을 되돌아보는 시선^{A Backward}
^{Glance O'er Travelled Roads}

나는 미국의 노래를 듣는다. 나는 나 자신을 축하한다. 나는 한가
하게 노닐면서 내 영혼을 초대한다. 나는 실내에 있든 야외에 있
든 내 마음대로 모자를 쓴다. 내 뼈를 찌르는 것처럼 더 달콤한 지
방^{脂肪}은 없다. 나는 사나이다. 나는 고통을 받았다. 나는 거기에
있었다. 내가 스스로 모순되는 말을 한다고? 좋다. 내가 스스로
모순된다는 것을 인정하겠다. 인도로 가는 길. 나는 세계의 지붕
위로 나의 야만스러운 불평을 소리친다. 한 여인이 나를 기다리고
있다. 나는 내어 준다고 하면 내 자신을 내어 준다. 내 앞에 놓여
있는 기다란 갈색의 길은 내가 선택하는 곳으로 나를 데려다준다.
선택 받은 사람들의 끝이 없는 대담함. 개척자여! 오 개척자여! 끊
임없이 흔들리는 요람에서 태어난 개척자여! 마당에서 라일락이
활짝 피어날 때. 오 캡틴, 나의 캡틴! 이것을 만지는 자는 인간을
만지는 자. 나는 방향을 전환하여 동물들과도 함께 살 수 있을 것
같아. 위대한 도시는 위대한 남자와 여자를 가지고 있는 도시이
다. 미국 그 자체가 위대한 시^詩이다. 사물을 소유하려는 집착증.
나는 조금도 동요하지 아니하고 자연 속에 평안히 서 있다. 교육
을 받지 않아도 힘찬 사람들. 풀잎들.

나는 따옴표 없이 위의 시행과 표현들을 열거해 보았다. 그것들은 우리의 마음과 기억 속에서 따옴표가 필요 없기 때문이다. 힘을 발휘하는 것은 휘트먼의 메시지가 아니라 그의 언어이다. 그는 국민 시인, "신성한 보통 사람"의 목소리, 민주주의의 뮤즈가 되기 위해 온 영혼을 다해 노력했다. 하지만 우리는 국민 시인들을 가지고 있지 않다. 보통 사람들은 신성한 기분을 느끼지 못하며 느끼기를 원하지도 않는다. 민주주의는 뮤즈 없이 앞으로 나아가기를 선호한다. 휘트먼은 자신의 조국을 사랑했고 그 나라에 대해서 매혹적으로 노래 불렀다. 하지만 그는 조국을 제대로 이해하지 못했을 가능성이 있다. 그는 "교육을 받지 않아도 힘찬 사람들"이 받아 주었기 때문에 통찰력을 발휘한 것이 아니라, 독창적인 시인, 창조자, 새로운 시어의 제작자였기 때문에 꿰뚫어 보는 힘을 발휘했다.

그의 사상은 여러 곳에서 빌려온 것이다. 그런 영향의 원천 중에는 에머슨[69]도 들어 있는데 에머슨은 휘트먼의 천재를 칭송한 최초의 인물 중 한 사람이다. 휘트먼 시의 리듬은 무엇보다도 성경을 흉내 낸 것이다. 그럼에도 불구하고 그는 미국시에서 가히 혁명적인 존재이다. 자연스러운 흐름, 능숙한 시어의 조작, 과감한 어휘 등은 미국시를 해방시키는 데 도움을 주었으며 해외에서도 심대한 영향을 끼쳤다. 그의 성적인 솔직함도 온유한 귀족 문화에 도전하는 데 유익한 무기가 되었다.

『풀잎』 3권(1855, 1856, 1760)은 가장 좋은 휘트먼 시의 90퍼센트를 차지한다. 그 이후에 그는 같은 말을 반복하고 시를 쓴다기보다 허세를 부린다. 휘트먼은 약간 허풍 떠는 기질이 있었다. 좀 더 세련되게 말한다면 가면을 쓴 시인이었다.

그는 동성애자였다. 그의 시, 특히 그의 기이한 민주주의 사상은 남성 편애의 관점에서 본다면 모를까, 이해하기 어려운 것이다.

그는 독창적 기질의 소유자였고 농민 특유의 통찰력이 있었지만 높은 지성의 소유자는 아니었다. 그는 즉흥적이고 예언적인 노래로 우리를 흥분시키기도 한다. 아름다운 음악적 운율로 우리를 감동시키기도 한다. 우리의 눈앞에 움직이는 사람과 사물의 사소한 이미지를 불러일으키기도 한다. 이런 것들은 결코 사소한 재주가 아니다. 이것만으로도 위대한 미국 시인이라는 소리를 듣기에 충분하다.

반면에 그는 자신의 단점을 장점으로 만들려고 너무 애를 쓴다. 그는 교육을 많이 받지 않았고, 인생 경험도 별로 없었으며(자신이 경험 풍부하다는 소문을 유통시키려 했음에도 불구하고), 서양의 3천 년에 걸친 지적 전통을 활용하려고 하기보다는 자신의 독특한 기질에 너무 많이 의존했다. 이 때문에 휘트먼 본인은 자기가 아주 미국적인 시인이라고 생각할지 모르나 실은 지방색이 강한 시인이 되고 말았다. 따라서 "나는 문학인도 아니고 예의바른 자도 아니다"라는 휘트먼의 허풍은 공허하게 들린다.

그는 가치의 스케일을 무시하면서 모든 창조물을 포용하고 축하했다. 휘트먼의 세계에서는 모든 것이 똑같이 중요하고 모든 것이 똑같이 신성하다. 때때로 독자는 변함없이 나오는 호산나 찬송 소리에 지겨워져서 시인 시드니 레이니어의 말에 동의하고 싶은 심정이 된다. "휘트먼은 미시시피가 긴 강이기 때문에 모든 미국인이 하느님이라고 주장하는 사람이다."

휘트먼에 대하여 위와 같은 비판이 자주 제기되었다. 그렇지만 그는 여전히 위대한 미국 시인이다. 그의 야만적 외침이 진정한 미국의 목소리라고 믿고 싶은(유럽인들의 전통적이고 낭만적인 미국인 관觀과 어울리기에) 영국과 유럽은 미국인보다 그를 더 평가해 준다. 그러나 휘트먼이 사랑했던 노동자가 아닌 평범한 미국 지식인들도 그의 시에 기이하면서도 매혹적인 측면이 있다고 인정한다. 그런 매력은 그가 진정한 미국 시인이기 때문에 발산되는 것은 아니다. 차라리 프로스트[106]가 그보다는 훨씬 더 미국적이다. 휘트먼의 매력은 호메로스의 노래처럼 보편적인 특징을 가지고 있다. 그의 시는 죽음, 자연, 신 등에 대한 우리의 원시적 느낌을 건드린다. 미국 시의 형태를 개척한 휘트먼은 시적 느낌에 있어서 고전 시대 이전, 기독교 시대 이전을 연상시킨다. 비록 휘트먼은 자신이 새로운 시대의 도래를 알리는 나팔수라고 생각했지만 말이다.

위에서 추천한 세 편의 중요한 산문 작품 이외에, 다음과 같은 그의 걸작시들을 읽을 것을 권한다. 「나 자신의 노래」, 「나는 신체의 전기電氣를 노래한다」, 「탁 트인 길에 대한 노래」, 「브루클린 나루를 건너면서」, 「대답하는 자들에 대한 노래」, 「날이 넓은 도끼에 대한 노래」, 「한없이 흔들리는 요람으로부터」, 「내가 삶의 바다와 함께 썰물일 때」, 「유식한 천문학자의 말을 들었을 때」, 「야영지의 불꽃 옆에서」, 「어린아이가 걸어가고 있네」, 「폭풍우의 도도한 노래」, 「인도로 가는 길」, 「콜럼버스의 노래」, 「소리 없이 꾸준한 거미」, 「현대의 세월」. **C.F.**

86
귀스타브 플로베르^{Gustave Flaubert}

1821－1880

보바리 부인*Madame Bovary*

이 소설에 대한 논평을 시작하기 전에 원전을 아주 충실하게 번역한 프랜시스 스티그멀러의 번역본을 권한다. 이 번역본을 읽어보면 왜 플로베르가 높은 명성을 유지하는지 잘 알게 된다.

『보바리 부인』이 연재물 형식으로 처음 발표되었을 때, 플로베르는 검찰청에 나가서 도덕과 종교를 문란하게 한 혐의에 대하여 자기 자신을 변호해야 되었다. 그는 재판에서 이겼다. 하지만 무대가 법정에서 문화계로 옮겨 왔을 뿐, 『보바리 부인』에 대한 소동은 그 이후에도 완전히 가라앉지는 않았다. 이 소설은 다른 소설가와 비평가들을 포함하여 많은 독자들을 계속 동요시켰다. 나는 이 작품이 의심할 나위 없이 걸작이라고 생각하지만, 그 초연한 분위기는 다소 차갑다는 느낌이 든다.

발자크[68]와는 다르게, 플로베르는 순수 예술가의 전형적인 사례이다. 루앙에서 외과의사의 아들로 태어난 그는 파리에서 법률을 공부했으나 곧 그만두었다. 1844년에 신경쇠약을 앓았고 이어 루앙으로 낙향하여 연구와 저작에만 몰두했다. 중간에 해외여행을 다녔고 어떤 여자와 로맨스도 있었으나 결혼에 이르지는 못했다. 그는 행복한 성격의 남자가 아니었다. 타고난 우울증은 사랑하는 사람들의 사망, 그의 작품에 대한 세상의 몰이해, 문학적 완벽주의를 추구하는 데 따르는 자기 고문 등으로 인해 더욱 악화되었다.

"사상은 그 형태 덕분에 존재할 수 있다"라고 플로베르는 썼다. 플로베르에게 형태는 어떤 틀 혹은 패턴 이상의 것이었다. 그가 생각하는 형태는 복잡한 것이었다. 형태를 구성하는 요소들로는 완벽한 단어(le mot juste), 아주 정교하게 고안된 다양한 리듬, 소리의 유사성, 상징의 반복적 사용, 건축적 구조 등이 있었다. 그는 『보바리 부인』을 쓰기 위해 5년을 고심했다. 플로베르 이전에 그토록 공들여 소설을 쓰는 작가는 없었다. 바로 이 때문에 나는 스티그 멀러의 번역본을 추천한다. 『보바리 부인』의 정서적 분위기는 독특한 단어를 사용함으로써 얻어진 것이므로, 영어로 번역할 때에는 아주 세심한 용어 선택이 필수적이다.

플로베르는 예술가란 도덕적 세계를 약간 벗어난 곳에서 군림하는 존재라고 생각했다. 예술가는 판단하거나 설명하거나 가르치려고 해서는 안 되며, 세계를 이해하고 완벽하게 기록할 뿐이다. 플로베르는 감상과 연민을 완전 배제하려고 했으며 그런 점에서 『보바리 부인』은 성공작이다. 하지만 이 소설이 전달하는 메시지는 부정적인 것이다. 우리는 그런 메시지를 이미 『걸리버 여행기』[52]의 책갈피에서 읽은 적이 있다. 스위프트와 마찬가지로 플로베르는 인류를 사랑하지 않았다. 『보바리 부인』은 그 초연한 분위기에도 불구하고, 내가 볼 때, 인간 혐오증을 아주 아름답게 표현해 놓은 작품이다.

이러한 판단이 사실인지 아닌지를 떠나서, 아무도 이 소설의 영향력을 부인하지 못할 것이다. 이상적 삶과 회색의 현실적 삶 사이의 차이를 묘사하는 후대의 소설들은 모두 플로베르에 빚을 지고 있다. 마담 보바리는 최초의 월터 미티(터무니없는 공상에 빠지는 자)였다. 그녀는 자신의 질병에 '보바리주의'라는 딱지를 붙였다. 이것은 자기 자신이 실제의 자기와 다르거나 더 선량하다고 믿는 병적인 열정을 가리킨다. 수천 명의 선남선녀들이 백일몽 중에 혹은 각성 중에 그들의 환경을 상대로 반란을 일으켰는데, 어떤 신념이 있어서 그렇게 행동한 것이 아니라 『보바리 부인』이 그들에게 영향을 주었기 때문이다. 괴테의 『젊은 베르터의 고통』[62]을 읽은 젊은 사람들이 자살을 한 것과 비슷한 이치이다.

플로베르에게는 이 대표작에서 드러난 특징과는 다른 측면도 있다. 나는 독자들에게 『세 개의 짧은 이야기』를 읽기를 권한다. 그 중의 하나인 「단순한 마음」은, 이 불행한 작가의 다른 작품에서는 찾아볼 수 없는 기독교적 동정심이 가득하다. C.F.

87
표도르 미하일로비치 도스토옙스키
Feodor Mikhailovich Dostoyevsky | 1821－1881

죄와 벌 *Prestuplenie i nakazanie*, 카라마조프 가의 형제들 *Bratya Karamazovy*

도스토옙스키의 생애와 작품은 서로 조응한다. 고통, 폭력, 정서적 위기, 과도한 행동이 생애와 작품에서 똑 같이 등장한다. 그의 장편소설들에서 발견되는 저 강력한 성실성은 저자의 생애를 평생 어둡게 만들었던 불안감에서 흘러나오는 것이다. 독자는 이 사실을 유념해야 한다. 도스토옙스키를 읽는다는 것은 곧 지옥으로 내려가는 일이다.

플로베르[86]와 마찬가지로 그는 의사의 아들이었다. 또 플로베르처럼 젊은 시절부터 고통, 질병, 죽음의 현장에 인도되었고 그 후 그것을 잊어버린 적이 없었다. 그가 열다섯 살 때 인자한 어머니가 돌아가셨고, 그 후 얼마 지나지 않아 1839년에 그의 아버지가 농노들에 의해 살해되었거나 아니면 뇌졸중으로 사망했다.(후자가 더 가능성이 많다.) 도스토옙스키는 돌보아 주는 사람 없는 황량한 상태가 되었다. 이 무렵부터 간질 증세가 나타나기 시작해 그의 평생을 어둡게 만들었다. 그러나 간질은 그에게 어떤 환상적 영감을 주기도 했다.(『악령』에 간질이 닥치기 전의 심리 상태가 잘 묘사되어 있음) 1849년에 몽상적인 과격파 청년들의 비밀 단체에 가입했다가 사법 당국에 체포되었다. 그는 사형에 처해졌으나 총살대가 처형을 하기 직전에 형벌이 일등급 감형되어 시베리아 유형에 처해졌다. 이 경험은 그에게 깊은 정신적 상처를 남겼다. 그는 시베리아 강제수용소에서 4년 동안 비인간적인 처우를 받으면서 복역했다. 이때의 경험은 『죽음의 집의 기록』에 잘 묘사되어 있다. 그 후 그는 아시아 쪽의 외진 변방 지역에서 4년간을 군인으로 복무했다.

그의 첫 번째 아내는 히스테리 환자였고, 두 번째 아내는 그의 비서로 근무하던 여자였는데, 그의 우울증과 광기를 잘 이해한 듯하다. 그가 청년 시절에 옹호했던 유토피아 적 급진주의는 이제 종교적 열정에 밀려나게 되었다. 그는 정통파, 보수 반동주의자, 슬라브 민족을 사랑하는 사람이 되었다. 하지만 이러한 딱지들은 그를 적절히 형용하지 못한다. 그의 기질은 그리스도와 사탄이 뒤엉켜 서로 싸우는 모순의 경기장이었다. 때때로 그는 아주 착한 유럽인, 혹은 아주 선량한 러시아인처럼 말한다. 그의 생애 전반기는 아주 우울했다. 하지만 위대한 소설가요 러시아 기질의 해석자로 널리 인정받은 생애 후반기에도 별로 큰 행복을 얻지는 못했다. 간질병은 계속해서 그를 괴롭혔고 많은 빚도 큰 고민거리였다. 한동안 도박에 빠졌다. 그의 성생활도 안정적인 것이 아니었다.

바로 이런 사람이 문학 역사상 아주 뛰어난 장편소설 여러 편을 쓴 것이다. 그 소설들은 니체[97]와 프로이트[98]의 사상을 예고했다. 토마스 만[107], 카뮈[127], 포크너[118] 같은 러시아 이외 지역의 작가들에게 영향을 주었다. 레닌, 스탈린, 히틀러 등을 연상케 하는 테러 이론과 실천을 극화劇化했다. 도스토옙스키는 20세기가 어떤 일을 당하게 될 것인지 미리 알고 있었던 듯하다. 바로 이런 비극적 인식이 그의 소설에서 매혹적인 요소로 작용한다.

이 기이한 인물을 정확하게 묘사하기는 참으로 어렵다. 그의 중심 주제는 신이었다. 신에 대한 탐구, 신의 존재를 증명하려는 시도가 그의 스토리의 핵심 요소이다. 고통 받는 영혼인 도스토옙스키는 고통과 악의 세계를 오래 여행한 다음에 비로소 사랑과 평화의 비전을 보았다. 그의 소설 속에서는 범죄의 세계, 이상심리학,

종교적 신비주의가 뭐라고 정의할 수 없는 까다로운 방식으로 뒤섞인다. 그는 동정심의 사도라고 널리 생각되지만, 진정한 성자^{聖者}다운 기질은 별로 가지고 있지 않은 듯하다.

『카라마조프 가의 형제들』은 일반적으로 그의 가장 심오한 작품으로 평가된다. 하지만 그의 소설을 딱 한 권만 읽을 거라면, 『죄와 벌』을 권한다. 『카라마조프 가의 형제들』은 미완성의 느낌을 주지는 않지만, 그래도 작가가 끝을 보지 못한 미완성 소설이다. 반면에 『죄와 벌』은 수미일관한 완결된 소설이고 탐정소설의 플롯을 가지고 있어서 아주 큰 흥미를 안겨준다. 그냥 스릴러 소설로 읽어도 무방하다. 또는 하나의 환상으로 읽을 수도 있다. 스릴러와 환상의 중간쯤에 위치한 소설로 읽을 수도 있다. 그 어둡고 오싹하고 생생한 책갈피 속에서 독자는 마치 고통의 한평생을 체험한 느낌을 갖게 될 것이다. 하지만 소설 속 시간은 단 9일에 지나지 않는다. **C.F.**

88

레프 니콜라예비치 톨스토이 Lev Nikolaevich Tolstoi

1828−1910

전쟁과 평화 *Voina i mir*

『전쟁과 평화』는 "지금까지 씌어진 가장 위대한 장편소설"이라는 평가를 자주 받는다. 이런 평가에 주눅들 필요는 없다. 이 소설의 위대함을 어떻게 평가하든 이 책은 애매하거나 까다롭거나 심오하거나 하지 않다. 약간의 어려운 장면들만 넘기고 나면 나폴레옹 시대를 기록한 이 방대한 연대기는 마치 햇빛 속에서 집필된 것처럼 열린 책이 된다. 도스토옙스키가 무의식과 이상심리의 대가였다면 톨스토이는 명확한 의식과 정상심리의 대가였다. 소설 속에서 저자의 어조는 일관되게 평화롭고 안정적이며, 등장인물들은 이름이 괴상하고 시대가 좀 멀어서 그렇지 우리의 형제이며 자매이다.

초급 독자들은 다음 세 가지의 어려움에 직면하게 된다.

1. 이 소설은 아주 길다. 『돈키호테』[38]의 경우와 마찬가지로 축약본을 읽어야 할 필요가 제기된다.

2. 괴상한 이름을 가지고 있고, 복잡한 관계를 형성하는 등장인물들을 따라가기가 쉽지 않다. 그래도 독자가 계속 읽어 나가면 인물들은 저절로 정리가 된다.

3. 본 줄거리와 곁가지를 구분하기가 어렵다. 많은 평론가들이 이것을 이 위대한 소설의 약점으로 지적했다. 톨스토이는 투르게네프[81]처럼 형태를 중시한 소설가가 아니었다. 그의 소설은 이야기가 계속 옆으로 퍼져나간다. 그는 자신의 마음속에 있는 것을 다 말한다. 독자는 그가 하는 얘기를 다 들어주어야 한다. 그리고 천천히 읽어야 한다. 이 소설은 느린 템포를 구사하기 때문이다. 이렇게 하면 독자는 곁가지 이야기들을 그리 까다롭지 않게 여길 것이다. 『톰 존스』[55]를 읽을 때 그 속에 산재한 에세이들이 그리 지겹지 않은 것처럼.

여러 해 전『전쟁과 평화』에 대해서 글을 썼을 때 나는 세 가지 특징을 칭찬했다. 첫째, 포괄성이고 둘째, 자연스러움이며 셋째, 무시간성이다. 15년이 지나 이 소설을 두 번째로 다시 읽고서 또 다른 특징을 발견했다. 톨스토이는 자기 자신을 독자에게 드러내는 능력이 뛰어나다. 최근에 세 번째로 다시 읽고는 진부하다 싶을 정도로 단순한 미덕 하나를 또 발견했다. 톨스토이는 진실을 말하는 능력이 뛰어나다. 그는 말했다. "인생이나 예술이나, 단 한 가지 필수적인 사항은 진실을 말하는 것이다." 저자의 캔버스가 아주 좁다면 이렇게 하는 것은 그리 어렵지 않다. 가령 헤밍웨이[119]는 투우에 대하여 진실을 말한다. 하지만 많은 사람들의 인생에 대해서 말하는 것이라면 그건 간단한 문제가 아니다. 인생의 진실을 말한다는 것, 그것이『전쟁과 평화』의 주제이다.

톨스토이는 자신의 말을 그대로 실천했다. 나폴레옹의 러시아 침공을 다룬 이 거대한 스토리에서 그는 거짓을 말하거나 어려운 문제를 회피하지 않는다. 그는 인생이라는 문제와 정면으로 맞선다. 그는 진실한 말, 계시적인 제스처, 사실적인 행동을 묘사함으로써 인물들의 핵심과 본질을 전달한다. 그 때문에 전쟁과 파괴를 다룬 소설이면서도 가장 정상적인 인간의 심리를 다룬 소설이라는 평가를 받았다. 이런 정상 심리는 등장인물들에 대한 톨스토이의 애착, "세대들의 발전"에 대한 관심, 인생의 커다란 스펙터클에 대한 그의 사랑에서 흘러나온다.

『전쟁과 평화』보다 읽기가 덜 벅차고 이 소설에 비해 상당히 짧은 것으로는 톨스토이의 전형적인 사랑의 이야기인『안나 카레니나』가 있다. 독자들은 시간을 내어 이 두 책을 꼭 읽어보기 바란다. **C.F.**

89
헨릭 입센 Henrik Johan Ibsen
1828-1906

희곡 선집 Selected Plays

『평생 독서 계획』에서 다루어진 많은 극작가들 중 입센은 가장 위대하다거나 가장 읽기 쉬운 극작가는 아니지만, 아마도 현대 연극에 가장 큰 영향을 미친 작가일 것이다. 그는 혼자 힘으로 그가 데뷔했을 때 유럽을 휩쓸던 기계적이고 생기 없는 "잘 만들어진 드라마"를 파괴했다. 그는 연극을 혁신적인 사상을 토론하는 무대로 바꾸어 놓았고 새로운 리얼리즘을 도입했다. 그는 상황보다는 사람들로부터 드라마를 만들어냈다. 버나드 쇼[99]도 사회극에 일정한 공로가 있기는 하지만, 입센은 현대 서구 사회극의 원조이다.

그는 노르웨이 상인의 아들로 태어났으나 아버지는 그가 여덟 살 때 파산했고 그 때문에 어려운 청소년 시절을 보냈다. 20대에는 시와 낭만적인 역사소설을 썼으나 작가로서 성공을 거두지 못했고, 무대 관리와 연극 제작에도 손을 댔으나 역시 성공을 거두지 못했다. 1864년 그는 여행 장학금을 얻어 노르웨이를 떠나 로마로 갔다. 그 후 27년 동안 두 번의 짧은 귀국을 제외하고 독일과 이탈리아 등 주로 해외에서 살았다. 이 해외 체류 기간에 그는 유럽을 놀라게 하고, 충격을 주고, 즐겁게 한 희곡들을 대부분 집필했다. 생애 만년의 몇 년 동안에는 정신병에 걸려 행복하지 못했던 인생이 더욱 우울해졌다.

입센을 바라보는 세 가지 관점이 있다.

첫째, H.L. 멘켄과 다른 많은 평론가들은 입센이 우상파괴자가 아니며 "놀라운 기량을 가진 극작가"라고 본다. 뛰어난 장인이기는 하지만 메시지는 없다는 것이다. 그의 장기는 당대의 지식인들이 내놓은 사상을 받아들여 연극 무대라는 새로운 무대를 제공하는 것이다. 멘켄은 입센의 진술을 적절히 인용한다. "극작가의 임무는 질문에 답변을 하는 것이 아니라 단지 질문을 제기하는 것이다."

둘째, 입센의 제자인 조지 버나드 쇼가 볼 때, 올바른 질문이라면 그런 질문을 제기하는 것 자체가 하나의 혁명적 행위가 된다. 소크라테스의 말을 기록 혹은 창조한 플라톤[12]은 쇼의 얘기에 동의할 것이다. 쇼는 입센의 연극을 이렇게 정의한다. 입센 연극은 19세기 중산층이 선량함이라는 헛된 이상으로부터 자신을 해방시키는 수단이다. 쇼는 그 헛된 이상을 "이상주의"라고 말했다. 쇼가 볼 때, 입센은 교사인데 좀 더 구체적으로 말하면 버나드 쇼 사상의 교사이다.

쇼의 판단이 정확한가 여부는 차치하더라도, 결혼, 여성의 지위, 관습의 숭배 등을 다룬 입센의 연극이 동 시대 사람들과 후대 사람들에게 결정적 영향을 미친 것은 사실이다. 이 책의 공저자인 존 메이저는 입센이 동양 여러 나라에 커다란 영향을 미쳤음을 언급해 달라고 주문했다. 가령『인형의 집』은 중국과 일본의 문학계에 엄청난 영향을 미쳤다는 것이다. 이 드라마 하나가 중국과 일본의 작가들을 고정 관념으로부터 해방시켰다.

셋째, 입센은 시인이었다. 번역본으로는 이런 시적 측면이 어렴풋이 파악될 수 있을 뿐이다. 노르웨이 사람들에게 그의 초기작이며 운문으로 쓰인『페르 귄트』는 민족주의적 내용이 아닌데도 불구하고 노르웨이 국민성을 환상적으로 잘 요약한 서사시로 받아들여지고 있다. 소위 사회극으로 유명한『인형의 집』,『유령』,『헤다 가블러』는 곧 잊혀질 가능성이 있다. 하지만 읽기가 난해하고 상상력이 넘치며 상징적인 드라마인『페르 귄트』,『뛰어난 건축업자』,『우리 죽은 사람이 깨어날 때』는 지난 2백 년 동안에 나온 위대한 드라마로 평가될 가능성이 높다.

여기에 추천된 드라마들은 제작 연대순으로 배열되었다. 내가 볼 때 가장 훌륭한 작품은『페르 귄트』와『들오리』이지만, 그의 대표작에 대해서는 의견이 일치되지 않는다. 아무튼 다음 순서대로 읽어보기를 권한다.『페르 귄트』,『인형의 집』,『유령』,『민중의 적』,『들오리』,『헤다 가블러』,『뛰어난 건축업자』,『우리 죽은 사람이 깨어날 때』. C.F.

90

에밀리 디킨슨^{Emily Dickinson}

1830-1886

시 전집 Collected Poems

에밀리 디킨슨의 독자들을 오랫동안 매혹시킨 사항은 이런 것이었다. 그녀의 인생은 별 굴곡이 없었는데 어떻게 그녀가 인생의 조건에 대하여 그토록 심오한 통찰을 보이느냐는 것이다. 그녀는 한때 이렇게 썼다. "영혼은 자신의 사회를 선택한다. 그리고는 그 문을 닫아 버린다." 또 이런 구절도 있다. "이것은 내가 세상을 향해 보내는 편지이나, 세상은 내게 절대로 편지하지 않는다." 하지만 그녀의 말과는 다르게, 문은 열렸고 편지는 답장을 받았으며, 이 외로운 시인은 이제 세상의 위대한 시인이 되었다.

에밀리 디킨슨은 좋은 집안에서 태어나 열여덟 살이 될 때까지 애머스트 아카데미와 마운트 홀리요크 여자 신학대학에서 교육을 받았다. 그녀는 결혼하지 않았고 30대 후반부터는 그녀의 집과 사랑하는 정원 밖으로 나가 본 적이 없었다. 40대 초반부터는 오로지 하얀 옷만 입었다. 그녀가 남긴 편지들은 낭만적인 감정을 더러 보여주기도 하지만, 그녀의 성적인 에너지는 오로지 시 속에서만 발견된다.

그녀는 대략 1,775편의 시를 썼는데 생전에는 소수의 시만 발표되었다. 그 때문에 그녀의 시들은 모두 제목이 붙여지지 않은 짧은 독백들이다. 심지어 오늘날에도 그녀의 기질과 임의적인 시어 조작으로 인해 우리는 그녀의 정체를 딱 꼬집어 말하지 못한다. 그녀는 비평가들을 절망시킨다. 그들은 이런 시를 대하고 쩔쩔맨다.

> 그리고 지고한 헛간에 거주하리니—
> 그리고 꿈꾸며 세월을 보내고,
> 풀은 그것과는 아무 상관도 없어,
> 차라리 내가 건초였다면—

디킨슨의 시를 읽을 때에는 금방 의미를 파악하겠다고 기대해서는 안 된다. 때때로 시상이 너무 농밀하고 너무 괴이하여 대부분의 사람들을 당황하게 만든다. 때때로 구문 자체가 말이 되지 않는다. 그러니 그녀 목소리의 어조와 높낮이에 먼저 적응하도록 하라. 한 자리에서 20—30편 정도만 읽고 더 이상 읽으려 하지 마라. 하지만 어떤 독자들은 이런 인상주의적 독서 방식에 불만을 느낄 것이다. 디킨슨의 괴상한 비유와, 사랑과 종교 등 무거운 주제에 대한 독특한 접근 방식을 이해하고자 애쓰는 독자는, 신시아 그리핀 울프의 『에밀리 디킨슨』(크노프, 1986)을 읽어 보기 바란다.

가끔 디킨슨은 소로[80]와 에머슨[69]의 개인주의를 깊이 명상하면서 초월주의자 같은 특징을 드러낸다.

> 부자들은 어떤 느낌을 가지고 있을까—
> 동인도 회사의 인도 무역선—백작—
> 나는 빵 한 조각만으로도—

그들보다 더 지고한 존재라고 생각해……

    1945년에 발간된 그녀의 시선집은 『멜로디의 우레』라는 제목이 붙여졌다. 이 표현은 그녀의 시 속에서 따온 것인데 그녀가 시를 쓸 때 느끼는 창조적 비등沸騰을 가리킨다. 그녀의 등록 상표인 대시(위의 시들을 보라)는 그녀가 구두점에 무지했다는 것을 증명하지 않는다. 대시(―)는 시작詩作에 따르는 육체적 흥분, 생각과 어휘가 그녀의 머릿속으로 홍수처럼 밀려들어올 때의 들숨과 날숨 등을 표현하는 것이다.

    에밀리 디킨슨은 인간 사회를 멀리하고 그녀의 집 정원을 사회 대신으로 삼았다. 꽃들, 벌들, 꾀꼬리와 거미, 민들레, 나뭇가지, 잎사귀, 애벌레, 이런 것들이 이 은둔자에게 지속적인 친구였고 사회적 모임이었다. 이런 것들로부터 그녀는 자신의 인생관을 표현하는 비유를 만들어냈다. 그녀는 이런 제약적인 상황을 잘 활용했다. 그녀는 이렇게 썼다. "감옥이 친구가 되어간다―"

    에밀리 디킨슨은 자신의 시를 들어줄 청중을 원했으나 생전에는 결국 그녀 자신만을 위해 글을 썼다. 그녀가 일반 독자를 위해 글을 썼다는 사실은 오랜 세월이 지난 후에야 알려졌다. **C.F.**

91
루이스 캐럴 Lewis Carroll
1832—1898

이상한 나라의 앨리스 *Alice's Adventures in Wonderland*, 거울을 통하여 *Through the Looking-Glass*

일부 독자는 루이스 캐럴이 『평생 독서 계획』에 들어 있는 것은 뭔가 오류가 아닌가, 하고 생각할지 모른다. 하지만 그는 당당한 자격으로 이 계획에 들어왔다. 그는 자신이 무엇을 하고 있는지도 잘 모르는 가운데, 난센스(불합리)의 세계가 센스(합리성)의 세계와 기이하면서도 복잡한 관계를 맺고 있다는 것을 증명했다. 그는 동화의 고전이기 때문에 이 계획에 포함된 것이 아니다. 만약 그러했다면 당연히 그림 형제, 안데르센, 콜로디, E.B. 화이트, 기타 십여 명의 동화작가들을 포함시켜야 했으리라. 루이스 캐럴이 아동뿐만 아니라 성인들에게도 지속적인 흥미를 안겨주기 때문에 이 책에서 다루게 되었다.

루이스 캐럴은 두 권의 앨리스 책이 발간된 1860년대와 70년대보다 오늘날 오히려 더 생생하게 빛을 발한다. 그는 모든 나라의 보통 사람들을 즐겁게 할 뿐만 아니라 최고의 지식인들도 매혹시켰다. 가령 에드먼드 윌슨, W.H. 오든[126], 버지니아 울프[111], 앨프레드 노스 화이트헤드, 버트런드 러셀, 아서 스탠리 에딩턴 같은 논리학자와 과학자들, 그 외에 무수한 철학자, 언어학자, 정신분석학자들이 앨리스를 사랑했다.

그의 본명은 찰스 러트위지 도지슨 Charles Lutwidge Dodgson이었다.

목사의 아들로 태어난 그는 위아래로 일곱 자매가 있었다. 이것은 그의 남성성 부족을 일부 설명해 준다. 19세부터 사망할 때까지 옥스퍼드 대학의 크라이스트 처치 칼리지에서 차례로 학생, 수학 교수, 학장을 지냈다. 알려진 바에 의하면, 캐럴은 평생 숫총각이 었다. 예의바르고, 유쾌하고, 학자풍에다가, 학문적 논쟁을 즐겨 했다. 많은 취미를 가지고 있었는데 초창기의 일류 사진가였는가 하면 스카치 테이프 비슷한 물건을 발명했다. 그의 평생의 열정은 어린 소녀들을 비非 성적으로 좋아한 것이었다.

그는 따분한 교수에 평범한 수학자였으나 아리스토텔레스[13] 논리학을 열광적으로 신봉했다. 『앨리스』에서 잘못된 삼단논법 이 은밀한 특징들 중 하나이다.

전반적으로 기인이었으나, 친절하고, 때로는 변덕스럽고, 여성 스럽고, 수줍음이 많았다. 그는 심지어 자신의 양손을 회색과 흑 색이 섞인 장갑 속에다 감추기도 했다. 아주 평범한 지성의 소유 자였으나 그의 편지나 일기에는 프로이트나 아인슈타인에 버금가 는 날카로운 통찰이 번득인다.

의심할 나위 없이, 루이스 캐럴은 많은 빅토리아 시대 사람들과 마찬가지로 내면이 분열된 인간이었다. 세심하고 주의 깊은 독자 라면 이런 분열과 긴장을 그의 작품들 속에서 발견할 것이다. 『앨 리스』에서는 독자가 의식적으로 혹은 직관적으로 알고 있는 네 개의 세계가 충돌한다. 유년, 꿈, 난센스, 논리의 세계가 그것이 다. 이 세계들은 서로 합쳐지는가 하면 서로 벗어나기도 하고 서 로 간에 어떤 변화를 겪기도 한다. 이 네 가지 세계의 기이한 상호 작용이 『이상한 나라의 앨리스』에 복잡성을, 더 중요하게는 그 혼란스러운 리얼리티를 부여한다. 성인 독자는 그 기발한 유머를 즐겁게 받아들이지만 동시에 이것이 아동서적 이상의 책이라는 것을 깨닫는다. 이 책은 인간 의식의 어두운 구석을 살짝살짝 건드리고 있는 것이다.

여러 해 전 나는 루이스 캐럴에 대하여 논문을 쓴 적이 있다. 그 논문에서 다음의 문장을 다시 인용한다. "『앨리스』 책들의 지속적인 매력은 어린아이와 그들의 세계에 대한 열정, 꿈의 세계를 탐구하려는 열정, 더 나아가 죄의식과 공포가 가득한 악몽의 세계를 탐구하려는 열정이 한데 뒤섞여 있다는 것이다. 죄의식과 공포는 어린아이들의 생활에서 중요한 부분을 차지하는데, 그 때문에 나중에 성인이 되어서도 인간의 의식에서 엄청난 영향력을 발휘한다." C.F.

92
마크 트웨인^{Mark Twain}
1835 – 1910

허클베리 핀 *Huckleberry Finn*

어린 시절에 『허클베리 핀』을 읽은 사람들은 아직도 그것을 아동용 서적으로 생각한다. 물론 뛰어난 아동용 서적인 것은 맞다. 하지만 헤밍웨이[119]의 다음과 같은 발언은 이러한 생각을 뒤엎는다. "모든 미국 현대 문학은 마크 트웨인의 『허클베리 핀』이라는 책 하나에서 흘러나왔다." 나는 이런 두 극단적 생각의 중간쯤에 진실이 놓여 있다고 본다. 하지만 헤밍웨이의 생각에 좀 더 점수를 주어야 하지 않나 싶다.

마크 트웨인(본명은 새뮤얼 랭혼 클레먼스Samuel Langhorne Clemens)은 굉장히 고심하면서 『허클베리 핀』을 썼다. 그가 이 소설을 탈고했을 때 이 소설이 소로의 『월든』[80]과 함께 미국 19세기 문학을 대표하는 2대 작품이 되리라고 생각했을지는 의문이다. 트웨인은 자신의 무의식으로부터 이 소설을 써냈다. 그 무의식을 통하여 그의 초창기 상상력에 자양분을 주었던 위대한 강이 흘러들었다. 이 소설 속에 그는 자신의 청춘을 묘사했다. 하지만 그렇게 함으로써 미합중국의 청춘을 함께 엮어 넣었다는 것을 그는 의식하지 못했으리라.

그는 그 외에도 많은 것을 해냈다. 허클베리의 마음은 분열되어 있다. 하나는 자연스러운 사회적 천재성이고(허크는 소년이면서 천재인데, 이 소년은 위대한 인간이기도 하다), 다른 하나는 '문명'에 대한 혐오증이다. 이처럼 마음이 둘로 분열된 것은 미국 국민성의 분열을 반영하는 것이다. 미국인은 변경의 유산 때문에 "이 영토를 그대로 지키려는" 욕망과, 이 영토를 거대한 생산 공장으로 만들려는 욕망 사이에서 분열되어 있다. 더욱이 헉은 아직도 우리의 국민적 양심에서 메아리치는 인종 간 긴장을 반영한다. 허크가 도망치는 흑인 노예이면서 동시에 허크의 친구인 짐을 신고할까 말까 망설이는 챕터를 다시 한 번 읽어보라. 여기에 인종간 긴장이 아주 절묘하게 형상화되어 있다.

이 소설에는 일체의 감상이 없다. 이 작품이 묘사하는 산업 이전 시대의 "자연스러운" 미국은 폭력, 살인, 불화, 탐욕, 위험 등으로 가득 차 있다. 미시시피 강ᅲ은 아주 아름답지만, 선장 출신의 저자가 잘 알고 있듯이, 아주 위험하고 괴상한 곳이다. 미국이라는 나라와 역사를 사랑하는 미국인이 『허클베리 핀』을 읽으면 이것이 읽어버린 낙원을 칭송하는 서사시라는 느낌을 갖게 된다. 남부 출신이든 북부 출신이든 미국인은 애포매톡스(남북전쟁 때 남군이 항복 문서에 서명한 곳으로 남북전쟁의 종전을 의미: 옮긴이)와 함께, 어떤 순수성, 활기차고 젊은 자유의 느낌이 영원히 우리를 떠나갔다는 것을 느낀다. 페리클레스 시대의 고대 그리스 지식인들은 호메로스[2, 3]를 읽으면서 그리스의 서사시를 느꼈는데, 그와 똑같이 미국인은 『허클베리 핀』에서 미국의 『오디세이아』를 읽는다.

헤밍웨이는 위에 인용한 짧은 문장에서 이 모든 의미를 함축했다. 하지만 그는 좀 더 구체적인 것을 의미하기도 했다. 마크 트웨인은 구어를 창조적으로 사용한 미국 최초의 위대한 작가였다. 『허클베리 핀』은 의도적으로 영국식 문어체를 파괴했다. 표기 법칙을 따르는 것이 아니라 일상 언어의 굴곡을 그대로 반영하는 새로운 언어의 리듬을 도입했다. 그는 비 학술적 언어로도 굉장한 효과를 성취할 수 있음을 보여 주었다.

생애 후반에는 세속성과 도시적 분위기를 풍기기도 했으나 마크 트웨인은 월트 휘트먼[85]이 칭송한 "교육받지 않은 생기에 넘치는 사람들" 중의 하나였다. 이렇게 말한다고 해서 그의 위대함이 그만큼(무식한 만큼) 손상된다는 뜻은 아니다. 그는 동시대 사람인

헨리 제임스[96]가 이끌었던 것과는 전혀 다른 전통을 계승한 작가
였다. 이 두 작가는 미국 문학과 사상의 두 가지 흐름을 대표한다.
마크 트웨인은 토속적이고 유머러스하고 대중적이다. 헨리 제임
스는 영미·유럽적이고, 분석적이고, 귀족적인 작가였다. **C.F.**

93
헨리 애덤스 Henry Adams
1838-1918

헨리 애덤스의 교육 *The Education of Henry Adams*

헨리 애덤스는 아주 귀족적인 가문에서 태어났다. 그는 미국 제2
대 대통령 존 애덤스의 증손으로, 제6대 대통령 존 퀸시 애덤스의
손자로, 그리고 주영 미국 대사를 역임한 찰스 프랜시스 애덤스의
아들로 태어났다. 그의 생애가 흥미로운 것은 그런 귀족 가문의
기대와는 다르게 살았기 때문이다.

대대로 공직에 봉사해 온 가문이기 때문에, 그의 집안은 헨리가
나중에 국가의 공동선을 위해 높은 정치적 수완을 발휘하는 사람
으로 성장하기를 기대했다. 대통령이 되기를 바라는 것도 그리 황
당한 기대는 아니었다. 그러나 헨리 애덤스는 학자, 역사가, 영향
력 있는 교사, 철학자, 멋진 편지 집필자, 탁월한 세계 여행가, 아
주 훌륭한 자서전 집필자로 일생을 살았다. 그는 지도자 역할을
해본 적은 없었다. 그의 영향력은 상당히 컸지만 간접적인 것이었
다. 생애의 어느 한때 이렇게 말하기도 했다. "내가 인생에서 어떤

기능을 발휘한 게 있다면, 정치가들의 편안한 동무 역할을 했다는 것이다." 미국과 영국의 중요 인사들을 잘 알고 있었던 그는 냉소적인 관찰자의 역할에서 벗어난 적이 없었다. 그의 냉소는 자기 자신과 외부 세계를 동시에 공격의 대상으로 삼았다.

어떤 관점(헨리 자신의 관점이기도 한데)에서 보자면 그는 실패작이었다. 또 다른 관점에서 보면 성공작이었으나 그 성공은 사후에 온 것이었다. 그의 실패는 정치적 야망을 실현하지 못해 주위 사람들을 실망시켰고 가문의 전통에 따라 살지 못했다는 것이다. 그는 인문 교육과 도덕적 책임을 강조한 18세기식 교육을 받았기 때문에, 열정, 과학, 산업을 강조하는 20세기에는 적응할 수 없는 인물이었다. 이것은 『헨리 애덤스의 교육』의 주제이기도 하다. 그렇다면 그의 성공은 무엇일까? 자기 자신에 대한 이런 불만(그는 그 불만을 토대로 자신의 경력을 개척해 나갔다) 때문에 헨리는 자신과는 체질적으로 맞지 않는 시대를 깊이 있게 탐구할 수 있었다. 그의 저서들, 특히 『헨리 애덤스의 교육』은 이물질을 극복하는 과정에서 만들어진 진주였다.

냉소적인 3인칭 시점으로 집필된 『헨리 애덤스의 교육』은 저자를 그 자신(헨리 애덤스)에게 설명하려는 시도, 혹은 그의 시대를 저자에게 설명하려는 시도이다. 애덤스는 19세기 후반의 물리학으로부터 큰 영향을 받았다. 그는 문명도 물질과 마찬가지로 변화와 쇠퇴라는 준엄한 법칙을 피해갈 수 없다고 보았다. 그는 서구 문명이 13세기에 일관된 통합의 상태를 달성했다고 보았다.(그의 멋진 중세 연구서인 『몽 생 미셸과 샤르트르』를 참조할 것) 반면에 발전기로 상징되는 현대는 단일한 통합성에서 벗어나 점점 더 다양성 쪽으로 다가간다고 보았다. 해체의 속도는 점점 더 빨라졌다. 그리하여 인류는 점점 더 우려스러운 대파국 이외에는 내다볼 게 없다는 것이다. 『헨리 애덤스의 교육』은 재치, 우아함, 현장감 넘치는 보고 등이 훌륭하다. 하지만 이 책에서 날카로운 정서를 환기하는 것은 비극을 의식하는 애덤스의 차가운 예감이다. 그것은 『헨리 애덤스의 교육』을 예언서인가 하면 시정 넘치는 책으로 만들고 있다.

평론가 폴 엘머 모어는 『헨리 애덤스의 교육』의 "감상적인 니힐리즘"을 비판했다. 애덤스의 독특한 비관론이 때때로 독자의 귀에 지겹게 들리는 것은 사실이다. 그러나 오늘날의 작가들을 한번 둘러볼 때 애덤스처럼 미래의 모습을 명쾌하게 예언한 작가는 발견하기가 어렵다. 우리는 이미 그가 예언한 대파국을 여럿 경험했다. 틀림없이 앞으로 더 경험하게 될 것이다. 통합보다는 해체가 점점 더 우리 시대의 특징이 되어 가는 듯하다. 1862년에 애덤스처럼 예언하려면 상당한 깊이의 상상력이 필요했다. "언젠가 과학은 인류를 그 손아귀에 집어넣을 것이고, 인류는 세상을 폭파함으로써 모두 자살해 버릴지 모른다."

헨리 애덤스는 성격적으로 불행한 사람이었다. 사랑하는 아내가 1885년에 자살하자 그는 더욱더 비관론 쪽으로 기울어졌다. 그는 속물근성이 있었고, 지적으로 허세가 심했으며, 천박할 정도로 인종차별주의자였으며, 자기비하는 때때로 가식적인 것이었다. 하지만 자신의 이런 단점들과 또 장점들을 적절한 소재로 삼아 위대한 책, 『헨리 애덤스의 교육』을 써냈다. 그는 애덤스 가문의 일원이었으므로 『고백록』 같은 것은 쓸 수가 없었다. 그의 목적은 인간의 마음을 드러내는 것이 아니라, 역사적 인물을 초연하게 관찰하는 것이었다. 그리고 그 인물은 바로 헨리 애덤스 자신이었다. 미로 같은 마음의 지적인 분석, 변화하고 붕괴하는 사회에 대한 예리한 분석 등에 있어서 『헨리 애덤스의 교육』은 타의 추종을 불허한다. **C.F.**

94
토머스 하디 _{Thomas Hardy}
1840-1928

캐스터브리지의 시장 The Mayor of Casterbridge

토머스 하디는 도싯 출신이고 생애의 대부분을 도체스터 인근에서 보냈다. 유서 깊고 아름답고 다소 황량한 전원인 도체스터(하디는 소설에서 이곳을 웨섹스라고 불렀다)는 어느 의미에서 보면 하디 소설의 가장 큰 주인공이다. 목수의 아들로 태어난 그는 8세에서 16세까지만 공식 교육을 받았다. 그런 다음 도체스터와 런던의 건축가에게 차례로 도제로 들어갔다. 27세부터는 장편소설 쓰기를 시작했고 이것은 그 후 25년간 성공적 사업이 되었다. 『이름 없는 주드』(1895)의 몇몇 상황과 문장이 큰 물의를 일으키자, 여론에 민감한 하디는 첫 사랑이었던 시로 돌아갔다. 사망 당시 그는 1천 편의 시를 써놓았는데, 이것은 나폴레옹 전쟁의 거대한 파노라마를 읊은 장편 서사시 『군주들』은 따지지 않은 수치이다. 많은 평론가들은 그의 시를 소설보다 더 높이 평가한다. 그는 정독해야 할 가치가 있는 영국 시인 20명 중에 들어간다.

문학적 기호嗜好의 사이클이 하디의 시를 다시 호평할 날이 있을 것이다. 그런 사이클 덕분에 단테[30], 콘래드[100], 스탕달[67], 멜빌[83], 헨리 제임스[96]가 다시 평가된 것처럼 말이다. 『평생 독서 계획』은 문학적 유행을 깊이 다루려는 목적은 없다. 『평생 독서 계획』은 장기적인 영향력을 미치고 또 독자들의 지속적인 흥미를 이끌어내는 것으로 널리 인정된 작가들만 다룬다. 이런 작가들 그룹에서 하디는 2진급에 속하겠지만 그렇다고 해서 사소한 작가라는 얘기는 아니다.

그는 88세에 사망했다. 그의 생애가 두 세기에 걸쳐 있기 때문에, 그의 작품은 빅토리아 소설과 현대 소설의 가교 역할을 한다. 그의 장편소설들은 조지 엘리엇[84] 같은 작가도 때때로 건드리지 못한 많은 성적, 종교적, 철학적 터부에 용감하게 도전하고 나섰다. 다윈[73]과 19세기의 기계적 · 결정론적 우주관에 영향을 받은 하디는 인간을 자연의 노리개로 제시한다. 그의 인생관은 때때로 황량하고 어떤 때는 슬픔에 가득 차 있다. 그 인생관은 추상적 이론에서만 흘러나오는 것이 아니라 그 자신의 우울한 기질에서도 영향을 받았다. 하지만 그의 유머와 자연에 대한 놀라운 감수성 덕분에 그의 소설들은 우울 일변도를 벗어날 수 있었다. 영국 현대 소설은 대체로 보아 우울한 것이 많은데, 이것은 부분적으로 하디가 빅토리아 시대의 비현실적인 낙관론에 거세게 도전한 결과였다.

널리 평가받는 하디 소설들은 『원주민의 귀향』, 『더버빌 가의 테스』, 『이름 없는 주드』, 그리고 『캐스터브리지의 시장』이다. 나는 맨 마지막 작품에서 하디 소설에서는 좀처럼 찾아보기 어려운 균형 감각을 발견한다. 종종 멜로드라마로 기울기도 하지만, 비밀 문서의 복선 등 복잡한 플롯 덕분에 이야기가 잘 구성되어 있다. 주변 환경과 과거에 대한 인식이 그의 소설에 견고한 구조를 부여하고, 농촌 사람들에 대한 동정적 묘사는 종종 셰익스피어[39]에 비교된다. 일련의 비극적 운명을 무자비할 정도로 정교하게 엮어내며, 깊은 생각에 잠기는 동정적인 분위기를 창출한다. 어떤 남자가 자신의 아내를 경매 처분하는 기이한 시작 장면은 아연 독자의 흥미를 자아낸다. 그런 흥미는 "스스로를 소외시킨 남자" 마이클 헨차드를 지켜보는 가운데 계속 유지된다. 이 남자는 자신을 파괴하는 방법을 고안해내고 그렇게 함으로써 자신의 죄책감을 속죄한다.

영국의 평론가 데스먼드 매카시는 하디에 대해서 이렇게 말했다. "슬픔과 재앙에 위엄을 부여하는 것이 비극적 문학의 기능이다." 이런 기준을 적용한다면 『캐스터브리지의 시장』의 저자는 그 스타일과 취향의 부적절함에도 불구하고 비극의 진정한 거장이다. C.F.

95

윌리엄 제임스 William James
1842-1910

심리학 원리 *The Principles of Psychology*, 프래그머티즘 *Pragmatism*, 진실의 의미 *The Meaning of Truth* 중 논문 4편, 종교적 체험의 다양성 *The Varieties of Religious Experience*

심리학자 겸 철학자인 윌리엄 제임스는 소설가 헨리 제임스[96]의 형이다. 두 형제는 아주 성격이 달랐지만 그래도 서로에게 따뜻한 애정을 품고 있었다. 동생 헨리의 성격은 괴팍했지만, 아주 세련된 지식인들의 인간 관계를 포착하는 데 관심이 많았다. 동생은 명상적인 성격이기는 했지만 추론에 강하지는 않았고 추상적 개념들을 다루는 데 익숙하지 않았다. 형 윌리엄은 에머슨[69]과 마찬가지로 타고난 민주주의자였고, 정이 많고, 유머러스하고, 과학, 종교, 도덕에 대하여 깊은 관심을 보였다. 헨리는 순수한 예술가였고 자신의 소설만으로 세상과 접촉했다. 윌리엄은 정력적인 교사였고 그의 개성은 오늘날에도 강한 영향력을 행사한다. 헨리는 영국 상류층과 지식인 사회를 겨냥했다. 윌리엄은 역동적이고 성장하는 미국 사회에 관심이 많았고 초연한 동생은 생각조차 하지 못하는 방식으로 공적 생활을 영위했다. 영국의 철학자 앨프레드 노스 화이트헤드는 윌리엄을 가리켜 "존경스러운 천재"라고 말했다. '천재' 라는 명사는 동생 헨리에게도 적용될 수 있겠으나 '존경스러운' 이라는 형용사는 적용되기 어려울 것이다. ^(하지만 헨리도 나름대로 독특한 매력을 가지고 있었다.)

월리엄 제임스의 저서에 대하여 한 마디. 제임스의 책은 어떤 것을 읽어도 소득이 많다. 하지만 다음의 세 책은 그의 개성과 사상을 잘 알게 해줄 것이다. 지금은 부분적으로 이론이 수정되기는 했지만, 『심리학 원리』는 제임스의 대표작이다. 부분적으로 어려운 부분도 있기는 하지만 이 책은 마음의 활동을 멋지게 극화하고 있다. 제임스 자신은 이 책의 내용에 대하여 "지저분하고 사소한 주제"라고 말했지만, 세상은 그런 겸손한 판단을 받아들이지 않았다. 『프래그머티즘』은 제임스와 밀접한 관계가 있는 단어이지만, 그보다는 미국의 국민성과도 깊은 관계가 있다. 이 책은 J.S. 밀[72]에게 헌정되었는데, 밀을 읽은 독자라면 그러한 헌사를 다소 흥미롭게 생각할 것이다. 제임스의 저서 중 가장 흥미로운 것은 『종교적 체험의 다양성』이다. 종교심리학 문헌 중 하나의 이정표를 세운 이 책은 제임스의 실용주의적 검증을 구체적으로 보여 준다.

실용주의적 검증은 간단한 것처럼 보이지만 많은 사람들에게 설득력이 높았다. 실용주의에 대해서는 철학적 반론도 만만치 않은데 그 문제는 우리의 관심사가 아니다. 실용주의를 간단히 말해 보자면, 제임스는 어떤 사상의 의미와 진리는 실용적 결과에 달려 있다고 주장했다. 어떤 문제가 있는데, 그 문제의 해결이 실제 체험에 어떤 차이를 만들어내고, 우리의 행동에 영향을 미친다면, 그 문제는 실제적인 것이다. 이렇게 볼 때 제임스는 근원이 아니라 결과를 강조한다. 제임스는 『종교적 체험의 다양성』에서 종교적 상태는 다른 심리 상태와 마찬가지로 신경계에 의해 조건 지워진다고 주장했다. 이어 "그 종교적 상태의 중요성은 그 근원이 아니라 그 결과적 가치에 의해 검증되어야 한다"라고 말했다. 따라서 종교는 '진리'라고 확정되었든 말았든, 개인과 인류에게 가치 있는 것이다. 종교의 진리는 절대적인 것이 아니라 기능적인 것이다. 사상은 도구로서만 타당한 것이며 그 도구성에 의하여 가치가 판단되어야 한다. 요약해 보자면, "사상은 우리의 생활에 유익하다고 믿어지는 한 '진리'이다." 제임스의 도덕적 이상은 아주 고결하고 순수했다. '유익하다'는 것은 시장의 가치를 가리키는 것이 아니다. 또 그의 프래그머티즘(실용주의)을 "실제에서 통하면 뭐든지 오케이"라는 사상으로 폄하하는 것도 공정한 태도가 아니다.

실용주의 사상이 제임스와 미국의 국민성에 핵심적인 철학이기는 하지만, 제임스에게는 실용주의를 넘어서는 사상이 있었다. 독자는 그것을 유념해야 한다. 하지만 그것이 우리가 제임스를 읽는 주된 이유는 아니다. 제임스라는 사람이 흥미롭기 때문에 그의 책을 읽는 것이다. 그는 사상사에서 아주 매력적인 인물이다. 활기 넘치고, 체험의 세계를 중시하고, 정신의 자유를 존중하고, 정서적으로 아주 신선하다. 게다가 그는 아주 명쾌하고 신선한 문체의 소유자이다. 확정된 종교 체계나 도덕 체계를 믿는 사람들은 아마도 실용주의적 검증에 대해서 반대할지 모르나, 그래도 그의 저서를 읽고 나면 독자는 전보다 더 생생한 희망을 갖게 될 것이다. 그는 가능성의 철학자이다. 실용주의적 검증이라는 개념만으로도 그는 독자의 관심을 사로잡을 수 있다. 그의 저서를 읽으면 인생을 보는 안목이 달라진다. **C.F.**

96

헨리 제임스 Henry James

1843-1916

대사들 The Ambassadors

72년의 생애 동안 윌리엄 제임스[95]의 동생인 헨리 제임스에게는 이렇다 할 사건이 벌어지지 않았다. 그는 결혼하지 않았고 남자든 여자든 열정적인 인간관계를 맺어 본 적이 없었다. 그는 이디스 워튼[102]과 친밀하게 교제했으나 성적인 관계는 아니었다. 근면하게 살아온 긴 생애 중 가장 결정적인 사건은 1876년에 영국에서 영구 거주하기로 결정한 것이다. 그는 영국에서 살면서 간간히 미국과 유럽을 방문하고 좋은 식당에서 외식을 많이 하면서 한평생을 보냈다.

그것은 약간 수동적인 생애였다. 그러나 결산을 해 볼 때 제임스는 19세기 인물들 중 가장 정력적으로 살아간 사람들 중 하나였다. 물론 어떤 획기적 사건이 벌어진 것은 아니었다. 그는 사람들을 관찰하고, 느끼고, 분별하고, 사색하고, 그런 다음 정교하게 소설 속에 짜 넣었다. 그는 모든 것을 예술로 바꾸어 버렸다. 그의 소설들은 곧 그의 자서전이다.

콘래드[100]는 제임스를 "깨끗한 양심의 소유자"라고 했다. 양심에다 "인간의 의식consciousness"이라는 단어를 추가한다면 더욱 정확한 평가가 되었을 것이다. 제임스는 인물들 사이의 미묘한 관계를 추적하는 데 아주 탁월했다. 그는 어떤 주어진 상황의 심리적 가능성을 모두 탐구했다. 그가 자신의 소설 속에 집어넣기로 선택한 상황들은 의미가 충만한 것들이었다. 그의 재주는 대체로 자신의 소재를 명확하게 파악하는 데서 나오는 것이다. 이렇게 하자면 감수성, 지성, 아이디어와 주제를 정확한 형태로 조립하는 능력이 필요하다. 순수한 예술가라는 측면에서 그는 미국 소설 역사상 가장 비범한 인물이다.

제임스는 『대사들』을 자신의 걸작이라고 생각했다. 그의 생애 후반에 집필된 소설이지만 독자들이 불평하는 지나친 수식이 없다.(필립 게달라라는 비평가는 제임스 문학의 발전 3단계를 제임스 1, 제임스 2, 늙은 위선자라고 재치 있게 요약한 바 있다.) 이 소설에서는 그의 작가적 능력이 아름다운 균형과 긴장을 유지한다. 이 소설에서 제임스는 단골 주제—유럽의 도덕적 사실주의가 경직되고 순진한 미국인들에게 미치는 영향—를 다루고 있는데, 그것이 아주 수준 높은 코미디로 격상되어 있다. 코미디라고 해서 이 소설이 진지한 작품이 아닐 것이라고 예단하면 안 된다. 우아하고 재치 있는 분위기에도 불구하고 무거운 주제가 다루어져 있다. 인간의 체험을 포착하고 해석하기 위해서는 더 많은 생기, 지각知覺, 지성이 있어야 한다고 심각하게 반복적으로 호소한다. 램버트 스트레더는 리틀 빌헴에게 소리친다. "있는 힘을 다해서 열심히 살아라. 살고 또 살아라!" 새로운 체험에 반응하기는 하지만 안타깝게도 너무 늦게 반응하는 스트레더에게서, 제임스는 아주 특별한 미국인의 한 유형을 창조했다.

제임스의 다른 소설들이 그러하듯이, 『대사들』도 천천히 읽어야 한다. 문장 한 줄, 한 줄이 모두 의미를 가지고 있다. 소기所期의 효과를 내기 위해 잘 조율되어 있다. 이 책에는 제임스가 말한 "자의적인 글쓰기의 비천함"이 없다. 『대사들』을 읽으려면 『톰 존스』[55]를 읽는 것보다 시간이 열 배는 더 들지 모른다. 하지만 일부 독자들에게는 그만한 시간을 투자한 가치가 분명 있다.

다작의 소설가인 제임스는 어느 한 작품만을 읽어서는 진면목을 파악하기 어렵다. 그는 장편소설, 단편소설, 회고록, 전기, 문학비평, 여행기 등에서 많은 작품을 써냈고 비록 성공하지 못했으나 희곡에도 손을 댔다. 독자들에게 『대사들』이외에 제임스의 다른 두 작품, 『숙녀의 초상』과 『나사의 회전』을 읽기를 권한다. **C.F.**

97
프리드리히 빌헬름 니체 Friedrich Wilhelm Nietzsche
1844-1900

차라투스트라는 이렇게 말했다 *Also sprach Zarathustra*, 도덕의 계보 *Zur Genealogie der Moral*, 선악의 저편 *Jenseits von Gut und Böse*, 기타 작품들

강인하고, 의기양양하고, 즐거움에 넘치는 초인을 노래한 니체는 외로움, 이름 없음, 신체적 고통 속에서 살아간 인생의 실패작이었다. 작센의 루테란 목사의 아들로 태어나 신앙심 강한 여자 친척들에 의해 길러졌다. 뛰어난 학생이었던 그는 고전철학을 전공했다. 1889년 스물다섯 살의 나이에 바젤 대학교의 그리스어 교수가 되었다. 그는 10년 뒤인 1879년 건강이 좋지 않아 교수직에서 사임했다. 이 시기에 그에게 가장 큰 영향을 주었던 인물은 음악가 바그너였다. 니체는 바그너를 거의 숭배했다. 버트런드 러셀은

이런 말을 했다. "니체의 초인은 그리스어를 모른다는 점만 빼놓는다면 바그너의 지크프리트를 많이 닮았다." 하지만 바그너는 곧 세속주의, 반유대주의, 독일 인종차별주의에 빠져들었고 '파르시팔'에서 병적인 종교적 태도를 보였다. 니체는 이를 계기로 이 위대한 음악가와 멀어졌고 마침내 그와 결별했다. 1879년부터 1888년까지 그는 독일, 스위스, 이탈리아를 전전하면서 싸구려 하숙집에서 외로운 생활을 했다. 그러나 이처럼 열악한 환경에서 보낸 9년 동안 그는 자신의 대표작을 대부분 써냈다. 1888년 12월 그는 토리노의 거리에서 말馬의 목을 쓰다듬으며 울고 있는 광인狂人의 상태로 발견되었다. 정신이상에 빠진 것이었다. 그는 남은 생애 11년을 정신병원에서 보냈는데, 결정적 증거는 없지만 정신병은 매독성 전신마비의 결과라는 설도 있다.

니체는 아직도 논쟁을 일으키는 사상가이다. 때로는 천재처럼 글을 쓰고 때로는 현실 세계와 전혀 접촉해 보지 않은 사람처럼 바보 같은 글을 쓴다. 가령 그의 여성에 대한 견해는 여성을 전혀 모르는 남자의 생각이다. 그가 죽은 지 1백 년이 지났고 무수한 논평과 해석이 나왔지만, 아직도 이 비범한 인물에 대한 통설은 정해진 게 없다. 중용의 마음, 지적인 매너, 합리성, 상식 등을 존중하는 사람들은 그를 우스꽝스러운 자 혹은 혐오스러운 자로 여긴다. 어떤 사람들은 그에게서 예언자, 거짓된 도덕 체계의 건설적 파괴자, 프로이트[98]를 예고하는 직관적 심리학자 등을 발견한다. 그리고 이 양극단의 중간에 포진한 견해들도 아주 많다.

하지만 한 가지 오해는 바로 잡을 필요가 있다. 나치와 파시스트는 니체의 사상을 왜곡하여 그것을 악용했다. 니체가 전쟁, 무자비함, 유혈극, 엘리트의 집권 등을 주장했다고 그들은 선전했다. 하지만 니체는 히틀러와 소히틀러 같은 인물들을 경멸했을 것이다. 그는 반 유대주의자도 아니었고 오히려 독일 민족주의를 비난했던 사람이다. 그는 독일인들을 다음과 같이 요약했다. "지난 4백 년 동안 문화에 대하여 저질러진 모든 대죄는 독일인의 양심과 관련이 있다." 니체는 선량한 유럽인이었고 나치가 증오했던 문화의 옹호자였다. 그가 정치적으로 나쁜 영향을 주었다는 것은 개탄할 일이다. 그렇다고 해서 그를 가리켜 원조 파시스트라고 매도하는 것은 사실 관계를 왜곡하는 것이다.

니체는 자신을 선량한 유럽인이라고 생각했을지 모르나, 그는 서구의 전통에서 멀리 벗어난 사상가이기도 했다. 그는 로렌스[113]나 마르크스[82]보다 더 총체적인 혁명가였다. 그는 소크라테스 이전 철학자들, 소크라테스[12], 시칠리아의 프레데릭 2세 같은 "예술가 군주" 등 소수의 사상가나 인물들만 존경하는 듯하다. 그는 기독교를 "노예의 도덕"이라고 비난한다. 그는 전통적인 미덕인 동정심, 관용, 상호 수용 등을 거부하고 "권력에의 의지"(이 표현은 다양하게 해석된다)를 더 선호했다. 그는 밀[72]의 자유민주적 인도주의를 거부하면서 밀을 "저 돌대가리"라고 불렀다. 그는 인간 정신 속의 영웅적·디오니소스적·비합리적이면서 직관적인 요소들을 칭송했다. 그는 진보라는 일반적인 개념에는 관심이 없었고, 그 대신에 순환적인 영원 회귀라는 애매모호한 개념을 제시하면서, 영웅적인 고통, 낙관적인 비관론, 비극적 체험의 긍정적 효과

등의 이율배반을 강조했다. 전반적으로 보아, 니체는 사람을 편안하게 해주는 사상가는 아니다.

그의 비범한, 때로는 통제되지 않는 언어 능력을 의심하는 사람은 없을 것이다. 욕설과 냉소, 시적인 이미지, 고통 받는 마음에서 홍수처럼 쏟아져 나오는 역설적인 경구들, 이런 것들을 무비판적으로 수용한다면 그는 혐오스러우면서 위험한 사상가가 되어 버린다. 그가 거부한 신은 그에 대한 보복으로 니체에게 광기의 증세를 부여한 듯하다. 하지만 니체가 입센[89]이나 쇼[99]와 마찬가지로 19세기와 20세기의 허세, 비겁, 위선을 많이 폭로한 것도 사실이다.

여기서 제안을 하나 하고자 한다. 가능하면 펭귄북스에서 출판한 『포터블 니체』라는 책을 읽도록 하라. 번역도 훌륭하고 기타 노트와 자료들이 충실하다. 이 책에는 『차라투스트라는 이렇게 말했다』 전편과, 『선악의 저편』, 『도덕의 계보』, 『이 사람을 보라』, 『반 그리스도』의 발췌본이 들어 있다. **C.F.**

| 제5부 |

98

지크문트 프로이트 Sigmund Freud

1856-1939

꿈의 해석 *Die Traumdeutung*, 성욕에 관한 3논문 *Drei Abhandlungen zur Sexualtheorie*, 문명과 그 불만 *Das Unbehagen in der Kultur*, 기타 작품들

프로이트는 1939년 9월 23일에 죽었다. W.H. 오든[126]은 추모시에서 이렇게 노래했다.

> 그는 더 이상 존재하지 않지만
> 하나의 정신적 기상도氣象圖로 남았네.

이것은 핵심을 짚은 말이다. 많은 사람들이 불편하게 여기고 끔찍하게 생각하지만, 프로이트는 이제 정신계의 중요 요소로 자리 잡았다. 프로이트, 그의 제자들, 그의 전 제자들, 그의 반대자들이 손대지 않은 인간 행동의 영역은 거의 없다. 이것이 좋은 일인지, 나쁜 일인지, 아니면 그 둘 다인지 독자가 판단해 보기 바란다.

앞에서 셰익스피어[39]에 대해서 언급할 때, 대부분의 사람들이 셰익스피어에 대해서 좀 안다고 생각하지만 실은 그게 예전부터 내려오던 견해를 되풀이한 것에 지나지 않는다고 말했다. 프로이트에 대해서도 같은 말을 할 수 있다. 많은 사람들이 막연하게 이렇게 생각한다. 프로이트의 사상은 성적 방종을 권장한다. "그는

모든 것에서 섹스를 본다." 그는 교회의 고해소를 자신의 소파(환자의 정신분석을 위한 소파)로 옮겨온 것에 지나지 않는다. 그의 대표작을 읽는다면 이런 오해들은 일거에 불식될 것이다.

프로이트는 임상 신경학을 전공한 의사였다. 1884년에 브로이어의 히스테리 치료 작업에 관심을 갖게 되었고 나중에 브로이어와 공동으로 작업을 하기도 했다. 브로이어는 히스테리가 있는 여성 환자에게 최면을 걸어서 그녀의 과거를 "말하게 함으로써" 그 히스테리를 성공적으로 치료한 바 있었다. 이 치료는 아주 획기적인 사건이었다. 그것은 정신분석의 탄생을 알리는 사건이었고, 겸손한 사람이라고 볼 수 없는 프로이트 자신도 정신분석의 시작을 브로이어의 공로로 돌리고 있다. 프로이트는 최면을 "자유 연상"으로 대체함으로써 무의식의 자물쇠를 여는 열쇠를 발견했다. 1896년에 이르러 그는 자신의 치료 방식에 정신분석이라는 명칭을 붙였다. 그 후 프로이트는 정신적 과정을 설명하는 새로운 개념들을 개발하는 데 평생을 바쳤다. 오해, 비난, 도덕적 편견 등에 맞서서 그는 꾸준하게 연구를 했고 치료의 체험을 확대함으로써 통찰을 더욱 깊게 했다. 1938년 그의 저서들은 나치에 의해 불태워졌다. 그는 당시 구강암으로 고통을 받고 있었으므로, 나치는 일반적인 유대인 처리 방식을 그에게 적용하는 것을 철회했다. 많은 보상금을 제시하자 나치는 프로이트가 영국으로 이민 가는 것을 허용했다. 프로이트는 런던에 정착하여 1년 반 정도를 더 살다가 세상을 떠났다.

정신분석은 다음 두 가지 사항을 주장한다. 하나는 정신분석이 과학이라는 것이고(지지자들은 이렇게 믿는다), 다른 하나는 독특한 방법론이라는 것이다. 정신분석은 심리 이론이고 노이로제 환자를 치료하는 특수한 기술이다. 이론과 기술은 몇 개의 근본적인 개념을 바탕으로 한다. 정신분석 이론들은 이제 진부한 것이 되었지만 1백 년 전만 해도 그렇지 않았다. 가령 인간의 정신에는 무의식이 있고, 억압의 메커니즘이 있으며, 유아 성욕은 나중의 인성 결정에 영향을 미친다는 획기적 이론을 내놓았다.(프로이트는 오이디푸스 콤플렉스를 발명한 것이 아니고 관찰했다.) 꿈은 우리 인간이 낮 동안에 가지고 있던 공포와 욕망이 위장되어 나타난 것이고, 불합리의 요소는 인간의 행동을 결정하는 데 큰 힘을 발휘한다 등의 이론도 내놓았다.

때때로 프로이트와 그 추종자들은 정신병과 상관없는 분야, 가령 종교, 도덕, 전쟁, 역사, 죽음, 유머, 신화, 인류학, 철학, 미술, 문학 등에도 정신분석 이론을 부주의하게 원용했다. 특히 문학 분야에서 프로이트는 상당한 영향을 주었는데, 그 영향력이 언제나 좋은 쪽으로만 행사된 것은 아니었다.

만약 W.H. 오든이 오늘날까지 살아 있었다면 위에서 인용한 오든의 시 구절은 일부 수정되어야 할 것이다. 지난 20년 동안 많은 학자들이 프로이트의 이론을 엄격하게 다시 검증하여 그가 제시한 증거들의 타당성과 정확성에 의문을 품게 되었다. 게다가, 오늘날 프로이트 당시보다 두뇌의 전기電氣 행동에 대하여 더 많은 사실이 알려지면서, 프로이트의 꿈의 해석 작업에 대해서도 의문이 제기되었다. 사상의 증권거래소에 지난 20년 동안 그의 주가가 많이 떨어졌다는 것은 의심할 여지가 없다.

　독자들이 프로이트의 저서를 읽으려고 하면 두 가지 어려움이 등장한다. 하나는 프로이트의 저작이 너무 방대하다는 것이다. 둘은 그의 사상이 계속 변화하고 발전해 왔다는 것이다. 그래서 그의 초기 저작들(그래도 여전히 가치가 있다)은 부분적으로 후대의 저작들에 의해 대체되었다. 나는 여기에 여덟 권의 책을 추천했다. 전문가들은 이 리스트에 의문을 표시하면서 다른 책을 추천할지도 모른다. 첫 다섯 책은 연대순으로 제시되어 있는데 일반 이론을 많이 담고 있는 책들이다. 마지막 세 권도 역시 연대순으로 제시되어 있지만, 프로이트 사상의 철학적 측면을 밝히는 전문적 내용이다.

『꿈의 해석』
『일상생활의 정신병리학』
『성욕에 관한 3논문』
『정신분석학 운동의 역사』
『정신분석학에 관한 새 입문강의』
『쾌락원칙을 넘어서』
『에고와 이드』
『문명과 그 불만』

　나는 독자들에게 우선 다음 세 권으로 시작할 것을 권한다. 『꿈의 해석』, 『성욕에 관한 3논문』, 『문명과 그 불만』. C.F.

99

조지 버나드 쇼 ^{George Bernard Shaw}

1856 – 1950

희곡선집 Selected Plays 과 서문들

버나드 쇼는 재치, 열정, 끈기, 명석함을 발휘하면서 1세기 가까이 자기 자신과 자신의 사상을 설명하고 광고했다. 쇼는 94세까지 살았다. 자궁 속은 아니더라도 요람에서부터 사색을 한 사람이고 방대한 편지, 서른네 권의 전집 속에 많은 희곡, 서문, 소설, 경제논문, 팸플릿, 문학평론, 연극평론, 음악평론, 시사평론 등을 남겼다. 그가 언제나 흠모했던 초인들과 마찬가지로 쇼도 예측할 수 없는 앞날을 내다보며 살았다. 이런 사람을 어떤 공식으로 요약한다는 것은 불가능하다.

하지만 그 자신이 말한 공식이 하나 있기는 하다. "지성은 열정이다." 쇼의 긴 인생 역정 중 어떤 부분에 대해서는 반대하는 사람들도 있겠지만, 그가 수십만, 수백만의 사람들을 위해 지적인 열정을 하나의 흥미로운 게임 혹은 유행으로 만들었다는 사실은 평가해줄만 하다. 그는 발효요 촉매요 효소였다. 그는 사상의 체계나 학파를 남기지 않았다. 하지만 그의 대표적 희곡들을 읽을 때마다 독자는 마음이 동요되고 충격을 받고 그리하여 변모하게 된다.

최근에는 아주 소수의 비평가들만이 그를 무시하거나 그의 단점을 지적한다. 가령 지적 열정 이외에는 다른 열정이 없다, 그리스 드라마나 셰익스피어 드라마에서 발견하는 비극적 인식이 없다, 시적 정서가 부족하다 등. 하지만 내가 보기에 그는 수식 없고 읽기 쉬운 문장을 구사하는 산문의 대가이다. 사람들에게 지속적인 영향을 주는 '개성'의 측면에서 볼 때, 그는 볼테르[53], 톨스토이[88], 닥터 존슨[59]과 어깨를 나란히 한다.

쇼의 작품을 읽을 때에는 다음 네 가지 사항을 유념하면 좋다.

첫째, 그는 아일랜드 인이었다. 그 자신이 말했다. "나는 전형적인 아일랜드 사람이다. 나의 가문은 요크셔 출신이다." 이 때문에 그는 영국인의 생활과 그들의 생활 환경을 초연한 입장과 냉소적 관점에서 쳐다보았다. 이것은 영국인으로서는 얻기 어려운 관점이다.

둘째, 그는 페이비언(점진적) 사회주의자였고 카를 마르크스[82]의 영향에서 완전히 벗어나지 못했다. 따라서 그의 작품에서는 경제 지식이 상당히 중요한 역할을 한다. 그는 말했다. "경제 지식은 해부학 지식이 미켈란젤로에게 중요한 것처럼 내게는 소중한 것이었다."

셋째, 그는 인간이 스스로의 노력으로 정신적 진화를 크게 앞당길 수 있다고 믿었다. 『인간과 초인』에서 버나드 쇼를 대변하는 돈 후안은 말했다. "나 자신보다 더 좋은 어떤 것이 있다고 생각하는 그 순간부터 그것을 현실 속에서 구현하거나 아니면 그것이 성취될 수 있는 길을 닦지 않으면 나는 배겨낼 수가 없어."

넷째, 그는 자신의 사상을 선전하는 위대한 쇼맨이었다. 그는 사회학, 경제학, 정치학, 철학 책들 속에서 발견되는 사상을 독자의 마음속에 확고히 심어 주기 위해 재치, 역설, 광대짓, 깜짝쇼, 욕설, 풍자, 기타 무수한 무대 위의 술수를 동원했다. 그는 언제나 설교를 했다. 하지만 그의 위치는 서커스 원형무대의 한가운데였다.

쇼는 희곡 47편을 썼는데 이것은 셰익스피어의 희곡 37편보다 10편이 많은 것이다. 그는 셰익스피어를 극작가로서는 자기보다 한 수 아래라고 생각했다. 하지만 그는 셰익스피어보다 두 배나 더 오래 살았다. 아래에 쇼의 희곡들 중 11편을 추천했다. 희곡들 앞에 나오는 서문을 반드시 읽어보기 바란다. 아주 훌륭한 문장이다. 논문으로 읽어도 손색이 없는데 그 주장하는 바가 희곡보다 더 포괄적이고 설득력 있다. 가령 『안드로클레스와 사자』라는 희곡의 서문에서는 기독교의 앞날에 대하여 놀라운 발언을 하고 있다. 집필 혹은 공연 연대별로 배열된 이 리스트는 1894년에서 1923년까지 사반세기에 걸친 버나드 쇼 사상의 진화를 보여 준다. 『무기와 인간』, 『캔디다』, 『악마의 제자』, 『카이사르와 클레오파트라』, 『인간과 초인』, 『바바라 소령』, 『안드로클레스와 사자』, 『피그말리온』, 『상심의 집』, 『메투셀라로 돌아가다』, 『성녀 잔다르크』. **C.F.**

100

조지프 콘래드 Joseph Conrad

1857-1924

노스트로모 *Nostromo*

토머스 하디[94]가 소설 쓰기를 그만두던 해인 1895년에 조지프 콘래드의 첫 작품 『올메이어의 어리석음』이 나왔다. 전통적인 영국 장편소설은 길이가 길고 느슨하고 산만하면서 외부적 사건들과 뚜렷한 등장인물을 내세우는 것이 특징이었다. 하지만 이 무렵 그런 소설은 사라지기 시작했다. 그 대신에 독창적인 형태, 뛰어난 기술, 인간 심리의 탐구에서 유래하는 긴장감 등을 내세우는 새로운 형태의 소설이 나타났다. 스턴[58], 오스틴[66], 조지 엘리엇[84], 하디 등은 이런 새 소설의 길을 닦은 선구자들이다. 하지만 새 소설의 주제와 방법을 극명하게 천명한 작가는 콘래드이다. 콘래드는 헨리 제임스[96], D.H. 로렌스[113], 조이스[110], 토마스 만[107], 프루스트[105], 포크너[118], 앙드레 지드 같은 작가들을 잘 이해하는 데 도움이 되는 작가이다.

콘래드의 인생 경력은 기이함, 음울함, 고상함을 특징으로 한다. 그는 독자들의 애정을 불러일으키는 것이 아니라 존경심을 유발한다. 콘래드는 원래 영국인이 아니라 폴란드인이었다. 폴란드의 자유를 위해 싸우는 귀족 가문에서 태어난 그는 열두 살에 고아가 되었다. 열일곱 살에 "마치 꿈속으로 들어가는 것처럼" 서유럽으로 갔다. 자신이 폴란드 귀족의 후예라는 사실을 잊은 적이 없는 그는 새로운 세계에 적응하기 위해 무척 노력했다. 그 후 탐정소설 같은 모험이 벌어지는 몇 년의 세월을 보냈다. 이 시기에 벌인 괴상한 사업 중에는 가령 스페인의 카를로스 지지파를 위하여 무기를 불법 수입한 일도 있었다. 이어 영국인 국적을 취득하고 선원이 되어 향후 20년 동안 영국 상선에서 근무하여 선장의 지위에까지 올랐다. 그는 세상의 모든 바다에 다 가보았으나 특히 전설적인 동인도제도를 자주 항해했다. 이 제도는 그의 소설에서 자주 무대로 등장한다. 마침내 그는 마음속에서 몇 년 동안 고심하던 일을 결심했다. 그는 다소 미련을 느끼며 선원 생활을 접었고 이제 모국어가 아닌 영어로 소설을 쓰겠다고 마음먹었다. 그는 유럽 대륙의 작가들이 그렇게 하는 것처럼 세상을 해석해 보고 싶었다. 그렇게 하여 이 폴란드 출신의 선원은 마침내 위대한 영어권 작가들 중 열 명 안에 들어가는 위업을 달성했다. (이러한 평가는 나뿐만 아니라 여러 평론가들이 동의하는 바이다.)

콘래드는 여러 해 동안 인정을 받지 못했고 심지어 오해도 받았지만 그것을 견인주의 자처럼 참아내며 묵묵히 글을 써나갔다. 그는 빅토리아 시대 사람들에게는 낯선 기준에 따라 소설을 썼다. 그는 각 소설이 완벽한 형태를 갖추기를 바랐다. 그는 인간성의 밑바닥을 탐구했고 거기서 무엇을 발견하든 두려워하지 않고 기록했다. 그는 인간 감정의 넓은 영역을 반영하기 위하여 암시적인 상징을 잘 구사했다. (가령 『노스트로모』의 은광銀鑛이 그러하다.) 플로베르가 그렇게 했던 것처럼, 그는 특정한 도덕적 상황 속에서 파악한 인간성을 묘사하면서 그에 알맞은 문체를 구사했다. 그는 자기 자신을 강력한 소명의식을 가진 예술가라고 생각했다. 그는 디킨스[77]나 새커리[76]처럼 일반 대중들을 의식하지 않았고 그런 만큼 그들과 우호적인 관계를 유지하지 않았다.

『노스트로모』는 읽기 쉬운 소설이 아니므로 천천히 읽는 것이 좋다. 『톰 존스』[55]처럼 줄거리가 평이하게 펼쳐지지 않는다. 이야기가 뒤로 꼬이는가 하면 말려들어가고 갑작스럽게 공격의 각도를 바꾸기도 한다. 콘래드는 이 작품 속에 많은 노력을 퍼부었다.

만약 그의 걸작 하나를 들라고 한다면 이것을 들어야 할 것이다.

하지만 우리가 『노스트로모』를 읽기 전에 먼저 콘래드에 대하여 품고 있는 일반적 오해 세 가지를 털어내야 한다.

첫째, 그는 해양소설 작가도 아니고 모험소설 작가는 더 더욱 아니다. 그는 심리 소설가인데, 자신이 잘 알고 있는 해양 관련 자료를 이용했을 뿐이다.

둘째, 그는 동인도제도를 무대로 하여 많은 소설을 쓰기는 했지만, "이국적인" 내용을 앞세우는 작가는 아니다. 물론 선명하게 묘사된 지방색이 거기에 있기는 하다. 하지만 그것은 인간 마음의 혼란스러운 내면을 파악하기 위한 보조 장치에 불과하다.

셋째, 그는 "로맨틱" 작가가 아니다. 등장인물들이 겪게 되는 신의, 용기, 깨달음 등의 계기는 모두 진실한 인생의 조건들에 부합되는 것이다. 게다가 콘래드는 그런 조건들을 감상이 배제된 초연한 시선으로 바라보고 있다. 콘래드는 인생의 조건들로부터 달아나거나 시선을 회피하지 않는다. 인생이 하나의 꿈이라는 명확한 인식을 가지고 있으면서도 꿈속에서 도피처를 찾으려 하지 않았다. 그는 미국 소설가 싱클레어 루이스보다 더 현실적이다.

평론가들은 거의 언제나 『나르시서스호의 흑인』이라는 소설 앞에 붙어 있는 유명한 서문을 인용한다. 나도 그것을 인용하겠다. 하지만 우리는 콘래드가 사용한 "보다see"라는 단어의 뜻을 명확하게 이해해야 한다. 그는 인상파 화가처럼 "보다"를 말한 것이 아니다. 그는 심층적 깊이와 예언적 투명성을 갖춘 보기를 말했다. 그것은 비전의 고뇌 같은 것으로서, 마음과 상상력이 서로 긴장하며 팽팽하게 작용할 때 비로소 볼 수 있는 비전인 것이다. 일단 이것을 이해한다면, 이 문장은 콘래드와 독자의 이상적 관계를 잘 요약해 준다. "내가 성취하고자 하는 목표는 기록된 글자의 힘을 통하여 독자들을 듣게 하고, 느끼게 하고, 무엇보다도 보게 하려는 것이다. 나는 그것이야말로 전부라고 생각한다."

콘래드 작품을 추가로 읽고자 하는 독자를 위하여 다음의 좀 긴 단편소설 세 편을 권한다. 「어둠의 심연」, 「밧줄의 끝」, 「청춘」. **C.F.**

101
안톤 체호프 Anton Chekhov
1860−1904

바냐 아저씨 *Dyadya Vanya*, 세 자매 *Tri sestry*, 벚꽃 동산 *Vishnyovy sad*,
단편 선집

체호프의 희곡을 읽는다는 것은 결코 만족스러운 체험이 아니다. 왜냐하면 독자의 상상력이 까다로운 도전을 만나기 때문이다. 체호프 희곡은 무대에 올려질 것을 요구한다. 대사들은 배우의 목소리를 요구한다. 대사는 버나드 쇼[99]처럼 간결하지 않고 명확하지도 못하다. 대사 중의 갑작스런 중단, 비자발적인 제스처, 사소한 곁가지, 느닷없는 전환, 불완전한 생각, 부주의한 구문 등도 눈에 거슬린다. 체호프의 이런 두서없는 대화들은 등장인물들의 내면 깊숙이 감추어진 모순, 혼란, 좌절을 반영하는 것이다.

체호프는 어떤 뚜렷한 목적 아래 희곡을 쓴 게 아니다. 직업이

의사인 그는 의사다운 초연함을 발휘하며 글을 써나간다. 그는 독자의 마음을 설득하는 데에는 관심이 없고 오로지 인간의 마음에 대하여 진실을 말하겠다는 생각뿐이다. 그는 일상생활의 사소한 표면 뒤에 놓여 있는 진실을 독자에게 보여 주려 한다. 극작가로서 그는 다른 옵션(선택사항)이 없고, 말만이 그의 유일한 수단이다. 하지만 그 말도 그는 스크린이라고 생각한다. 실제로는 스크린의 구멍과 간극을 보여 주어 독자로 하여금 스크린이 감추고 있는 진짜 현실을 보게 하려는 것이다.

이런 점에서 체호프는 입센과 마찬가지로 극작의 기술에 새로운 것을 보탰다. 체호프가 등장한 이래 진지한 연극은 예전과는 다른 모습을 갖추게 되었다.

위에서 추천한 세 드라마의 주제는 인간성의 소모이다. 지방의 지식인, 하급 관리, 소지주, 러시아 혁명 이전의 관료 등인 등장인물들은 사실상 아무런 기능도 발휘하지 못한다. 그들은 자신의 불만족스러운 생활을 그냥 쳐다보는 것 이외에는 아무것도 할 게 없다. 그들은 말만 할 뿐 행동을 하지 않는다. 그들은 자신의 약점을 의식한다. 『바냐 아저씨』의 등장인물인 엘리에나 안드레예브나는 이렇게 말한다. "이 집안의 일은 모두 엉뚱하게 되어 버렸어요." 우리는 그 집이 차르(황제) 시대의 러시아를 상징한다는 것을 안다. 『세 자매』에서 투젠바흐 백작은 말한다. "시간이 되었어요. 엄청난 천둥소리가 들려오고 있어요. 굉장한 폭풍우가 내려 우리의 정신을 번쩍 들게 할 거예요." (『세 자매』는 러시아 혁명 발발 16년 전에 공연되었다.) 같은 드라마에서 올가는 이런 막연한 위로의 말을 한다.

"우리의 고통은 우리 뒤에 오는 사람들에게는 행복을 의미할지도 몰라요."

하지만 우리는 체호프를 좌파 더 나아가 혁명가로 생각해서는 안 된다. 그는 1917년의 러시아 혁명을 환영하지 않았을 것이다. 그는 정치적 인물은 아니고 사변적思辨的 인물이었다.

게다가 그의 사변思辨은 비관론에 기울었다. 어쩌면 멜랑콜리가 더 어울리는 말일지도 모른다. 지방 중산층의 몰락을 폭로하는 체호프의 태도는 분노라기보다 슬픔에 가깝다. 그리고 그 슬픔은 유머에 의해 억제되어 있다. 그는 한 친구에게 『벚꽃 동산』에 대하여 이렇게 써 보냈다. "이것은 드라마가 아니라 코미디입니다. 그리고 여러 군데에서는 소극笑劇이라고 할 수 있습니다." 하지만 이 희곡을 읽는 많은 독자들은 그 분위기가 너무 어둡다고 생각한다.

많은 체호프 등장인물들이 느끼는 인생의 분위기는 많은 보통 사람들이 느끼는 것과 비슷하다. 『세 자매』에서 체부티킨은 말했다. "인생, 다 그런 거 아닙니까? 그게 무슨 차이가 있다는 겁니까?"

하지만 체호프는 허무주의자는 아니다. 그는 관대했고, 전통적인 도덕 가치를 존중했으며, 남들을 동정하고 베푸는 삶을 영위했다. 그는 이렇다 할, 확정된 혹은 포괄적인 인생관을 가지고 있지 않았다. 그는 인간의 행동이라는 것은 참으로 파악하기 어려운 리얼리티라고 생각했고 그것을 연극 속에서 표현했다. 이 작업을 체호프처럼 잘 수행한 극작가는 별로 없다. 그는 친구들에게 이렇게 말하곤 했다. "무대 위에서 벌어지는 일들이, 실제 생활에서 벌어지는 일처럼 복잡하면서도 또 단순하게 보이도록 만들어야 해요."

그의 연극이 다루는 사회는 아주 제한되어 있다. 러시아 농민들을 포함하여 러시아 사람들을 그가 어떻게 이해했는지 파악하기 위해서는, 그의 단편소설을 읽어야 한다. 그는 이 분야에서 아주 뛰어난 작가 중 한 사람이다. 그는 현대 드라마에 혁명을 일으킨 것처럼 단편소설 쓰기에도 혁명을 가져왔다. **C.F.**

102
이디스 워튼 Edith Wharton
1862-1937

그 지방의 관습 *The Custom of the Country*, 순수의 시대 *The Age of Innocence*, 기쁨의 집 *The House of Mirth*

상류 계층이지만 큰돈은 없는 뉴욕 가문에서 태어난 이디스 존스는 젊은 시절 수줍음 많고 책 읽기를 좋아하는 처녀였다. 그녀는 상류 사회에 직접 참여하기보다는 곁에서 관찰하는 것을 더 편안하게 여겼다. 사라져가는 부를 지키려고 애쓰면서 네덜란드 조상들의 유업을 지키려 노력하는 "오래된 뉴욕 가문들"의 허세와, 그 가문들을 대체하려고 나선 신흥 부자들의 천박한 과시욕과 출세 지향주의를 예리하게 관찰했다. 뉴욕 5번가 저택들의 거실에서, 수수한 이면도로의 갈색 주택들에서, 호화로운 호텔과 남루한 임대가옥에서, 인기 높은 여름 리조트 등에서 그녀는 많은 소설의 자료를 발견했고 그것을 바탕으로 인기 소설들을 써냄으로써 당대의 존경받는 성공 작가가 되었다. 그러나 사후에 그녀의 명성은 곤두박질쳤고 "대중작가"로 매도되었다가, 최근에 들어와 본격작가로서 다시 조명되기 시작했다.

그녀의 삶 또한 소설적 요소가 많았다. 그녀는 1885년에 테디 워튼과 별로 내키지 않는 결혼을 했다. 워튼은 부유한 보스턴 사람이었으나 지성의 측면에서는 이디스보다 한참 뒤떨어지는 사람이었다. 그녀는 이 남편과 사는 몇 년 동안 풍요롭고 한가한 세월을 보냈다. 매사추세츠 주 레녹스에 자신이 그리던 꿈의 집, 더 마운트를 지었고, 사라토가, 뉴포트, 뉴욕 등 부유한 사람들이 다니는 도시들을 돌아다녔다. 동시에 그녀는 처녀 적에 꿈꾸었던 글쓰기에 손대기 시작했다. 그녀의 단편소설집, 『열정적 취향』(1899)은 호평을 받았다. 그녀는 1900년대 초기에 꾸준히 장편소설을 내놓으면서 작가로서의 지명도가 높아졌다. 그 무렵 그녀의 결혼은 심각한 파경에 직면했다. 남편 테디는 그녀의 신탁 기금을 횡령하여 다른 젊은 여자와 놀아나는 데 사용했다. 이 무렵 그녀는 남편과 함께 혹은 혼자서 주로 유럽에서 살았다. 1906년에서 1909년 사이에 그녀는 정말로 사랑했던 남자 모턴 풀러턴과 혼외정사를 벌였다. 하지만 풀러턴은 그녀의 돈과 지위를 노리는 악질로 판명되었다. 그녀와 테디는 1913년 이혼했다. 그때 이후 남자들과의 교제는 비(非)성적인 것이었다. 헨리 제임스[96], 월터 베리, 버나드 베렌슨 등이 친밀한 남자 친구들이었다. 그녀의 대표적인 단편소설 「이선 프롬」(1911)의 우울한 분위기는 결혼이라는 제도에 대한 환멸을 잘 묘사하고 있다. 이디스 워튼은 유럽에 영구 정착했고 점점 늘어나는 인세 수입으로 생활했다. 파리에 있는 호화 주택과 프랑스 남부에 있는 별장에서 많은 파티를 벌이면서 젊은 작가들에게 문학의 대모 역할을 했다.

이디스 워튼은 강한 성격 덕분에 어려운 처녀 시절과 힘든 결혼 생활을 헤쳐 나올 수 있었고, 그런 성격에 힘입어 소설을 꾸준하게 써냄으로써 일반 대중과 평론가들의 사랑을 받는 작가로 성장했다. 그녀의 장편소설들 중에서 대표작을 가려낸다는 게 쉬운 일은 아니지만, 나는 『그 지방의 관습』(1913)을 특히 권장한다. 이 소설의 야심 많은 여주인공 언다인 스프래그는 자신이 정복한 남자들을 모두 못마땅하게 여긴다. 『순수의 시대』(1920)는 1880년대의 한 우유부단한 젊은 남자에 관한 이야기이다. 그는 약혼녀에 대하여 부드러운 감정을 가지고 있지만 동시에 예전의 애인에 대하여 갑자기 열정이 다시 살아나는 것을 느끼면서 이러지도 저러지도 못하는 난관에 봉착한다. 『기쁨의 집』(1905)에는 이디스 워튼의 성격을 가장 많이 닮은 여주인공 릴리 바트가 등장한다. 베키 샤프[76]와 마찬가지로 릴리는 사회에서 출세하기 위하여 무슨 일이든 다 하려 한다. 새커리는 정력적이고 모험적인 여주인공을 나쁜 어머니로 만듦으로써 그녀에 대한 독자들의 애정을 억제하는 반면, 워튼은 릴리에 대한 동정심을 노골적으로 표시한다. 그렇지만 릴리는 남존여비의 경직된 사회가 그녀에게 가져다주는 운명을 회피할 길이 없다.

다른 소설에서도 마찬가지지만 이 세 편의 소설에서 이디스 워튼은 동정적이면서도 객관적인 눈으로 세상을 바라보고 있다.
J.S.M.

103
윌리엄 버틀러 예이츠 William Butler Yeats
1865−1939

시 선집 Collected Poems , 희곡 선집 Collected Plays , 자서전 Autobiography

셰익스피어와 초서를 제외하고 『평생 독서 계획』은 영미권의 시인들 중 소수에 대해서만 집중적인 읽기를 권유한다. 그런 시인들 중 한 사람이 예이츠이다. 후세는 그에게 적절한 지위를 부여할 것이고 그는 언제나 추천 리스트의 윗부분을 차지할 것이다.

예이츠는 읽기가 어려운 시인이다. 그는 복잡한 인물이기 때문에 시선집에 실려 있는 그의 시 몇 편을 읽어서는 만족감을 얻기가 어렵다. 그는 시, 희곡, 회고록, 에세이, 문학평론, 민담, 신비철학 논문, 편지, 연설문, 소포클레스[6] 번역 등 다양한 글을 내놓았다. 괴테[62]와 마찬가지로 그는 평생에 걸쳐 여러 번 진화를 했다. 『오이신의 방랑』(1889)의 젊은 켈트인 몽상가와, 『마지막 시들과 희곡들』(1940)의 나이든 시인 사이에는 엄청나게 큰 심연이 놓여 있다. 이 심연을 메우기 위해서, 독자는 예이츠의 글을 많이 읽어야 하고 또 그가 발견하여 정의하려 했던 아일랜드의 영혼에 대하여 상당 부분 알고 있어야 한다.

이 때문에 나는 독자들에게 그의 『자서전』을 읽으라고 권한다.

여기에는 그의 모든 것이 다 들어 있다. 1902년까지의 인생 기록, 1909년까지 써 온 일기의 발췌본, 아일랜드 극작가 싱의 죽음(1909)에 대한 노트, 1923년 노벨 문학상을 수상하기 위해 스웨덴을 방문한 여행기 등이 수록되어 있다.

예이츠는 성장하면서 변화했고 더욱 심오해졌다. 그의 생애와 사상은 결코 단순하지 않다. 아름다운 슬라이고 지방에서 유년 시절을 보냈고, 처음에는 영국 낭만파 시인들의 시를 열심히 읽었다. 아일랜드의 신화와 민담을 편집했고 아일랜드 문예 부흥운동을 주도했다. 신지학, 영지주의, 오컬티즘, 점성술, 인도 철학을 공부했다. 아름다운 아일랜드 여자 혁명가 모드 곤을 사랑하여 20년 동안이나 그녀를 쫓아다녔지만 결혼에 이르지는 못했다. 모드 곤을 포기하고 얻은 아내는 영매靈媒와 같은 정신력의 소유자였다. 생애 만년에 이르러서는 비코, 슈펭글러, 토인비 같은 학자들에게서 발견되는 역사의 순환 이론을 믿었다.

그의 초기시는 은근하고, 암시적이고, 몽롱하고, 아름다운 서정성을 바탕으로 하지만, 뒤로 갈수록 고도로 압축된 열정적이고 지적인 시를 썼으며 때로는 의미가 애매모호한 난해시를 썼다. 이러한 변화는 「1913년 9월」이라는 시의 한 구절에서 분명하게 드러난다. "낭만적 아일랜드는 죽어서 사라졌다." 예이츠의 역동적인 시적 발전은 워즈워스[64]의 정체停滯 상태와 좋은 대조를 이룬다. 워즈워스는 늙어갈수록 젊은 시절의 재판이었지만, 예이츠는 후기에 갈수록 인간으로서 또 예술가로서 더 위대해졌다. 그러한 성숙은 개인적·정치적·사회적 갈등에 의해 촉진된 것이다. 그는 이 세상을 경멸했고(" 이 더러운 현대의 물결") 그러한 경멸을 바탕으로 하여 자신의 고상한 분노를 키워나갔다.

그의 마음은 귀족적이고(심지어 봉건적이고), 신비주의적이고, 상징적이다. 그가 사용한 상징은 깊은 영향을 받은 블레이크[63]처럼 개인적인 것은 아니지만, 예이츠의 인생과 작품을 상당히 깊이 있게 알지 않으면 이해하기가 어렵다. 이 점을 유념하지 않으면, 독자는 처음엔 당황하고, 이어 짜증을 내다가 결국 예이츠를 싫어하게 될 것이다.

예이츠는 종종 비교秘教주의적이고, 막연하며, 몰개성적이다. 게다가 고대철학, 동양철학, 그 자신의 오컬트 사상 체계, 아일랜드 전설 등에서 가져온 기이한 이미지의 세계에 휩싸여 있다. 하지만 그 배경을 잘 알고서 그의 시를 읽으면 점점 더 그가 말하는 리얼리티에 가깝게 다가가게 된다. 그는 비전을 보는 사람일 뿐 망상에 사로잡힌 자는 아니다. 그의 원숙한 후기 시에는 강한 비극적 인식이 풍겨져 나온다.

인간의 송진 같은 마음이 밤중에
피어나는 어떤 불꽃을 먹고 살든 간에
인간의 지혜는 어린아이, 낙관론자, 편안한 자들을 위한 것은 아니다.
나는 모든 사닥다리가 시작되는 곳에 누워야겠다.
지저분한 넝마가게 같은 마음속에서.

그의 마지막 시들 중 하나인 「불벤 산 아래서」에서 그는 자신

의 지적 오만함, 귀족적인 높은 정신, 자기연민에 대한 경멸을 잘
함축하고 있다. 그는 이 시에서 자신의 묘비명에 대한 지시를 남
겼다.

기념비도, 혼해 빠진 비문도 필요 없다.

이 근처에서 채석한 석회석 위에

이런 문장을 새겨 달라.

싸늘한 시선을 던져라

삶과 죽음에.

말 탄 자여, 지나가라!

C.F.

104

나쓰메 소세키 夏目漱石

1867-1916

고코로 心

매슈 페리 제독의 배가 1854년 에도 만에 도착함으로써, 일본은
지난 2백 년 동안의 고립 상태를 끝내게 되었다. 서양에 의한 일
본의 "개국"은 15년 동안 일본을 혼란에 빠트렸고 그리하여 개국
의 위기에 대하여 서로 다른 처방을 제시하는 세력들 사이에 내
전을 가져왔다. 이 문제는 젊은 메이지 천황(재위 1868-1912년)의 고
문관들이 현대화와 적극적인 외교 정책을 추진하면서 매듭지어졌

다. 그들은 서구의 게임 규칙에 따라서 서구를 이기겠다고 결심한 것이다. 일본의 근대화 노력은 놀라운 결과를 거두었는데 일본 국민의 놀라운 동질성과 도전 정신 덕분이었다. 근대화 사업 중에는 젊은 청년들에게 서구적 교육을 시켜서 봉건적 과거로부터 새로운 미래로 국가를 인도해 나간다는 계획도 있었다. 그렇게 하여 서구의 교육을 받은 청년들 중에 나쓰메 소세키가 있었다.

그는 메이지 천황이 즉위하기 1년 전인 1867년에 하급 사무라이 가문에서 태어났고, 새로운 학제에 의해 교육을 받은 최초의 일본 청년이었다. 도쿄제국대학을 졸업한 직후인 1900년에 그는 영국 유학을 떠났다. 1903년 영국에서 돌아와, 스승이었던 미국인 라프카디오 헌의 뒤를 이어 모교의 영문학 교수가 되었다. 그러나 1907년 전업 작가가 되기 위하여 교수직을 포기했다. 그는 이미 깊은 불안과 문화적 소외감을 느끼기 시작했고 그리하여 일본의 서구화 교육의 일선을 담당하기에는 자신이 부적절하다고 생각했다. 이런 사상적 배경 때문에 그의 소설은 분위기가 점점 어두워졌고 1916년에 사망하기 직전의 몇 년 동안에는 아주 암울한 내용의 소설들을 썼다.

『나는 고양이다』(1905)와 『도련님』(1906)으로 전국적 명성을 얻었다. 이 두 작품은 지금도 일본에서 널리 읽히고 있는데, 서구화된 일본 도시 엘리트들의 위선을 꼬집는 사회적 풍자소설이다. 내가 보기에 전작은 재기가 너무 과다하게 발휘되고 있고, 후작은 감상이 너무 많이 노출되어 있다. 게다가 두 작품 모두 번역 과정을 잘 견뎌내지 못해 성공적으로 문화의 장벽을 뛰어넘었다고 보기 어

렙다. 이 초기 두 작품의 분위기가 코믹한 아이러니를 지향한다면
『고코로』(1914)는 음울하면서도 비극적이다.

고코로는 "마음"을 가리키는데 영혼, 중심, 진정한 자아라는 함
의도 가지고 있다. 제목만 놓고 본다면 그레이엄 그린의 『사건의
핵심』과 비슷하다. 1인칭으로 서술된 이 소설에서, 사태의 핵심은
젊은 주인공이 그 핵심을 적절히 표현하지 못한다는 것이다. 이
소설은 센세이("교사"라는 뜻이지만 "스승", "정신적 지도자"의 뜻도 있다)와의 강
박적 관계를 다루고 있다. 소설의 서술자는 외로움과 소외감을 느
낀다. 그는 구일본과 신일본 사이에 낀 자기 자신을 의식한다. 그
는 심정적으로 구일본에 애착을 느낀다. 메이지 천황을 따라 자결
한 신하 노기 장군을 존경한다. 그는 신일본의 일부이지만 그 일
본에 완전히 동화되지 못한다. 그의 유일한 구원은 센세이에게 자
기 자신을 설명하는 것이다. 하지만 그 자신을 드러내는 과정에서
자신이 목격한 것을 견뎌내지 못한다. "당신은 내 심장을 베서 그
피가 흐르는 것을 보고 싶어 했습니다. 그래도 나는 아직 살아 있
었습니다. 나는 죽고 싶지 않았습니다…… 이제 나는 내 심장을
베서 내 피로써 당신의 얼굴을 흠뻑 적시고 싶습니다……."

나쓰메 소세키는 일본 최초의 근대적 작가이다. 그는 일본 현대
문학에 혁명을 일으킨 메이지 시대의 소수 지식인들 중 한 사람이
다. J.S.M.

105

마르셀 프루스트 ^{Marcel Proust}

1871－1922

잃어버린 시간을 찾아서 *À la recherche du temps perdu*

이것은 서양 언어로 씌어진 일급의 소설들 중 가장 긴 작품이다. 이 소설을 읽는 것은 어려운 일이지만 그런 만큼 보람도 크다. 만약 독자가 이 소설에 마음이 끌린다면(마음이 끌리지 않는 독자가 더 많을 것이다), 앞으로 5－10년 사이에 틈틈이 시간을 내어 이 책을 읽어 그것을 독자의 내면세계에 흡수하면 좋을 것이다.

이 소설은 『율리시스』[110]와 유사한 점이 많고 『트리스트럼 샌디』[58]와도 약간 유사하지만, 근본적으로는 우리가 지금껏 다루어 온 소설들과 아주 다르다. 물론 이 작품에는 스토리가 있고, 등장인물들이 있고, 시간과 공간을 가진 구체적 무대가 있다. 이 모든 것은 그런대로 흥미롭다. 하지만 프루스트는 이런 것들보다는 형이상학적 체계를 극화하는 데 더 관심이 많다. "리얼리티의 근본 성질은 무엇인가?" 형이상학은 이 질문에 대답하려 한다. 그리고 프루스트는 예술작품의 형태로 이 질문에 대답하기 위해 평생을 보낸 사람이다. 그는 이 질문에 대하여 부분적으로 답변한다. 다시 말해, 그 자신이 본 리얼리티를 우리에게 설명하는 것이다. 하지만 프루스트의 답변은 굉장한 폭과 넓이를 가지고 있다.

프루스트는 비교적 부유한 가정에서 태어났기 때문에 평생 돈벌이를 해야 할 필요가 없었다. 어린 시절부터 제1차 세계대전 이전의 지적이고 화려한 파리 생활에 익숙해져 있었다. 그는 어머니에게 커다란 친밀감을 느꼈다. 그 어머니는 훌륭한 성격에 예민한 감수성을 지닌 유대인 여자였지만, 동시에 강한 성격이었고 노이로제의 경향이 있었다. 프루스트는 남자 못지않게 여자도 사랑했지만, 그의 생애 후반기에 나타난 동성애 기질은 부분적으로 어머니에 대한 애착 때문이었으리라고 추측된다. 1905년에 어머니가 사망했고 프루스트 자신도 천식을 앓아서 건강에 자신이 없었기 때문에 이 두 가지 사항이 그의 앞날을 결정했다. 그는 천식을 막기 위해 습기가 가득하고, 소음을 방지하기 위해 코르크가 사면 벽에 둘러쳐진 어두운 서재로 침잠했다. 거기서 낮에는 잠을 자고 밤에는 글을 쓰면서 천천히 그러나 고통스럽게 자신의 걸작을 완성했다. 가끔 외부 세계로 나가 사람들을 만나기도 했고 또 많은 편지를 통하여 그들과 소통했다.

『율리시스』의 주인공은 더블린이라는 장소이다. 『잃어버린 시간을 찾아서』의 주인공은 시간이다. 예술에다 "시간의 형태"를 집어넣는 것, "존재한다는 것은 무엇인가?"에 답변하는 것이 프루스트의 목표였다. 그는 전통 소설의 방법론을 완전히 무시했다. 그가 볼 때 존재라는 것은 사건들의 연속적 순서가 아니다. 존재는 완벽한 과거이고, "그 과거는 너무나 강력한 영향을 미치기 때문에 나는 그것을 나의 내부에서 고통스럽게 가까스로 견뎌내고 있다."

그렇다면 우리는 이 과거, 이 리얼리티를 어떻게 포착해야 할까? 양자量子 이론에 의하면 리얼리티는 포착 불가능하다고 한다. 왜냐하면 사물을 관찰하는 행위 자체가 관찰되는 대상을 바꾸어 놓기 때문이다. 프루스트는 이 이론을 이해했다. 그 때문에 그는 일련의 근사치들을 제시함으로써, 그가 할 수 있는 대로 과거의 모습을 재현한다. 그는 과거를 수천 가지의 양상으로 제시하며 과거에 본 모습을 있는 그대로 보여 준다. 과거는 개별적인 사건들이 일관되게 벌어지는 흐름이 아니라, 늘 변화하는 연속체이다. 우리가 알고 있는 과거의 부분들은 우리의 내면에서 끊임없이 분출한다. 이 부분들은 다른 시간, 다른 사람, 다른 환경 속에서 다르게 느껴진다. 프루스트는 이런 어려운 점들을 비켜가지 않고 그것들을 극복한다.

과거는 기억에 의해 소환된다. 하지만 이 기억은 우리의 통제하에 있지 않다. 찻잔 속에 집어넣은 비스킷의 맛, 하늘을 배경으로 우뚝 솟아있는 탑들의 검은 모습, 이런 사소한 것들이 프루스트에게 기억과 절반쯤 잊어버린 체험들을 환기시키는데, 그것들이 그의 평생을 채색彩色한다. 우리는 어떤 특정한 순간에 위치한 우리의 존재를 완벽하게 이해하지 못한다. 또 우리는 우리가 살아온 순간들의 정적靜的인 총합總合이 아니다. 왜냐하면 우리가 그 순간들을 끊임없이 불러내어 다시 그 순간들을 살고 있기 때문이다. 그래서 총합은 언제나 변한다. 과거를 가능한 한 완벽하게 환기함으로써, 어떤 순간의 내용은 과거의 근사치를 획득한다. 사정이 이렇기 때문에 리얼리티는 우리를 비켜가고, 우리의 인생은 슬프고, 덧없고, 난감한 것이 되어 버린다. 예술을 통하여 인생의 무상변전無常變轉에 어떤 질서를 부여함으로써 우리는 위안을 얻을 수 있다. 이런 점에서 예술은 프루스트에게 하나의 종교였다.

프루스트의 방법론, 심지어 그의 끝날 것 같지 않은 문장 구조도 이런 시간의 개념, 이런 주관주의로부터 흘러나오는 것이다. 그의 소설 속에서 시간은 뱀처럼 회전하고 요동치면서 그 자신의 머리로 그 자신의 꼬리를 잡는다. 과거와 현재는 합쳐지고, 모티프와 주제들은 다시 변주되어 메아리와 대위법을 이루며 서로에게 답변한다. 모든 평론가들은 이 소설이 이야기라기보다 교향곡이라고 지적한다.

하지만 프루스트가 소설 속에서 형이상학만 다루었다면 지금처럼 흥미로운 작가가 되지는 못했을 것이다. 그의 독특한 감수성과 뛰어난 기억 이외에도 그는 일급의 작가들이 가지고 있는 능력을 대부분 소유하고 있다. 가령 이 소설은 전례 없는 깊이(비록 넓이는 그렇지 못하지만)를 가진 사회적 파노라마이다. 그가 묘사하는 허영의 시장을 새커리[76]의 작품과 비교해 보라. 그는 귀족 사회와 중산층 사회의 고뇌와 죽음을 묘사한다. 그는 아주 꼼꼼하게 사랑, 특히 동성애의 좌절과 고뇌를 분석한다. 그는 세계 문학의 수준에 부합하는 대여섯 명의 인상적인 인물들을 창조했다. 그는 반투명의 산문을 발명했다. 느리게 구불구불 흘러가면서도 그 나름대로 강력한 리듬을 가진 산문은 그의 까다로운 주제와 부합되는 스타일이다. 그의 리얼리즘은 우리가 지금껏 만나온 작가들의 리얼리즘과는 아주 다르다. 그것은 자연주의자가 아니라 상징주의자의 리얼리즘이다. 그는 어떤 대상이든 자신이 원할 때에는 완벽하게 묘사할 수 있다. 하지만 자신의 신념에 부합되지 않는 세부 사항들은 과감하게 생략해 버린다. 그는 리얼리티라는 것은 기억된 사물들의 한 측면일 뿐이라고 믿는다. 이 부분적인 리얼리티는 우리가 알 필요 있는 모든 것은 아니겠지만, 적어도 우리가 알고 있는 모든 것이다. 이 두 리얼리티(알 필요 있는 모든 리얼리티와 알 수 있는 리얼리티) 사이의 괴리가 인생을 비극적으로 만드는 주된 요인이다.

어떤 평론가들은 이 소설을 세상에서 가장 위대한 작품이라고 평가한다. 다른 사람들은 도무지 읽을 수 없는 작품이라고 말한다. 또 어떤 훌륭한 평론가는 "거대하기는 하지만 사소한 것, 165 제곱미터 땅 위에 세운 50층 건물"이라고 평가한다. 독자는 이 작품에 대하여 스스로 판단을 내려야 한다. 나는 결론으로 당대의 미국 1급 평론가였던 에드먼드 윌슨의 말을 인용한다. "우리는 프루스트에게서 우리 시대의 탁월한 정신과 상상력을 만난다. 프루스트는 그 위력이나 영향력에 있어서, 니체[97], 톨스토이[88], 바그너, 입센[89] 같은 한 세기 전의 예술가들에게 버금가는 우리 시대의 예술가이다. 그는 상대성의 관점에서 소설의 세계를 재창조했다. 그는 문학 분야에서 현대 물리학의 새 이론(양자 이론)에 버금가는 새로운 글쓰기 이론을 제공했다." **C.F.**

106

로버트 프로스트 Robert Frost

1874－1963

시 전집 Collected Poems

프로스트는 미국의 국민 시인에 가장 가까운 인물이다. 그의 시선집은 계속 출간되고 있다. 그의 쉬운 시들은 각급 학교의 학생들이 정기적으로 배우고 있다. 텔레비전, 강연회, 대학 강의실 덕분에 그는 시 애호가가 아닌 사람들에게도 잘 알려진 인물이 되었다. 문학상을 중시하는 나라에서, 그는 퓰리처상을 네 번이나 수상했다. 시인으로서 많은 재주를 지녔고 게다가 장수하기까지 했다. 이런 여러 요소들이 합쳐져서 그는 비공식적 계관 시인이 되었다. 이러한 사실들은 시를 거부하는 시대에 시의 위상을 높이는 데 도움을 주었다. 그러나 위대한 시인의 이미지를 세속화하고 감상적인 것으로 만들었다는 점에서는 시의 위상을 깎아 먹었다.

"문학은 지리로부터 시작한다"라고 프로스트는 말했다. 그가 창조한 문학은 산이 많고, 외롭고, 과거를 보존한, 보스턴 북쪽의 양키 땅으로부터 시작한다. 하지만 프로스트는 지방색을 강조하는 시인은 아니다. 그는 지리로부터 시작하지만 곧이어 지도에 표시되지 않는 지역으로 들어간다. 프로스트가 미국적인 시인이기는 하지만 그저 미국의 목소리를 대표하는 시인에 그치지는 않는다. 그는 그만의 개성을 가진 시인이다. 그는 칼 샌드버그처럼 "민중의 시인"이라고 규정할 수도 없다. 그가 농부, 산간지방의 사람들, 외로운 보통 사람들을 자주 노래한 것은 사실이다. 하지만 그의 기질은 예이츠[103] 못지않게 귀족적이다. 아일랜드 시인보다 더 사교적이고 유연하고 유머러스하다. 다음과 같은 말에서 볼 수 있듯이 진담과 농담이 반반 섞인 말도 자주 한다. "상류 계층 사람들이 하류 계층 사람들의 자유로운 생활을 완전히 돌보아줄 수 있다면, 나의 민주주의적 편견을 기꺼이 포기하겠다." 그가 시 속에서 쉬운 단어를 사용하고 일상 구어를 즐겨 구사하지만, 그의 테크닉과 상상력은 아주 복잡하다. 달리 말해서 프로스트는 흔해 빠진 만병통치의 철학을 읊조리는 양키 현자賢者가 아니라, 가식적인 허세의 언어를 경멸하는 고상한 정신의 소유자이다. 그는 짧게 말하면서도 엄청나게 많은 의미를 그 안에 내포시킨다.

프로스트는 어느 한편으로 몰아넣기 어려운 사람이다. 그는 말한다. "나는 싸움에서 그 어느 편도 취하지 않는다." 또 말한다. "나는 바보 같은 말을 지껄일 때를 제외하고는 진지하게 말해본 적이 없다." 자신의 시에 대해서는 아주 독특한 견해를 피력한다. "뜨거운 난로 위의 한 조각 얼음처럼 나의 시가 자연스럽게 녹아들기를 바란다." 그는 소로[80]와 에머슨[69]을 공부했고 그들의 독립심, 그들의 괴팍한 생활 태도를 일부 채용하기도 했다. 하지만 이것은 프로스트를 제대로 설명한 것이 되지 못한다. 프로스트는 어떤 분류를 거부한다. 그는 당대를 뛰어넘는 생각을 했고, 당대에 고개를 숙이기를 거부했으며, 당대의 위협에 겁먹지도 않았다. 그는 당대의 흐름을 언제나 자신의 은밀하고 영리한 목적에 활용했다. "내 비석에 이렇게 새겼으면 좋겠다. 나는 세상을 상대로 연인의 싸움을 벌였노라."

우리가 잘 알고 있는 시들, 가령 「담장을 고치기」, 「사과를 줍고 나서」, 「가지 않은 길」, 「눈 내리는 저녁 숲가에 서서」는 앞으로도 오래 사랑을 받을 것이다. 그러나 이 괴이하고, 냉소적이고, 유머러스하고, 잘 포착되지 않는 시인을 제대로 파악하기 위해서는, 좀 덜 알려진 그의 후기시를 읽어야 한다. 나이가 들어가면서 그는 더욱 까다롭고, 철학적이고, 과감하고, 도전적이고, 풍자적이며, 신랄해졌다. 오랜 세월에 걸쳐 그의 시들을 천천히 읽도록 하라. C.F.

107
토마스 만^{Thomas Mann}
1875–1955

마의 산 *Der Zauberberg*

어떤 책들, 가령 제인 오스틴의 소설들[66]은 인간 체험의 어떤 부분적 측면들을 따로 떼어내서 살펴본다. 반면에 어떤 소설들은 그런 측면들을 종합한다. 그래서 단테[30]와 호메로스[2,3]의 걸작은 다른 면에서도 뛰어나지만 무엇보다도 문화를 종합한다. 그리고 『마의 산』도 그러하다. 독자는 이 소설을 종합적이고 포괄적인 작품으로 파악한다면 더 많은 소득을 올릴 것이다. 영화배우 메이 웨스트는 다른 맥락에서 한 말이기는 하지만 이렇게 말한 적이 있다. "나는 서두르지 않고 천천히 일을 진행하는 남자를 좋아한다." 토마스 만은 『마의 산』의 서문에서 이렇게 말했다. "철저한 탐구만이 진정한 즐거움을 준다." 그의 위대한 소설은 철저한 탐구를 지향하고 그래서 진정으로 흥미롭다.

이 책은 스위스의 폐결핵 요양원에 입원해 있는 병든 친구를 찾아간 한 순진한 젊은 독일인의 이야기이다. 그는 요양원에서 병에 감염되어 그곳에서 7년을 머무르면서 듣고, 말하고, 생각하고, 고통 받고, 사랑하고, 마지막에는 제1차 세계대전의 대파국 속으로 휩쓸려 들어간다. 독자는 이 책을 읽어 나가면서 이것이 한 젊은 이의 성장을 다룬 소설로 그치는 게 아님을 깨닫게 된다. 대화, 상징, 환상과 꿈, 논증, 독백, 철학적 담론 등을 통하여 토마스 만은 서구의 정신적 기상도를 요약하려 한다.

우리가 『평생 독서 계획』에서 다룬 작가들이 이 소설 속의 '위대한 대화'에 참가한다. 이에 대한 증거는 토마스 만 자신이 『마의 산』에서 이 작가들의 사상을 잘 종합하고 있다는 사실이다. 만자신이 다음과 같은 작가들의 사상을 다루었다는 사실을 시인했다. 괴테[62], 니체[97], 투르게네프[81], 톨스토이[88], 콘래드[100], 휘트먼[85], 입센[89], 프로이트[98] 등. 이런 점에서 『마의 산』은 많은 사상을 요약하는 작품이다.

이 작품을 다른 관점에서 볼 수도 있다. 베르크호프 요양원을 유럽, 즉 1914년에 갑자기 죽어 버린 유럽(제1차 세계대전에 참가했다는 점에서 미국도 포함된다)의 상징으로 보는 것이다. 작품 속의 등장인물을 개인으로 보기만 할 것이 아니라 어떤 사상 혹은 감정의 강력한 표상으로 보는 것이다. 세템브리니는 자유주의적 휴머니즘, 나프타는 절대주의적 테러(레닌, 스탈린, 히틀러, 무솔리니, 호메이니, 사담 후세인 등의 예고편), 페퍼코른은 D.H. 로렌스[113]의 상징이다. 요양소의 환자들은 많은 나라와 사회 계층에서 뽑아 온 인물들이고, 병든 서구를 상징하는 인물들이다. 토마스 만은 1924년 당시에 유럽이 병든 사회라는 것을 정확히 꿰뚫어 보았는데 그런 병리적 현상은 20세기 말에 극단적 위기 상태로 치닫는다.

이 거대한 작품 속에서 만은 20세기의 사상을 주름잡아 온 십여 가지의 주제와 문제들 가령 정신분석과 영성주의, 예술, 질병, 죽음을 서로 연결시키는 연결고리, 아인슈타인이 말한 시간의 상대적 속성, 서구인 특히 중산층 서구인들의 정신 상태, 예술가와 사회의 관계, 제대로 된 인간 교육 등을 폭넓게 다룬다. 만의 특별한 재능은 이런 수준 높은 사상, 등장인물들의 창조, 소설 속 분위기의 설정을 잘 종합한다는 것이다.

『마의 산』에는 두 개의 세계가 공존한다. 하나는 사상의 세계이고 다른 하나는 미묘한 인간관계의 세계이다. 요양소의 인간들이 건강한 자들이 사는 정상적인 세계, "평평한 땅"의 혼란스러운 비상 상황으로부터 격리되어 있기 때문에 그들의 관계는 더욱 분명하게 파악된다.

독자가 콘래드, 로렌스, 조이스[110], 만, 프루스트[105], 헨리 제임스[96]를 읽고 나면 현대 소설의 흐름과 특징을 명확하게 파악할 수 있을 것이다. 현대 소설은 엄청난 자의식, 인간 정신에 대한 깊은 통찰, 다양한 창작 기술의 개발 등을 특징으로 한다. 현대 소설이 18세기와 19세기 초의 영국 소설과 다른 점은 인간의 창조적 생활에 아주 열린 태도를 취한다는 것이다. 현대 소설은 등장인물들을 비인간화하지 않고서 그들을 지적인 존재로 창조한다. 그 구체적인 사례가 토마스 만의 걸작 『마의 산』이다. 이 소설은 불행한 20세기가 만들어낸 가장 훌륭한 작품들 중 하나이다.

만의 짧은 소설 중에서는 「베네치아에서의 죽음」과 「마리오와 마술사」를 권한다. **C.F.**

108

E.M. 포스터 E.M. Forster

1879-1970

인도로 가는 길 *A Passage to India*

포크너[118]나 헤밍웨이[119]와 비교해 볼 때, E.M. 포스터는 이 세상에 별로 큰 소음을 일으키지 않았다. 그는 다섯 편의 장편소설을 썼으나 그 어떤 것도 굉장한 반향을 불러일으키지는 않았다. 이 중에 네 편은 제1차 세계대전 전에 발표된 것이고, 『인도로 가는 길』만이 그 후인 1924년에 발표되었다. 이 작품은 많은 독자를 가지고 있다. 그리고 『전망 좋은 방』과 『하워즈 엔드』는 영화로 제작되어 이름이 널리 알려졌다. 그렇다면 어떻게 해서 포스터는 이 짧고 문제 많은 20세기 소설가들의 리스트에 당당히 오를 수 있었을까?

그 첫 번째 이유는 대부분의 평론가들이 그를 가장 훌륭한 소설가들 중 한 사람이라고 평가하기 때문이다. 하지만 위대한 소설가는 아니다. 이러한 형용사는 포스터에게 부적절해 보인다. 그 자신도 이런 형용사를 거부했을 것이다. 두 번째 이유는 그의 작품 수가 적고 또 오래되긴 했지만, 그 주제의식이 선명하고 현대적이라는 점이다.

포스터 문학이 살아남을 수 있었던 것은 인간관계의 중요한 문제들을 일체의 저널리즘이 배격된 문체로 형상화했기 때문이다. 그의 문체에는 우아함, 미묘함, 약간의 코미디(풍자가 배격된) 의식이 깃들여 있다. 자유주의적인 관점을 제외하면(자유주의마저 그는 때때로 조롱한다), 그는 중도 무소속의 작가이다. 그가 지향하는 가치는 인간적이고 무시간적無時間的인 문화의 가치이고, 그런 만큼 앵글로색슨, 유럽, 그 어떤 당파의 가치도 거부한다.

『인도로 가는 길』에는 영웅도 악당도 없다. 힌두인, 무슬림, 영국인, 그들은 때때로 "옳고", 때때로 "그르다." 모든 등장인물들, 심지어 작가가 싫어하는 인물들도 나름대로 존엄성을 가지고 있다. 모든 등장인물들, 심지어 작가가 존경하는 인물들도 나름대로 어리석은 측면을 가지고 있다. 하지만 이들에게는 하나의 공통점이 있는데, 서로 완벽하게 소통하지 못한다는 것이다. 이 기이하고 놀라운 책('놀라운'이라는 진부한 형용사는 『인도로 가는 길』에 나오는 마라바르 동굴의 장면을 완벽하게 형용하지 못한다)은 인도 민족주의의 주장이나, 영국 제국주의의 우둔함이나, 힌두 신비주의의 매력을 주제로 삼고 있지 않다. 단지 암시되어 있을 뿐이다. 만약 이런 주제들이 노골적으로 다루어졌더라면 인도 아대륙이 영국에서 독립하여 분열된 지금, 『인도로 가는 길』은 읽히지 않는 책이 되었을 것이다. 이 소설은 소외를 주제로 삼고 있고, 존 던[40]의 명구와는 다르게 모든 사람이 스스로 하나의 섬이라는 주장을 펴고 있다. 이 소설은 인간, 운명, 신이 만들어내는 장벽이 인간들 사이의 소통을 가로막고 있는 현상을 묘사한다. 불완전한 소통 때문에 인간관계가 겪게 되는 영원한 비극적 조건을 다룬다.

독자는 『인도로 가는 길』을 한번만 읽지 말고 두 번 읽기 바란다. 두 번 읽은 다음에는 포스터의 다른 장편인 『하워즈 엔드』를 읽기를 권한다. 많은 평론가들이 이 작품을 그의 대표작으로 꼽는다. C.F.

109

루쉰魯迅

1881−1931

단편 전집短篇全集

대체로 보아 20세기는 중국 작가들에게 힘든 시기였다. 20세기 내내 탄압적인 독재 정부, 내전과 국제전, 가난과 사회적 불안, 노골적인 정치 탄압 등이 많은 작가들의 앞길을 가로막았고, 일부 작가들을 죽였으며, 또 다른 일부 작가들을 중국 정부의 앞잡이로 만들었다. 중국 문학은 지난 몇 년 동안에 이러한 상처들로부터 회복되는 중이다.

루쉰은 운 좋게도 1920년대에 생애의 절정기를 보냈다. 이 시기는 단명한 중국의 모더니스트 운동이 막 꽃피어나던 때였다. 그는 중국 대학생들이 1919년 5월 4일 베르사유 조약의 친 일본적인 성향에 반대하며 일으켰던 5.4운동의 핵심적 지도자였다. 이 운동은 지적 · 예술적 자유가 꽃피어 나던 10년간을 상징하는 사건이었는데, 이 기간 동안 젊은 작가들과 사상가들이 전통적인 중국 문화와 사회의 결점을 파악하고 그 대안을 열심히 모색했다.(민주주의의 회복을 외친 1989년의 천안문 사태 중, 학생 시위는 5.4운동의 학생 시위를 모방한 것이었다.)

루쉰의 본명은 저우수런周樹人이었다. 그는 사회적으로 진보적인 사상을 가진 부유한 가문에서 태어났고 그의 동생들과 서양 과학 및 의학을 공부했다. 바로 아래 동생 저우쭤런周作人은 심리학자로서 해블록 엘리스를 중국어로 번역했고, 막내 동생 저우젠런周建

人은 생물학자 겸 우생학자로서 찰스 다윈을 맨 처음 중국어로 번역했다. 루쉰은 곧 의학 공부를 포기하고 사회 비판적인 모더니스트 소설가로서 5.4 운동에 뛰어들었다. 1918년 「광인일기」라는 단편을 발표하면서 작가 적 명성을 얻었다.(이 단편소설은 고골[74]의 단편소설 제목에서 의도적으로 차용한 것이다.) 이 소설은 광인의 눈을 통하여 식인주의적인 중국 사회를 비판하고 있다. 1923년에 단편소설집 『납함吶喊』을 발표했는데 여기에 가장 유명한 소설인 「아큐정전」이 실려 있다. 아큐는 중국인을 상징하는 인물로 인생을 텀벙대며 살아가다가 자기도 모르는 이유로 처형장에 끌려가는 인물이다. 이것은 중국 전통 문화에 대한 알레고리이다. 루쉰이, 보기에 현재의 중국 사회는 서구의 문화와 기술을 흡수하는 준비가 전혀 안되어 있다는 것이다.

1920년대 중반부터 루쉰은 그때 막 태동한 중국 공산당과 긴밀한 협력 관계를 맺기 시작했다. 하지만 공산당에 정식으로 입당하지는 않아서 당 간부를 분노하게 만들었다. 점점 내전을 향해 가는 중국 상황에서 어느 한 편을 선택하지 않고 무소속으로 남는다는 것은 정말 어려운 일이었다. 루쉰은 약간 좌파적 성향을 지닌 독립적인 예술가의 지위를 계속 고집했다. 그가 일본의 중국 침략전에 사망한 것은 어쩌면 다행한 일인지도 몰랐다. 왜냐하면 그 뒤 벌어진 국공 내전에서 중도 무소속의 입장을 지키기가 불가능했을 것이기 때문이다. 그의 사후에 중국의 여러 정파들은 그의 유업을 어떻게 정리해야 할지 난감해 했는데 이것은 그의 독립성을 간접적으로 증명해 주는 것이다. 우리의 관점에서 볼 때 그의 유업은 아주 분명한 것이다. 그의 정치적 입장을 어떻게 보든 간에 그는 20세기 중국의 가장 위대한 작가이다.

　루쉰의 단편 선집이나 전집은 많이 번역되어 있다. 「광인일기」와 「아큐정전」을 먼저 읽고 나머지 단편들도 천천히 읽도록 하라. 루쉰이 예리한 사회 비평가이면서도 탁월하고 훌륭한 이야기꾼임을 발견할 수 있을 것이다. **J.S.M.**

110

제임스 조이스 *James Joyce*

1882－1941

율리시스 *Ulysses*

『율리시스』는 침투하기가 불가능한 소설처럼 보인다. 이 높은 산은 단숨에 걸어 올라갈 수 없다는 것을 인정해야 한다. 그렇지만 올라갈 수는 있다. 이 산의 정상에 오르면 아주 풍요로운 광경을 내려다볼 수 있다.

　다음에 다섯 가지 사항을 간단하게 적어 보았다. 이것들은 독자들로 하여금 『율리시스』를 즐겨 감상하게 하거나 이해하게 도와주지는 못할 것이다. 하지만 이 소설에 대한 오해, 가령 한 마디로 웃기는 얘기다, 아주 외설적인 작품이다, 정신이상에 걸린 천재의 작품이다, 컬트의 제단이다 등의 오해는 불식시켜 줄 것이다. 1922년에 이 소설이 출간된 이래 많은 우수한 비평가와 독자들은 이렇게 생각하고 있다.

1. 이 작품은 『신곡』[30] 이래 가장 완벽하게 조직된 작품이다.

2. 20세기에 발표된 작품들 중 가장 영향력이 큰 소설이다. 그 영향력은 주로 다른 작가들에게 미친 것이므로 간접적이다.

3. 영어로 된 가장 독창적이고 상상력 풍부한 작품들 중 하나이다. 문학의 많은 길을 새롭게 개척했다.

4. 약간의 의견 불일치가 있기는 하지만, 대체적인 견해로서, 이 작품은 "퇴폐적"이거나 "부도덕"하거나 "비관적"이지 않다. 『평생 독서 계획』에 포함된 다른 작가들의 작품이 그러하듯이, 강력한 정신이 포착한 인생의 비전을 제시한다. 그 정신은 부분적이거나, 감상적이거나, 자기 변명적인 것은 일체 배격한다.

5. 그 모태가 되는 『오디세이아』[3]와는 다르게, 이 책은 읽으면 알 수 있는 책이 아니다. 베토벤의 후기 현악 4중주곡들이 오래 듣고 연구할수록 그 풍부한 의미를 파악할 수 있듯이, 오로지 연구하는 사람들에게만 그 비밀스러운 뜻을 드러낸다.

이런 대전제를 말하였으므로 독자들에게 다음 세 가지 사항을 권하고 싶다.

1. 조이스의 『젊은 예술가의 초상』을 먼저 읽도록 하라. 이 작품은 『율리시스』에 비해 한결 읽기가 쉽다. 이 작품을 읽으면 조이스의 분신인 스티븐 디덜러스를 알게 되고 두 소설의 무대가 되는 더블린에 대해서 알게 된다.

2. 『율리시스』의 경우 먼저 훌륭한 주석서를 읽어라. 짧은 것으

로는 에드먼드 윌슨의 평론이 훌륭하고 단행본으로는 스튜어트 길버트와 앤서니 버제스의 저작을 권한다.

3. 주석서를 읽고 나서도 『율리시스』는 읽기가 쉽지 않다. 모든 문장, 생략된 문장, 미세한 의미, 암유, 혹은 앞에 나온 내용에 대한 간접적 언급 등을 모두 이해하려고 들지 말라. 읽을 수 있는 데까지 읽어라. 그런 다음 책을 내려놓았다가 1년 뒤에 다시 시작하라.

이 소설을 읽으면서 조이스의 다음과 같은 의도를 유념하면 도움이 된다.

1. 1904년 6월 16일 낮과 밤 동안에, 다수의 더블린 사람들이 한 생각과 행동을 가능한 한 많이 기억하라.

2. 그 중에서도 다음 두 명의 언행을 완벽하게 숙지하라. 이제 현대 지식인의 전형이 된 스티븐 디덜러스와, 디덜러스의 정신적 아버지이며 보통 사람인 레오폴드 블룸.

3. 이 소설은 호메로스의 『오디세이아』에 나오는 사건과 인물들과 대칭을 이룬다. 가령 스티븐은 텔레마쿠스이고, 블룸은 오디세우스(율리시스)이며 몰리는 부정한 페넬로페이고 벨라 코언은 키르케이다.

4. 조이스는 이 기념비적 작품을 위하여 새로운 문학적 테크닉을 많이 개발했다. 가령 내적 독백, 의식의 흐름, 패러디, 꿈과 악몽의 시리즈, 말장난, 신조어, 비관습적인 구두점 등. 평범한 작가는 등장인물의 생각을 선별하거나 요약하려는 경향이 있다. 하지만 조이스는 시냇물 같고, 꿈같고, 형체 없는 흐름을 가진 생각들

그 자체를 독자에게 전달한다.

『율리시스』를 읽으려고 시도했다는 것만으로도 하나의 모험이다. 또 독자에게 큰 소득을 안겨줄 것이다.

현 시점에서 가장 좋은 판본은 1986년 빈티지북스(랜덤하우스) 문고본이다. 이 책에는 "한스 발터 가블러가 볼프 하르트 스테프와 클라우스 멜키오르와 함께 편집한 수정 텍스트"라는 설명문이 붙어 있다. 이보다 더 좋은 판본은 존 키드(노튼, 1994)의 것이다. **C.F.**

111

버지니아 울프 Virginia Woolf
1882-1941

댈러웨이 부인*Mrs. Dalloway*, 등대로*To the Lighthouse*, 올랜도*Orlando*, 파도*The Waves*

유명한 블룸스버리 그룹은 활동 당시 과대 광고된 점이 있었는데, 그 그룹 중 시간의 경과를 견뎌낸 세 명은 경제학자 존 메이너드 케인스, 소설가 E.M. 포스터와 버지니아 울프이다. 울프는 1941년에 사망하기 훨씬 이전부터 영국 소설의 방향에 결정적인 영향을 미쳤고 그 영향은 그 후 계속 확대되어 왔다. 그녀는 콘래드[100], 헨리 제임스[96], 프루스트[105], 조이스[110](버지니아 울프는 조이스를 별로 존경하지 않았다)와 함께 개척자적인 작가이다.

그녀는 20세기 첫 30년 동안에 활약한 영국 작가들—아널드 베넷, 존 골즈워디, H.G. 웰스—이 부적절한 소설관에 입각하여 소설을 써 왔다고 주장했다. 그녀는 획기적인 논문 「미스터 베넷과 미세스 브라운」에서 그들이 주로 표면만 다루었다고 지적했다. 그녀는 의식의 흐름, 내적 독백, 직선형 서사의 포기, 시적 장치의 교묘한 활용(현대의 독자들에게 이런 장치들은 이제 익숙한 것이 되었지만) 등을 구사하여 표면의 밑으로 뚫고 들어가야 한다고 주장했다. 그녀는 이런 테크닉을 구사하다가 실패하기도 했지만, 성공한 경우가 더 많았다.

여기에 추천한 네 편의 장편소설들 중 『댈러웨이 부인』이 가장 읽기 쉽다. 부유한 영국 정치인의 아내인 주인공을 통하여, 울프는 런던 상류층, 자신감이 충만한 런던 사회의 모습을 보여 준다. 사랑과 죽음이 핵심적인 주제이다. 하지만 속물근성(울프 자신도 약간 속물적인 데가 있다), 특권에 대한 반항, 레즈비언적인 경향 등의 주변적 주제들도 제시된다. 울프 자신이 간헐적으로 광기에 빠졌고 결국 자살에 이르고 말지만, 이런 체험 때문에 전쟁에서 포탄을 맞아 부상을 당했던 제대군인 셉티머스 스미스의 정신을 아주 깊숙이 통찰하고 있다. 스미스는 댈러웨이 부인 못지않게 인상적인 인물이다.

『등대로』에서도 독자는 등장인물의 마음속을 무시로 출입하게 된다. 때때로 아주 갑작스럽게 그 마음을 들여다보게 된다. 울프의 가족들을 모델로 삼은 등장인물들은 캐릭터라기보다 하나의 의식意識이라고 해야 할 정도로, 인물들의 생각을 묘사하는 데 집중한다. 연대기적인 시간이 아니라 에피파니(갑작스러운 계시)의 순간들이 소설의 형태와 구조를 결정한다. 울프는 말한다. "…… 감각의 바퀴가 굴러가면서 순간을 결정結晶시키고 고정시키는 힘이 생겨난다."

『올랜도』의 모델은 작가이며 외교관인 해럴드 니콜슨 경의 아내이며 울프의 친구이고 귀족 취미가 강했던 비타 색빌 웨스트이다. 이 정교한 판타지 작품은 엘리자베스 시대에서 시작하여 1928년에 이르는 영국의 역사를 주마간산 격으로 다시 포착한다. 어떻게 보면 라틴 아메리카의 마법적 리얼리즘[132]을 예고하는 작품이다. 이 소설에는 놀이의 요소가 아주 강력하다. 버지니아 울프의 전체 작품과 『올랜도』의 관계는 그레이엄 그린의 본격 소설과 연예(오락) 소설의 관계와 대칭을 이룬다.

『파도』는 울프의 작품 중 가장 읽기가 까다롭다. 상류 계층의 남녀 각 세 명이 겪는 유년, 청년, 대학시절, 중년 등이 간략하게 묘사된다. 하지만 사건이나 움직임은 없고 여섯 명이 각자 독백을 할 뿐이다. 그들 중 한 명인 버나드는 이렇게 생각한다. "수프에서 건져 올릴 물고기는 없다. 사건이라고 부를 만한 것이 없다." 등장인물들의 말, 생각, 느낌들 중 어떤 것은 고급 독자라고 해도 이해하기가 어렵다. 이 소설의 특징은 의미가 투명하지 않은데도 아름답다는 것이다. 『파도』는 울프의 성공작이라고 할 수는 없어도 20세기 전반에 나온 성장소설들 중 가장 독창적인 것이다. C.F.

112

프란츠 카프카 ^{Franz Kafka}

1883 – 1924

심판 *Das Urteil*, 성 *Das SchloB*, 단편선집

서양의 경우만 생각한다면, 카프카의 이름은 가장 영향력이 큰 20세기 작가 다섯 명에 들어갈 것이다. 나머지 네 명은 조이스[110], 프루스트[105], 예이츠[103], T.S. 엘리엇[116]이다. 카프카 사후 20년이 지난 시점에 시인 W.H. 오든[126]은 이렇게 썼다. "각 시대를 대표했던 단테[30], 셰익스피어[39], 괴테[62]와 같은 작가를 20세기에서 고르라고 한다면 카프카가 1순위일 것이다." 이보다는 좀 절제되어 있기는 하지만 프랑스의 시인이며 극작가인 파울 클로델은 카프카를 이렇게 평가했다. "내가 볼 때 가장 위대한 작가인 라신 다음에는 카프카가 있다."

이러한 평가는 카프카 붐이 최고조에 도달했던 시점에 나온 것이었다. 내가 붐이라고 말한 것은 카프카의 인기에 컬트적인 측면이 있기 때문이다. 하지만 불운한 20세기의 어두운 아노미와 정신적 기아는 카프카 소설의 괴상한 꿈과 악몽 속에 잘 반영되어 있다.

카프카의 짧은 생애 동안에는 이러한 사실이 명확하게 드러나지 않았다. 그의 엄청난 명성은 사후에 획득된 것이다. 세 편의 미완성 장편소설, 십여 편의 단편소설, 산발적인 우화들, 약간의 편지들을 가지고 20세기 최고의 작가(오든)라는 평가를 받았으니 놀라운 일이다. 스탕달[67]과 토크빌[71]의 경우에서 이미 살펴보았듯

이, 그런 명성을 획득할 수 있었던 것은 카프카의 놀라운 예언력 덕분이었다. 그는 1924년에 요절했지만, 그의 상징적 비전은 20세기를 미리 내다본 듯하다. 독일에 들어선 총체적 테러의 국가, 현대 정부의 본질적 구조인 관료주의적 미로, 길을 잃어버리고 우왕좌왕 방황하는 현대의 영혼, 기계에 의한 인간 영혼의 침탈, 뭐라고 딱 꼬집어 말하기는 어렵지만 세상에 만연한 보편적 죄책감, 비인간화 등이 카프카가 예견한 것이다. 보르헤스[121]는 "카프카가 음울한 신화와 폭력적인 사회 제도를 고발한다"고 말했다.

  카프카의 생애는 행복한 것이라고는 할 수 없어도 안정된 것이었으며, 다정한 친구들도 많았고 전쟁의 상처를 입지도 않았다.(그러나 그의 세 자매는 나중에 나치에 의해 학살되었는데 카프카는 이런 비극에 놀라지 않았을 것이다.) 카프카는 노이로제의 성격을 가지고 있었다. 그는 이 노이로제를 창조적으로 활용하여 그의 악몽 같은 소설로 승화시켰다. 그는 평생 동안 물질주의적인 아버지로부터 압제 당한다는 강박증에 시달렸다. 아버지는 유대인이었으면서도 프러시아 사람 같이 행동했다고 한다. 이러한 강박증은 그의 대표작 『심판』과 『성』에 잘 반영되어 있다. 하지만 이들 작품 속의 상징주의는 너무나 미묘하고 다면적이기 때문에 그것을 자서전으로만 파악하려는 해석은 위험할 수도 있다. 그러나 이들 소설의 핵심 주제가 죄의식과 열등감인 것은 분명하다. 『심판』은 죄의식을 느끼지만 자신이 무슨 죄목으로 기소되었는지 알지 못하는 남자의 이야기이다. 『성』은 관료주의적 미로 때문에 구원을 가져다 줄 권위자와 접촉하지 못하는 남자의 이야기이다.

카프카는 간결하고 명석하며 안정된 문장을 구사하기 때문에 읽기가 어렵지 않다. 그러나 표면적 이야기만 따라가다 보면 본질을 놓치기가 쉽다. 그는 익숙하면서도 흔한 이미지들을 사용하여 현대인들의 난감한 상황을 암시한다. 그것을 이렇게 설명해 볼 수도 있겠다. 카프카는 자신이 어떤 목적을 가지고 있는지 분명하게 의식한다. 하지만 그 길을 찾아내지 못해 안타까워하고 있다. 카프카는 그 어떤 파벌에도 속하지 않고 또 신비주의의 경향도 보이지 않지만, 아주 종교적인 사람이다. 그는 자신의 글쓰기를 하나의 전문적 직업으로 생각하는 것이 아니라, 만나려고 해도 계속 그를 피해 달아나는 신에게 올리는 기도라고 생각한다. 그의 주인공들은 상실감, 소외감, 정체성 불분명으로 고통을 받는다. 이것은 많은 현대인들이 겪는 느낌이기도 하다. 하지만 카프카의 주인공들은 구원을 가져다주는 은총(성은 이것을 상정한다)을 추구하고, 그런 은총이 어딘가에 있다고 어렴풋이 느낀다. 그들은 자신들이 어떤 보편적 질서로부터 소외되어 있다고 느끼지만 그래도 그런 질서가 있다고 생각한다. 이렇게 보면 카프카는 형이상학적 소설가이고 또 저렇게 보면 덜 고뇌를 겪은 보르헤스[121] 같기도 하다.

그의 단편, 『변신』과 『유형지에서』는 우리 시대의 비인간화, 테러, 관료화를 예견하고 있다. 차분한 문장으로 서술되어 있지만 오싹한 이야기이며, 죄책감과 징벌을 다룬 우화이다. 그런 만큼 불안의 시대를 살고 있는 우리에게 깊은 공감을 안겨준다.

카프카는 이미 80년 전에 사망한 인물이지만, 여전히 우리와 동시대인이다. 신경증에 걸린 천재는 기이한 환상의 세계를 창조했는데 그것이 우리의 실제 세계를 너무나 리얼하게 조응한다. **C.F.**

113
D.H. 로렌스 <small>D.H. Lawrence</small>
1885 – 1930

아들과 연인 *Sons and Lovers* , 사랑하는 여인들 *Women in Love*

로렌스가 폐결핵으로 사망했을 때 겨우 45세였다는 사실은 좀 믿기가 어렵다. 그의 첫 장편이 출간된 1911년부터 사망한 1930년까지 매해 그의 책이 한 권씩은 출간되었다. 1930년 한 해에만 무려여섯 권이 출간되었고 그의 유작(방대한 『서한집』은 제외하고)도 열두 권이 넘는다. 이렇게 다작을 하면서도 로렌스는 널리 여행을 다녔고, 많은 사람들을 만나고 영향을 주었으며, 다양한 취미를 가지고 있었고, 그의 비타협적인 사상 때문에 벌어진 불운한 논쟁들에 말려들었다. 이 홀쭉하고 연약한 턱수염 난 사나이—소설가, 시인, 극작가, 수필가, 비평가, 화가, 예언자—는 내부에 생명의 에너지가 활활 불타올랐다.

　로렌스는 영국 노팅엄셔에서 태어났다. 아버지는 탄광 광부였고 어머니는 아버지보다 교양이나 감수성이 훨씬 뛰어난 여인이었다. 어머니의 과도한 사랑과 집착으로 점철된 그의 유년 시절은 『아들과 연인』의 1부에서 아주 솔직하게 묘사되어 있다. 로렌스는 학교에서 공부를 잘 했고 졸업 후에는 학교 교사로 몇 년 동안봉직하기도 했다. 1912년에 독일 귀족 가문 출신의 유부녀 프리다

폰 리히트호펜 위클리와 사랑의 도피행을 했고, 1914년에는 그녀와 결혼했다. 그의 생애 후반은 끊임없는 방랑의 연속이었다. 이국적인 원시부족이나 미개발 국가들을 찾아가서 강력한 생명력을 찾아내려 애썼고 이것이 그의 소설들의 주제가 되었다.

이 생명력(혹은 생명의 느낌)은 일부 독자들을 매혹시키지만, 일부 독자들에게는 소외감과 충격을 안겨준다. 로렌스는 허세부리는 자도 신경질적인 자도 아니었다. 그는 강력한 메시지를 가진 예언자였고 그 메시지를 가지고 인류의 일상적 태도를 바꾸려고 했다. 이런 로렌스의 입장을 이해하지 못한다면 그의 작품은 읽어내기가 쉽지 않다. 이러한 메시지는 로렌스 읽기의 첫 시작이라고 할 수 있는 『아들과 연인』 같은 초기작에도 암시적으로 내재되어 있다. 그것은 『무지개』, 『사랑하는 여인들』(로렌스의 대표작), 『채털리 부인의 연인』(그의 졸작) 등에서는 명시적으로 드러난다.

우리는 로렌스가 치열한 혁명가였다는 사실을 유념해야 한다. 그는 이 세상을 철저하게 거부했다. 그는 20세기의 산업 문화를 상대로 전쟁을 했다. 그 문화가 인간의 생명력을 빼앗고, 정서의 자연스러운 샘물을 고갈시키고, 인간을 파편으로 만들고, 인간을 자연의 생활로부터 소외시킨다고 주장했다. 로렌스는 자연의 흙, 꽃, 날씨, 동물들에 특히 민감하게 반응했다. 산업 문화의 가장 나쁜 점은 인간의 성욕을 감퇴시키는 것이라고 로렌스는 진단했다. 로렌스가 볼 때 섹스는 즐기는 것 이상의 의미를 가지고 있다. 그것은 그가 소중하게 여기는 지식에 도달할 수 있는 유일한 길이다. 리얼리티를 직접적으로 아무런 매개나 추상 작용 없이 느낄 수 있는 수단이다. 그는 이미 1912년에 이렇게 썼다. "피가 느끼고, 믿고, 말하는 것은 언제나 진실이다."(일부 독자들은 이런 주장을 아주 위험한 난센스라고 생각할 것이다.)

그는 과학, 전통적 기독교, 이성의 숭배, 발전, 간섭하는 국가, 미리 계획된 "점잖은" 삶, 돈과 기계의 숭배를 증오했다. 따라서 가난, 갈등, 결핍의 생활을 씩씩하게 또는 즐겁게 견뎠다. 로렌스의 친구인 올더스 헉슬리[117]는 이렇게 말했다. "로렌스는 다른 질서에 소속된 존재이다." 때때로 로렌스는 보통 사람들이 접근하지 못하는 원초적 샘물로부터 에너지를 얻는 것처럼 보인다. 이런 점에서 그는 예언자—시인 블레이크[63]를 연상시킨다.

로렌스의 소설은 콘래드[100] 소설과는 다르게 잘 조직되어 있지 않다. 글을 써나가는 저자의 심경에 따라 콸콸 흘러나오는가 하면 갑자기 썰물이 되고 번쩍거리는가 하면 분출하다가 느닷없이 노래를 부르기도 한다. 이러한 작가의 개성을 받아들이지 않는다면 독자는 그의 작품을 견디기 어려울 것이다.

하지만 로렌스는 독자에게 그 이상의 것을 요구한다. 그의 소설관은 아주 도덕적이다. "소설의 도움으로 독자는 생중사(生中死: 살아 있으되 죽은 것이나 다름없는 사람)를 면할 수 있다"라고 로렌스는 말한다. 그는 독자를 변화시키고, 독자의 내부에 강렬한 느낌과 환희를 다시 일으켜 놓고 싶어 한다. 그는 인류가 이런 강력한 생의 감각을 현재 잃어버렸거나 잃는 중이라고 진단한다.

앞으로 1세기 후에 로렌스가 주요 예언자(혹은 기억할 만한 예술가)로 판명될지, 아니면 괴짜 천재 정도로 폄하될지 알 수가 없다.

이 글을 유심히 읽어온 독자는 내가 인간 로렌스를 별로 좋아하지 않고 그것을 감추기 위해 무척 애를 쓰고 있다는 것을 눈치 챘을 것이다. 『평생 독서 계획』의 증보판을 내면서 이 점에 대해서 좀 더 솔직하게 말해야겠다고 생각한다. 로렌스에게는 파시스트의 경향이 있고 그것이 어느 정도로 심한지는 명확하게 진단하기 어렵다. 그는 한때 이렇게 썼다. "일반 대중은 글 읽기와 쓰기를 아예 가르치지 않는 게 좋겠다." 나는 다른 데서 이 발언을 이렇게 지적했다. "평생을 인세 수입으로 먹고 산 사람치고는 놀라운 발언이 아닐 수 없다." 가난한 광부의 아들로 태어난 로렌스 또한 '일반 대중'의 한 사람이었다. 그가 국가의 보편 교육을 받지 않았더라면 어떻게 오늘날의 D.H. 로렌스가 될 수 있었겠는가.

바그너가 천재이면서 동시에 야비한 자였다는 사실이 널리 인정되기까지 상당한 시간이 걸렸다. 로렌스의 천재성에 대해서, 우리는 거기에 약간의 불쾌한 특성이 깃들어 있다는 사실을 인정해야 할 것이다. **C.F.**

114
다니자키 준이치로谷崎潤一郎
1886-1965

세설細雪

다니자키는 나쓰메 소세키[104] 사망 20년 후에 태어났지만 완전히 다른 세대에 속하는 작가이다. 이 세대는 나쓰메와 기타 메이지

지식인들이 개척해 놓은 모더니스트의 길을 더욱 넓혀 나갔다. 다니자키는 일본의 국력이 신장되던 시기에 부유한 도쿄 상인의 집에서 태어났다. 고도로 서구화된 도쿄의 도시적 분위기 속에서 청소년기를 보냈고 그런 분위기를 아주 편안하게 여겼다.

다니자키는 도쿄제국대학을 다녔지만 졸업 직전 등록금을 납부하지 않아 퇴학을 당했다. 부유한 집안 환경을 감안해 볼 때, 등록금 납부 거부는 일종의 반항적 행위였다. 그는 20대 초반부터 단편소설들을 발표했다. 「자청刺靑」(1910)이라는 소설로 일본 문단의 주목을 한 몸에 받았다. 그는 서구 문학과 물질문화에 매료되었고 이런 태도가 그의 초기 소설과 영화 대본에 반영되어 있다.

1923년 다니자키는 인생에서 커다란 변화를 겪고서 인생관 자체가 크게 바뀌게 된다. 그는 1923년 관동 대지진 당시에 요코하마의 외국인 거주 지역에 살고 있었다. 이 지진으로 그의 집이 파괴되고 수천 명의 사람들이 목숨을 잃었다. 그는 이 자연재해에 충격을 받고서 아내와 자식을 버리고 혼자서 오사카로 갔다. 오사카는 서부 일본에 있는 보수적인 상업 도시이다. 거기서 그는 열렬한 오사카 애국자가 되었다.(비유적으로, 뉴요커가 시카고로 이사 가서 그 도시의 열렬한 옹호자가 된 것과 비슷하다.) 그는 점점 더 당대의 일본 사람들이 겪고 있는 문화적 긴장에 대해서 관심을 갖게 되었다. 많은 일본 사람들이 다니자키처럼 서구의 유행, 패션, 물질문화에 매료되지만 동시에 일본 전통 문화에 대한 향수를 간직하고 있었다. 그의 첫 번째 본격 장편소설인 『누군가는 가시를 더 좋아한다』(1928)는 전통과 현대의 갈등을 견디지 못하는 결혼생활을 묘사하고 있다.

독자들에게 우선 그의 최고 걸작인 『세설』(집필 1942–44년, 발표 1946–48년)을 읽기를 권한다. 이것은 자전적 소설은 아니다. 일부 등장인물이 그의 세 번째 아내와 처가 사람들과 비슷하고, 소설의 무대가 오사카여서 다니자키가 그곳에 살던 시절 얘기가 나오기도 하지만, 거의 전적으로 상상력이 발휘된 작품이다. 이 소설에서 다니자키는 한가한 특권적 생활 방식과 현대 일본의 가혹한 현실에 적응하지 못해 고통 받는 부유한 가문의 이야기를 펼치고 있다.

소설에는 네 명의 마키오카 가문의 딸들이 등장한다. 그들은 나름대로 미묘한 문제를 가지고 있다. 셋째딸 유키코는 결혼을 하지 않았는데 소설이 끝나갈 무렵까지도 여전히 미혼이다. 둘째딸 사치코는 동생에게 신랑감을 찾아 주려고 무척 애를 쓴다. 반면에 자유분방하고 다소 "느슨한" 넷째딸 다에코는 자신에게 어울리든 말든 배필만 생긴다면 언제라도 결혼하고 싶어 안달이 나 있다. 하지만 자매들은 나이 순서대로 결혼을 해야 한다는 사회적 관습에 가로막혀 결혼을 하지 못한다. 이렇게 하여 일종의 미묘한 풍습 코미디 상황이 생겨나는데, 다니자키는 이런 상황에서 자신의 문학적 재능을 마음껏 펼쳐 보인다.

『나오미』(1924)나 『고양이와 한 남자와 두 여자』(1936) 같은 작품에 비해 다소 침울한 분위기를 가지고 있는 『세설』은 강박적이면서도 페티시를 연상시키는 성애가 가득하다. 페티시즘은 많은 독자들이 다니자키 문학의 등록상표라고 생각한다. 한 평론가는 다니자키 문학의 주제는 남자들을 학대하는 완벽한 여성을 추구하는 것이라고 말했다. 이처럼 소설의 표면에서 어른거리는 괴기함 때문에 일부 독자들은 다니자키를 인공적인 작가라고 폄하하기도 하고 또 일부 독자들은(이 글을 쓰고 있는 나 자신을 포함하여) 그것이야말로 다니자키의 독특한 매력이라고 평가한다. 나는 독자들이 직접 판단하기를 권한다. J.S.M

115
유진 오닐 Eugene O'Neill
1888 - 1953

상복이 어울리는 엘렉트라 Mourning Becomes Electra , 얼음장수가 오다 The Iceman Cometh , 밤으로의 긴 여로 Long Day's Journey into Night

미국의 위대한 극작가라는 명성에도 불구하고 『평생 독서 계획』의 초판본은 유진 오닐을 다루지 않았다. 그 당시(1960) 나는 오닐이 쇼[99]나 입센[89] 같은 인물과 동급이라고 생각하지 않았다. 나는 아직도 이런 견해를 가지고 있다. 그러나 오닐의 사망 이후에도 그의 연극이 갖는 호소력은 줄어들지 않았다. 그의 희곡들은 미국과 해외에서 계속 공연되고 있다. 그는 이제 하나의 고전이 되었고 미국 연극 사상 최초의 본격적인 극작가라는 역사적 명성을 뛰어넘는 영향력을 행사한다.

그의 희곡은 무대에서 연극으로 보지 않고 책으로 읽을 때에는 문학적 품질이 다소 떨어진다. 그럼에도 불구하고 오닐의 지위가 더욱 공고해지고 있는 것은 흥미로운 일이다. 그의 희곡은 거의 유머가 없다. 언어의 우아함이나 아름다움을 위해 서정적인 대화를 시도할 때면 곧바로 감상적이 되거나 유치해진다. 더구나 속어를 즐겨 사용하는 인물을 등장시키는 극작가치고는, 실제 대화를 예민하게 포착하는 귀가 어둡다. 그의 걸작인 『얼음장수가 오다』에서 하층계급의 인물이 말하는 어투는 현실 속의 인물과 다르게 투박하고 엉뚱하다는 느낌을 준다.

하지만 무대 위에서는 이러한 결점과 기타 취약점들이 거의 드러나지 않는다. 연극이 뿜어내는 정서적 힘이 아주 강력하고, 황량한 주제의 반복이 지속적이기 때문이다. 그리고 걸작들의 경우에는 책으로 읽어도 이런 특질이 어느 정도 드러난다.

오닐의 연극은 다양한 테크닉을 구사한다는 점에서 실험적이다. 예전에 사용하던 스탠바이(대기하기) 수법을 새롭게 채용한 것, 독백의 도입, 아주 길면서도 다면적인 드라마, 리얼리즘을 버리고 스웨덴 극작가 스트린드베리의 표현주의를 도입한 것, 고전 그리스 드라마(아이스킬로스[5], 소포클레스[6], 에우리피데스[7] 등의 연극)의 플롯을 현대적으로 다시 해석한 것 등이 그러하다.

그리스 드라마의 현대화 작업으로 가장 대표적인 것이 『상복이 어울리는 엘렉트라』 3부작이다. 클리템네스트라―아가멤논―엘렉트라―오레스테스 이야기가 교묘하게도 남북전쟁 후의 뉴잉글랜드로 무대를 바꾸었다. 그리스 드라마로부터 큰 영향을 받은 오닐은 이 작품으로 순수 비극을 쓰려고 하는데, 이것은 미국 연극의 전통에서는 낯선 시도이다. 이 연극의 힘은 플롯에 내재된 운명으로부터 나오는 것이 아니라, 오닐 개인의 갈등이 이 작품 속에 녹아 있다는 독자의 인식으로부터 나온다.

다른 두 작품의 경우에는 그런 자전적 요소가 더 강력하다. 그의 강렬한 개인적 체험으로부터 나왔다는 점, 인생의 주변부가 아니라 인간의 절실하고 고통스러운 질문을 다룬다는 점 등에서 두 희곡은 그의 걸작이요 대표작이다.

『얼음장수가 오다』는 해리스 바에 모여드는 위스키에 절어 있는 술주정꾼들의 실패를 다룰 뿐만 아니라 우리 모두의 실패를 다룬다. 우리 인간이 의지하며 살아가는 환상을 가차없이 벗겨낼 뿐만 아니라, 그런 환상이 없으면 우리는 아예 살아갈 수 없는 존재임을 보여준다.

『밤으로의 긴 여로』는 연극 역사상 가장 자전적인 요소가 강한 희곡이다. 그 등장인물들은 오닐의 가족이고, 그 비극은 오닐 가족의 비극이며, 그 절망감은 오닐 자신의 절망감이다.

오닐은 이렇게 말한 적이 있다. "나는 인간과 신의 관계에만 관심이 있다." 우리는 이 말을 액면 그대로 받아들여서는 안 된다. 왜냐하면 오닐은 그의 스승 아이스킬로스와는 다르게 형이상학적 정신의 소유자가 아니기 때문이다. 하지만 오닐의 말은 그가 인류의 영원한 관심사에 깊이 몰두 하고 있음을 보여 준다. 이런 고뇌에 찬 진지함 때문에 오닐은 다른 미국 극작가들과 구분된다. **C.F.**

116

T.S. 엘리엇 ^{T.S. Eliot}

1888-1965

시 전집 Collected Poems, 희곡 전집 Collected Plays

20세기 작가들을 열거한 우리의 짧은 리스트에 T.S. 엘리엇이 들어가는 것은 너무나 당연한 일이다. 그가 1948년 노벨 문학상을 수상했기 때문은 아니다. 전체적으로 볼 때 노벨상은 위대한 작가들에게 돌아가기도 했지만 평범한 작가들이 타가는 경우도 많았다. 엘리엇을 우리가 높게 평가하는 이유는, 그가 아주 지적이고 영향력 높은 문학 그룹의 지도자였기 때문도 아니다. 그가 영국으로 건너가 드라이든, 애디슨, 새뮤얼 존슨[59] 같은 영국 문학의 거성이 되었기 때문도 아니다. 그가 자기 자신을 가리켜 "종교는 앵글로-가톨릭이고, 정치는 왕당파이고, 문학은 고전파이다"라고 하여 문단 내외에 커다란 주목을 받았기 때문도 아니다. 이러한 진술에 합당하는 수십만 명에 달하는 도덕적이고 지성적인 영국인들이 있다. 이런 진술에 그토록 호들갑을 떠는 것은 진보주의자들의 상대적 취약성 혹은 지방색을 드러내는 것일 뿐이다. 그가 진정으로 위대한 까닭은 20세기 영국시와 미국시의 특성을 바꾸어 놓고, 심화시키고, 정련시켰기 때문이다.

그의 일부 쉬운 논문들을(이 논문들을 읽어보라고 독자에게 권한다) 제외하고, 엘리엇은 읽기가 까다로운 작가이다. 하지만 세월이 흘러갈수록 그는 읽을 만한 작가가 되고 있는데, 그 자신이 독자들에게 많은 힌트를 제공한 덕분이었다. 그는 당대에 유행하던 인상주의 비평에 대항하여 엄정하고 수준 높은 기준을 제시함으로써 현대 비평의 새로운 길을 열었다. 그렇게 하는 과정에서 그는 일련의 작가들을 새롭게 조명했다. 가령 엘리자베스 시대의 2진급 작가들, 17세기의 성직자들, 단테[30], 드라이든, 존 던[40] 등.

그의 시들을 제작 연대순으로 읽어보면 뒤로 갈수록 점점 더 위대해지는 작가라는 것을 알 수 있다.(『평생 독서 계획』에 소개된 모든 작가가 이렇지는 않다.) 그의 성장은 기술적이면서 정신적인 것이었다. 기술적으로 암유와 인용과 환상적인 기교가 사용된 초기시에 자족하지 않고, 더 순수하고 리듬이 훌륭하고 교향악적 효과가 나는 후기시로 이동했다. 정신적으로는 1917년의 댄디풍의 아이러니가 돋보이는 프루프록의 시에서 『황무지』(1922)의 초연하면서도 끔찍한 절망을 거쳐 『네 개의 사중주』(1943)의 형이상학적 종교성으로 이동했다.

이렇게 진화하는 동안에 그는 "새로운 대상, 새로운 느낌, 새로운 양상을 소화하여 표현한다"는 당초의 목표를 철저하게 지켰다. 새로운 대상과 느낌은 황무지(전통주의자인 엘리엇은 이 세상을 커다란 황무지로 보았다)인 현대에서 비롯되는 불쾌한 것들이었다. 하지만 그의 주된 목적은 그런 비참함에 빠져들자는 것도 아니고 불유쾌한 것으로 독자들에게 충격을 주자는 것도 아니었다. "시인의 본질적 임무는 아름다운 세상을 아름답게 그려내는 것이 아니다. 그의 임무는 아름다움과 추함의 심층을 꿰뚫어 보는 것이다. 이 세상의 권태, 공포, 영광을 깊이 통찰하는 것이다." 그의 시에는 권태, 공포, 영광이 서로 뒤섞여 있다.

엘리엇의 시에 영향을 준 선조가 있기는 하지만 그래도 그의 시는 프루스트[105]와 조이스[110]의 소설, 베케트[125]의 희곡처럼 진정으로 혁명적인 것이다. 정확하고 간결하면서도 암시가 풍부하다. 시어와 암유는 적절한 무게를 지니고 있고 리듬의 흐름에 실려서 자연스럽게 전달된다. 그의 시를 크게 읽거나 엘리엇의 자작시 낭독 녹음을 들어보면 그 효과를 알 수 있다. 처음 그의 시를 읽으면 너무 사변적인 것 같아서 침투가 불가능한 것처럼 보인다. 그러나 여러 번 되풀이해서 읽어보면 점점 친숙해지고 현대 서구인의 심리 상태를 정확하고 간결하게 전달하고 있다는 것을 알게 된다. 그의 시는 셰익스피어나 단테의 시와 어떤 공통점이 있다. 표현력이 풍부한 시행들이 일단 우리의 머릿속에 기억되면 그 후 지속적으로 우리의 정신세계의 한 부분이 된다. **C.F.**

117

올더스 헉슬리Aldous Huxley

1894－1963

멋진 신세계*Brave New World*

T.S. 엘리엇[116]과 헉슬리는 공통점이 많다. 둘 다 아주 지성이 뛰어나면서 박식했다. 서구의 전통을 상당 부분 수용한 인품의 소유자였다. 처음에는 파괴적이고 비판적인 아이러니의 입장을 취했으나 나중에는 종교적인 입장을 취했다. 엘리엇은 앵글로 가톨릭주의로 옮겨갔고, 헉슬리는 동양 종교와, 블레이크[63], 에크하르

트, 타울러 등의 서구 이상가들에게서 나온 신비주의로 옮겨갔다. 둘 중에서 엘리엇의 지성이 더 심원했고 그런 만큼 더 훌륭한 예술가였다. 이에 비해 헉슬리의 지성은 모험적이고 유희적이었으며 우리 시대의 구체적 문제들, 가령 인종 학살, 총력전, 폭발적인 인구 과밀 등의 문제들에 더 많은 관심을 표현했다.

그의 논문을 읽어보면 헉슬리의 다양성, 유연성, 박학다식함, 뛰어난 지성을 엿볼 수 있다. 그는 인간의 주요 관심사들에 대하여 빠짐없이 의견을 표명했다. 그의 건강한 회의주의는 일체의 천박함과 손쉬움을 배제하며 그래서 지금 읽어도 감동을 준다. 나는 서구 지성의 변화와 방향 전환(동양 사상으로의 방향 전환을 포함하여)에 대하여 헉슬리처럼 깊이 명상한 영국과 미국의 작가들을 알지 못한다.

헉슬리는 서른이 되기 전에 이미 유명했는데 이것은 그에게 전적으로 유리한 상황은 아니었다. 그에게 전 세계적인 명성을 가져다 준 소설 『멋진 신세계』는 1932년에 초판이 나왔고 1946년의 재판본에는 저자의 새롭고 중요한 서문이 붙어 있다. 그가 이 환상 소설에서 묘사한 조건들이 일부 현실이 되면서, 소설의 힘과 강조점은 점점 약해질지도 모른다. 따라서 우리 시대에 이 소설은 잠정적인 고전이라고 볼 수 있다. 그렇지만 인간의 환경이 아니라 영혼에 어떤 문제가 벌어지고 있는지 알고자 하는 사람들은 이 악몽 같은 책을 무시하지 못할 것이다.

20세기의 유토피아 문학은 르네상스 시대와는 다르게 부정적이고 디스토피아적이다. 우리는 그 문학에서 격려의 함성이 아니라 경고의 외침을 듣게 된다. 헉슬리가 인용한 러시아 철학자 베르쟈예프가 말했듯이, 우리의 관심사는 어떻게 유토피아에 도달할 것인가가 아니라 어떻게 유토피아를 피할 것인가이다. 헉슬리와 오웰[123]과 기타 수십 명의 현대 작가들에 의하면 우리는 유토피아를 건설하려고 애쓰다가 비인간화의 지옥으로 빠져 버렸다는 것이다.

헉슬리의 『멋진 신세계』는 6백 년 뒤의 미래를 예언하고 있다. 그 미래에는 동물들(여전히 인간이라는 이름으로 알려진 동물들)과 그의 관리자들이 살고 있다. 관리를 받는 동물들은 그들의 예속 상태를 사랑해야 한다는 가르침을 받는다. 그들은 행복하거나 아니면 그런 상황에 적응되어 있다. 국가의 헌법은 공동체, 정체성, 안정성의 세 개 조항만 제시한다. 그 외에 우리가 알고 있는 종교, 예술, 이론과학, 가족, 정서, 개인의 노력과 개인 간 차이 등은 모두 사라져버렸다.

『멋진 신세계』는 본격적 장편소설이라기보다 예언적 우화로 읽어야 한다. 이 책은 직관이 아니라 냉정한 지성의 산물이라는 점에서 다른 예언서들과도 구분된다. 이 책 속의 아이디어들(등장인물들은 모두 아이디어의 표상이다)은 60년 전에 나온 것이지만 선견지명을 갖춘 것들이다. 『멋진 신세계』에 소개된 당시의 칵테일 파티 대화들은 순응주의자, 비순응주의자, 원시주의로의 퇴락, 새로 정리된 성욕, 조직 속의 인간, 외로운 대중 등을 언급하고 있는데, 1932년 당시로부터 60년이 지난 지금에 보면 그리 막연한 얘기처럼 보이지 않는다.

나는 독자들에게 『멋진 신세계』를 문자 그대로 해석하지 말 것을 권한다. 이 책은 미래의 교과서가 아니라, 『걸리버』[52]의 전통에 입각한, 다소 과장된 풍자적 비전이다. 의심할 나위 없이 헉슬리는 스위프트보다는 처지는 작가이다. 하지만 아주 처지지는 않는다. 헉슬리의 발언은 스위프트의 전면적인 인간 혐오증보다 덜 충격적이고 그래서 더 시의적절하다. **C.F.**

118

윌리엄 포크너 William Faulkner

1897－1962

음향과 분노 *The Sound and the Fury*, 내가 누워서 죽어 갈 때 *As I Lay Dying*

윌리엄 포크너는 당대의 가장 위대한 미국 소설가로 평가된다.(별 영향력이 없는 소수의 평론가들은 이런 평가에 동의하지 않는다.) 어떤 평론가는 미국 문학의 역사를 통틀어도 가장 위대하다고 말하기까지 한다. 1949년에 노벨 문학상을 수상함으로써 작가로서는 명성의 최고봉에 올랐다.

그의 장편소설과 단편소설은 대부분 미시시피 주 요크나파노파 카운티를 배경으로 하고 있다. 이곳은 하디의 웨섹스[94]처럼 저자가 허구적으로 지어낸 문학적 지명이다. 포크너 장편소설들의 시간대는 1820년을 시작으로 하여 무려 150년을 다룬다. 각 장편소설들은 에밀 졸라의 루공 마카르 총서, 발자크의 『인간 희극』[68]처럼 서로 연결되는 시리즈이다. 서로 관련된 여러 가문들의 인생사를 묘사함으로써, 포크너는 폭력적이고 죄의식에 사로잡힌 남부 오지의 비극 혹은 희극을 폭로한다. 이 과정에서 그는 아주 복잡하고 다양한 스타일을 구사한다. 소설 속에 재현되는 세계는 주로 다음 세 가지이다. 첫째는 흑인의 세계이다. 둘째는 『음향과 분노』의 콤슨 가문에 의해 대표된 타락한 귀족의 세계이다. 셋째는 훨씬 더 타락한 신흥 상인 계급의 세계이다. 이 세계의 상징 인물은 공포감을 불러일으키는 렘 스노프스이다.

위에 추천된 두 작품은 대부분의 평론가들에 의해 포크너의 걸작으로 평가되고 있다. 주제와 새로운 테크닉의 개발이라는 점에서 두 작품은 가히 혁명적이다. 포크너 문학을 칭송하는 사람들은 『8월의 빛』과 『압살롬, 압살롬!』 그리고 스노프스 3부작(『마을』, 『도시』, 『맨션』)을 권한다. 내가 좋아하는 작품은 『약탈자들』이다.

포크너는 진지하고 까다롭고 모험적인 작가이다. 그는 일부 독자들에게는 충격적인 작가이기도 하다. 마지막으로 아주 소수의 독자들에게 그는 아주 간간히 책을 집어 들게 되는 작가이다. 이들은 포크너의 마음을 정말 알 수가 없다고 생각하고 그래서 그의 소설들을 그리 재미있다고 생각하지 않는다. 나는 이런 소수에 속하는 사람이다. 포크너 문학의 전반적 개요를 알아보고자 한다면 펭귄북스에서 출간된 『포터블 포크너』의 맨 앞에 붙어 있는 맬컴 카울리의 해설문을 읽기를 권한다. 포크너 문학을 아주 동정적인 관점에서 조명한 명문이다. **C.F.**

119

어니스트 헤밍웨이 Ernest Hemingway

1899 – 1961

단편소설 전집 Short Stories

회고해 보면 헤밍웨이 문학 중 뛰어난 부분은 그의 장편소설들이
아니라 단편소설들이다. 단편소설 속에서는 그의 단점들이 드러
날 만한 시간과 공간이 없는 까닭이다. 그의 호전성, 일부러 내세
우는 남성성, 폭력과 강인함의 칭송, 허장성세, 낭만의 대상으로
만 바라보는 여성관 등이 짧은 단편소설 속에서는 모두 억제되어
있다. 같은 맥락에서, 어떤 강렬한 순간, 고립된 순간을 섬광처럼
빛내는 저 유명한 스타일은 장편소설보다는 단편소설에 더욱 강
력한 힘을 발휘한다. 그의 단편소설에는 진리에 대한 숭상, 독창
적 산문, 간결하면서도 적확한 대화, 감정의 분출 등이 돋보인다.
이런 장점들 때문에 헤밍웨이는 전 세계 단편소설가들 중에서는
10대 작가 안에 들어간다.

　그는 죽음, 열정, 패배, 인간 희망의 끈덕짐 등 궁극적인 주제를
다루는 것처럼 보이지만, 헤밍웨이의 문학세계는 실제에 있어서
그리 폭넓지 않다. 그보다 명성이 떨어지는 소설가들 중에서도 우
리는 인간의 본성을 더 깊이 더 넓게 탐구한 작가들을 만날 수 있
다. 헤밍웨이를 위대한 작가들과 비교한다는 것은 어쩌면 무의미
한 일일 것이다. 스탕달[67] 곁에 세워 놓으면 그는 청년처럼 보인
다. 헨리 제임스[96] 옆에 서면 원시인처럼 보이고, 톨스토이[88] 옆
에서는 미성년자처럼 보인다. 하지만 그의 업적은 적지 않다. 마

크 트웨인[92]이 쌓아놓은 기초 위에다 그는 영어 문장을 문학적으로 개조했다. 그는 어떤 한 순간의 진실, 통찰, 체험을 단 한 단어의 낭비도 없이 간결하게 드러낸다. 그가 문학에 기여한 공로는 이런 테크닉 측면에만 국한되지 않는다. 그는 도덕적인 기여도 했다. 헤밍웨이는 언어의 정직성이 어떤 것인지 가르쳐주었다.

그의 훌륭한 단편소설들(여기에는 중편소설 『노인과 바다』도 들어간다)은 「립 밴 윙클」이나 「어셔 가의 몰락」처럼 미국 문학의 유산이 되었다. 「킬리만자로의 눈」, 「패배되지 않는 자」, 「나의 아버지」, 「살인자들」, 「5만 달러」와 수십 편의 단편소설들은 지금 읽어도 또 아무리 여러 번 읽어도 생생하다. 저자가 느꼈던 그 심정을 고스란히 체험할 수 있다. 우리가 헤밍웨이의 인생관을 받아들이든 말든, 우리는 아프리카 초원, 투우장, 술집, 스키장, 경마장, 프로 복싱, 미시건의 삼림 등을 다룬 이 단편소설들을 거부할 수가 없다. 이 단편소설들은 새로운 무대와 새로운 스타일을 초월한다. 정서와 정서의 통제가 여기에서는 절묘한 균형을 이루고 있다. 정직한 예술가가 진실을 말하는 데 성공하고 있다.

노트: 『어니스트 헤밍웨이 단편 전집』(1987)은 소위 핑카 비히아 판이라고 하는데 이것이 유일한 전집본이다. **C.F.**

120

가와바타 야스나리川端康成

1899 – 1972

아름다움과 슬픔과 美しさと哀しみと

가와바타는 일찍 고아가 되어 어려운 환경 속에서 성장했다. 몇몇 평론가들은 이것이 그의 소설에 스며 있는 깊은 우울증의 원인이라고 진단했다. 하지만 내가 볼 때 가와바타 문학은 유년 시절의 어려움과 관련이 있다기보다 평생 동안 겪어온 아름다움과 슬픔 사이의 긴장과 더 관련이 있다. 좀 더 정확하게 말하면 성욕과 상실감 사이의 긴장이다. 동시대 일본 작가들처럼 그의 작품은 강력한 유럽 문화의 영향을 보여 주는데 특히 가와바타의 경우에는 프랑스 상징주의의 영향이 강하다. 하지만 그는 여러 면에서 전통주의자의 면모도 가지고 있어서 정신적으로 다니자키 준이치로[114]보다는 무라사키[28]에 더 가까운 작가이다.

가와바타가 1968년 노벨 문학상을 받았을 때 가장 널리 언급된 그의 대표작은 『설국』(1948)이었다. 일본 북서부의 눈이 많이 오는 지방에서 벌어지는 성적 집착을 다룬 소설이다. 당연히 그의 대표작으로 『설국』을 추천해야겠지만, 내가 보기에 『아름다움과 슬픔과』가 더 섬세하고 더 감동적인 작품인 것 같다. 이 소설은 한 노인과 그 노인이 오래 전에 사랑했던 여자 화가의 재회를 다룬 것이다. 여자 화가의 사랑을 받던 여제자는 그 노인 때문에 자신이 옆으로 밀려난 것을 분개한다. 그리하여 여제자는 노인의 가족에게 끔찍한 복수극을 벌인다. 가와바타의 섬세한 문장 속에 사랑,

후회, 강박증, 에로티시즘, 악의 문제가 절묘하게 뒤섞인다. 그의 문장은 명시적이라기보다 암시적이고 가슴을 뭉클하게 하는 아름다움과 위험의 전율이 공존한다. 가와바타는 바쇼[50]와 17세기의 렌가(連歌) 시인들로부터 많은 영향을 받았다. 그의 문장에서 갑자기 상상력이 비약하고 플롯의 일부분을 생략하여 독자들로 하여금 상상으로 메워 넣게 하는 수법은 이런 영향의 결과이다. 그의 문장은 독자의 의식 속에 은은하게 빛나는 섬세한 거미줄 같아서 독자의 상상력에 호소할 뿐 구체적인 대상을 드러내지는 않는다.

독자가 가와바타의 작품에 매력을 느낀다면 그의 덜 알려진 작품 『명인』을 읽기를 권한다. 늙은 명인과 젊은 도전자 사이에 벌어지는 바둑 게임을 기록한 것으로서 인생과 세상을 바라보는 두 개의 독특한 시선을 기술한다. 이 소설을 장기 집착증을 다룬 나보코프의 『방어』[122]와 함께 읽으면 더욱 흥미롭다.

1970년 가와바타는 문우이자 제자인 미시마 유키오[131]의 기괴한 자살에 큰 충격을 받았다. 그리고 얼마 지나지 않아 1972년에 자택에서 가스레인지를 입에 문 채 조용하고 단정하게 자살했다. 가와바타 문학의 강박적 성격을 감안할 때, 그의 생애가 다른 방식으로 끝날 것이라고 상상하기가 어렵다. J.S.M.

121

호르헤 루이스 보르헤스 Jorge Luis Borges

1899 – 1986

미로 Labyrinths, 꿈의 호랑이들 Dreamtigers

『평생 독서 계획』의 초판본이 나온 이래, 라틴 아메리카의 작가들이 문학의 지평 위에 크게 떠올랐다. (가브리엘 가르시아 마르케스[132] 참조)

교양을 중시하는 중산층 가문의 후예인 보르헤스는 부에노스아이레스에서 태어났고 생애 대부분을 거기서 보냈다. 그의 선조는 스페인계와 영국계였고 중간에 포르투갈과 유대인 피가 약간 섞였다. 나보코프[122]와 마찬가지로 그는 모국어보다 영어를 먼저 배웠다. 그는 캐드먼, 체스터튼, H. G. 웰스에 이르는 영국 작가들로부터 강한 영향을 받았다.

유럽식 교육을 받은 이래 보르헤스는 시인으로서 문학의 경력을 시작했다. 1938년 그의 아버지가 사망했고 또 그 자신은 거의 치명적인 질병을 앓아 위기의 한 해를 보냈다. 이 해를 기점으로 하여 그의 탁월한 「픽션들」이 발표되기 시작했고, 그 독특한 소설 형식 속에서 자신의 천재성을 유감없이 발휘했다. 문학적 명성이 천천히 퍼져나가다가 1944년 단편소설집 『픽션들 Ficciones』을 발표하면서 국제적 명성을 얻었다. 1961년 보르헤스가 사뮈엘 베케트[125]와 함께 국제적으로 유명한 포멘터 상 Formentor Prize을 공동 수상하면서 그의 명성이 더욱 공고해졌다.

정치적 성향이 별로 없는 사람이었지만, 보르헤스는 페론의 독재정치에 반대했고 그 때문에 도서관 사서부장 자리에서 양계장

감독관으로 좌천되었다. 1955년 페론이 실각하자 아르헨티나의 국립도서관 관장에 임명되었다. 이 무렵 늘 안 좋던 그의 눈이 완전 악화되었다. 그리하여 자신을 "천국을 도서관 형태로 상상하는 사나이"라고 말하던 보르헤스는 56세에 완전 실명이 되었다.

보르헤스의 작품에는 박학다식과 비교秘教주의가 폭넓게 스며들어가 있다. 이 때문에 많은 독자들이 그의 암유暗喩를 부담스럽게 생각하며 때때로 그의 소설에서 전문서적 같은 냄새가 난다고 불평한다. 하지만 이런 표면적인 어려움은 아이러니의 외관에 지나지 않는다. 그 외관 뒤에서는 아주 놀라울 정도로 미묘한 마음이 작동하고 있는데 형이상학자, 논리학자, 이상가(신비주의자는 아님) 등이 번갈아 등장한다. 그가 과학소설, 탐정소설, 폭력소설, 논리적 악몽 등 어떤 소설을 쓰든 간에 그가 끊임없이 집착하는 주제는 "이 세상의 환각적 특성"이다. 그가 볼 때 세상은 만들어진 것이 아니라, 꿈이 이루어진 것이다. 혹은 하나의 커다란 책인데 그 주제는 "예술의 필수 요소 중 하나인 비현실성"이다.

그의 소설에서는 무한히 퇴행하거나 주기적으로 다시 나타나는 이미지, 미로, 거울, 분신分身, 도서관, 시간 그 자체 등 특정한 은유들이 계속 나온다. "두 개로 갈라지는 길들의 정원"에서 작품 속 이야기꾼은 말한다. "나는 미로들에 대하여 좀 알고 있습니다." 보르헤스에게 있어서 "애매모호함은 곧 풍요로움이다." 따라서 그가 제시하는 끝없이 가능한 세상들의 시리즈는 J.R.R. 톨킨(『반지의 제왕』의 작가)의 대체 세상(명확하고 견고하고 현실과 일치되는 세상)과는 본질적으로 다르다. 보르헤스는 마법사가 마술 기구를 다루듯이 아이디어를 다루지만, 그의 마법은 눈속임 이상의 것이다. 그의 '바벨의 도서관'은 이 세상인가 하면 무한의 상징이다. 그의 과학소설은 임의적인 판타지 소설이 아니라 통상적인 시간의 개념을 논박하기 위한 진지한 시도이다. 배신과 좌절을 다룬 그의 소설들은 우리의 의식 문턱 아래에서 표류하고, 빙빙 돌고, 솟구치고, 가라앉고, 되돌아오는 꿈의 생활을 침투하기 위한 것이다.

보르헤스를 읽어 나가면서 독자는 『평생 독서 계획』에서 다룬 몇몇 작가들 가령 세르반테스[38](그의 걸작 『돈키호테』에 대하여 보르헤스는 놀라운 단편소설을 하나 썼다), 루이스 캐럴[91], 카프카[112], 가르시아 마르케스[132], 나보코프[122] 등과 비슷하다고 생각할 것이다. 하지만 보르헤스의 목소리는 그 자신만의 것이다. 그는 많은 사람들에게 영향을 주었지만 그의 마법은 역시 그 자신만의 것이다.

위에서 보르헤스의 대표작 두 권을 독자에게 추천했다. 『미로』에는 그의 걸작 단편, 에세이, 우화, 유익한 참고문헌 등이 들어 있어서 보르헤스를 알고자 하는 사람들에게 큰 도움을 준다. 『꿈의 호랑이들』은 여러 편의 우화들과 꼼꼼히 번역된 그의 시들을 수록했다. **C.F.**

122
블라디미르 나보코프 Vladimir Nabokov
1899-1977

롤리타 Lolita, *창백한 불꽃 Pale Fire*, *말하라 기억이여 Speak, Memory*

현대 작가들을 분류하는 방법으로서, 그들을 두 개의 카테고리로 나누는 방법이 있다. 즉 참여 작가와 비참여 작가로 구분하는 것이다. 참여 작가는 뭔가 뚜렷하게 할 말이 있고, 때때로 우리의 사회 혹은 국가에 대해서 논평할 것이 있다. 그들을 반드시 프로파간다 꾼이나 메시지 전달자라고 할 수는 없다. 하지만 뭔가 마음속에 간절히 하고 싶은 말이 있고 이 세상에 대한 그들의 특별한 견해를 우리에게 전달하고 싶어 한다. 우리는 스위프트[52], 헉슬리[117], 솔제니친[129], 카뮈[127] 같은 작가에게서 그런 참여 작가의 모습을 본다.

반면에 비참여 작가는 자기 마음속에 있는 말을 전달하기보다는 다른 사람들의 마음을 읽으면서 그 독특한 모습과 패턴을 전달하는 데 더 관심이 많다. 그들은 우리의 인생관을 바꾸는 문제에는 별 관심이 없다. 그보다는 우리가 존경할 수 있고 공명하는 상징적 구조들을 드러내는 일에 굉장한 관심을 가지고 있다. 참여 작가와 비참여 작가 모두 일급의 예술 작품을 만들어낼 수 있지만, 참여 작가는 우리의 지성에 호소하는 반면 비참여 작가는 미학적 감수성에 호소한다. 보르헤스[121]는 후자에 속하고 지금 설명하려는 나보코프 또한 비참여 작가이다.

나보코프는 슬라브인 배경, 귀족 가문 출신, 파란만장한 인생,

두 개(러시아와 영미권)의 문화에 대한 깊은 이해, 문학의 형식적 문제에 대한 깊은 관심 등이 특징인데 이 때문에 또 다른 현대 소설의 개척자인 조지프 콘래드[100]에 자주 비견된다. 나보코프는 상트페테르부르크에서 귀족 가문의 아들로 태어났지만 가문은 러시아 혁명으로 인해 파산했다. 케임브리지 대학 트리니티 칼리지에서 교육을 받았고 인성이 형성되는 시기(1922-40)에 독일과 프랑스에서 무명작가로 힘겹게 살았다. 1948년에서 1958년까지 코넬 대학에서 러시아 문학과 유럽 문학을 가르쳤고, 동시에 광범위한 곤충학 연구를 병행했다. 그는 뛰어난 체스(서양 장기) 선수일 뿐만 아니라 나비 연구의 세계적 권위자이다. 그래서 나비와 장기는 그의 장편소설에서 가끔씩 중요한 주제로 등장한다.

『롤리타』(1955)가 세계적인 성공을 거두면서 경제적으로 자립하게 되었다. 전업 작가가 된 후에도 자기 자신을 기쁘게 하는 소설을 쓴다는 집필 원칙에는 변함이 없었다. 그는 만년에 스위스의 한 호텔에서 지내다가 1977년 사망했다.

나보코프의 문학 세계를 완벽하게 이해하는 것은 정신과 상상력의 모험이다. 이렇게 하기 위해서는 그의 장편소설, 희곡, 단편소설, 평론(고골[74]을 다룬 뛰어나지만 심술궂은 연구서를 포함하여) 등을 모두 읽어야 한다. 슬프면서도 기쁜 『프닌』 같은 장편소설, 『아다』 같은 형이상학적이고 성적인 시간의 판타지, 장기에 대한 열정을 다룬 작품 중 최고작으로 평가되는 『방어』 등은 인상적인 장편소설이다. 하지만 위에 추천된 세 권만 읽어도 우리 시대의 위대한 스타일리스트를 이해하는 데에는 별 어려움이 없다. 나보코프는 영어와 러시아어를 똑같이 잘 썼고 우아하고 비유적이고 재치 넘치는 문장은 타의 추종을 불허할 정도로 뛰어난 문장가이다.

어린 소녀에 대한 험버트 험버트의 열정을 다룬 『롤리타』는 이제 고전이 되었다. 이 독창적인 작품은 사랑에 대한 연구서인데, 그 사랑은 어떤 사람에게는 재미있지만, 어떤 사람에게는 충격적이고 슬픈 스토리이다. 미국인의 세련된 감각과는 전혀 다른 방식으로 세련된 사랑이다. 『창백한 불꽃』은 1천 행의 약강 5보격 장시가 주된 텍스트이고, 유배당한 미친 왕이 그 장시 옆에 달아놓은 논평이 보조 텍스트이다. 그 왕은 실제 왕이라기보다 자신의 상상 속에서만 왕인지도 모르는 인물이다. 아주 은밀하면서도 미묘한 문학적 조크 같은 작품이고 많은 평론가들이 수준급의 세계적 소설이라고 평가했다. 『말하라, 기억이여』는 혁명 이전의 러시아에서 나보코프가 보낸 유소년 시절을 회상한 자전적 작품이다.

『창백한 불꽃』의 미친 왕 킨보트는 자기 자신을 이렇게 설명하는데 그 말은 작가에게도 그대로 적용된다. "나는 진정한 예술가가 할 수 있는 것만 할 수 있다. 잊어버린 계시啓示의 나비를 문득 붙잡으면서 사물의 습관으로부터 느닷없이 나 자신을 이유離乳시키는 것이다……."

비평가 길버트 하이엇은 뛰어난 스릴러 소설 『왕, 왕비, 악한』을 논평하면서 나보코프를 이렇게 요약했다. "생존하는 작가 중 가장 독창적이고, 가장 매혹적이며, 가장 예측 불가능한 작가이다." 이제 나보코프는 작고했다. 하지만 그의 천재는 생몰生歿에 구애

받지 않을 정도로 뛰어나기 때문에 하이엣의 평가는 그대로 유지될 것이다. **C.F.**

123
조지 오웰^{George Orwell}
1903-1950

동물농장^{Animal Farm}, 1984^{Nineteen Eighty-Four}, *버마 시절*^{Burmese Days}

에릭 블레어(조지 오웰은 필명)는 이튼 고등학교를 다녔으나 대학은 가지 않았다. 1922년 버마로 가서 버마 제국 경찰에서 수년간 근무했다. 하지만 영국 식민 당국의 가치관을 받아들이지 않았다. 오히려 그는 평생 동안 그 가치관을 거부하면서 살았다. 영국으로 돌아와 가난한 사람들의 문화에 깊숙이 빠져들었고 자기 자신을 아나키스트, 후에는 사회주의자라고 불렀다. 당대의 많은 영국 지식인들과는 다르게, 오웰은 공산주의에 유혹당하지 않았다. 스페인 내전이 터지자 오웰은 공화파의 편을 들어 참전했고 부상을 당했다. 이때 경험으로 그는 전체주의적 정치사상에 대하여 깊은 혐오감을 갖게 되었다. 스페인에서 영국으로 돌아온 그는 저널리즘과 단행본 저술에 종사했고 영국 노동당의 사회주의와는 아주 다른 자유론적 사회주의의 입장을 취했다.

오웰은 『동물농장』으로 일약 유명해졌다. 『걸리버 여행기』[52]처럼, 이 소설은 아주 오래된 문학 형태인 동물 우화를 현대적으로 세련되게 각색한 것이다. 『캉디드』[53]가 라이프니츠 낙관론에 대한 고전적 풍자라면, 『동물농장』은 소련 공산주의에 대한 고전적 풍자이다. 비록 소련이 해체되기는 했지만 이 소설의 풍자 정신은 그대로 살아 있다. 그 생생한 움직임, 간결성, 직접성, 현장성, 재치 등은 볼테르의 뛰어난 특징을 연상시킨다.

두 마리의 돼지 나폴레옹과 스노볼은 스탈린과 트로츠키를 연상시킨다. 하지만 오웰은 실화소설의 게임을 벌이는 것이 아니다. 그는 강제로 조직된 국가의 개념이 과연 가능한지 질문을 던지고 있다. 그러니까 강제로 조직된 국가를 목표로 삼는 혁명이 과연 성공할 수 있느냐는 것이다. 『동물농장』에 때때로 우스운 장면이 나오기도 하지만, 권력에 집착하는 독재 국가의 타락과 위선에 대한 오싹한 통찰들로 가득하다. 그런 통찰들 중 하나가 영어의 일상적 표현이 되었다. "모든 동물은 평등하지만 어떤 동물들은 남들보다 더 평등하다."

「나는 왜 쓰는가?」라는 글에서 오웰은 자신의 목적을 분명하게 밝혔다. "『동물농장』은 내가 뚜렷한 목적의식을 가지고 쓴 최초의 책이다. 나는 이 책에서 정치적 목적과 예술적 목적을 하나로 융합하려 했다."

『1984』(1949)는 그의 걸작일 뿐만 아니라 우리 시대의 가장 영향력 있는 책들 중 하나이다. 이 소설을 헉슬리의 『멋진 신세계』와 비교해 보면 1932년부터 1949년까지 17년 동안에 세상이 얼마나 더 암담해졌는지 알 수 있다. 이 두 작품은 디스토피아의 암울한 세계를 그리고 있는데 오웰의 소설이 더 암울하다.

우리는 『1984』를 예언이라기보다 경고로 해석해야 한다. 우리는 이 책의 가장 중요한 인물인 오브라이언이 상상한 그런 미래를 아직 맞이하지는 않았다. 오브라이언은 말했다. "군홧발이 인간의 얼굴을 영원히 짓밟는 그런 상황을 상상해 보십시오." 하지만 스탈린의 무자비한 학살 정치, 나치의 기계적인 대량 고문과 학살, 캄보디아, 이란, 기타 나라들의 학정 등은 『1984』를 예언서에서 우리 시대에 대한 황량한 논평서로 바꾸어 놓았다. 『1984』에 등장하는 정교한 거짓말 제도인 '뉴스스피크'는 러시아와 독일 정부에 의해 더욱 개발되었고, 자유세계의 많은 지도자들도 그런 제도를 재빨리 도입했다. 비인간화된 미래를 내다본 헉슬리의 비전에다, 오웰은 공포와 고문의 새로운 차원을 추가했다. 그리고 공포와 고문은 이제 전 세계 정치 지형이 되었다.

소설로만 놓고 볼 때 『1984』는 위대한 걸작들과 어깨를 나란히 하지 못한다. 하지만 이 책의 일부 장면들, 가령 핵심적인 스미스—오브라이언 대화는 도스토옙스키[87] 작품 속의 유사한 대화처럼 감동적이다. 윈스턴 스미스가 둘 더하기 둘은 다섯이라는 주장을 믿어 주는 에피소드는 힘으로 강요된 프로파간다의 놀라운 힘을 잘 보여 준다.

『버마 시절』은 많은 비평가들에 의해 소설 형태를 취한, 식민주의의 해악에 대한 통렬한 비판이라고 평가되었다.

위에 추천된 세 권의 책 이외에 오웰의 수필들도 읽어볼 만하다. 그의 작품 전체를 두고 볼 때 문체는 곧 그 사람이라는 명제를 연상하게 된다. 그의 문체는 쉽고, 정직하고, 어떤 효과를 위해 일부러 꾸민 흔적이 없다. 그의 전 생애를 살펴볼 때, 오웰은 비순응적 기질을 가진 작가, 자신의 주관이 뚜렷하여 결코 남의 술수에 속지 않는 작가임을 알 수 있다.

동시대의 다른 작가들에 비해 그는 사후에 명성이 더 높아졌다. 참여작가는 그 시대에의 참여 때문에 세월이 흐르면 낡은 작가가 된다는 말이 있는데, 오웰의 경우에는 정반대인 듯하다. **C.F.**

124
R.K. 나라얀 R.K. Narayan
1906-2001

영어 선생 The English Teacher , *과자 장수* The Vendor of Sweets

인도는 영어를 공용어로 사용하는 나라들 중 가장 인구 많은 나라이다. 인도에는 서로 소통되지 않는 말들이 너무나 많아서 모국어가 아닌 영어가 공용어의 역할을 한다. 영국이 인도를 3백 년 동안 식민지로 지배하면서 영국 스타일의 학교에서 교육을 받고, 영어로 말하면서 영국을 진정한 조국으로 생각하도록 훈련된 인도 엘리트들이 창조되었다. 그러나 인도가 영국으로부터 독립하면서 문화적, 정치적 충성심은 바뀌었다. 하지만 영어의 위력은 그대로였다. 무수한 방언들의 간극을 공용어인 영어가 훌륭하게 메워 주었기 때문이다. 가령 대부분의 타밀어를 말하는 사람들은 힌두어를 말하는 사람들과 힌두어로 대화하기보다는 영어로 말하는 것을 선호한다.

그 결과 인도에서 영어로 작품을 쓰는 영문학의 지파支派가 생겨났다. 인도 영어는 미국 영어, 오스트레일리아 영어, 서인도제도 영어처럼 뚜렷한 특징을 가지고 있다. 인도 영문학은 이런 뚜렷한 특징을 밑천으로 삼아서 자신의 정체성과 국제간의 문화적 특성을 탐구한다. 영어로 글을 쓰는 인도 소설가들 중 1세대 원로가 R.K. 나라얀이다. 그가 길을 닦은 덕분에 비크람 세트나 바라티 무케르지 같은 뛰어난 후배 작가들이 배출되었다.

라시푸람 크리슈나스와미 나라얀은 인도 타밀 나두 주의 국제적 주도인 마드라스에서 태어나 타밀 문학과 영문학을 동시에 공부했다. 그는 교사로 잠시 일한 적도 있지만 늘 자신이 작가가 될 운명이라고 생각했다. 그는 첫 장편소설 『스와미와 친구들』(1935)에서 향후 60년 동안 그의 문학 경력에 큰 바탕이 되는 소설적 환경을 창조했다.

『스와미와 친구들』은 나라얀의 다른 장편소설이나 단편소설과 마찬가지로 인도 남부의 허구적 도시인 말구디를 배경으로 한다. 말구디는 마찬가지로 나라얀 독자들의 마음속에서는 구체적이고 현실적인 도시로 각인되어 있다. 이 말구디는 포크너의 허구적 지명인 요크나파토파 카운티와 비슷한 역할을 한다. 하지만 나라얀이 상상해낸 지방은 포크너의 카운티보다 더 온화하고 유쾌한 장소이다.

말구디를 배경으로 하는 많은 장편소설과 단편소설에서 나라얀은 등장인물들을 온유한 아이러니의 관점으로 관찰한다. 그 인물들은 우연한 계기를 통해 어려움에 빠졌거나 친구들의 도움을 받아야만 간신히 인생을 헤쳐 나갈 수 있는 사람들이다. 우리는 홀

룡한 계획이 무능과 나태 때문에 별로 훌륭하지 못한 결과를 낳는 것을 본다. 개인적인 기호가 가족들의 압력에 의해 좌절되고, 자부심과 허장성세와 잘난 체하는 태도가 민중의 재치와 수동적 저항에 의해 파괴되는 현장을 목격한다. 말구디에서는 사람들이 바라는 대로 일이 벌어지는 법이 없고, 그렇다고 해서 아주 나쁘게 일이 벌어지지도 않는다.

나라얀의 작품은 너무 사소하고 그래서 중량감과 진지함이 부족하다는 평가를 받는다. 확실히 그의 소설에서는 현대소설의 특징을 발견하기가 어렵다. 가령 소외, 아노미, 기능부전의 성욕, 나쁜 운명에 처해지는 주인공답지 않은 주인공 등은 없다. 나라얀의 소설은 온화하고, 선량하고, 우아하고, 미묘하고, 아이러니하며 단순하다. 그는 등장인물들을 간간히 비판하지만 어디까지나 미소를 띤 비난일 뿐 몽둥이를 휘두르는 노골적인 비난은 아니다. 그는 심오한 작가라기보다 독자를 즐겁게 하는 작가다.

나라얀의 많은 소설들 중에서 『영어 선생』과 『과자 장수』를 권한다. 이 두 작품을 읽고 흥미를 느끼면 다른 작품들도 찾아 읽게 될 것이다. 『평생 독서 계획』을 주의 깊게 읽은 독자들은 나라얀이 잘 줄여 놓은 『라마야나』[15]와 『마하바라타』[16]의 축약본에 대해서도 관심을 가질 것이다. *J.S.M.*

125

사뮈엘 베케트 Samuel Beckett

1906 – 1989

고도를 기다리며 *En attendant Godot*, 엔드게임 *Endgame*, 크래프의 마지막 테이프 *Krapp's Last Tape*

『고도를 기다리며』에서 에스트라공은 친구 블라디미르에게 말한다. "에, 디디, 우리는 우리가 존재한다는 인상을 주는 어떤 것을 언제나 발견하지." 작가 베케트의 삶은 그 '어떤 것'을 그 자신과 독자들에게 제공하기 위한 한평생이었다. 인생이 아무리 부조리하고 고통스럽다고 하더라도, 예술은 인생을 증명하고 정당화한다. 베케트는 자신의 동기에 대해서 이렇게 말했다. "표현할 것도 없고 표현하고 싶은 욕구도 없지만 표현하려는 예술가의 욕구는 가지고 있다."

그렇다면 베케트의 예술은 어떤 종류인가? 그의 희곡은 무대의 전통적인 규약을 깡그리 무시했고, 특히 의미의 명료성을 내던졌다. 베케트의 가장 유명한 연극은 『고도를 기다리며』이다. 고도가 누구냐는 질문에 베케트는 이렇게 대답했다. "만약 내가 알고 있었다면 연극에다 알고 있다고 말했을 것이다." 형태와 관련하여, 그는 한때 젊은 제자인 해럴드 핀터에게 이런 글을 써 보냈다. "만약 당신이 내 희곡에서 형태를 발견하기를 고집한다면, 당신을 위해서 그것을 말씀드리지요. 나는 과거에 입원한 적이 있었어요. 옆 동에는 후두암으로 죽어가는 남자 환자가 있었지요. 조용한 병동이라 나는 그의 비명을 계속 들을 수 있었어요. 내 작품에 형태가 있다고 한다면 그런 비명과 같은 종류가 있을 뿐이에요." 고대 그리스에서 연극이 공연된 이래, 신체적 행동이든 심리적 행동이든 각종 행동은 어떤 결론을 가져오거나 갈등의 해소에 기여해야 한다. 그것이 연극의 핵심이었다. 하지만 『고도를 기다리며』의 초반부에는 이런 말이 나온다.

에스트라공(또다시 포기하며): 할 수 있는 게 없어.

커튼이 내려오기 전의 마지막 대사는 이러하다.

블라디미르: 그래, 이제 갈까?
에스트라공: 응, 가자구.

(그들은 움직이지 않는다.)

셰익스피어[39]는 동일한 희곡 내에서 유머와 비극을 뒤섞었지만, 연극의 분위기는 언제나 명료했다. 그러나 베케트는 부조리극의 원칙에 입각하여 장르의 혼란을 극단으로까지 밀고 간다. 베케트는 베를린에서 『엔드게임』의 공연을 연출하면서, 이 희곡의 가장 중요한 대사는 다음의 것이라고 말했다.

넬: 불행처럼 흥미로운 것은 없어. 내가 당신에게 장담하지.

베케트는 아리스토텔레스[13]의 '연극은 모방'이라는 이론으로 부터 완전 탈피했다. 그는 연극의 전통적인 기법을 모두 내던졌다. 그것은 장편소설에서 버지니아 울프, 그림에서 미니멀리스트 화가들이 한 일과 비슷했다. 한 소희곡(『오고 가다』)은 겨우 121단어로 되어 있으며 또 다른 소희곡 『숨결』은 30초간 지속될 뿐이다.

베케트가 극작가로 큰 성공을 거두었기 때문에 우리는 그가 비범하고 독창적인 장편소설가라는 사실을 잊어버리기 쉽다. 그의 소설로는 『와트』와 『몰로이』, 『말론 죽다』, 『이름 붙이기 어려운 것』의 3부작이 있다.

베케트 문학에 대한 해석은 무수하게 많고 그 중에는 교묘한 것도 많다. 하지만 독자는 그의 문학에 대해서 마음의 결정을 내려야 한다. 어쩌면 마음이란 말은 잘못된 단어인지 모른다. 왜냐하면 그의 연극 그 자체가 하나의 의미이기 때문이다. 그의 연극은 마음을 가지고 이해하는 것이 아니라 음악처럼 귀로 느껴야 한다. 베케트는 자신이 다음의 두 어두운 질문에 대답하지 못하는 무능력의 고뇌를 독자에게 전달하려 애쓴다. 우리는 누구인가? 우리는 왜 존재하는가? 『엔드게임』의 등장인물 햄은 이렇게 말한다. "당신은 이 지상에 존재하는 거예요. 거기에 대해서는 치료약이 없어요!" 베케트의 모든 작품은 때로는 황량하게 때로는 코믹하게 그 '존재'를 정교하게 설명하려고 하는 것이다.

지금까지 베케트의 책이 스물다섯 권 이상 나왔는데 대부분의 내용이 부정否定이라는 주제를 다루고 있다. 하지만 그는 냉소주의자는 아니다. 그는 인간의 비참함에 깊이 동정하며 그 자신의 생애는 뛰어난 인품을 보여 준다.(그는 제2차 세계대전 중에 프랑스 레지스탕스의 일원으로 활약했다.) 그의 나다(nada: 허무)는 헤밍웨이[119]의 나다와는 다르다. 그것은 우리 시대의 일탈에 대한 수동적 반응이 아니라, 영원히 똑같고 영원히 이해할 수 없는 삶의 비전에 대한 형이상학적 반응이다. 베케트처럼 애매모호하고, 악몽 같고, 비타협적이고, 드라마의 전통을 거부하는 작가가 세계적인 성공을 거두었다니 놀랍기만 하다. 그의 발언 방식이 기이하기는 하지만, 그는 우리에게 뭔가를 말하고 있다.

『이름 붙이기 어려운 것』의 마지막은 이러하다. "나는 더 이상 앞으로 나아갈 수 없다. 하지만 앞으로 나아가야 해." 이 문장의 해석에 대해서는 독자의 판단에 맡긴다. C.F.

126
W.H. 오든 _{W.H. Auden}
1907 – 1973

시 전집 Collected Poems

현대처럼 기술을 숭상하는 시대에 시가 건강하게 살아 있다는 것은 하나의 역설이다. 좀 더 분명하게 말하면 시인들의 숫자가 늘어나고 있으며 많은 시인들이 높은 품질의 시를 써내고 있다. 시의 영향력은 판매 부수만으로 측정할 수 없다. 시는 시를 열심히 읽는 것 같지도 않은 지적인 선남선녀의 정신적 기상도氣象圖에 영향을 주는 듯하다.

미국에서는 예이츠[103]와 엘리엇[116]이 가장 영향력 있는 두 명의 영어권 시인으로 평가된다. 거기에 세 번째 시인으로 W.H. 오든을 추가하고 싶다. 내가 볼 때 그의 시는 오든이 말한 "불안의 시대"에서 가장 웅변적이고 대표적인 시이다. 그 시대의 분위기는 엘리엇의 『황무지』와 예이츠의 "모든 것이 산산이 부서지다/중심은 지탱하지 못한다"라는 시행에 의해 잘 묘사되었다. 오든은 이 기능부전의 사회에 대한 절망감을 자신의 시, 희곡(크리스토퍼 이서우드와 공동으로 집필한 몇 편의 희곡들), 다소 저평가된 문학 평론에서 절묘하게 발전시켰다.

오든은 우리에게 괴테[62]를 연상시킨다. 괴테와 마찬가지로 그는 야외野外의 시인이었다. 아주 활발한 삶을 영위했고, 폭넓게 여행을 했으며, 문학 이외의 세계와도 꾸준히 접촉했고, 괴테 식으로 계속 변모했다. 괴테처럼 탐구 정신이 왕성했던 그는 젊은 시절에 전통에 반기를 들었다가 다시 사회주의로 시선을 돌렸고 이어 앵글로 가톨릭주의를 재발견했다. 그가 50년을 더 살았더라면 과연 앵글로 가톨릭 신자로 남았겠는지 의문이 든다. 괴테와 마찬가지로 그는 행동의 인간이었고, 가능성의 전달자였다.

오든은 영국에서 태어났으나 1946년 미국 국적을 취득했다. 그의 작품은 영국과 미국의 역사적 전통으로부터 자양분을 받았기 때문에 독특한 풍요로움을 회득했다. 오든이라는 이름은 아이슬란드의 민담에도 등장하는데, 오든의 시는 테크닉의 측면에서 북유럽의 시들로부터 많은 영향을 받았다.

오든의 아버지는 저명한 의사였고 그런 만큼 오든은 과학적 탐구와 토론의 분위기에서 성장했다. 학부 시절에는 생물학자가 될 생각도 있었다. 오든의 시에는 지구과학과 물리학, 금속학, 채광, 철로 건설 등에서 빌려 온 은유와 암유들이 가득하다. 그는 또 프로이트[98]와 융의 사상, 형이상학, 윤리학, 정치학 등의 학문도 깊숙이 연구하여 우리 시대의 흐름을 명확히 짚어내려고 애썼다. 그는 보물 같은 어휘를 잘 구사하는 말의 대가였고, 때때로 독자들이 이해하기 어려운 개인적인 상징을 사용하기도 했다. 하지만 이해하기 어려운 표현들도 나름대로 마법을 발휘한다.

오든은 동성애자였지만 그렇다고 해서 인간의 성적 드라이브에 대해서 둔감한 것은 결코 아니었다. 그의 시는 상당수가 사랑을 다룬다. 주로 좌절되었거나, 불완전하거나, 동경으로 끝났거나, 믿지 못하는 사랑을 노래한다. 그래도 훌륭한 연애시이다.

존 던[40] 이래 가장 재치 넘치는 시인인 오든은 대중시와 본격시의 구분을 허물어 버렸다. 엘리엇이나 후기의 예이츠처럼 그는 19세기 낭만파 영국 시인들의 시어를 모두 내다버렸다. 그는 난해한 형이상학적 시에다가 엉뚱하게도 구어를 도입하여 독특한 오든시의 문장을 창조한다. 그의 시는 기발한 각운과 괴이한 두운을 구사함으로써 언어적인 깜짝쇼를 연출한다. 끊임없이 새로운 기술을 실험한 그는 새로운 시의 형태를 발명했고, 중세의 앵글로색슨 시와 아이슬란드 시의 낡은 형태를 새롭게 개선했다. 그는 평론가들이 자신의 운율시인으로서의 면모를 제대로 평가하지 못한다고 생각했다.

오든은 쉽게 읽혀지는 시인이 아니다. 그의 시어는 후기시로 갈

수록 더욱 밀도가 높아진다. 그는 앉은 자리에서 시집이 통독될 수 있는 시인이 아니다. 우선 「W.H. 예이츠를 추모하며」, 「지크 문트 프로이트를 추모하며」 같은 짧은 시를 읽어보도록 하라. 그 런 다음 좀 더 긴 시로 나아가라. 앞으로 5년 후 그의 시집을 다시 집어 들어 보라. 그러면 그가 독자의 일부가 되어 있음을 발견할 것이다. 위대한 시인은 독자를 만들어내고 교육시키는 특이한 재 주를 가지고 있다.

간단한 시 몇 편을 인용하여 오든의 시 세계를 보여 주려는 것 은 어리석은 일일지 모른다. 하지만 제2차 세계대전 중에 그가 쓴 다음의 4행시 3편은 "어둠의 악몽" 속에서 시인의 역할이 무엇인 지 잘 보여 준다.

시인이여, 따라가라,
밤의 바닥에 이를 때까지.
구속받지 않는 당신의 자유로운 목소리로
우리가 아직도 환희를 느낄 수 있음을 설득하라.

시를 한 줄 농사지음으로써
저주를 포도밭으로 만들어라.
고뇌의 환희 속에서
인간의 시련을 노래하라.

마음의 사막으로부터

치유의 샘물이 흘러나오게 하라.

매일 매일을 감옥처럼 느끼는

자유인에게 찬송의 방법을 가르쳐라. **C.F.**

127
알베르 카뮈 Albert Camus
1913-1960

페스트 La Peste, 이방인 L'éranger

동시대의 많은 작가들과 마찬가지로 카뮈는 부조리한 세상에서
이해할 수 없는 상황에 처해진 인간의 운명을 깊이 천착했다. 그
가 46세에 자동차 사고로 죽은 것도 이해할 수 없는 상황이었다.
부조리 사상을 가진 사람을 제외하고, 사상계의 많은 인사들에게
안타까우면서도 참담한 비극이었다. 카뮈는 열렬한 웅변과 도덕
적 진지함으로써 전후 현대인의 환멸을 대변했다. 그의 핵심 주제
는 삶의 부조리라는 인간 조건이었으므로, 오늘날에도 카뮈 문학
은 우리에게 호소한다.

카뮈는 알제리에서 가난한 부모 밑에서 태어났다. 햇빛 강렬한
알제리의 전원과 도시 풍경이 그의 글 속에 강렬한 즐거움으로
반영되어 있다. 그는 학창 시절 철학에 관심이 많은 뛰어난 학생
이었다. 잠시 마르크시즘에 빠지기도 했으나 곧 벗어났고 평생
가난한 자와 학대받는 자들에게 공동체 의식을 느꼈다. 기자가
되어서는 알제리 사람들의 고통을 적극적으로 보도했고, 그들은

결국 독립 운동에 나서게 되었다. 독일이 프랑스를 점령한 시기와 해방 이후의 짧은 시기에「전투」라는 레지스탕스 신문을 편집했다. 1940년대와 50년대에 대표작들을 써냈다. 1957년 불과 44세의 나이로 노벨 문학상을 수상했으나, 3년 뒤 교통사고로 세상을 떠났다.

카뮈는 언론 기자, 논쟁가, 회고록 저술가, 철학가로도 유명하다. 그는 극작가로서 또 연극업계 종사자로서 1940년대에 부조리 연극이 급속히 성장하는 데 기여했다. 하지만 그의 대표작은 소수의 장편소설들이고 그 중에서도 『페스트』가 걸작이다. 그는 한때 이렇게 썼다. "우리는 오로지 이미지만을 가지고 생각한다. 만약 철학자가 되고 싶다면 장편소설을 써라." 그는 이것을 실천했다. 그의 장편소설(과 연극들)은 도덕적, 형이상학적 문제들을 극화한다.

『시지프의 신화』와 『반항인』 등으로 카뮈의 정치철학을 어느 정도 파악하는 것도 유익하겠지만 그보다는 중편인 『이방인』과 본격 장편인 『페스트』를 통하여 카뮈의 멋진 정신세계로 들어갈 수 있다. 무의미한 살인 행위를 다룬 『이방인』은 우리 시대의 징후라 할 수 있는, 뿌리 없는 비순응적 감수성을 다룬 작품이다. 주인공의 폭력 행위와 그에 대한 사회의 징벌권의 대비는, 주인공과 사회의 가치 사이에 심한 괴리가 있음을 보여 준다. 사회는 자신의 가치를 당연시하지만 주인공은 그것에 대하여 강력한 의문을 제기한다. 이 부조리한 세상에서 어떻게 악과 선이 구분될 수 있으며 또 악과 선을 알아볼 수 있는가?

『페스트』는 선과 악의 문제에 대한 카뮈의 해석(이 이외에 여러 가지 해석이 있다)을 제시한 장편이다. 『시지프의 신화』에서 그는 이렇게 썼다. "니힐리즘의 한계 내에서도 니힐리즘을 초월하는 수단을 발견하는 것이 가능하다." 세상이 부조리하게 보인다는 바로 그 이유 때문만이라도, 인간은 그 부조리에 저항해야 하며, 진리와 정의의 쌍둥이 빛을 길안내 삼아 앞으로 나아가야 한다. 분명 무의미한 대참사 속에서도 어떤 사람들은 진리, 정의, 동정을 알아보고 그에 입각하여 행동하는 능력을 거의 무의식적으로 개발한다.

이러한 이야기는 아주 도덕적이고 또 진부해 보인다. 그러나 『페스트』는 도덕적이지도 진부하지도 않다. 1940년대의 어느 때에 페스트 전염병이 알제리의 오랑 시에서 창궐했다고 카뮈는 상상한다. 카뮈는 침착하고 초연한 태도로, 남자, 여자, 아이들이 고뇌, 고립, 죽음에 대응하는 서로 다른 방식을 꼼꼼하게 기록한다. 독자의 시선은 오랑이라는 도시, 등장인물들과 그들의 구체적 운명, 페스트의 특정한 성격 등에 집중된다. 그렇지만 소설을 읽어나가는 동안, 우리는 페스트의 효과가, 무심한 우주에 떨어진 고립된 인간들이 삶의 허무함을 초월하려는 노력이라는 것을 깨닫게 된다. 카뮈는 이 소설의 서문에서 대니얼 디포[51]의 말을 인용했다. "어떤 형태의 구속을 다른 형태의 구속으로 재현하는 것은, 있지도 않은 것을 가지고 실제로 있는 것을 재현하는 것처럼 그럴듯한 일이다." 카뮈는 소설 속에서 우화나 알레고리를 시도하지 않는다. 이야기는 처음부터 끝까지 사실적이다. 그러나 이 소설을 다 읽고 나면 우리는 뭔가 다른 것을 느낀다.

평론가 도로시 캔필드는 『페스트』의 리뷰에서 이렇게 썼다. "이 소설은 남자들과 여자를 비참 속으로 몰아넣는 대참사에 대하여 하나의 빛을 던진다." 인생 그 자체가 대참사라고 카뮈는 말하는 듯하다. 그러나 대참사는 전면적인 것이 아니다. 리외 박사, 타루, 리외 박사의 어머니 같은 인물들은 도덕적 인내심을 발휘하면서 공동체가 고립으로부터 빠져나오게 하고 그리하여 인간적 유대의 형성을 통하여 제한적이나마 자유를 맛보게 해준다. **C.F.**

128

솔 벨로 Saul Bellow

1915–2009

오기 마치의 모험 *The Adventures of Augie March*, 허조그 *Herzog*, 훔볼트의 선물 *Humboldt's Gift*

솔 벨로는 미국 현대 작가 중 가장 지적이고 상상력 풍부한 작가이다. 내가 볼 때 그는 서구의 문화 전통 전체를 대표하는 인물인 듯하다. 소설 속 등장인물들이 느끼는 도덕적 딜레마는 인공적으로 구축된 것이 아니라 등장인물의 성격으로부터 자연스럽게 흘러나오는 것이다. 그는 관찰만 하는 것이 아니라 심층을 뚫고 들어가며 그저 날카롭기만 한 것이 아니라 현명하다. 요사이 일부 지역에서 조롱을 받고 있는 고상한 단어(휴머니스트)가 그에게는 딱 들어맞는다. 그는 휴머니스트이다.

벨로는 캐나다 퀘벡의 라신에서 캐나다인—유대인 부모 사이에서 태어났고 평생 시카고에서 살았다. 그래서 소설의 무대로는 시카고가 자주 등장한다. 그는 훌륭한 대학 교육을 받았고, 이후 프린스턴 대학, 바드 대학, 미네소타 대학, 시카고 대학 등에서 강의했다. 그는 자신이 지식인이라는 사실과, 자신의 작품에 야만적인 인간보다 세련된 인간을 등장시키는 것을 부끄럽게 여기지 않는다.

등장인물들 중 다수가 유대인이지만 그는 어느 인종 그룹에도 속하지 않는다. 그가 창조해낸 인물은 전형적인 미국 도시인이고 그의 전반적인 정서는 주류 유럽 소설의 전통에 가깝다. 여러 전통을 이처럼 조화롭게 혼융시켰기 때문에 노벨 위원회는 1976년 노벨 문학상을 그에게 수여하기로 결정했다.

벨로의 소설은 어떤 것을 읽어도 무난하지만, 나는 그 중에서도 세 권을 추천했다. 『오기 마치의 모험』(1953)은 시카고, 멕시코, 파리를 무대로 하는 현대적 피카레스크 소설이다. 소설의 형태는 대도시 생활의 자유로운 흐름에 익숙한 작가의 분위기에 적절하게 호응한다. 작가는 자신만의 문체를 유감없이 구사한다. 당대의 구어들이 좀 더 고전적이고 우아한 문어들과 어울린다. 벨로의 두 가지 특징인 열정과 코미디 의식이 잘 드러난다. 이런 특징은 그의 다른 작품들 속에서도 잘 통제된 상태로 다시 등장한다.

벨로의 주요 인물들은 여자 관계에서 문제를 겪는다. 가령 찰리 시트린이 그러하다. 찰리의 회상은 『훔볼트의 선물』(1975)의 구조를 결정한다. 이 소설의 제목은 시트린의 친구 폰 훔볼트 플레이서에게서 나온 것이다. 훔볼트 플레이서의 슬픈 생애는 훌륭한 시인이며 비평가였으나 1966년에 열악한 환경에서 사망한 델모어 슈워츠의 삶을 모델로 한 것이라 한다.

많은 독자와 비평가들이 『허조그』(1964)를 벨로의 대표작이라고 생각한다. 완벽한 푸가(둔주곡)적 형태, 어려운 시대에 대한 예리한 통찰, 고통 받는 인간(그 인간은 자기 자신을 냉소적으로 관찰한다)에 대한 탁월한 묘사, 주인공을 등장시키는 다양한 미국적 무대 등이 그러하다. 47세의 지식인 모지스 허조그는 여자를 좋아하지만 방탕한 난봉꾼은 아니다. 그는 이 도시 저 도시로 비행기 여행을 하면서 일주일을 보내고 그 과정에서 자신의 자아, 생활의 안정, 미국이라는 나라와 그의 시대를 발견하려고 애쓴다. 그렇게 하는 중간에 그의 인생에서 중요한 역할을 했던 인물들과 애들라이 스티븐슨, 아이젠하워, 유명한 고인들에게 편지를 쓴다.(부치지는 않는다.) 그는 자신의 비참했던 유년 시절("슬픔의 연마")을 회상한다. 책에서 얻은 자신의 지식과 실제 생활의 까다로운 요구를 서로 연결시키려 애쓴다. 역사를 명상하면서 "존재의 꿈"에서 "지성의 꿈"으로 이행해 나간다. 허조그는 거의 원형적 차원을 회득하여 싱클레어 루이스의 『배빗』이 미국 사업가의 대표이듯이, 미국 지식인의 대표가된다. 그리하여 이 코믹하고 슬프고 영웅적인 허조그에게서 독자들은 이방인을 발견하는 것이 아니라 그들 자신과 비슷한 사람을 발견한다.

'영혼은 강렬한 집중을 원한다' 라고 허조그는 생각한다. 우리는 이 생각에 미소를 지을 뿐 그것을 터무니없는 생각이라고 하면서 물리치지 못한다. 이 생각은 벨로 문학의 등록상표이다. 그의 모든 소설에서는 감정과 사상이 강렬하고 충만하게 용솟음치고 있으며 특히 『허조그』에서 더욱 그러하다. 벨로는 오랜 역사를 자

랑하는 휴머니즘의 전통과 "제2차 세계대전 이후의" 문화가 서로
충돌하면서 빚어내는 긴장에 깊은 관심을 가지고 있다. **C.F.**

129
알렉산드르 이사예비치 솔제니친
Aleksandr Isayevich Solzhenitsyn | 1918 – 2008

제1원 *V kruge pervom*, **암병동** *Rakovy korpus*

부분적으로 미국 작가라고 볼 수 있는 나보코프[122]를 제외한다
면, 솔제니친은 20세기의 가장 위대한 러시아 소설가이다. 이것은
그 자체로 높은 칭송은 되지 못한다. 소련 작가들은 정부에 고용
된 근로자로 간주되어 소련 이외의 나라들에서는 별로 높이 평가
받지 못하기 때문이다. 하지만 솔제니친은 대가이고 지금껏 우리
가 다루어 온 러시아 거장들 가령 고골[740], 투르게네프[81], 도스
토옙스키[87], 톨스토이[88], 체호프[101]에 비교해 보아도 손색이 없
다. 솔제니친은 예술가로서, 러시아의 복지와 자유사상에 대하여
깊은 관심을 가지고 있다는 점에서 이들 대가와 어깨를 나란히 한
다. 하지만 그가 말하는 복지와 자유는 우리 시대의 개념과 완전
히 똑 같은 것은 아니다.

코사크 지식인 가문에서 태어난 솔제니친은 수학자 교육을 받
았고 제2차 세계대전에 참가하여 용감하게 싸웠으며 스탈린을 비
판한 편지("턱수염을 기른 남자") 때문에 1945년에 체포되어 8년간 감옥
생활을 했고 그 후 3년 더 강제수용소에 억류되었다. 그는 '복권'

된 이후부터 글을 쓰기 시작했다. 흐루시초프 정권의 허가 아래 1962년 강제수용소의 실상을 묘사한 소설 『이반 데니소비치의 하루』를 출간하여 러시아 지식인 사회에 충격을 주었다.

1963년에 다시 관료주의 당국과 마찰을 빚었다. 1970년 노벨문학상 수상자로 결정되었으나 당국으로부터 스톡홀름 행을 허가받지 못했다. 1973년 공개적으로 소비에트 제도를 고발했다가 비난을 당했으며 그 후 서방으로 출국했다가 다시 러시아로 돌아왔다.

그는 디킨스와 졸라가 각자의 조국에서 그러했듯이 러시아 양심의 목소리였고 전 세계적으로 공감을 받았다. 그의 민주주의 사상은 러시아 전체주의와는 완벽하게 다른 것이지만 구 러시아의 신비주의와 신정일치 사상이 가미된 것이어서, 제퍼슨[60], 링컨, 보통의 미국 시민들이라면 잘 이해를 하지 못할 것이다. 그러나 그의 용기와 도덕성에 대해서는 의문의 여지가 없다. 그가 러시아 문학에서 최종적으로 어떤 지위를 차지하게 될지 알 수 없으나 위대한 인물임엔 틀림없다.

나는 독자들에게 그의 첫 두 장편소설인 『제1원』과 『암병동』을 읽어보기를 권한다.

『제1원』은 어떤 수학자(솔제니친의 자화상)의 생애 중 나흘간을 묘사한 것이다. 그 수학자는 "국가에 대하여 범죄를 저지른" 다른 학자들과 함께 모스크바 외곽의 과학 연구원에 감금되어 있다. 무대는 일개 과학 연구원이나 실제로는 소련 사회 전체를 묘사하고 있다. 왜냐하면 이 연구원은 러시아 생활과 특성의 소우주이기 때문이다.

『암병동』또한 감동적인 소설이다. 솔제니친 자신이 1950년대 중반에 암 치료를 받은 바 있었다. 그는 이 아름다운 작품을 통하여, 토마스 만이『마의 산』[107]으로 독일 문학에 기여한 것처럼, 러시아 문학에 기여했다. 『암병동』은 그의 장편소설들이 다 그렇듯이 병동을 다룬 것이 아니라 감옥을 묘사한 것이다. 그는 러시아 전역을 감옥이라고 생각하기 때문이다. "사람은 종양이 생기면 죽는다. 강제 수용소와 강제 유배가 암처럼 생겨나는 나라가 어떻게 부지할 수 있겠는가?" 외부적으로 병원의 분위기를 풍기고 있으나, 『암병동』은 카뮈의 『페스트』[127]처럼, 인간의 존엄성을 찬양한 작품이다.

솔제니친의 작품은 주의를 기울여 읽어야 한다. 그는 우아함이나 형태의 원숙함이 결여되어 있다. 그의 유머는 미국인에게는 썰렁하게 느껴질 때가 많다. 하지만 그는 엄청난 추진력, 동정심, 그리고 수백 명의 인물들을 창조해내는 능력을 갖추고 있다. 시인 옙투셴코는 그를 가리켜 "살아 있는 유일한 러시아의 고전"이라고 말했는데 이 작가를 잘 묘사한 듯하다. **C.F.**

130

토머스 쿤Thomas Kuhn

1922-1996

과학 혁명의 구조 The Structure of Scientific Revolutions

토머스 쿤이 널리 알리기 전까지만 해도 '패러다임' 이라는 말은 낯설고 추상적인 영어 단어에 지나지 않았다. 그는 패러다임을 일상용어로 만들었다. 만약 독자가 '패러다임의 변화' 라는 말을 사용했다면 부지불식간에 『과학 혁명의 구조』에 빚지고 있는 것이다. 쿤은 생애 만년에 패러다임이라는 말을 듣는 게 지겹다고 말했지만, 그래도 과학사를 기술하면서 패러다임이라는 용어를 사용한 것은 우리 시대의 과학 사상에 혁명을 일으켰다.

쿤은 물리학자 교육을 받았지만 과학사가와 과학 사상가에 진정한 소명의식을 느꼈고, 그래서 프린스턴과 MIT에서 과학의 역사와 사상을 가르쳤다. 『과학 혁명의 구조』의 초판본은 1962년에 나왔고, 개정판은 1970년에 나왔다. 이 책은 여느 본격적인 과학서와는 다르게 지속적으로 베스트셀러의 지위를 유지했다. 쿤은 이 책에서 아주 겸손한 어조로 과학의 본질과 작동방식에 대한 우리의 생각이 잘못된 전제조건 위에 구축되어 있다고 지적했다.

쿤 이전의 과학자 상은 아주 이상화된 것이었다. 과학자는 순수하고 고상한 마음의 소유자, 과학적 방식에 의해서 증명될 수 있는 것만 믿는 사람, 엄정한 가설, 실험, 증명에 의하여 새로운 지식을 발견해내는 사람 등으로 이해되었다. 쿤은 역사적 기록들을 살펴보면서 과학이 어떻게 진보해 왔는지 탐구했다. 그 결과 과학은 우리가 생각하는 그런 방식으로 발전하지 않았다는 것을 알아냈다.

쿤은 과학자들도 인간이며 그런 만큼 이웃들과 마찬가지로 그 시대의 정신을 공유한다고 말했다. 과학자가 일반인과 다른 점이 있다면, 사물과 세계에 대하여 좀 더 정교하고 기술적인 정보에 접근할 수 있고 자신의 지식을 다른 분야에 좀 더 광범위하게 적용할 수 있다는 것 정도이다. 하지만 과학자의 접근은 완전 백지 위에서 이루어지는 것은 아니고, 패러다임(이 세상이 작동하는 방식에 대한 일련의 전제조건들)에 바탕을 두고 있다. 과학자, 철학자, 기타 학자들의 작업을 통하여 지식이 축적되면서, 변칙이 발생하여 기존 패러다임의 원만한 설명 능력에 도전하고, 또 그 유효성에 의문을 제기하게 된다. 변칙들의 숫자가 충분히 확보되면, 기존의 패러다임은 사람들의 사고방식에 더 이상 영향을 미치지 못하고, 또 다른 패러다임이 생겨나 그 자리를 대신하게 된다. 가령 아리스토텔레스—프톨레마이오스의 우주관은 코페르니쿠스가 그 체계에 의문을 표시한 이후에도 1세기 동안이나 지식의 패러다임으로 존재했다. 그러다가 갈릴레오와 뉴턴이 등장하면서 이들이 지적한 모순점 때문에 낡은 패러다임은 더 이상 버티지 못하고 붕괴했다.

쿤은 과학이 가치중립적이지도 않고 또 과학적 탐구가 벌어지는 문화적 맥락으로부터 면제되지도 않는다고 주장했다. 최근에 들어와 일부 과격한 과학 비평가들은 쿤의 저서를 인용하면서 이런 주장을 펴기에 이르렀다. 과학은 객관적 의미의 진실을 발견할 수가 없으며, 모든 과학적 결과는 문화적 전제조건의 표현일 뿐이다. 쿤은 이렇게 말한 적이 없고, 또 자신의 이론을 이런 식으로 왜곡 인용하는 사람들을 거부했다. 그는 물리학자답게 과학이 진리를 발견할 수 있다고 확신한다. 하지만 어떤 특정 패러다임 아래에서 어떤 진리는 발견될 수가 없다.(이 때문에 패러다임의 변화가 벌어지는 것이다.) 그리하여 과학의 신빙성에 대한 질문은 우리 시대의 문화 전쟁에서 핵심적 주제가 되어 왔다.

『과학 혁명의 구조』는 진지한 저서이다. 하지만 진지한 주제에 대하여 관심이 많은 일반 독자들이 읽지 못할 내용은 없다. 문명이 세상을 인식해 온 방식과, 미래에 대한 인간의 지식을 결정짓는 각종 요소들에 대하여 깊은 통찰을 보여 주는 획기적인 저서이다. **J.S.M.**

131
미시마 유키오三島由紀夫
1925–1970

가면의 고백假面の告白, 금각사金閣寺

다니자키[114]와 가와바타[120]도 제2차 세계대전 종전 이후에 작품을 발표하기는 했지만, 미시마야말로 최초의 전후 작가라고 할 수 있다. 미시마는 군의관의 오진 덕분에 제2차 세계대전 중의 군복무에서 면제를 받았으나 이것은 그를 평생 괴롭히는 수치심의 근원이 되었다. 미시마는 1949년 『가면의 고백』을 발표하면서 전후 문단에 혜성같이 등장했다.

『가면의 고백』은 동성애자로 성장한 한 젊은 남자를 다룬 거의 자전적인 소설이다. 그 남자는 사회적 멸시로부터 자신을 보호하기 위해 '가면'을 썼다. 미시마 자신의 가면은 지나치게 남성성을 과시하는 것이다. 그는 자신의 몸을 완벽하게 가꾸기 위해 보디빌더가 되었고, 칼의 논리를 숭상하는 사무라이 컬트의 강박적인 추종자가 되었다. 그는 예의바르고 고상한 남성성을 패러디하는 배우의 역할을 스스로 감당했다. 동시에 그는 자살과 자기희생에 매혹된 사도마조히스트[가학피학주의자]였다. 그가 보디빌딩에 그처럼 몰두했던 것은 자기의 몸을 완벽한 희생물로 만들려는 욕망, 자신의 몸이 사후에 완벽한 시체가 되기를 바라는 욕망과 관련이 있다. 그는 배가 난파되어 죽은 채 해변으로 밀려온 선원의 사체, 화살을 무수히 맞은 성 세바스티안, 할복자살의 의례를 거행하는 사무라이 등, 동성애적이고 마조히스틱한[피학적인] 인물로 자신을 분장한 다음 그 상태로 사진 찍히기를 좋아했다.

그렇다면 그는 어떤 목적을 위해 자신을 희생물로 바치려 하는가? 여기서 우리는 모순점을 발견한다. 미시마는 어떻게 보면 플레이보이요 물질주의자였다. 그는 호화로운 서양식 집에서 살았고 서양식 옷을 입었으며 세계주의적 관심사를 가지고 있었다. 동시에 그 자신이 만든 컬트에 지나치게 몰두했다. 그 컬트는 일본의 사무라이 정신을 부활시키고 천황에 대한 존경심을 앙양시키려는 것이었다. 그는 미남 청년들로 구성된 '방패회'라는 개인의 군대를 조직했고 그 군대에 자신의 이데올로기와 전통적인 무술을 가르쳤다. 1970년 11월 25일, 그는 자신의 추종자들을 데리고 일본 방위청 건물에 침입하여 군인들을 상대로 일본 천황의 실권을 복권시키기 위해 총궐기해야 한다는 연설을 했다. 그의 연설은 조롱을 받았고, 그러자 그는 칼을 꺼내 의례적 방식을 따라 자신의 배를 갈랐고, 그의 부장副將이 배를 가른 미시마의 목을 쳐주어 할복자살을 완성했다. 그를 평생 따라다니던 자기희생의 환상을 마침내 실현한 것이었다.

그의 정치적 입장을 광인의 견해라고 생각하는 일본 사람들도 미시마의 문학적 천재성은 인정했다. 그의 개인적 강박증세가 미시마 소설 전체에 고루 스며들어 있어서 그의 작품은 그 누구의 것과도 비슷하지가 않다. 단지 고백적 특성이 강하다는 점만 모더니즘 소설의 특징을 공유한다. 가와바타는 후배이며 문우인 미시마의 작품을 높이 평가했다. 오에 겐자부로나 무라카미 하루키 같은 현대 일본 작가들도 미시마의 스타일로부터 영향을 받았다.

독자는 먼저 『가면의 고백』을 읽고 이어 『금각사』를 읽을 것을 권한다. 이 작품은 실화에 바탕을 둔 것인데, 한 젊은 수도승이 미국의 일본 점령에 절망한 나머지 금각사가 이방인의 손에 들어가는 것을 막기 위해 그 사찰에 불을 지른다는 내용이다. 이 두 편의 소설을 읽고 미시마에게서 괴이하면서도 발랄한 매력을 느꼈다면 『바다와 함께 은총에서 추락한 선원』과, 마지막 장편소설이며 네 권으로 되어 있는 『풍요의 바다』를 읽기를 권한다. **J.S.M.**

132

가브리엘 가르시아 마르케스

Gabriel García Márquez | 1928—

백 년 동안의 고독 *Cien años de soledad*

가르시아 마르케스는 보르헤스[121]와 함께 우리 시대에 세계적 명성을 얻은 라틴 아메리카의 2대 작가로 꼽는다. '마법적 사실주의magic realism' 라는 용어는 이 두 작가는 물론이고 다른 작가들 가령 쿠바의 알레호 카르펜티에르, 멕시코의 카를로스 푸엔테스, 아르헨티나의 훌리오 코르타사르, 페루의 마리오 바르가스 요사 등에게도 적용된다. 이 다소 진부한 용어는 이런 작가들의 세계관을 암시하는데, 영미권 소설의 주류 전통과는 아주 다른 문학 사상이다.

'마법적 사실주의' 라는 말은 1925년 일단의 독일 화가들을 가리키기 위해 사용된 용어였다. 이 화가들은 무의식 속에서 벌어지는 환상적 사건들을 정교한 사실적 기법을 사용하여 그려냈다. 이들은 인간의 내부에 깊숙이 파묻혀 있는 비논리적 요소를 구상화하려 했다. 이러한 목적은 현대의 마법적 사실주의 소설가들도 공유하고 있다.

가르시아 마르케스는 어딘가에서 "합리적 인간이 만들어낸 잘못되고 어리석은 세상" 에 대해 언급했다. 많은 남미 작가와 중앙 아메리카 작가들이 그런 세상을 경험했다. 그들은 조국의 무질서하고 악몽 같은 역사로부터 거의 강박적일 정도로 영향을 받았다. 그들의 마법적 리얼리즘이 프랑스 상징주의와 초현실주의에 영향을 받기는 했지만(가르시아 마르케스의 경우에는 포크너[118]의 영향을 받았다), 남미 사람들의 비정상적인 체험을 다루기 위한, 특별한 상상력의 기술로서 채택되었다.

『백 년 동안의 고독』은 마콘도라는 도시의 성장, 퇴락, 멸망을 다루고 있다. 이 마콘도는 저자의 고향인 콜롬비아의 아라카타카일 것으로 추정된다. 소설 속에서 유혈적 내전, 끔찍한 폭력, 정치적 부패, 권력 남용 등이 난무한다. 부엔디아 가문의 다섯 세대—혹은 일곱 세대—에 걸친 이야기가 주된 줄거리를 구성한다. 여러 세월에 걸쳐 최초의 이름들(아우렐리아노, 호세 아르카디오)이 되풀이하여 등장하고, 인물들의 정체성이 흐릿해지며, 가족의 특징이 다시 나타난다. 그 결과 우리는 마콘도의 생활이 앞으로 나아가는 움직임이나 구체적 목적은 없는 다람쥐 쳇바퀴 도는 듯한 생활이라는 느낌을 갖게 된다. 외부 세계의 산업과 발전이 때때로 부엔디아 가문에 영향을 주기도 하지만, 이 가문의 사람들은 본질적으로 그들의 슬프면서도 광기어린 고독 속에 휩싸여 있다.

1982년 노벨상을 받은 가르시아 마르케스는 언론인 생활을 오래 했다. 그래서 그는 객관적 사실들에 대한 감각이 뛰어나다. 『백 년 동안의 고독』의 상당 부분이 아주 사실적이다. 하지만 이 스토리에는 유령, 환영, 괴물, 선지적先知的 꿈, 자연 현상에 위배되는 사건(가령 집단 불면증), 2백 살 먹은 남자, 죽었다가 살아 돌아온 남자, 공중에 붕붕 뜨는 사람 등이 자주 등장한다.

이 소설은 부엔디아 가족의 연대기를 환상적으로 기록한 책인가 하면, 라틴 아메리카 역사의 알레고리이기도 하다. 소설 속에서 과거와 현재가 자주 뒤섞인다. 저자는 우리에게 말한다. 부엔디아 가문의 한 역사가는 "사건들을 전통적인 연대기로 서술한 것이 아니라, 1백 년간의 세월을 교묘하게 압축하여 그 동안에 벌어졌던 사건들이 한 순간에 공존하도록 배열했다." 소설 속에서 호세 아르카디오 부엔디아는 이렇게 묘사된다. "그는 다음과 같은 사실을 명석하게 깨달은 유일한 인물이었다. 시간 또한 뒤로 넘어질 수가 있고 그리하여 우연들이 발생한다. 그 결과 시간은 깨어져서 그 영원한 파편 한 조각을 방 안에다 남긴다."

그 넘치는 힘, 유머(비록 음울하지만), 의도적인 과장, 언어의 왜곡, 인간 체험의 신화화 등에 있어서 『백 년 동안의 고독』은 『평생 독서 계획』에 추천된 책들 중 『가르강튀아와 팡타그뤼엘』[35]에 가장 가깝다. 『백 년 동안의 고독』은 가장 위대한 남미 소설이라고 불러도 손색이 없을 듯하다. 한 가문의 고통, 광기, 망상, 근친상간적 사랑, 엄청난 열정을 다루고 있지만, 동시에 남아메리카 대륙 전체의 비극적인 삶과 꿈을 환기시킨다. **C.F.**

133
치누아 아체베_{Chinua Achebe}
1930—

모든 것이 산산이 부서지다 *Things Fall Apart*

『평생 독서 계획』의 초기 수정본에 가르시아 마르케스[132]를 포함시켜 라틴 아메리카 문학이 세계 문학의 중요한 일부분임을 인정했듯이, 치누아 아체베의 『모든 것이 산산이 부서지다』를 『평생 독서 계획』의 마지막 책으로 소개하여, 아프리카 문학 역시 세계 문학의 일부분임을 독자에게 널리 알리는 게 타당하다고 생각한다. 이런 의미에서 아체베는 셍고르와 소잉카(뒤에 나오는 "더 읽어야 할 작가들"에 수록), 디오프 등 지방색을 벗어나 국제적으로 인정되는 아프리카 작가들의 대표라고 봐도 좋을 것이다.

치누아 아체베는 나이지리아에서 태어나 교육을 받았고 그 나라의 이보 인종 그룹의 구성원이다. 이바단의 유니버시티 칼리지를 졸업한 후, 공영 라디오 회사에 입사했으나 1966년의 국가적 위기 때 퇴사했다. 당시 아체베가 소속된 이보 인종 그룹이 '비아프라'라는 나라를 세우면서 나이지리아로부터 독립하겠다고 선언했다. 그 직후 그는 상당 기간을 해외에서 보냈는데 주로 미국에서 생활했다. 현재는 미국에 눌러 살면서 대학 교수로 활동하고 있다.

아체베가 장편소설, 단편소설, 희곡, 기타 저작들을 많이 써내기는 했지만 그의 국제적 명성은 처녀작인 『모든 것이 산산이 부서지다』(1958)에 의해 얻어진 것이다. 아체베 자신도 전통 사회가 영국 선교사와 식민 정부의 영향 아래에 변모를 겪던 시절에 성장했다. 유년의 체험을 바탕으로 집필된 그의 소설은 전통 마을의 "큰 어른"에 관한 이야기이다. 그 어른은 자신이 이해하지도 못하고 정지시키지도 못하는 변화에 의해 서서히 파괴된다.

오콩고는 우무오피아라는 마을의 부자이며 권력자이다. 그의 텃밭에서는 얌이 많이 생산되고, 그의 집터는 넓고 안락하며, 그의 아내들은 예쁘고 자식들도 귀엽다. 더 중요한 사실로는, 그가 동네 사람들의 존경을 받는다는 것이다. 그의 말은 권위자의 말로 치부되어 경청되었다. 그는 인생의 고난이나 좌절을 전혀 모르는 사람은 아니다. 가령 그가 실수로 부족의 동료를 죽였을 때 그는 어머니의 친정 마을로 가서 7년 동안 유배의 세월을 보내야 했다. 하지만 그것은 전통적 맥락 안에서의 고난이었고 그는 그것에 어떻게 대응해야 하는지 잘 알았다.

그가 전혀 이해하지 못하는 것은 새로 지어진 교회의 마법이었다. 그 교회는 괴상한 새로운 교리를 내세워서 그의 부족 사람들을 유혹했다. 게다가 식민 종주국 영국의 지역 행정관의 권세는 대단했다. 그는 마을 밖에서 경찰들을 동원해 왔고 마을 사람들은 그들을 증오했다. 이 새로운 상황에서 몰락하게 되는 오콩고의 비극은 이런 것이다. 그가 잘 알고 있는 전통 사회라면 그는 올바른 발언을 하고 올바른 행동을 하며 아주 효과적인 방식으로 자신의 권력을 주장할 수 있었다. 그러나 교회와 영국 식민주의자들이 등장하면서 사태는 일변했다. 모든 것이 산산이 부서지기 시작했고 그가 권위를 내세울수록 그의 추락은 더욱 확실해졌다.

아체베는 이 소설을 통하여 소포클레스나 셰익스피어의 드라마에 버금가는 인물을 창조했다. 그는 아프리카의 오이디푸스 혹은 리어왕이다. 운명에 의해서 몰락하는 것이 아니라, 부적절한 목표의 고집스러운 추구와 외부 환경에 대한 무지에 의해 몰락하는 것이다. 바로 이 때문에 『모든 것이 산산이 부서지다』는 아주 매력적인 소설이고 또 모던 클래식으로 자리매김 되었다. 이 책은 세계 수십 개 언어로 번역되었다. **J.S.M.**

우리는 여기에 간단한 논평과 함께 20세기 작가 1백 명을 수록했다. 주로 소설가이지만 시인, 극작가, 논픽션 작가들도 포함되어 있다. 이들의 작품이 『평생 독서 계획』의 독자들에게 흥미를 안겨주리라 생각한다. 이런 리스트가 늘 그러하듯이 이것 역시 주관적이고 개인적인 것인 만큼 시비의 대상이 될 수 있다. 비평가와 일반 독자들은 이러한 작가 선정에 불만을 표출할 것이다(C.S. 루이스는 왜 없는 거지? 로렌스 더럴은? 이런 시비를 다 받아들이면 리스트는 한없이 늘어난다). 그러니 독자들은 자유롭게 이 리스트를 줄일 수도 있고, 아니면 늘릴 수도 있다.

　여기에 선정된 작가들은 세 그룹으로 분류될 수 있다. 첫 번째 그룹은 공인된 현대의 거장들이다. 가령 무질, 릴케, 그린 등이다. 두 번째 그룹은 1급 작가이기는 하지만 아직까지 그런 역량에 걸맞은 인정을 받지 못한 경우이다. 가령 핌, 로지, 데이비스 등이다. 세 번째 그룹은 가장 논쟁적이다. 이들은 제2차 세계대전 이후에 등장한 작가들로서, 우리 시대의 문학적, 정신적 지형을 형성한 사람들이다.(이들의 책은 주로 한 작품만 제시했다.) 가령 케루악, 샐린저, 어빙을 들 수 있다. 앞으로 50년 혹은 100년 사이에 이들 중 얼마나 많은 작가들이 여전히 읽혀질지 알 수 없다. '일부' 는 그러하겠지만 '전부' 는 아니다, 라는 게 정확한 대답일 것이다. 그래서 우리는 이 책들을 '잠정적 고전' 이라고 정의한다. 이 책들이 앞으로 영원히 중요하게 여겨지지는 않을지 몰라도, 우리의 시대에는 중요하다는 점을 강조하기 위해 이런 정의(잠정적 고전)를 내려 보았다.

　다음의 작가들은 이름의 ABC 순으로 열거되었다. 이들 중 어떤 작가를 먼저 읽어야 할지에 대해서는 추천하지 않겠다. 대부분의 작가들에 대하여 한 작품 혹은 두 작품 정도를 추천했다. 하지만 이들 중 어떤 작가들은 많은 작품을 써냈으므로, 이들의 책을 한 권 읽고서 재미있다고 생각하는 독자들은 더 많은 책을 찾아 읽기 바란다. **J.S.M.**

1. 리처드 애덤스 Richard Adams(1920-)

제2차 세계대전 중 영국군에서 복무했으며 옥스퍼드 대학을 졸업하고 공무원이 되었다. 공무원 생활을 하는 틈틈이 동화를 쓰기 시작하여 『워터십 다운*Watership Down*』(1972)이라는 책을 출간하여 문명을 떨쳤다. 이 책은 동화로 집필되었으나 어른들도 많이 읽는다. 자신들의 자연 거주지에서 강제로 쫓겨나 다른 지역에서 새로운 집을 찾아야 하는 토끼들에 대한 알레고리성 이야기로서 감동적이면서 아름답다. 출간 후 지속적인 인기를 얻고 있다. 또 다른 작품인 『그네 타는 소녀*The Girl in a Swing*』(1980)도 읽어보라. 사랑에 관한 충격적이면서도 아름다운 이야기인데, 성인 독자를 위한 것이다.

2. 킹슬리 에이미스 Kingsley Amis(1922-1995)

전후 시대에 등장한 우상 파괴의 '앵그리 영맨'의 선두 작가이다.(정작 본인은 이런 평가를 거부한다.) 그의 작품들에는 피상적이고 심술궂은 인물들이 자주 등장한다. 대표작은 『럭키 짐*Lucky Jim*』이다. 영악하면서도 매력적인 지방 대학 교수의 좌충우돌 인생을 묘사하고 있다. 아주 웃기는 작품이다.

3. 셔우드 앤더슨 Sherwood Anderson(1876-1941)

장편소설과 단편소설을 많이 쓴 영향력 있는 작가이다. 그의 첫 장편소설 『오하이오 주 와인즈버그 읍*Winesburg, Ohio*』(1919)이 가장 유명하다. 오하이오 주 어떤 마을에 사는 정서적으로 위축된 주민들의 얘기를 옴니버스식으로 기술한 것이다. 냉정한 시각을 가진 현지 신문기자의 시점에서 사건들이 묘사된다.

4. 마거릿 애트우드 Margaret Atwood(1939-)

로버트슨 데이비스와 함께 캐나다 현대문학의 쌍벽이다. 자신의 주장을 명확하게 또 설득력 있게 말하는 페미니스트이다. 다작을 했으며 시, 단편소설, 에세이, 장편소설 등 폭넓게 쓴다. 『하녀 이야기*The Handmaid's Tale*』로 시작하도록 하라. 이 책을 읽고 나면 그녀의 다른 작품들도 읽고 싶어질 것이다.

5. 루이스 오친클로스 Louis Auchincloss(1917-2010)

이디스 워튼과 마찬가지로 뉴욕 WASP(앵글로 색슨계 백인 신교도) 귀족 출신이다. 내부자의 시선과 능숙한 필력으로 이 귀족들의 매너, 풍습, 도덕적 갈등 등을 묘사한다. 오친클로스는 변호사였기 때문에, 그의 작품에는 법조계와 기업계의 고위직 인사들이 많이 등장한다. 『저스틴의 목사*The Rector of Justin*』(1964)가 대표작이다. 그의 『단편 전집』(1994)도 읽을 만하다.

6. 제임스 볼드윈 James Baldwin(1924-1987)

미국의 흑인 작가. 가난, 인종 학대, 종교적 영감이 가득한 할렘 유년 시절과, 그리니치 빌리지와 프랑스에 거주하는 흑인 동성애자 지식인이라는 현실 사이에서 심한 갈등을 겪었다. 장편소설 『조반니의 방*Giovanni's*

Room』(1956)은 추방과 동성애의 주제를 다루고 있다. 『다음 번의 화재*The Fire Next Time*』(1963)는 흑인의 정체성, 민권 운동, 흑인 분리주의의 유혹 등을 다룬 책이다. 자신의 성격에 대한 고뇌와 흑인의 인권에 대한 주장이 그의 모든 작품에서 발견된다.

7. 존 바스 John Barth(1930 –)

메릴랜드 주의 타이드워터 카운티에서 나고 자랐다. 그의 고향 마을이 사실상 그의 전작품의 주인공이다. 유머러스하고 에로틱하며 냉소적인 문장을 구사한다. 대표작은 『담배 요소The *Sot-Weed Factor*』(1960)인데 식민지 시대의 체사피크 만에 대한 유머러스한 "역사"이다. 이에 비해 그의 단편소설들 가령 「타이드워터 이야기Tidewater Tales」(1987)는 아주 진지하다.

8. 시몬 드 보부아르 Simone de Beauvoir(1908 – 1986)

보부아르는 1929년에 사르트르를 만났고 두 사람은 곧 평생의 동반자가 되었다. 사르트르의 강력하면서도 독재적인 성격에 영향을 받아, 그녀는 자신의 독립성을 추구하게 되었고 이 때문에 영향력 있는 페미니스트 사상가가 되었다. 『제2의 성Le *Deuxième Sexe*』이 그녀의 대표작이다. 가부장 제도와 그 제도에 의한 여성의 복종 때문에 여성이 제2의 성이 되었고 평생 남자에게 의존하게 되었다고 주장한다.

9. 폴 보울즈 Paul Bowles(1910 – 1999)

보울즈는 자신이 작곡가로 기억되기를 희망했고 그의 음악은 높이 평가된다. 하지만 많은 사람들이 여전히 그를 작가로 기억한다. 미국에서 태어났지만 젊은 시절을 유럽에서 보냈고 생애 마지막 50년 동안 모로코에서 살았다. 아름다운 여행 에세이와 단편소설을 많이 썼다. 그의 대표작은 『보호해 주는 하늘*The Sheltering Sky*』(1948)인데 모로코를 여행하는 미국인 부부가 공포와 성적 집착의 거미줄에 빠진 사건을 다루고 있다.

10. 페르낭 브로델 Fernand Braudel(1902−1985)

프랑스의 아날 역사학파의 대표 학자이다. 아날 학파는 역사의 표면을 넘어서서 심층 구조에 도달하려는 원칙을 표방한다. 브로델의 『필리페 2세 시대의 지중해와 지중해 세계*La Méditerranée et le Monde Méditerranéen a l'époque de Philippe II*』(1945)는 아날 학파의 원칙을 충실히 구현한다. 과거를 자세하게 묘사하고, 지리, 환경, 경제, 사회적, 종교적 운동 등 세부사항에 관심을 기울임으로써 역사의 구조를 파악해낸다. 이런 역사적 기술 방식은 좀 지루할 것처럼 보이나 브로델의 저서는 그렇지 않다. 지적으로 참신하면서도 아주 읽거가 재미나다.

11. 베르톨트 브레히트 Bertold Brecht(1898−1956)

극작이면서 시인. 그의 초기작은 1920년대 독일 표현주의 운동의 영향을 보인다. 그는 마르크스주의자가 되었고 '서사극'의 이론을 개발했다. 연극은 리얼리즘의 환상을 포기할 때(가령 연극배우가 직접 관중에게 말을 거는 따위) 비로소 객관화 된다는 이론이다. 그의 희곡으로는 『억척 어멈과 그 자식들*Mutter Courage und ihre Kinder*』, 『쓰촨의 좋은 여인*Der gute Mensch von Sezuan*』, 『코카서스 백토白土의 테*Der Kaukasische Kreidekreis*』 등이 읽어볼 만하다. 브레히트가 작곡가 쿠르트 바일과 함께 녹음한 『서푼짜리 오페라』와 『마하고니 시의 흥망』을 들어보거나 이 연극들을 직접 관람해 보라.

12. 조지프 브로드스키 Joseph Brodsky(1940−1996)

제2차 세계대전 이후의 가장 위대한 러시아 시인. 그러나 자신의 조국에서 냉대와 박해를 받았다. 그는 학생 시절부터 오로지 시인이 되기를 원했다. 더욱 실용적인 방식으로 사회주의 국가에 기여하는 행위를 거부함으로써 "사회적 기생충"으로 매도되었고 1972년 소련으로부터 추방당했다. 그의 시는 서정성이 강하고 아주 우아하면서도 비교조적인 어조로 생과사의 초월적인 문제를 다룬다. 브로드스키는 만년에는 시보다 수필과 평론에 더 집중했다. 1987년 노벨 문학상을 받았다. 『그리고 등등So Forth』(1995)이 대표적 시집이다.

13. 펄 벅 Pearl Buck(1892−1973)

미국에서 태어났으나 선교사인 부모님을 따라 중국에서 청소년 시절을 보냈다. 대표작은 『대지The Good Earth』(1931)로 일약 유명해졌다. 중국인들에 대한 그녀의 애정과 존경이 스며들어간 작품이며 중국을 미국에 널리 소개하여 일본의 중국 침략에 대하여 미국 국민들의 중국 지지를 이끌어낸 작품이다. 문장이 다소 진부하고 중국의 객관적 현실이라기보다 선교사의 희망이 더 많이 반영된 작품이기는 하지만, 훌륭한 플롯과 충실한 시대의 증언이라는 점에서 아직도 읽어볼 만하다.

14. 미하일 불가코프 Mikhail Bulgakov(1891−1940)

여러 권의 소설을 썼으나 『악마와 마르가리타Master i Margarita』(1930년대)로 유명하다. 러시아 당국에 의해 스탈린 체제의 비판이라는 판정을 받아 출판 금지 처분을 받았다. 이 책은 1966년 크게 삭제된 형태로 발간되었고 1973년에 무삭제본이 발간되었다. 선생(작가)과 그의 정부 마르가리타, 악마 이렇게 세 사람의 기이하면서도 웃기는 관계를 묘사하고 있다. 소설의 플롯 중간 중간에 그리스도 시절의 예루살렘을 다룬 선생 집필의 소설 장면들이 배치된다. 기이하면서도 탁월하고 그러면서 감동적인 소설이다.

15. 앤서니 버제스 ^{Anthony Burgess(1917–1993)}

여러 권의 책을 써냈으나 버제스의 명성은 거의 전적으로 『시계태엽 오렌지*A Clockwork Orange*』(1962)에 빚지고 있다. 이 작품은 1972년 영화화되었다(멜컴 맥도웰 주연). 버제스 소설의 디스토피아적 세계는 1960년대의 반항정신을 예고하는 것이었다. 이 책은 독자에게 충격을 주면서도 동시에 즐거움을 안겨 준다.

16. 이탈로 칼비노 ^{Italo Calvino(1923–1985)}

단편소설과 장편소설 분야에서 이탈리아의 가장 위대한 현대 소설가로 꼽힌다. 그의 작품은 상상력이 풍부하며 현실과 환상의 경계가 불분명하다. 그는 민담에 관심이 많았으며 그것이 작품 세계에 커다란 영향을 미쳤다. 대표작은 『어떤 겨울 밤에 한 여행자가*Se una notte d' inverno un viaggiatore*』(1979)이다. 줄거리의 전후 관계가 불분명한 애매모호한 작품이며 패러디를 많이 구사한다. 소설 속의 소설 형태를 취하며 관계없는 스토리들이 서로 병치된다. 쉽게 읽혀지는 소설은 아니나 끝까지 읽고 나면 보람을 느낀다.

17. 트루먼 카포티 ^{Truman Capote(1924–1984)}

소설가, 사교계의 바람둥이, 자신의 고향인 남부에 확고한 뿌리를 두고 있는 뉴요커였다. 그 자신은 글쓰기를 대단치 않게 여기는 발언을 하기도 했으나 실제로는 글쓰기를 아주 진지하게 생각했다. 자신의 정체성을 찾아나선 10대 소년을 다룬 반 자서전적인 소설 『다른 목소리, 다른 방*Other Voices, Other Rooms*』(1948)으로 명성을 얻었다. 그 후 『티파니에서 아침을*Breakfast at Tiffany's*』이라는 중편으로 더욱 명성을 굳혔다. 가장 잘 알려진 작품은 『냉혈*In Cold Blood*』인데 무자비한 살인을 저지르는 범인의 체포, 재판, 처형을 다룬 논픽션이다. 트루먼 자신은 이것을 "논픽션 소설"이라고 부르면서 자신이 최초로 개발한 장르라고 말했다.

18. 레이철 카슨 Rachel Carson(1907-1964)

DDT는 제2차 세계대전 중 처음 발명되어 획기적인 위력을 발휘하는 약품이었다. 그것 때문에 말라리아나 모기 관련 질병으로 죽을 뻔한 수천 명의 미국 군인들의 목숨을 구해 주었다. 그러나 DDT와 기타 제초제들이 농업에서 무제한적으로 사용되자 새들이 죽기 시작했다. 레이철 카슨은 1951년 『우리를 둘러싼 바다*The Sea Around Us*』라는 베스트셀러를 써서 이러한 폐해를 고발했다. 이 책은 과학적인 관찰과 시적인 묘사가 잘 어우러진 책이었다. 그녀의 책 『침묵의 봄*Silent Spring*』(1962)은 환경 운동을 주도했고 결국에는 환경의 혁명을 가져왔다. 인간의 어리석음과 탐욕을 고발하고 빨리 행동에 나설 것을 촉구하는 이 책은 아직도 훌륭한 읽을 거리이다.

19. 윌라 캐더 Willa Cather(1873-1947)

그녀는 성인이 된 이후 주로 뉴욕이나 그 근처에서 살았다. 하지만 네브라스카 평원의 추억을 주된 문학적 소재로 삼았다. 평원에서 보낸 어린 시절을 반 자서전적 형태로 묘사한 『나의 안토니아*My Antonia*』(1918)로 명성을 얻었다. 후기의 소설들에서는 미국 이주민들의 체험을 다루었다. 『대주교의 죽음*Death Comes for the Archbishop*』(1927)은 뉴멕시코의 스페인 식민지를 배경으로 하고 있고 『돌 위의 그림자*Shadows on the Rock*』(1931)는 프랑스 식민지인 퀘벡을 무대로 하고 있다.

20. 존 치버 John Cheever(1912~1982)

미국 문학에서 단편소설의 대가로 평가받는다. 북동부 교외 지역에 사는 부유한 사람들이 등장인물이며 아이러니와 유머를 발휘하면서 교외에 사는 사람들의 단점을 묘사한다. 컨트리 클럽에서 너무 많은 시간을 보내는 사람, 술을 너무 많이 마시는 사람, 남의 배우자에 매혹되는 사람 등. 그의 간결한 문장은 "뉴요커 스타일"로 명성이 높다. 『단편 전집 *Collected Stories*』(1978)은 읽어볼 만하다.

21. 로버트슨 데이비스 Robertson Davies(1913~1995)

마거릿 애트우드보다 더 높이 평가되는 20세기 캐나다 문학의 대표 작가이다. 데이비스는 유머와 언어 감각이 뛰어나고 플롯의 조직 기술이 탁월하고, 주제를 형상화하는 솜씨가 노련하다. 이야기의 재미를 그대로 유지하면서도 주제를 선명하게 부각시킨다. 그의 코니시 3부작을 권한다. 『반항하는 천사들*The Rebel Angels*』(1981), 『뼛속에서 무엇이 자라나고 있나*What's Bred in the Bone*』(1985), 『오르페우스의 수금*The Lyre of Orpheus*』(1988).

22. E.L. 독토로 E.L. Doctorow(1931~)

유창한 문장과 교묘한 스토리 구성이 돋보이는 작가이다. 미국의 과거에 배경을 두면서 실제 사건과 허구의 사건을 교묘하게 뒤섞는 수법을 쓴다. 역사적 인물들도 제시하면서도 동시에 허구의 인물도 내세운다. 『래그타임*Ragtime*』(1975)은 범죄, 인종, 20세기 초의 열망 등을 다룬 감동적인 소설이다.

23. 시어도어 드라이저 Theodore Dreiser(1871~1945)

미국 문학의 "자연주의"를 대표하는 작가이다. 자연주의는 빅토리아 소설의 인위적인 특징을 배척하면서 철저한 사실주의를 앞세우는 문학 운동이다. 드라이저의 처녀작 『시스터 캐리Sister Carrie』(1900)는 '첩'의 신분으로 사회에서 출세한 젊은 여자를 다루고 있다. 이 소설이 사람들의 주목을 받았더라면 문제작이라는 평가를 받았을 것이다. 하지만 평론가와 독자는 이 작품을 완전 무시했다. 아주 뒤에 가서야 걸작으로 평가받게 되었다. 『미국의 비극An American Tragedy』(1925)도 읽기를 권한다. 드라이저의 대표작으로 살인 사건과 그 여파를 다루고 있다.

24. 알베르트 아인슈타인 Albert Einstein(1879 – 1955)

『평생 독서 계획』 증보판에 아인슈타인의 『일반상대성이론』을 포함시키려 했으나 일반 독자들에게 너무 난해한 저작일 것으로 판단되어 유보되었다. 그래도 한번 읽어볼 만한 저서이다. 책 속의 수학 공식들을 무시하고 계속 읽어나가 보라. 아인슈타인은 1921년 미국에서 상대성 이론에 대하여 처음으로 강연을 했다. 이 책은 그 강연을 바탕으로 아인슈타인이 여러 해에 걸쳐 증보한 것이다. 여러 번 되풀이하여 읽다보면 그 의미가 조금씩 조금씩 이해된다.

25. 랠프 엘리슨 Ralph Ellison(1914 – 1994)

엘리슨은 평생 단 한 권의 소설만 발표했다. 『보이지 않는 인간Invisible Man』(1952)은 문학적, 사회적 영향력이 굉장했고 그 때문에 20세기 미국 문학의 정전으로 자리매김되었다. 엘리슨의 이름 없는 젊은 흑인 주인공은 그야말로 이 세상에서는 보이지 않는 인간이나 다름없다. 그는 검은 얼굴에 지나지 않는다. 그는 그 보이지 않음을 하나의 가면으로 사용하면서 그를 무시하는 세상을 관찰한다. 하지만 그 자신의 온전한 인격을 보존하기 위하여 그 자신만의 세계로 물러가야 한다. 절반은 알레고리

이고 절반은 사실주의인 이 소설은 오늘날에도 강력한 반향을 불러일으
킨다.

26. F. 스콧 피츠제럴드 F. Scott Fitzgerald(1886-1940)

미국 중서부 출신으로 프린스턴 대학을 다녔다. 그 대학에서 사교적 성
공을 거두었고 문학적 소명감을 느꼈다. 그의 세 장편소설은 20세기 미
국문학의 정전으로 꼽힌다. 『낙원의 이쪽 *This Side of Paradise*』(1920), 『위대한
개츠비 *The Great Gatsby*』(1925)—일부 평론가에 의하면 가장 훌륭한 장편소설
이라고 한다—『밤은 부드러워 *Tender Is the Night*』(1934)가 그것이다. 그의 명성
은 밝게 불타올랐으나 오래 가지 못했다. 1930년대에 들어와 과도한 음
주, 아내 젤다의 정신이상, 심각한 자기회의 등으로 작가 생활이 파탄을
맞았다.

27. 포드 매덕스 포드 Ford Madox Ford(1873-1939)

포드의 공적은 다른 유망한 현대 작가들을 잘 이끌어주고 추천해 주었다
는 것이었다. 1920년대의 단명한 잡지인 「트랜스어틀랜틱 리뷰」의 편집
장으로서, 헤밍웨이, 조이스, 파운드, 거트루드 스타인, 기타 유망한 작
가들의 작품을 많이 게재했다. 포드의 작품은 오랫동안 무시당해 왔는
데 비평적으로 재검토해 볼 필요가 있다. 가장 잘 알려진 작품은 『훌륭
한 병사 *The Good Soldier*』(1915)이다.

28. 윌리엄 개디스 William Gaddis(1922-1998)

다른 작가들에 의해 무척 존경을 받고 있는 문제 작가이고 우리 시대에
가장 덜 알려진 영향력이 큰 작가이다. 그의 작품은 길고 복잡한 만연체
이며, 때때로 제임스 조이스 같은 불투명성을 보인다(여기서 말하는 불투명성이란

여러 번 되풀이해서 읽으면 투명해지는 그런 불투명성이다). 그의 첫 두 작품인 『인정The Recognitions』(1955)과 『JR』(1975)를 읽어보도록 하라. 현대 미국의 사악함과 진부함을 해부하고 있다.

29. 페데리코 가르시아 로르카 Federico Garcia Lorca(1989–1936)

20세기 초 스페인의 대표적 시인. 폭력과 죽음을 즐겨 다루는 그의 시는 서정적인 힘과 기술적 탁월함 덕분에 작가 생전에 이미 명성을 안겨주었다. 엄청난 힘과 창조성을 갖춘 예술가인 가르시아 로르카는 시인 겸 극작가였고 스페인 음악에도 관심이 많았다. 그의 시들은 상당수가 노래의 형태를 취하고 있다. 스페인 내전이 벌어졌을 때 좌파 군대에 의해 총살되었다. 그의 시 『전집』(1991) 중에서 「집시의 노래」, 투우사의 죽음을 노래한 「이그나시오 산체스 메히아스의 죽음」을 먼저 읽도록 하라.

30. 윌리엄 골딩 William Golding(1911–1993)

많은 소설을 썼는데 대부분이, 과거의 상황이나 이국적 상황을 무대로 하는, 인간의 조건에 대한 우화들이다. 그의 첫 장편소설 『파리 대왕Lord of the Flies』(1954)이 유명하다. 열대의 한 섬에 자초한 학생들이 그들 스스로 기이하고 야만적인 사회를 구성한다는 이야기이다. 『첨탑The Spire』(1964)도 함께 읽을 것을 권한다. 자신의 교회에 새로운 첨탑을 짓기를 간절히 바라는 중세 성직자의 심리를 다룬 소설이다.

31. 로버트 그레이브스 Robert Graves(1895–1985)

그레이브스는 자신을 시인 겸 고전학자라고 생각했다. 하지만 많은 독자들이 고전 시대를 배경으로 하는 소설을 쓴 사람으로 기억하고 있다. 그런 소설들 중에 『나, 클라우디스I, Claudius』(1934)가 가장 유명하다. 이 책이

BBC의 히트 드라마의 대본이 되었기 때문에 더 유명해졌다. 이 TV 드라마를 보았든 아니든 이 소설은 한번 읽어볼 만하다. 고대 로마를 아주 생생하게 살려놓은 1인칭 시점의 소설이다. 전혀 다른 분위기의 그레이브스를 만나고 싶다면 제1차 세계대전을 씁쓸하게 회상한 회고록 『그 모든 것에 대하여 안녕*Good-Bye to All That*』(1929)을 읽기 바란다.

32. 그레이엄 그린 Graham Greene(1904–1991)

다작을 한 작가이다. 그는 통상 장르소설(그린 자신의 말로는 '오락소설')을 많이 쓴 작가로 알려져 있다. 가령 『스탬불 기차*Stamboul Train*』(1932), 『공포의 작용*The Ministry of Fear*』(1943), 『조용한 미국인*The Quiet American*』(1955) 등은 아무 부담 없이 스릴러로 읽을 수 있는 작품이다. 존 르카레는 그레이엄 그린의 장르 소설로부터 영향을 많이 받았다. 그러나 르카레도 그린도 여타 장르 소설에서는 찾아보기 어려운 도덕적 딜레마를 설정하여 작품의 수준을 한결 높이고 있다. 그린은 로마 가톨릭에 입문했고 종교에 대한 확신과 의심이 『사건의 핵심*The Heart of the Matter*』(1948)이라는 본격 소설에서 잘 드러나 있다.

33. 야로슬라프 하셰크 Jaroslav Hasek(1883–1923)

제1차 세계대전 중 오스트리아–헝가리 제국의 군인으로 참전했다가 러시아에 포로로 잡혔다. 종전 후 4년을 더 살았을 뿐이다. 그 기간 동안 『병사 슈베이크』(1920–23) 네 권을 썼다. (원래는 여섯 권 집필 계획이었으나 네 권으로 끝났다.) 이 작품은 현대 체코 문학의 이정표가 되었고 아주 유머러스한 반전(反戰) 소설이다. 이 소설 속의 순진하고 대책 없는 주인공 슈베이크는 전쟁 중에 실수를 연발함으로써 거들먹거리고 고집불통인 장교들을 분노하게 하고 절망에 빠지게 한다. 하지만 주인공은 피해를 입지 않고 그런 곤경으로부터 가까스로 빠져나온다.

34. 조지프 헬러 Joseph Heller(1923-1999)

제2차 세계대전 중에 독일 지역을 폭격하는 폭격기 비행사로 근무했다. 이 경험을 바탕으로 『캐치—22*Catch-22*』(1961)를 썼다. 이 책은 대중적 성공을 거두었고 1960년대 반전 운동의 아이콘이 되었다. 하셰크와 마찬가지로 헬러는 이상한 사병과 정신없는 장교들을 묘사하지만 헬러의 전시(戰時) 세계는 어둡고 음울한 곳이었다. 소설의 주인공 요사리안은 살아남기 위하여 끊임없이 술수를 부려야 한다. 헬러는 멋진 소설을 써냈을 뿐만 아니라 캐치—22라는 신조어를 만들어냈다. 캐치—22의 뜻은 이러하다. 전투 비행에 계속 나선다면 당신은 정신이상이다. 하지만 그런 정신이상을 근거로 하여 전투 임무에서 빼달라고 요청할 정도로 정신이 멀쩡하면, 당신은 전투 임무에서 열외될 정도의 정신이상은 아니다. 이렇게 하여 캐치—22는 진퇴양난의 상황, 논리적 자기모순 없이 해결안을 제시하지 못하는 상황을 가리킨다.

35. 존 허시 John Hersey(1914-1983)

선교사 부모님이 중국에서 활동했기 때문에 그곳에서 태어났다. 이런 성장 환경이 그의 반 자서전적인 소설 『소명*The Call*』(1985)에 스며들어가 있다. 그의 두 대표작은 제2차 세계대전의 실화를 소설화한 것이다. 『아다노를 위한 종*A Bell for Adano*』(1944)은 시칠리아를 배경으로 하고 있고, 『히로시마*Hiroshima*』(1946)는 「뉴요커」 잡지 한 호를 다 차지하면서 출판되었다. 이 소설은 생존자들의 증언을 바탕으로 하여 히로시마 원폭 사태를 다룬 것이다. 역사적으로 중요한 사건을 다루어 커다란 영향을 미친 소설로 이것보다 더 깊은 영향을 준 소설은 없다.

36. 랭스턴 휴즈 Langston Hughes(1902-1967)

미국의 위대한 흑인 시인. 아프리카에 레오폴드 셍고르가 있다면 미국에는 랭스턴 휴즈가 있다. 독학으로 시인이 된 휴즈는 『흑인이 강에 대해서 말한다*The Negro Speaks of Rivers*』(1921)라는 장시로 명성을 얻었다. 그는 유럽과 아프리카를 널리 여행했고 미국의 여러 도시에서 살았으나 뉴욕의 할렘을 대표하는 시인으로 널리 알려졌다. 『연기된 꿈의 몽타주*Montage of a Dream Deferred*』(1951)라는 시집에 「할렘」이라는 짧은 시가 실려 있다. 그는 생전에 정치적 급진주의자였으나 분노를 터트리지만 절제된 그의 시는 고전주의의 특징을 갖추고 있다. 『시 전집*Collected Poems*』(1995)을 추천한다.

37. 존 어빙 John Irving(1942-)

여러 편의 소설을 썼으나 대표작 『가프가 본 세상*The World According to Garp*』(1978)으로 널리 알려져 있다. 발표 당시 획기적인 소설로 평가받았고 그때 이후 대학생 독자들 사이에서 '컬트 클래식'으로 받아들여졌다. 소설가 T.S. 가프의 눈으로 바라본 세상을 묘사하면서 냉소적이면서 위악적인 유머를 구사한다. 신선한 글쓰기와 독특한 인물 설정 등으로 어빙 소설의 최고작으로 평가된다.

38. 크리스토퍼 이셔우드 Christopher Isherwood(1904-1986)

바이마르 공화국 말기에 베를린에서 거주했다. 이때의 경험을 바탕으로 하여 1930년대 후반에 여러 편의 베를린 관련 단편소설을 발표했는데 나중에 『베를린 스토리*The Berlin Stories*』(1954)로 묶여져 나왔다. 제2차 세계대전 후에는 캘리포니아에서 살면서 주로 영화 대본을 쓰는 한편 인도 철학에 심취했다. 그는 만년에 『크리스토퍼와 그의 동료들*Christopher and His Kind*』(1977)이라는 회고록을 펴냈는데, 동성애자 해방운동이 벌어지기 이

전 시대의 동성애자 생활을 솔직하고 우아하게 기술한 책이다.

39. 제임스 존스 James Jones(1921－1977)

대표작 『지상에서 영원으로From Here to Eternity』(1951)가 유명하다. 일본의 진
주만 공격 직전의 하와이를 배경으로 하는 이 소설은 한 재능 있고 개성
강한 사병의 이야기를 묘사한다. 명령에 복종하고 시키는 대로 움직이
기를 바라는 군대 상황에서 이 사병은 그런 명령을 거부한다. 제2차 세
계대전의 애국적 열기가 거의 다 사라진 시점에서 발표된 이 소설은 시
대 상황과 아주 잘 맞아떨어졌다. 발표 이후 지속적으로 읽히고 있으며
지금도 강력한 호소력을 가지고 있다. 뛰어난 작품이 이것밖에 없기 때
문에 이 작가는 20세기의 군소작가 중 하나로 평가된다.

40. 니코스 카잔차키스 Nikos Kazantzakis(1885－1957)

현대 그리스의 문학을 대표하는 다작의 작가이다. 서방 세계에는 『그리
스인 조르바Zorba the Greek』(1946)로 잘 알려져 있으며 앤서니 퀸이 주연한 동
명의 영화가 1964년에 제작되면서 더욱 유명해졌다. 광산을 경영하기
위해 크레타에 찾아온 한 유약한 도시인이 1인칭 시점으로 사건을 묘사
한다. 그는 자신의 사업체에서 일하던 자유로우면서도 야만적인 일꾼
조르바에게 매혹된다. 소설은 나레이터가 자신의 감정을 크레타 공동체
의 생활에 투영함으로써 비극적 결말에 도달한다. 하지만 나레이터는
자신이 가혹하고 용서 없는 사회적 규범을 위반했다는 사실을 의식하지
못한다.

41. 잭 케루악 Jack Kerouac(1922－1969)

잭 케루악은 1950년대 비트 운동의 선두 주자이다. 비트족은 작가, 음악

가, 화가 등의 느슨한 연합체인데 전후 미국의 물질주의에 저항하고, 1950년대의 순응주의를 비판하는 세력이다. 케루악의 모든 작품은 자서전의 성격을 띠고 있는데 『길 위에서On the Road』(1957) 또한 미국 전역을 여행하는 주인공의 에피소드가 무질서하게 제시된다. 그는 이 과정에서 괴상하고 기이한 사람들을 많이 만나게 된다. 알코올, 스피드, 마리화나, 다양한 혼외정사 등을 많이 다루고 있는데 오늘날의 관점에서 보면 진부해 보인다. 두 세대 전만 해도 중산층과 문학계를 놀라게 하는 데에는 이런 정도의 얘깃거리로 충분했구나 하고 놀라게 된다.

42. 라오서老舍 (1899–1966)

라오서는 루쉰과 마찬가지로 중국의 5.4운동 세대이다. 유머러스한 행동 소설의 작가로 이름을 얻었다. 그의 대표작은 『낙타샹즈駱駝祥子』(1936)이다. 베이징에 사는 한 젊은 인력거꾼의 음울한 인생 스토리를 묘사하고 있다. 진 제임스의 『인력거꾼Rickshaw』(1979)은 이 소설을 성실하게 완역한 것이다. 에반 킹의 『인력거 소년Rickshaw Boy』은 1945년 미국에서 발간되어 베스트셀러가 되었는데, 결론을 해피엔딩으로 끝맺는 등 심하게 개작된 것이다. 라오서의 원전은 이러한 개작 번역본보다 훨씬 사실적이고 또 감동적이다.

43. 필립 라킨 Philip Larkin (1922–1985)

전후 영국의 대표적 시인. 그의 사후에도 명성이 계속 높아지고 있다. 라킨은 지방 대학 도서관의 사서로서 다소 외롭고 불행한 삶을 살았다. 그는 정치적으로 중도 무소속이었기 때문에 주변 상황에 대하여 사정없이 조롱을 퍼부었다. 상류층의 촌스러움, 중산층의 자만, 노동자 계급의 게으름 등을 비판했다. 그의 특별한 재능은, 이런 인간 혐오적인 편견을 아주 창의적이고 아름다운 시어로 형상화한 것이다. 그의 시는 별로 어렵지 않아서 여러 편을 동시에 읽을 수 있다. 『시 전집*Collected Poems*』(1993)을 권한다.

44. 존 르카레 John LeCarré (1931–)

르카레(본명은 데이비드 J.M. 콘웰)는 통상적으로 장르 소설 작가로 평가된다. 하지만 이 장르 소설을 르카레처럼 새롭게 재단장한 작가도 없을 것이다. 그레이엄 그린으로부터 커다란 영향을 받았다. 『추운 나라에서 온 스파이*The Spy Who Came in From the Cold*』와 그 후속작들에서, 르카레는 스파이 소설을 단순한 오락소설에서 선과 악이 쟁투하는 심각한 본격소설로 바꾸어 놓았다. 그는 냉전시대를 대표하는 작가가 되었다.

45. 클로드 레비스트로스 Claude Lévi Strauss(1908–2009)

구조주의라는 문화 분석 체계를 수립한 인류학자. 레비스트로스는 당초 인류학 연구의 한 분야로서 신화를 분석하는데 구조주의 방법론을 적용했다. 종교와 사회적 신념을 유지하고 실제 상황에 적응하기 위하여 서로 다른 문화권의 사람들이 어떻게 신화를 활용하는지 연구했다. 그의 방법론은 그 후 문학과 인문학 연구자들에 의해 채택되었다. 레비스트로스는 전문가뿐만 아니라 일반 대중을 위해서도 글을 썼다. 그의 대중용 서적은 읽기 쉽고 재미 있다. 남아메리카에서의 현장 답사 경험을 적은 『슬픈 열대*Tristes tropiques*』(1955)를 썼고, 『구조인류학*Anthropologie structurale*』과 『날것과 요리된 것: 신화학 서론』(1964)에서 그의 방법론을 더욱 체계적으로 발전시켰다.

46. 싱클레어 루이스 Sinclair Lewis(1885~1951)

작가라고 해서 모두 미국 영어에 새로운 신조어를 덧붙일 수 있는 것은 아니다. 루이스는 '배비트리*Babbitry*'라는 단어를 영어에 추가했는데 미국 중산층의 멍청한 순응주의와 소심성을 꼬집는 말이다. 이 단어는 그의 작품 『배빗*Babbit*』(1922)에서 나왔다. 그는 1920년대에 일련의 베스트셀러를 써냈는데 이 때문에 1920년대 미국의 가장 출세하고 성공한 작가로 평가되었다. 그의 작품에는 루이스의 문학적 스타일과 성격이 잘 드러난다. 그의 소설들은 인상적인 인물, 감동적인 플롯, 강력한 사회 비판을 특징으로 한다. 『배빗』이외에, 『애로스미스*Arrowsmith*』(1925), 『엘머 갠트리*Elmer Gantry*』(1927), 『다즈워스*Dodsworth*』(1929)를 읽어보기를 권한다.

47. 데이비드 로지 David Lodge(1935~)

영국의 소설가 겸 비평가. 미국 내의 소수 독자들에게서 사랑받고 있다. 하지만 더 많이 알려져야 할 작가이다. 탁월한 심리 분석과 문학적 장인 정신이 돋보인다. 그의 소설 『입장 바꾸기*Changing Places*』(1975)와 『작은 세계*Small World*』(1984)는 현대의 대학 사회를 유머러스하게 풍자한 것인데 킹슬리 에이미스의 『럭키 짐』보다 한 수 위라는 평가를 받는다.

48 노먼 메일러 Norman Mailer(1923~2007)

자신의 저서나 인생에서 남성적인 모습을 지나치게 강조하는 작가. 그래서 허풍쟁이라는 비난을 받았으며, 페미니스트 비평가들에 의해서는 지나치게 공격적으로 남성성을 강조한다고 지적되었다. 그의 대표작은 『나자裸者와 사자死者*The Naked and the Dead*』(1948)와 『밤의 군대*The Armies of the Night*』(1968)이고, 『처형자의 노래*The Executioner's Song*』(1979)라는 논픽션 작품이 있다. 이런 작품들은 인간의 삶에 대하여 동정적인(감상적인 아닌) 관점을 보여 주며 그래서 읽을 만하다. 헤밍웨이와 마찬가지로, 메일러는 극단적인 상황에 놓인 인간의 곤경을 잘 묘사하는 작가이다.

49. 앙드레 말로 André Malraux(1901-1976)

생전에 작가, 고고학자, 예술사가 등으로 실제 이상의 평가를 받았다. 스페인 내전 때에는 공화파로 가담하여 싸웠고 제2차 세계대전 중에는 레지스탕스 운동을 벌였다. 그는 샤를 드골 정부에서 10년 동안 문화부 장관을 지냈다. 사후에 밝혀진 바에 의하면, 그의 명성은 그가 교묘하게 배후 조종하여 높아진 것이었다. 하지만 그의 소설은 지속적인 영향력을 발휘한다. 대표작은 『인간의 조건La condition humaine』(1933)인데, 1920년대 후반 중국 공산당과 국민당이 상하이에서 싸우는 상황을 아주 음울하게 묘사한 작품이다. 50년이 지난 지금도 이 작품을 읽으면 등골이 오싹해진다.

50. 메리 매카시 Mary McCarthy(1912-1989)

미국 사회 내의 여성의 신분에 대하여 아이러니, 냉소, 유머가 가득한 문장으로 묘사한 작가. 소설 속에서 실제 인물을 허구화하여 가혹하게 비판했기 때문에, 그녀의 친구나 적들은 그녀를 무서워했다. 대표작은 『그룹The Group』(1963)이다. 1933년에 바사 여자 대학을 졸업한 8명의 졸업 후 삶을 추적한다. 이들은 대학 다닐 때의 희망, 이상, 순진함을 서서히 내던지게 된다.

51. 카슨 매컬러스 Carson McCullers(1917-1967)

미국 남부의 감수성을 대표하는 20세기 미국 작가 중 한 사람. 그녀의 소설에는 과거에 사로잡히고 현재의 상황에 잘 적응하지 못하는 외롭고 오해받는 사람들이 등장한다. 그녀는 감상적이거나 멜로드라마의 태도를 배제하고 아주 냉정하게 이런 사람들을 관찰, 묘사한다. 대표작은 『마음은 외로운 사냥꾼*The Heart Is a Lonely Hunter*』(1940)이다. 조지아 주의 한 자그마한 마을에 사는 다섯 사람의 삶을 추적한다.

52. 마거릿 미드 Margaret Mead(1901-1978)

첫 번째 현지답사를 마치고 돌아와 펴낸 『사모아의 청소년*Coming of Age in Samoa*』(1928)으로 일약 명성을 얻었다. 이 책은 사모아의 젊은 여성들이 미국 처녀들과는 다르게 죄의식 없이 자유로운 성을 즐기며 그렇게 하는 데도 나중에 원만한 성인으로 발달하는데 아무런 지장이 없다고 주장한다. 미드는 나중에 뉴기니, 발리, 기타 지역에서 현지답사를 계속했고, 미국 인류학회의 대모가 되었다. 그녀의 초기 연구 방법이 비판의 도마에 올라 있고 또 그녀의 결론이 의문시되고 있지만, 그녀의 저작은 20세기 문화의 아이콘으로 남았다. 비非 서구인에 대한 관점과, 미국 사회의 청소년기, 젠더, 섹스 등을 바라보는 관점에 일대 혁명을 일으켰다.

53. 아서 밀러 Arthur Miller(1915-2005)

그는 장수하여 자신의 명성이 과격한 극작가에서 원로 작가로 높아지는 것을 직접 지켜보았다. 그의 특별한 재능은 개인의 고통과 사회적 양심의 문제를 잘 융합시킨 것이었다. 밀러의 대표작은 『세일즈맨의 죽음*Death of a Salesman*』(1949)과 『도가니*The Crucible*』(1953)이다. 세일즈맨 윌리 로먼은 자신의 최후의 자존심을 내세워 인생이란 하찮은 것이라는 인식을 막아낸다. 『도가니』는 17세기 세일럼에서 벌어진 마녀 재판을 극화한 것으로, 우리 시대의 정치적 마녀 사냥에 대한 알레고리이다.

54. 토니 모리슨 Toni Morrison(1931-)

20세기 후반의 미국 문학을 대표하는 흑인 여류작가로서 1993년 노벨 문학상을 받았다. 그녀의 소설은 시적이고 서정적인 언어, 흑인문화에 대한 감수성 높은 비판, 흑인 여성에 대한 문제의식, 현대의 문제들을 조명하기 위한 흑인 민속과 구전 문화의 적절한 활용 등이 특징이다. 특히 『솔로몬의 노래Song of Solomon』(1977)와 『재즈Jazz』(1992)를 권한다.

55. 아이리스 머도크 Iris Murdoch(1919-1999)

옥스퍼드대학의 철학 교수로 근무하면서 대중적인 내용의 소설들을 많이 써냈다. 『잘려진 머리A Severed Head』(1961)와 『모래의 성Sandcastle』(1978)을 권한다. 박식하면서도 문학적인 스타일이 돋보이는 작품이다. 플롯도 탄탄할 뿐만 아니라 아주 재미있게 읽힌다.

56. 로베르트 무질 Robert Musil(1880-1942)

베를린에서 교육을 받았으며 제1차 세계대전 당시 오스트리아 군대에서 복무했다. 기자로서 생계를 벌어들이는 한편 남는 시간에 『특성 없는 남자Der Mann ohne Eigenschaften』라는 걸작을 썼다. 세 권으로 되어 있는 이 책은 미완성이다. 소피 윌킨스와 버트 파이크의 새 번역(1995)을 참조할 것. 세기말 오스트리아-헝가리 제국의 생활을 심리적으로 폭넓게 파헤친 작품이다. 미완성이지만 20세기 유럽 문학의 대표작으로 꼽힌다.

57. 플래너리 오코너 Flannery O'Connor(1925-1964)

카슨 매컬러스와 마찬가지로 미국 남부의 감수성을 잘 표현한 작가이며 단편소설의 대가이다. 그녀의 스토리는 남부 농촌을 무대로 하고 있으며 남부의 복음주의적 종교 환경에 몰두하거나, 아니면 그로부터 달아나려는 인물들을 묘사한다. 그녀는 많은 작품을 써냈으나 요절했다. 사후에 발간된 『단편 전집*Complete Stories*』(1971)을 권한다.

58. 존 오하라 John O'Hara(1905~1970)

생전에는 헤밍웨이나 피츠제럴드와 동급으로 인정받던 작가였으나 사후에 명성이 서서히 쇠퇴했다. 그의 소설들은 최근에 오락용 상업소설로 폄하되었으나 문학적 성가가 재발견되고 있다. 한 자그마한 마을의 유지였던 사람의 쇠망을 다룬 소설인 『사마라에서의 약속*Appointment in Samarra*』(1934)를 권한다. 『버터필드 8 *BUtterfield 8*』(1935)은 섹스를 이용하여 출세한 여성을 다룬 소설로서 처음 출간되었을 때 스캔들을 불러일으켰다. 오하라의 『단편전집*Collected Stories*』(1985)도 읽어볼 만하다.

59. 호세 오르테가 이 가세트 José Ortega y Gasset(1883~1955)

철학자 겸 인문학 연구가로서 그의 사회 비평은 스페인과 기타 지역에서 높이 평가된다. 대표작은 『대중의 반역*La rebelion de las masas*』(1929)인데 이 책은 더 이상 널리 읽혀지지 않지만 호소력 있는 메시지를 담고 있다. 이 책에서 오르테가는 제1차 세계대전 이후 유럽 사회(1920년대)의 천박함과 공허함을 비판한다. 그 사회는 그 후 대공황을 겪었고 이어 파시즘을 탄생시켰는데 오르테가의 비판이 선견지명이 있었음을 증명했다.

60. 보리스 파스테르나크 Boris Pasternak(1890~1960)

현대 러시아 문학의 관점에서 보면 파스테르나크는 소설보다 시로써 크게 기여했다. 그의 난해한 아방가르드 시는 러시아 당국에게 밉게 보였으나 젊은 시인들에게는 큰 영향을 끼쳤다. 그의 대중적 인기는 『의사

지바고*Doctor Zhivago*』(1957−58) 덕분에 얻어진 것이다. 도스토옙스키나 톨스토이를 연상시키는 작품의 스케일을 가지고 있다. 러시아 혁명에 의해 파괴된 사람들의 삶을 서정적으로 묘사한 소설인데 러시아 당국의 판금 조치를 받아서 지하에서 은밀하게 유통되었다. 파스테르나크는 1958년 노벨 문학상 수상자로 지명되었으나 러시아 정부에 의해 배신자 혹은 문화 파괴자로 매도되었다. 그의 사후에 소련 체제가 종식되면서 합당한 평가를 받게 되었다.

61. 조르주 페렉 Georges Perec(1936−1982)

20세기 후반의 창의적이고 독창적인 작가. 1960년대 후반에, 새로운 실험문학을 지향하는 프랑스 작가 그룹인 '가능성 있는 문학 워크숍'의 주도적 인물이 되었다. 페렉은 영어권 독자들에게는 『인생 사용법*la vie mode d'emploi*』(1978)이라는 소설로 널리 알려졌다. 이 소설은 한 대형 아파트에 사는 주민들의 인생 스토리를 몽타주 수법으로 그리고 있다. 현대 프랑스 문학의 감수성을 엿볼 수 있는 창문 같은 작품이다.

62. 해럴드 핀터 Harold Pinter(1930−2008)

자신의 연극적 재능을 십분 활용하여 현장감 넘치면서도 긴장되는 대화를 연극에 도입하여 전후 영국 연극계의 한 획을 그었다. 극적인 포커스, 명료성, 완결성 등을 강조하는 과거의 '잘 만들어진 연극'의 이상을 포기하고 그 대신에 애매모호함, 유머, 위협, 열린 결말 등으로 관중에게 불안감과 사실감을 안겨 주는 연극을 지향했다. 그의 연극은 때때로 어둡고 난해하지만 핀터 드라마는 대서양 양안에서 상업극으로도 상당한 성공을 거두었다. 그의 많은 연극들 중에서도 『관리인*The Caretaker*』(1960)을 권한다. 총각 형제들의 안정된 관계에 한 낯선 사람이 교묘하게 끼어들어 그 관계를 해친다는 내용이다.

63. 로버트 퍼식 Robert Pirsig(1928 –)

『선과 자전거 유지의 기술Zen and the Art of Motorcycle Maintenance』(1974)이라는 책으로 1960년대의 반反 문화 운동 분위기를 사로잡았다. 1950년대에 잭 케루악이 탐구했던 도로 여행과 선禪 의식이라는 주제를 바탕으로, 퍼식은 인간과 기계의 조화로운 관계를 강조한다. 그는 인간 체험의 초월적 목표로서 '품질'이 중요하다고 주장한다. 이 책은 앞으로 50년 후면 한 물간 골동품의 대접을 받을 수도 있지만, '잠정적 고전'으로서는 손색이 없다. 지금 당장의 관점에서 볼 때 읽을 만한 가치가 있다.

64. 에즈라 파운드 Ezra Pound(1885 – 1972)

20세기의 대표적 시인이면서 엘리엇과 조이스에게 강한 영향을 미친 편집자이다. 파운드는 고전 시가와 동아시아 시사에 조예가 깊었으며 뛰어난 번역가이기도 했다. 그의 시는 고전의 배경과 놀라운 창의성을 보여 준다. 대표 시집은 『페르소나Personae』(1926)이다. 파운드는 생애 만년에 파시즘을 지지하는 발언을 하여 비판을 받았지만, 그의 시는 사후에도 살아남았다.

65. 앤서니 파월 Anthony Powell(1905 – 2000)

작가로서 성공적인 삶을 보냈지만 열두 권짜리 자서전적 소설, 『시간의 음악에 맞추어 추는 춤A Dance to the Music of Time』이 없었더라면 평범한 영국 작가라는 평가를 벗어나지 못했을 것이다. 이 소설의 첫째 권은 『양육의 문제A Question of Upbringing』(1951)이다. 냉소적이면서도 초연하고 기이할 정도로 솔직한 목소리로 파월은 자신의 인생을 해부한다. 자신의 삶에 대해서 고백을 할 때에도 이유 없는 고백은 하지 않는다. 20세기 중반의 영국 사회라는 맥락에서 그의 정신적, 정서적 생활을 정직하게 드러낸다.

66. 프라모에디아 아난타 토어 Pramoedya Ananta Toer(1925-)

현대 인도네시아의 대표적인 작가. 좌파 활동과 정부 비판 때문에 생애 대부분을 감옥이나 가택 연금으로 보냈다. 대표작은 『인류의 대지*This Earth of Mankind*』(1980)인데 네덜란드 식민지 시대의 끝자락에서 고통 받는 젊은 자바 신문기자의 스토리를 낭만적이면서도 격정적으로 묘사하고 있다. 이 소설은 프라모에디아가 부루 섬의 감옥에 투옥되었을 때 집필한 것이다. 신문기자 민케의 이야기는 『모든 나라의 어린아이*Child of All Nations*』(1980), 『발걸음*Footsteps*』(1985), 『유리의 집*House of Glass*』(1988) 등 부루 3부작으로 계속된다.

67. V.S. 프리체트 V.S. Pritchett(1900-1997)

신문기자, 수필가, 문학 비평가. 뛰어난 재능을 가진 단편소설가. 영국 중산층의 허세와 편협한 관습을 예리하게 파헤쳤다. 미국 단편소설가 존 치버와 비교된다. 그의 문체와 주제는 바버라 핌의 장편소설들을 연상시킨다. 『단편 전집*Complete Collected Stories*』(1992)을 권한다.

68. 바버라 핌 Barbara Pym(1913-1980)

미국에 더 널리 알려져야 마땅한 영국 여류소설가. 그녀의 장편소설들은 약간 고풍스러운 분위기를 띠고 있다. 독자가 제인 오스틴이나 앤서니 트롤럽을 좋아한다면 바버라 핌도 좋아할 것이다. 빅토리아 시대 이래 쇠망을 거듭해온 영국 상류 중산층의 매너리즘과 관습을 비판한다. 대표작은 『뛰어난 여성들*Excellent Women*』(1952)과 『부적절한 애착*An Unsuitable*

Attachment』(1982)이다. 한번 그녀의 소설을 읽으면 전작을 읽고 싶은 충동을 느낄 것이다.

69. 토머스 핀천 Thomas Pynchon(1937-)

책을 펴내는 것 이외에 자신의 신상에 대해서는 철저하게 비밀을 지키고 있다. 그가 성인이 되어 찍은 사진은 없는 것으로 알려져 있으며 출판사와 접촉할 때에도 자신의 거주지와 정체를 보호하기 위해 아주 신경을 쓴다고 한다. 이런 상황을 감안할 때 그의 대표작 『중력의 무지개*Gravity's Rainbow*』(1973)가 편집중의 환상을 탐구한 작품이라는 것은 그리 놀라운 일도 아니다. 이 책은 줄거리를 말하기가 어려우나 아무튼 읽기가 재미있다. 제2차 세계대전 말기의 첩보전과 로켓 전술을 탐구하고 있다. 현란한 언어, 수학적인 말장난, 복잡한 줄거리, 기이한 유머 등이 특징이다.

70. 에리히 마리아 레마르크 Erich Maria Remarque(1898-1970)

제1차 세계대전을 다룬 작가로서 포드 매독스 포드와 명성을 나란히 한다. 영어권 독자의 관점에서 보자면, 레마르크는 적의 편에 선 작가이지만, 그래도 『서부전선 이상 없다*Im Westen nichts Neues*』(1929)는 전선에 나가 있는 병사들의 공포, 위험, 권태를 탁월하게 표현한 작품으로 평가되었다.

71. 라이너 마리아 릴케 Rainer Maria Rilke(1875-1926)

성인이 되어서는 프랑스와 이탈리아에서 대부분 생활 했으나 독일어로 글을 썼다. 19세기 세기말에는 뮌헨에서 살았고 20세기 초반의 첫 10년 동안은 파리에서 살았다. 그러다가 이탈리아로 가서 『두이노의 비가*Duineser Elegien*』 첫 몇 편을 썼다. 현대 생활의 암울함과 제1차 세계대전의 후유증으로 심한 우울증을 겪었다. 그는 10년 동안 아무것도 쓰지 못하

다가 어느 한 순간 영감이 떠올라 『두이노의 비가』를 완성했으며 51편에
달하는 『오르페우스에게 부치는 소네트Sonnette an Orpheus』(1922)를 썼다. 이
두 작품으로 20세기의 위대한 시인 반열에 올랐다.

72. 올레 에드바르트 룈보그 Ole Edvart Rölvaag (1895~1931)

룈보그의 위대한 소설 『지상의 거인들Giants in the Earth』(1927)이 고등학교 영
어 시간의 과제물로 자주 등장했다는 것은 불운하면서도 불공정한 일이
었다. 학생들은 밤을 새워가며 이 작품의 고작 몇 페이지를 읽고서 주제
와 인물들을 분석하는 따분한 숙제를 하다 보니 자연스럽게 이 작품을
싫어하게 되었다. 이 책에 대해서 나쁜 기억을 가지고 있다 하더라도 잠
시 잊어버리고 새로운 눈으로 다시 읽어보라. 새로운 풍경을 만나게 될
것이다. 북부 대평원에 정착한 초기 농민들의 삶과 애환을 이 작품처럼
선명하게 묘사한 소설은 없다. 룈보그는 개척 사업이 만족감을 주기는
하지만 결코 쉬운 일이 아님을 보여 준다.

73. 필립 로스 Philip Roth(1933~)

단편소설집인 『굿바이, 콜럼버스Goodbye, Columbus』(1959)로 문학적 명성을
얻었다. 교외에 사는 유대인 가정의 천박성과 탐욕성을 다룬 「굿바이,
콜럼버스」는 많은 독자를 매혹시켰지만 동시에 유대인 독자들을 당황하
게 만들었다. 로스는 『포트노이의 불평Portnoy's Complaint』(1969)이라는 소설
로 확고한 명성을 얻었다. 나레이터가 정신과의사의 소파에 누워서 자
신의 과거를 진술하는 1인칭 시점의 소설이다. 주인공의 유년 시절, 강
박적인 수음, 숨 막힐 정도로 자식을 과보호하는 어머니 등이 회상된다.
현대 유대계 미국인의 죄의식과 강박증을 너무 자세하게 다루기 때문에
단조롭다는 느낌도 없지 않으나, 초기작의 화려함과 순수함이 여전히 유

지되고 있다.

74. 아나톨리 리바코프 Anatoly Rybakov(1911-1998)

작가는 20대에 스탈린의 강제 수용소에서 시간을 보냈다. 제2차 세계대
전 때 군복무를 하고 그 후에는 젊은 사람들을 위한 소설가로 명성을 얻
었다. 그의 대표작 『아르바트의 아이들Deti Arbata』은 1960년대에 몰래 집
필되었고 고바르초프의 글라스노스트(개방) 정책으로 인해, 스탈린 시대
의 학정을 비판하는 것이 가능해진 1987년에 발간되었다. 이 소설은 모
스크바의 아르바트 지구 출신인 몇몇 이상주의적 청년들을 다루고 있는
데 그들의 운명은 1930년대의 테러 정치 이후에 완전히 다른 방향으로
나아가게 된다. 『공포Strakh』, 『먼지와 재Prakh i pepel』 등이 추가로 발표되어
아르바트 3부작을 이룬다.

75. J.D. 샐린저 J.D. Salinger(1919-2010)

샐린저는 청소년의 이상주의, 사회적 부적응, 전반적인 불안감 등을 주
목하면서 현대의 클래식인 『호밀밭의 파수꾼The Catcher in the Rye』(1951)을 썼
다. 주인공 홀든 콜필드는 미국 소년의 원형이라는 점에서 허클베리 핀
과 자주 비교된다. 하지만 마크 트웨인의 소설이 샐린저의 것보다 훨씬
위대하다. 몇 편의 중편소설과 단편소설(「프래니와 주이」, 「기둥을 높이 올려라, 목수여」)
을 쓴 다음에, 샐린저는 절필을 하고 더 이상 출판하지 않았다. 그는 뉴
햄프셔에서 은둔자처럼 살았다.

76. 장 폴 사르트르 Jean Paul Sartre(1905-1980)

앙드레 말로처럼 자신의 명성을 배후에서 조종하여 더 높아지도록 애쓴
인물. 그의 명성은 사후에 점점 쇠락했고 별로 유쾌하지 못한 인물이라

는 회상이 많이 나오고 있다. 그러나 사르트르는 소설가, 철학자, 극작가로서 중요한 저자이다. 그는 실존주의의 주창자이면서 이론가였고 『존재와 무*L'Être et le néant*』(1943)에서 순수 의식은 인간 자유의 원천이라고 주장했다. 실존적 자유의 주창자이면서도 "실존적 공포"라는 비관적 전망을 가지고 있었다. 실존적 공포는 『출구 없음*Huis-clos*』(1945)에 잘 드러나 있다.

77. 사이먼 샤마 Simon Schama(1945—)

폴란드계 유대인으로 영국에서 태어나 성인이 되어서는 미국에서 살았고 하버드 대학과 컬럼비아 대학에서 가르쳤다. 다작을 하는 역사가로서 대표작은 『시민들*Citizens*』(1989)이다. 이 저서는 프랑스 대혁명에 대한 사회사이다. 샤마는 프랑스 대혁명이 근대사의 분수령이었다고 주장한다. 그것 때문에 유럽 사람들이 신하에서 시민으로 변모했다고 본다.

78. 레오폴드 세다르 셍고르 Leopold Sédar Genghor(1906—2001)

1960년 독립된 세네갈의 초대 대통령이 되었고 1980년에 대통령직에서 물러났다. 세네갈에서 태어난 그는 프랑스에서 교육을 받았으며 제2차 세계대전 중에는 프랑스 군대에서 근무했으며 독일 포로수용소에서 2년을 보냈다. 1930년대에 그와 다른 흑인 작가들은 '네그리튀드'라는 이론을 제창했는데, 흑인의 체험이 유럽 문학에서는 찾아볼 수 없는 독특한 내용을 가지고 있다는 주장이었다. 셍고르의 많은 시는 노래로 집필되었고 특정 아프리카 악기의 반주에 맞추어 낭독한다. 프랑스어로 집필된 그의 시는 여러 언어로 번역되었다. 멜빈 딕슨이 번역한 『셍고르 시선집*Collected Poetry*』을 권한다.

79. 업턴 싱클레어 Upton Sinclair(1878−1968)

미국 폭로소설의 대부. 그의 소설 『정글The Jungle』(1906)은 여러 출판사들에 의해 출판을 거부당했다. 싱클레어는 마침내 자비로 이 소설을 출판했고 베스트셀러가 되어 그에게 명성을 가져다주었다. 시카고 도축장의 열악한 근무 조건과 비위생적인 환경을 폭로한 이 소설 때문에 연방 식품 및 의약품 청이 설립되었다. 하지만 싱클레어가 원했던 노동 환경의 개혁은 이루어지지 않았다. 이런 결과를 두고서 그는 이렇게 말했다. "나는 대중의 가슴을 겨냥했으나 복부를 치고 말았다." 그는 다른 폭로소설들을 많이 썼고 1934년 사회주의자를 표방하며 캘리포니아 주지사 선거에 나섰다가 처참하게 패배했다. 오늘날 그의 문장은 좀 과열된 것처럼 보이지만 그 메시지는 여전히 유효하다.

80. 아이작 바셰비스 싱어 Isaac Bashevis Singer(1904−1991)

하시딕 랍비의 오랜 전통을 자랑하는 폴란드 정통파 유대인 가문에서 성장했다. 홀로코스트에 의해 파괴된 공동체와 생활방식의 기억을 이디시어로 보존하기 위해 오랫동안 노력해 왔다. 1935년 미국으로 이민 오기 전부터 이미 작가적 명성이 확고했다. 그리하여 뉴욕 유대인 문학회의 지도자 역할을 했다. 그는 이디시어로 계속 글을 썼고(자신의 작품을 영역하는 데 적극 도왔으며), 자신의 등장인물들을 묘사하고 유대인의 민속과 신비주의를 전달하는데 이디시어가 적합하다고 생각했다. 그는 많은 작품을 썼다. 『바보 김펠과 기타 이야기들Gimpel the Fool: And Other Stories』(1957)과 『루블린의 마법사The Magician of Lublin』(1960)를 권한다.

81. 월레 소잉카 Wole Soyinka(1934−)

현대 아프리카 문학의 대표 주자. 나이지리아에서 태어나 영국에서 교육을 받았으며 현대 나이지리아에서 지식인으로 편집일과 학교 일에 종사하다가 당국과 마찰을 많이 빚었으며 1994년 망명했다. 시, 비평, 수필, 소설, 희곡 등을 폭넓게 발표했으며 1986년 노벨 문학상을 받았다. 대표작은 『해설자*The Interpreters*』(1965)인데 신생 독립국가 나이지리아의 젊은 지식인들을 다룬 소설이다. 희곡으로는 『죽음과 왕의 말 탄 기사*Death and the King's Horseman*』를 권한다.

82. 월리스 스테그너 Wallace Stegner(1909-1993)

미국 서부를 즐겨 묘사한 작가이다. 『큰 얼음사탕 산*The Big Rock Candy Mountain*』(1943)은 미국 서부를 약속의 땅으로 묘사한 작품이다. 정착할 곳을 찾는 한 가정을 상세히 다루고 있다. 후기작으로는 『휴식의 천사*Angel of Repose*』(1971)가 있다. 스테그너는 다작의 작가이며 깊이 있게 탐구해 볼 만한 소설가이다.

83. 존 스타인벡 John Steinbeck(1902-1968)

대공황 시기의 분위기를 잘 파악하여 묘사한 작가. 그의 소설은 싱클레어 루이스나 업턴 싱클레어처럼 강력한 사회적 관심을 표출한다. 그러나 스타인벡의 어조는 분노라기보다 슬픔에 더 가깝다. 그가 묘사하는 프롤레타리아 대중은 언제나 장애물을 극복하는 것은 아니다. 그의 소설들은 출판 당시에도 그렇고 지금 읽어도 감동적이다. 『생쥐와 인간*Of Mice and Men*』(1937)과 『분노의 포도*The Grapes of Wrath*』(1939)를 권한다.

84. 월리스 스티븐스 Wallace Stevens(1879-1955)

20세기뿐만 아니라 미국 문학사를 통하여 위대한 미국 시인들 중의 한 사람이다. 하지만 그는 평생 거의 무명의 상태로 시를 썼다. 스티븐스는 첫 시집 『소형 오르간』을 1923년에 발간했다. 이 시집은 스티븐스 시의 특징인 교묘한 시어를 보여 준다. 하지만 문학계는 이 시집을 무시해 버렸다. 노년에 이르러서야 인정을 받기 시작하여 사후에 더욱 유명해졌다. 『시 전집 *Selected Poems*』(1954)을 권한다.

85. 리튼 스트래치 Lytton Strachey(1880-1932)

영국 작가들의 모임인 블룸스버리 그룹의 대표자. 이 그룹에는 버지니아 울프, 아서 웨일리, E.M. 포스터, 존 메이너드 케인스, 기타 저명한 작가나 지식인들이 참가했다. 매닝 추기경, 플로렌스 나이팅게일, 토머스 아놀드, 찰스 고든 장군을 다룬 전기 『저명한 빅토리아 사람들 *Eminent Victorians*』(1918)과 『빅토리아 여왕 *Queen Victoria*』(1921)이 유명하다. 일반 대중은 객관적인 시점으로 등장인물을 다룬 이 전기들을 읽고 빅토리아 시대의 매너, 도덕, 가치 등을 알게 되었다.

86. 제임스 더버 James Thurber(1894-1961)

해럴드 로스가 편집인을 맡고 있을 당시의 「뉴요커」와 밀접한 관계를 맺은 작가, 수필가, 만화가. 그의 소설과 만화는 변덕, 재치, 은근한 유머 등을 특징으로 한다. 더버의 훌륭한 글은 『섹스가 필요한 건가요? *Is Sex Necessary?*』(1929, E.B. 화이트와 공저), 『나의 생활과 어려운 시대 *My Life and Hard Times*』(1933)에서 발견할 수 있다. 더버는 40대 후반부터 시력이 약화되어 만년에는 완전 실명했지만 그래도 계속 글을 썼다.

87. J.R.R. 톨킨 J.R.R.Tolkien(1892-1973)

옥스퍼드 대학의 앵글로 색슨어와 고대 영어 교수를 역임했다. 『베오울프』와 『거웨인 경과 녹색의 기사』 같은 영국 초기 시가들을 연구했다.

중세의 주제들이 그의 작품에 스며들어가 있다. 『호빗*The Hobbit*』은 어린이를 위한 환상소설인데 마법과 악으로부터 위협을 당하고 있는 어떤 나라(영국 비슷한 나라)를 다룬다. 톨킨의 비전은 『반지의 제왕*The Lord of the Rings*』(1954~56) 3부작에서 잘 표현되어 있다. 이 작품은 『호빗』의 주제를 확대한 것인데, 제2차 세계대전 당시 파시스트의 공격으로부터 간신히 모면한 영국의 상황을 암시하는 알레고리가 가득하다.

88. 윌리엄 트레버 William Trevor(1928~)

장편소설과 단편소설에 모두 능한 작가. 하지만 그의 능력은 단편소설에서 더 잘 발휘되고 있다. 그는 아일랜드에서 살면서 글을 썼고 그의 작품 무대는 모두 아일랜드이다. 아일랜드 가정과 마을 생활의 경직된 생활방식에 잘 적응하지 못하는 이런 저런 사람들의 단점을 동정적이면서도 예리한 시선으로 파헤친다. 그의 『단편 전집*Collected Stories*』(1992)을 권한다.

89. 존 업다이크 John Updike(1932~2009)

소설가, 시인, 수필가, 비평가로 활발하게 작품을 발표한 미국 작가. 그의 작품 주제는 너무 다양하여 꼭 집어서 말하기가 어려우나, 대체로 교외 주민들의 야망, 북동부 마을에 사는 사람들의 변태적 섹스 등을 즐겨 다룬다. 업다이크는 소설 속 등장인물인 해리 '토끼' 암스트롱의 생애를 다룬 4부작으로 유명하다. 『달려라, 토끼*Rabbit, Run*』(1960), 『토끼 돌아오다*Rabbit Redux*』(1971), 『토끼는 부자다*Rabbit Is Rich*』(1981), 『토끼 휴식을 취하다*Rabbit at Rest*』(1990).

90. 고어 바이덜 Gore Vidal(1925-)

미국의 소설가. 비판적 여론을 자극하는 글을 많이 발표했고 때때로 성공을 거두었다. 그의 첫 번째 출세작은 『마이러 브레킨리지*Myra Breckinridge*』(1968)이다. 성전환을 한 주인공이 등장하는 코믹 소설이다. 미국의 위선과 허세를 폭로한 작품으로 발간 당시에는 충격을 주었으나 지금은 읽는 재미가 있는 책이 되었다. 바이덜은 미국 역사를 주로 다루는 역사소설을 많이 썼는데 대표적인 사례가 『버*Burr*』(1974)이다.

91. 데릭 월코트 Derek Walcott(1930-)

프랑스를 사랑하는 시인 에메 세제르와 함께 카리브 지역의 대표적 시인이다. 월코트는 미국에서 주로 시인으로 알려져 있다. 1992년 노벨 문학상을 수상했을 때, 그의 장시 『오메로스*Omeros*』(1990)가 널리 소개되었다. 이 장시는 호메로스 주제를 카리브 무대에 다시 옮겨와 교묘하게 직조한 것이다. 『시 전집*Collected Poems*』(1986)이 있다. 그는 시 이외에도 희곡도 썼다. 대표적인 희곡은 『티잔과 그의 형제들*Ti-Jean and His Brothers*』(1958)이다.

92. 제임스 D. 왓슨 James D. Watson(1928-)

1955년 동료 과학자 프랜시스 크릭과 함께 DNA의 이중나선 분자구조를 발견하여 생물학계에 일대 파란을 일으켰다. 이 발견으로 분자 유전학이 크게 발전했고 유전 공학이라는 파생 학문이 탄생했다. 왓슨은 『이중나선*The Double Helix*』이라는 책에서 자신과 동료인 프랜시스 크릭이 어떻게 DNA의 구조를 발견했는지 설명한다. 아주 흥미진진한 책이다. 때때로 불손하고 이기적인 부분도 있기는 하지만 내부자가 현대 과학을 생생하게 증언한다.

93. 이블린 워 Evelyn Waugh(1903~1966)

제1차 세계대전 당시 영국군에서 복무했으며 그 후 잠시 교사 생활을 하다가 전업작가가 되었다. 뛰어난 관찰과 놀라운 유머감각이 돋보이는 여행 회고록을 많이 쓴 작가로 유명하다. 그는 이 회고록을 1930년대에 유머러스한 소설로 개작했다. 『스쿱*Scoop*』(1938)이 대표적인 경우이다. 워는 풍자적 재치, 날카로운, 유머, "정치적 정확성"의 완전 결핍 등으로 유명하다. 가톨릭으로 개종한 워는 대표작『브라이즈헤드 재방*Brideshead Revisited*』(1945)에서 진지한 신앙의 문제를 다루었다. 미국 독자들은 장례 산업을 유머러스하게 조롱한『사랑받는 사람들*The Loved One*』(1948)을 재미있다고 생각할 것이다.

94. 유도라 웰티 Eudora Welty(1909~2001)

고향인 미시시피 주 델타 지역의 작은 마을들에서 벌어지는 자잘한 사건들을 소설과 사진 속에 담는 일로 평생을 보냈다. 그녀의 소설은 서로 얽힌 삶의 복잡성에 초점을 맞추면서 동정심과 구원의 약속이라는 주제를 부각시킨다. 온유한 작가였지만 감상주의는 배제했다. 『단편 전집 *Collected Stories*』(1980)이 있다.

95. 레베카 웨스트 Rebecca West(1892~1983)

다수의 소설을 썼지만 정력적인 기자, 현재 진행 중인 역사의 기록자로 명성이 높다. 그녀의 대표작은『검은 양과 회색 매*Black Lamb and Grey Falcon*』(1942)이다. 발칸 지역의 역사, 정치, 문화를 다룬 두 권짜리 연구서이다. 보스니아와 기타 국가들의 문제를 아주 생생하고 예리하게 묘사했다.

96. 패트릭 화이트 Patrick White(1912-1990)

현대 오스트레일리아의 대표적 소설가. 광대한 오스트레일리아를 배경으로 하여 여러 갈등적인 주제들의 상충과 해소를 다루고 있다. 그의 장편소설들은 폭넓은 범위의 심오한 주제를 제시한다. 그의 여러 소설들 중에서 『보스*Voss*』(1957)와 『전차를 몰고 가는 사람들*Riders in the Chariot*』(1961) 을 권한다.

97. 손턴 와일더 Thorton Wilder(1897-1975)

『우리 동네*Our Town*』(1938)라는 희곡으로 잘 알려진 미국의 극작가. 뉴잉글랜드의 한 작은 마을에서 벌어진 사건을 다룬 이 희곡은 발표 당시 창의적이라는 평가를 받았으나, 그 후 고등학교 학생들의 아마추어 단골 연극으로 너무 자주 공연되면서 빛바래게 되었다. 와일더를 처음 읽는 독자는 『산 루이스 레이의 다리*The Bridge of San Luis Rey*』(1927)를 읽는 것이 좋다. 18세기 페루를 배경으로 하고 있는 이 소설은, 한 신부가 다리 붕괴로 사망한 다섯 명의 죽음에서 신의 손길을 본다는 내용이다.

98. 테네시 윌리엄스 Tennessee Williams(1911-1983)

20세기의 가장 위대한 미국 극작가. 평자에 따라서는 이런 평가에 동의하지도 않을 수 있으나, 윌리엄스 자신은 그런 평가에 조금도 의문을 갖지 않았다. 남부 출신에 동성애자였던 그는 남부 가정생활의 혼란상을 주제로 삼고 있다. 하지만 그의 대표작은 지방색을 완전 초월한다. 『유리 동물원*The Glass Menagerie*』(1945)과 『욕망이라는 이름의 전차*A Streetcar Named Desire*』(1947)를 직접 읽거나 아니면 연극 공연을 보기 바란다.

99. 윌리엄 칼로스 윌리엄스 William Carlos Williams(1883–1963)

뉴저지 교외에서 의사로 근무하면서 틈틈이 서정적이면서도 관찰력이 뛰어난 시를 발표했다. 20세기 미국의 대표적 시인들 중 한 사람으로 꼽힌다. 그의 시들은 일상적인 사물이나 체험을 아주 명료하고 아름다운 이미지로 파악하여 독자의 마음속에 깊이 각인시킨다. 『시 전집 *Collected Poems*』(2권, 1991)이 있다.

100. 리처드 라이트 Richard Wright(1908–1960)

미국 남부의 가난한 농촌에서 성장했다. 청년 시절 시카고로 갔다가 다시 뉴욕에 진출했으며 이런 저런 좌파 문학 그룹의 회원이 되었다. 잠시 공산당에 가입했다가 탈퇴하고 제2차 세계대전 종전 후 파리로 건너가 거기서 평생을 살았다. 초기에 발표한 두 편의 장편소설로 유명하다. 『원주민 아들 *Native Son*』(1940)은 살인 사건으로 투옥된 흑인 남자인 비거 토머스를 다루고 있다. 『흑인 소년 *Black Boy*』(1945)은 자서전적인 내용을 담고 있다. 만년에 수필과 정치적 논문들을 발표했으나 별로 주목받지 못했다.

이 책은 *The New Lifetime Reading Plan*(1997)을 완역한 것이다. 1960년에 초판이 나온 이래 꾸준하게 영미권 독자들의 사랑을 받아와 1978년에 수정 2판이 나왔고 그 후 10년이 지나 1986년에 수정 3판이 출간되었다. 역자가 번역한 수정 4판은 저자 클리프턴 패디먼(1904–1999)이 사망하기 이태 전에 마지막 심혈을 기울여 손을 본 결정판이다. 저자가 이 책에 얼마나 깊은 애착을 가지고 있었는지 보여 주는 대목이다. 21세기를 바라보는 시점(1997)에서 동양 문학의 걸작도 소개해야 한다는 원칙에 입각하여 동양문학 저서들을 설명해 줄 공동 집필자로 존 메이저가 영입되었다. 존 메이저(1942–)는 하버드 대학에서 동양 언어와 역사를 연구하여 박사학위를 받았고 아시아의 역사와 문화에 대하여 여러 권의 저서를 집필했으며 현재는 '이 달의 책' 수석 편집자로 일하고 있다. 메이저는 전체 분량의 20퍼센트 정도를 집필했고, 사실상의 저자는 여전히 클리프턴 패디먼이다.

패디먼은 뉴욕 브루클린에서 출생하여 그곳에서 성장했으며 컬럼비아 대학에서 영문학을 전공했다. 대학 졸업 후 대형 출판사인 사이먼 앤 슈스터에서 10년간 출판 편집자로 일하면서 편집장까지 올라갔다. 이어 1933년부터 1943년까지 잡지사 「뉴요커」에서 북 리뷰 섹션의 책임자로 근무했고 1944년에는 '이 달의 책' 클럽의 수석 심사위원이 되었다. 경쾌하고 솔직한 문학 비평으로 명성이 높았으며 그의 재치 있는 논평은 신문과 잡지에 자주 인용되었다. 그가 고전 읽기와 관련하여 한 말들 중에서 가장 널리 인용되는 말은 이러하다. "고전을 다시 읽게 되면 당신은 그 책 속에서 전보다 더 많은 내용을 발견하지는 않는다. 단지 전보다 더 많이 당신 자신을 발견한다."

패디먼은 출판인으로 근무하면서 1938년부터 1948년까지 라디오 사회자로도 활약했다. 주로 지적인 퀴즈 쇼나 대담쇼를 맡았다. 1950년대 초반에 텔레비전 시대가 열리자 그는 자연스럽게 텔레비전의 사회자 혹은 게스트로 출연하여 미국 전역에 이름이 알려지는 방송인이 되었다. 라디오와 텔레비전에서 퀴즈쇼 등 지식인 상대의 프로를 진행하면서 또 '이 달의 책' 수석 심사위원으로 근무하면서 일반인들에게 어떤 고전을 읽히면 좋겠는지 깊이 생각했고 이를 바탕으로 하여 『평생 독서 계획』(1960)을 발간했다. 이 책은 1960년대와 70년대에 청소년 시기를 보낸 미국 학생들에게 결정적인 영향을 미쳤고 현재 미국의 각 분야에서 지도자 역할을 수행하는 많은 지식인들이 이 책에서 자상한 독서 안내를 받았다고 고백하고 있다. 패디먼은 두 번 결혼하여 첫 결혼에서 아들을 하나 두었고 두 번째 부인에게서 남매를 얻었는데 그 딸 앤 패디먼은 이름난 편집자로 활약하고 있다. 패디먼은 생애 말년에 췌장암에 걸려 병마와 싸우면서도 이 책의 수정 4판을 발간했다.

이 책의 훌륭한 점에 대해서 간략히 말해 보자면, 우선 해당 작가들에 대하여 2백자 원고지 11−12매 분량의 짧은 논평을 쓰면서도 생애, 대표작, 작품세계의 세 부분을 아주 절묘하게 제시한다는 것이다. 가령 호메로스와 고대 그리스의 극작가들에 대해서는 이렇게 논평한다.

지금껏 호메로스의 수준에 육박한 또 다른 서사시는 있어 본 적이 없다. 『일리아스』와 『오디세이아』를 읽고 얻게 되는…… 소득은 예술과 과학의 차이점을 생각하게 된다는 것이다. 지난 수천 년 동안 과학은 눈부시게 발전해 왔다. 하지만 예술은 3천 년 전이나 지금이나 그대로이다. 상상력을 밑천으로 삼는 예술가는…… 3천 년 전이나 지금이나 똑같이 현대인처럼 보인다. 바로 이 때문에 우리는 그들의 작품을 읽는 것이다…… 아이스킬로스는 드라마의 신학교수로서 신과 그 신의 준엄한 심판에 사로잡힌 사람이다. 소포클레스는 드라마의 예술가로서 인간의 고통에 집중한다. 에우리피데스는 드라마의 비평가로서 그리스의 전설을 그가 살았던 혼란스럽고 환멸스러운 시대에 대한 비판의 도구로 삼는다.

윌리엄 새커리의 『허영의 시장』의 여주인공인 베키 샤프와 허먼 멜빌의 『모비딕』의 주인공인 에이허브에 대해서는 각각 이런 논평을 가한다.

그녀는 인간성의 모순된 측면을 잘 지적하는 인물이다. 남자는 가능하다면 언제나 선량한 여자와 결혼하려 하지만 속으로는 은밀하게 사악한 여자를 숭배한다. 여자는 남자들의 이런 속성을 잘 알기 때문에, 겉으로는 도덕성을 강조하지만 속으로는 부도덕해야 남자들에게 매력적으로 보인다고 생각한다…… 모비딕은 하얀 고래라고 볼 수도 있고, 태평양 같은 에이허브의 정신 속을 유영遊泳하는 괴물이라고 볼 수도 있다. 그 괴물을 죽이려면 그 자신을 파괴해야 하고, 그 자신을 보존하려면 그 괴물과 공존해야 한다.

각 작가에 배정된 원고 매수가 불과 12매이므로 두루뭉술하게 좋게만 말하는 주례사 비평은 배격한다. 자신이 좋다고 생각하면 좋다고 하고 나쁜 점은 나쁘다고 말한다. 미국 작가들이라고 해서 특별히 봐주는 것도 없고 유럽 작가들이라고 해서 알아서 숭앙해 주는 법도 없다. 헤밍웨이에 대해서는 단편 이외에는 별로 읽어볼 것이 없다고 말하는가 하면, 윌리엄 포크너에 대해서는 많은 사람들이 위대한 작가라고 평가하지만 자신(패디먼)은 포크너를 읽는 것이 그리 재미있지 않다고 솔직하게 말한다. 윌리엄 워즈워스에 대해서는 이미 한 말을 거듭하여 반복하는 노인 같다고 말하면서 그의 남자답지 못한 행동을 비판한다. 장 자크 루소에 대해서는 이런 한심한 인생의 방랑자가 어떻게 이런 훌륭한 사상서를 저술할 수 있었는지 의아하다고 말한다. 이처럼 간결하면서도 명쾌한 논평을 할 수 있는 것은, 저자가 서문에서 밝혔듯이, 여기 소개된 책들을 저자 자신이 평생에 걸쳐서 읽어 왔기 때문이다. 허먼 멜빌의 『모비딕』에 대해서는 다섯 번을 읽었다고 했고 톨스토이의 『전쟁과 평화』는 이번에 세 번째로 읽었다고 말하는 등, 여기에 소개한 작가들의 상당수 작품을 세 번 이상 읽었다는 뉘앙스를 풍기고 있다.

여기서 우리는 『평생 독서 계획』의 뜻을 되새겨보게 된다. 그것은 첫째, 이 책에 소개된 133명의 작가들을 평생에 걸쳐 읽으라는 뜻으로 해석할 수 있다. 둘째, 이 작가들을 시간을 들여 통독한 다음 그 중에서 특히 가슴에 와 닿는 작가들을 평생에 걸쳐서 재독 삼독 사독 하라는 뜻으로 해석할 수 있다. 나는 이 책의 제목이 두 번째 뜻에 더 가깝다고 생각한다.

『평생 독서 계획』을 읽는 대부분의 독자는 지금 10대 후반이거나 20대 초반 혹은 후반일 것으로 예상된다. 그러니 먼저 소개된 133명의 작가를 통독하는 것이 순서이다. 책과 인생의 상호 관계에 대하여 이런 좋은 비유가 있다. "인생의 마흔까지는 책으로 따지자면 텍스트이고 마흔 이후는 그 텍스트의 주석이다." 이렇게 볼 때 젊은 독자들은 마흔 이전에 여기에 소개된 작가들을 통독하여 자기만의 텍스트를 완성하는 것이 바람직하다. 독자가 현재 20대라 치고 앞으로 20년 동안 133권의 책을 읽으라는 것은 결코 무리한 요구가 아니다. 꾸준히 독서한다면 1년에 일곱 권 미만의 책은 누구나 읽을 수 있다. 이렇게 한 다음 자신의 마음에 드는 책을 생애 후반에 일흔이 되고 여든이 될 때까지 거듭하여 읽으면서 주석을 달고 그러면서 마음속에서 위대한 사상의 대화를 해나가는 것이다. "고전을 다시 읽게 되면 전보다 더 많이 당신 자신을 발견한다"는 패디먼의 말은 바로 이것을 가리킨다.

마흔 이전의 독서는 어떻게 보면 교양소설bildungsroman과 비슷한 특징을 갖는다. 교양소설(성장소설)은 주인공이 어떤 인생의 경험을 통하여 성숙한 인격으로 변모하느냐를 다루는 소설이다. 그런 만큼 주인공이 겪게 되는 어릴 적의 시련이나 모험이 핵심적 사건으로 제시되고 그것을 바탕으로 하여 성품에 변화가 오게 된다. 가령 도스토옙스키의 『악령』[87]에 나오는, 어린 카티아가 친구들의 사주 때문에 철도 침목 속에 들어가 달려오는 기차를 견뎌낸 시련, 성 아우구스티누스의 『고백록』[22]에 나오는 배 훔치는 장난, 사뮈엘 베케트의 『고도를 기다리며』[125]에 나오는 에스트라공과 블라디미르의 부조리한 대화, 투르게네프[81]의 『사냥꾼의 수기』에 나오는 엄격한 삼림 감시인이 불쌍한 친구를 봐준 사건, 카프카의 『변신』[112]에 나오는 아버지가 아들을 미워하는 사건 등이 그런 것이다. 이런 사건들을 많이 알고 있어야 독자 자신의 일상 생활에서 벌어진 사건들과 비교해 보면서 반성의 계기로 삼고 그로 인해 지적으로 성장하게 된다.

이런 사건들뿐만 아니라 때로는 간단한 대사 한 구절이 우리의 생활에 영향을 미칠 수도 있다. 가령 "이 한심한 화상아!Alas, poor caitiff"는 셰익스피어[39]의 『오셀로』의 4막 1장에서 나오는 말인데, 나는 이 대사로부터 위안을 얻은 것이 한두 번이 아니었다. 결혼 후 고부 갈등으로 중간에 끼어 힘들었을 때, 첫 직장에서 타의로 퇴직해야 되었을 때, 친구에게 배신을 당하고 돈마저 떼였을 때, 나는 이 대사를 중얼거리곤 했다. 그러면 이상하게도 나 자신이 불쌍해지면서 그런 나 자신을 격려하고 싶은 심정이 되었다. 『평생 독서 계획』은 소포클레스 항목[6]에서, 연극은 운명 앞의 절망과 가능성 앞의 희망이 충돌하는 긴장이며 그 긴장의 해소에서 커다란 즐거움이 온다고 말한다. 그런 연극적 상황 속에 나 자신을 설정하면 기이하게도 긴장이 이완되면서 버틸 수 있는 힘이 생겼다.

이런 간단한 대사에서 삶의 활력을 얻은 사람은 나뿐만이 아니었다. 가령 로마의 철학자 키케로는 자기 자신을 향해 이렇게 말한다고 했다. "Piget me stultitia mea(나의 우둔함은 나를 짜증나게 해)." 그리고 한참 있다가 이렇게 말한다는 것이다. "Ego mihi placui(그래도 나는 나 자신이 대견스러워)." 나는 대학에서 셰익스피어 드라마를 배울 때에는 "이 한심한 화상아!"라는 대사의 심오함을 전혀 알지 못했다. 사실 젊은 대학생에게 셰익스피어 드라마는 벅찬 독서가 아닐 수 없다. 그런데도 왜 그것을 읽고 또 배울까? 어릴 때 그것을 배우지 않으면 나중에 나이 들어 그 가르침의 선견지명을 확인할 길이 없기 때문이다. 바로 이것이 성숙을 촉진하는 교육의 본령이고, 『평생 독서 계획』의 원대한 취지이며, 텍스트와 주석의 관계인 것이다.

좋은 책은 좋은 사람과 비슷한 점이 많다. 사람을 처음 만나면 잘 알 수 없듯이 책도 한 번 읽어서는 잘 알 수가 없다. 그러나 여러 번 되풀이하여 읽는 과정에서 그 책을 잘 알게 되고 그리하여 아주 가까운 친구 같은 느낌을 갖게 된다. 그리고 더 나아가서 그가 없으면 더 이상 삶의 의미가 없어지는 것 같은 느낌마저 갖게 된다. 이것을 보여 주는 좋은 에피소드가 있다. 독일의 소설가 프란츠 베르펠은 토마스 만[107]의 『부덴부로크 가의 사람들』이라는 장편소설을 너무 좋아하여 평생 30번 가량 읽었다고 한다. 그런데 그가 마지막으로 그 소설을 읽은 것은 죽기 한 달 전이었다고 한다. 여기서 중요한 것은 30번이라는 횟수가 아니라 죽기 한 달 전의 경황없는 상황에서도 토마스 만의 소설을 읽었다는 사실이다. 어쩌면 베르펠에게 있어서 죽음은 곧 만의 소설을 읽지 못하는 것이었으리라.

『평생 독서 계획』에 소개된 133인의 작가는 모두 토마스 만에 필적하는 대가들이다. 이들 중 어떤 작가가 독자의 평생 반려가 될지는 알 수 없는 일이나, 일단 그 작가가 독자의 내부에 깃들이면 "당신이 이 세상을 떠날 때까지 당신의 내부에서, 외부에서, 그리고 대인관계에서 꾸준히 작용할 것"이다.

아래에 제시된 참고문헌들은 먼저 영역본을 제시하고 이어 국내에서 번역된 국역본을 제시했다. 소개된 작가가 영미권 작가일 경우에는 텍스트라는 소항목을 두어 그것을 발간한 출판사의 이름을 적었다. 영역본을 제시한 까닭은 이 책의 본문에서 영역본을 자주 언급하고 있기 때문이다. 가령 이런 식이다. "이 소설에 대한 논평을 시작하기 전에 원전을 아주 충실하게 번역한 프랜시스 스티그멀러의 번역본을 권한다. 이 번역본을 읽어보면 왜 플로베르가 높은 명성을 유지하는지 잘 알게 된다"(플로베르), "최소한 트레크먼의 현대 영어 번역본을 읽도록 하라. 도널드 프레임이나 M.A. 스크리치의 번역은 그 후에 나온 것이므로 트레크먼의 것보다 더 낫다. 코튼의 번역본은 너무 오래 되어 낡았으므로 피하는 게 좋다."(몽테뉴)

그 외에 영어를 읽을 줄 아는 독자가 국내 번역본이 없어서 영역본을 찾아볼 경우에 대비한 뜻도 있다. 가령 이 책에서 소개된 여러 편의 인도 고전들과 중동의 고전이 그러하다. 영미권 작가의 경우에는 책 제목 혹은 출판사 이름을 적어서 손쉽게 인터넷에서 검색할 수 있도록 했다. 영역본과 텍스트의 참고문헌 자료는 모두 패디먼의 원서에 들어 있는 것이다.

참고문헌은 영역본의 경우, 번역자 이름과 출판사 이름(괄호 속에 들어 있는 것)만 영어로 기재하였다. 원서에 영역본의 번역자가 밝혀져 있지 않은

경우는 출판사 이름만 기재했다. 영미권 작가의 텍스트를 제시할 경우
는 필요에 따라 텍스트의 영어 제목을 적기도 했으나 대부분 출판사의
이름만 적었다. 국역본에 대해서는 번역의 명성이 높은 것, 입수하기 쉬
운 것, 최근에 나온 것 등의 세 가지 기준에 입각하여 2권 이내로 기재했
고, 국역본이 없는 경우에는 영역본만 제시했다.

1   **실명씨 길가메시 서사시**
    영역본   R. Campbell Thompson(Clarendon); N.K. Sanders(Penguin); E.A.
            Speiser(Princeton U. Press); John Gardner and John Maier(Vintage);
            Maureen Kovacs(Stanford U. Press); Danny P. Jackson(Bolchazy-Carducci);
            David Perry(Farrar, Strauss and Giroux)
    국역본   이현주, N.K. 샌더스, 『길가메시 서사시』(범우사, 1999)
            김산해, 『최초의 신화 길가메쉬 서사시』(휴머니스트, 2005)

2   **호메로스 일리아스**
    영역본   Richmond Lattimore(Phoenix); Robert Fitzgerald(Anchor); Robert
            Fagels(Viking); E.V. Rieu(Penguin)
    국역본   천병희, 『일리아스』(숲, 2007)

3   **호메로스 오디세이아**
    영역본   Richmond Lattimore(Harper Torchbooks); Robert Fitzgerald(Anchor);
            Robert Fagels(Viking)
    국역본   천병희, 『오디세이아』(숲, 2006)

4   **공자 논어**
    영역본   Arthur Waley(Random House); D.C. Lau(Penguin); James Legge(reprint
            edition); E. Bruce Brooks(Columbia U. Press)
    국역본   김형찬, 『논어』(홍익출판사, 2005)
            배병삼, 『한글 세대가 본 논어』(문학동네, 2002)
            신정근, 『공자씨의 유쾌한 논어』(사계절, 2009)

5 아이스킬로스 오레스테이아

영역본 Richmond Lattimore(U. of Chicago Press); David Grene and Seth G. Bernardete(U. of Chicago Press); Robert Lowell(Farrar, Strauss and Giroux)

국역본 최영, 『제주를 바치는 여인들 : 아이스킬로스의 오레스테이아 3부작』

6 소포클레스 오이디푸스 왕, 콜로누스의 오이디푸스, 안티고네

영역본 Stephen Spender(Random); Dudley Fitts and Robert Fitzgerald(Harcourt)

국역본 천병희, 『소포클레스 비극 전집』(숲, 2008)

7 에우리피데스 알케스티스, 메데이아, 히폴리투스, 트로이의 여인들, 엘렉트라, 바카이

영역본 Moses Hadas and John H. McLean(Bantam); Robert Meagher(Bolchazy-Carducci)

국역본 천병희, 『에우리피데스 비극전집』(전2권, 숲, 2009)

8 헤로도토스 역사

영역본 George Rawlinson(Modern Library); Aubrey de Selincourt(Penguin); David Grene(U. of Chicago Press)

국역본 천병희, 『역사』(숲, 2009)

9 투키디데스 펠로폰네소스 전쟁사

영역본 Benjamnin Jowett(Random); Rex Warner(Penguin); Richard Crawley(Modern Library)

국역본 박광순, 『펠로폰네소스 전쟁사』(범우사, 1999)

10 손자 손자병법

영역본 Roger Ames(Ballantine); Ralph Sawyer(Westview); Samuel B. Griffith(Oxford U. Press)

국역본 유동환, 『손자병법』(홍익출판사, 2002)

11 아리스토파네스 리시스트라테, 구름, 새들

영역본 William Arrowsmith(U. Michigan Press); Alan H. Sommerstein(Penguin)

국역본 천병희, 『아리스토파네스 희극』(단국대학교 출판부, 2004)

12 플라톤 변명, 크리톤, 프로타고라스, 메논, 파이돈, 국가

영역본   Benjamnin Jowett(Random House); Francis M. Conford(Oxford U. Press); W.K.Guthrie(Penguin)

국역본   박종현, 『에우티프론・소크라테스의 변론・크리톤・파이돈』(서광사, 2003)

13 아리스토텔레스 윤리학, 정치학, 시학

영역본   Richard McKeon(Random); J.A.Thompson(Penguin); W.D.Ross(Oxford U. Press) J.A.Sinclair(Penguin)

국역본   이창우・김재홍・강상진, 『니코마코스 윤리학』(이제이북스, 2006)

천병희, 『시학』(문예출판사, 2002)

14 맹자 맹자

영역본   D.C. Lau(Penguin); W.A.C.H. Dobson(Oxford U. Press); James R. Ware (Mentor)

국역본   박경환, 『맹자』(홍익출판사, 2005)

우재호, 『맹자』(을유문화사, 2007)

15 발미키(추정) 라마야나

영역본   Robert P. Goldman(2 vols. Princeton U. Press); Hari P. Shastri(3 vols. Routledge); William Buck(U. California Press); R.K. Narayan(Penguin); Aubrey Menen(Greenwood); C.V. Srinivasa Rao(Bangalore Press); Swami Venkasetenanda(State U. of New York Press)

국역본   주해신, 『라마야나』(민족사, 1993)

16 비야사(추정) 마하바라타

영역본   J.A.B. Van Buitenen(U. Chicago Press); P. Lal(Writer's Workshop, Calcutta); performance version by Jean Claude Carriere(translation from French by Peter Brook); R.K. Narayan(Vision); Chakravarthi V. Narasimhan(Columbia U. Press)

국역본   주해신, 『마하바라타』(민족사, 2005)

17 실명씨 바가바드 기타

영역본   Barbara Stoler Miller(Columbia U. Press: Penguin); Eliot Deutch(Holt,

Rinehart and Winston); J.A.B. Van Buitenen(U. Chicago Press); Franklin
Edgerton(Havard U. Press); R.C. Zaehner(Everyman)

국역본　길희성, 『바가바드 기타』(현음사, 2009)

18　사마천 사기

영역본　Burton Watson(2 vols, Columbia U. Press)

국역본　정범진 외, 『사기』(전7권, 까치, 1995-99)

　　　　김원중, 『사기열전』(민음사, 2007)

　　　　김원중, 『사기본기』(민음사, 2010)

　　　　김원중, 『사기세가』(민음사, 2010)

19　루크레티우스 사물의 본성에 대하여

영역본　Rolfe Humphries(Indiana U. Press); Ronald E. Latham(Penguin)

20　베르길리우스 아이네이스

영역본　Robert Fitzgerald(Random); Rolfe Humphries(Scribner's); William F.
Knight(Penguin);C.Day Lewis(Anchor); Allan Mandelbaum(Bantam)

국역본　천병희, 『아에네아스』(숲, 2007)

21　마르쿠스 아우렐리우스 명상록

영역본　Long(Modern Library Giants); G.M.Grube(Bobbs-Merrill); Maxwell
Staniforth (Penguin)

국역본　천병희, 『명상록』(숲, 2005)

22　성 아우구스티누스 고백록

영역본　R.S. Pine-Coffin(Penguin); Edward B. Pusey(Collier); Rex Warner (Mentor)

국역본　김기찬, 『고백록』(크리스챤다이제스트, 2005)

　　　　최민순, 『고백록』(성바오로딸수도회, 2010)

23　칼리다사 메가두타, 사쿤탈라

영역본　Arthur W. Ryder(J.M. Dent); Chandra Rajan(Penguin); Barbara Stoller
Miller(Columbia U. Press); P. Lal(New Directions); Michael

Coulson(Penguin); Franklin and Eleanor Edgerton(U. Michigan Press)

24 무함마드 코란

영역본　Marmaduke Pickthall(New American Library); N.J. Dawood(Penguin); Arthur J. Arberry(Macmillan)

국역본　김용선, 『코란』(명문당, 2002)

25 혜능 육조단경

영역본　Wing-tsit Chan(St Johns U. Press); Philip B. Yampolsky(Columbia U. Press)

국역본　김진무, 『육조단경』(일빛, 2010)

26 피르다우시 샤나메

영역본　Reuben Levy(Routledge and Keegan Paul); Jerome Clinton(U. Washington Press); Dick Davis(Penguin Classics)

27 세이쇼나곤 마쿠라노소시

영역본　Ivan Morris(2 vols, Columbia U. Press)

국역본　정순분, 『마쿠라노소시枕草子』(갑인공방, 2004)

28 무라사키 시키부 겐지 이야기

영역본　Arthur Waley(Modern Library); Edward Seidensticker(Knopf)

국역본　김난주, 세토우치 자쿠초, 『겐지 이야기』(전10권, 한길사, 2007)

29 오마르 하이얌 루바이야트

영역본　Fitzgerald(Macmillan); Dick Davis(Penguin)

국역본　이상옥, 피츠제럴드, 『루바이야트』(민음사, 1975)

30 단테 알리기에리 신곡

영역본　Allan Mandelbaum(U. of California Press); John Ciardi(Norton); Thomas G. Bergin(Harlan Davidson); Dorothy Sayers(Penguin); Robert Pinsky(Farrar, Straus and Giroux)

국역본　한형곤, 『신곡』(서해문집, 2005)

박상진, 『신곡』(전2권, 민음사, 2007)

31 **나관중 삼국지연의**

영역본　Moss Roberts(U. California Press); C.H. Brewitt-Taylor(reprint, Tuttle)

국역본　김구용, 『삼국지』(전10권, 솔, 2003)

이문열, 『삼국지』(전10권, 민음사, 2002)

황석영, 『삼국지』(전10권, 창비, 2003)

고우영, 『고우영 삼국지』(전10권, 애니북스, 2007)

32 **제프리 초서 캔터베리 이야기**

현대영어 번역본　Nevill Coghill(Penguin); David Wright(Vintage); R.M. Lumiansky(Washington Sq. Press)

국역본　이동일·이동춘, 『캔터베리 이야기』(한국외국어대학교출판부, 2007)

송병선, 『캔터베리 이야기』(책이있는마을, 2003)

33 **실명씨 천일야화**

영역본　Richard Burton(10 vols, 1885, 6 supplementary vols, 1886-88); John Payne(9 vols. 1882-84. 4 supplementary vols, 1884-88)

국역본　임호경, 앙투안 갈랑, 『천일야화』(전6권, 열린책들, 2010)

34 **니콜로 마키아벨리 군주론**

영역본　Airmont, Mentor, Oxford, Penguin, Everyman 등

국역본　강정인 외, 『군주론』(까치, 2008)

신복룡, 『군주론』(을유문화사, 2007)

35 **프랑수아 라블레 가르강튀아와 팡타그뤼엘**

영역본　John M. Cohen(Penguin); Samuel Putnam(Penguin)

국역본　유석호, 『가르강튀아와 팡타그뤼엘』(문학과지성사, 2004)

36 **오승은(추정) 서유기**

영역본　Arthur C. Yu(4 vols. U. Chicago Press); W.J.F. Jenner(3 vols, Foreign Language Press, Beijing); Arthur Waley(John Day: Grove Paperback)

국역본　　진석용, 『리바이어던』(전2권, 나남, 2008)

44 르네 데카르트 방법서설

영역본　　Bobbs-Merrill; Everyman; Pelican; Columbia University Press 등

국역본　　이현복, 『방법서설:정신지도를 위한 규칙들』(문예출판사, 1997)

소두영, 『방법서설·성찰·철학의 원리·정념론』(동서문화사, 2007)

45 존 밀턴 실낙원, 리시다스, 그리스도 탄생의 날 아침에, 소네트, 아레오파지티카

텍스트　　*Paradise Lost and Other Poems*(Mentor); *Portable Milton*(Penguin)

국역본　　조신권, 『실낙원』(전3권, 문학동네, 2010)

임상원, 『아에로파지티카』(나남, 2007)

46 몰리에르 희곡 선집

영역본　　Donald Frame(Signet); Richard Wilbur(Harcourt Brace); John Wood(Penguin); Morris Bishop

국역본　　민희식, 『몰리에르 희곡선』(범우사, 1999)

정병희 외, 『몰리에르 희곡선』(이화여자대학교출판부, 2009)

47 블레즈 파스칼 팡세

영역본　　Harlan Davidson(Penguin)

국역본　　이환, 『팡세』(민음사, 2003)

하동훈, 『팡세』(문예출판사, 2003)

48 존 버니언 천로역정

텍스트　　*The Pilgrim's Progress*(Airmont; Holt; Signet 등의 판본)

국역본　　여성삼, 『천로역정』(엔크리스토, 2008)

김찬, 『천로역정』(서해문집, 2006)

49 존 로크 통치론

텍스트　　*Second Treatise*(Bobbs-Merrill), *Essay Concerning Human Understanding* (Dover).

국역본　　강정인 외, 『통치론:시민정부의 참된 기원, 범위 및 그 목적에 관한 시론』(까치, 2007)

50 마쓰오 바쇼 오쿠노 호소미치

영역본   Nobuyuki Yuasa(Penguin); Sam Hamill(Shambala); Lucien Stryk (Penguin);
Makoto Ueda(Stanford U. Press)

국역본   김정례, 『바쇼의 하이쿠 기행』(전3권, 바다출판사, 2008)
유옥희, 『마츠오 바쇼오의 하이쿠』(민음사, 1998)

51 대니얼 디포 로빈슨 크루소

텍스트   *Robinson Crusoe*(Signet; Dutton; Washinton Square Press 등)

국역본   윤혜준, 『로빈슨 크루소』(을유문화사, 2008)
남명성, 『로빈슨 크루소』(웅진씽크빅, 2008)

52 조너선 스위프트 걸리버 여행기

텍스트   *Gulliver's Travels*(Dell; Norton; Oxford; Holt 등)

국역본   박용수, 『걸리버 여행기』(문예출판사, 2008)
신현철, 『걸리버 여행기』(문학수첩, 2000)

53 볼테르 캉디드와 기타 작품들

영역본   Ben Redman(Viking); Peter Gay(Harvest)

국역본   이봉지, 『캉디드 혹은 낙관주의』(열린책들, 2009)
윤미기, 『캉디드』(한울, 2005)

54 데이비드 흄 인간 오성에 관한 철학 논집

텍스트   *An Inquiry Concerning Human Understanding*(Oxford U. Press)

국역본   김혜숙, 『인간의 이해력에 관한 탐구』(지만지, 2010)

55 헨리 필딩 톰 존스

텍스트   *Tom Jones*(Signet; Everyman 등)

국역본   류경희, 『톰 존스』(전2권, 삼우반, 2007)

56. 조설근 홍루몽

영역본   David Hawkes(5 vols, Penguin); Yang Hsien-yi and Gladys Yang(3 vols.
Foreign Language Press, Beijing)

국역본   최용철, 『홍루몽』(전6권, 나남, 2009)

           안의운, 『홍루몽』(전12권, 청계, 2007)

57   장 자크 루소 고백록

영역본   J.M. Cohen(Penguin)

국역본   김봉구, 『고백』(박영률출판사, 2005)

58   로렌스 스턴 트리스트럼 샌디

텍스트   *Tristram Shandy*(Oxford; Penguin; Riverside; Airmont; Signet; Norton; Evergreen 등)

국역본   김일영, 『트리스트람 샌디』(신아사, 2005)

59   제임스 보즈웰 새뮤얼 존슨의 생애

텍스트   *The Life of Samuel Johnson*(Penguin; Modern Library; Signet 등)

60   토머스 제퍼슨과 기타 인사들 미국 역사의 기본 문서들

텍스트   *Basic Documents in American History*(ed. Richard B. Morris, Anvil Books)

61   해밀턴, 매디슨, 제이 연방주의자 문서

텍스트   *Federalist Papers*(ed. Clinton Rossiter, New American Library; Bantam; Harvard University Press; Modern Library 등)

62   요한 볼프강 폰 괴테 파우스트

영역본   Louis MacNeice(Oxford U. Press); Walter Kaufmann(Anchor); C.F. MacIntyre(New Directions)

국역본   정서웅, 『파우스트』(전2권, 민음사, 2009)

           김인순, 『파우스트』(열린책들, 2009)

           정경석, 『파우스트』(문예출판사, 2003)

63   윌리엄 블레이크 시 선집

텍스트   *Complete Writings of William Blake*(Oxford); *Complete Poems*(Penguin)

국역본   김종철, 『천국과 지옥의 결혼』(민음사, 1996)

64 윌리엄 워즈워스 서곡, 짧은 시 선집, 서정시집의 서문

텍스트   *Selected Poetry*(Modern Library); *Poetical Works*(Oxford)

국역본   김승희, 『서곡』(문학과지성사, 2009)

65 새뮤얼 테일러 콜리지 노수부의 노래, 크리스타벨, 우블라 찬, 문학 평전, 셰익스피어 평론

텍스트   *Selected Poetry and Prose*(Modern Library); *Complete Poems*(Oxford)

66 제인 오스틴 오만과 편견, 엠마

텍스트   *Complete Works*(ed. R.W. Chapman, 6 vols, Oxford)
                 낱권은 많은 출판사의 판본이 있음.

국역본   전승희, 『오만과 편견』(민음사, 2009)
                 김정아, 『오만과 편견』(펭귄클래식코리아, 2009)
                 최정선, 『엠마』(현대문화센터, 2006)

67 스탕달 적과 흑

영역본   Lowell Bair(Bantam); C.K. Scott-Moncrieff(Signet)

국역본   이동렬, 『적과 흑』(전2권, 민음사, 2004)
                 이규식, 『적과 흑』(전2권, 문학동네, 2009)

68 오노레 드 발자크 고리오 영감, 외제니 그랑데, 사촌누이 베트

영역본   Airmont, Signet, Penguin 등

국역본   이동렬, 『고리오 영감』(을유문화사, 2008)
                 임희근, 『고리오 영감』(열린책들, 2009)
                 조명희, 『외제니 그랑데』(지만지, 2008)
                 박현석, 『사촌 베트』(전2권, 동해, 2009)

69 랠프 월도 에머슨 작품 선집

텍스트   *Essays*(Penguin; Everyman; Modern Library; Signet; Riverside 등)

국역본   『에머슨 선집』(을유문화사, 1973, 절판)

70 너새니얼 호손 주홍글자, 단편선집

텍스트   *The Scarlet Letter*(Penguin; Norton 등); *Short Stories*(Penguin; Norton 등)

국역본   김욱동, 『주홍글자』(민음사, 2007)

　　　　조승국, 『주홍글씨』(문예출판사, 2004)

　　　　천승걸, 『너새니얼 호손 단편선』(민음사, 1998)

71 알렉시스 드 토크빌 미국의 민주주의

영역본   Vintage, Anchor 등

국역본   임효선, 『미국의 민주주의』(전2권, 한길사, 2009)

72 존 스튜어트 밀 자유론, 여성의 예종

텍스트   *On Liberty*(Bobbs-Merrill; Norton; Oxford); Subjection of Women
　　　　(Columbia U. Press)

국역본   박홍규, 『자유론』(문예출판사, 2009)

　　　　서병훈, 『자유론』(책세상, 2005)

73 찰스 다윈 비글호의 항해, 종의 기원

텍스트   *On the Origin of Species*(Harvard U. Press; Penguin); *The Voyage of the
　　　　Beagle*(John Murray)

국역본   장순근, 『다윈의 비글호 항해기』(가람기획, 2006)

　　　　권혜련, 『찰스 다윈의 비글호 항해기』(샘터, 2006)

　　　　홍성표, 『종의 기원』(홍신문화사, 1992)

　　　　송철용, 『종의 기원』(동서문화사, 2009)

74 니콜라이 바실리예비치 고골 죽은 혼

영역본   B.G. Guerney(Holt, Rinehart).

국역본   공영진, 『죽은 혼』(청목사, 1996)

75 에드거 앨런 포 단편집과 기타 작품들

텍스트   *Complete Tales and Poems*(Vintage; Modern Library)

국역본   전대호, 『포 단편선집』(부북스, 2009)

국역본   강유원,『공산당 선언』(이론과실천, 2008)

　　　　　이진우,『공산당 선언』(책세상, 2002)

83 허먼 멜빌 모비딕, 필경사 바틀비

텍스트   Riverside, Penguin, Signet, The Library of America 등

국역본   김석희,『모비딕』(작가정신, 2010)

　　　　　한기욱,『필경사 바틀비』(창비, 2010)

84 조지 엘리엇 플로스 강의 물방앗간, 미들마치

텍스트   Riverside, Penguin, Signet 등

국역본   한애경 외,『플로스 강변의 방앗간』(전2권, 민음사, 2007)

　　　　　한애경,『미들마치』(지만지, 2009)

85 월트 휘트먼 시 선집, 민주적 전망, 풀잎에 대한 서문, 여행해 온 길들을 되돌아보는 시선

텍스트   *Complete Poetry and Selected Prose*(Riverside); Portable Whitman (Penguin)

국역본   유종호,『풀잎』(민음사, 2001)

　　　　　윤명옥,『휘트먼 시선』(지만지, 2010)

86 귀스타브 플로베르 보바리 부인

영역본   Francis Steegmuller(Modern Library); Robert Baldick(Penguin)

국역본   김화영,『마담 보바리』(민음사, 2000)

　　　　　민희식,『보바리 부인』(문예출판사, 2007)

87 표도르 미하일로비치 도스토옙스키 죄와 벌, 카라마조프 가의 형제들

영역본   Constance Garnett(Modern Library); Magarshack(Penguin); McDuff (Viking)

국역본   이철,『죄와 벌』(전2권, 신원문화사, 2005)

　　　　　김연경,『카라마조프 가의 형제들』(전3권, 민음사, 2007)

88 레프 니콜라예비치 톨스토이 전쟁과 평화

영역본   Constance Garnett(Modern Library); Louise and Aylmer Maude(Norton)

Press); *The Varieties of Religious Experience*(Collier; Mentor)

국역본　김재영, 『종교적 경험의 다양성』(한길사, 2000)

정양은, 『심리학의 원리』(전3권, 아카넷, 2005)

정해창, 『실용주의』(아카넷, 2008)

96 헨리 제임스 대사들

텍스트　Riverside, Penguin, Perennial, Norton, Library of America 등

97 프리드리히 빌헬름 니체 차라투스트라는 이렇게 말했다, 도덕의 계보, 선악의 저편

영역본　Walter Kaufmann(Modern Library); *Portable Nietzsche*(Penguin)

국역본　정동호, 『차라투스트라는 이렇게 말했다』(책세상, 2000)

장희창, 『차라투스트라는 이렇게 말했다』(민음사, 2004)

홍성광, 『차라투스트라는 이렇게 말했다』(웅진씽크빅, 2009)

김정현, 『선악의 저편·도덕의 계보』(책세상, 2002)

98 지크문트 프로이트 꿈의 해석, 성욕에 관한 3논문, 문명과 그 불만

영역본　*Standard Edition of Complete Works*(Norton)

국역본　김인순, 『꿈의 해석』(열린책들, 2004)

김정일, 『성욕에 관한 세 편의 에세이』(열린책들, 2004)

김석희, 『문명 속의 불만』(열린책들, 2003)

99 조지 버나드 쇼 희곡선집

텍스트　*Bernard Shaw's Plays*(Norton)

국역본　신정옥, 『피그말리온』(범우, 2009)

정경숙, 『워렌 부인의 직업』(동인, 2001)

100 조지프 콘래드 노스트로모

텍스트　Signet, Penguin, Everyman, Modern Library 등

국역본　나영균, 『노스트로모』(한길사, 1983)

101 안톤 체호프 바냐 아저씨, 세 자매, 벚꽃 동산, 단편 선집

영역본　*Plays and Letters, 1884-1904*(Norton); Constance Garnett(Ecco Press); Ann

Dunnigan(Signet Classics)

국역본   홍기순, 『바냐 아저씨』(범우, 2010)

황동근, 『세 자매』(예니, 2006)

오종우, 『벚꽃 동산』(열린책들, 2009)

홍기순, 『벚꽃 동산』(범우, 2009)

102 이디스 워튼 그 지방의 관습, 순수의 시대, 기쁨의 집

텍스트   Scribner's 와 Penguin의 판본이 있음.

국역본   송은주, 『순수의 시대』(민음사, 2008)

최인자, 『기쁨의 집』(전2권, 웅진씽크빅, 2008)

103 윌리엄 버틀러 예이츠 시 선집, 희곡선집, 자서전

텍스트   *The Poems of W.B. Yeats*(Macmillan); *Eleven Plays*(Macmillan); *The Autobiography*(Aurora)

국역본   허현숙, 『예이츠 시선』(지만지, 2008)

한국예이츠학회, 『탑』(건국대학교출판부, 2006)

권경수, 『예이츠 희곡선집』(이화여자대학교출판부, 2006)

104 나쓰메 소세키 고코로

영역본   Edwin McClellan(Regnery)

국역본   김성기, 『마음』(이레, 2008)

105 마르셀 프루스트 잃어버린 시간을 찾아서

영역본   C.K. Scott-Moncrieff, Terence Kilmartin, Andreas Mayor(3 vols, Random House)

국역본   김창석, 『잃어버린 시간을 찾아서』(전11권, 국일미디어, 1998)

정재곤, 『잃어버린 시간을 찾아서』(전3권, 열화당, 2002)

106 로버트 프로스트 시 전집

텍스트   *Collected Poems*(Holt, Rinehart)

국역본   『꽃, 바람, 하늘, 빛과 생명의 노래』(선영사, 1992)

107 토마스 만 마의 산

영역본 H.T. Lowe-Poreter(Modern Library; Vintage); John E. Woods(Knopf)

국역본 홍성광, 『마의 산』(전2권, 을유문화사, 2008)

홍경호, 『마의 산』(전2권, 범우사, 1987)

108 E.M. 포스터 인도로 가는 길

텍스트 Harvest의 판본이 있음.

국역본 김동욱, 『인도로 가는 길』(인화, 2004)

민승남, 『인도로 가는 길』(열린책들, 2006)

109 루쉰 단편 전집

영역본 William Lyell(U. Hawaii Press); Chi-chen Wang(Greenwood); Yang Hsien-yi and Gladys Yang(Foreign Languages Press, Beijing)

국역본 김시준, 『루쉰소설전집』(을유문화사, 2008)

전형준, 『아Q정전』(창비, 2006)

110 제임스 조이스 율리시스

텍스트 Vintage, Modern Library 등의 판본이 있음.

국역본 김종건, 『율리시스』(생각의나무, 2007)

111 버지니아 울프 댈러웨이 부인, 등대로, 올랜도, 파도

텍스트 Harvest의 판본이 있음.

국역본 최애리, 『댈러웨이 부인』(열린책들, 2009)

김진석, 『댈러웨이 부인』(북스캔, 2007)

이숙자, 『등대로』(문예출판사, 2008)

최홍규, 『올랜도』(평단문화사, 2008)

박희진, 『파도』(솔, 2004)

112 프란츠 카프카 심판, 성, 단편선집

영역본 Modern Library, Vintage의 영역본이 있음.

국역본 홍성광, 『성』(웅진씽크빅, 2008)

김정진 외, 『성·심판·변신』(동서문화사, 2009)

113 D.H. 로렌스 아들과 연인, 사랑하는 여인들

　텍스트　　Penguin출판사에서 그의 소설을 모두 발간했음.

　국역본　　정상준, 『아들과 연인』(전2권, 민음사, 2002)

114 다니자키 준이치로 세설

　영역본　　Edward Seidensticker(Knopf)

　국역본　　송태욱, 『세설細雪』(전2권, 열린책들, 2009)

115 유진 오닐 상복이 어울리는 엘렉트라, 얼음장수가 오다, 밤으로의 긴 여로

　텍스트　　Vintage, Yale U. Press, The Library of America의 판본이 있음

　국역본　　민승남, 『밤으로의 긴 여로』(민음사, 2002)

　　　　　　강유나, 『밤으로의 긴 여로』(열린책들, 2010)

116 T.S. 엘리엇 시 전집, 희곡 전집

　텍스트　　*Collected Poems*(Harcourt); *Collected Plays*(Harcourt)

　국역본　　황동규, 『황무지』(민음사, 2000)

117 앨더스 헉슬리 멋진 신세계

　텍스트　　Perennial Library(HarperCollins)의 판본이 있음.

　국역본　　이덕형, 『멋진 신세계』(문예출판사, 1998)

118 윌리엄 포크너 음향과 분노, 내가 누워서 죽어 갈 때

　텍스트　　Vintage, Modern Library 등

　국역본　　정인섭, 『음향과 분노』(북피아, 2006)

119 어니스트 헤밍웨이 단편소설 전집

　텍스트　　*Complete Stories of Ernest Hemingway*(Finca Vigia Edition, Scribner's)

　국역본　　최홍규, 『헤밍웨이 걸작선』(평단문화사, 2006)

120 가와바타 야스나리 아름다움과 슬픔과

　영역본　　Edward Seidensticker(Knopf)

121 호르헤 루이스 보르헤스 미로, 꿈의 호랑이들

영역본   New Directions, U. of Texas Press, Dutton, Evergreen 등

국역본   김창환, 『죽지 않는 인간』(중앙일보사, 1982)

            황병하, 『보르헤스 전집』(전5권, 민음사, 1994-1997)

122 블라디미르 나보코프 롤리타, 창백한 불꽃, 말하라 기억이여

텍스트   Medallion Books와 Pyramid의 판본이 있음.

국역본   권택영, 『롤리타』(민음사, 2009)

123 조지 오웰 동물농장, 1984, 버마 시절

텍스트   New American Library, Harvest 등

국역본   도정일, 『동물농장』(민음사, 2009)

            김기혁, 『동물농장』(문학동네, 2009)

            정회성, 『1984』(민음사, 2007)

            박경서, 『1984』(웅진씽크빅, 2009)

            박경서, 『버마 시절』(열린책들, 2010)

124 R.K. 나라얀 영어 선생, 과자 장수

텍스트   U. Chicago Press, Penguin 등의 판본이 있음.

125 사뮈엘 베케트 고도를 기다리며, 엔드게임, 크래프의 마지막 테이프

텍스트   *Collected Works*(Grove)

국역본   오증자, 『고도를 기다리며』(민음사, 2001)

            홍복유, 『고도를 기다리며』(문예출판사, 2010)

126 W.H. 오든 시 전집

텍스트   *Complete Poetry*(Random House)

국역본   봉준수, 『아킬레스의 방패』(나남, 2009)

127 알베르 카뮈 페스트, 이방인

텍스트   Modern Library, Vintage의 번역본이 있음.

국역본   김화영, 『페스트』(책세상, 1998)

이휘영, 『이방인』(문예출판사, 2004)

128 솔 벨로 오기 마치의 모험, 허조그, 훔볼트의 선물

텍스트   Avon, Penguin, Morrow 등

국역본   최경림, 『허조그』(신아사, 1998)

129 알렉산드르 이사예비치 솔제니친 제1원, 암병동

텍스트   Bantam, Harper & Row, Signet 등의 번역본이 있음.

국역본   홍가영, 『암병동』(홍신문화사, 1993)

130 토머스 쿤 과학 혁명의 구조

텍스트   *The Structure of Scientific Revolutions*(U. Chicago Press)

국역본   김명자, 『과학 혁명의 구조』(까치, 2007)

131 미시마 유키오 가면의 고백, 금각사

텍스트   Ivan Morris(Knopf); John Nathan(Knopf); Meredith Weatherby(Knopf)

국역본   양윤옥, 『가면의 고백』(문학동네, 2009)

            허호, 『금각사』(웅진닷컴, 2002)

132 가브리엘 가르시아 마르케스 백 년 동안의 고독

영역본   Avon, HarperCollins, Knopf 등의 번역본이 있음.

국역본   조구호, 『백 년의 고독』(민음사, 2000)

            안정효, 『백 년 동안의 고독』(문학사상, 2005)

133 치누아 아체베 모든 것이 산산이 부서지다

텍스트   *Things Fall Apart*(Doubleday; Heinemann)

국역본   조규형, 『모든 것이 산산이 부서지다』(민음사, 2008)

506